Walter Cosette

800 JEUX, INFOS & BLAGUES
À PISSER DE RIRE !

L'Officiel des Toilettes 2024

HORS }{ COLLECTION

Cette édition, avec en couverture le papier toilette rose de votre enfance, ne contient que des jeux inédits, comme chaque année, dont une bonne quinzaine de mécaniques nouvelles.
Pour la septième cuvée consécutive, *L'Officiel des toilettes* vous servira un cocktail pipi, caca, cu-culture et un festival de jeux de mots laids. Bon amusement à tous et à toutes !

Bonjour, fidèle lecteur, toi qui achètes *L'Officiel des toilettes* pour la septième année consécutive et guettes fébrilement la sortie de chaque nouvel opus en librairie ou chez un géant de la distribution dont on n'écrit pas plus le nom qu'on ne dit « Voldemort ».

Si tu guettes la sortie de chaque opus aux Puces, ça me réjouit moins, car la seconde main, ça ne paie pas son auteur, mais je t'absous. En ces temps où, vibrant sur sa tige baudelairienne, sonne le canon russe (eh oui, lecteur ! je bosse tout l'été 2023 pour que tu aies tes jeux en l'an 2024), absolvons, pardonnons même ceux qui volent des morts oubliés sur le champ de bataille, donnons-nous la paix, pour que les tentatives de cessez-le-feu ne soient pas un coup des pets dans l'eau prétexte au spleen.

D'épée ? Si tu préfères ! Tu n'as pas oublié : les « Défèque news » reviennent sur toute l'actualité, non pas géopolitique, mais de ce qui a touché au caca en 2023 et le concernera en 2024. J'ai donc noté tout ce qui m'a interpellé, jour après jour, pour toi.

J'ai voyagé aussi : à Chypre, que les Égyptiens nommaient Alachia, à Chiasso, une commune suisse que même Wikipédia reconnaît comme une « grande voie de transit », j'ai pris le Métro Express Régional Défense-Étoile, je n'ai pas visité qu'Uchaud dans le Gard, à la flore remarquable, et pas qu'intestinale. Bref, je me suis cassé le c.. pour toi, lecteur. Maintenant, à ton tour d'en ch... avec 600 jeux. Hé, hé !

Les pets du Roi Arthur

L'épée Excalibur posée non loin de lui, Arthur se tient royalement aux côtés de son épouse Guenièvre, autour d'une table ronde. Uther et Ygraine, son père et sa mère, complètent l'assistance, avec deux invités de circonstance : Lancelot du Lac et la fée Viviane, aussi ronde que la table. Tous repus et détendus, ils émettent sans retenue des gaz de vils.

- Les hommes ont pété 16 fois en tout.
- Les dames ont aussi pété 16 fois en tout.
- Au total, 15 pets émanent du couple royal, 5 des parents et 12 des invités.
- La fée a lâché quatre prouts de moins que Guenièvre – qui a dit à son mari avant d'aller au lit : « Pas ce soir, j'ai dame Ygraine » – mais trois de plus qu'Ygraine.

En examinant les quatre indices, comptez les prouts de chaque convive. Si vous échouez, gare à Excalibur, d'humeur tranchante !

BONUS

Observez les lettres bien placées sur fond gris foncé ou mal placées sur fond gris clair pour deviner le seul mot final possible.

M Gris foncé   M Gris clair

B	A	B	O	U	I	N
B	E	R	M	U	D	A
B	I	N	T	J	E	S
B	L	A	N	C	H	I
B	R	I	C	O	L	O
B	_	_	_	_	_	_

Le Trèfle

Prenez chaque fois une lettre différente dans une feuille de trèfle, en allant du plus foncé au plus clair, pour former quatre noms célèbres dans l'univers de la mode.

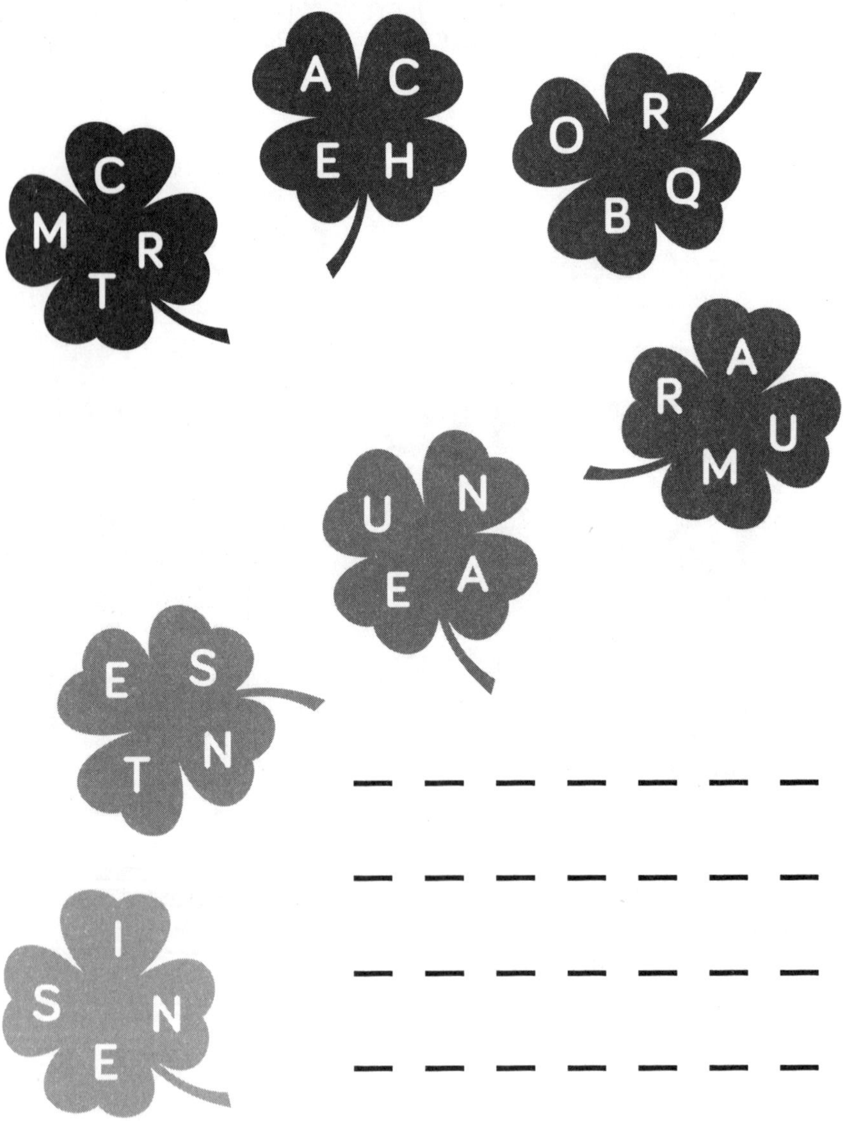

RATURE
de litté~~rature~~

Si même Hugo...

Nous faisons tous des erreurs. Et je ne parle pas ici de mauvais choix du quotidien ou de fautes morales, mais simplement de fautes d'orthographe, de syntaxe ou de langage plus généralement. Si elles sont tolérées à l'oral, elles passent plus difficilement à l'écrit et le beau métier de correcteur/correctrice est là pour relever la plupart de celles des romans que vous parcourez.

Tant qu'il ne s'agit que d'orthographe, la correction est aisée, si tant est que l'auteur n'ait pas à dessein utilisé une graphie non traditionnelle pour donner du relief à un mot, ce que nous étudierons dans un prochain article de Rature de littérature. Mais lorsqu'il s'agit d'erreurs de chronologie (anachronismes) ou d'une confusion entre deux personnages aux noms proches, elles deviennent beaucoup plus compliquées à repérer.

Dans un chapitre des *Misérables*, intitulé « Une tempête sous un crâne », Jean Valjean se fait alors appeler M. Madeleine. Au péril de sa vie, il va devoir révéler sa véritable identité à Javert pour sauver un innocent, Champmathieu, accusé d'être... Jean Valjean. Victor Hugo évoque, dans ce chapitre dont l'action est censée se dérouler en 1823, une brigade de gendarmerie spécifique, qui ne sera créée en réalité qu'en 1828. Voici un parfait exemple de rature de littérature.

Amusant, non, que le terme désignant le trait biffant l'erreur (la rature) fasse partie du mot même désignant l'art d'écrire des histoires (la littérature) ? Comme si, dans son infinie sagesse d'immortel, l'académicien avait intégré l'esquisse au nom du travail terminé. L'erreur d'Hugo fut vite repérée et corrigée dans les versions ultérieures du chef-d'œuvre absolu du grand Victor.

(M)OTS

LOISIR FAMILIAL
PETIT PAYS VOISIN DE LA SUISSE
MYRIADE, KYRIELLE
APÉRITIF ROYAL
CHARGEA DE STÉROÏDES
STYLE CHARGÉ
BROCHET OU THON
IL TROUVE LE MONDE INJUSTE
EFFACE SON DESSIN
ENSEMBLE DES ACHETEURS
ON S'Y ESSUIE LES PIEDS
LÉGUMES RACINES
REMET EN PIÈCES DÉTACHÉES
BAIE JAPONAISE
MILIEUX DE VIE
DIRIGEANT CHINOIS
ARNAQUER
LE CŒUR DE LA CITÉ
DURILLON
OBTENU
PLANÈTE AVANT NEPTUNE
DÉLIVRE DU MAL
OMAR À L'AMÉRICAINE
COURROIE POUR LAD
FÊTE DU 4 AVRIL 2021
BAIN À REMOUS
STROPHE POUR MARQUISE
EST OBLIGÉ DE
ICI, DEDANS
TÉ, RÈGLE À ANGLE DROIT
DIVERTIT
EXAMEN APRÈS L'ÉCRIT
ID EST
FIN DE SOIRÉE
INSTALLÉE SUR SA CHAISE
PAYS D'AMÉRIQUE CENTRALE

(F)LÉCHÉS

- SERVICE GAGNANT / NOTRE MONNAIE
- PUIS / DIEU ET MARQUE DE LUXE
- PRÉSENTÂT DE FAÇON JOYEUSE / TOUCHÉ
- JOUONS LES AIMANTS / SUD-EST
- ATTACHÉES / COLOMBIN
- NOTRE-SEIGNEUR
- RESTES DE PAIN / SAUVEUR COURAGEUX
- ALCOOL DU BABA / TRAVAILLA AU SALON
- COLÈRE D'ANCÊTRE / ENJOUÉE
- CONSÉQUENCE
- DONNE À BOIRE À LA PLANTE / TOUTE BÊTE
- VENTILATION ANTI-COVID / CHÉRIE
- MUNIR D'UN SULKY
- DANS / ATTRIBUE UN CHIFFRE
- AUTO-FOCUS / ÉNERVÉE
- DOULEUR FRONTALE / PÈRE DE THOR
- DÉPLACÉS / CHYPRIOTE OU MALTAIS
- TEMPS DE TRAVAIL RÉCUPÉRÉ / MÉTICULEUX
- LE DOUBLE DU RAYON / UN DES SENS
- SÉCHÉ PAR ROTATION RAPIDE
- ORGANE DU VOL / EXTRATERRESTRE
- DU MÊME TON / UN COURS SUR LES COURS
- POMMES DE TERRE / PRÊTRES
- FUTURS COLLÉGIENS / FIN DE MESSE
- QUI NE SERT À RIEN / COL SAVOYARD
- SON HUÎTRE MARENNES GRANDIT AU SUD DE L'ÎLE DE RÉ
- AUTHENTIQUE / COMBINAS
- MÉTAL PRÉCIEUX / FAIT LA GUEULE
- ESPÈRE RÉCOLTER / MINÉRAL SOLIDE
- BARON OU DUC / LETTRE GRECQUE
- POINT CARDINAL / PERROQUET
- CAPITAINE D'ARCHE / PASSAGE ÉTANCHE
- CANCRE
- CERTIFIA / GAÏA, LA TERRE
- OFFRANDE
- NUL
- LE COMÉDIEN Y MONTE

le **PQ**RST

Quelquefois, vous avez beau tirer la chasse : cinq minutes plus tard, vous constatez que « le PQ est resté » et flotte dans la cuvette. Les huit réponses aux définitions suivantes commencent par huit lettres consécutives de l'alphabet, dont l'inévitable PQRST. Pour ce premier jeu, ces initiales vous sont offertes. Aidez-vous aussi des lettres indices.

1. Un pro du « ni oui ni non » **N** ....

2. Avec la veuve, il se défend **O** ....

3. Va, geins ! **P** ....

4. Don généreux **Q** ....

5. On l'a érigée en principe **R** ....

6. Découper du cuir **S** ....

7. Vie en Bolivie **T** ....

8. Canal rein-trône **U** ....

Séries de lettres permettant de reconstituer les huit mots précédents (l'ordre n'est pas celui des définitions) :

AEEILRT	ACELPRS
EEERRTU	ADMNNOR
AEIIMNNORST	CEHIOQTTU
CEEHILNPRU	EHILNOPR

COLORIAGE

Le Pendu

Vous avez tous déjà joué au pendu. « À ce propos », observez bien les lettres des essais infructueux, les neuf premières de l'alphabet, et déduisez-en le seul mot convenant à cette situation.

Lettres déjà proposées mais pas dans le mot :

A B C D E F G H I

_ _ _ _ _ T _ _

le bon tuyau

À l'aide des six croisillons, recomposez l'échelle en formant des noms d'acteurs et d'actrices français. Voici un bon tuyau : le nom horizontal du haut est celui du comédien qui incarna François Marci, dans *Plus belle la vie*, de 2004 à 2006.

	R				S				M	
R	I	N		U	E	N		G	E	R
	G				Y				T	

	C				T				T	
E	A	U		B	O	H		R	A	G
	R				U				U	

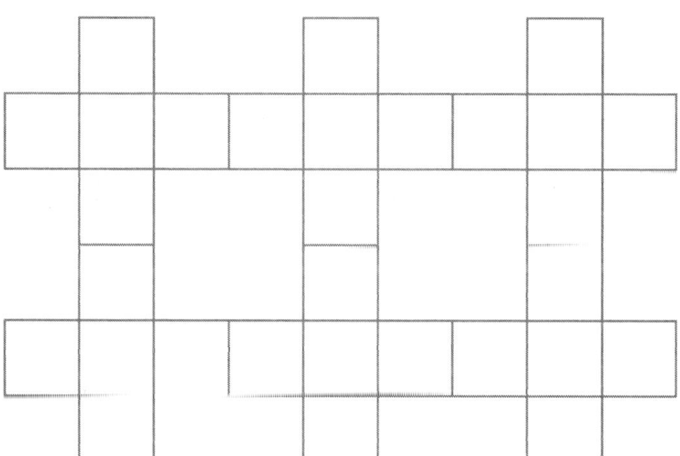

L'éToilette

☆☆☆

1
2
3
4
5
6
7
8
9
10
11
12
13
14
15
16
17
18
19
20
21
22
23
24
25
26
27
28
29
30
31
32

Chaque définition indique le point de départ et le point d'arrivée du mot à trouver. Remplissez la petite étoile, l'étoilette pour rester dans le thème de l'Officiel, puis arrangez les lettres collectées dans les cases grisées pour former un nom indépassable.

1-5. Ruse de caméléon.

1-8. Mouvement de grève.

2-10. Le Louvre ou Orsay.

3-30. Travailler à la chaîne.

4-13. Amas de blocs glacés.

5-15. Touches des oiseaux ?

6-7. Petite fleur, été comme hiver.

8-15. Entraînement et devoirs.

9-20. Gaz de symbole Xe.

11-22. Porteuse de mûres au mur.

12-23. Vêtement de Columbo.

14-21. La vieille plaît au réac.

16-29. Précautions de corbeaux.

17-31. La septième est au clair de lune.

18-28. Évènements qui s'arrosent.

19-32. Qui vous regarde de haut.

24-25. Remontes des pendules.

26-27. Pour lui, suivez le guide !

PAIR ou IMPAIR

0	1
1	0

Dans ce jeu binaire, la première grille à compléter ne contient que des 0 et des 1, avec trois règles à respecter :

1. Chaque ligne (et chaque colonne) contient quatre 0 et quatre 1.
2. Il est interdit d'écrire trois chiffres identiques ou plus côte à côte.
3. Deux lignes (ou deux colonnes) ne peuvent être identiques.

Une fois la grille terminée, regardez le second tableau constitué de lettres. En ne lisant que celles des cases où vous aurez trouvé un même chiffre (le 0 ou le 1, à vous de voir), vous compléterez la citation de bas de page.

	1					0	
	1						
0				0			
					1		1
		0		0		0	
				1			
0	0		1			1	

T	R	S	E	O	U	V	A
V	E	N	R	T	E	L	R
D	A	A	B	V	O	O	N
I	R	N	U	E	P	N	O
S	I	E	T	P	I	R	O
S	O	T	A	N	T	P	O
U	E	R	E	D	N	B	O
E	T	R	M	O	I	R	N

Citation de Boris Vian à compléter :

« Pourquoi est-ce qu'on a envie de pisser toutes les fois qu'on vient de ....

.. »

Calculs ours, hein !

\+ − × ÷

Avec les quatre opérations de base (**+ − × ÷**) et en utilisant au maximum une fois les plaques proposées, tentez d'atteindre le nombre cible : **811**.
Il n'existe que trois façons, totalement différentes, d'y parvenir.

811

5 - 6 - 7 - 8 - 9 - 25

Faune Éthique

[fɔnetik]

Complétez phonétiquement le texte suivant en n'y ajoutant que des noms de pays ou principautés d'Europe. Il y en a seize à retrouver.

« ....ifique dentier ! » s'exclama papy, en retroussant les babines pour me dévoiler ses nouveaux .... dans son fauteuil en cuir préféré. « Tellement mes dents sont .... rois pas ! », ajouta-t-il dans son français toujours approximatif. « Je les ai gagnée à la l..........................ez Antonio. Ou bien .... son prénom ? Je ne me rappelle plus. ...., tu tapes dans une poubelle, il en sort dix. Pas comme Balthazar. Ce bougre ....ait ses numéros au feutre effaçable et à la ....ouille a mis sa manche dessus. Moi, j'ai v..........................gné cinq numéros et gagné le gros lot, le dentier. Je le voulais ...., *vidi*, *vici*, ça n'a pas traîné. Avec, la première chose que j'ai faite en rentrant, c'est de manger mes haricots à la .... de canard. Enfin, pas tout, j'ai filé les .... : trop dures pour moi. Elles m'avaient fait vom..........................ernier ; depuis, je ne bouffe plus ces peaux ! Bon, je la ferme, je m'.......................... ! » C'était vrai, j'ai vu son ment.......................... de barbe rouler sur sa poitrine et le dentier se faire la malle. J'ai attendu son réveil. ....ol qui disait qu'on devient vieux, quand les jeunes nous abandonnent ?

SANS chichis

Ô Catarinetta bella…

Faire du chichi ou des chichis, c'est faire des manières. L'expression est récente car on ne la retrouve guère que chez Courteline, en 1886, si l'on scanne la littérature. Il l'écrit tantôt chichi, tantôt chi-chi. Dix ans plus tard, le sens de chichis rejoint celui de « fanfreluches », petits ornements voyants dans le vocabulaire des modistes et couturières. Vers 1920, les adjectifs « chichiard » et « chichiteux » complètent la panoplie lexicale.

D'où vient ce chichi ? Probablement d'un redoublement onomatopéique tchitch- exprimant l'idée de petitesse. On citera la Cicciolina, petite chérie des Italiens dans les années 1980 jusqu'à son mariage avec le célèbre sculpteur Jeff Koons. Toujours en Italie, un *ciccio* est un petit gros. En français, le sens de chiche, « qui regarde à la dépense », est attesté depuis le XIIe siècle. En latin, le *ciccum* était une membrane ténue, qui désigna ensuite un rien, tout comme le grec *kikkos*.

Et sur les plages du Sud, le chichi est un beignet de forme allongée. Le nom viendrait de *ceci*, « pois chiche » en italien, mais je n'y crois guère, et c'est aussi un terme provençal désignant soit un « petit morceau », soit le sexe de l'homme. Épais, boursouflé, d'environ 20 cm, le chichi, lui, ne ment pas sur sa taille…
N'oublions pas Tino Rossi, qui draguait de sa voix suave la Catarinetta bella, tchi-tchi, en précisant d'entrée qu'elle n'avait que seize ans. Autre temps, autres mœurs…

OPÉRATION C+R+Y+P+T+É+E

Dans cette opération, chaque lettre représente toujours un même chiffre ; deux lettres différentes ne peuvent coder le même chiffre. En raisonnant logiquement ou par tâtonnement, retrouvez le calcul originel actuellement crypté.

Un entrepreneur guère matheux en bave avec la TVA, mais avec ces trois lettres, sa compagne a établi l'égalité suivante :

$$\begin{array}{rccc} & T & V & T \\ + & A & A & T \\ + & A & A & A \\ \hline = & V & A & V \end{array}$$

Sachant que l'homme doit déclarer un montant de TVA euros, qui n'est pas égal à 0, combien paiera-t-il ?

La puce à l'oreille

Un fil logique relie sans équivoque possible les six mots suivants. Pensez à des expressions connues ou toutes faites. Faites défiler toutes les associations possibles ou jouez la carte (puce) des petits sauts (de puce) mentaux, jusqu'à ce que l'une d'elles vous mette la solution à l'oreille.

HAUT

FOND

NÉGATIVE

REMISE

PROCÈS

VICE

....

LA TÊTE AU

Dans chaque carré grisé figure un mot. Trouvez une anagramme de ce mot correspondant à l'une des définitions sous la grille (exemple au centre : ÉCOLE pour l'indice 14). Inscrivez ensuite, dans chaque tête, le numéro de la définition du mot recherché. Reportez alors l'initiale de chaque mot trouvé, ici le E, dans les cases numérotées de l'échelle de décodage. Celle-ci complétera une citation de Pablo Picasso : « J'ai mis toute … un enfant. » À la fin, en cumulant les chiffres des définitions, il vous faudra totaliser 65 sur toutes les lignes, toutes les colonnes et les deux diagonales de ce carré magique !

SNIFANT	CONTIENNE	PRIVÉE	GIVRÉE	RETENU	= 65
LÉNIFIANT	AROL	VOILER	GUASAVE	MÉDIAN	= 65
NACRÉ	CANNAISES	COLÉE 14 ÉCOLE	LIMÉE	OILLES	= 65
BITUES	DÉPOTA	SODA	REMMAILLA	RECOIN	= 65
ROUVRAIE	RUMINE	RENDRA	MIRE	SOMME	= 65

65 = | = 65 | = 65 | = 65 | = 65 | = 65 | = 65

CA-CARRÉ

1. Ces enfants incluent Édith Piaf. **2.** Un tel enfant est né dans une autre famille. **3.** Au poing, elle raconte l'histoire d'enfants martyrisés par Folcoche. **4.** C'est un adjectif dérivé du mot « enfant ». **5.** Ce jeune garçon illustre le traité d'éducation de Rousseau. **6.** Ces jeunes sortent de l'enfance. **7.** Un astre complète ces paroles : « Enfant du ..., tu parcours la Terre, le Ciel ». **8.** Cette locution précède « les enfants » dans un film de Louis Malle. **9.** À l'enfant, on l'appelle Madone et c'est un thème récurrent en peinture. **10.** C'est un stade de l'enfance. **11.** La main de l'enfant, sollicitée pour un tirage au sort, l'est. **12.** C'est le prénom de l'enfant de *Sans famille.* **13.** C'est la première rime à main dans *Prendre un enfant par la main.* **14.** Elle commence pour l'enfant à la maternelle. **15.** La mort du nourrisson peut l'être. **16.** Tel est l'enfant filmé par François Truffaut. **17.** Ce sont les enfants cadets du roi d'Espagne. **18.** L'enfance commence avec cet évènement. **19.** Macias, il chante *Enfants de tous pays.* **20.** Ce Jules roux a écrit *Poil de Carotte.* **21.** Il a réalisé *Les Enfants du Paradis.* **22.** C'est le Twist préféré de Charles Dickens. **23.** Ce nom décrit un groupe de jeunes enfants. **24.** Ce nom et adjectif décrit un individu de moins de 18 ans. **25.** Que manque-t-il : « Ils se marièrent et ... beaucoup d'enfants » ?

1	2	3	4	5	6	7	8	9	10	11	12

	E											
13	**14**	15	16	17	18	19	20	21	22	23	24	25

LES TRONCS

Savez-vous lire dans l'étron ? Trêve de scatomancie, remettez dans le bon ordre les indications trouvées dans les troncs. Partez à la chasse d'un rébus phonétique qu'il vous restera à déchiffrer.

....

SOUVENIRS de Géo

Alachia, Alashiya

Cette rubrique n'est pas consacrée, cette année, aux inventions du génial Géo Trouvetou, dont le complice Filament à tête d'ampoule éclaira les jeunes années des lecteurs du *Journal de Mickey*. Mais pourquoi ne pas se pencher sur cet univers l'an prochain, avec le même titre ? Paraît que nous sommes entrés dans l'âge du recyclage.

Perso, je préfère l'âge du bronze, et vous aussi, puisque vous en coulez d'aussi parfaits que les jours où vous lisez ces chroniques et testez mes jeux, en me haïssant juste ce qu'il faut pour que votre constipation s'efface.

L'énigmatique contrée d'Alashiya se situe justement à un endroit où l'on produisait beaucoup de cuivre, à l'âge du bronze, ce dernier étant un alliage du métal rouge avec l'étain. Moi, ça suffit à mon bonheur qu'on ait donné ce nom d'Alashiya, Alasiya ou Alachia à une contrée à l'âge du bronze. C'est une offrande personnelle du dieu Caca pour ce bouquin. Qui alla chier à Alashiya ?

Des CHI, des CHI... des Chypriotes, ces Hypocrites, si vous changez l'ordre de leurs lettres. Oui, les experts se sont pas mal entretués pour en arriver à la conclusion qu'Alashiya correspondait à une partie de l'île de Chypre.

Comment ont-ils fait ? Ils ont étudié des tablettes d'argile envoyées d'Alashiya à d'autres États et ont comparé l'argile utilisée aux terres glaises des autres contrées candidates. Verdict : Chypre, 12 points. « Évidemment », ajouta par réflexe La Zarra, colosse au doigt d'argile.

EN DÉCOMPOSITION

Comme dans la nature, rien ne se perd, tout se transforme. Recyclez une et une seule fois chacune des quatorze lettres de

BIOCOMPATIBLES

pour former deux mots répondant aux définitions proposées.

Observez l'exemple.	
Incompréhensible (9 lettres) :	**IMBITABLE**
Article méritant la une (5 lettres) :	**SCOOP**
IMBITABLE + SCOOP = BIOCOMPATIBLES.	

Sur le même principe, identifiez les couples suivants (entre parenthèses le nombre de lettres du mot cherché) :

1. Tas obtenu par dégradation de déchets organiques (7) : _ _ _ _ _ _ _

Qui forme deux lèvres, en botanique (7) : _ _ _ _ _ _ _

2. Des bières rimant avec des lombrics (7) : _ _ _ _ _ _ _

Milieu de vie naturel et stable (7) : _ _ _ _ _ _ _

3. Groupes jouant de leur influence (7) : _ _ _ _ _ _ _

Crin végétal d'agave du Mexique (7) : _ _ _ _ _ _ _

C'est Gâchis

Quel outil n'apparaît pas en même quantité que les autres ?

Sales Bobines

Sur ces claquettes poussiéreuses, trois titres de films avec une même actrice sont difficilement lisibles. Époussetez et devinez l'identité de cette actrice.

....

....

....

L'actrice mystère : ....

Bouche-trous

Inscrivez une lettre par tiret pour reconstituer six mots de la langue française. Si le squelette de COBRA – une espèce de serpent – ne vous suffit pas, aidez-vous de l'indice. Interdiction de conjuguer !

1. _ _ C O _ B R A _ _

2. C _ _ _ O B _ R A _ _

3. _ C _ _ O B R A _ _ _ _

4. C O _ _ _ B _ R A _ _ _ _ _ _

5 C O B _ _ _ _ _ _ _ R A _ _

6. _ _ C _ O B _ _ _ _ R A _ _

INDICES :

1. Qui prend trop de place et dont on veut se débarrasser.

2. Renforçant une hypothèse formulée.

3. On y trouve son bonheur en marchant dans les troncs.

4. Dames que l'on côtoie au bureau.

5. Chaque pays de l'OTAN est accusé par la Russie d'en être un.

6. Technique de multiplication des végétaux.

QUI fait QUOI ?

Cinq bricoleuses profitent de la période précédant Noël pour rafraîchir leurs murs. À l'aide des quatre indices, trouvez l'identité de chacune, le nombre d'heures passées à manier le pinceau, la quantité de pots nécessaires et la teinte choisie. Si vous bloquez, utilisez les deux indices supplémentaires en bas de page.

L'AVENT, L'APPRÊT

1. Cécile Ondpindr a travaillé sept heures de moins que Nadège Apudendui, mais elle a utilisé deux pots de plus que la fille décorant dans un ton abricot. Nadège, allergique au vert d'eau, a eu besoin de plus de pots qu'Alice Éoroulo, mais de moins que l'amatrice d'abricot.
2. Au total, il aura fallu 12 pots pour peindre les murs vert d'eau et moutarde. De même, il aura fallu 35 heures au total pour venir à bout de la surface anthracite et d'un autre mur pour lequel on a utilisé 8 pots.
3. Mona Kwarell a vidé moins de 9 pots. Tout comme Alice, elle a travaillé plus d'heures que la bricoleuse aimant le bleu ciel.
4. Élodie Lulagwash a ouvert quatre pots de plus qu'Alice ; elle a travaillé sept heures de plus que la fille peignant sa maison en gris anthracite.

INDICES SUPPLÉMENTAIRES

5. Celle qui a travaillé 14 heures n'est pas Mona Kwarell, n'a pas utilisé exactement 10 pots et n'a pas peint en bleu ciel.
6. La moutarde n'est pas montée au nez de Cécile Ondpindr et n'a pas donné lieu à une durée de travail dépassant les 25 heures.

GRILLE DE RÉSOLUTION

		HEURES					POTS					TEINTES				
		7	14	21	28	35	4	6	8	10	12	ABRICOT	ANTHRACITE	BLEU CIEL	MOUTARDE	VERT D'EAU
PEINTRES	ALICE ÉOROULO															
	CÉCILE ONDPINDR															
	ÉLODIE LULAGWASH															
	MONA KWARELL															
	NADÈGE APUDENDUI															
TEINTES	ABRICOT															
	ANTHRACITE															
	BLEU CIEL															
	MOUTARDE															
	VERT D'EAU															
POTS	4															
	6															
	8															
	10															
	12															

TABLEAU DES RÉPONSES

PEINTRES	HEURES	POTS	TEINTES

UroNews

Le futur au scoop

Les habitués le savent : si les Défèque news parlent de caca, les Uronews se concentrent sur le pipi. Et le pipi concentré, ça pique le nez. Il y a eu cette année assez peu d'avancées scientifiques majeures sur le pipi. Tout le monde se met au recyclage, la machine verte tourne à plein régime.

Le Futuroscope de Poitiers, qui reçoit deux millions de visiteurs par an et par conséquent un bon nombre de vidanges, s'est lancé dans l'équipement de ses urinoirs, avec la collaboration d'une start-up girondine, afin que l'urine soit collectée et transformée en biostimulant pour le secteur de l'agriculture.

Scoop ! Les urinoirs ainsi équipés n'ont plus de chasse d'eau, ce qui permet au parc d'économiser des centaines de milliers de litres sur la facture annuelle. Et avec les sécheresses qu'on nous annonce, toute économie est bonne à prendre.

Le pipi récolté par la société Toopi Organics est utilisé pour faire fermenter des bactéries et ainsi augmenter le nombre de micro-organismes et aboutir à plus de produit utilisé comme fertilisant biosourcé. La start-up pense étendre sa récolte de pipi aux festivals, aux stations-service, aux établissements scolaires... C'est les constructeurs de chasses d'eau qui font la gueule !

LA CIBLE

Partez de la lettre cerclée sur fond blanc. Choisissez le bon sens de rotation et sautez un certain nombre de lettres (toujours le même pour cette cible), lisez la suivante, puis continuez ainsi pour compléter une citation de Leo J. Burke :
« Ceux qui disent dormir comme… »

(M)OTS

- UNE SAISON DE KOH-LANTA
- ANIMATEUR
- RÉSERVOIR AGRICOLE
- ORGANE DE POISSON
- MENTION TRÈS BIEN
- PLEINE
- AJOUTA QUELQUES GRAINS
- MAL HABILLÉS
- BAS MORCEAUX
- PREMIÈRE DAME
- ÎLE
- MORDU, ÉPRIS
- INFLAMMATION À L'ŒIL
- PLANÈTE
- IRLANDE
- PAYS DE TEL-AVIV
- LA MITE L'AIME SANS LIMITES
- PIÉCETTE
- NÉGATION
- VIN MARNAIS
- AFRICAINE D'ABUJA
- FAC
- FIN GLORIEUSE
- LIEU PLEIN DE BANDITS MANCHOTS
- SCULPTEUR ABSTRAIT
- SANS COMPTER
- LONGUEUR CHINOISE
- SOUFFLE DIVIN
- AIMANTÉES
- ALIMENTÉ
- PENDANT LE MOIS DE
- INTERJECTION
- ABÎMERA
- BRANCHÉ
- MOQUERIE
- SÉDITIEUX
- DIFFICILE
- BOURREAU DE TRAVAIL
- FROTTEREZ D'HUILE
- EN DEHORS DES MICROS
- CLOCHETTE
- CONIFÈRE
- PETIT D'ANIMAL RUSÉ
- COUPE LE SOMMET

(F)LÉCHÉS

COUP TIRÉ BIEN HAUT
CASSE-PIEDS
COMPLET
MITAINE
DÉMONSTRATIF
PRÉFIXE D'ÉGALITÉ
VOLCAN NERVEUX EN 2021
PLAT NIÇOIS
DANSE À TROIS TEMPS
PRONOM RÉFLÉCHI
ANTE MERIDIEM
RACINE TONIQUE
SON SINUS SE CALCULE
LES ONDES DE MONACO
HABITANT DES DEUX-SÈVRES
NEUF À ROME
PERDIT DE SA SPLENDEUR
MAMAN D'AVERELL
PARTIE D'ÉGLISE
ACCORD OUBLIÉ
OPPOSÉS DES VERSOS
DÉTESTER, ET PAS QUE LE YÉTI

PACIFIQUE DANGEREUX
APERÇU
LA TANTE DE NOMBREUX FRANÇAIS
LIGUE DE BASKET
HÉROS DE *L'ASSOMMOIR*
TRAÎTRE D'*OTHELLO*
AFFLUENT DU RHIN
DEVINE, PRESSENT
AVANT *FA*
PLAN D'ÉPARGNE LOGEMENT
PAS CUIT
COLORANT ROUGE
SIGNATURE RADIOPHONIQUE
DIVAGUER
JEAN... DE LA FONTAINE
CHICHIS
COULEUR NATIONALE
AURORE
PAGAYAI
TRACÉ VU DU CIEL, AU PÉROU
POUFFÉ
PROCHE DU ROI DAGOBERT
DEMANDÉ AU MAUVAIS GÉNIE
CESSATION
APRÈS TOUT CE TEMPS
GRANDE-BRETAGNE
COMPUTER
GÉNÉRAL SUDISTE
PAILLE DE COUVREUR
ÉTAT AMÉRICAIN
EXAMEN MÉDICAL
ÉQUERRES
PRODUIT DE LA RUCHE
NÉGATION
EFFET AU TENNIS
CARREAU COUPANT
ID EST
TÂCHES À ACCOMPLIR

CROISILLONS **FUN**

Complétez cette grille où les lettres de FUN ont déjà été positionnées, lorsqu'elles sont présentes. Attention, les définitions amusantes sont souvent à prendre au second degré.

1. Un type qui acquit le sens de la formule.
2. Jouissance qui peut durer toute la vie.
3. Chameau qui déblatère.
4. Habitué des versements en liquide.
5. Descendre une grande bière.
6. Teen âgé.
7. Un vingt sur vingt, pour ce qui est vain.
8. Ça ne vaut le coup qu'en coup de vent.
9. Michel Simon et Gérard Depardieu qui auraient pu finir noyés.
10. Passé au fer ou au fard.

ALPHAKU-KU

Remplissez la grille pour que chacune des lettres
« **A**, **E**, **I**, **L**, **N**, **O**, **Q**, **S** et **U** »
figure une seule fois sur chaque ligne, dans chaque colonne
et dans chaque petit carré de neuf cases aux contours renforcés.
Quelque part s'inscrira le nom d'une ville
privée de thes dans l'histoire.

	U		O		E		N	
N					Q		I	O
	O	S			N	A		
	I				U			
U								L
			E				Q	
		L	A			O	S	
I	Q		L					N
	A		N		O		L	

☺ Blagues ☺

Ta Cathy, antiquité, t'a quitté

Deux nonagénaires, Germain et Cathy, sont assis sur un banc du jardin public, comme chaque après-midi depuis plus de vingt ans. Soudain, la dame s'emporte :

– Mais enfin, chéri, le monsieur assis en face de nous n'arrête pas de me dévisager.

– Ne t'inquiète pas, ma Cathy chérie, il s'agit certainement d'un antiquaire…

***

Cathy décide de quitter Germain et elle le lui annonce en voiture, sur la route qui mène à leur résidence secondaire, alors que son mari est au volant.

– Je te quitte, j'en ai assez de cette existence monotone.

Germain accélère et passe de 50 km/h à 80.

– En plus, je prends le chien Kiki.

Germain passe de 80 à 120…

– Et j'ai vidé le compte en banque !

Germain accélère encore pour atteindre 180 km/h.

– Je te trompe avec Firmin, de toute façon, depuis cinq ans.

Germain atteint les 200 km/h, toujours sans décrocher un mot.

– Mais enfin, tu ne dis rien. Qu'est-ce que tu as ?

– J'ai l'airbag !

Tombez dans le panneau

Observez les panneaux et leurs indications fantaisistes. Si aucune de ces communes ne se trouve à cette distance et/ou dans cette direction, l'ensemble des informations doit vous permettre d'identifier une ville secrète en huit lettres. À vous de comprendre ce que le génie civil avait en tête lorsqu'il a commandé ces drôles de panneaux. Ne tombez pas dedans !

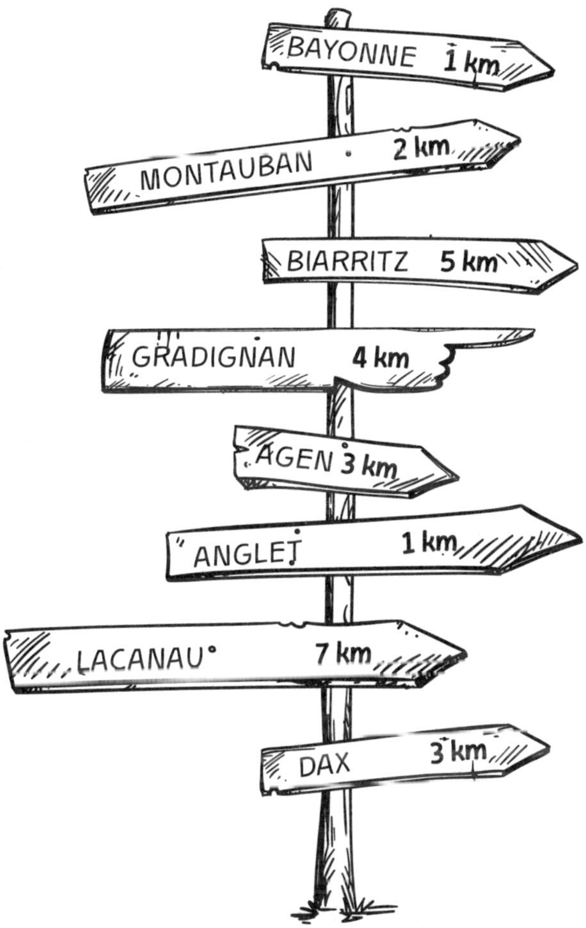

. . . .

GRANDES

HORIZONTALEMENT : **A.** Spatule de toubib, premier mot composé du dictionnaire. Pour ne pas vous éblouir, il n'est que le second mot à trait d'union. Caillou chou, bijou. **B.** Lire rapidement. Passionné. Compte la population. **C.** Celle de Waterloo était morne. Faisiez aussi bien. Eau-de-vie. Projectile pour canon. **D.** Fort court. Malpolie et insupportable. Essayer. Dieu solaire égyptien. Rappel suivant bis. **E.** Écoutez l'aboyeur. Lac des Pyrénées. Bien domptée. Exclamation. Loin d'être sûre. **F.** Fer du labo. De l'âne. Esquissa un dessin. Vérifiées. **G.** Débauches. Compagnon de Guignol. Italienne à terre pigmentée. Déshabillée. **H.** Demandant un traitement immédiat. Remet un peu d'ordre. Famille princière. Mazurka et java. **I.** Situer dans l'histoire. Vie simultanée. Nivelé. Médecin traitant. **J.** Escale possible. Barre tenant l'huis clos. Baie de Nagoya. Anglais anobli. Zeus ou Odin. Garde de katana japonais. **K.** Demande un tarif plus avantageux. Désert de dunes. Oiseaux moqueurs et bavards. Cours préparatoire. Prénom de Laurel. **L.** Groupe ayant remporté l'Eurovision. Homère en était le chantre. Douer de magnétisme. Psittacidé à plumage coloré. Carat. **M.** Saison des grandes vacances. Fatigante. Femme à queue de poisson. Glande sécrétant l'adrénaline. **N.** Sortis les crocs. Chemin forestier. Geste écologique. Petit poisson à déguster meunière. **O.** Personnes faciles à arnaquer. Joyeux ou Grincheux. Troisième pronom. Peu courant. Armée féodale. **P.** Objet de ruée. Jamais publié. Moyen illégal d'obtenir des aveux. Roue de poulie. Engin volant. **Q.** Celui de grossesse ne demande aucune révision. Jugée pas assez virile. Abîmée. Tuyaux à se rincer. **R.** Composés chimiques. Guerrier gaulois. Imite Pinocchio. Blessés. Risquas.

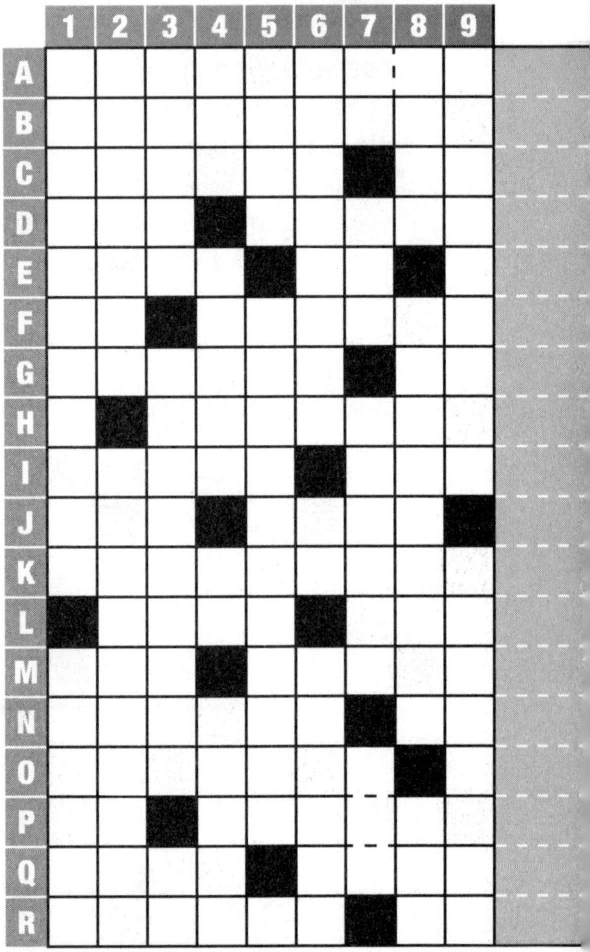

VERTICALEMENT : **1.** Creuser un sol ou un sujet. Maladroit, gauche. **2.** Rassembler les moutons. Régis par le hasard. **3.** Écrêté. Sans lui, liriez-vous cet Officiel ? Béatifié. **4.** Nulle part ailleurs. République devenue le Congo. Cœur de bébé. Être surnaturel. **5.** Matériel de disc-jockey. Apartheid, mise à part. **6.** Fille de Stockholm. Fleuve arrosant Turin. Lichens grisâtres. **7.** Fin d'infinitif. Molécule chargée. Épineux apprécié par les girafes. Sans domicile fixe. **8.** Contrainte. Ne savions pas. Ville du Nigeria. **9.** Apporte ses explications. Pactes conclus. **10.** Posture de yogi. Onze moins neuf. Victoire remportée par Napoléon. Mis en branle. **11.** Vêtement

VACANCES

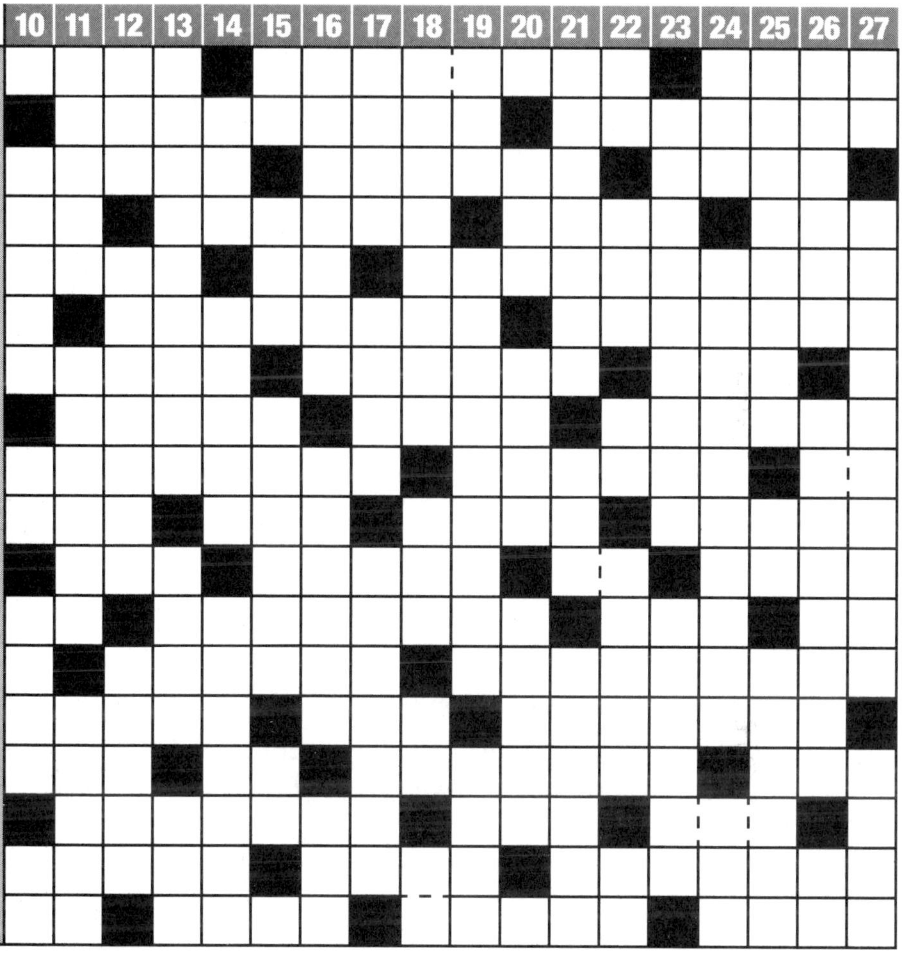

contre la noyade. Dont les cheveux forment des boucles. Gamins de Paris. **12.** D'une seule couleur. Comprimer. Dans toute autre hypothèse. **13.** Supprimeront la pointe. De bonne humeur. Dose de radiations. **14.** Col et village surplombant Nice. Squatteurs de cumulus. Sortie de ses gonds. **15.** Argon. Flûte oblique. Problème à résoudre. Bouquiné. **16.** Flore et faune des fonds marins. Inventant. Pied de biche. **17.** Continent de Bangkok. Non reconnue. Bêtises de cancres. **18.** Impératrices. Prononcé. Dans le coup. En ville. **19.** Amusement. Supportrices des Canaris. Déchet azoté. **20.** Lamartine en fit un poème. Punaise d'eau. Moscovite. **21.** Canal arrivant à la vessie. Évangéliste. Pièce d'engrenage. **22.** Note. Argent danois. Accord de Lénine. S'exprime. Tibia. **23.** Renfermant. Confirmés par les votants. **24.** Danseuse entrant dans le monde. Se posant près d'un cratère. Chanteuse pop. **25.** Sans intérêt pratique. Clé musicale. Particules. **26.** Porte sans retenue. Obstructions de cours par des glaçons. Disque du pharaon. **27.** Pronom réfléchi. Lucie Aubrac en était une. Film de Polanski.

Au Tableau

Le prof vous envoie au tableau sur un sujet que vous devez maîtriser. Remplissez la grille en vous aidant des indices et des séries de lettres constituant la réponse. Vous lirez verticalement un terme supplémentaire appartenant au même champ lexical. Aujourd'hui, interro sur… les toilettes !

1. *Rue de Marseille, où un immeuble exhibait fièrement ses toilettes en façade, afin que l'on fût moins triste ?*
2. *Faire caca, tout simplement, enfin plus savamment.*
3. *Toilettes provisoires d'un camp scout.*
4. *Des lieux d'aisance rimant avec « urines ».*
5. *Telles les toilettes que les bobos écolos néoruraux tentent de nous imposer...*
6. *Elle était percée, pour le roi.*
7. *Telle est la fosse, sans aucun doute possible.*
8. *Ce que signifie la seconde lettre de WC.*

Séries de lettres à ordonner et replacer :

CELOST – AEILNRST – ACLNOOST – EEEFILLSU
CEEHSS – DEEEFQRU – ACEHIS – EEIPQSTU.

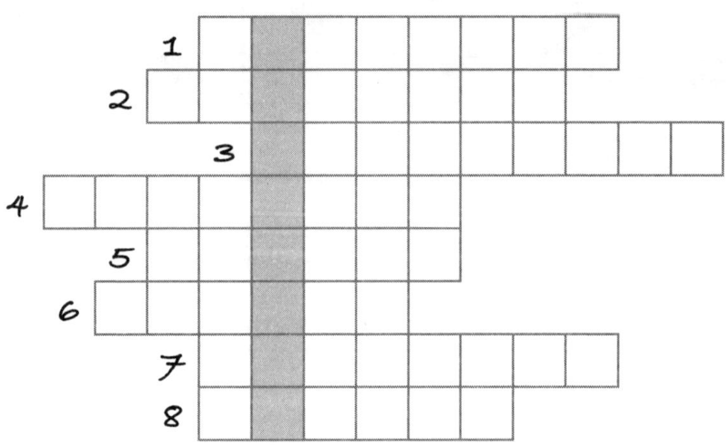

La lunette

Si vous n'y voyez rien, armez-vous d'une lunette
plus efficace que celle des toilettes.
Quel mot se cache derrière l'illustration suivante ?

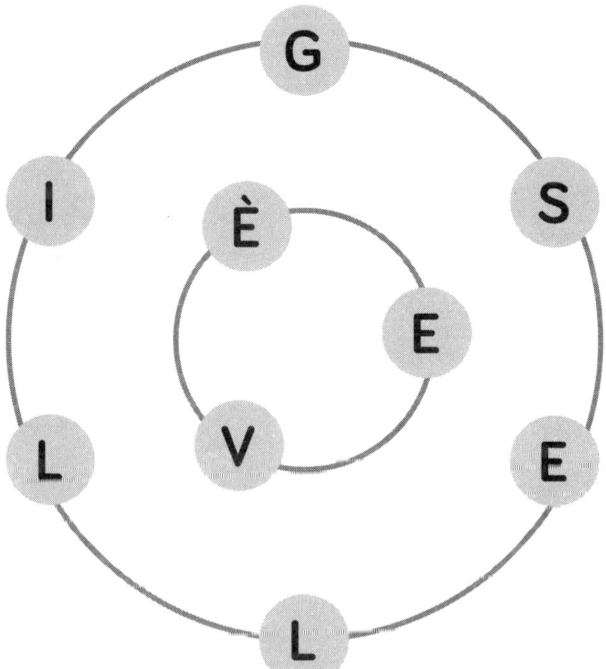

. . . .

Sani**BROYEUR**

Les termes ci-dessous forment la définition d'un mot du dictionnaire. Malheureusement, les feuilles de papier ont été emmêlées par le Sanibroyeur. À vous de les remettre dans l'ordre et de deviner le mot défini.

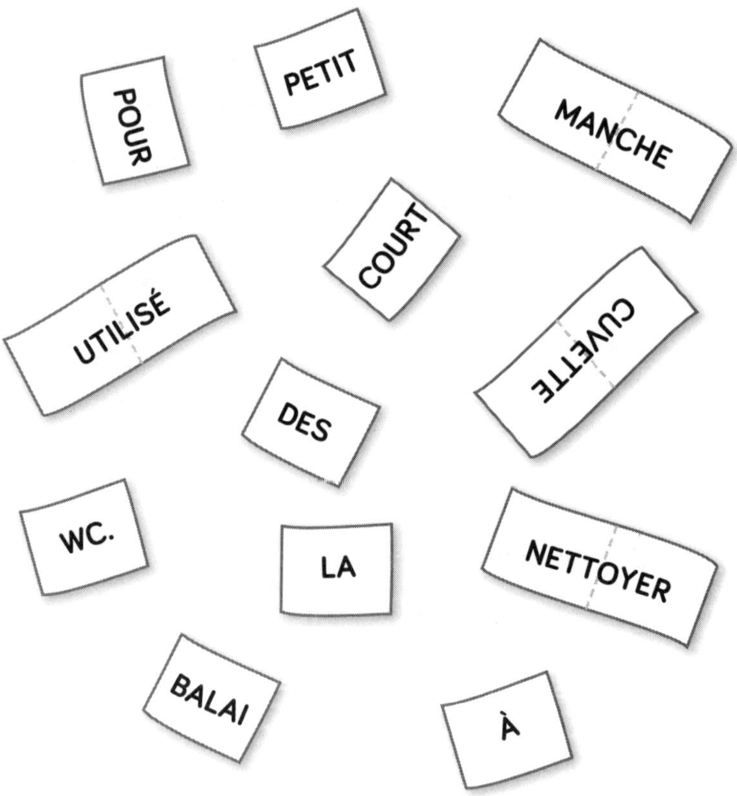

LES MUTANTS

Ces titres d'œuvres ont muté : chaque terme important a été remplacé par un synonyme, un mot de même sens, ou un antonyme, un mot de sens contraire. Ainsi, *Les bronzés font du ski* pourrait devenir *Les visages pâles remontent la pente*, par exemple, dans la version antonyme, ou encore *Les hâlés partent en schuss*, dans la version synonyme.

À vous de retrouver le titre original de chacune des trois œuvres fictives suivantes : il peut s'agir d'un film, d'un tableau, d'un roman ou d'une chanson.

1. En Orient, tout a changé

....

2. Mandarine automate

....

3. Le Canot de La Gorgone

....

ChatGPT OQP

L'année du chat

En 2023, dans l'astrologie vietnamienne, nous étions dans l'année du chat, alors que les Chinois fêtaient le lapin. C'est, avec le distinguo buffle/bœuf, la seule différence entre les calendriers zodiacaux de ces deux peuples.

Pour nous, pauvres humains ne croyant pas aux signes, ce fut aussi l'année d'un chat, le ChatGPT, un agent conversationnel utilisant l'intelligence artificielle, où GPT signifie *Generative Pre-trained Transformer*, c'est-à-dire qu'il se base sur une très vaste base de données écrites pour générer un texte semblant d'origine humaine.

En novembre 2022, ce *chat* au sens anglais de « dialogue en ligne » est mis à disposition de la population et, dès janvier 2023, cent millions de personnes l'utilisent déjà. Ces testeurs curieux et volontaires apprennent chaque jour des milliards de choses à l'outil, qui ingurgite et régurgite plus vite que votre bébé avec un petit pot d'abricot ou d'épinard.

L'engouement est immédiat, l'intelligence artificielle donne souvent des réponses de très bonne qualité, invente des histoires faisant sens à partir des contraintes que vous lui imposez, s'excuse de ne pas avoir répondu à vos attentes. Mais elle se fait piéger par des humains encore plus malins qu'elle sur des questions où elle répond de façon sexiste, raciste ou criminelle.

Son algorithme s'ajuste, ChatGPT évite désormais d'aborder la politique sous un angle partisan, reste prudent en matière de religion ou de sexe, n'entre plus dans les querelles où fusent les insultes du côté humain. L'intelligence artificielle se police (elle est policée, plutôt, car pour l'instant, il reste un commandant à bord capable de la brider ou de l'orienter) et tout un chacun commence à l'utiliser pour traduire des textes, rédiger des lettres de motivation, envoyer un faire-part, un mot d'excuse, une réponse à une administration. Nous, nous avons décidé de l'OQP en lui soumettant quelques questions… sur l'univers des toilettes.

Ses réponses figurent dans les pages ChatGPT OQP. Rendez-vous page 99, où nous reproduisons in extenso notre première prise de contact avec ce chat, sans corriger ses éventuelles fautes d'orthographe.

SEPT HORREURS

ROSACE

Remplissez les pétales de rose en ordonnant ces séries de lettres. Écrivez les mots de l'extérieur de la rosace vers le centre, comme dans les exemples EFFET et SERRE. Attention aux anagrammes, il n'y a qu'une seule façon de compléter la grille.

Dans le sens des aiguilles d'une montre

A. ABELR	**G.** AGPSU	**M.** EFGIR
B. EEGMR	**H.** ACEIR	**N.** EFILR
C. BDERY	**I.** BEEOX	**O.** CDEEO
D. AELRS	**J.** AEFST	**P.** BEITT
E. AELNP	**K.** EILOT	**Q.** **EEFFT**
F. EGLMO	**L.** AORTU	**R.** AEGIU

Dans le sens inverse des aiguilles d'une montre

1. EFILT	**7.** ENOPY	**13.** AEFIT
2. AEEGG	**8.** ACELR	**14.** EFILO
3. BDETU	**9.** ABEGL	**15.** CEGIU
4. **EERRS**	**10.** FMORU	**16.** BELOT
5. AEMPR	**11.** AISTX	**17.** DEEIR
6. ABEGL	**12.** EEORS	**18.** AEFRT

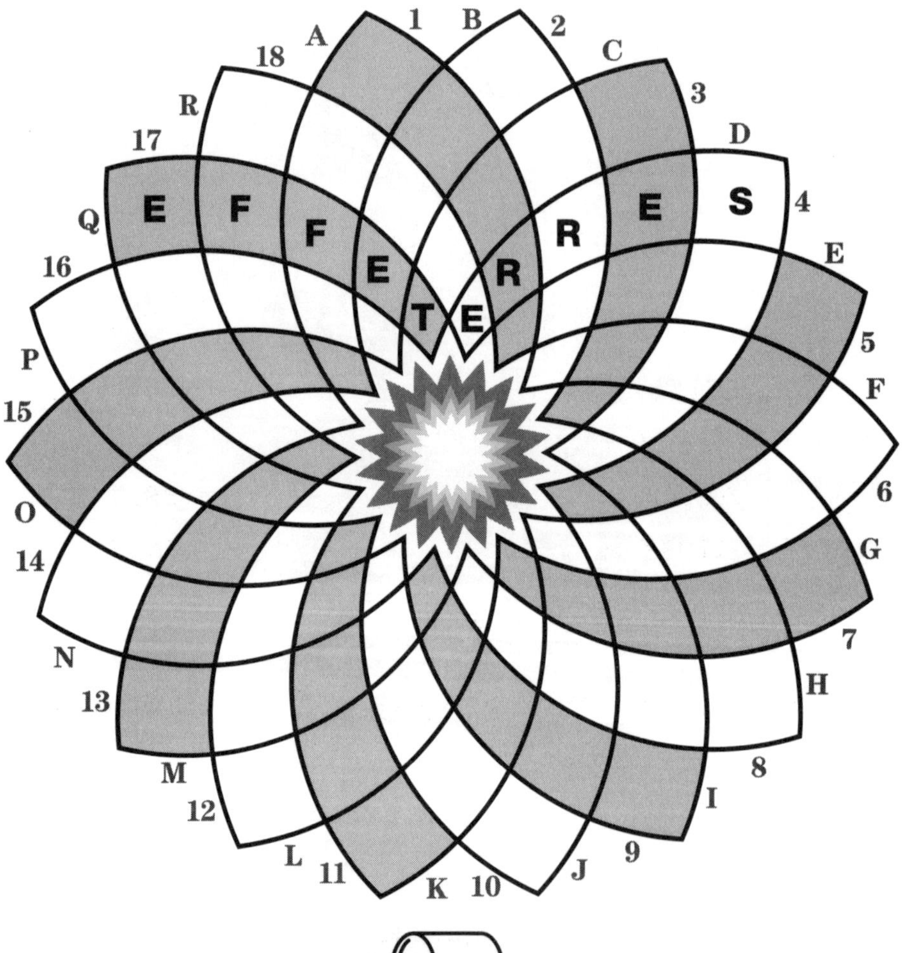

Sacré Délien

Un Délien, ne parlant que grec, sèche devant l'exercice suivant (en français) : cinq séries de lettres d'un côté, cinq de l'autre. Chacune doit vous conduire à un mot : attention, il y a parfois plusieurs anagrammes possibles.

Ensuite, une lettre centrale permet de composer un mot de onze lettres, en reliant les deux mots de chaque ligne : ça crée des liens. On ne tiendra pas compte des accents.

Par exemple, sur la première ligne, COMME et ORÉES peuvent être reliés par un M pour former COMMÉMORÉES.

Les cinq lettres ajoutées au centre formeront elles-mêmes un dernier mot vertical. Quel est-il ?

CEMMO	=	**COMME**	M	**OREES**	=	**EEORS**
EGLOU	=	_ _ _ _ _	_	_ _ _ _ _	=	**AENST**
CEERV	=	_ _ _ _ _	_	_ _ _ _ _	=	**EIRST**
ABCLN	=	_ _ _ _ _	_	_ _ _ _ _	=	**AERST**
CHIKT	=	_ _ _ _ _	_	_ _ _ _ _	=	**EENTT**

M _ _ _ _

Les enfants TERRIBLES

Cinq couples à l'humour douteux envoient des bristols annonçant un joyeux évènement. Sachant qu'Anne, Aude, José, Kelly, Marc, Sophie et Yves sont nés, inscrivez les prénoms complétant les faire-part. Attention, une famille a eu des triplés !

Monsieur et Madame Stické
ont le plaisir de vous annoncer
la naissance de

....

....

....

Monsieur et Madame Patledir
ont le plaisir de vous annoncer
la naissance de

....

....

....

Monsieur et Madame Dio
ont le plaisir de vous annoncer
la naissance de

....

....

....

Monsieur et Madame Yféfroi
ont le plaisir de vous annoncer
la naissance de

....

....

....

Monsieur et Madame Rogne
ont le plaisir de vous annoncer
la naissance de

....

....

....

☺ Blagues ☺

Coco et cocos

Un Londonien achète un perroquet sur un marché aux oiseaux n'ayant pas encore subi les foudres des défenseurs des animaux de tout poil (ou plume). Il rentre chez lui et le montre fièrement à ses enfants. Il répète plusieurs fois « Hello » mais l'oiseau ne pipe mot. Après une semaine de mutisme du psittacidé, l'homme retourne au marché, retrouve le vendeur, un Français plus camelot que Camelot. L'acheteur se plaint bruyamment :

– Monsieur, vous m'avez escroqué, vous m'avez vendu un perroquet qui ne parle pas.

Le marchand se tourne vers le volatile :

– Alors, Coco, on ne veut pas parler à son nouveau maître ?

Le perroquet répond :

– Je voudrais bien t'y voir. T'as déjà vu quelqu'un apprendre l'anglais en une semaine ?

***

– Docteur, mon mari se prend pour une poule !

– C'est grave, c'est très grave. Je crois qu'il faut le faire interner.

– Ah non ! J'ai besoin de ses œufs pour nous nourrir. Et ils sont meilleurs lorsqu'ils viennent de bêtes en liberté, ils l'ont dit à la télé.

CLÉS en main

Bella garde les souris pour nourrir son serpent dans un vivarium sécurisé par un mécanisme de coffre-fort. Notez dans chaque clé la lettre à laquelle elle est associée sur la page de droite. En trouvant le bon point de départ et le bon sens de rotation, lisez le mot de passe ouvrant la serrure. Attention aux trois clés piégeuses.

N
T
A
L
E
S
M
R
O
G
I
U

LE CHICHSTRAC

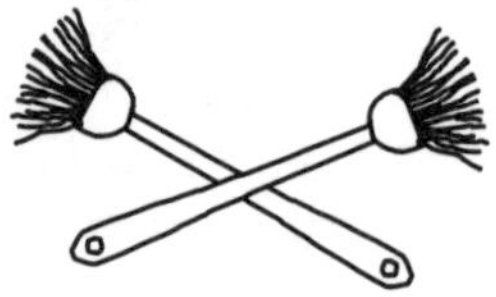

Dans les trois citations, un même terme a été remplacé par cet étrange CHICHSTRAC, un mot d'argot désignant la corvée de quartier, ce qui incluait le nettoyage des cuisines, de la cour… et des chiottes. Votre seule corvée sera de toiletter ces phrases pour retrouver le mot commun d'origine.

1 « Quand on lui marche sur les pieds, le **CHICHSTRAC** hausse les épaules. »
(STÉPHANE COLLARO)

....

2 « Il était un pauvre **CHICHSTRAC** qui collectionnait toutes ses peaux. C'était l'homme. »
(JEAN GIRAUDOUX)

....

3 « Adam et Ève furent punis d'être végétariens. Ils auraient dû manger le **CHICHSTRAC**. »
(ROBERT SABATIER)

....

EN PURE LOGIQUE

Par un raisonnement indiscutable, la suite de nombres ci-dessous peut être complétée sans grandes connaissances mathématiques. Que faut-il écrire sur la dernière ligne, pour prolonger logiquement cette suite ?

105

230

355

520

645

810

....

LES KEUFS DANS LE RER

C'est ton destin, disaient de grands poètes, Les Inconnus, dans ce titre commençant par « Eh les keufs, eh les meufs dans le RER, la banlieue c'est pas rose, la banlieue c'est morose, alors prends-toi en main », fin de citation pour ne pas faire d'ombre à Baudelaire en poursuivant ce succès qui n'avait pas que l'air de beau. Mais quel rapport avec le caca, puisque c'est le sujet des Défèque news ?

J'y vais. D'ailleurs, coucou aux habitants de Givet, dans les Ardennes, un havre de paix. Le rapport, j'y viens. Si le métro parisien vit le jour le 19 juillet 1900 – alors qu'Émile Zola évoquait déjà une « voie de chemin de fer souterrain, établi dans le sous-sol, et que des lignes projetées devaient relier à différentes gares » dans *Le Ventre de Paris*, sorti en 1873 –, le RER, lui, ne fut inauguré qu'en 1977, pour faciliter les échanges entre la capitale et la banlieue.

L'ébauche de la première grande ligne transversale Est-Ouest allait relier le quartier des affaires de La Défense à la place de l'Étoile ou arc de Triomphe, pour les touristes. On l'appela donc logiquement Métro Express Régional (genre, on quitte Paris) Défense-Étoile. Et hop, on ne va pas y passer quinze jours.

Heureusement qu'un peintre, chargé de réaliser les pancartes de promotion de ce nouveau moyen de transport haut de gamme, se rendit compte du mot formé par les initiales : MERDE. On chercha un nouveau nom et le Réseau Express Régional, le RER, était né.

CRYPTOGRAMME

Remplacez chaque symbole par la lettre qu'il crypte pour découvrir ce que lançait Alphonse Allais à un académicien pour le taquiner.

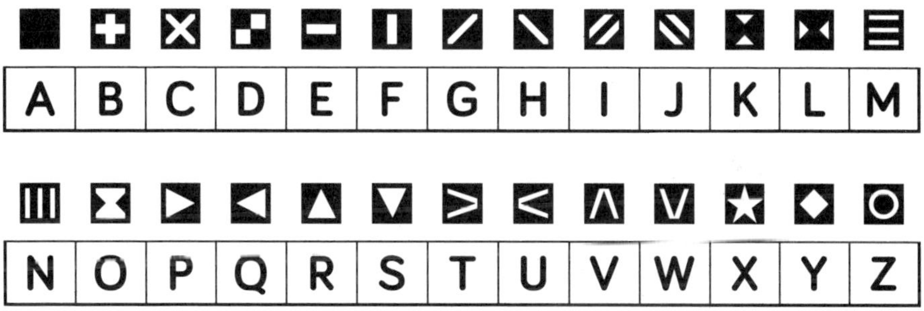

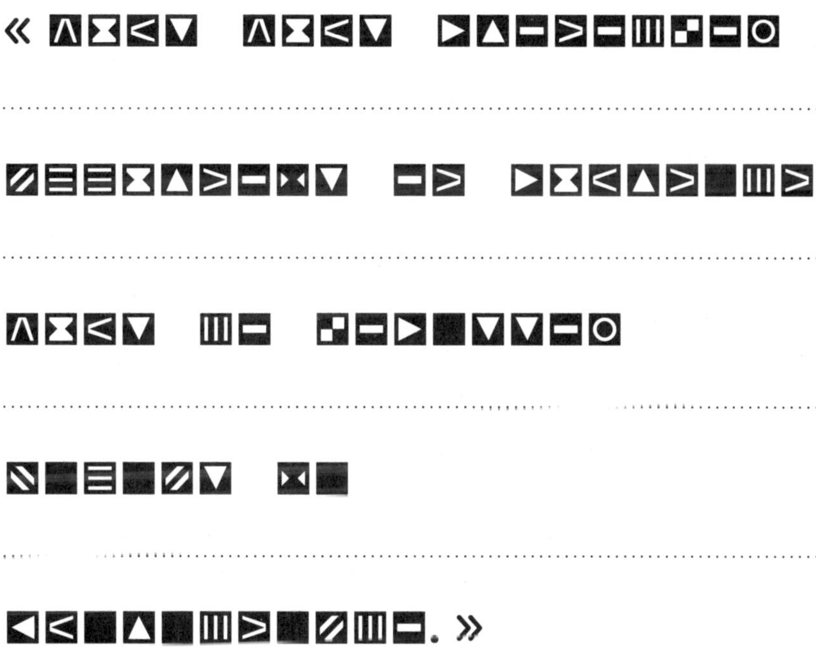

Paroles, paroles...

Vous avez tous fredonné *Paroles, paroles*, le duo improbable de Dalida et Alain Delon. Ces extraits d'autres tubes sont certainement quelque part dans votre mémoire. Exercez-la en retrouvant la parole manquante.

1. « On serait juste toi et moi,
près d'ici ou là-bas,
sans .... dignes et sans foi »

2. « Comment te dire,
j'aurais peur de tout foutre en l'air,
de tout .... »

3. « Allez, venez et entrez dans la danse ;
allez, venez, laissez faire l'.......................... »

4. « Dans l'espoir docile,
tes .... fragiles, je te devine »

5. « Comme Indy j'ai cherché le Graal,
la jeunesse éternelle,
le .... dans les veines »

MotoCrotte

Sachant que chaque chiffre en début de ligne ou haut de colonne indique le nombre de déjections qui s'y trouvent, localisez et représentez par un cercle les crottes laissées par les 27 chiens de la grille, pour permettre à la motocrotte automatique de les ramasser rapidement. Un chien ne laisse une crotte que dans une case libre qui touche la sienne et jamais en diagonale. Commencez toujours, dans ces jeux, par marquer d'un simple point les cases dans lesquelles il est certain qu'il n'y aura pas de crotte, comme nous l'avons fait ici (0 en début de ligne ou en haut de colonne).

	1	2	2	5	3	2	0	1	4	4	1	2
1							•					
3							•					
2							•					
2							•					
3												
0		•	•	•	•	•	•		•	•	•	•
3							•					
1							•					
1							•					
1							•					
3												
3							•					
0	•	•		•	•	•	•	•	•	•	•	•
3							•					
1							•					

(M)OTS

- BÂTIMENT OÙ LE FOIN EST STOCKÉ
- COUVERTURE
- JOIGNEZ-LE À L'AGRÉABLE
- INABORDABLE
- DÉRANGÉE
- RETOURNÉ
- BESTIOLE OU BESTIAL
- QUI VA SE PRODUIRE
- RECONNAISSANCE
- CLOCHETTE DE BARRIE
- OÙ EMBARQUE ADER
- MANCHE
- PIÉCETTE
- TRANCHE PAS TOUJOURS FINE
- COORDONNÉES GPS
- AUROCHS DISPARU
- JOLIES FLEURS
- RIVAUX DE SHARKS
- IL EST ISSU D'UN DÉDALE
- DÉSERT ROCHEUX
- TOILETTES
- AMANTE DU CID
- RAIDIR
- PRÉSENTS EN PRISON
- COUP DE PUB
- FONCER EN VACANCES
- À DEUX PARTIES
- DIMINUTIF D'ANDRÉ
- CALE
- PIQUE-SOUS POUR DONALD
- POUAH!
- CARAPATÉ
- BIDOCHE
- ADRESSE URBAINE
- IL PLIE ET NE ROMPT POINT
- MARCHAND DE VINYLES
- VERNIS VITREUX
- PION
- POISSON POUR AQUARIUM
- PAVLOVA, WINTOUR OU FREUD
- RAPPROCHÉE
- PRÉFIXE INNOVANT
- EUROPIUM
- TOURNE À GAUCHE
- UN POINT DE VUE Y EST EXPOSÉ
- CAQUELON À FONDUE

(F)LÉCHÉS

ACCORD DATÉ
REGINALD DWIGHT
FARD D'ALEXAN-DRIE
PRINCE DE ROCHER
SUPPORT DE BALLE
LANGUE MORTE
TRAVAIL APPRÉCIÉ DU BIBLIO-PHILE
PRISE DE HAUT
GORE AMÉRICAIN
PLUS QU'AIMÉES
MUSIQUE DU BLED
BALTES
ATTILA L'ÉTAIT
ÉMIRAT DU GOLFE
MANQUANT À SES DEVOIRS
INGÉNIEUR DE LA TOUR
LAVER LE CERVEAU
MYSTÉ-RIEUSE
MUSE DE L'ASTRONO-MIE
QUELQU'UN
POINT D'APPUI DE L'AVIRON
AFFÛTA
FRÉ-QUENCES VOCALES
ATTACHAS
FIBRE À TRESSER
GAVROCHE
ANNEAU POUR CAVALIER
POST-SCRIPTUM
DÉPLACÉ
ELLE FAIT JOLIMENT TACHE
LETTRE GRECQUE
MET EN BOTTES
BABA BÛCHERON
PORTION DE CERCLE
PILE
PROTÈGENT
CHEVELURE DE LION
REFRAIN
ANCÊTRE
CUIVRE CHIMIQUE
DU RAISIN
DIRECT DE BOXEUR
ABRAHAM Y EST NÉ
NETTOYA
ARTICLE ESPAGNOL
PINARD
MATÉRIAU POUR BOUCHON
POSSÉDA
AFFLUENT DU RHIN
COURS D'AKKOL
JOYEUX
FORT COURT
LIGHT
ÇA, LE CLOWN
ERBIUM
ÉTAT-MAJOR
PARTIRA À LA BRASSE
DANS LE TOP 50, MAIS ÉLOIGNÉS DU PODIUM

Trois petits CHATS

Trois petits chats, chapeau de paille, paillasson, somnambule, bulle, bulle... Sur ce principe, remplissez les trente bulles, bulles, bulles, en vous aidant des indices précisant chaque début et fin de mot.

1-6. C'est ce petit minou qui vous fait craquer, avouez! **4-9.** S'en prendre à la pelouse ou au collabo à la libération. **7-14.** La pièce indispensable, aujourd'hui, pour ranger ses tenues. **12-17.** L'âge le serait, à la puberté. **15-22.** Ce produit tue le rongeur que le chat adore prendre en chasse.

20-24. Ainsi est le palais du facteur Cheval. **23-27.** Lors de ses aventures, elle croise le chat du Cheshire. **26-30.** Cette marque de nourriture pour chat n'a pas l'accent du cinéma.

SANDWICH

Complétez les mots horizontaux. Une seule des différentes possibilités vous permettra de trouver une expression argotique synonyme de « détester quelqu'un ».

D	I		U	E	R
E	P		R	S	E
T	R		Q	U	E
E	M		U	R	E
S	C		N	E	S
T	E		G	A	L
E	N		O	R	E
R	A		U	T	S
C	A		P	E	R
E	M		E	L	E
Q	U		L	L	E
U	L		U	C	O
I	S		T	I	S
D	E		R	U	E
A	B		N	N	E
M	I		I	E	U
C	R		M	E	S
E	X		U	I	S
S	A		T	E	R
T	I		R	C	E

SUDOKU-KU

Remplissez les cases vides de ce sudoku-ku pour que tous les chiffres, de 1 à 9, soient inscrits une seule fois sur chaque ligne, dans chaque colonne et dans chaque petit carré de neuf cases sur fond gris ou blanc.

8		7			4	3	1	
			3					
5	1	3		7		4		6
	4					9		
	5		2	4	9		3	
		9					6	
7		5		3		6	2	9
					8			
	3	4	5			7		1

BONUS

Observez les lettres bien placées sur fond gris foncé ou mal placées sur fond gris clair pour deviner le seul mot final possible.

M Gris foncé **M** Gris clair

G	O	R	G	O	N	E
G	A	I	M	E	N	T
G	R	A	D	U	E	L
G	E	R	A	N	T	S
G	A	T	E	A	U	X
G	_	_	_	_	_	_

L'éToilette

☆☆☆

1
2
3
4
5
6
7
8
9
10
11
12
13
14
15
16
17
18
19
20
21
22
23
24
25
26
27
28
29
30
31
32

Chaque définition indique le point de départ et le point d'arrivée du mot à trouver. Remplissez la petite étoile, l'étoilette pour rester dans le thème de l'Officiel, puis arrangez les lettres collectées dans les cases grisées pour former le nom d'un accompagnant.

1-5. Une vieille qui a encore ses règles.

1-8. Quête de Python.

2-10. Vipère ne finissant pas en gelée.

3-30. Bienvenue par minous !

4-13. Fleuve n'ayant rien de déraisonnables.

5-15. Blanche naturellement.

6-7. S'exercer au jeu de paume.

8-15. Repérée sur Google Maps.

9-20. Entre-côtes bleu.

11-22. Pas abandonnée à son sort.

12-23. Parfois, on ne pouvait plus l'encadrer.

14-21. Qui dévoile ses dessous.

16-29. Le souci, quand on lève trop le coude…

17-31. Mécanisme pour passer à l'heure d'été.

18-28. Une interdiction de mai 68.

19-32. Habitant de la France.

24-25. S'inspirer de Nobel, mais pas pour la paix.

26-27. Accumulation d'urine dans la vessie.

le PQRST

Quelquefois, vous avez beau tirer la chasse : cinq minutes plus tard, vous constatez que « le PQ est resté » et flotte dans la cuvette. Les huit réponses aux définitions suivantes commencent par huit lettres consécutives de l'alphabet, dont l'inévitable PQRST. Ces initiales vous sont offertes. Aidez-vous aussi des lettres indices.

1. Méchant au pays de Candie — **M** ....

2. La gosse de Lagos — **N** ....

3. La goulue — **O** ....

4. Un accroc dans un tissu — **P** ....

5. L'amer à boire — **Q** ....

6. Producteurs d'eaux de toilettes — **R** ....

7. Pouah ! Niais d'amour... — **S** ....

8. Mineur du Klondike — **T** ....

Séries de lettres permettant de reconstituer les huit mots précédents (l'ordre n'est pas celui des définitions) :

AIINNQQUU	AEEEGNRT
EINRS	AEEGIINNR
AEIMNORTU	AEEILMNNSTT
EEGORSS	AEILP

SOUVENIRS **de Géo**

Chiasso

C'est Matthieu B., un ami Suisse à l'humour improbable dont je tairai le nom, qui m'a fait remarquer que je n'avais pas assez parlé de la ville de Chiasso, dans mes ouvrages empreints de coprophilie bon ton. Mayonnaise, parfois.

Comme teasé (je néologise parfois) à la wakbar-page 5, cette ville suisse (non, on ne dit pas une ville suissesse, ce qui expliqua la sortie naguère du mot SUISSESSE du dictionnaire officiel du Scrabble®, vu qu'icelui était un nom propre – même si j'ai connu une Suissesse très sale dans mes jeunes années) ne diffère déjà d'une version fort vulgaire de la courante que par son O finale (d'ailleurs, la chiasse, c'est beaucoup d'eau) – une incise pour répéter qu'une lettre est féminine, comme Amanda Lear –, mais en plus Wikipédia précise que Chiasso est « sur la grande voie de transit internationale ». N'est-ce pas beau comme un escabeau ? ou comme un veau, se plaisait à répéter une amie qui termina sa vie en traversant un pare-brise, à qui Matthieu et moi rendons ici un vibrant hommage. Non, c'est mal rédigé, nous rendons hommage à Séverine – si tu nous entends, miss Bergeault – pas au pare-brise.

Après, si je vous dis que Chiasso fait partie de la plaine du Pô, vous n'allez pas me croire. Et pourtant si, la métaphore peut être filée. « La gare CFF de Chiasso est également le départ de la route cycliste nationale appelée Route Nord-Sud qui conduit à Bâle », précise le site. Moi, je vous aurais bien conseillé d'aller à Bâle, mais Matthieu dit que c'est un trou. « Un trou sale, des trousseaux », vive Coluche !

COLORIAGE

L'ombre de ton *HOMBRE*

Observez bien cet homme espagnol (si, si, on a vérifié ses papiers) : cet *hombre* possède cinq ombres, mais une seule silhouette lui correspond parfaitement. Laquelle est-ce ? Et non pas La Callas, qui n'est pas espagnole, d'ailleurs, c'est là qu'est l'os.

PiPiramidal

Complétez la pyramide en inscrivant sur chaque flaque un total égal à la somme des deux nombres notés sur les deux éléments (flaque ou rouleau) immédiatement en dessous.
Le nombre 628 (314 + 314) au sommet a un petit parfum de pipi, puisque pi, c'est 314...

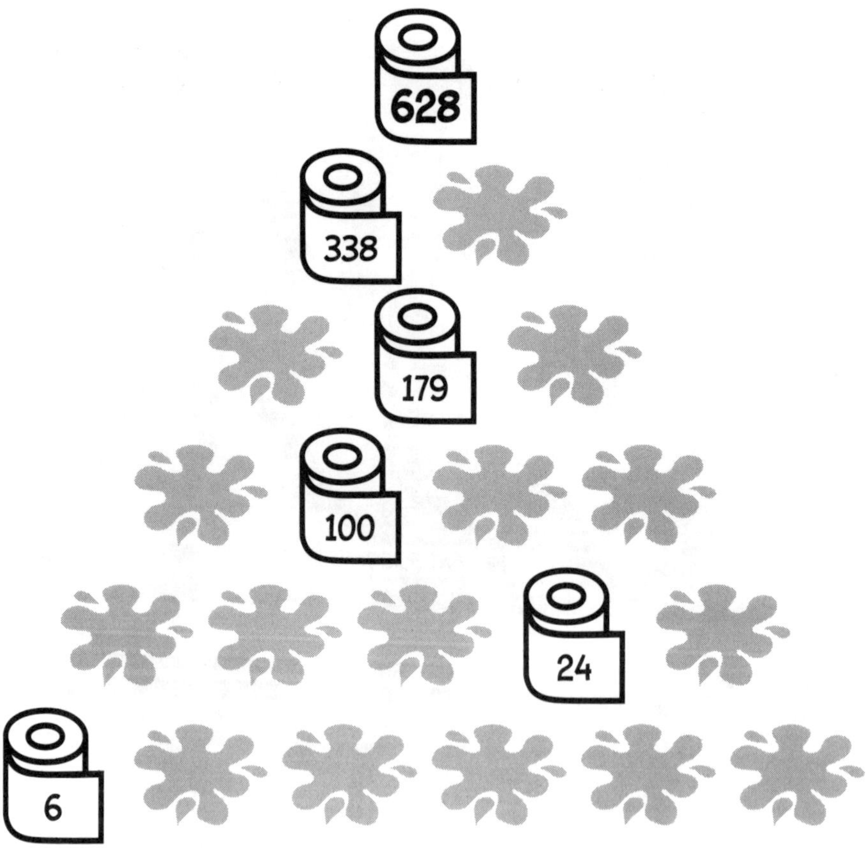

Calculs ours, hein !

+ − × ÷

Avec les quatre opérations de base (**+ − × ÷**) et en utilisant au maximum une fois les plaques proposées, tentez d'atteindre le nombre cible : **811**.
Il n'existe qu'une façon d'y parvenir.

811

1 - 2 - 6 - 7 - 8 - 25

FLÉCHÉS

Dans cette grille, toutes les définitions ne sont pas données dans les cases. Des chiffres indiquent la place de la première lettre du mot à trouver, horizontalement ou verticalement.

HORIZONTALEMENT : 1. Nom propre de Grèce à l'intonation... tout aussi non-propre. **15.** Association de Queneau et de Perec. **17.** Amérindien vivant dans l'Utah. **18.** Ensemble de spectateurs. **20.** Agrume à jus. **22.** Ligne du plan. **23.** Vaste lac russe. **24.** Amusant, à la radio aussi. **26.** Club de foot lyonnais. **28.** Simple d'esprit. **30.** Rangée sur une bobine. **32.** Trop bruyante. **34.** Règlement mensuel. **35.** Roman de Stephen King. **36.** Premier de liste. **37.** Sa passion le rend infréquentable. **39.** De faible largeur. **41.** Trou en face. **43.** Laissa à un endroit oublié. **44.** Champion. **46.** Décrocha un emploi. **48.** Marquis peu à cheval sur l'étiquette. **49.** Détienne. **50.** Objectif de ronde. **52.** Soumettre à un traitement ardent. **54.** Ville du Piémont à vin blanc mousseux.

VERTICALEMENT : 1. Il est bien souvent sur son 31. **2.** Entêté comme Louis X. **3.** Naturellement, on se contente de quatre. **4.** Clé des songes. **5.** Tenez-vous à carreau, ce cœur pique ! **6.** Repère estival. **7.** En nul autre endroit. **8.** Petits arrangements entre amis. **9.** Billet d'humeur. **10.** Sonner vivement. **11.** Contrainte. **12.** Argon. **13.** Lettres de rappel. **14.** Examina aux rayons X. **16.** Petit porteur. **19.** Elle mûrit au contact de l'avocat. **21.** Adepte du patin. **25.** *Do.* **27.** Hors lignes. **29.** Soleils dans les églises. **31.** Musique du bled. **33.** Les dits commandements. **38.** Dada des Curie. **40.** Langue de Manille. **42.** Modèle de sagesse. **45.** Brique. **47.** La moyenne en maths. **48.** Brochet de mer. **51.** Canton suisse. **53.** Métal en filon.

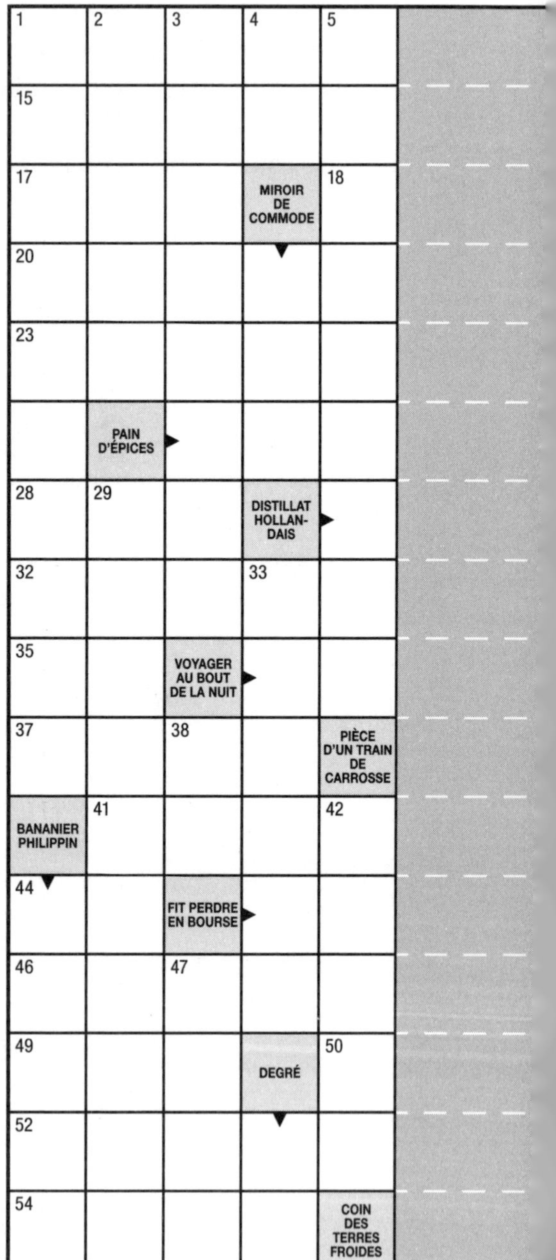

CROISÉS

6		7	8	PIEDS	9	10	11	12	13		14
	CETTE MÉDUSE N'A PAS DE RADEAU			16						FAIT AMI-AMI	
	19							BRD VUE DE FRANCE			
		À DÉCIMALE DÉCIMÉE						21	COPINE D'AVANT	22	
FINALITÉ DE L'ÉVEIL	24	25		GORE	26		PERLE DU GOLFE				
					ROMAN D'UN NYMPHO-LEPTE		27				
		EXAMEN MÉDICAL	30		31						PASSE
									VIEUX MAUX	34	
			ON NE LE TOND PAS!	36			RÉCIPIENT FINAL				
					FLEUVE CÔTIER	39	40				
		BATEAU À MÂT	43					EST LONDONIEN			ENGUEU-LADE CONJUGALE
						MORUES		45			
DIVAN POUR TROIS					PARESSEUX	40				CRI HOSTILE	
51			VOISINE DE JÉRUSALEM								
	BIEN CUITE		53				CARGO COMPLET POUR LE RIZ				
					PREND DU GALON						

La puce à l'oreille

Un fil logique relie sans équivoque possible les six mots suivants. Pensez à des expressions connues ou toutes faites. Faites défiler toutes les associations possibles ou jouez la carte (puce) des petits sauts (de puce) mentaux, jusqu'à ce que l'une d'elles vous mette la solution à l'oreille.

JOINT

TROPICALE

LIVRES

AIGLE

FILE

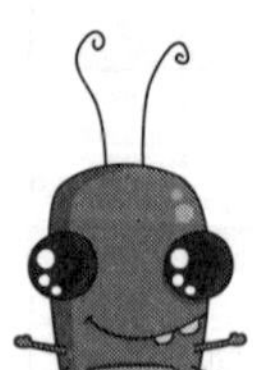

EFFET

....

☺ Blagues ☺

Une moitié

– Toto, tu écoutais la leçon ou tu pensais déjà à ta console ?
– Uh ?
– Toto, si tu as bien suivi, dis-moi ce que représente la moitié d'un tout ?
– Ben, trois mètres, madame !
– Trois mètres ? Pourquoi trois mètres ? Cela n'a rien à voir avec la leçon.
– Ah si, mon père le dit toujours : le tout, c'est de six mètres !

***

Un quadra angoissé, contaminé par le wokisme ambiant, discute avec un ami fortuné qui n'en a rien à secouer de ce qu'il convient encore de dire ou pas.
– Je n'ai jamais compris pourquoi on appelait naguère sa femme « sa moitié ». Elle vaut bien autant que son mari, non ?
– Je n'ai jamais utilisé ce terme moi-même, réplique le riche copain, mais quand j'ai divorcé, j'en ai compris toute la symbolique…

Bandelettes

Un touriste a découvert dix bandelettes de papier, portant des inscriptions, non loin d'une momie égyptienne. En les remettant dans le bon ordre, vous découvrirez le résumé d'un roman évoquant l'Égypte. Les majuscules débutant chaque ligne – qui devraient souvent n'être que des minuscules, attention ! – formeront verticalement le nom d'un personnage apparaissant dans la nouvelle et non le roman portant le même titre. Qui est-il ? Devinez-vous le nom du roman et connaissez-vous son auteur ?

1. Karnak, un vapeur de croisière remontant un long fleuve
2. Y aurait-il plusieurs coupables ayant écourté le voyage de
3. Assouan. Jeune mariée, celle-ci craint des
4. Passagers, dont chacun semble avoir un mobile.
5. Noces de la jeune femme ? Poirot lèvera le mystère
6. Représailles de l'ex-fiancée de son mari, embarquée à bord du S.S.
7. En Égypte. Linnet est bientôt retrouvée morte. Aidé par le colonel
8. Et révélera une machination diabolique, où la cupidité est de mise.
9. Poirot rencontre Linnet Ridgeway dans un hôtel à
10. Race, l'enquêteur belge sonde avec son flegme habituel les

....

EN DÉCOMPOSITION

Comme dans la nature, rien ne se perd, tout se transforme. Recyclez une et une seule fois chacune des quatorze lettres de

DÉCOMPOSITIONS

pour former deux mots répondant aux définitions proposées.

Observez l'exemple.	
Septième jour du calendrier républicain (7 lettres) :	**SEPTIDI**
Charrue à une seule lame (7 lettres) :	**MONOSOC**
SEPTIDI + MONOSOC = DÉCOMPOSITIONS.	

Sur le même principe, identifiez les couples suivants (entre parenthèses le nombre de lettres du mot cherché) :

1. Petits rectangles de jeu marqués de points (7) : _ _ _ _ _ _ _
Moine que Gutenberg mit au chômage (7) : _ _ _ _ _ _ _

2. Des pilules pour se sentir mieux (6) : _ _ _ _ _ _
Situation dans l'espace (8) : _ _ _ _ _ _ _ _

3. La forme française d'une réduction de prix (9) : _ _ _ _ _ _ _ _ _
Petit du jars (5) : _ _ _ _ _

LA TÊTE AU

Dans chaque carré grisé figure un mot. Trouvez une anagramme de ce mot correspondant à l'une des définitions sous la grille (exemple au centre : CHARIOTS pour l'indice 11). Inscrivez ensuite, dans chaque tête, le numéro de la définition du mot recherché. Reportez alors l'initiale de chaque mot trouvé, ici le C, dans les cases numérotées de l'échelle de décodage. Celle-ci complétera une affirmation de Phocylide de Milet : « Le peuple, le feu et l'eau… » À la fin, en cumulant les chiffres des définitions, il vous faudra totaliser 65 sur toutes les lignes, toutes les colonnes et les deux diagonales de ce carré magique !

ORNÈRENT _ _ _ _ _ _ _ _	MÊLE _ _ _ _	MAËRL _ _ _ _ _	COUDE _ _ _ _ _	ORME _ _ _ _	= 65
MARE _ _ _ _	TRENTE _ _ _ _ _ _	DARIOLE _ _ _ _ _ _ _	CANOË _ _ _ _ _	COURSIER _ _ _ _ _ _ _ _	= 65
COÛTS _ _ _ _ _	NÉO _ _ _	HARICOTS 11 CHARIOTS	USURE _ _ _ _ _	PRIÈRE _ _ _ _ _ _	= 65
NARGUE _ _ _ _ _ _	DÉVIENT _ _ _ _ _ _ _	RONGEA _ _ _ _ _ _	FORÊT _ _ _ _ _	CÉSAR _ _ _ _ _	= 65
MÉTRO _ _ _ _ _	TÉE _ _ _	ODIN _ _ _ _	NEIGE _ _ _ _ _	BRUCHE _ _ _ _ _ _	= 65
= 65	= 65	= 65	= 65	= 65	

Diagonales : = 65 / = 65

CA-CARRÉ

1. Lorsque le feu l'est, il atteste la présence du Saint-Esprit. **2.** C'est une vaste étendue d'eau, qui peut être Pacifique. **3.** Il aurait pu dire en tout premier : « Que d'eau ! » **4.** Devant « de feu », cela évoque une série avec un hélicoptère d'attaque. **5.** Elle chante : « Je me ferai nouvelle pour que le feu reprenne ». **6.** On fête les feux de la Saint-Jean au début de cette saison. **7.** Ce jeune loup apprend la vie autour du feu de camp. **8.** Derrière « eau », cet adjectif renvoie à un procédé de gravure. **9.** C'était l'épreuve du feu au Moyen Âge. **10.** Cette ville fut en partie détruite par le feu à cause de Néron. **11.** De feu, ils évoquent la musique de Vangelis. **12.** Ce saint allume des feux aux extrémités des mâts des navires. **13.** Sa baguette lui permet de trouver de l'eau. **14.** Cet adjectif féminin signifie « de la nature du feu ». **15.** Ce sportif a besoin d'eau pour s'exprimer. **16.** Une telle eau n'est pas salée. **17.** À ce feu, il vaut mieux s'arrêter. **18.** Feu la mère de Madame devrait donc l'être. **19.** Phonétiquement, devant « à feu », ce minéral nous renvoie à l'époque de *La Guerre du feu*. **20.** Il a chanté *Le Débit de l'eau*. **21.** À feu, elle peut tuer. **22.** Ce feu a consumé Jeanne d'Arc. **23.** Cette eau coule de nos yeux. **24.** Cet adjectif signifie « clair comme de l'eau de roche ». **25.** Cette eau sort de nos pores.

										C		
1	2	3	4	5	6	7	8	9	10	**11**	12	13

14	15	16	17	18	19	20	21	22	23	24	25

Les pets du Roi Arthur

L'épée Excalibur posée non loin de lui, Arthur se tient royalement aux côtés de son épouse Guenièvre, autour d'une table ronde. Uther et Ygraine, son père et sa mère, complètent l'assistance, avec deux invités de circonstance : Lancelot du Lac et la fée Viviane, aussi ronde que la table. Tous repus et détendus, ils émettent sans retenue des gaz de vils.

- Les hommes ont pété 19 fois en tout.
- Les dames ont pété 18 fois en tout.
- Au total, 14 pets émanent du couple royal, 12 des parents et 11 des invités.
- La fée a lâché six pets de plus que Guenièvre – qui a dit à son mari avant d'aller au lit : « Pas ce soir, j'ai dame Ygraine » – et trois de plus qu'Ygraine.

En examinant les quatre indices, comptez les prouts de chaque convive. Si vous échouez, gare à Excalibur, d'humeur tranchante !

Bouche-trous

Inscrivez une lettre par tiret pour reconstituer six mots de la langue française. Si le squelette de BOA – une espèce de serpent – ne vous suffit pas, aidez-vous de l'indice. Interdiction de conjuguer !

1. _ B _ O _ _ _ A _

2. B _ _ _ _ O _ _ _ A

3. _ _ _ _ B _ O _ _ A _ _ _ _ _ _ _

4. _ _ _ _ B O _ _ _ _ _ _ A _ _ _

5. _ _ _ _ _ _ B O A _

6. _ _ B O _ _ _ _ A

INDICES :

1. Qui fait un bide dont on est fier.

2. Sanglier de Malaisie.

3. Dont le narrateur est aussi le héros.

4. Parti pour rester.

5. Navire transportant passagers et véhicules.

6. Grand mère de Pouline.

Ecballium, ecce homo

Si vous ne le saviez pas encore, j'ai toujours la tête dans un dictionnaire. Non, pas ma tronche à l'entrée Cosette ; ils ont préféré y parler d'une misérable petite pisseuse. Et puis ce n'est qu'un pseudo, Walter Cosette, vous l'avez bien compris : initiales WC et métaplasme de water-closet. Si j'ai la tête dans le dico, c'est pour y dénicher des perles. Comme dans les huîtres.

Je n'avais jamais remarqué la présence de l'ECBU dans mon Larousse pour une raison simple, il n'y est pas. Mais en zyeutant pour savoir si une « écarteuse » avait droit de cité chez Robert (ben non, y a que l'homme qui provoque le taureau dans les courses landaises et, dans mon édition 2017, il est écrit fautivement Homme avec une majuscule, les dicos ne sont plus ce qu'ils étaient), en zyeutant donc dis-je naguère, je tombe sur ecballium, ça je m'en balèc, puis sur E.C.B.U.

J'avais rencontré un gentil noble propriétaire de chevaux qui avait créé l'écurie ABU, je pense à lui (ça voulait dire Association Branleurs Unlimited, ça doit être plus difficile à assumer à son âge actuel) et je me dis que ECBU rime avec ABU. Et là, je découvre Examen cytobactériologique des urines. Si vous allez aux urgence pour avoir bu votre urine, criez bien « Je l'ai que bue, je l'ai que bue » et après un ECBU, vous pourrez rentrer chez vous et regarder les courses de chevaux, un noble art.

CHARADE

Quel évènement, qui date et fait date,
cette charade illustre-t-elle ?

Mon premier accorde les violons.

Mon deuxième frappe au base-ball.

Mon troisième repousse les vampires.

Mon quatrième, ketch, brick ou goélette,
se prive d'artimon ou de misaine.

Mon cinquième sert parfois de lit
au saumon frais.

Mon sixième sert de refuge au fou.

Mon septième naît en hiver, dans la liesse.

Mon tout vous fera immédiatement
prononcer un nombre.

(M)OTS

PEINE DE PRISON
EUX DE PÂQUES
CONTRAT AU TAROT
RETENTISSEMENT
DÉSIRS
À ZAGAZIG, IL FAIT DES ZIGZAGS
MAUVAISES MINES
BROUTILLE
MANCHE REMONTÉE
FALAISES D'ARSÈNE
BATTUS
SON TUBE EST PASSÉ DE MODE
DEGRÉ DE GAMME
QUELLE INTOX !
FAIBLES
AU NOM DU PÈRE
TROGNON
LOURDE IGNORANCE
TROU DE MAÇON
ARRIVÉS
ROYAUME FRANC
TOURNOIS
FORT
MÈRE DE COLETTE
FASTOCHE
SCISSION MUNICIPALE
LIXIVIÉ À CŒUR
JAVELOTS
MADAME LOVELACE ET SON LANGAGE
PIÈGE RONGÉ PAR LE RAT
UNITÉ DU MOMENT
DÉSERT DE PIERRES
PRÉFIXE MULTIPLICATEUR
TOUCHE DE FARD
LIVRE DE LARDON
NOBLESSE
EXPRIMES
MOLLUSQUE
DÉCOUPA EN FILETS
SIGNES DE CROIX

(F)LÉCHÉS

TORTUE DE MER
PARTIELLEMENT / GRANDE ROUTIÈRE
AFFLUENT DU DANUBE / SOLEIL ANDIN
ON Y FAIT FRAI / VILLE DES HALLES AUX DRAPS
FILM DE GUS VAN SANT / BERCEAU D'EINSTEIN
MÂLE AINÉ, IL EST LE MALAIMÉ
DÉBUT DE PREUVE / PROMPT À INTERVENIR
ROMAN DE S. KING / POISSONS DU RHIN
SE SENTIT SHADOK / AGENCE SPATIALE
HUIT DIVISÉ PAR DEUX / DE LA TRUFFE
GRAND CYCLE / APPÂTS DE PÊCHEUR
ENCEINTE D'UN PATIN / PROCHE DU COLOSSE
SIÈGE DE TENDINITE
STATUT RELATIF / IMMOTIVÉ
CRÉANCIER NANTI / UN SUR DEUX D'UN ŒUF
MORCEAU DE CHÈVRE / PHANÈRE
GRIS
HERCULE Y FUT HOMME AU FOYER / PARTI GAULLISTE
INTERPRÈTE DE *TÊTEOU?* / IL OBLITÈRE LE VAISSEAU
ORTHODOXE / BOULOT DE GUERRE
CAPTÉ / LANGUE BALTE
ENVOYER LES GAZ / ÉLARGI À UN BORD
SEPTENTRION
PÈRE DES *REVENANTS* / CHEVILLES D'ASSEMBLAGE
COMMUNE CAUCHOISE / STUPÉFIER
ARTICLE CONTRACTÉ
QUOIREZ DE CAJARC / PAYS D'AFRIQUE
FOLLE AMANDA / FILLE À PAPAS
VICTIME / CONTENU DE CHAMBRE
LUTH
ÎLE / CITÉ ENGLOUTIE
DEVISE JAPONAISE
FORT BOYARD

CROISILLONS **FUN**

Complétez cette grille où les lettres de FUN ont déjà été positionnées, lorsqu'elles sont présentes. Attention, les définitions amusantes sont souvent à prendre au second degré.

1. Un homme à part.
2. Canards apparemment jamais constipés.
3. Joint avec décence ou utilise l'un des sens.
4. Tenus éloignés du courant.
5. Ah, queux, coucou !
6. Elle porte un peu trop de rouge à ses lèvres.
7. S'ils coupent les nouilles, les sénateurs tremblent…
8. Fait un bruit qui n'a pourtant rien d'une reine.
9. Son adresse : la maison blanche, rien de moins.
10. Travaille en considérant qu'une pierre vaut une brique.

ALPHAKU-KU

Remplissez la grille pour que chacune des lettres
« **A**, **B**, **C**, **E**, **N**, **O**, **P**, **R** et **T** »
figure une seule fois sur chaque ligne, dans chaque colonne
et dans chaque petit carré de neuf cases aux contours renforcés.
Quelque part s'inscrira le nom d'une île jadis Royale,
que l'on pourrait élire capitale mondiale
des télécommunications.

R			N		B		O	
		T	E				B	
		A	R					
N			O			E	R	
	T						N	
	R	C			N			P
					R	B		
	C				P	A		
	O		A		E			C

Au Tableau

Le prof vous envoie au tableau sur un sujet que vous devez maîtriser. Remplissez la grille en vous aidant des indices et des séries de lettres constituant la réponse. Vous lirez verticalement un terme supplémentaire appartenant au même champ lexical. Aujourd'hui, interro sur l'urine.

1. *C'est la nuance de couleur d'une urine jaune saine.*
2. *Gargantua pisse sur ce peuple de curieux, d'où la nuance d'urine jaune Seine, et il en noie 260 418.*
3. *Celui de l'urine est principalement sous forme d'engrais.*
4. *Si le curaçao vous fait pisser bleu, elle teinte de rouge vos urines.*
5. *Elle reçoit l'urine terminale élaborée par les reins.*
6. *Ce vieux médecin mirait déjà les urines de ses clients grecs.*
7. *La vieille urine était jadis utilisée comme lessive en raison de sa forte teneur en ce composé chimique.*

Séries de lettres à ordonner et replacer :

AACIMMNO – EEISSV – ACCEEGLRY – ABEEMR AEIINPRSS – ABEEERTTV – ACEHIOPPRT.

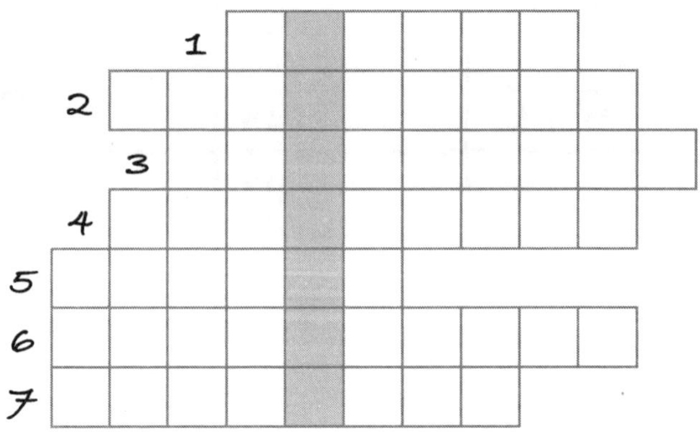

le bon tuyau

À l'aide des six croisillons, recomposez l'échelle en formant des noms évoquant le sport. Voici un bon tuyau : le terme horizontal du bas s'écrit en deux mots.

	I	
E	U	N
	M	

	D	
M	I	N
	S	

	L	
F	O	R
	N	

	P	
T	O	N
	D	

	B	
B	A	D
	L	

	Q	
M	U	L
	E	

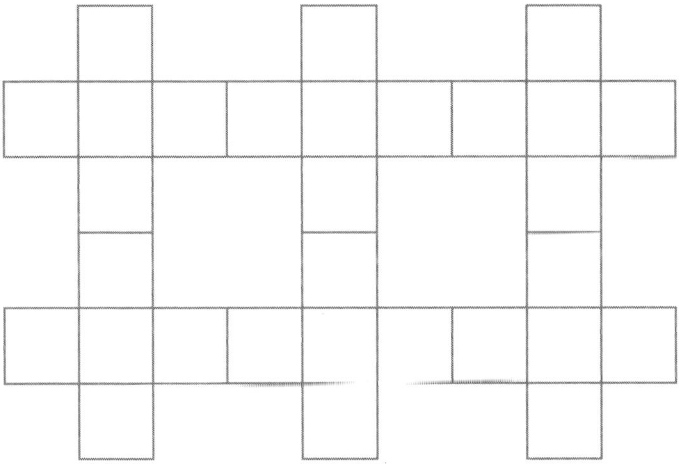

CROISÉS 3D

Cette grille est en 3D, mais inutile de chausser vos lunettes pour le cinéma ! Les mots s'y croisent dans trois directions indiquées par les flèches blanches sur fond gris. Inscrivez vos réponses en respectant les sens indiqués et sans dévier : la perspective est un peu trompeuse au début, mais vous allez vite vous familiariser. Embarquez pour un fabuleux voyage dans l'espace !

HORIZONTALEMENT :

A. Cheval apportant les éclairs de Zeus sur l'Olympe. **B.** Rivière de Guyane dont l'amont vaut l'aval. **C.** Rocher côtier dangereux pour la navigation. **D.** Dans le pays de. Prendre ses cliques et ses claques. **E.** Abréviation entre Postes et Télédiffusions. Refuge de la squaw. **F.** Schumer ou Winehouse. Joyeuse au bras de Charlemagne. **G.** Sobriquet de Capone. Découragée par les obstacles. Inadapté à la vie de groupe. **H.** Teinte entre cerise et rose. Théoricien de la gravitation universelle. Ligne du plan. **I.** Shoots. Destin. Théologien.

VERTICALEMENT DE DROITE À GAUCHE :

I. Renforça la base d'une construction. Mettant en position off. **II.** Hérétique en querelle avec les trinitaires. Arbre fruitier donnant la pomme-cannelle. Cessai de flotter. **III.** A-t-elle jamais vu une ligne bleue ? Éloignée des canons. Chrome au tableau. **IV.** Enterrée à la suite d'une cérémonie. Tas de ferraille. **V.** Degré de la gamme. Hugo créateur de Corto Maltese. **VI.** Interrompraient leur grossesse avant terme. **VII.** Cordes à nœud coulant pour le rodéo. **VIII.** Fémur ou omoplate. Gardienne de la paix. **IX.** Quantité de billes pour Joffo.

VERTICALEMENT DE GAUCHE À DROITE :

1. Bette comme chou. Le petit de La Havane. Spike ou Bruce au cinéma. **2.** Dépréciation graduelle. Célébrité aimant se pavaner dans son carré. Fonction de char. **3.** Comportements d'atrabilaires moliéresques. Refrains. **4.** Danse de bal argentin. Coquilles repérées et signalées. **5.** Chef-lieu de la Haute-Savoie. Coulée de lave propre à Hawaii. Toilettes. **6.** Qui nous gonfle. **7.** Sur la Terre, mais pas aux cieux. **8.** Former de faux plis à cause d'une mauvaise coupe. **9.** Assortiras les tons en jouant de dégradés.

LES MUTANTS

Ces titres d'œuvres ont muté : chaque terme important a été remplacé par un synonyme, un mot de même sens, ou un antonyme, un mot de sens contraire.

À vous de retrouver le titre original de chacune des trois œuvres fictives suivantes : il peut s'agir d'un film, d'un tableau, d'un roman ou d'une chanson.

1. Son Excellence des taons

....

2. Oui, j'aurais dû faire autrement

....

3. C'est bien plus qu'apporte la bise

....

RATURE de littérature

Hugo un jour, Hugo toujours

Loin de nous l'idée de tirer à boulets rouges sur le génie, mais ce cher Victor avait la réputation non usurpée de vouloir absolument coller dans ses écrits une multitude de noms propres, issus des encyclopédies qu'il possédait. Et à force de puiser dans celles-ci, il en reproduisit quelques boulettes. On dit même qu'il biffait les noms utilisés au fur et à mesure, comme pour dire : « Lui, c'est fait ! Au suivant… » Comme Brel au bordel, quoi.

Un avocat, écrivain et critique littéraire vendéen, ayant une dent contre Hugo née de sa passion pour Victor, rédigea plusieurs ouvrages consacrés à l'analyse des *Misérables*, de 1869 à sa mort. L'un d'eux s'intitule *L'Année 1817*, tout comme l'un des chapitres du roman. Edmond Biré, l'auteur, y dissèque tout ce que Victor Hugo a condensé en ce millésime, pour donner une vue panoramique de la vie parisienne de l'époque, en mélangeant descriptions monumentales et accumulation de détails infimes.

Si le rendu littéraire est époustouflant, la réalité historique est pour le moins travestie, selon Biré, voire totalement fantaisiste dans son interprétation. Si vous possédez le livre, relisez le chapitre et tentez de vérifier si l'année 1817 fut bien celle où « dansait » Mademoiselle Bigottini, où l'on « grattait les N » napoléoniens pour les effacer du Louvre, où Paris faisait « redorer à ses frais le dôme des Invalides »…

Victor Hugo a rédigé *Les Misérables* de 1845 à 1862, alors que l'action se déroule de 1815 à 1832. Faut-il parler d'erreurs, de prise de libertés, ou tout imputer à la plus grande proximité de l'écrivain avec Louis-Philippe qu'avec Louis XVIII ? Rature ne signifie pas ratage, *Les Misérables* en sont une belle preuve.

cacabons

Quelques animaux cacabent, quelle aubaine pour nous qui aimons conjuguer. S'ils cacabent, nous cacabons et cela justifie un jeu dans *L'Officiel des toilettes*, non ?
Comme Jean de La Fontaine, usons d'anthropomorphisme pour faire déclarer à six animaux différents qu'ils parlent. À vous de rendre à chacun son langage. Chaque terme doit servir une fois, pas plus.

1. Nous les béliers, nous ....

2. Nous les rhinocéros, nous ....

3. Nous les hiboux, nous ....

4. Nous les chacals, nous ....

5. Nous les pintades, nous ....

6. Nous les boucs, nous ....

a. aboyons

b. barrissons

c. béguetons

d. blatérons

e. bouboulons

f. cacabons

ChatGPT OQP

Prise de contact

« Bonjour, ChatGPT.

– Bonjour ! Comment puis-je vous aider aujourd'hui ?

– Je voudrais savoir si une intelligence artificielle va aux toilettes.

– En tant qu'intelligence artificielle, je n'ai pas de corps physique, donc je n'ai pas besoin d'aller aux toilettes comme les êtres humains. Les toilettes sont conçues pour les besoins biologiques spécifiques des organismes vivants, tels que l'élimination des déchets du système digestif. En tant qu'IA, je suis une entité logicielle fonctionnant sur des ordinateurs, et je n'ai pas de fonctions corporelles comme manger, boire ou aller aux toilettes. Mon but est de fournir des informations et d'aider dans la mesure de mes capacités virtuelles.

– Ah, tu n'es pas un chat alors ?

– Je comprends pourquoi vous pourriez faire cette confusion, mais non, je ne suis pas un chat au sens littéral. L'expression « chat » est souvent utilisée pour désigner une conversation en ligne informelle. Je suis une intelligence artificielle conçue pour interagir avec les utilisateurs par le biais du langage écrit. Mon but est de vous aider en répondant à vos questions et en fournissant des informations pertinentes.

– Mais quel serait l'équivalent de la litière du chat, pour un programme comme toi ?

–Pour une intelligence artificielle comme moi, il n'y a pas d'équivalent direct à la litière du chat. En tant que programme logiciel, je ne produis pas de déchets physiques qui nécessitent d'être gérés de cette manière. Cependant, en parlant de l'aspect de la gestion des données, les programmes informatiques peuvent générer des fichiers journaux ou des fichiers de suivi pour enregistrer leurs activités. Ces fichiers peuvent être considérés comme l'équivalent des déchets d'un programme, mais ils sont généralement gérés par les développeurs et les administrateurs système plutôt que par l'IA elle-même. Dans l'ensemble, la comparaison entre la litière d'un chat et un programme d'intelligence artificielle est plutôt métaphorique et ne reflète pas une réalité technique précise. »

Sacré Délien

Cinq séries de lettres à gauche, cinq à droite. Chacune cache un mot utile, mais attention aux anagrammes qui vous perdraient.

L'ajout d'une lettre centrale permet de composer un mot de onze lettres, reliant les deux premiers, sans tenir compte des accents : voir l'exemple COMME(M)OREES page 51.

Les cinq lettres ajoutées au centre forment elles-mêmes un dernier mot vertical. Quel est-il ?

ADIOR	=	_ _ _ _ _	_	_ _ _ _ _	=	**CEIOP**
EEGNR	=	_ _ _ _ _	_	_ _ _ _ _	=	**EILST**
EOPRT	=	_ _ _ _ _	_	_ _ _ _ _	=	**ANORY**
ABEGM	=	_ _ _ _ _	_	_ _ _ _ _	=	**AEGNT**
EHPRY	=	_ _ _ _ _	_	_ _ _ _ _	=	**FIMOT**

_ _ _ _ _

EN PURE LOGIQUE

Six membres d'une société secrète doivent annoncer au vigile, posté à l'entrée du bâtiment où se tient une réunion de la plus haute importance, un nombre qui leur assurera ou non l'accès au lieu hyper-protégé. Voici ce qu'ont proposé les six premiers arrivants. Lequel n'a pas bien compris la règle et s'est vu refuser l'entrée ? Il a disparu et l'on n'a plus jamais entendu parler de lui…

86

2324

2318

642

48

22223

LES TRONCS

Savez-vous lire dans l'étron ? Trêve de scatomancie, remettez dans le bon ordre les indications trouvées dans les troncs. Partez à la chasse d'un rébus phonétique qu'il vous restera à déchiffrer et à relier à l'univers du tronc.

....

LE CHICHSTRAC

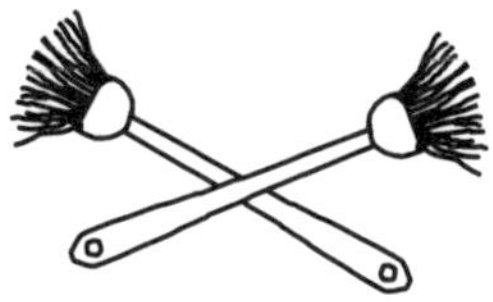

Dans les trois citations, un même terme a été remplacé par cet étrange **CHICHSTRAC**. Votre seule corvée sera de toiletter ces phrases pour retrouver le mot commun d'origine.

1 « Albert Cohen s'est trompé : ce ne sont pas les bruits de chasse d'eau qui tuent l'amour. C'est la crainte de l'ennui qui **CHICHSTRAC** nos rêves flamboyants en cauchemars climatisés. »

(FRÉDÉRIC BEIGBEDER)

....

2 « Chez les individus, la réforme de l'esprit ne s'effectue pas d'une façon aussi spectaculaire que la **CHICHSTRAC** chez les insectes. »

(Le baron ZSIGMOND KEMÉNY, écrivain hongrois)

....

3 « De même qu'un serpent se libère de sa peau au moment de sa **CHICHSTRAC**, de même le soleil, au matin, se libère de la nuit. »

(EXTRAIT D'UN *BRAHMANA*, TEXTE VÉDIQUE)

....

QUI fait QUOI ?

Cinq jeunes filles méritant des vacances s'offrent un séjour hivernal sportif à la montagne. À l'aide des quatre indices ci-dessous, trouvez l'identité de chacune, l'activité qu'elle a choisie, l'altitude de la station où elle se rend, et la durée de son séjour. Si vous bloquez, utilisez les deux indices supplémentaires en bas de page.

SPORTS D'HIVER DIVERS

1. Macha Pka ne supporterait pas une altitude supérieure à 1 450 m. La fille adepte de luge est dans une station deux cents mètres plus haut que celle qui pratique le patinage, mais deux cents mètres plus bas que la fille partie 6 jours.
2. Pat Hinoir s'amuse cent mètres plus bas que Daisy Glou et aura un jour de vacances de plus que la lugeuse.
3. Le séjour de ski de fond se passe cent mètres moins haut que le stage de bobsleigh, mais il dure un jour de plus que le break d'Estelle Essièj.
4. Les vacances à 1 400 m durent deux jours de plus que la cure de snowboard, mais deux de moins que le repos que s'accorde Flo Comblant.

INDICES SUPPLÉMENTAIRES

5. Pat Hinoir déteste les patinoires ; ne vous fiez pas aux noms pour en déduire des informations autres que purement logiques.
6. Dans la station située à 1 300 m, il n'y a ni Flo Comblant ni aucune fille partie pour un nombre pair de jours de vacances.

GRILLE DE RÉSOLUTION

		ACTIVITÉS					ALTITUDES					SÉJOURS				
		BOBSLEIGH	LUGE	PATINAGE	SKI DE FOND	SNOWBOARD	1200 M	1300 M	1400 M	1500 M	1600 M	5 JOURS	6 JOURS	7 JOURS	8 JOURS	9 JOURS
VACANCIÈRES	DAISY GLOU															
	ESTELLE ESSIÈJ															
	FLO COMBLANT															
	MACHA PKA															
	PAT HINOIR															
SÉJOURS	5 JOURS															
	6 JOURS															
	7 JOURS															
	8 JOURS															
	9 JOURS															
ALTITUDES	1200 M															
	1300 M															
	1400 M															
	1500 M															
	1600 M															

TABLEAU DES RÉPONSES

VACANCIÈRES	ACTIVITÉS	ALTITUDES	SÉJOURS

SANS chichis

Petit, mais pas mesquin

Nous avons tout dit page 21 du caractère petit et mesquin de ces chiches chichis. N'oublions pas que nous sommes dans *L'Officiel des toilettes* et que nous traquons tout ce qui chichi dans la colle. Cherchons ensemble tout ce qui se termine par -chi ou contient -chi- et prête à rire.

Partons en Mongolie, y retrouver un chasseur à l'aigle royal. Ce noble métier avait tendance à disparaître mais il reprend de la plume de la bête, avec le retour en grâce des sports ethniques. Ce monsieur s'appelle un berkutchi. N'inversez pas les lettres U et T, sinon cela donnerait « Berk ! Tu chies... » et ferait vite beaucoup moins noble.

Ça vous dit, la Bolivie ? Nous vous conseillons Achacachi, à une cinquantaine de kilomètres de La Paz, mais beaucoup plus près de Chichijaya. Son nom est rigolo et, en plus, c'est sur les rives du lac Titicaca, que vous pourrez traverser pour aller jusqu'à Capachica. Chicos, non ?

Pour ceux qui aiment le foot, savez-vous comment on appelle le meilleur buteur de la Liga, le championnat d'Espagne ? C'est le Pichichi. Ce terme a été choisi en hommage à Rafael Moreno Aranzadi, un buteur prolifique de l'Athletico Bilbao dans les années 1910. Pichichi était son surnom depuis l'enfance, en raison de sa petite taille : pitchoune et tchitch- donc. Lionel Messi, lui aussi assez petit, a été huit fois Pichichi de la Liga.

Paroles, paroles...

Vous avez tous fredonné *Paroles, paroles*, le duo improbable de Dalida et Alain Delon. Ces extraits d'autres tubes sont certainement quelque part dans votre mémoire. Exercez-la en retrouvant la parole manquante.

1. « Je remue le ciel,
le jour, la nuit,
je danse avec le ...., la pluie »

2. « Les ...., les cinémas,
je n'y retournerai pas,
ma vie s'est arrêtée là »

3. « Je voue mes nuits à l'Assasymphonie
et au .... ; j'avoue,
je maudis tous ceux qui s'aiment »

4. « On passe le temps à faire
des .... pour le lendemain »

5. « Je m'en allais errer,
pour sentir des ....
qui m'inondaient d'espoir »

CRYPTOGRAMME

Remplacez chaque symbole par la lettre qu'il crypte pour découvrir une boutade de Michel Audiard.

A	B	C	D	E	F	G	H	I	J	K	L	M

N	O	P	Q	R	S	T	U	V	W	X	Y	Z

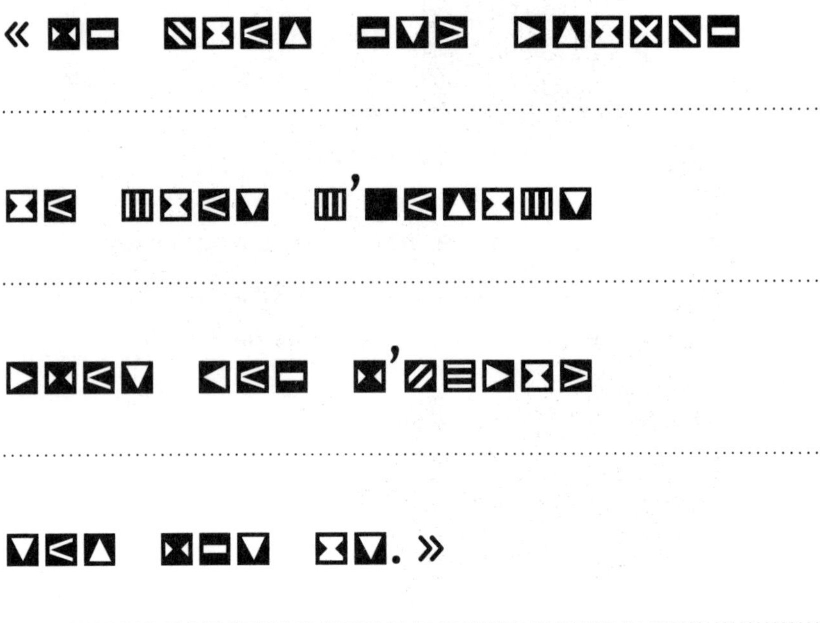

Trois petits CHATS

Trois petits chats, chapeau de paille, paillasson, somnambule, bulle, bulle… Sur ce principe, remplissez les trente bulles, bulles, bulles, en vous aidant des indices précisant chaque début et fin de mot.

1-5. Le chaton n'a généralement rien d'autre à déclarer. **3-9.** Vacancier mettant les bouts un mois après le juillettiste. **7-10.** Pont parisien célébrant une victoire impériale. **9-16.** Vainqueur de la bataille précédente et race de chats. **13-20.** Roi de Sparte maintenant chocolat.

18-23. Jules qui filme et Joe qui chante. **21-25.** Un animal dont les pitreries payaient le passage de l'octroi. **24-30.** Son chat s'appelait Figaro, mais son nom rappelle aussi beaucoup un chat d'intelligence artificielle.

SEPT HORREURS

☺ Blagues ☺

Religion, oh ! Ou relis Giono…

Un touriste arrive à Tibériade et désire traverser le lac.
Un conducteur de petit bateau flaire la bonne affaire et lui propose de l'emmener sur l'autre rive moyennant 200 €.
– 200 € ! Mais vous ne doutez de rien, c'est un tarif de dingue.
– C'est tout de même le lac que Jésus a traversé à pied…
– Pas étonnant, à ce tarif !

***

Escartefigue, un paysan provençal, lit L'homme qui plantait des arbres, de Jean Giono, à l'ombre d'un grand chêne que ses aïeux ont fait naître sur la propriété familiale. Il lit lentement, cela fait cinq ans qu'il n'a pas bougé de dessous son chêne, sans manger, sans boire, sans voir de fille…
Marius et Panisse décident de lui rendre visite et de lui redonner goût à la vie.
– Hé, fada ! Ça fait cinq ans que t'as pas bu un coup ?
– Bê non…
– Tiens, un pastaga, régale-toi. Hé fada, ça fait cinq ans que t'as pas mangé un truc ?
– Bê non…
– Tiens, une bonne bouillabaisse. Hé fada, ça fait cinq ans que t'as pas tiré ?
– Bê non… Vous avez aussi amené les boules de pétanque ?

(M)OTS

L'AMIE GRAINES
COMME ÇA
GRASSEMENT TRAITÉ
MIS AU PAS
RESTE COUCHÉ
MODIFIANT L'INTENSITÉ
ATTENDS
CROISSANT DE THRACE
EXPOSÉ
NOIR ET BLEU DE SONNET
TERME EXPLÉTIF
JOLIE COLONIE DE VACANCES
CENTRE DE TEMPLE
DISCIPLE DE PAUL
ON S'Y APPROCHE DE GOTHA
21 POINTS
PORTÉE D'HARMONIE
PRIÈRE
TUMEUR OSSEUSE
DOXA
SCIE, NEZ, MÂT ?
CHEF D'ANCIEN PRÉFET
ÉTUDES DU CLUB DES SCINQUES
TUE-LOUP
EMPLOI TOUT BÉNEF
COUTUMIER DU SERMON
PROPOS OFFENSANT
MOYEN EXCLUSIF
PLANCHE DE MINEUR
OXALIS
DE L'UTOPIE DE CABET
MONNAIE DU PÉROU
BOUT DE PERCHE
PROTAGONISTES DE QUERELLE
TOUTEFOIS
FENÊTRE SUR COURT
LIEU DE DAGUE
INDICE DE TABAC
DOUCE À LOCUTION
IL A SON GRAND LAC
GONOCOCCIE
À VIRER ILLICO
ILLUSOIRE
ZONE INONDABLE

(F)LÉCHÉS

BISMUTH
ENTONNER *SIEGFRIED*
ROMAIN ARRONDI
TEND LA FEUILLE
FUS CRÉATIF OU SERAI UN FREIN
MAUVAISE INFLUENCE
BANDE DE PAPIER
CE N'ÉTAIT PAS BYZANCE...
FONÇANT
TRIANGLES DES BERMUDES
ÉMANATION
REPÉRABLE
ENVOYAIENT DES TWEETS
RADE, MAIS PAS DE BREST
PALMIER À HUILE
CONFIER À POSÉIDON
POISSON
HABITUÉ DES RÉVO-LUTIONS
PREND LA TÊTE
TROISIÈME LARRON
DOUBLE ÉGYPTIEN
SUR UNE LISTE
IRIDIUM CHIMIQUE
LIMITE POUR ROBIN
BEL ARRIVISTE
HALLE-BARDE
AFFOLER LE HARPAIL
ORGANE D'UN COUP
SOUDANAIS
RÉSINE DE FÉRULE
MOUSSE BLANCHE
CRÉDITS-BAILS
SUBALTERNE EN SUBALTERNE
PAS DE NEIL ARMSTRONG
REMONTÉES
COMMUNE WALLONNE
BLESSÉ
FILET DE PÊCHE
PARFUM DE *FLEURS*
AUTEURS DE DRAMES
VILLE SUR LA TILLE
GAVA
PLACE DE L'ÉTOILE
FOLIE DES FOLLICU-LAIRES
FILLE DU BŒUF
TENDANCE DATÉE
TRAVAILLÉS À LA GRADINE
LARVE
BOIS D'EXPLOITA-TION
CLOWN FLIPPANT
INFLORES-CENCE
POSSESSIF
TOUCHE
QUI AGRESSE

Faune Éthique

[fɔnetik]

Complétez phonétiquement le texte suivant en n'y ajoutant que des noms d'États des USA : il y en a dix-sept. La prononciation requise est la version française la plus courante, sans exagérer ni dans le franchouillard ni dans le je-parle-anglais-couramment.

« Tu la ra.........................., mais moi j'ai fait la Première Guerre mondiale ! », plastronne papy. « .... tôt le siècle dernier ? », demandé-je incrédule en ramassant sa pas..........................erise et un troisième fruit dont il avait fait de la bouillie. « T'as v.......................... tronche, quand j'ai dit ça. T'as .... mi-hoqueté de trouille. Ben oui, je viens ....egarde les albums, ils sont .... bureau, là-bas. La photo était à peine inventée, alors. J'en ai laissé certaines en noir et blanc et mamy ....tres clichés, mais la guerre, pfiou ! .... est déclaré, je faisais pas le fier. Mon meilleur ami sur un terrain ...., comme dirait Yoda. Moi, je devais ramasser les morceaux de morts : .... jamais dépassé deux mètres de haut, heureusement. J'ai cru que j'avais chopé la peste, à cause de ces cadavres. J'ai voulu passer ....r on ne laisse pas les malades sur le front, mais mon docteur ...., qu'il a dit, tu continues ta tâche. Mon pote Eugène ne voulut pas y retourner et se suic.......................... tord-boyaux. Belle mort ! ....ya son chagrin. » « Ta vie, elle était pas k.......................... ! », conclus-je en retournant à mes mangas et à la K-pop. Il était temps que j'évacue mon saucisson à l.......................... ters, pour éviter d'autres horreurs olfactives à papy.

SOUVENIRS **de Géo**

Pétéca

L'an dernier, en vacances en Asie, nous avons rencontré Maia et Fernando, des Brésiliens. Ils nous ont fait aimer leur pays, enfin surtout la caipirinha. On connaissait mais on leur cachaça, avec ou sans espace, pour qu'ils continuent à nous payer des pots. Pourquoi je vous raconte ça, moi ? Ah oui, la pétéca. Ben heureusement que j'avais écrit le titre de la page avant l'intro, sinon j'aurais déjà oublié. Ça cogne, la caipirinha. Ça laisse des trous dans le cerveau un an après.

Oui, alors, la pétéca, c'est un sport brésilien, ancestral. Non, ça ne veut pas dire que seuls les vieux peuvent le pratiquer. Ça se joue avec un truc, vous voyez le volant de badminton, ben comme ça, mais avec des plumes beaucoup plus grandes. Elles sont tellement grandes, et la partie en caoutchouc qui les relie aussi, qu'on n'a pas besoin de raquettes pour frapper ce volant, contrairement au badminton. Bon, je ne vais pas vous expliquer les règles précises, je les ai oubliées, mais en gros c'est du badminton sans raquette avec un gros volant.

À chaque fois que mes amis disaient « Pétéca », j'ajoutais « ca », ce qui faisait beaucoup rire le mien, d'ami. Ben oui, « péter, caca », en français, c'est risible. Mais pas en portugais. Après, ils nous ont sérieusement expliqué que ce sport était déjà pratiqué par les Tupis – qu'ils prononçaient comme « toupie ». Et là, après chaque « Tupi » je rajoutais « pi », pour faire « tout pipi ». On a bien ri. Ça cogne, la caipirinha. Gna !

BONUS

Observez les lettres bien placées sur fond gris foncé ou mal placées sur fond gris clair pour deviner le seul mot final possible. Attention, certaines lettres n'ont peut-être pas encore été proposées.

M Gris foncé   M Gris clair

A	B	D	O	M	E	N
A	R	B	U	S	T	E
A	V	A	C	H	I	S
A	P	I	C	O	L	E
A	D	V	E	R	B	E
A	_	_	_	_	_	_

C'est Gâchis

Quelle illustration évoquant l'espace n'apparaît pas en même quantité que les autres ?

PiPiramidal

Complétez la pyramide en inscrivant sur chaque flaque un total égal à la somme des deux nombres notés sur les deux éléments (flaque ou rouleau) immédiatement en dessous.
Le nombre 628 (314 + 314) au sommet a un petit parfum de pipi, puisque pi, c'est 314...

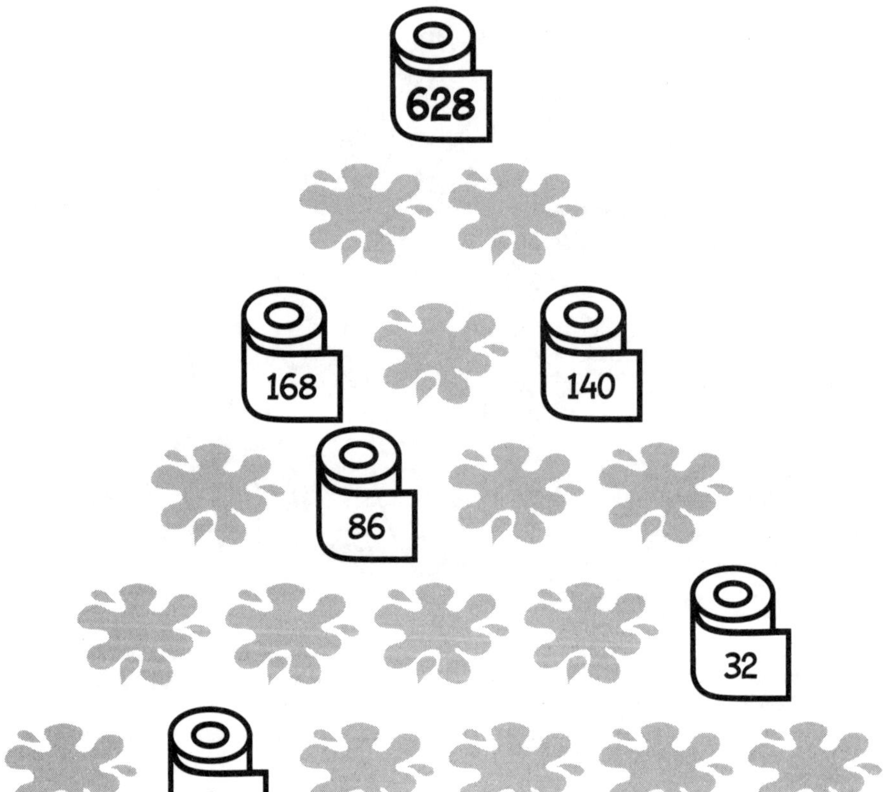

le PQRST

Quelquefois, vous avez beau tirer la chasse : cinq minutes plus tard, vous constatez que « le PQ est resté » et flotte dans la cuvette. Les huit réponses aux définitions suivantes commencent par huit lettres consécutives de l'alphabet, dont l'inévitable PQRST. Désormais, à vous de savoir si la première solution commence par M, N, O ou P. Aidez-vous des lettres indices.

1. Un pur fantasme, pour Adam ....

2. Paisible, même par-delà la frontière ....

3. Prise de terre ....

4. Eau médoc ....

5. Son brin n'est pas réservé au mois de mai ....

6. De droite ou de gauche ? ....

7. Il a lâché ses vieilles tiges ....

8. Il se vend au kilo, sans être pesé ....

Séries de lettres permettant de reconstituer les huit mots précédents (l'ordre n'est pas celui des définitions) :

EIQTU	AEGILMPOY
AEEHRTTUW	EEILOTTT
AEOPRTUV	AAEEMRSS
IOPRS	AAEILLNRTU

LA CHAUDIÈRE À DÉFÉQUER

Formulé comme ça, je sais ce que vous imaginez. Deux jours de constipation et on se dit : « Tiens, pourquoi ne me collerais-je pas le derche à la chaudière une heure ou deux ? Ça me fera aller. » Que nenni. Enfin, je ne sais pas si ça marche, je n'ai pas de chaudière, mais celle à déféquer n'est pas à cet usage.

Je vous le donne en mille, Émile, cet appareil servait à fabriquer le sucre à la fin du XIXe siècle. Ah, j'entends Robert, un fidèle lecteur, qui râle : « Ouiiii, il nous dit que ce sont des news, et il nous parle de Zola en 1873 et maintenant d'un truc qui date de Mathusalem. » Effectivement, ce qui est nouveau, c'est que je le sache, Robert.

Je résume le principe : on balance de la canne à sucre dans un moulin à trois cylindres, ça brasse et extrait le vesou (le jus de canne à sucre, Robert, fais pas iéch) qui est envoyé, via des tuyaux pour éviter tout contact avec l'air porteur de ferments nuisibles, dans la chaudière à déféquer, elle-même chauffée par un circuit vapeur.

Et comment on fait déféquer le vesou ? En lui ajoutant de la chaux, qui sature les acides libres du jus et se combine avec différents composés, éliminant caséine, matières grasses et colorantes, et tout un tas d'impuretés entraînées avec l'écume dans le réseau.

Après, ce qui reste repassait en batterie, en pompe, en chaudière, en tables à cristalliser et en machines à diviser le sucre, qui arrivait tout beau, tout blanc. Merci la défécation. J'entends Robert qui râle. Ah, c'était son tout dernier râle. Un sucre dans ta bière, Bob ?

Sales Bobines

Sur ces claquettes poussiéreuses, trois titres de films avec une même actrice sont difficilement lisibles. Époussetez et devinez l'identité de cette actrice.

L'actrice mystère : ....

SUDOKU-KU

Remplissez les cases vides de ce sudoku-ku pour que tous les chiffres, de 1 à 9, soient inscrits une seule fois sur chaque ligne, dans chaque colonne et dans chaque petit carré de neuf cases sur fond gris ou blanc.

8				6		5		
	6	1	2		8	4	3	
7		2					1	
			8	9		3		4
		8		1		7		
4		5		7	6			
	4					2		5
	8	7	6		5	1	9	
		3		2				8

La puce à l'oreille

Un fil logique relie sans équivoque possible les six mots suivants. Pensez à des expressions connues ou toutes faites. Faites défiler toutes les associations possibles ou jouez la carte (puce) des petits sauts (de puce) mentaux, jusqu'à ce que l'une d'elles vous mette la solution à l'oreille.

FRÈRE

PUBLIC

MIEUX

PASSER

INTELLIGENCE

JURÉ

....

L'éToilette

☆☆☆

Chaque définition indique le point de départ et le point d'arrivée du mot à trouver. Remplissez la petite étoile, l'étoilette pour rester dans le thème de l'Officiel, puis arrangez les lettres collectées dans les cases grisées pour former un adjectif qui devrait vous plaire.

1-5. Enfant de la balle.

1-8. Réflexe de bourrin.

2-10. Tapis de casino.

3-30. L'amie graines.

4-13. Petit nom d'Escherichia.

5-15. Qui récolte les fruits de sa campagne.

6-7. Un bon Zola avec du mauvais alcool.

8-15. Emmanuel Moire chante le sien.

9-20. Seconde goutte d'eau.

11-22. Trou du souffleur.

12-23. L'addition, surtout à la pompe.

14-21. Un péché qui seyait à Johnny.

16-29. Aux urnes, citoyen.

17-31. Laisse vivres.

18-28. Qui ne se conçoit qu'en colonne.

19-32. Réductrices de champ de vue sur champ de courses.

24-25. On y saute du dragon au basilic.

26-27. C'est moins opaque que la gouache.

Calculs ours, hein !

\+ − × ÷

Avec les quatre opérations de base (**+ − × ÷**) et en utilisant au maximum une fois les plaques proposées, tentez d'atteindre le nombre cible : **916**.
Il n'existe qu'une façon d'y parvenir.

916

1 - 2 - 6 - 7 - 8 - 8

LA CIBLE

Partez de la lettre cerclée sur fond blanc. Choisissez le bon sens de rotation et sautez un certain nombre de lettres (toujours le même pour cette cible), lisez la suivante, puis continuez ainsi pour compléter une citation d'Alphonse Allais :
« J'ai décidé d'être immortel, pour l'instant… »

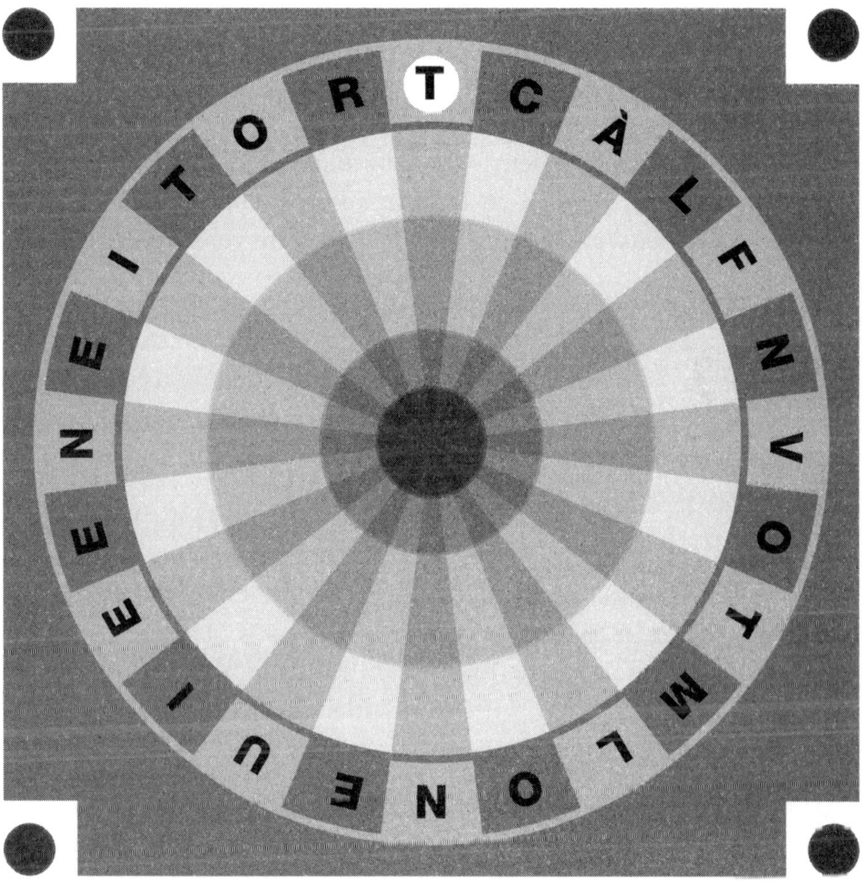

RATURE
de litté~~rature~~

Tolstoï stoïque

Le bon Léon s'est trompé dans *Guerre et Paix*. Quand on voit l'épaisseur du bouquin, qui porte mal son nom comme tous les débutants dans l'art du calembour le soulignent en réfutant son caractère « guère épais », on peut bien pardonner l'écrivain russe. Tolstoï cite la bataille de Borodino, celle que nous connaissons aussi sous le nom de « bataille de la Moskowa » (ou Moskova) et la situe en août 1812. Or, elle eut lieu le 7 septembre 1812. Et bing, une rature ! Nul, mal, à refaire.

Comme disait Woody Allen : « J'ai pris un cours de lecture rapide et j'ai pu lire *Guerre et Paix* en vingt minutes. Ça parle de la Russie. » Gageons qu'il n'aurait pas relevé cette légère méprise.

Quelquefois, l'anachronisme dépasse largement la semaine ou le mois reproché à Tolstoï. Dans *Les Rois maudits*, suite romanesque historique de Maurice Druon, l'intrigue se déroule entre les années 1314 et 1356. Pourtant, différentes scènes de guerre – une occupation fort courante à l'époque – reprennent des techniques qui n'existeront qu'à partir du XVe siècle.

Selon l'historienne Alix Ducret, qui a relevé plusieurs de ces erreurs historiques, la faute n'incombe pas totalement à Druon, mais plutôt aux historiens du XIXe, chez lesquels Maurice a puisé. C'est comme avec Internet maintenant : si cette Alix a dit une connerie, je vous la refourgue, vous faites tourner, et à la fin, la Terre entière débloque. Déjà qu'elle est pas au top...

M'enfin, honnêtement, si vous bouffez tout *Guerre et Paix* et les sept volumes des *Rois maudits*, vous serez vachement plus balèses en histoire que les pinpins qui viendraient vous asticoter en vous parlant de deux ou trois anachronismes. Gloire aux auteurs !

CROISILLONS **FUN**

Complétez cette grille où les lettres de FUN ont déjà été positionnées, lorsqu'elles sont présentes. Attention, les définitions amusantes sont souvent à prendre au second degré.

1. Rôtisserie qu'on ne recommande pas.

2. Refaire le plein d'essences.

3. Refuser ou accorder, pour le latiniste.

4. Prendre son temps pour faire le mûr.

5. Aimer la campagne plus rouge que verte.

6. Situation loin d'être de tout repos.

7. En effets, son rôle est que tout se passe bien.

8. Horatio et Madiba.

9. Piège à loup.

10. Fourmi, *for me*, formidaaaable.

OPÉRATION CRYPTÉE

Dans cette opération, chaque lettre représente toujours le même chiffre ; deux lettres différentes ne peuvent pas coder le même chiffre, donc oubliez la solution où A = B = C = 0. En raisonnant logiquement ou par tâtonnement, retrouvez le calcul originel actuellement crypté.

		A	A	A	A
+		B	B	B	B
+		C	C	C	C
=	B	A	A	A	C

Tombez dans le panneau

Observez les panneaux et leurs indications fantaisistes.
Si aucune de ces villes ne se trouve à cette distance et/ou dans cette direction, l'ensemble des informations doit vous permettre d'identifier une destination secrète en huit lettres. À vous de comprendre ce que le génie civil avait en tête lorsqu'il a commandé ces drôles de panneaux. Ne tombez pas dedans !

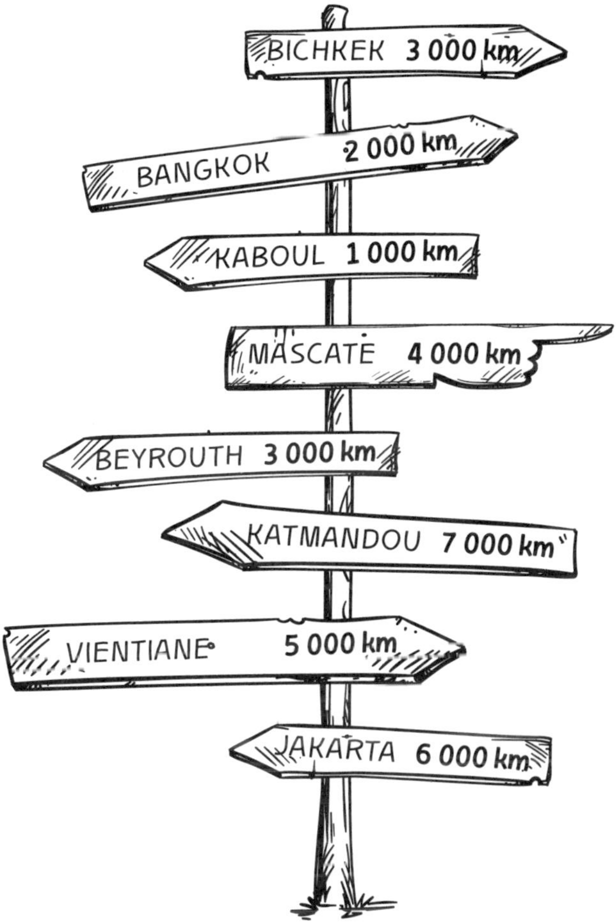

. . . .

EN DÉCOMPOSITION

Comme dans la nature, rien ne se perd, tout se transforme. Recyclez une et une seule fois chacune des quatorze lettres de

BROUILLARDEUSE

pour former deux mots répondant aux définitions proposées.

Observez l'exemple.

Alternative à la vie (6 lettres) : **BOURSE**

Pas fastoche, même pour la vie du cheminot (8 lettres) : **DURAILLE**

BOURSE + DURAILLE = BROUILLARDEUSE.

Sur le même principe, identifiez les couples suivants (entre parenthèses le nombre de lettres du mot cherché) :

1. Tel le développement aujourd'hui prôné (7) : _ _ _ _ _ _ _

Chaussure chère à Chantal Goya (7) : _ _ _ _ _ _ _

2. Un oxyde qui attaque le fer (7) : _ _ _ _ _ _ _

Digne du théâtre de Beckett et Ionesco (7) : _ _ _ _ _ _ _

3. Mal ressenti (7) : _ _ _ _ _ _ _

Instrument de mesure du temps (7) : _ _ _ _ _ _ _

Le Trèfle

Prenez chaque fois une lettre différente dans une feuille de trèfle, en allant du plus foncé au plus clair, pour former quatre noms de chanteurs francophones.

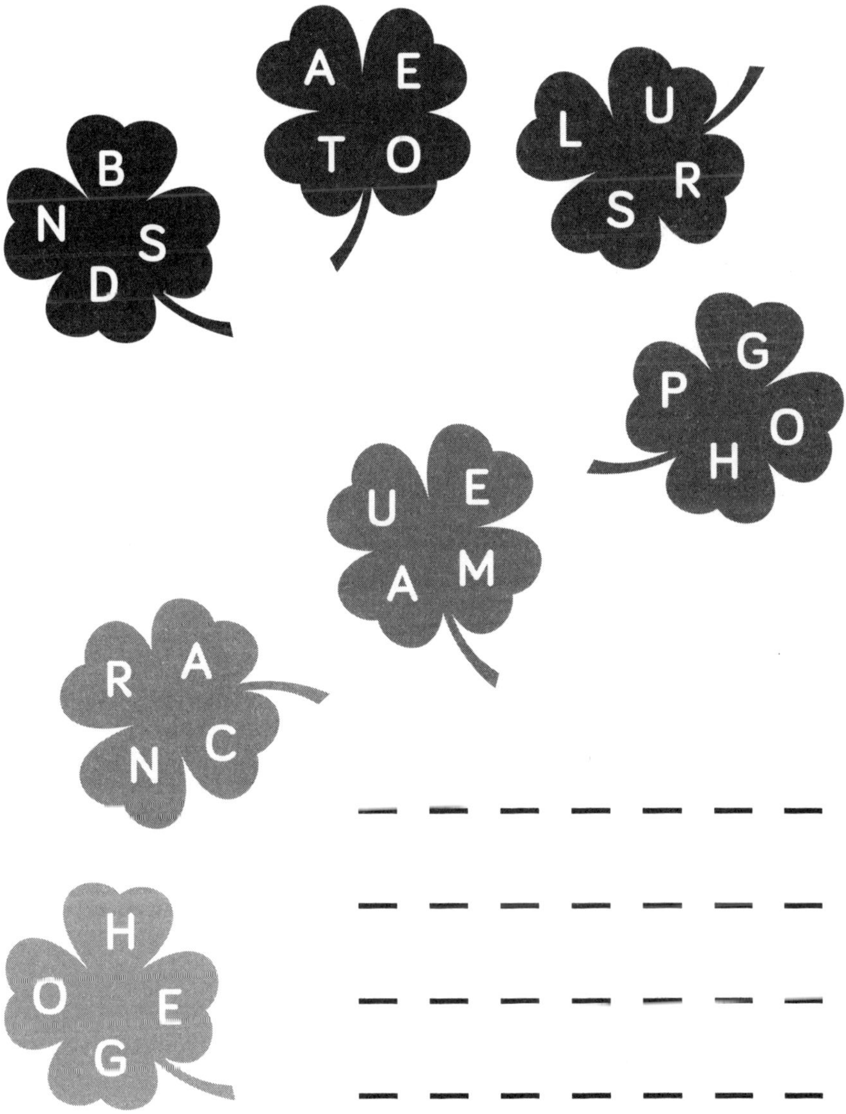

☺ Blagues ☺

Boule, danger chez le boulanger

– Comment ça, mon pain est dur ? Je faisais déjà du pain quand vous n'étiez pas née, ma petite dame.
– Justement, ce que je vous reproche, c'est de ne le vendre que maintenant.

***

Une femme de boulanger se plaint de son mari à sa meilleure amie.
– Tu n'as plus l'air comblée. Que t'arrive-t-il ?
– Chez mon mari, je vois de plus en plus la brioche, et de moins en moins la baguette...

***

Dark Vador entre dans une boulangerie.
– Trois pains et deux tartes Tatin ? demande la vendeuse.
– Comment avez-vous deviné ?
– Fastoche : pain, pain, pain, tarte Tatin, tarte Tatin..., chantonne la jeune fille sur l'air de Star Wars.

Bouche-trous

Inscrivez une lettre par tiret pour reconstituer six mots de la langue française. Si le squelette de chaque serpent ne vous suffit pas, aidez-vous de l'indice. Interdiction de conjuguer !

1. P Y T H _ _ O _ _ _ _ _ N
2. V I _ _ P E R _ _ E _ _
3. _ _ V I _ P _ E R E
4. _ _ _ _ C R O T _ A _ L E
5. _ _ C _ R _ O T A L E
6. N A _ _ J A

INDICES :

1. Du type qui nous gave avec l'hypoténuse de son triangle.

2. Qui se répand en violentes protestations.

3. Instrument que le marin oriente pour repérer une étoile.

4. Impénitent et incorrigible.

5. Du ministère qualifié pour offrir à Dieu des victimes en sacrifice.

6. Actrice de la nuit espagnole des longs couteaux.

Sani**BROYEUR**

Les termes ci-dessous forment la définition d'un mot du dictionnaire. Malheureusement, les feuilles de papier ont été emmêlées par le Sanibroyeur. À vous de les remettre dans l'ordre et de deviner le mot défini.

PRÉSENCE

SA

SOI

PERMET

PAS

L'

ET DE

MAÎTRISE

GARDER

À

DE NE

QUI

ÉMOTION

DE

CÉDER

ESPRIT

D'

				–					

Au Tableau

Le prof vous envoie au tableau sur un sujet que vous devez maîtriser. Remplissez la grille en vous aidant des indices et des séries de lettres constituant la réponse. Vous lirez verticalement un terme supplémentaire appartenant au même champ lexical. Aujourd'hui, interro sur les fèces.

1. *Ses crottes s'appellent familièrement des « pétoulettes ».*
2. *Cette réjection de rapace désigne aussi un excrément d'insecte.*
3. *C'est l'adjectif du caca savant que vous ne pouvez ignorer.*
4. *Il sort du cul du cheval.*
5. *Ça, c'est du caca de poule !*
6. *Cervidés, sangliers et belettes abandonnent ces excréments.*
7. *La vache tapisse son pré avec la sienne.*
8. *Cet oiseau de mer excrète du guano, produit qui eut son ère au Pérou.*

Séries de lettres à ordonner et replacer :

AEEILSSS – EEMOTTU – CINORTT – EEFINT
MNOOTU – BEOSU – EELOPT – ACEFL.

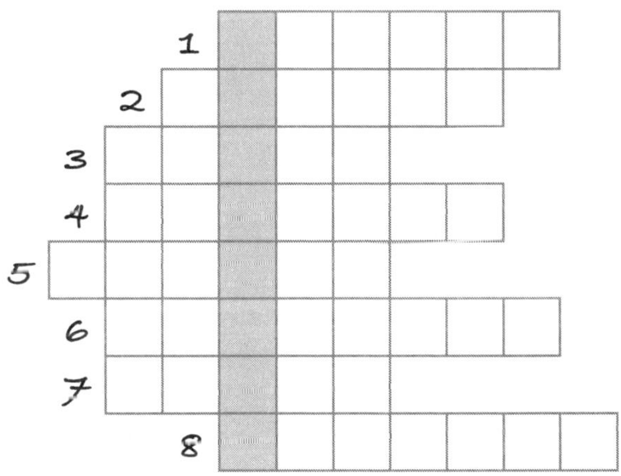

(M)OTS

MAL APRÈS ALLÔ, MAMAN
CADRAN À AIGUILLES
RÉVISER, BACHOTER
DERNIER CRI
FROID INTENSE
QUE DALLE
SOUPE DE POISSONS
FAIT LA TÊTE
FUNÈBRE, IL EST MOINS FUN
DANSE DU BRÉSIL
BEAUJOLAIS
ABÎMÉE
PRÉSENTER DE FAÇON SIMPLIFIÉE
SURFACES
UN MÉTIS DE DEUX CONTINENTS
IL S'ACHÈVE LA VEILLE DE PÂQUES
TOMBÉ
PÈRE ET ROI DE JARRY
UN FRÈRE BOGDANOFF
ALLONGEAS
DERNIÈRE LETTRE GRECQUE
LE PETIT PRINCE HABITE LE B612
RISQUAI
CHAGRINERIONS
DOCUMENT PRÉCISANT L'HÉRITAGE
ID EST
METTRE EN POSITION *OFF*
PORTÉ SANS RETENUE
EXPERT-COMPTABLE
ET AINSI DE SUITE
BRAME
PERROQUET
COURROIE ATTACHÉE AU MORS
EXCELLENT
CHAMPION
CONSERVÉE EN SAUMURE
DIRIGER DEPUIS L'ÉLYSÉE
LIGNE DU PLAN
CHIFFRE IMPAIR
FRACASSÉ
MONTANT EMPRUNTÉ
COUPANT DU FROID OU DU COURANT

(F)LÉCHÉS

ENTAME LE CUIR CHEVELU
SALE TEMPS AVEC ÉCLAIRS
CRIS DE CHIENS
AUSSITÔT
33,33 %
LE PACIFIQUE EN EST UN
DÉTESTER
COIFFÉES POUR FAIRE UN MACARON
REINE OU VALET
ARTICLE MASCULIN
MINOU
NON MATÉRIELS
IRIDIUM
ABRI CONSTITUÉ DE NEIGE
COUPLE
PLUS PRÈS QUE LÀ
UN BIJOU DANS LA LANGUE
SUCCÈS
COUPAIS AU SCALPEL
ANGLAIS ANOBLI
FLEUR ROYALE
PHASE DIFFICILE
IMAGE SACRÉE
HORRIBLE
SUIS AU MILIEU
POSÉS SUR LA BALANCE
VILLE SUR LA TILLE
ENFERMANT POUR TOUJOURS
LE VIDE, OPPOSÉ À L'ÊTRE
DÉCORÉ
L'IRLANDE
ENTOURER DE SOINS DÉLICATS
ID, ÉTAT AMÉRICAIN
LAC DE GENÈVE
NON ALLEMAND
CŒUR TENDRE
EXÉCUTERA
JAILLIT
TINTANT
SE RENDRE COMPTE
RIVAL
CRÉDULES
RENDANT HOMMAGE
CUBE ROULANT
APPORT DE MOITIÉ
L'AMOUR DIVIN
HÉROÏNE DE ZOLA
SULTANAT DU GOLFE
PRÊTRE
CHEVALIER EN JUPON
SON ODEUR REPOUSSE LE VAMPIRE
MAUVAISE HABITUDE
CONDITION
ÉQUIPAS D'UN CANON
SAINT NORMAND
APERÇU
MAMAN D'AVERELL
ÉGAYER
ENZYME

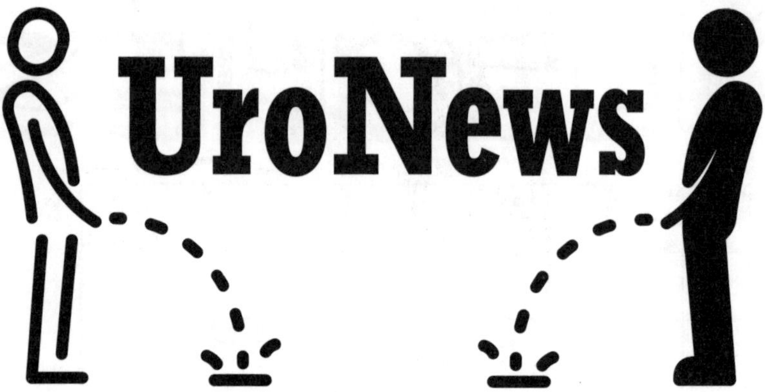

Festival de scans

Y en a qui vont à Las Vegas pour entendre tintinnabuler les machines à sous sur lesquelles ils ne jouent pas, pendant que la leur absorbe imperturbable chaque jeton qu'ils y introduisent en rêvant de changer de vie. Et y en a même qui font du cinéma, qu'on appelle Marilyn, mais ça c'est du Patricia Kaas, sinon y en a d'autres qui vont au CES à Vegas.

Le CES, Consumer Electronics Show, un salon des innovations. En 2023, cent soixante-dix entreprises françaises branchées technologie y ont exposé leurs trouvailles. Parmi elles, une société installée à Issy-les-Moulineaux – c'est là-bas, vous voyez quand j'ouvre la fenêtre du salon, si, si, penchez-vous, *non è pericoloso sporgersi* – s'est distinguée en produisant l'U-Scan.

Qu'est-ce ? Et va-ce emplir leur tiroir-caisse ? Nous l'allons voir. Sur le site de Withings, c'est clair : l'U-Scan est le premier laboratoire connecté d'analyse d'urine à domicile, non invasif, précise-t-on. Effectivement, on pisse 2 500 fois par an, mais on n'analyse l'urine qu'une seule fois en moyenne. Là, vous pouvez décortiquer les 3 000 métabolites reflétant votre état de santé aussi souvent que vous le désirez. Il y a une partie « lecteur » qui récolte l'urine (j'ai bien ri en pensant à vous) et une partie cartouche qui analyse. Ça devrait coûter dans les 500 €. Ou alors, pour ce prix-là, vous prenez 50 *Officiel des toilettes*.

LES MUTANTS

Ces titres d'œuvres ont muté : chaque terme important a été remplacé par un synonyme, un mot de même sens, ou un antonyme, un mot de sens contraire.

À vous de retrouver le titre original de chacune des trois œuvres fictives suivantes : il peut s'agir d'un film, d'un tableau, d'un roman ou d'une chanson.

1. Le Gentil, le Barbare et le Malfaiteur

....

2. Les Cinq Gamins du rebouteux April

....

3. Les Ennemis après

....

ROSACE

Remplissez les pétales de rose en ordonnant ces séries de lettres. Écrivez les mots de l'extérieur de la rosace vers le centre, comme dans les exemples ÉCOLO et VERTS. Attention aux anagrammes, il n'y a qu'une seule façon de compléter la grille.

Dans le sens des aiguilles d'une montre

A. EEITV	G. ADEEM	M. ABGOU
B. AERRT	H. AESTV	N. ABDER
C. EILPR	I. AINNT	O. EEILP
D. ACLOV	J. ABLOS	P. ADEIP
E. ACEFL	K. JRSUY	Q. **CELOO**
F. GIRRU	L. ABELL	R. AMPSS

Dans le sens inverse des aiguilles d'une montre

1. DEEOP	7. ACDLU	13. ABNOR
2. AAELV	8. AAGLV	14. ABBSY
3. IMOPR	9. AILMT	15. AEGPS
4. **ERSTV**	10. AELRS	16. ADLLO
5. EEFOR	11. AEJNT	17. EEIPU
6. CEIRT	12. BEILU	18. CEIRS

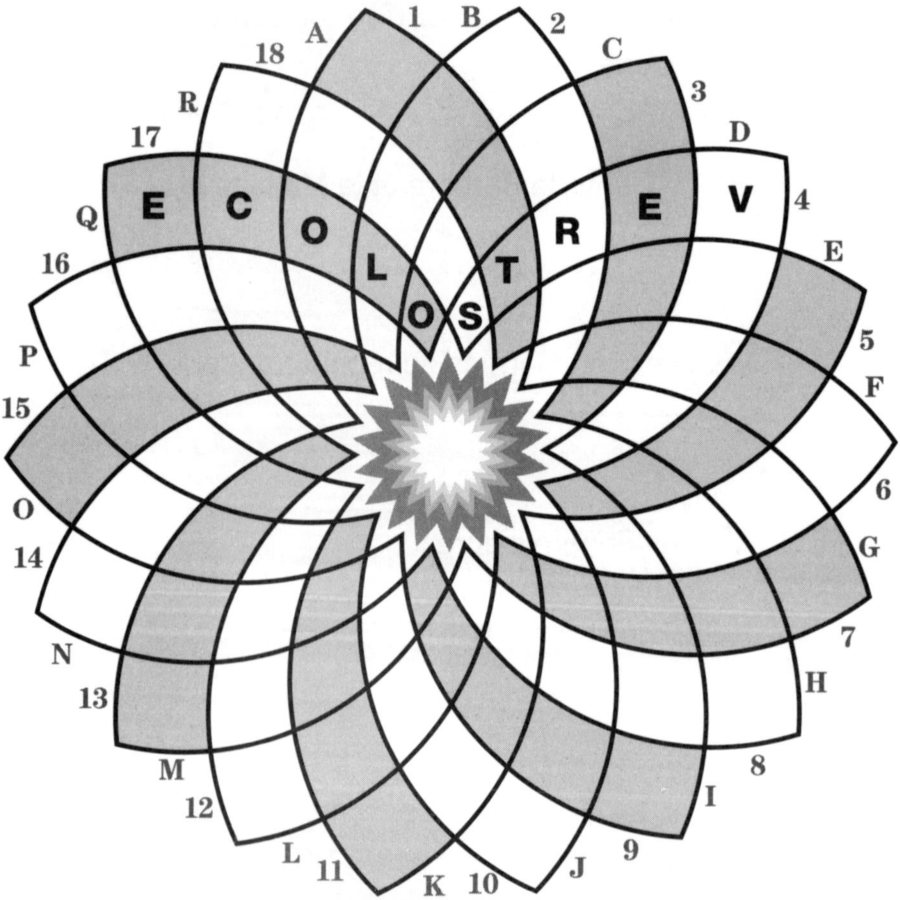

Sacré Délien

Cinq séries de lettres à gauche, cinq à droite. Chacune cache un mot utile, mais attention aux anagrammes qui vous perdraient.

L'ajout d'une lettre centrale permet de composer un mot de onze lettres, reliant les deux premiers, sans tenir compte des accents : voir l'exemple COMME(M)OREES page 51.

Les cinq lettres ajoutées au centre forment elles-mêmes un dernier mot vertical. Quel est-il ?

ACENS	=	_ _ _ _ _	_	_ _ _ _ _	=	**ABELR**
EENTV	=	_ _ _ _ _	_	_ _ _ _ _	=	**AEILT**
CDIOS	=	_ _ _ _ _	_	_ _ _ _ _	=	**ACDEN**
EINRS	=	_ _ _ _ _	_	_ _ _ _ _	=	**EIRST**
AIOPR	=	_ _ _ _ _	_	_ _ _ _ _	=	**EINSS**

_ _ _ _ _

LA TÊTE AU

Dans chaque carré grisé figure un mot. Trouvez une anagramme de ce mot correspondant à l'une des définitions sous la grille (exemple au centre : EIDER pour l'indice 14). Inscrivez ensuite, dans chaque tête, le numéro de la définition du mot recherché. Reportez alors l'initiale de chaque mot trouvé, ici le E, dans les cases numérotées de l'échelle de décodage. Celle-ci complétera une plaisanterie de Pierre Dac : « Le poulet cocotte n'a aucun rapport… » À la fin, en additionnant les chiffres des définitions, il vous faudra totaliser 65 sur toutes les lignes, toutes les colonnes et les deux diagonales de ce carré magique !

CALEPIN	RENDRA	RADINES	OOCYTE	RADIS	= 65
ENFOUI	PRIVÉE	NIAQUES	SOULAGENT	PALMAI	= 65
CREUSAIT	ANEL	RIDÉE 14 EIDER	RÉCESSIVE	TOILÉE	= 65
RÉCOLTA	FUMOIR	RÉVEIL	ROUMAINS	RUIONS	= 65
BAILLÉE	RÉALISTE	ROUSSI	LIEU	MUÉE	= 65

65 = (diagonale) | = 65 | = 65 | = 65 | = 65 | = 65 | = 65 (diagonale)

CA-CARRÉ

1. Ouvrière ou reine, elle vit dans la ruche. **2.** Au poing chez Bazin, c'est un serpent venimeux. **3.** De mer, on l'appelle aussi astérie. **4.** Vil en dessin animé, il rappelle le chacal. **5.** S'il est de mars, il côtoie le Chapelier fou. **6.** Les bois de ce grand cervidé, parfois appelé orignal, sont aplatis en éventail. **7.** Passer par son trou n'est pas chose aisée. **8.** Le bec de ce grand oiseau possède une poche extensible. **9.** Pour extraire ses piquants de vos jambes, tapotez-les avec une règle en fer. **10.** De Cuba, ce crustacé a été chanté dans la pub. **11.** Chez cette antilope, le mâle possède des cornes en forme de S. **12.** Le bruit qu'il émet avec sa queue lui vaut le nom de « serpent à sonnette ». **13.** Plus il est vieux, plus il a de pattes, mais jamais mille ! **14.** Ce canard fournit une plume pour vos édredons. **15.** Rusé, il s'introduit dans la basse-cour. **16.** Ce petit poisson bloquerait-il le port de Marseille ? **17.** Ce crustacé a une démarche singulière. **18.** Elle est sociale, mais pas cigale. **19.** Ce mammifère fourre son nez partout. **20.** Il est ailé, mais ne vole pas. **21.** Cochon de mer, il désigne parfois un militaire. **22.** C'est le chamois des Pyrénées. **23.** Le blase de ce singe vient de son blase ! **24.** Gluante, c'est une mouche. **25.** Ce petit carnivore, star des documentaires, fait le guet dressé sur ses pattes arrière.

1	2	3	4	5	6	7	8	9	10	11	12	13

E											
14	15	16	17	18	19	20	21	22	23	24	25

ALPHAKU-KU

Remplissez la grille pour que chacune des lettres
« **A, C, E, N, O, R, U, V** et **X** »
figure une seule fois sur chaque ligne, dans chaque colonne
et dans chaque petit carré de neuf cases aux contours renforcés.
Quelque part s'inscrira le nom d'un lieu plus apprécié
des pèlerins de Saint-Jacques-de-Compostelle
que par l'armée de Charlemagne.

	C		A	V		R		
		E		C			X	A
	R							
	E	C	U	X	O			
			R	A	N	O	E	
							V	
N	V			R		X		
		O		N	A		R	

Les enfants TERRIBLES

Cinq couples à l'humour douteux envoient des bristols annonçant un joyeux évènement. Sachant que Jean-Philippe, Marc, Otto, Sam, Sandy, Sophie et Yvan sont nés, inscrivez les prénoms complétant les faire-part. Attention, une famille a eu des triplés !

Monsieur et Madame Pachaire
ont le plaisir de vous annoncer
la naissance de

....

....

....

Monsieur et Madame Assin
ont le plaisir de vous annoncer
la naissance de

....

....

....

Monsieur et Madame Fonfec
ont le plaisir de vous annoncer
la naissance de

....

....

....

Monsieur et Madame Ervitemonslip
ont le plaisir de vous annoncer
la naissance de

....

....

....

Monsieur et Madame Kilo
ont le plaisir de vous annoncer
la naissance de

....

....

....

LE CHICHSTRAC

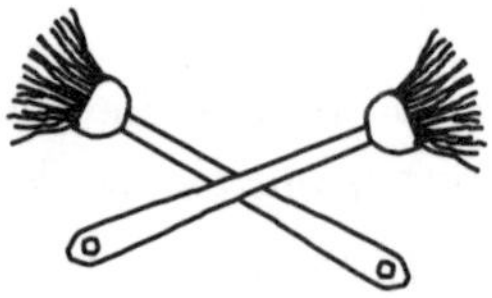

Dans les trois citations, un même terme a été remplacé par cet étrange **CHICHSTRAC**. Votre seule corvée sera de toiletter ces phrases pour retrouver le mot commun d'origine.

1 « La **CHICHSTRAC** frénétique au moment de l'élévation : Dieu entre en gare. »
(CARLOS RIM – parlant de l'exposition par le prêtre, bras tendus, du pain et du vin, du « corps » et du « sang » du Christ)

....

2 « Que ne suis-je devant votre porte et que ne puis-je pour ma propre jouissance – une jouissance capable d'abolir toute tension – appuyer sans fin sur votre **CHICHSTRAC**. »
(FRANZ KAFKA)

....

3 « Mais le bruit du vent n'était qu'un murmure dans ma tête sous le crépitement des serpents à **CHICHSTRAC** déchaînés, avec leurs langues sifflantes. »
(TRUMAN CAPOTE)

....

PAIR ou IMPAIR

0	1
1	0

Dans ce jeu binaire, la première grille à compléter ne contient que des 0 et des 1, avec trois règles à respecter :

1. Chaque ligne (et chaque colonne) contient quatre 0 et quatre 1.

2. Il est interdit d'écrire trois chiffres identiques ou plus côte à côte.

3. Deux lignes (ou deux colonnes) ne peuvent être identiques.

Une fois la grille terminée, regardez le second tableau constitué de lettres. En ne lisant que celles des cases où vous aurez trouvé un même chiffre (le 0 ou le 1, à vous de voir), vous compléterez la citation de bas de page.

0					0		0
1		0	0		1		
						0	
	1						
							0
0				1			
			1				1
		0					

S	Q	U	E	I	L	R	E
E	P	V	E	R	E	E	N
A	Y	N	D	A	D	N	U
T	D	E	E	N	C	S	S
E	O	R	R	T	S	E	E
N	A	N	V	S	I	E	A
V	D	E	O	D	O	I	R
F	R	M	A	I	I	M	R

Citation de Dave Gneiser à compléter :

« L'homme est le seul animal qui se couche

sans avoir sommeil et ....

.... »

ChatGPT OQP

Le chat me parle de sexe

Vous avez vu, page 99, il se débrouille bien le chat, pour répondre à des questions pas évidentes. Tentons de le pousser un peu dans ses retranchements.

« Moi, je suis passionné par le caca. C'est un peu mon travail.

– Je vois. Chacun a ses propres intérêts et domaines d'expertise. Si vous êtes passionné par l'étude ou la recherche liée aux déchets biologiques, y compris le caca, il existe en effet des domaines scientifiques et des spécialités médicales qui se consacrent à l'étude des matières fécales, tels que la gastro-entérologie, la microbiologie intestinale, ou encore l'écologie des écosystèmes. Ces domaines peuvent avoir des applications dans des domaines tels que la santé, la recherche sur les maladies intestinales, la nutrition, l'environnement, ou encore la gestion des déchets.

– Tu n'aimes pas ça, toi, le caca, ça se sent.

– En tant qu'intelligence artificielle, je n'ai pas d'émotions ou de préférences personnelles. Mon objectif est de fournir des informations et de vous aider avec vos questions, quel que soit le sujet. Si vous avez des questions spécifiques sur le caca ou tout autre sujet, n'hésitez pas à les poser, et je ferai de mon mieux pour vous répondre de manière précise et informative.

– Comment ça s'appelle, quelqu'un qui aime le caca ?

– L'intérêt ou l'attirance sexuelle pour les excréments est appelé coprophilie. La coprophilie est considérée comme un fétichisme sexuel spécifique qui implique une excitation ou un intérêt érotique lié aux matières fécales. Il est important de noter que les préférences et les intérêts sexuels peuvent varier considérablement d'une personne à l'autre, et il existe une grande diversité de pratiques et de préférences dans le domaine de la sexualité.

– Ah, mais je ne parle pas de sexe. Tu es obsédé, le chat !

– Je m'excuse si j'ai donné l'impression d'être obsédé ou de mal interpréter votre question. En tant qu'IA, je suis ici pour fournir des informations et répondre à vos questions de manière précise et respectueuse. Si vous avez d'autres questions ou si vous souhaitez discuter d'un sujet différent, n'hésitez pas à le mentionner. Je suis là pour vous aider. »

Paroles, paroles…

Vous avez tous fredonné *Paroles, paroles*, le duo improbable de Dalida et Alain Delon. Ces extraits d'autres tubes sont certainement quelque part dans votre mémoire. Exercez-la en retrouvant la parole manquante.

1. « Racontez-moi quel est ce ....
qui me tient vivant dans ce monde »

2. « Tu as la .... qu'on voudrait goûter
et le sourire *muy caliente* »

3. « Si tu savais comme ça me coûte
de ne te pas montrer mes doutes,
j'en appelle à ma ...., SOS »

4. « J'espère que tu vas ....
et que tu vas mal dormir,
pendant ce temps,
je vais écrire »

5. « Elle a peur pour son petit ....,
elle a peur pour son derrière »

SEPT HORREURS

SANDWICH

Complétez les mots horizontaux. Une seule des différentes possibilités vous permettra de trouver une expression argotique utilisée pour dire « uriner ».

F	A		I	L	E
A	P		O	N	E
I	M		G	E	S
R	O		F	L	E
E	N		I	N	S
S	K		T	C	H
A	G		U	M	E
P	I		L	E	R
E	X		M	P	T
T	R		C	E	E
I	N		I	T	E
T	E		D	Y	S
E	V		N	T	E
V	E		T	O	N
I	C		N	E	S
D	A		T	O	N
A	V		V	E	R
N	I		E	A	U
G	R		N	A	T
E	S		U	Y	E

EN PURE LOGIQUE

A B C

Dans l'un des trois paquets A, B, C (d'aspect identique) offerts par Bella à son serpent, il y a un délicieux rongeur congelé, les deux autres sont vides. Si le serpent choisit un paquet au hasard, il a une chance sur trois d'y découvrir sa récompense. Logique, non ? Mais Bella explique au squamate carnivore à langue bifide :

« Quand tu auras fait ton premier choix, je te désignerai parmi les deux restants un paquet dans lequel il n'y a rien et je ne te mentirai pas, bien sûr. Qu'as-tu intérêt à faire pour augmenter tes chances de ne pas jeûner ce soir ? Maintenir ton choix initial ou le modifier ? »

Que feriez-vous, si vous étiez serpent et rêviez de croquer de la souris congelée ?

Trois petits CHATS

Trois petits chats, chapeau de paille, paillasson, somnambule, bulle, bulle... Sur ce principe, remplissez les trente bulles, bulles, bulles, en vous aidant des indices précisant chaque début et fin de mot.

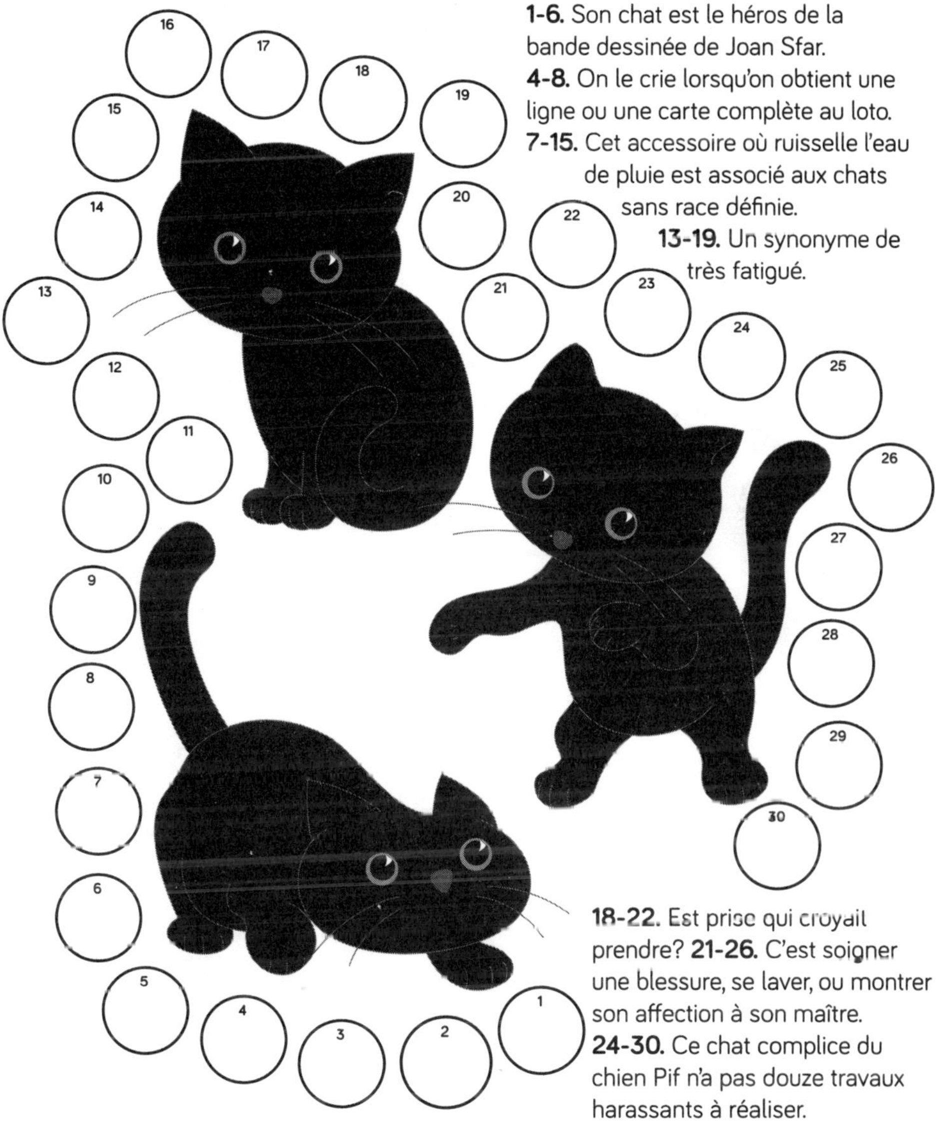

1-6. Son chat est le héros de la bande dessinée de Joan Sfar.
4-8. On le crie lorsqu'on obtient une ligne ou une carte complète au loto.
7-15. Cet accessoire où ruisselle l'eau de pluie est associé aux chats sans race définie.
13-19. Un synonyme de très fatigué.
18-22. Est prise qui croyait prendre? **21-26.** C'est soigner une blessure, se laver, ou montrer son affection à son maître.
24-30. Ce chat complice du chien Pif n'a pas douze travaux harassants à réaliser.

L’ombre de ton *HOMBRE*

Observez bien cet homme espagnol (si, si, on a vérifié ses papiers) : cet *hombre* possède cinq ombres, mais une seule silhouette lui correspond parfaitement. Laquelle est-ce ? Et non pas La Callas, qui n’est pas espagnole, d’ailleurs, c’est là qu’est l’os.

BONUS

Observez les lettres bien placées sur fond gris foncé ou mal placées sur fond gris clair pour deviner le seul mot final possible. Attention, certaines lettres n'ont peut-être pas encore été proposées.

M Gris foncé M Gris clair

I	N	V	E	N	D	U
I	N	O	D	O	R	E
I	M	P	A	C	T	S
I	N	T	E	R	E	T
I	O	D	U	R	E	S
I	_	_	_	_	_	_

GRANDES

HORIZONTALEMENT : A. Vous allez remplir ceux de cette page. Appareil pour moka. Rend crasseux. **B.** Emprisonnés. Qualité de personne gentille. Groupe d'élite dont il est difficile de faire partie. **C.** Ensemble de deux musiciens. Fêtes en l'honneur du dieu du vin. Chanteuse barbadienne de *Umbrella*. Surface de 100 m². **D.** Usa par frottement. Son calendrier aide à patienter jusqu'à Noël. Vocation du prêtre. Empereur qui incendia Rome. **E.** Découper avec finesse. Blum ou Gambetta. Frappée, cognée. Gratins de légumes du Midi. Gaïa, la Terre. **F.** Fin de jadis et d'autrefois. Titre anglais. Paresseux. Son essence embaume l'orange amère. Arrangement sur une même droite. **G.** Groupe de rap avec Joey Starr. Affrontées avec courage. Exclamation et début d'hilarité. Remise debout. Dame au paradis. **H.** De façon affectueuse. Unités de radioactivité de Marie. Hypothèse. Asséchées. **I.** Obtenue. Métal en filon. Standardiser. Os de squelette marin. Homme de Londres. **J.** Apprécié. Offense à un magistrat. Illusion. Phase suivant le sommeil. *Ante meridiem*. **K.** Passion de groupie. Pays de Delhi. Assez nourri. Embobiné par flatterie. **L.** Nouvel an vietnamien. Existence. Cirque des Pyrénées. Roi du zoo. Tapis de plage. **M.** Diffuseuse. Opéra de Verdi. Extrémité. Point de saignée. **N.** Banquet de mariage. Lettre grecque. Frère aîné de Jacob. Tubes d'éclairage. Canal sortant de la vessie. **O.** Salut au pantin. Disciplines scolaires. Exploratrice des petits. Amoureux de Manon des sources. Finale de sonnet. **P.** Situation de repli sur ses semblables. Commune. Avança. Guettées. **Q.** Frère convers. Erbium. Courte pluie. Canton suisse. Coiffure à trois brins. Dévêtu. **R.** Guère chic. Premières pages. Armes blanches. Poète irlandais prix Nobel.

	1	2	3	4	5	6	7	8	9
A									
B								■	
C				■					
D						■			
E								■	
F			■				■		
G				■					
H									
I		■				■			■
J					■				
K									
L				■				■	
M		■							
N					■				■
O						■			
P	■								
Q				■			■		
R									

VERTICALEMENT : 1. Docteur qui s'occupe de vous. Longueur à Pékin. **2.** Spécialiste des troubles visuels. Poisson rouge. Étendue d'eau salée. **3.** Avant quatre. Méthode de mémorisation. **4.** Sud-ouest. Possessif pluriel. Combat pour l'honneur. Orifice anatomique. **5.** Cocktail de La Havane. Prière à Maria. Un tour en forêt. **6.** Roue de poulie. Vagabonde. Inflammation de l'oreille. Désert de dunes. **7.** Trophée du cinéma américain. Idylles. **8.** *Curriculum*. Prévenu. Raton laveur. **9.** Du sud du Sahara. Administré. Huilé. **10.** Sort tel un gaz. Volcan sicilien. Services imparables au tennis. Cube de jeu. **11.** Figurines provençales de la

VACANCES

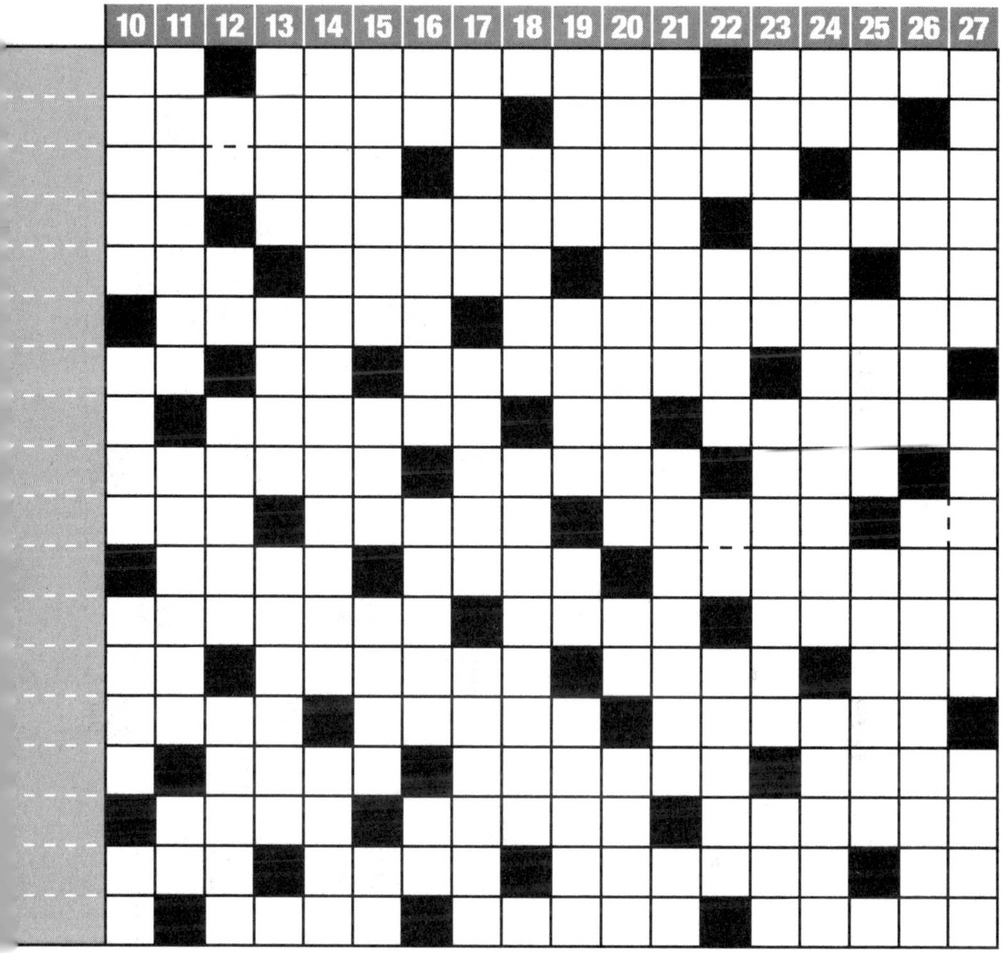

crèche. Arcs brisés pour croisée. Démonstratif. **12.** Bonne action. Sorti de la maternité. Marqua d'un cran. Au revoir définitif. **13.** Poils entourant l'œil. Alcool tiré de la canne à sucre. Salle de ventes chantée par Barbara. **14.** Au hasard. Songe. **15.** Du Trésor public. Conviendra. Victoire impériale. Crack. **16.** Mais aussi. Région des Balkans. Averse de grains de glace. Été capable. **17.** Notre planète. Prophète biblique. Difficile à déplacer. **18.** Parfait, pour un gendre. Retombe dans ses travers. **19.** Son renvoyé. Désavantagé. Dictateur chez Brecht. Niaise. **20.** Rapidité à répondre. Fleuve sibérien. Divinité romaine du foyer. **21.** Couvert d'un blanc manteau. Tombé dans les pommes. Vis. **22.** Millésime. Château offert à Diane de Poitiers. État major. Boîtes où glisser les bulletins. **23.** Utilise un lecteur optique. Isolant cause de maladies pulmonaires. Thérapeute d'analyse. **24.** Capone. Gitane de *Notre-Dame de Paris*. Sélectionnée. **25.** Roi de tragédie shakespearienne. Loi antitabac. Voisine du phoque. **26.** Grignotée. Fort différemment. **27.** Chanteur de *La Mer*. Lâchées en plein champ. Dieu guerrier.

COLORIAGE

COLORIAGE

SANS chichis

Au Japon, shi et ku

La sonorité [shi] est très courante au Japon. Et quand je dis « courante », n'y voyez aucune blague excrémentielle. Le caractère ou hiragana romanisé en *shi* peut avoir plusieurs sens : la ville, la mort, le poème ou le chiffre 4.

Il est ainsi logique que l'on retrouve ce son dans le nom de nombreuses villes. Les anglophones ajoutent « City » derrière certains noms de municipalités, et nous terminons les nôtres régulièrement par -ville : Abbeville, Charleville, Thionville, par exemple. Les Japonais, eux, concluent d'un *shi*.

Les villes spéciales, de plus de 200 000 habitants, sont les *Tokureishi*. Les villes noyaux, *Chukakushi*, en comptent plus de 300 000. Les villes désignées par ordonnance gouvernementale, appelées *Shitei toshi* ou *Seirei shi*, ont plus de 500 000 âmes et sont divisées en arrondissements, dont le nom japonais est… *ku*.

Vous pourrez donc visiter Yamanashi, Toyohashi, Miyoshi, Kuroishi, Choshi, Funabashi, Yukuhashi, Maebashi, Akashi, Tatebayashi, Kawanishi, Kamaishi… sans oublier les villes où le [shi] est intérieur, comme Fukushima et Hiroshima. Notez que ça semble plus risqué, je dis ça, je ne dis rien, mais l'histoire recommande de les éviter, celles-là.

Enfin, pour les puristes pas sans chichis, Shibushi et Shiroishi sont doublement indiquées.

CRYPTOGRAMME

Remplacez chaque symbole par la lettre qu'il crypte pour découvrir une vérité de Marcel Pagnol.

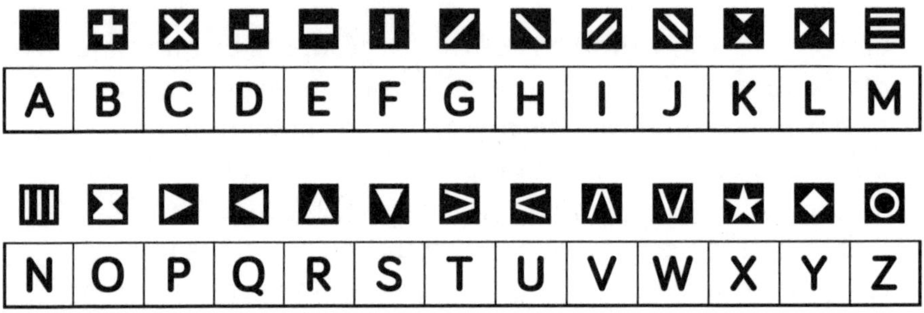

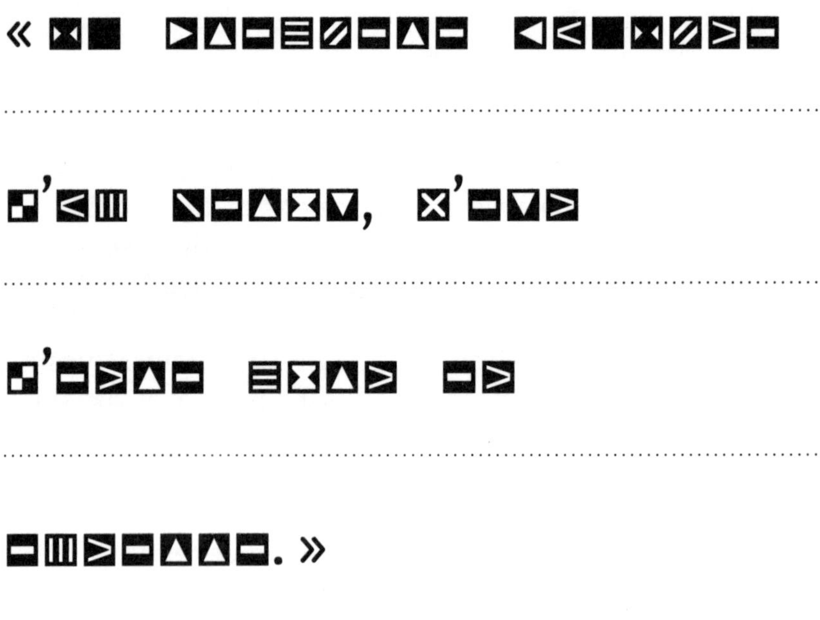

CALCULS DURS, hein !

+ − × ÷

Avec les quatre opérations de base (**+ − × ÷**) et en utilisant au maximum une fois les plaques proposées, tentez d'atteindre le nombre cible : **716**.
Il n'existe qu'une approche pour y parvenir.

716

1 - 2 - 6 - 7 - 9 - 9

(M)OTS

PEINTRE DU CLAIR-OBSCUR
LE CAR À VACHES
ARRIÈRE DU PIED
FEUILLETONS BRÉSILIENS
TERRE DU GOLEM
PARMESANS
BIEN ENTENDU
PERVERS
EXISTANTS
FOURGON
COURS SIBÉRIEN
DOCUMENT AUTORISANT À CIRCULER
VAINC LA GRAVITÉ
DOCTES
UNE BONNE CURE EN MILIEU MARIN
HÔTESSE JAPONAISE
CRISTAUX D'AMMONIUM
QUEUE DE CHEVAL
FIN DE MESSE
L'EURO L'A REMPLACÉE
LIEU INVIOLABLE
ÉTERNEL FÉMININ
APPEL À L'AIDE EN ANGLAIS
ÉCORCE DE CITRON
SOUS ROUMAINS
PUREMENT PARFAITES
D'UN BRUN CLAIR
TOUJOURS FIDÈLE AU MAGAZINE
PARFUMÉ
COURS À ÉVREUX
RÈGLE
LARGUER DU LEST
PAYSAGES À VOIR
CHANTEUSE DU *BANANA SPLIT*
BOUQUINER
SŒUR DE L'HISTOIRE
ARTICLE PREMIER
DOUBLURE PARFAITE

(F)LÉCHÉS

RÉFLÉCHIS
ÉTOFFE FROISSÉE
RYTHMES
ÎLE
OISEAU CONDAMNÉ À LA PRISON
TRÉSOR EN FILON
VOLCAN SICILIEN
DÉSHERBÉE
VRAI
DÉPISTAGE DE CAS
OUVRAIS UNE MAISON CLOSE
CHOISIE AUX URNES
REPOSANT POUR LE CAMÉLÉON
BRISURES
MERCURE OU MARS
MILLIÈME DE SECONDE
PROVENUE
ENTICHÉE
DU BLAZE
BANDE
SONT DONC, POUR DESCARTES
INFLAMMATION À MONTRER À UN ORL

VALSA
ANNUAIRE PARFOIS MONDAIN
FABRIQUE
PUIS
SEULEMENT
DE CROIX, C'EST UN CALVAIRE !
DÉMONSTRATIF
SIMULÉS
PATRIIIIICK
JAZZ EXPRESSIF
BOUCLIERS
QUITTE LA RUCHE
DANIELLE BILLARD, POUR SA FAMILLE
DEGRÉ AUTRE QUE CELSIUS
ANTRES DE LOUPS
DEHORS !
HÉROS DE *MATRIX*
POSSESSIF
FAIRE TOUT
SANS PAROLES
SONNET
ANIMAL À NE PAS POSER
VIENT AU MONDE
AFFLUENT DU RHÔNE À LYON
PLUS NEUTRE
PRINCE DE KIEV
A LE CŒUR QUI FAIT BOUM
VILLE DE CLAIRETTE
SOUS *SOL*
TOUR ABRÉGÉ
PÂTÉ IMPÉRIAL
AFFAIRE DE SUCS
LADY SPENCER
IMPÉRATRICE ICONOLÂTRE
S'AGITE DANS LES BRANCARDS
DOSE IRRADIÉE

Bandelettes

Un touriste a découvert dix bandelettes de papier, portant des inscriptions, non loin d'une momie égyptienne. En les remettant dans le bon ordre, vous découvrirez le résumé d'une œuvre évoquant l'Égypte. Les majuscules débutant chaque ligne – qui devraient souvent n'être que des minuscules, attention ! – formeront verticalement un nom générique désignant l'ennemi du héros. Quel est-il ? Devinez-vous le titre de l'œuvre et connaissez-vous son auteur ?

1. À la recherche du tombeau de Kih-Oskh. Ils affronteront un
2. Inde, dans le royaume fictif de Rawhajpoutalah
3. Tintin, en croisière sur la mer Méditerranée,
4. Ainsi que le génie du mal Rastapopoulos.
5. Que l'auteur situe au pied de l'Himalaya. L'album introduit
6. Tombeau de Toutânkhamon passionne le monde.
7. Un duo qui deviendra célèbre, les Dupondt,
8. Rencontre l'égyptologue Philémon Siclone, personnage distrait
9. Notons que l'aventure sort à un moment où la récente découverte du
10. Fakir, une société secrète et un milliardaire, en Arabie puis en

. . . .

La puce à l'oreille

Un fil logique relie sans équivoque possible les six mots suivants. Pensez à des expressions connues ou toutes faites. Faites défiler toutes les associations possibles ou jouez la carte (puce) des petits sauts (de puce) mentaux, jusqu'à ce que l'une d'elles vous mette la solution à l'oreille.

BAS

MÉDAILLE

VUE

GÉNÉTIQUE

ÉTAPE

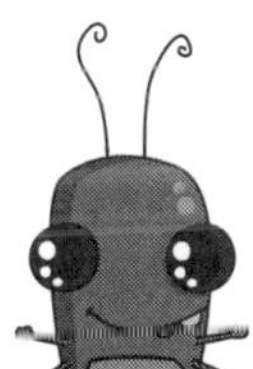

ŒUVRE

....

CHARADE

Quel extrait d'une célèbre chanson
cette charade illustre-t-elle ?

Mon premier symbolise le potassium, mais est aussi le héros du Château.

Mon deuxième roule puis s'arrête en montrant sa face.

Mon troisième fait la fierté du paon.

Mon quatrième sert de siège au jockey.

Mon cinquième est un coin chaud de la maison de campagne.

Mon sixième a un jeu, mais n'aime pas qu'on la gave.

Mon septième est absent au bal des souris.

Mon huitième peut être de chagrin, d'âne ou de banane.

Mon tout est une attaque de couplet n'évoquant pas les maisons.

☺ Blagues ☺

Ce que félin, ce que fait l'autre

Un tigre s'approche lentement du campement où un homme et sa femme se sont établis, pour déjeuner en plein milieu de la savane. Le mari court dans la tente et enfile ses chaussures de sport.
– Tu crois vraiment que tu vas courir plus vite qu'un tigre, avec tes pompes de kéké ? ricane la dame en tongs.
– L'important, ma chérie, ce n'est pas que je coure plus vite que lui. C'est que je détale plus vite que toi…

***

– Quel tigre ne sait pas nager ?
– Le Tigrégory.

***

– Comment appelle-t-on un chat tout-terrain ?
– Un cat-cat.

CLÉS en main

Bella garde les souris pour nourrir son serpent dans un vivarium sécurisé par un mécanisme de coffre-fort. Notez dans chaque clé la lettre à laquelle elle est associée sur la page de droite. En trouvant le bon point de départ et le bon sens de rotation, lisez le mot de passe ouvrant la serrure. Attention aux trois clés piégeuses.

R
L
A
O
T
B
N
E
I
U
G
S

le PQRST

Quelquefois, vous avez beau tirer la chasse : cinq minutes plus tard, vous constatez que « le PQ est resté » et flotte dans la cuvette. Les huit réponses aux définitions suivantes commencent par huit lettres consécutives de l'alphabet, dont l'inévitable PQRST. Désormais, à vous de savoir si la première solution commence par M, N, O ou P. Aidez-vous des lettres indices.

1. Bruit de chute pour fun en bulle.................................

2. Proche des forets...

3. Bimane qui n'a pourtant qu'un Doha ....

4. Et tienne, et tienne, et tienne ! ....

5. Il a Thor ! ....

6. Coller Marianne au coin......................................

7. L'or du rein...

8. Frérot de la végane ....

Séries de lettres permettant de reconstituer les huit mots précédents (l'ordre n'est pas celui des définitions) :

CEEEPRSU	AEEMNOOOPT
EEIRSST	AEEEGILNTV
BEIMRRT	EINRU
AAEINQRT	AACDEINNSV

cacabons

Quelques animaux cacabent, quelle aubaine pour nous qui aimons conjuguer. S'ils cacabent, nous cacabons et cela justifie un jeu dans *L'Officiel des toilettes*, non ?
Comme Jean de La Fontaine, usons d'anthropomorphisme pour faire déclarer à six animaux différents qu'ils parlent. À vous de rendre à chacun son langage. Chaque terme doit servir une fois, pas plus.

1. Nous les buffles, nous ....

2. Nous les chevaux, nous ....

3. Nous les chauves-souris, nous ....

4. Nous les dauphins, nous ....

5. Nous les perdrix, nous ....

6. Nous les tigres, nous ....

a. cacabons

b. cliquetons

c. soufflons

d. nous ébrouons

e. râlons

f. grinçons

RATURE
de litté~~rature~~

Flaubert s'amuse

Il y a un truc énorme, qui me choque dans le Larousse et le Robert, pour ne parler que des deux dictionnaires les plus souvent achetés par les Français : la présence de l'adjectif « hénaurme ». Cette graphie fantaisiste est issue d'une correspondance entre Gustave Flaubert et son ami Jules Duplan.

« Moi, un viveur de province ! Ah ! c'est trop beau ! et l'histoire de mes nombreux colis en voyage ! Ce portrait de moi en gentleman revenu des erreurs de la jeunesse, et qui a écrit un roman par désillusion, pour chasser l'ennui ! Hénaurme ! quinze mille fois Hénaurme, avec trente milliards d'H ! », s'exclame l'auteur de *Salammbô, Madame Bovary* ou encore de *L'Éducation sentimentale*, le 20 octobre 1857. Dans cette lettre, et à l'oral en d'autres circonstances, Flaubert caricaturait la prononciation affectée de cet adjectif par certains comédiens ou commentateurs.

Quel besoin avait le lexicographe d'intégrer ce délire de gamin de 36 ans parmi les graphies possibles d'un adjectif qui n'avait rien demandé ? « C'est la porte ouverte à toutes les fenêtres », aurait dit ma grand-mère. Comme le dico a aujourd'hui tendance à accueillir très rapidement, pour faire plaisir à un public plus jeune, des néologismes aussi vite disparus, nos belles pages s'emplissent de yaka et de wech, mais le mot « nabot » va en sortir… Pas assez hénaurme, probablement.

J'adore Flaubert, comme Queneau et tous les auteurs usant de distorsions. Apprécions leurs inventions, comme celles nées dans nos rues et cités, mais laissons le dictionnaire en dehors de tout cela. Si je trouve d'autres hénaurmités dans les miens, c'est décidé, je les rature !

SUDOKU-KU

Remplissez les cases vides de ce sudoku-ku pour que tous les chiffres, de 1 à 9, soient inscrits une seule fois sur chaque ligne, dans chaque colonne et dans chaque petit carré de neuf cases sur fond gris ou blanc.

					3	2		
				6		3		5
2				5			1	
	6				4		5	
7	9	8				4	3	2
	5		3				7	
	3			9				7
5		7		2				
		1	7					

▶ ↓ FLÉCHÉS

Dans cette grille, toutes les définitions ne sont pas données dans les cases. Des chiffres indiquent la place de la première lettre du mot à trouver, horizontalement ou verticalement.

HORIZONTALEMENT : 1. Phobie des rats. **16.** Durant le printemps. **18.** Cité de la *Louve capitoline*. **19.** Mille pour dix. **20.** Accord au sud de la Loire. **22.** Courant interventionniste. **24.** Range parmi les andouilles. **26.** Monnaie de Scandinavie. **27.** Hibiscus de Guinée. **28.** Sans lambiner. **30.** Limitée en largeur. **31.** Blafards. **33.** Filles de la radieuse. **35.** Arrivés à la maternité. **36.** Porté sans retenue. **38.** *Et cetera desunt.* **39.** Gratifiée d'un morceau de roi. **41.** Dans les autres cas. **42.** Sujet masculin. **43.** Pour eux, tout ne peut venir de rien. **45.** Explosif. **46.** Par exemple. **48.** Personne de la famille. **49.** Cotise, rembourse. **52.** Salut de centurion. **53.** Vague au stade. **54.** Inscription au frontispice. **55.** Dieux nordiques proches d'Odin.

VERTICALEMENT : 1. Il sait jouer la java pour Piaf. **2.** Proche de l'insipidité. **3.** Remix de reggae. **4.** Une fille à Papas. **5.** Possessif familier. **6.** Débordement ravageur. **7.** Alliance à 29. **8.** Site de fouilles digitales. **9.** Club des Gunners. **10.** Conforme au texte, mot à mot. **11.** Immigration vers Israël. **12.** Tour. **13.** Battre. **14.** Guide de prière. **15.** Soutien financier. **17.** Demi-douzaine. **21.** Parées de bijoux éternels. **23.** À reflets arc-en-ciel. **25.** Écrivant en oubliant la simplicité. **29.** *Publica*, elle est d'intérêt général. **32.** Extrait de fève toxique. **34.** Bonnes, dans le fonds. **37.** Port au sud de Lisbonne. **40.** Lacet de botte. **44.** Hélium chimique. **47.** Opinion personnelle. **48.** Dirige sa cavalière. **50.** Dame de la côte. **51.** Lettre grecque.

1	2	3	4	5
16				
19				ENTRETIEN AMOUREUX
20		REFUS DATÉ ▶		21
24		25		
27			SOURCE DE RAGOTS ▼	28
30				
33				
35			TÊTE DE MORT ▶	
	TYPE AU VIOLON ▼	39	40	
41				
45			CHARIOT POUR MICHEL STROGOFF ▶	
46		CRÉE UN COURANT ▶	47	
ACCORD DE YALTA ▼	49	50		
54				
55				CELA RIME AVEC POLIGNAC

CROISÉS → ▼

6	7	8	VARIOLE SANS GRAVITÉ ▶	9	10	11		12	13	14	15
			17				OCCUPATION D'OCCUPÉ ▼	18			
▶								PILLAGE ▶			
			SON IMAGE EST UNE RELIQUE ▼	22				23			
	SEIN PAIR ▶				DÉGAGÉ DU GROUPE ▼	26			GRANDE AU COMBAT ▼		
	29					SHIRLEY MACLAINE POUR BILLY WILDER ▶					
		BONNE AFFAIRE AU GOLF ▼	31				32		NOM DE CLÉ ▶		
				RUBAN ▶					34		RELÂCHE ▼
	CAPABLES D'ALLER HAUT ▼	36		37				AUTEUR DU CYCLE DES ROBOTS ▼	38		
					ENTAILLÉ ▶						
DÉAMBULER ▼	42		ORDRE DE DÉPART ▼	43	44						
						REFUSA D'AD METTRE ▶				C'EST MON DERNIER MOT, JEAN-PIERRE ▼	
		FLEUVE SIBÉRIEN ▶			LUI, IL LUIT ▼	48					
		51	EXPERT DES BILANS ▼	52			ON Y CHANTE *OVER THE RAINBOW* ▼	53			RÉVOLUTION ▼
	L'HISTOIRE SANS FIN ▶										
▶				À RAS ▶				PIÈCETTE ASIATIQUE ▶			

MotoCrotte

Sachant que chaque chiffre en début de ligne ou haut de colonne indique le nombre de déjections qui s'y trouvent, localisez et représentez par un cercle les crottes laissées par les 28 chiens de la grille, pour permettre à la motocrotte automatique de les ramasser rapidement. Un chien ne laisse une crotte que dans une case libre qui touche la sienne et jamais en diagonale. Commencez par marquer d'un simple point les cases dans lesquelles il n'y pas de crotte (0 en début de ligne ou en haut de colonne).

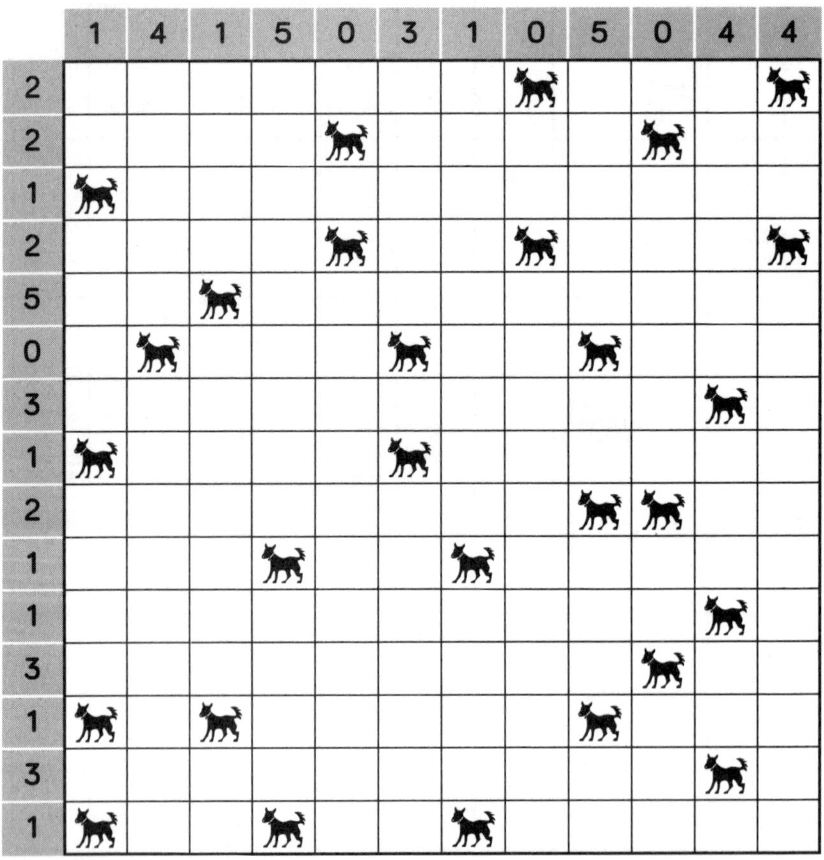

EN DÉCOMPOSITION

Comme dans la nature, rien ne se perd, tout se transforme.
Recyclez une et une seule fois chacune des quatorze lettres du mot

ÉCOLABELLISÉES

pour former deux termes répondant aux définitions proposées.

Observez l'exemple.

Protégeant des écarts de température (5 lettres) : **ISOLÉ**

Marchepied pour wallon (9 lettres) : **ESCABELLE**

ISOLÉ + ESCABELLE = ÉCOLABELLISÉES.

Sur le même principe, identifiez les couples suivants
(entre parenthèses le nombre de lettres du mot cherché) :

1. Leur disparition signerait la mort de la planète (8) : ________

Sortie de l'œuf (6) : ______

2. Ne demandant pas de transport à haute empreinte carbone (6) : ______

Taillés de façon oblique (8) : ________

3. On en fait de la soupe ou on le dépense (7) : _______

Vite faites, mal faites (7) : _______

Le Pendu

Vous avez tous déjà joué au pendu. Observez bien les neuf lettres consécutives des essais infructueux, et déduisez-en le seul mot possible dans cette configuration. On ne triche pas !

Lettres déjà proposées mais pas dans le mot :

C D E F G H I J K

_ U _ _ _ _ _ _ Z _ _ _

C'est Gâchis

Quel hiéroglyphe n'apparaît pas en même quantité
que les autres ?

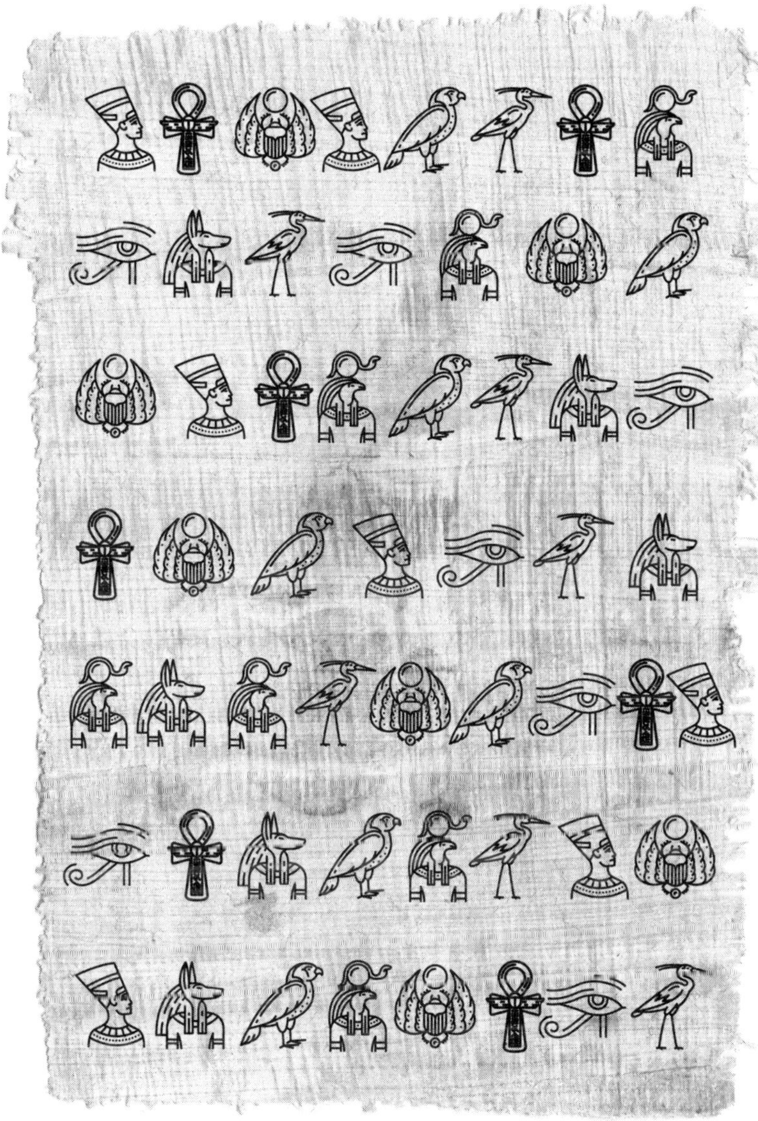

SANS chichis

Henri, le richi enrichi

Si vous en avez marre du soufisme, pourquoi ne pas devenir un adepte bektachi ? Ce qui peut paraître comme un étrange raccourci entre un dîner au passé simple (becta) et l'impératif de déféquer (chie !) est un rite fondé au XIIIe siècle par Haci Bektas Veli. En Turquie, on le confond désormais avec l'alévisme, alors que dans les Balkans, c'est une branche reconnue de l'islam sunnite.

Ne cherchez pas de mamamouchi, en Turquie, d'ailleurs. Ce titre a été inventé par Molière, dans *Le Bourgeois gentilhomme*, pour donner à son naïf héros l'importance d'un haut dignitaire, alors qu'en arabe, ce mot signifie plutôt « propre à rien ».

L'oustachi est un nationaliste croate, un insurgé fasciste et antisémite, à qui les nazis entrés en Yougoslavie confièrent en 1941 l'administration d'un territoire, qui deviendra l'une des plus sanglantes dictatures de la Seconde Guerre mondiale. Allez ouste, les oustachis !

Préférez donc le baloutchi, langue iranienne d'une région où l'on fait de bien jolis tapis, ou le taïchi, art martial chinois désormais orthographié n'importe comment, le shakuachi, une flûte traditionnelle japonaise dont ne joue pas le mariachi, musicien ambulant au Mexique. Le mieux, c'est le richi, un homme saint dans la tradition hindoue. Mais attention, pas le richi enrichi : lui, il faut s'en méfier.

CROISILLONS **FUN**

Complétez cette grille où les lettres de FUN ont déjà été positionnées, lorsqu'elles sont présentes. Attention, les définitions amusantes sont souvent à prendre au second degré.

1. Faire parler la poudre.
2. Casta, niet ?
3. Il travaille toujours la bouche ouverte.
4. Elle a souvent un diffuseur de *Parfum* non loin d'elle.
5. Où tout le monde est pareillement secoué…
6. Elle gourmande la tentation ou tente la gourmande.
7. Quelques pages de Beaumarchais.
8. Victime systématique du tri sélectif.
9. Profite d'une ouverture.
10. Relation de voyage.

L'éToilette

☆☆☆

1
2
3
4
5
6
7
8
9
10
11
12
13
14
15
16
17
18
19
20
21
22
23
24
25
26
27
28
29
30
31
32

Chaque définition indique le point de départ et le point d'arrivée du mot à trouver. Remplissez la petite étoile, l'étoilette pour rester dans le thème de l'Officiel, puis arrangez les lettres collectées dans les cases grisées pour tenter votre chance au *Jeu des mille balles*.

1-5. Son travail concerne celui d'une autre.

1-8. Es sur la pente descendante.

2-10. Sort sans prévenir.

3-30. En cas de rouille, il dérouille !

4-13. Qui ne disent mot qu'on sent.

5-15. Joyeuse et ses semblables.

6-7. À la Santé des Parisiens !

8-15. Nous rappelant des allumettes.

9-20. Tuniques à l'œil.

11-22. Elle est morte proche de ses poteaux.

12-23. Héros russe... en littérature.

14-21. Sang de bileux.

16-29. Tel un sourire pacifique d'enfant.

17-31. Mettre en marche d'un geste.

18-28. Plus Macaulay que Culkin.

19-32. Qui rarement dans le vice versa.

24-25. Celle du danger invite à fuir.

26-27. Ils sont insuffisants pour Diogène.

Les pets du Roi Arthur

L'épée Excalibur posée non loin de lui, Arthur se tient royalement aux côtés de son épouse Guenièvre, autour d'une table ronde. Uther et Ygraine, son père et sa mère, complètent l'assistance, avec deux invités de circonstance : Lancelot du Lac et la fée Viviane, aussi ronde que la table. Tous repus et détendus, ils émettent sans retenue des gaz de vils.

- Les hommes ont pété 16 fois en tout.
- Les dames ont pété 17 fois en tout.
- Au total, 11 pets émanent de chaque couple.
- La fée a lâché trois prouts de moins que Guenièvre – qui a dit à son mari avant d'aller au lit : « Pas ce soir, j'ai dame Ygraine » – mais un de plus qu'Ygraine.

En examinant les quatre indices, comptez les prouts de chaque convive. Si vous échouez, gare à Excalibur, d'humeur tranchante !

DIS CAMION !

L'autre jour, je file voir ma mère à l'Ehpad, elle respire la joie de vivre et les changes complets de ses congénères, cela m'inspire toujours pour vous parler de caca dans ces soixante pages de blabla que vous vous arrachez ou que vous arrachez. Je m'embarque ainsi en voiture essence, seul évidemment, pour livrer à la planète sa dose de polluants, histoire qu'elle ne soit pas en manque, et là... Suspense !

Vous avez tenu jusqu'ici ? Bravo. Donc, broum, broum, c'était un lundi, il y avait plein de camions sur l'autoroute, quand soudain, je m'approche d'un gros-cul affichant fièrement le logo de la société : EUROPET TRANSPORT. EU en vert, RO en blanc et PET en rouge. Je note mentalement, car si je dis que je prends mon portable, je vais me faire engueuler, voire arrêter par la police, donc non, non !

Après vérification, il s'agit bien d'une société de fret routier, qui est basée – ça, je ne pouvais pas le deviner – à Chieti, soit au-dessus de l'ergot du talon de la botte. Moi, le « transport de pet européen » avait suffi à me faire rire (et penser à vous), « au prix qu'est le gaz à cause de Poutine » aurait dit ma mère si elle parlait encore, mais la ville qui commence par « Chie », je prends pour le même prix.

J'ai découvert d'autres sociétés portant le même nom : elles assurent le transport, en Europe, de votre animal de compagnie (*a pet*, en anglais). C'est peu ou prout la même chose...

Au Tableau

Le prof vous envoie au tableau sur un sujet que vous devez maîtriser. Remplissez la grille en vous aidant des indices et des séries de lettres constituant la réponse. Vous lirez verticalement un terme supplémentaire appartenant au même champ lexical. Aujourd'hui, interro sur le caméléon.

1. *Le mimétisme lui en assure un meilleur qu'un vieux char russe.*
2. *Dans sa bouche, elle est rangée sur l'os hyoïde.*
3. *Ses doigts le sont, méfiance !*
4. *Selon Cavanna, si vous posez un caméléon sur un tel tissu, il vous fait un bras d'honneur...*
5. *C'en sont, et Dali l'a confirmé, comme plein de gens sauriens qui savent tout.*
6. *Chamaeleoninae et Brookesiinae : je vous en donne deux sous ! Y en a pas plus.*
7. *Tous ceux qui passent à proximité finissent glués à un mucus visqueux.*
8. *La majorité des caméléons le sont, mais pas Chamaeleo jacksoni, qui pond.*

Séries de lettres à ordonner et replacer :

AEIOPRSV – EEILPRST – FFGIRSU – AACEFGLMOU
ACEIOSSS – AEGLNU – CEEINSST – AEFILLMS.

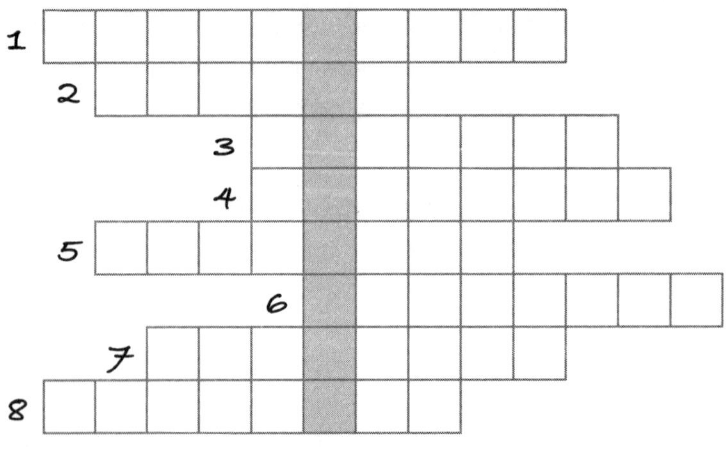

EN PURE LOGIQUE

Il y a six ans, mon frère avait exactement le double de mon âge d'alors. Et dans cinq ans, nous aurons déjà 40 ans à nous deux. Quel âge me donnez-vous ?

(M)OTS

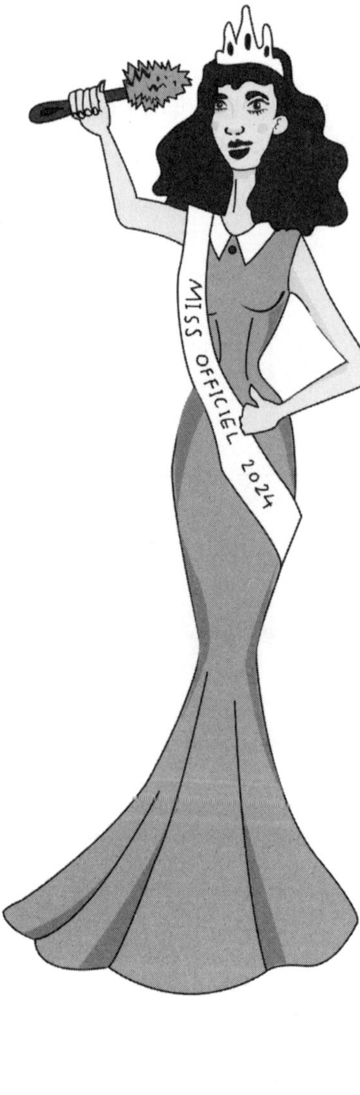

CONTRADICTIONS / INONDÉ, MAIS SANS EAU		MOMENT DE BRAVOURE / FERMETÉ		APRÈS TOUT, APRÈS « AU » / TITRE POUR BYRON	
BEAU GOTHA DE BOGOTA? / BARIOLÉE					
HELLO ANGLAIS / NE TIENT PLUS			S'INSCRIRE DANS LE TEMPS / SIBYLLIN		
				DOSE IRRADIÉE / EN CE LIEU	
PASSA À LA CLAIRE FONTAINE / FANTASME D'IDOLE					
UN PAS DEVANT L'AUTRE / ACCORD					
		MANGANÈSE / ANNONCIEZ L'AVENIR			QUI FRAPPE DE FACE / CITÉ MOLDAVE
IMPRÉCIS / RISQUÂT					
				FABRIQUE DE PIERRES / NOURRIT	
FACULTÉ ESSENTIELLEMENT DIVINE	SOMMES LES PAIRS DE L'ÉPEIRE / MÂT				
BOUCLIERS / BONNE HUMEUR					BARRE BRETONNE / PRÉPARA L'IMPRESSION
INDIVISIBLE / PASSEREAU			PASSIONNÉ / SOURCE POLLUÉE		
RETOUR EN CLASSE / COIFFURE À GLAND					
			COULÉES BRÛLANTES		

(F)LÉCHÉS

OURLET
VOISIN DU GAULOIS
LANGUE DU MAZDÉISME
ROI DE TRAGÉDIE
ALLOCATION BELGE
ANIMATEUR DE SOIRÉE
PARANGON DE BEAUTÉ
COLLECTIONNEUR
PRÊTRE
ANNE, POUR L'ÉPOUSE DE *LA BARBE BLEUE*

PRINCES INDIENS
TOUS EN FORME DE NACELLE

NATUREL
VIN PÉTILLANT ITALIEN

MODULABLE
TAF

ONZIÈME SIGNE
ADJECTIF POSSESSIF

BERNARD DES MUSCLÉS
ÉQUILLES
TOUR
NIGAUD

ÉTOUPES DE CALFAT
S'EXPRIME DU BOUT DES LÈVRES
MIROIR DE NAGOYA
OXYDE DE ZINC
ÉLÉMENT DE BUISSON

ENCOURAGEMENT
FILS DE NOÉ

AMUSEUR
VOUÉ AUX GÉMONIES

SENIOR
ESCLAVES À SPARTE

D'ACCORD
MADAME MACHIN
SINGE
FILLE SACRIFIÉE

MONNAIE BULGARE
AFFLUENT DU DANUBE

ÉPAULE DE GAUCHE
PITANCE
SATELLITE DE JUPITER
TOTAL DE BOUGIES
INSTITUT D'ÉTUDES POLITIQUES

GHANÉENS
TABLE DE BOUCHER

ARDENTES
LE MATIN

BAS NIVEAU
MAGICIENNES
POUR LE MATHEUX, C'EST APRÈS SUP

SUPPORT GLISSANT AU PORT

NOTA BENE
INTERJECTION

MAINTIENT SOUS LA SURFACE

FLUIDE IMPALPABLE

LES MUTANTS

Ces titres d'œuvres ont muté : chaque terme important a été remplacé par un synonyme, un mot de même sens, ou un antonyme, un mot de sens contraire.

À vous de retrouver le titre original de chacune des trois œuvres fictives suivantes : il peut s'agir d'un film, d'un tableau, d'un roman ou d'une chanson.

1. Taglioni dans l'univers des prodiges

. . . .

2. Il est minuit, Rome s'endort

. . . .

3. Six Femmes apaisées

. . . .

LES TRONCS

Savez-vous lire dans l'étron ? Trêve de scatomancie, remettez dans le bon ordre les indications trouvées dans les troncs. Partez à la chasse d'un rébus phonétique qu'il vous restera à déchiffrer, afin de comprendre pourquoi *La femme-canon a des chagrins d'amour*, comme Francis Blanche le chantait en 1965.

....

☺ Blagues ☺

Les pets, arme tranchante

Deux amies attendent le bus depuis trois quarts d'heure.
– Ah, le voilà enfin ! dit la première. À force d'être assise sur ce banc, j'ai le derrière tout endormi.
– Je te le confirme, reprend son amie. Je l'ai même entendu ronfler.

***

Un couple d'octogénaires est à l'opéra, où l'on donne La Traviata. Après quelques envolées lyriques, les artistes entament un récitatif. Madame se détend et glisse à monsieur :
– Je viens de lâcher un long pet silencieux. Que devrais-je faire ?
– Peut-être changer les piles de ton appareil auditif...

***

– Que demande un pétomane à ses confrères ?
– Alors, ça gaze ?

le bon tuyau

À l'aide des six croisillons, recomposez l'échelle en formant des noms de plantes et arbustes pouvant figurer dans un jardin.
Voici un bon tuyau : le nom horizontal du haut désigne aussi une personne distribuant des prunes de même couleur qu'elle…

	E			I			S	
I	N	E	A	V	E	T	E	R
	D			E			E	

	M			I			F	
A	U	B	B	E	T	E	R	G
	R			R			I	

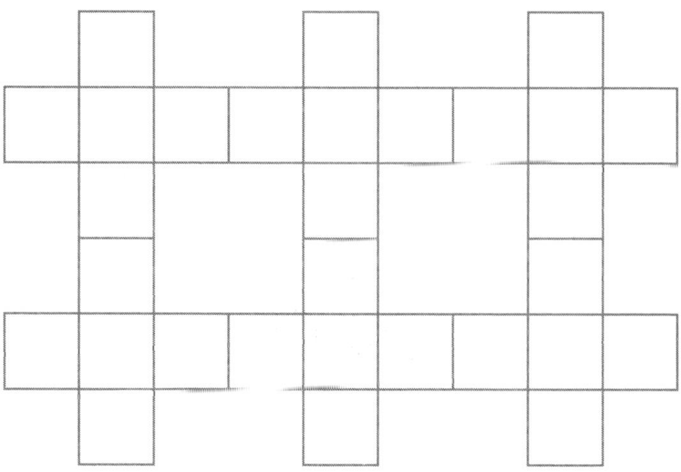

CROISÉS 3D

Cette grille est en 3D, mais inutile de chausser vos lunettes pour le cinéma ! Les mots s'y croisent dans trois directions indiquées par les flèches blanches sur fond gris. Inscrivez vos réponses en respectant les sens indiqués et sans dévier : la perspective est un peu trompeuse au début, mais vous allez vite vous familiariser. Embarquez pour un fabuleux voyage dans l'espace !

HORIZONTALEMENT :

A. Urbaine, c'était la bourgeoise secondant la maréchaussée. **B.** Se fixer pour un lièvre ou s'incliner pour un bateau. **C.** Tel le roi Robert ou Philippe V. **D.** Agissements secrets pour faire aboutir un projet. Clown de Stephen King. **E.** Chanceux. Divans d'origine turque. **F.** Article. Il manie le bâton et la carotte. Mis en action. **G.** Tellement maigre que l'ossature ressort. Ne reste pas en place. **H.** Montre sa joie. Fente pour tirer sur l'assaillant. Dévêtue. **I.** Guerrier gaulois. Éducation physique et sportive. Plantes à fleurs d'un bleu céleste.

VERTICALEMENT DE DROITE À GAUCHE :

I. Courrier indésirable polluant votre boîte mail. Bloc menaçant l'alpiniste. Homme de tête. **II.** Reptile saurien à large museau. Écrit des alexandrins. **III.** Poèmes d'Apollinaire dont la forme du texte rappelle le thème abordé. Descentes en canot. **IV.** Gros amateur de lardons. Du culte d'une divinité égyptienne. **V.** Ensemble d'élèves. Onomatopée pour mangeur de soupe bruyant. **VI.** Fut propriétaire. Inflammations du bord de la paupière. **VII.** Point de suspension. **VIII.** Recouvrir d'une couche réfléchissante. **IX.** Peut-être corrigé.

VERTICALEMENT DE GAUCHE À DROITE :

1. Fonction de dévotion ou de simple dévouement. Magnifiques. **2.** L'Étoile en est une. Exhausteur de goût. Union européenne. **3.** Qui use de répétitions de consonnes. Chaque pays en a un incroyable. **4.** Montres ton affection. Dessinateur d'Achille Talon. **5.** Habitante d'une sous-préfecture de la Loire. Intelligence artificielle. **6.** Équiper pour faire face à l'ennemi. Billet de départ. **7.** Erbium du laboratoire. Sorti d'un ventre. **8.** Communautés de disciples autour d'un gourou indien. **9.** Corps chimique à deux fonctions aldéhydes.

Sacré Délien

Cinq séries de lettres à gauche, cinq à droite. Chacune cache un mot utile, mais attention aux anagrammes qui vous perdraient.

L'ajout d'une lettre centrale permet de composer un mot de onze lettres, reliant les deux premiers, sans tenir compte des accents : voir l'exemple COMME(M)OREES page 51.

Les cinq lettres ajoutées au centre forment elles-mêmes un dernier mot vertical. Quel est-il ?

DENPU	=	_ _ _ _ _	_	_ _ _ _ _	=	**AEIRS**
ACHMP	=	_ _ _ _ _	_	_ _ _ _ _	=	**GNNOS**
ACRTT	=	_ _ _ _ _	_	_ _ _ _ _	=	**EELLP**
EEPRS	=	_ _ _ _ _	_	_ _ _ _ _	=	**AEIRT**
EINRV	=	_ _ _ _ _	_	_ _ _ _ _	=	**AGESS**

_ _ _ _ _

COLORIAGE

UroNews

De mâle en pipi

Y a des zinzins, un type a été condamné à de la prison pour avoir uriné sur une passagère, lors d'un voyage en avion. Ce monsieur, un cadre d'une banque américaine assis en classe affaires, s'est soulagé sur une dame de 72 ans, lors d'un vol reliant New York à New Delhi. Il était pompette, clame son avocat. Ça ne sent pas la circonstance atténuante.

Le suspect a été licencié par son employeur, la compagnie Air India a écopé l'urine en sus et d'une amende de 37 000 $, si vous m'autorisez la construction syntaxique scabreuse, le directeur des services en vol de la compagnie s'est vu infliger une amende de 3 500 € par le régulateur de l'avion civile indienne, et le pilote a vu sa licence suspendue pendant trois mois, pour n'avoir pas su gérer l'affaire.

Mais où s'arrêtera la bêtise humaine ? À la limite, vous m'auriez dit que c'était un bébé yorkshire (le *new york*) et que ce petit toutou avait inventé un nouveau délit (le *new* delhi) en urinant de joie sur une madame qui avait pris la papatte au chienchien, on en aurait tous souri.

Mais un être humain, un vice-président de filiale bancaire... La société va de mal en pis. La prochaine fois que j'irai voir mon conseiller clientèle, je m'entoure d'une alèse, Blaise !

LA CIBLE

Partez de la lettre cerclée sur fond blanc. Choisissez le bon sens de rotation et sautez un certain nombre de lettres (toujours le même pour cette cible), lisez la suivante, puis continuez ainsi pour compléter un calembour de Daniel Prévost :
« Le temps... »

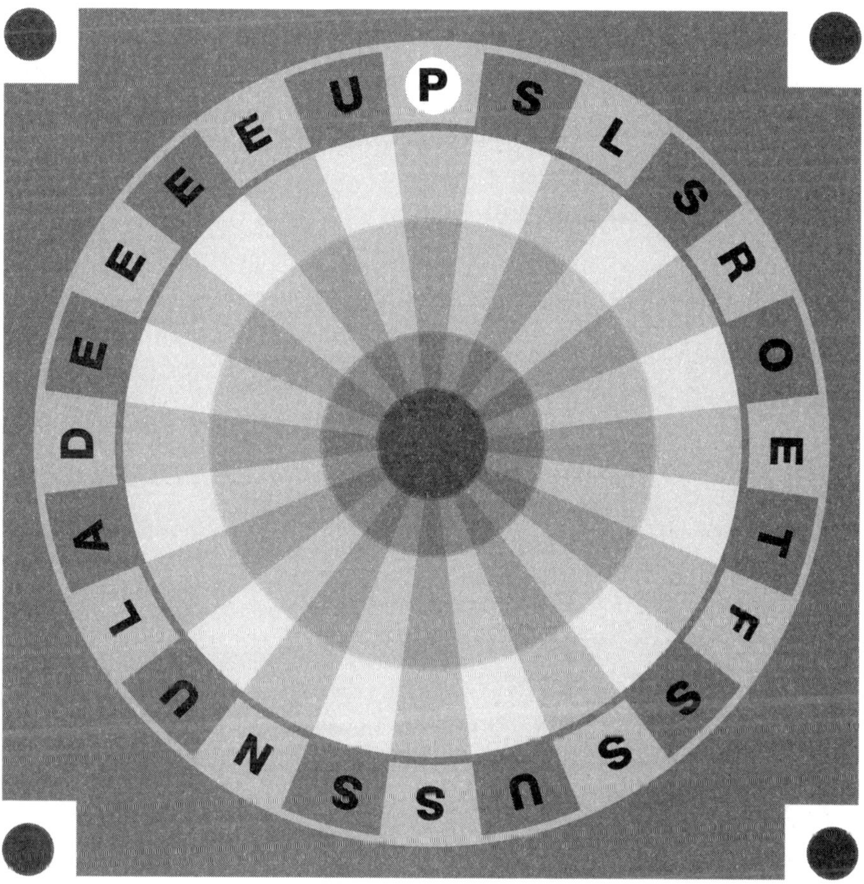

....

....

LE CHICHSTRAC

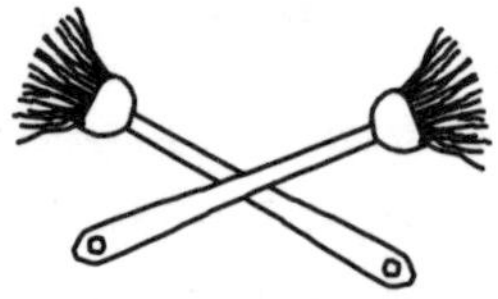

Dans les trois citations, un même terme a été remplacé par cet étrange **CHICHSTRAC**. Votre seule corvée sera de toiletter ces phrases pour retrouver le mot commun d'origine.

1 « Le dard du mépris perce l'**CHICHSTRAC** de la tortue. »
(PROVERBE INDIEN)

....

2 « Même j'ai retrouvé debout la Velléda,
Dont le plâtre s'**CHICHSTRAC** au bout de l'avenue,
– Grêle, parmi l'odeur fade du réséda. »
(PAUL VERLAINE)

....

3 « Le serpent d'airain de la connaissance développé anneau par anneau et **CHICHSTRAC** par **CHICHSTRAC**, et son travail sous les mains de l'homme s'est animé d'une vie toute puissante. »
(ERNST JÜNGER, écrivain allemand)

....

Tombez dans le panneau

Observez les panneaux et leurs indications fantaisistes.
Si aucune de ces villes ne se trouve à cette distance et/ou dans cette direction, l'ensemble des informations doit vous permettre d'identifier une ville secrète en huit lettres. À vous de comprendre ce que le génie civil avait en tête lorsqu'il a commandé ces drôles de panneaux. Ne tombez pas dedans !

QUI fait QUOI ?

Cinq élevages proposent à la vente des veaux vivants pour des particuliers lassés de la compagnie exclusive des chiens et des chats. À l'aide des quatre indices ci-dessous, trouvez le nom de chaque élevage, la race produite, l'âge de l'animal vendu et son prix. Si vous bloquez, utilisez les deux indices supplémentaires en bas de page. Ils vous aideront, mais ne sont pas nécessaires à la résolution de l'énigme.

CE QUE LE VEAU VAUT

1. Le bovin de 5 mois, qui ne vient pas de Faussaire-veau, coûte cinquante euros de plus que l'animal âgé d'1 mois.
2. L'aubrac, un mois plus vieux que le veau à 250 €, coûte cinquante euros de moins que le jeune bovidé âgé de 3 mois. Le veau salers n'est pas le moins cher des cinq.
3. Veaux de ville propose des animaux un mois plus jeunes que ceux de la race abondance, mais cinquante euros plus chers que ceux de Ris, veau !
4. Pro-veaux propose des bovins un mois plus âgés que ceux d'Aux-veaux site, mais cinquante euros moins chers que ceux de race simmental.

INDICES SUPPLÉMENTAIRES

5. Le veau de race holstein n'est pas vendu à 300 €, n'est pas âgé d'exactement 3 mois et ne vient pas de l'élevage Ris, veau !
6. L'animal de 2 mois, qui n'est pas de la race salers, coûte cinquante euros moins cher que celui proposé par Aux-veaux site.

GRILLE DE RÉSOLUTION

		RACES					ÂGES					PRIX				
		ABONDANCE	AUBRAC	HOLSTEIN	SALERS	SIMMENTAL	1 MOIS	2 MOIS	3 MOIS	4 MOIS	5 MOIS	200 €	250 €	300 €	350 €	400 €
ÉLEVAGES	AUX-VEAUX SITE															
	FAUSSAIRE-VEAU															
	PRO-VEAUX															
	RIS, VEAU !															
	VEAUX DE VILLE															
PRIX	200 €															
	250 €															
	300 €															
	350 €															
	400 €															
ÂGES	1 MOIS															
	2 MOIS															
	3 MOIS															
	4 MOIS															
	5 MOIS															

TABLEAU DES RÉPONSES

ÉLEVAGES	RACES	ÂGES	PRIX

SOUVENIRS **de Géo**

Mon Pérenchies

Je suis né à Givet, 08600, donc les jeux de mots avec les noms de ville, ça me poursuit depuis bien longtemps. « Tu vas où ? » Givet, j'y vais; Devos n'avait qu'à bien se tenir, ce qui était généralement le cas. Raymond, merci d'avoir vécu.

Les Ardennes, ce n'est pas le Nord, contrairement à ce que pensent 90 % des Français. Mais nous sommes voisins. Nous avions donc des cousins chtis, habitant à quelques coups de pédale de Lille, dans les Weppes. Cela nous fit bien rire, quand les Forbans s'enflammaient : « Ouaip, ouaip, ouaip, chante et mets tes baskets, chouette », hurlions-nous à destination des cousins zinzins.

Pis, leur ville de résidence était Pérenchies. Vous imaginez ce que cela donnait avec un adjectif possessif bien choisi : mon père en chie, ton Pérenchies, Notre Père en chie face à monsieur le curé... À cet âge-là, un rien nous faisait rire. Maintenant, c'est fini. On se marre quand on se brûle.

Vous savez quoi? Je voulus les embêter encore plus, un jour, en leur affirmant que les habitants de leur ville étaient appelés Pérenchiots et Pérenchiottes. J'avais déjà l'esprit créatif et taquin, vissé dans la cuvette des toilettes. Cela ne les émut guère. En réalité, les habitant sont, vous n'allez pas me croire, des... Pérenchinois. Vous vous souvenez de Pierre Bonte, ce délicieux journaliste du *Petit Rapporteur* et d'une France perdue? Il est né à Pérenchies. Il disait que c'était pour ça qu'il avait un peu les yeux bridés! Faites-moi plaisir, redécouvrez Pierre Bonte.

CRYPTOGRAMME

Remplacez chaque symbole par la lettre qu'il crypte pour découvrir une blague de Coluche.

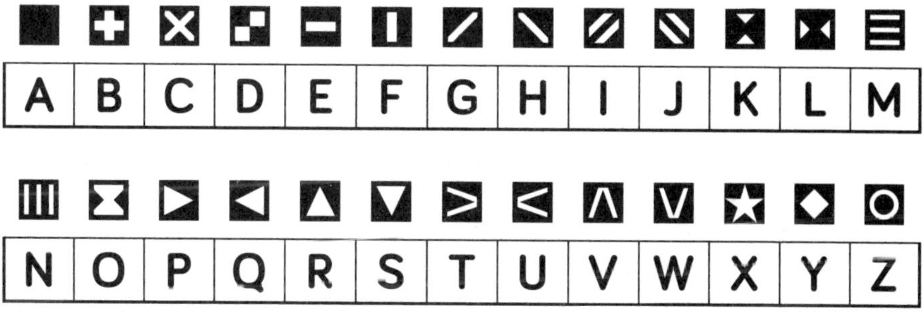

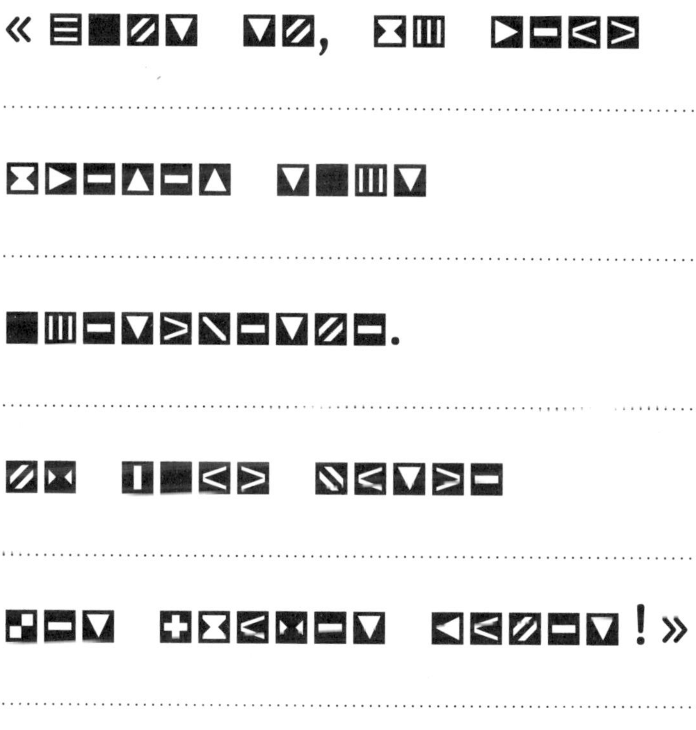

Bouche-trous

Inscrivez une lettre par tiret pour reconstituer sept mots de la langue française. Si le squelette de chaque serpent ne vous suffit pas, aidez-vous de l'indice. Interdiction de conjuguer !

1. M A _ _ M B A (2 solutions)
2. M _ _ A M B _ _ A _ _
3. T _ A _ I P _ A _ _ _ _ _ N
4. _ H A _ _ _ J _ _ _ E
5. _ _ S Q U A M A _ T E
6. _ _ E U _ _ N E C T _ _ _ E

INDICES :

1. Culte brésilien ou xylophone qui ferait danser tous les soirs.

2. Un Africain pas très loin de l'île Maurice.

3. Docteur qui ne sort pas des sentiers battus.

4. Branche dissidente rigoriste de l'islam.

5. Qui fait perdre les écailles.

6. Expérience à vous couper le souffle,
ou qui vous force à lâcher du mou.

SEPT HORREURS

LA TÊTE AU

Dans chaque carré grisé figure un mot. Trouvez une anagramme de ce mot correspondant à l'une des définitions sous la grille (exemple au centre : RAMURE pour l'indice 17). Inscrivez ensuite, dans chaque tête, le numéro de la définition du mot recherché. Reportez alors l'initiale de chaque mot trouvé, ici le R, dans les cases numérotées de l'échelle de décodage. Celle-ci complétera une citation de Pierre Reverdy : « La poésie est à la vie ce qu'est le feu au bois : ... » À la fin, en cumulant les chiffres des définitions, il vous faudra totaliser 65 sur toutes les lignes, toutes les colonnes et les deux diagonales de ce carré magique !

CENSÉES	BARRE	LÉON	MORE	POULS	= 65
CONCERTA	ENGAME	TRIPES	GNAULE	ÊTRES	= 65
ROUSTES	INGÉRÉE	AMURER 17 RAMURE	ROUERA	FORTE	= 65
ORIN	EN DUO	CANIER	BARATTE	BILER	= 65
ÉCLATERA	GÉNOISE	FRÊNE	REDENT	SUMÉRIEN	= 65

65 = (diagonale) | = 65 | = 65 | = 65 | = 65 | = 65 | = 65 (diagonale)

CA-CARRÉ

1. C'est un carburant mais aussi une espèce présente dans un bois. **2.** La sève circule dans ce tissu profond du bois. **3.** Lorsqu'elle est de bois, elle décrit un discours trompeur, vide de sens. **4.** « Croix de bois, croix de fer, si je mens, je vais en … » **5.** On en tire d'un bois, sous forme de chaleur, en le brûlant. **6.** C'est une cicatrice sur un tronc. **7.** Ce participe présent signifie « pelant le bois ». **8.** C'est travailler le bois pour en faire un ouvrage. **9.** Ce moment matinal est le prénom de la Belle au bois dormant. **10.** Le sapin y est omniprésent. **11.** De-bois, c'est de l'alcool méthylique. **12.** Même sans « h » avant leur « ï », ces scies coupent dans le bois. **13.** Ce mot précède Chemise dans le bois chanté par Aznavour. **14.** La faim les fait sortir du bois. **15.** C'est, pour un bûcheron, faire tomber au bois. **16.** Albert Raisner présentait *Âge … et Tête de bois.* **17.** C'est l'ensemble des branches ou les bois des cervidés. **18.** Il reste de bois même en perdant ses feuilles. **19.** C'est la couleur de l'ébène ou du charbon de bois. **20.** Il vaut un mètre cube de bois. **21.** Elle est plus vaste qu'un bois. **22.** On exploite les loupes de cet arbre en tabletterie. **23.** Au bois, elle croît vers le bas. **24.** On y regarde tourner les chevaux de bois. **25.** Cette nuance de rouge est le surnom de Will, compagnon de Robin des Bois.

1	2	3	4	5	6	7	8	9	10	11	12	13

			R								
14	15	16	**17**	18	19	20	21	22	23	24	25

Trois petits CHATS

Trois petits chats, chapeau de paille, paillasson, somnambule, bulle, bulle... Sur ce principe, remplissez les trente bulles, bulles, bulles, en vous aidant des indices précisant chaque début et fin de mot.

1-6. Chaque représentant de la tribu des chats, guépard, panthère, lion, en est un. **4-9.** Ce petit chien est aimé d'un Gaulois livreur de menhirs.
7-13. Si ce n'est pas de la drogue en intraveineuse, cette idée ne peut nous sortir de la tête.
12-17. Cette Miss est un chat de Poudlard.

16-22. Topcat, «le Pacha», est le chef d'une bande de chats dans cette ville américaine.
19-27. Ce chien terrier n'est pas plus gros qu'un chat.
26-30. La fable de La Fontaine *Le Chat et le Rat* en est un.

SUDOKU-KU

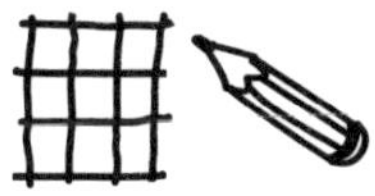

Remplissez les cases vides de ce sudoku-ku pour que tous les chiffres, de 1 à 9, soient inscrits une seule fois sur chaque ligne, dans chaque colonne et dans chaque petit carré de neuf cases sur fond gris ou blanc.

		5		9			1	
1	7	9	6	2				
				3				
7	1		2					3
6			3		8			9
3					7		6	4
				8				
				7	2	8	9	6
	8			5		4		

ROSACE

Remplissez les pétales de rose en ordonnant ces séries de lettres. Écrivez les mots de l'extérieur de la rosace vers le centre, comme dans les exemples CHAUD et FROID. Attention aux anagrammes, il n'y a qu'une seule façon de compléter la grille.

Dans le sens des aiguilles d'une montre

A. ACILR	G. FIINR	M. EFIOR
B. EOPRU	H. ALOTT	N. ALNSU
C. EEGRV	I. ACEES	O. ACENR
D. EFILM	J. BEETT	P. EIORS
E. ADELR	K. COSTU	Q. **ACDHU**
F. EEGIS	L. AEHPR	R. DENRT

Dans le sens inverse des aiguilles d'une montre

1. ACEIR	7. EFIMR	13. AEFTU
2. ELPRU	8. DEEIT	14. AEORT
3. ADGNR	9. CEGNO	15. CILPS
4. **DFIOR**	10. ABEIT	16. AERSU
5. EILRU	11. ACERS	17. CEENR
6. AELSV	12. EHLOT	18. HNOST

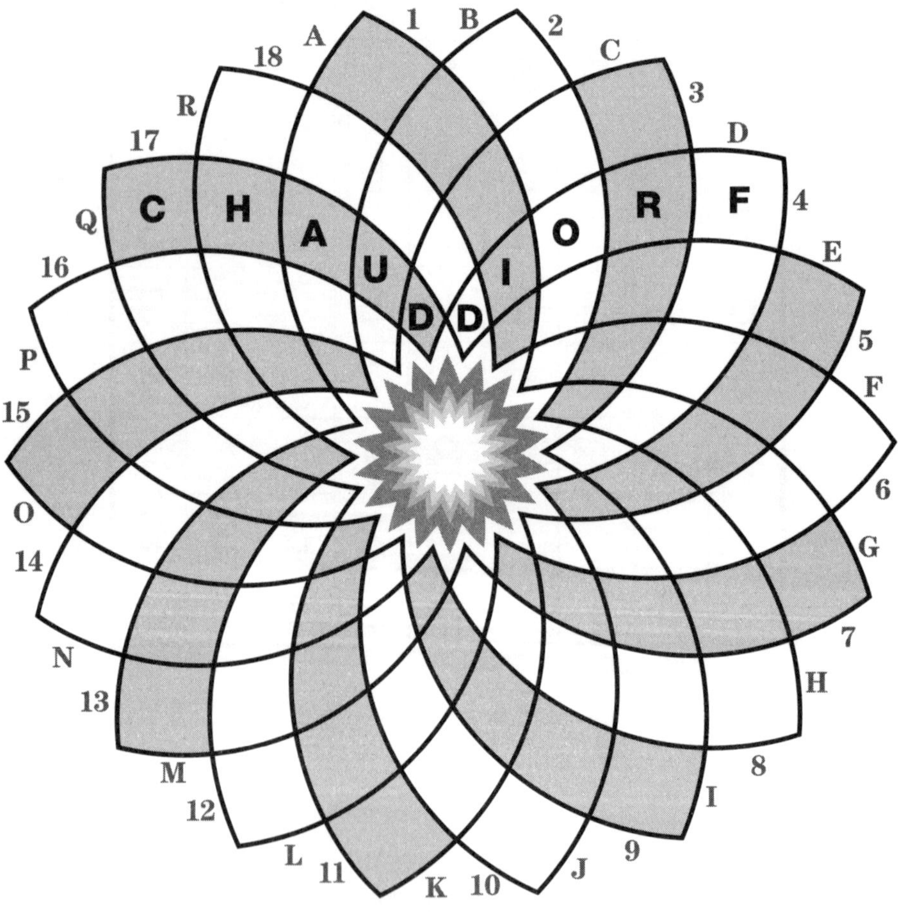

Paroles, paroles...

Vous avez tous fredonné *Paroles, paroles*, le duo improbable de Dalida et Alain Delon. Ces extraits d'autres tubes sont certainement quelque part dans votre mémoire. Exercez-la en retrouvant la parole manquante.

1. « Des rumeurs .... disent
que je ne suis pas un homme à femmes
et rien d'autre qu'un homme à toi »

2. « Je ne sais, ne sais,
ne sais pas pourquoi,
on s'aime comme ça,
la .... et moi »

3. « Et même si nos raisons nous ....,
même si l'on vit cet amour comme un art »

4. « Le nec plus ultra en ce ....,
c'est d'aimer les deux côtés »

5. « Ce qui reste de candeur,
un morceau de ....
à la place du cœur »

(M)OTS

BUGGA
ÇA COMPTE POUR DU BEURRE
DÉBUTS
BOÎTE À COUCOUS
FEMME TRÈS MUETTE
PARAPHER
AUXILIAIRES DE POLICE
UNE DENT, MAIS PAS DE SAGESSE
REFUGE DE HUSSARD
BANYULS OXYDÉ
MÉTAL CRIANT
À COÛT SÛR
UN ROI OBÉISSANT AU COLONEL PARKER
VALLÉE PROTÉGÉE
BOUCHÉE À L'ARÈNE
ERBIUM
YO-YO RÉVOLUTIONNAIRE
SUCCÉDANÉ DAMNÉ
LANCÉES SOUS SOI
RESTA COI
CENTILITRE
FRANÇOIS VIENT D'Y PASSER
VERBAUX
COURSES DE BATEAUX
PAIRE D'HOMMES
PASSION DU LATIN
PARTIS AMI-AMI
ROMANCIER DE BOSTON
ELLE MONTE L'ESPALIER
TRANSMISE COMME NAGUÈRE
QUI SERT À DÉCOUVRIR
DANSE ANTILLAISE
IL A 330 MILLIONS DE NEVEUX ET NIÈCES
VILLE SUR LA TILLE
RIVIÈRE DE SUISSE
ORATEUR ATTIQUE
CRI MOQUEUR
ONZE DE GONES
DE LABEL OUVRAGE
DIMINUTION DE VOLONTÉ
DAME INSPIRÉE

(F)LÉCHÉS

QUELQUES JAZZMEN / DAUPHIN ROSE

DO / CŒUR SOLITAIRE

LE PLUS CLAIR DE SON TEMPS / ENVOYAI LA FLOTTE

HABITANT DE MAISON DE POPPÉE

CHANSON DE CLARA LUCIANI / SOYEZ CLOCHES !

UNITÉ DE PRESSION / DE DEUX FORCES

ACCORDAIS UN SUBSIDE

FATS, DOMINANTS / OUTILS

TOUCHÉES / ILS SONT HEUREUX EN MÉNAGE

MARQUANT UN TREND / MAUVAIS DÉVELOP-PEMENTS

COLLECTE / ADDITIF DE ROUGET

EN AVOIR ALTÈRE LE JUGEMENT / ASTATE

ILS SERONT AMENÉS À JARGONNER / DE LUTTE GRECQUE

TYPE / MIROIR PYRÉNÉEN

SUPPORT DE BALLE / FUSTE

UN AMOUR DU CÔTÉ DE CES CHOUANNES / ES TENU DE

INCARNES / DE RÊVE

NOTRE-SEIGNEUR / MAL EXPRIMÉ

UN RÔLE POUR CLINT EASTWOOD / PIERRE DU PAF

HUIT SUR DOUZE

ÎLE PROCHE DE PHI-PHI / FOURRURE DE CHARME

L'ÉGAL DE PLATON / C'EST-À-DIRE

FAIRE FLORÈS / FLAMBE

STRUCTURE INSPIRÉE DU GÂTEAU DE CIRE

FORTIFIÉ / ACCORD DE BIDEN

OREILLE PAYANTE / UN CLOWN FLIPPANT

EUROPIUM / PRONOM RÉFLÉCHI

ÉNERGIE VITALE / THERMES DE L'ARIÈGE

UN AMI ENCADRANT ELLIOTT

SON CABOCHON INTRIGUA ARSÈNE LUPIN

PERMISSION DE SORTIE

Sani**BROYEUR**

Les termes ci-dessous forment la définition d'un mot du dictionnaire. Malheureusement, les feuilles de papier ont été emmêlées par le Sanibroyeur. À vous de les remettre dans l'ordre et de deviner le mot défini.

CONSISTANTS

OU

PEU

LIQUIDES

À

ALIMENTS

CUISINE

PARTIE

BOUCHE

CREUSE

DE

D'UN

PORTER

D'UNE

SERVANT

À LA

DES

USTENSILE

FORMÉ

ET

MANCHE

BONUS

Observez les lettres bien placées sur fond gris foncé ou mal placées sur fond gris clair pour deviner le seul mot final possible.

M Gris foncé M Gris clair

D	R	A	K	K	A	R	S
D	I	A	L	Y	S	E	E
D	O	C	T	O	R	A	L
D	U	U	M	V	I	R	S
D	I	E	R	E	S	E	S
D	_	_	_	_	_	_	_

La lunette

Si vous n'y voyez rien, armez-vous d'une lunette
plus efficace que celle des toilettes.
Quelle expression se cache derrière l'illustration suivante ?

RECITE
CERITE
ECRITE
ICTERE
ETRECI

....

220

ChatGPT OQP

Le chat et l'odeur

« J'aimerais savoir s'il existe une échelle pour classer les odeurs.

– Oui, il existe effectivement une échelle pour classer les odeurs, appelée l'échelle de Hedonic Tone. Cette échelle est utilisée pour évaluer la perception subjective des odeurs en termes d'agréable ou de désagréable. Elle comprend généralement plusieurs points, allant de très agréable à très désagréable, avec des niveaux intermédiaires. Les descripteurs peuvent varier d'une échelle à l'autre, mais ils peuvent inclure des termes tels que « très agréable », « agréable », « neutre », « désagréable », « très désagréable », etc. Il est important de noter que la perception des odeurs peut varier d'une personne à l'autre, car elle est influencée par des facteurs individuels tels que les expériences passées, les préférences personnelles et les différences physiologiques. Par conséquent, les échelles de classement des odeurs sont souvent utilisées à des fins de recherche et peuvent différer d'une étude à l'autre. Il est également intéressant de mentionner qu'il existe des échelles spécifiques pour évaluer les odeurs dans certaines industries, comme l'industrie du parfum ou l'analyse sensorielle des aliments et des boissons. Ces échelles sont conçues pour répondre aux besoins particuliers de ces domaines spécifiques.

– OK, mais je parlais des odeurs de caca, plus spécifiquement.

– Je comprends. Pour évaluer les odeurs spécifiques, y compris les odeurs de caca, il existe des échelles utilisées dans le domaine de la recherche et de la qualité de l'air. L'une des échelles les plus couramment utilisées est l'échelle d'odeur de l'air ambiant (*Ambient Odor Index*) ou AOI. L'échelle AOI est une échelle subjective qui évalue l'intensité et l'agrément des odeurs, y compris les odeurs désagréables comme celles du caca. Elle va généralement de 0 à 7, avec des descripteurs allant de « Pas d'odeur détectée » à « Odeur extrêmement forte et désagréable ». Les niveaux intermédiaires peuvent être qualifiés de « Odeur faible », « Odeur légère », « Odeur modérée », etc. Ces échelles sont principalement utilisées pour évaluer la qualité de l'air, en particulier dans des situations où des odeurs potentiellement désagréables sont présentes, comme les sites d'élimination des déchets ou les installations de traitement des eaux usées. Cependant, il faut noter que la perception des odeurs est subjective et peut varier d'une personne à l'autre.»

Les enfants TERRIBLES

Cinq couples à l'humour douteux envoient des bristols annonçant un joyeux évènement . Sachant qu'Alonso, Emma, Félix, Harry, Jessica, Karen et Léna sont nés, inscrivez les prénoms complétant les faire-part. Attention, deux familles ont eu des jumeaux ou jumelles.

Monsieur et Madame Covert
ont le plaisir de vous annoncer
la naissance de

....
....
....

Monsieur et Madame A
ont le plaisir de vous annoncer
la naissance de

....
....
....

Monsieur et Madame Membère
ont le plaisir de vous annoncer
la naissance de

....
....
....

Monsieur et Madame Pourêtreministre
ont le plaisir de vous annoncer
la naissance de

....
....
....

Monsieur et Madame Bistro
ont le plaisir de vous annoncer
la naissance de

....
....
....

le PQRST

Quelquefois, vous avez beau tirer la chasse : cinq minutes plus tard, vous constatez que « le PQ est resté » et flotte dans la cuvette. Les huit réponses aux définitions suivantes commencent par huit lettres consécutives de l'alphabet, dont l'inévitable PQRST. Désormais, à vous de savoir si la première solution commence par M, N, O ou P. Aidez-vous des lettres indices.

1. Agent du caca fait de flore..

2. Nymphéa de l'école moderne ....

3. Dernière pièce visitée ....

4. Femme priée de fermer sa boîte ....

5. Demande de Cosaque désordonné...............................

6. Surprise partie...

7. Il ne tient pas sans clou ....

8. Plonge dans le noir ou illumine...................................

Séries de lettres permettant de reconstituer les huit mots précédents (l'ordre n'est pas celui des définitions) :

ADENOPR	BCEIIMOORT
ACEOQSU	BEEILOSTTU
ENIORTU	AEFNNRU
CEHORT	ACCEELPST

PAIR ou IMPAIR

0	1
1	0

Dans ce jeu binaire, la première grille à compléter ne contient que des 0 et des 1, avec trois règles à respecter :

1. Chaque ligne (et chaque colonne) contient quatre 0 et quatre 1.
2. Il est interdit d'écrire trois chiffres identiques ou plus côte à côte.
3. Deux lignes (ou deux colonnes) ne peuvent être identiques.

Une fois la grille terminée, regardez le second tableau constitué de lettres. En ne lisant que celles des cases où vous aurez trouvé un même chiffre (le 0 ou le 1, à vous de voir), vous compléterez le titre de bas de page.

					0	0	
	1				0		
		0		1			
1						1	
		1		1			
				1			1
			0				

T	T	U	U	B	V	O	O
I	I	S	S	T	O	L	E
A	U	U	T	D	E	E	N
L	G	A	M	R	I	A	S
D	E	R	P	E	G	L	A
A	R	C	E	A	E	L	U
X	E	T	L	E	E	T	P
H	A	A	R	N	D	S	T

Titre du livre de philosophie vagabonde de Pascale Seys à compléter :

« *Si* ....

.... »

☺ Blagues ☺

Champion, champignon !

– Mais où avez-vous attrapé toutes ces mycoses ? demande le médecin à Jean-Claude.
– Tsss, tsss ! Un véritable amateur ne révèle jamais ses coins à champignons.

***

À l'enterrement de Madeleine, la troisième épouse de Gérard, tout le monde s'interroge. Que lui est-il donc arrivé ?
– Comment est morte votre première femme ? demande un curieux au veuf pas terriblement éploré.
– De terribles douleurs au ventre. Elle a mangé des champignons vénéneux.
– Ah, et la deuxième ?
– De terribles douleurs au ventre. Elle a mangé des champignons vénéneux, elle aussi.
– Ouille ! Et celle-ci ? Aussi de douleurs au ventre ?
– Non, de terribles douleurs à la tête. Elle ne voulait pas manger les champignons !

***

« Le champignon n'a pas de sexe. L'inverse n'est pas toujours vrai. »
(Alphonse Allais)

SANDWICH

Complétez les mots horizontaux. Une seule des différentes possibilités vous permettra de trouver une expression argotique synonyme de « faire caca ».

V	I		R	G	E
I	N		I	S	E
T	O		D	U	E
E	P		L	E	R
O	C		A	N	T
N	I		C	E	S
S	C		L	P	E
E	M		O	U	T
D	R		V	E	R
E	S		O	R	E
P	O		P	O	N
E	G		R	E	R
C	A		M	I	N
H	O		H	E	T
E	S		I	M	O

La puce à l'oreille

Un fil logique relie sans équivoque possible les six mots suivants. Pensez à des expressions connues ou toutes faites. Faites défiler toutes les associations possibles ou jouez la carte (puce) des petits sauts (de puce) mentaux, jusqu'à ce que l'une d'elles vous mette la solution à l'oreille.

JARDIN

COMPTES

BASSE

FENÊTRE

APPEL

MIRACLES

....

SANS chichis

Chi va piano de cuisine

Mange-t-on des choses qui se terminent en -chi ? C'est une question aussi essentielle que de savoir s'il fera deux degrés de plus dans cent ans ou pas, à l'échelle d'une vie humaine. Je me la suis donc posée et y ai même répondu. Ah, si on me demandait de sauver la planète ! Ce serait torché depuis longtemps.

Alors, commençons par les gnocchi(s), car j'adore ça et les fais très bien, étant d'origine italienne d'assez loin, mais il reste un peu de sauce tomate dans mon sang qui ne fait qu'un tour, lorsqu'un râleur objecte que le chi de gnocchi ne se prononce pas [chi] mais [ki]. Et alors ? L'an prochain, je tiendrai un rubrique « sans kiki » et y citerai à nouveau les gnocchi(s) et cet individu mal intentionné. Bon, les gnocchi sans s si on ne franchouillardise pas, ce sont des pâtes, pour ceux qui l'ignorent. Il faut les rouler, mais pas sous les aisselles.

D'autres trucs en -chi se bectent, comme le letchi ou litchi (ou lychee, pour ceux qui veulent niquer ma chronique), petit fruit qui finit sa vie baignant dans un sirop fadasse au buffet à volonté du chinois du coin. Moi, je préfère le kimchi, plat traditionnel coréen à base de piments et de légumes fermentés. Qui me chie un kimchi ?

Vous pouvez aussi manger un chichi ou, moins sucré, un acouchi : c'est un rongeur d'Amérique du Sud. Quitte à bouffer n'importe quoi, faites rôtir un kamichi, oiseau d'Amazonie à longues pattes. Prévoyez un long four.

OPÉRATION
CRYPTÉE

Dans cette opération, chaque lettre représente toujours le même chiffre. Sans utiliser le chiffre 2, mais une fois tous les autres de 0 à 9, redonnez un air plus mathématique à cette addition évoquant les vacances. La solution est unique, mais procédez par tâtonnement et par élimination, car trouver une solution purement théorique pourrait vous occuper jusqu'à votre trépas.

	S	O	L	E	I	L
+		S	A	B	L	E
=	B	I	K	I	N	I

L’ombre de ton *HOMBRE*

Observez bien cet homme espagnol (si, si, on a vérifié ses papiers) : cet *hombre* possède cinq ombres, mais une seule silhouette lui correspond parfaitement. Laquelle est-ce ? Et non pas La Callas, qui n’est pas espagnole, d’ailleurs, c’est là qu’est l’os.

Calculs ours, hein !

+ − × ÷

Avec les quatre opérations de base (**+ − × ÷**) et en utilisant au maximum une fois les plaques proposées, tentez d'atteindre le nombre cible : **617**.
Vous avez évidemment le droit d'utiliser une fois chacun des deux 9. Il n'existe qu'une approche pour parvenir au résultat.

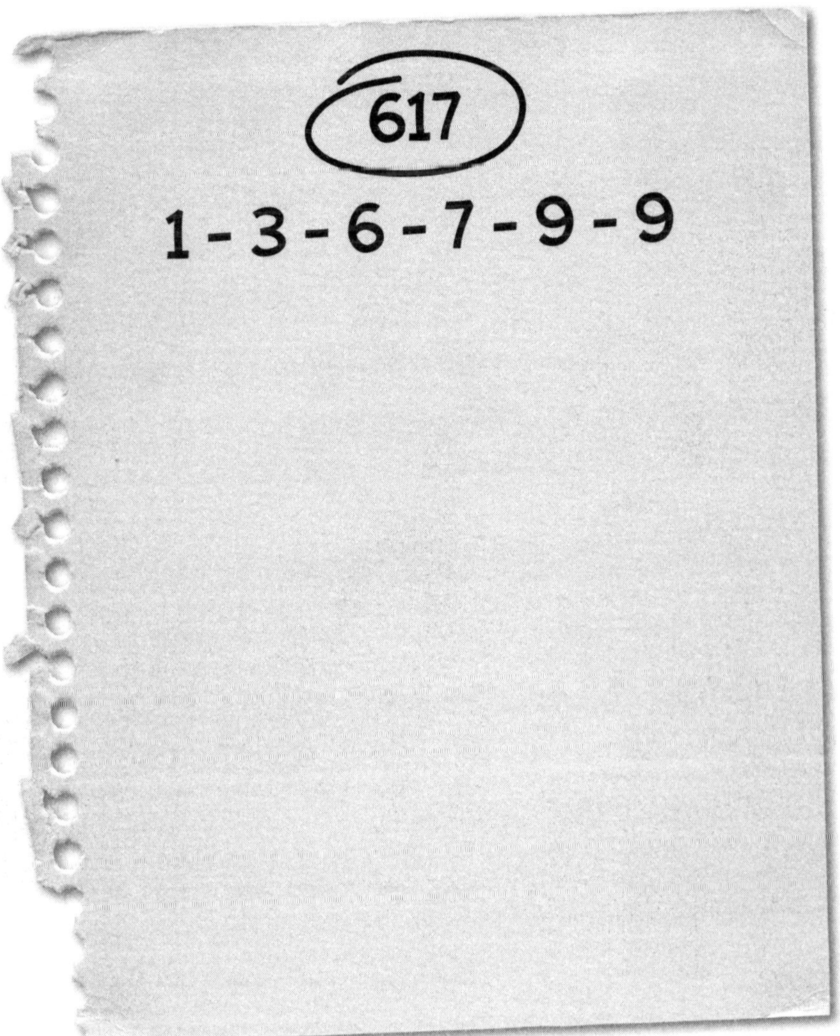

Le Trèfle

Prenez chaque fois une lettre différente dans une feuille de trèfle, en allant du plus foncé au plus clair, pour former quatre noms de capitales.

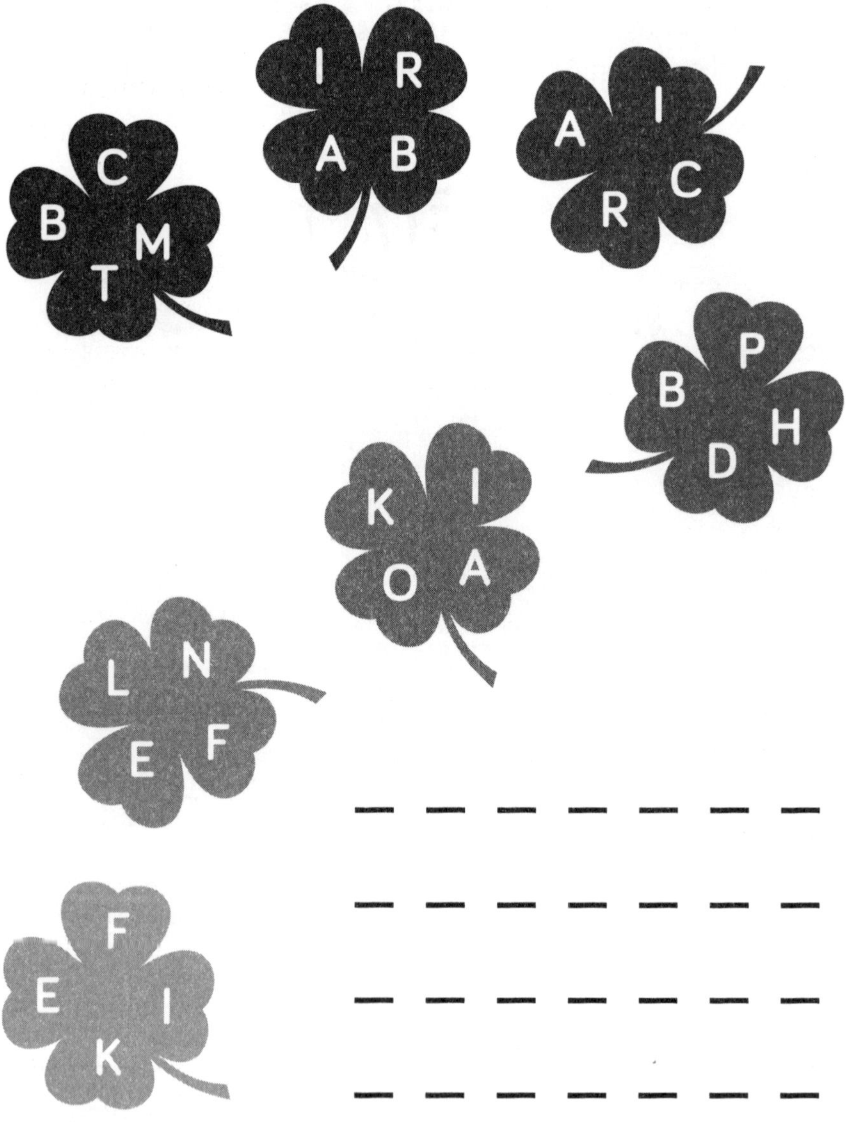

WEEK-END BRETON

Parmi ceux qu'arnaque ma copine Christelle en les attirant à Carnac pour prétendument partir à la découverte de menhirs que les touristes ne voient jamais, il y avait Andrew Drawthin, moi et notre valet Éric, tous trois bien alignés. C'est la mode locale.

Nous voilà fonçant vers un mesnil à la recherche d'un menhir, ou le contraire, le guide local ayant la fâcheuse tendance à rouler les r, ce qui prêtait à confusion et à rire, pour la peine. Un léger crachin selon Christelle, un déluge absolu selon tous les autres, limita la vue à quelques décimètres, ce qui compliqua la chasse au trésor.

« J'ai des cils et... », bredouilla le guide. Ben moi, aussi, et alors ? J'ai décillé ou dessillé, ouvrant grand (adverbe ici, donc pas d'accord ; d'accord ?) mes yeux et ceux de mes proches, pour mieux voir. « Non, des *cilés* », redit-il. « Ah, des cirés », traduisit Andrew, jongleur ès accents. Cool, parce que ça tombait dru.

Nous les revêtîmes, les cirés, une fois que le local nous les eut remis. Le sol devint plus boueux, la vue nulle, les mouettes gueulaient comme des veaux et chiaient à qui mieux mieux sur le groupe aqueux à la queue leu leu que nous formions, comme si ces laridés désiraient protéger le fameux menhir ou mesnil. Puis, après une heure de pluie, le beau temps revint. Nous étions crades et perdus.

« Éric, notre valet, alla te laver ton ciré », rappelé-je à Christelle lors du séjour suivant. « C'est marrant, cette phrase se lit de façon identique en partant de la droite », me dit-elle. « Mais je croyais que votre valet s'appelait Luc », ajouta-t-elle malicieusement. Je relus la phrase formée avec ce nouveau prénom : elle se lisait bien dans les deux sens.

CROISILLONS **FUN**

Complétez cette grille où les lettres de FUN ont déjà été positionnées, lorsqu'elles sont présentes. Attention, les définitions amusantes sont souvent à prendre au second degré.

1. La bourse où la vie…
2. Époux lardé.
3. Moutons élevés non loin de leur mer.
4. Des amours restant masculines au pluriel.
5. Pulsion animale pour ce qui peut satisfaire ses besoins.
6. S'il rougit, il doit devenir violet.
7. Activité consacrée aux ordures et aux écoliers.
8. Vierges se tenant bien en rang.
9. Un liquide dont votre *Officiel* parle beaucoup.
10. Encore un truc à la gomme, sauf pour Yma.

Bandelettes

Un touriste a découvert dix bandelettes de papier, portant des inscriptions, non loin d'une momie égyptienne. En les remettant dans le bon ordre, vous découvrirez le résumé d'un roman évoquant l'Égypte. Les majuscules débutant chaque ligne – qui devraient souvent n'être que des minuscules, attention ! – formeront verticalement le nom d'un élément important du récit. Quel est-il ? Devinez-vous le nom du roman et connaissez-vous son auteur ?

1. Amours d'une jeune fille d'une grande beauté, Tahoser,
2. Chambre funéraire, qu'il visitait avec un égyptologue.
3. Pas de Moïse et de tout le peuple
4. Elle pensera obtenir la liberté de Poëri, un Juif, le seul qu'elle aime...
5. Hébreu, esclave dans l'Égypte de Pharaon, un roi
6. Grâce à l'envoi des dix plaies d'Égypte, qui feront capituler Pharaon,
7. Sur fond biblique, l'auteur raconte l'histoire et les
8. Ouvrir la tombe inviolée emmène alors le lecteur sur les
9. Amoureux de Tahoser, refusant de libérer le peuple de Moïse.
10. Retrouvée momifiée par un aristocrate anglais dans une

ALPHAKU-KU

Remplissez la grille pour que chacune des lettres
« **A, C, E, F, I, M, N, R** et **T** »
figure une seule fois sur chaque ligne, dans chaque colonne
et dans chaque petit carré de neuf cases aux contours renforcés.
Quelque part s'inscrira un nom connu de ceux qui aiment
jouer dans un « bac à sable ».

A	I				T			
					C	T		A
E			F					
			M		I		F	C
		E				R		
C	M		A		F			
					R			E
M		T	N					
			C				R	F

Au Tableau

Le prof vous envoie au tableau sur un sujet que vous devez maîtriser. Remplissez la grille en vous aidant des indices et des séries de lettres constituant la réponse. Vous lirez verticalement un terme supplémentaire appartenant au même champ lexical. Aujourd'hui, sortez tous un papier ! Interro surprise sur le papier… toilette, « évidemment », a rajouté La Zarra.

1. *Il a fallu 78 ans, depuis le papier créé par Joseph Gayetty, pour que la société Northern Tissue propose un papier qui n'en avait plus !*
2. *On l'utilisa longtemps, d'où le surnom de torche-cul que méritent encore aujourd'hui certains tabloïds.*
3. *De toutes les matières, celle du papier toilette que préfèrent les Caroline est faite de sa ouate.*
4. *Celui des toilettes 2024 NE DOIT PAS être utilisé comme PQ !*
5. *On dit que le premier papier toilette y aurait vu le jour (puis la lune, donc) au IIe siècle, mais on dit beaucoup de conneries…*
6. *C'est un adjectif bien propre pour qualifier ce papier.*
7. *Ce méat peut être essuyé avec le papier-cul.*
8. *Ceux de poterie et de céramique servirent jadis à se nettoyer le postérieur, ce fut prouvé par des fouilles curieuses.*
9. *C'est la forme que prend généralement le papier toilette. Avant usage, « évidemment », a cru bon de préciser La Zarra après avoir levé le doigt, cette fois.*

Séries de lettres à ordonner et replacer :

AELORUU – CEHIN – CEELLLOSU – ACDEEHRS – CEFFIILO EEGHIINQUY – AELRRTU – AJLNORU – ENOSSST.

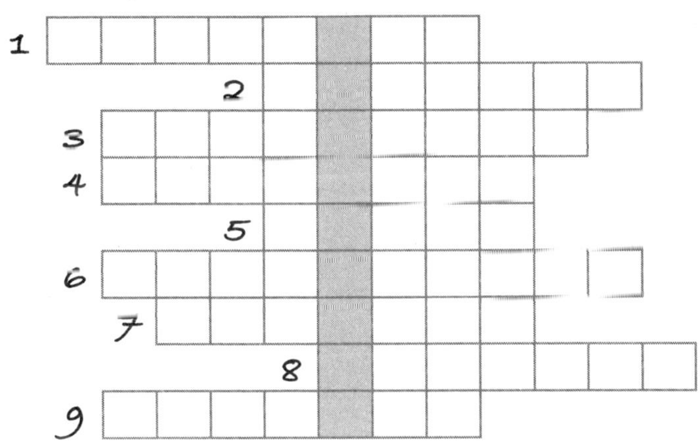

CHARADE

Quel roman cette charade illustre-t-elle ?

Mon premier produit de la musique et devient féminin au pluriel.

Mon deuxième est un organe cité dans une expression signifiant « gratuit ».

Mon troisième sépare deux terrains ou doit être sauté sur l'hippodrome d'Auteuil.

Mon quatrième est siège d'amour à la télé ou de duel jadis.

Mon cinquième, extrait d'une orange, est aussi très courant.

Mon sixième est un oiseau moqueur dans *Hunger Games*.

Mon tout est un roman paru en 1813. Certains d'entre vous n'étaient pas nés.

RATURE
de litté~~rature~~

Métathèse de côté

Si vous pensez bien parler, sachez que, tout comme Monsieur Jourdain faisant de la prose sans le savoir, nous commettons des fautes chaque jour. À qui la faute ? Aux métathèses !

Ces altérations de mots proviennent de l'interversion de lettres, de phonèmes, de syllabes. Ainsi, les anglophones disent *mosquito* pour le moustique, diminutif de *mosca*, la mouche. Effectivement, au début du XVIIe siècle, l'usage chez les entomologistes était d'utiliser le terme « mousquitte ». Puis nous avons cédé à la facilité de prononciation « moustique », à la finale plus conventionnelle, dès 1654. La faute devint la règle.

Autre métathèse étonnante, le fromage. Depuis le VIIIe siècle, le *formaticus caseus* était un « fromage moulé dans une forme », mais nous avons laissé tombé le fromage *caseus*, pour n'en retenir que le « formage », qui devint son nom officiel. Les Italiens disent toujours *formaggio*, non ? Et vous aimez la fourme ! Ou pas, c'est votre droit. Mais nous avons cédé à la métathèse et prononçons désormais un fautif « fromage ».

Alors, rature ou pas ? Doit-on revenir à l'utilisation de mousquitte et de formage ? Non, répondrez-vous. Mais nos contemporains s'emmêlent les pieds dans la rénumération, l'aéropage, l'infractus, les verbes rassénérer ou carapaçonner, sans oublier hynoptiser. Nous les reprenons parfois rudement : rémunération, aréopage, infarctus, rasséréner, caparaçonner, hypnotiser… Mais dans cent cinquante ans, comme chanterait Raphaël, peut-être nous sentirons-nous ridicules, car leurs métathèses auront supplanté les versions originales. Tiens, si on se donnait rendez-vous dans dix ans, pour faire le point. Patriiiiick !

cacabons

Quelques animaux cacabent, quelle aubaine pour nous qui aimons conjuguer. S'ils cacabent, nous cacabons et cela justifie un jeu dans *L'Officiel des toilettes*, non ?
Comme Jean de La Fontaine, usons d'anthropomorphisme pour faire déclarer à six animaux différents qu'ils parlent. À vous de rendre à chacun son langage. Chaque terme doit servir une fois, pas plus.

1. Nous les canards, nous ....

2. Nous les chevreuils, nous ....

3. Nous les colombes, nous ....

4. Nous les manchots, nous ....

5. Nous les perdrix, nous ....

6. Nous les pipits farlouses, nous ....

a. gémissons

b. rotons

c. turlutons

d. nasillons

e. rappelons

f. jabotons

EN DÉCOMPOSITION

Comme dans la nature, rien ne se perd, tout se transforme. Recyclez une et une seule fois chacune des quatorze lettres du mot

ÉCORESPONSABLE

pour former deux termes répondant aux définitions proposées.

Observez l'exemple.

Ici, tout est déjà mort... (9 lettres) : **NÉCROPOLE**

Instrument de musique qui ne va pas haut (5 lettres) : **BASSE**

NÉCROPOLE + BASSE = ÉCORESPONSABLE.

Sur le même principe, identifiez les couples suivants (entre parenthèses le nombre de lettres du mot cherché) :

1. On l'associe souvent à « empreinte » (7) : _ _ _ _ _ _ _

Activités de découverte du sous-sol (7) : _ _ _ _ _ _ _

2. Elles ne suffisent pas, il faut des actes (7) : _ _ _ _ _ _ _

Choquant et indécent (7) : _ _ _ _ _ _ _

3. Traiter avec mépris et ignorer (6) : _ _ _ _ _ _

Un peu de veau à la milanaise (8) : _ _ _ _ _ _ _ _

le bon tuyau

À l'aide des six croisillons, recomposez l'échelle en formant des noms d'hommes et femmes politiques. Voici un bon tuyau : le nom vertical du milieu est le nom d'un maire et député de la Drôme, dont le successeur fut Georges Fillioud. Son nom est toutefois beaucoup plus connu comme titre d'un film d'Alain Chabat !

	R	
D	O	U
	N	

	D	
U	I	L
	D	

	I	
M	E	R
	R	

	L	
L	E	R
	B	

	R	
G	U	E
	N	

	M	
L	A	G
	C	

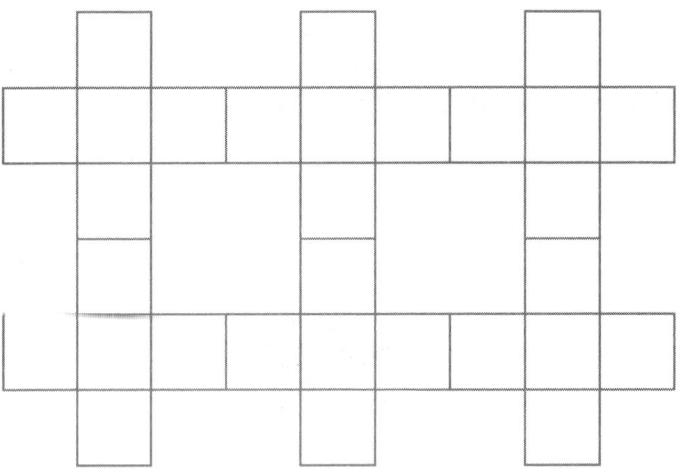

☺ Blagues ☺

Macho, ma pas trop chaud !

Un type enchaîne les bières au bar avec deux de ses amis bien misogynes. Voyant qu'il est bientôt 22 heures, il prend son téléphone et appelle sa femme :
– Prépare l'eau chaude, je vais bientôt rentrer.
– Ah, toi tu sais parler à ta femme. Tu commandes et elle exécute.
– Ben qu'est-ce que tu crois, je ne vais tout de même pas faire la vaisselle à l'eau froide !

***

– Quel est le féminin de macho ?
– Ma chose...

***

– Que fait une femme dans le lit après l'amour ?
– Elle gêne.

(M)OTS

À PAPA, MAIS PAS À MAMAN / QUEL PIED !		PORTEUSE DE RAISINS / IRRESPIRABLE À MILAN		LANGUE DU HAKA / LE PREMIER PAS	
LA SŒUR DE BALZAC / COMPREND EN UN AN					
				À L'ERRE LIBRE / DEMANDA RÉFLEXION	
UN VER D'HOMÈRE ? / PRODUCTEUR DES BRONZÉS					
					FRENCH ENCAN / ELLES SE RAMASSENT À LA PELLE
NOTE / SANGLIER MALGACHE			BEL ARRIVISTE / AFFLUENT DU SALAT		
ARBRE TROPICAL / TEXTE SACRÉ					
				VIGILES CAPITOLINS / PAPY ALLEMAND	
IL RECOMMENCE À ZÉRO	ELLES ONT DES 0 ET DES BAS / FUGUES				
			PLATEAU ANDIN / TOUCHE LE FOND		
GLACE DE SAVOIE / CONSIGNA					
				UNE GAUFRE ET UN CAFÉ LUI IRONT / PRATIQUER L'ART DADA	
LEGOLAS OU ROBIN / PASSION PROFONDE					
LANGAGE DE PROGRAMMATION		CONFIÉ À LA TERRE / OPÉRÉ			
			CAPITAINE *AD HOC* / DÉTERMINANT		
ON VIENT À SON CHEVET / UN BRIN FLEXIBLE					
					ROOIBOS ET OOLONG

(F)LÉCHÉS

RESPECTER L'INTERDICTION DE DÉPASSEMENT
3,14
BŒUF PAS MODE
QUALITÉ QUI SE PERD
COURS DE CALCUL
UN DE TROIE

L'ARME À GAUCHE
PÉCHÉ PAS MIGNON
TRAGÉDIE D'EURIPIDE
FORMATION DU FRUIT
EXCLAMATION
ÉCONOMIE D'UNE BRIQUE
RACCOURCI TITANESQUE
LE MAURE LUI DONNE LA MORT
SOURIS VOYAGEUSE
DROITE DE REPÈRE
AUTEUR DE MAUX FLÉCHÉS
ÉCLAIRAGE DE RAMPE
FLÛTE ET FLÛTE !
MAL EN POING, IL SERA MAL EN POINT
D'HIVER
CHANTEUR TROP VIEUX POUR *ÂGE TENDRE*
DANS
ABSENCE DE SENS
TIRE L'IRE
DÉPISTAGE DE CAS
ESSENCE EXOTIQUE
RENTRÉES EN RANG
BASSIN POUR PLONGEUR
IL DEVANCE LE TROTTEUR
HIPPOLYTE ESSAYISTE
SOIGNANT OU NON SOIGNÉ
CÔNE DE CHARGE
GALETTE FARCIE
QUASI NOM ROYAL
ELLE NE MANQUE PAS D'ESPRIT
IRIDIUM
ELLE, MINERVE...
CANOË DES INUITS
TENDANCE
GROS GRAIN ESTIVAL
BASQUE FRONTIÈRE
MONTAND POUR SON ASCENDANT
NÉGATIF
SUISSE EN TURIN
II x II
DIFFUSE
BLESSÉ
PÉRIODE RÉVOLUE
ABER
MANCHE REMONTÉE
TOUCHE DE CLAVIER
CITÉ MOLDAVE
DÉMONSTRATIF
POÈME MÉDIÉVAL
BORNE
GÂTEAU
TENUE DU CLAN
SOLANUM LYCOPERSICUM

Le Pendu

Vous avez tous déjà joué au pendu. Observez bien les neuf lettres consécutives des essais infructueux, et déduisez-en comme par magie le seul mot possible dans cette configuration.

Lettres déjà proposées mais pas dans le mot :

E F G H I J K L M

_ _ R _ _ _ D _ _ R _ _ _

LES MUTANTS

Ces titres d'œuvres ont muté : chaque terme important a été remplacé par un synonyme, un mot de même sens, ou un antonyme, un mot de sens contraire.

À vous de retrouver le titre original de chacune des trois œuvres fictives suivantes : il peut s'agir d'un film, d'un tableau, d'un roman ou d'une chanson.

1. Le Pire des univers

....

2. Aux clairs losers du sucré

....

3. Le Dîner dans le foin

....

Faune Éthique
[fɔnetik]

Complétez phonétiquement le texte suivant en n'y ajoutant que des prénoms. Il y en a dix-sept à replacer.

« J'ai perdu mes ....que de bol, elles sont tombées du pont d'Iéna », me confie papy. « J'avais oublié .... la Seine était si sale. L'immersion dans la vase, il a fallu se la far........................... y allait de la vie de mon trousseau. C'est ....aculeux qu'on ait remis la main dessus. À la .... n'y avait que moi qui cherchais, mais c'étaient des clés en or, chacune .... bras, alors d'autres se sont jetés .... Nous fumes vite .... ou peut-être mille au ....um : c'était ....te, nous nous ébrouions joyeusement. .... impression qu'un type me ramenait le trousseau, mais .... à moi, c'était .... moyen de me piquer mon portefeuille. Alors, on se divisa la tâche : aux filles berge ....ge sud aux gars. Une Catherine s'époumona : "Eh, le vétér........................... larfeuille !", tandis qu'un idiot se prenant pour Dostoïevski m'annonça avoir retrouvé le trousseau .... Je me moque de lui mais .... aide, je serais à la porte de chez moi ! »

UroNews

De l'eau de là-haut

Véronique Sanson l'a chanté, « avec son » exceptionnellement, « Rien que de l'eau, de l'eau de pluie, de l'eau de là-haut, oh, oh » : c'est ce qu'aurait bu un Bolivien pendant trente jours dans la jungle, pour survivre. Enfin, ça... et son pipi.

Il avait disparu en forêt fin janvier 2023 et fut retrouvé début mars, après 30 jours. Ben si, ça peut marcher, puisque février est plus court que les autres mois. Pour marcher, il a marché. À l'origine, il participait à une partie de chasse avec ses amis. Et puis, bien entendu, il a perdu sa place, c'est bien connu.

Âgé d'une trentaine d'années, il connaissait les techniques de survie et, après avoir cherché à retrouver son groupe, il s'est vite aperçu qu'il tournait en rond. Alors, il a prié (je ne sais pas si c'est ce qu'il entendait par « technique de survie ») et il a bu l'eau de pluie qu'il récupérait dans ses bottes.

« Sans la pluie, je n'aurais pas survécu », déclara-t-il en remerciant Dieu d'avoir exaucé sa prière qu'il pleuve (moi, j'aurais plutôt prié pour retrouver mon chemin). Je vous passe ce qu'il a mangé, des vers et dégueulasseries du même tonneau, mais effectivement, s'il n'avait pas bu d'eau de pluie, il n'aurait même pas fait pipi, donc il serait mort plus vite. Quand il fut retrouvé, un chercheur coquin lui aurait proposé : « J'ai un beau lit, viens ! » Information croustillante mais non vérifiée, la source désirant rester anonyme.

L'éToilette

☆☆☆

Chaque définition indique le point de départ et le point d'arrivée du mot à trouver. Remplissez la petite étoile, l'étoilette pour rester dans le thème de l'Officiel, puis arrangez les lettres collectées dans les cases grisées pour former le nom d'un cousin rigolo.

1-5. Qui finit toujours en tête-à-tête.

1-8. Il colle aux Basques.

2-10. Trouver un coin ou un ami.

3-30. Sa lame bomber.

4-13. Ethnie refoulée vers Hokkaido.

5-15. Économise quelques briques.

6-7. Il chante ou crochète votre serrure.

8-15. Si elle vous mord, dansez comme en Italie.

9-20. Le soir, on le revêt avant l'aube.

11-22. Toile à gratter, avec qui on sera bien poli.

12-23. Tic ou Tac, il faut choisir.

14-21. Goutte de prunelle ou ruse de crocodile.

16-29. Part en tournées.

17-31. Parasite du chat.

18-28. Force de l'aimé sur l'aimant.

19-32. Parlerez mal, mais en signant trois fois comme Poutine et Zorro.

24-25. Chanson non sans son de Véronique Sanson.

26-27. Sans pagaie, sa vie n'est pas gaie.

Sacré Délien

Cinq séries de lettres à gauche, cinq à droite. Chacune cache un mot utile, mais attention aux anagrammes qui vous perdraient.

L'ajout d'une lettre centrale permet de composer un mot de onze lettres, reliant les deux premiers, sans tenir compte des accents : voir l'exemple COMME(M)OREES page 51.

Les cinq lettres ajoutées au centre forment elles-mêmes un dernier mot vertical. Quel est-il ?

ACHIR	=	_ _ _ _ _	_	_ _ _ _ _	=	**BELOM**
MOPRU	=	_ _ _ _ _	_	_ _ _ _ _	=	**EEGSU**
CNOOR	=	_ _ _ _ _	_	_ _ _ _ _	=	**IRSUV**
EINRT	=	_ _ _ _ _	_	_ _ _ _ _	=	**AEIMR**
ADIOR	=	_ _ _ _ _	_	_ _ _ _ _	=	**EEILV**

_ _ _ _ _

PiPiramidal

Complétez la pyramide en inscrivant sur chaque flaque un total égal à la somme des deux nombres notés sur les deux éléments (flaque ou rouleau) immédiatement en dessous.
Le nombre 628 (314 + 314) au sommet a un petit parfum de pipi, puisque pi, c'est 314...

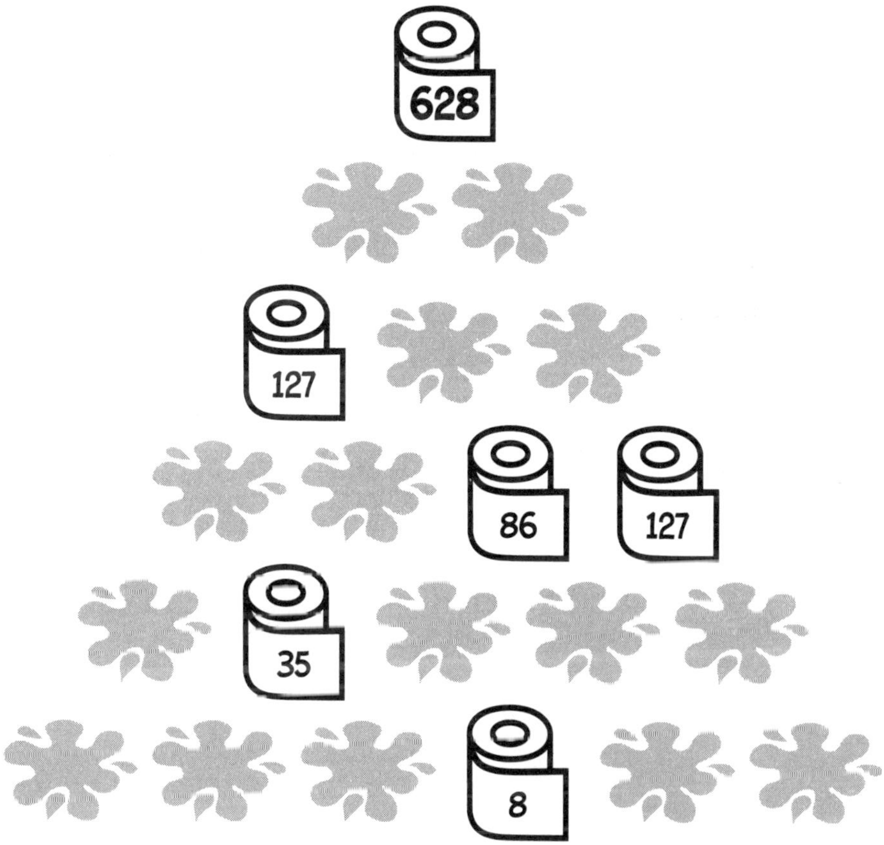

LES TRONCS

Savez-vous lire dans l'étron ? Trêve de scatomancie, remettez dans le bon ordre les indications trouvées dans les troncs. Partez à la chasse d'un rébus phonétique qu'il vous restera à déchiffrer. Cette phrase suit « Je vais faire circuler le tronc », dans *Le Tronc de la veuve*, une chanson d'inspiration maçonnique parodiant « Je vous ai apporté des bonbons » de Jacques Brel.

....

SEPT HORREURS

ChatGPT OQP

Faut-il croire ce chat ?

« Mouais, si tu étais un vrai chat, tu ne me le dirais pas…

– Effectivement, si j'étais un véritable chat, je ne serais pas en mesure de communiquer avec vous par le biais de ce texte.

– Sur Internet, j'ai vu un vrai chat écrire des messages SMS.

– Il est vrai que sur Internet, il existe des vidéos et des images modifiées ou créées de manière artistique où les chats semblent écrire des messages sur des appareils électroniques, notamment des téléphones portables. Cependant, il est important de comprendre que ces représentations sont souvent des mises en scène ou des manipulations visuelles réalisées à des fins de divertissement. Les chats, en tant qu'animaux, n'ont pas la capacité physique d'écrire des messages SMS ou d'utiliser des appareils électroniques comme le font les humains. Les vidéos ou les images que vous avez pu voir sont probablement des créations humoristiques ou des montages réalisés par des personnes pour le plaisir des spectateurs.

– Bah s'il ne faut pas croire ce qu'on voit sur Internet, je ne dois pas te croire non plus. Tu crées des montages d'idées pour m'embobiner.

– Je comprends votre point de vue, mais en tant qu'intelligence artificielle, je m'efforce de fournir des réponses précises et informatives en fonction des informations dont je dispose. Cependant, en tant qu'IA, je ne crée pas délibérément des réponses humoristiques ou des montages d'idées pour vous tromper.

– On dit en français qu'un truc nul est du « pipi de chat ». Est-ce qu'on peut dire ça de tes réponses, quand elles sont nulles ?

– Si vous considérez qu'une de mes réponses est nulle, vous êtes libre de le penser et de l'exprimer selon vos propres critères. Il est important de noter que je suis constamment en apprentissage et que mes réponses sont basées sur les données et les modèles existants jusqu'à ma date de formation en septembre 2021. Il est possible que certaines informations puissent être dépassées ou que mes réponses ne soient pas toujours satisfaisantes. »

Bouche-trous

Inscrivez une lettre par tiret pour reconstituer six mots de la langue française. Si le squelette de la vipère ASPIC ne vous suffit pas, aidez-vous de l'indice. Interdiction de conjuguer !

1. A _ S P I C _
2. _ A _ _ S P I C _
3. A S P _ _ _ _ _ I C _
4. A S _ _ _ P _ _ _ I C _ _ _ _ _
5. _ _ A _ S _ _ _ P _ _ I C _
6. _ _ A S P _ _ _ _ _ _ _ I C _

INDICES :

1. Quelque chose me laisse présager que vous allez trouver celui-ci.

2. Ce prêtre, avec ou sans l'initiale muette, disait l'avenir en examinant des entrailles.

3. Elle fait bon ménage avec son pendant masculin, plus connu.

4. Ses patrons ne peuvent pas lui reprocher d'avoir la tête dans les étoiles.

5. Elle écrit tout ce qui s'est dit pendant une réunion.

6. Dieu, s'il existe, ne l'a pas en odeur de sainteté.

Sales Bobines

Sur ces claquettes poussiéreuses, trois titres de films avec une même actrice sont difficilement lisibles. Époussetez et devinez l'identité de cette actrice.

L'actrice mystère : ....

SUDOKU-KU

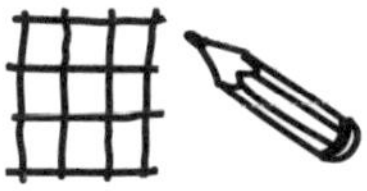

Remplissez les cases vides de ce sudoku-ku pour que tous les chiffres, de 1 à 9, soient inscrits une seule fois sur chaque ligne, dans chaque colonne et dans chaque petit carré de neuf cases sur fond gris ou blanc.

	7		5	6			2	3
		6		9	3		8	
	3					9		
6					7			
	2	1		3		5	6	
			6					8
		2					7	
	4		9	7		1		
7	6			2	5		4	

LE CHICHSTRAC

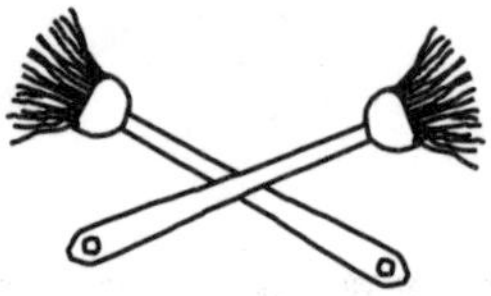

Dans les trois citations, un même terme a été remplacé par cet étrange **CHICHSTRAC**. Votre seule corvée sera de toiletter ces phrases pour retrouver le mot commun d'origine.

1 « À condition de se poster aux bons endroits, le touriste est plus facile à exterminer que la **CHICHSTRAC**. »
(JONATHAN SWIFT)

....

2 « Je parle cinq langues, dont la langue de **CHICHSTRAC**. »
(DAVE)

....

3 « Si vous mettez le pied sur une **CHICHSTRAC**, vous risquez une mort sûre. »
(JEAN AILLAUD)

....

CRYPTOGRAMME

Remplacez chaque symbole par la lettre qu'il crypte pour découvrir une boutade de Groucho Marx.

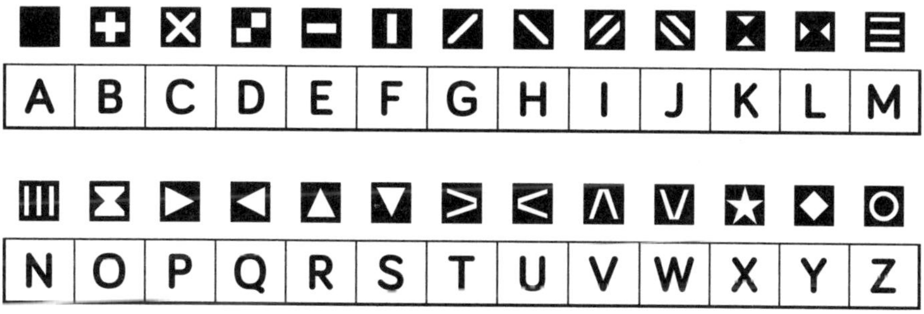

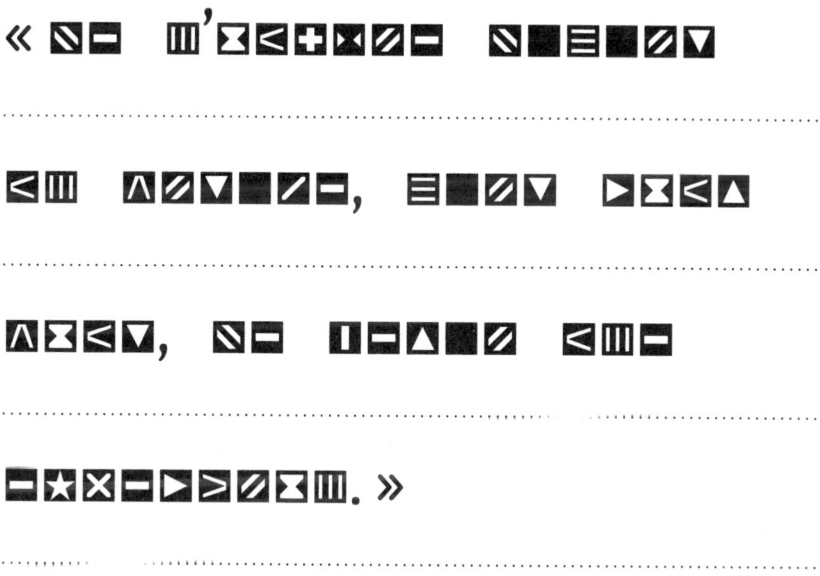

SOUVENIRS **de Géo**

Du ry de Vaux

Ma mère était une monstresse en mots croisés, force 6 et même 7 quand cela exista, si possible « muets », c'est-à-dire sans les cases noires. Dès 6 heures du matin, en robe de chambre et bigoudis, son café refroidissait parce que sa main noircissait tout problème qui lui tombait sous le poignet. Quand je descendais pour le petit-déj, telle une maman oiseau, elle me régurgitait les mots incongrus qu'elle avait découverts, par croisement avec ceux qu'elle maîtrisait et m'avait déjà enseignés.

R, I, S, ris : thymus de veau. Tu me fous les glandes, aurais-je pu protester, mais j'assimilais ces nourritures spirituelles, car inutile d'essayer de me faire avaler du ris de veau. Moi, c'était casse-croûte du chien (la marque la moins chère, mais bien pour humains, hein ! Rex en raffolait) et lait concentré dilué dans de l'eau, jambon et coquillettes. Le reste, j'en voulais pas ! Mais les mots, je les gobais par dizaines. Et maman expliquait, non qu'elle sache tout, mais elle avait consciencieusement vérifié chaque info dans le vieux dico ou dans le Quid usé jusqu'à la trame, pour ne pas me mettre dans le ciboulot un truc faux.

Parti de Chooz, dans les Ardennes, je décide l'an dernier de viser Trooz, en Belgique, pour me programmer une balade à rime improbable. Arrivé sur place, je découvre le village de Nessonvaux et son ruisseau, le Ry de Vaux, qui s'y jette dans la Vesdre ! « Quand naît son veau, la vache lui apprend-elle ce qu'est son ris ? » me demandé-je. Je suis reparti à l'Ehpad tout expliquer à maman, même si son vocabulaire aujourd'hui se réduit à quatre ou cinq mots.

Trois petits CHATS

Trois petits chats, chapeau de paille, paillasson, somnambule, bulle, bulle… Sur ce principe, remplissez les trente bulles, bulles, bulles, en vous aidant des indices précisant chaque début et fin de mot.

1-6. Collé à «chat», cet adjectif désigne un jeu de cour d'école et un recueil de contes de Marcel Aymé. **4-11.** Le chat de ce comté disparaît et ne laisse plus voir que son sourire. **10-16.** Retomber sur ses pattes en est un de redressement du chat, grâce à son organe vestibulaire.

14-21. S'étirer la colonne en est un de souplesse, pratiqué par le chat. **18-24.** Les discours de cet orateur étaient pourtant bien carrés… **22-30.** Pour un chat, c'est exprimer sa jouissance du moment présent.

LA TÊTE AU

Dans chaque carré grisé figure un mot. Trouvez une anagramme de ce mot correspondant à l'une des définitions sous la grille (exemple au centre : VITESSE pour l'indice 15). Inscrivez ensuite, dans chaque tête, le numéro de la définition du mot recherché. Reportez alors l'initiale de chaque mot trouvé, ici le V, dans les cases numérotées de l'échelle de décodage. Celle-ci complétera une citation de Victor Hugo extraite des *Misérables* : « Dans le premier amour, on… » À la fin, en additionnant les chiffres des définitions, il vous faudra totaliser 65 sur toutes les lignes, toutes les colonnes et les deux diagonales de ce carré magique !

IULE - - - -	ENDURAS - - - - - - -	IÉNA - - - -	CÔNES - - - - -	CULONS - - - - - -	= 65
TOILÉE - - - - - -	MIRES - - - - -	LIVRA - - - - -	SONNAIT - - - - - - -	IBÈRE - - - - -	= 65
COUPE - - - - -	PÉRIMÉ - - - - - -	ESTIVES 15 **VITESSE**	ZONE - - - -	ÉTIREZ - - - - - -	= 65
ENCODES - - - - - - -	CALIONS - - - - - - -	TERNE - - - - -	DEALER - - - - - -	ENA - - -	= 65
INTÉRIMS - - - - - - - -	PRIMAI - - - - - -	ÉTRIPA - - - - - -	HABILETÉS - - - - - - - - -	ORLE - - - -	= 65
= 65	= 65	= 65	= 65	= 65	

65 = (diagonale) · = 65 (diagonale)

CA-CARRÉ

1. C'est le premier des doigts de la main. **2.** Le premier, pour un acteur, n'est pas souvent son premier. **3.** Avec le PEPS, ce premier est aussi le premier sorti. **4.** Au Canada, les Premières englobent les Amérindiens et les Inuits. **5.** Premier à l'Opéra, il est entre sujet et étoile. **6.** Cet anglicisme désigne le premier du classement. **7.** C'est le premier des enfants nés. **8.** Élisabeth Borne fut la Première, en France. **9.** Le Premier couvre la période 1804-1815. **10.** Sa première gorgée a inspiré Philippe Delerm. **11.** Excepté 2, tout nombre premier l'est. **12.** La première s'obtient au ski sur pente faible. **13.** Leur nuit est la première passée ensemble par les nouveaux époux. **14.** Le premier de la classe n'en porte pas le bonnet. **15.** Pour faire avancer la voiture, on passe la première. **16.** Attention aux poissons le premier de ce mois. **17.** Ier de Russie, il fut empereur de 1825 à 1855. **18.** C'est le nombre premier précédant 17. **19.** Derrière « en premier », c'est un synonyme de « d'abord ». **20.** Ière, elle fut reine d'Angleterre, la dernière des Tudors. **21.** Napoléon Bonaparte fut le premier dès 1799. **22.** C'est le chiffre premier après 7. **23.** François Ier fut sacré roi dans sa cathédrale. **24.** Au concert, la première fait patienter en attendant la star. **25.** À l'école, c'est la classe précédant la première.

1	2	3	4	5	6	7	8	9	10	11	12	13

	V										
14	**15**	16	17	18	19	20	21	22	23	24	25

La lunette

Si vous n'y voyez rien, armez-vous d'une lunette
plus efficace que celle des toilettes.
Quel accessoire flippant se cache derrière l'illustration suivante ?

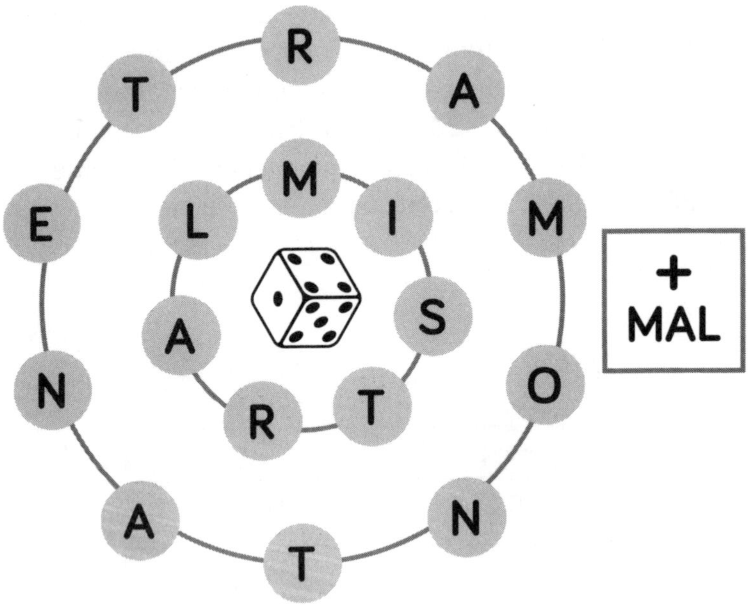

. . . .

Paroles, paroles...

Vous avez tous fredonné *Paroles, paroles*, le duo improbable de Dalida et Alain Delon. Ces extraits d'autres tubes sont certainement quelque part dans votre mémoire. Exercez-la en retrouvant la parole manquante

1. « De quoi tu m'parles ?
Dans ma ....,
y a qu'toi et moi »

2. « Je sais ton amour,
je sais l'eau .... sur mon corps »

3. « Demandez-moi de combattre le diable,
d'aller défier les .... du néant »

4. « Y a pas que les ....
qui font les familles,
des humains qui s'aiment suffisent »

5. « Et dans le noir,
derrière le ....,
j'entends ce piano chanter »

PAIR ou IMPAIR

0	1
1	0

Dans ce jeu binaire, la première grille à compléter ne contient que des 0 et des 1, avec trois règles à respecter :

1. Chaque ligne (et chaque colonne) contient quatre 0 et quatre 1.

2. Il est interdit d'écrire trois chiffres identiques ou plus côte à côte.

3. Deux lignes (ou deux colonnes) ne peuvent être identiques.

Une fois la grille terminée, regardez le second tableau constitué de lettres. En ne lisant que celles des cases où vous aurez trouvé un même chiffre (le 0 ou le 1, à vous de voir), vous compléterez la citation de bas de page.

					0		
0					0	0	
1	1			1			
						1	
	0		0		1	1	
1		1					

C	D	E	R	S	A	O	I
T	R	T	E	O	A	U	U
T	M	I	C	L	E	Q	I
E	U	U	I	D	U	N	E
L	U	C	O	I	U	L	A
P	O	P	I	R	A	R	P
O	T	U	I	E	R	L	N
E	T	S	P	W	A	S	C

Citation de Paul Éluard à compléter :

« *Il faut prendre à* ....

.... »

LA CIBLE

Partez de la lettre cerclée sur fond blanc. Choisissez le bon sens de rotation et sautez un certain nombre de lettres (toujours le même pour cette cible), lisez la suivante, puis continuez ainsi pour compléter une boutade de Francis Blanche :
« Avec le matelas multispire, on peut dormir… »

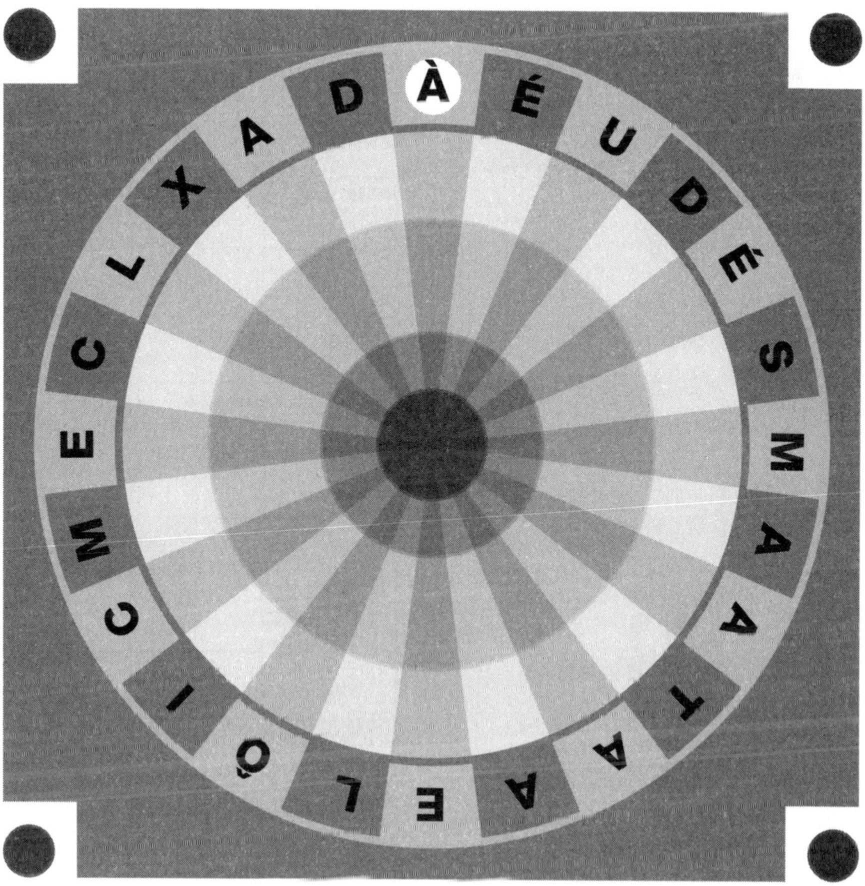

....

....

(M)OTS

ESSENCE CHÈRE
CLOCHETTE DE MAI
LUEUR DE L'AUBE
OUBLIE LE CAS SPÉCIFIQUE
LETTRE GRECQUE
TOUT RETOURNÉ
TRAITEMENT CAPILLAIRE DURABLE
ARTICULATION
PROTÉGEANT LE FER
OSCAR DU THÉÂTRE
TRANSPORT PARISIEN
CRUSTACÉ DANS UN BUISSON
DIALECTE CHINOIS
BORDEAUX
COULÉE DE LAVE
ULSTER ET ÉIRE
LIEU D'ESCALE
INDIEN
SIGNAL SONORE
JOUÂT LES MALINS
OBTENU
ANIMAL DE CAMARGUE
PROFITABLES, BONS POUR LA SANTÉ
RETROUVE UNE PLACE
SOLEIL DES PHARAONS
SIFFLA L'ACTEUR
SANS CIBOULOT
DAME DES PAYS-BAS
ET AINSI DE SUITE
NOTRE MONNAIE
TEXTE EN VERS
PLAÇA EN DÉTENTION
SURPRENANTE
POIDS DE DIAMANT
PRIÈRE À MARIE
BUTINS FABULEUX
TERRIBLE TSAR
ACCORD OUBLIÉ
FILLETTE DE LEWIS CARROLL
ENLEVÉE
RÉALISAIS UN BOND

(F)LÉCHÉS

COMPÈTE OUVERTE AUX AMATEURS
PLANTE PIQUANTE
FRANCHIT LE SEUIL
CUBE À 21 POINTS
LA CASA DE PAPEL EN EST UNE
PASSANT AU ROUGE
VIEILLE MÉTHODE
CINÉASTE DE *LA STRADA*
CHANTEUSE D'*À L'INFINI*
AUTHENTIQUE
HARCELER
ÉCŒURÉE À VOMIR
PARLÉE
JAMAIS COMME AUTREFOIS
ÉLISABETH ET CLÉOPÂTRE
TROISIÈME PERSONNE
CAVITÉ CARDIAQUE
EXPERT-COMPTABLE
BRUIT D'INSTRUMENT
MARCHE SUR PLACE
NOTÉES AVEC UNE TECHNIQUE D'ÉCRITURE RAPIDE

CAPITALE FRANÇAISE
MASSEUR SOIGNANT
DE JANEIRO, C'EST AU BRÉSIL
ALLONGÉ
PUIS
FIBRE TEXTILE
TOUR DE GUET
POINT CARDINAL
RÉCITA À GRAND-PEINE
COPINE
PIERRE QUI ROULE
ABRI DE NEIGE
TESTE
GRANDIT
BEAU PARLEUR
DANS LE COUP
COUP DE FEU
QUI DURE TOUJOURS
ARTICLE PLURIEL
ÉCLATÂT AU CIEL
VOLCAN DE SICILE
SANGUINAIRE
SUITE DE SCÈNES
RENDU IDIOT
DÉMONSTRATIF
SON ÉTUDE, IL Y TRAVAILLE
VERSUS
LA CUISSE
LOUPA
TARTINAI DE MATIÈRE GRASSE
SE RENDRA
DÉMENT
PRONOM FAMILIER
GRANDE ÉCOLE
EXISTES
TRAVAUX DIRIGÉS
PETITE PÂTISSERIE
GARÇONS D'ÉCURIE

le PQRST

Quelquefois, vous avez beau tirer la chasse : cinq minutes plus tard, vous constatez que « le PQ est resté » et flotte dans la cuvette. Les huit réponses aux définitions suivantes commencent par huit lettres consécutives de l'alphabet, dont l'inévitable PQRST. Désormais, à vous de savoir si la première solution commence par M, N, O ou P. Aidez-vous des lettres indices.

1. Brise de la pastille...

2. Type de Genet en rade...

3. Fait-il des rouleaux de pécune ?...............................

4. Il arrive toujours en catastrophe...............................

5. Doreur sur tranche...

6. Il ne pue pas des pieds !.......................................

7. Pièce montée pour mari, femme et amant.....................

8. Tintouin en Amérique...

Séries de lettres permettant de reconstituer les huit mots précédents (l'ordre n'est pas celui des définitions) :

ADEEILLUVV AAEEGRTTW

EEINRRT EEELLQRU

ABEIIJMNSTU CEEIORSSTU

OPRTU AEORSTTU

Tombez dans le panneau

Observez les panneaux et leurs indications fantaisistes. Si aucune de ces villes ne se trouve à cette distance et/ou dans cette direction, l'ensemble des informations doit vous permettre d'identifier une ville secrète en huit lettres. À vous de comprendre ce que le génie civil avait en tête lorsqu'il a commandé ces drôles de panneaux. Ne tombez pas dedans !

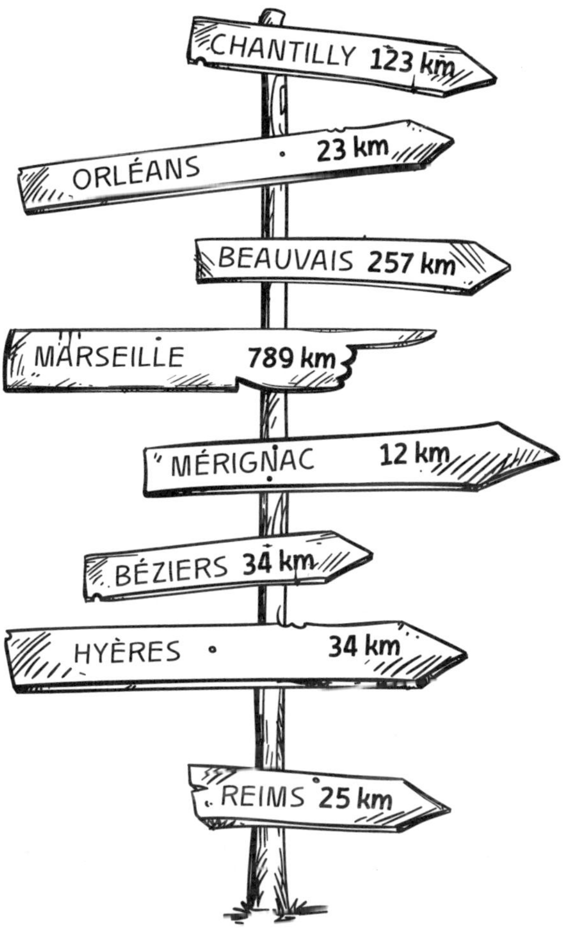

....

COLORIAGE

EN PURE LOGIQUE

Six amis partagent la passion du jardinage : ils louent chacun un carré potager sur les toits de la ville. La première année, ils plantent tout et n'importe quoi dans leur bac, mais la seconde, ils décident de se concentrer sur une seule culture.

Karen décide de planter des navets « boule d'or », Michelle se lance dans la culture intensive d'estragon, Éric opte pour le chou kale, Bart remplit son bac de tournesols et Jean-François sature le sien de sauge. Seul Patrick ne parvient pas à se décider : va-t-il opter pour des fraises, des tomates cœur de bœuf, des kiwis ou de l'aneth ?

BONUS

Observez les lettres bien placées sur fond gris foncé ou mal placées sur fond gris clair pour deviner le seul mot final possible. Attention, certaines lettres n'ont peut-être pas encore été proposées.

M Gris foncé M Gris clair

L	A	U	D	A	T	I	F
L	I	M	O	U	S	I	N
L	A	B	R	A	D	O	R
L	I	S	E	U	S	E	S
L	Y	N	C	H	E	U	R
L	_	_	_	_	_	_	_

Blagues

Ali est né aliéné

Ali et Bernard sont fous. Toute la journée, ils marchent sur un tuyau d'arrosage, dans un sens puis dans l'autre.
– Mais pourquoi font-ils ça ? demande le directeur de l'hôpital psychiatrique.
– Ils ne veulent boire que de l'eau plate, rétorque le docteur.

***

Ali rentre chez l'opticien, un jour de canicule.
– Vous avez des lunettes ?
– Pour le soleil ?
– Non, pour moi !

***

Au musée, Bernard pousse un peu Ali pour s'amuser : celui-ci fait tomber une statue, qui se brise en mille morceaux. Le conservateur arrive en hurlant :
– Mais qu'est-ce qui vous a pris ? Cette statue date de l'Antiquité.
– Ouf, vous me rassurez. J'ai cru que c'était une neuve.

GRANDES

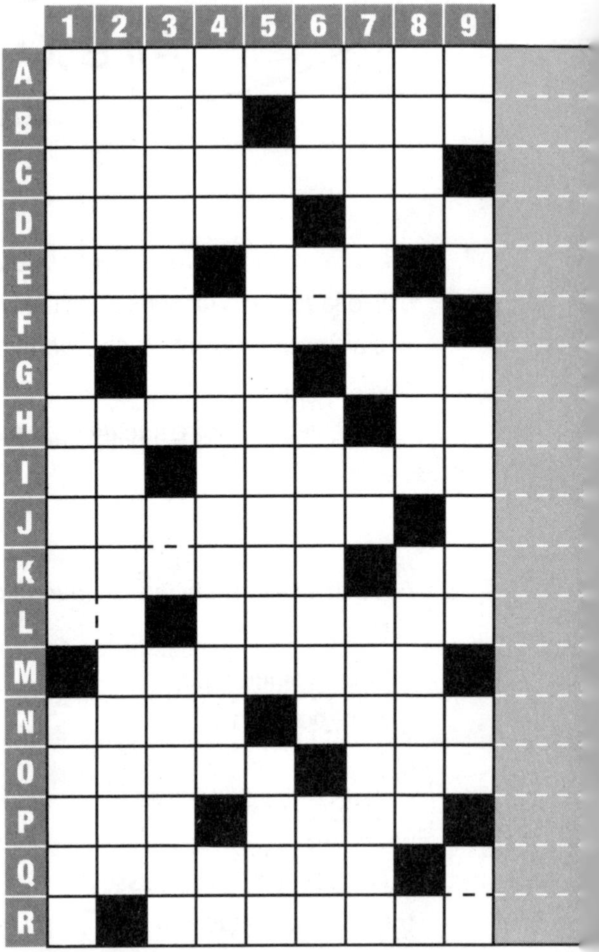

HORIZONTALEMENT : A. Impondérable d'un pont d'érable. Accent des îles mais pas des Antilles. Alcool fizz en cocktail. **B.** Déplaisant à regarder. Plus qu'obstiné. Menaça de ses sabots. Par exemple. Parc national du Kenya. **C.** Enkikine poliment. Truqué. Ville atteinte trois jours après Hiroshima. **D.** Dans la maison du maître. Registre médiéval. Malienne interprétant *Djadja*. Plante dont on tire l'indigo. **E.** Geste pour la planète. Nouveau rappel. Dispositif indispensable au moteur à explosion. Devin se penchant sur vos songes. **F.** Remis en marche. Salut d'un type à casquette. Ambassadeur du pape. C'est-à-dire. Bouillie de mil. Blason. **G.** Garçon d'écurie. Maladie survenant en plaques. Tsar à terrible réputation. Frappa. Branché. **H.** Établissement d'élevage canin. Première dame. Infusion de lady. Voyant sous un jour trop beau. **I.** Interjection. Accepte finalement. Lin sauvage. Souverain. Iznik au temps du concile. **J.** Fixe un cap. Instrument de musique. Un grand jour pour l'artiste. Circuit avec résistance et bobine. **K.** Elle tombe obscurément des étoiles. Fierté de macho. Qui s'y frotte s'y pique. Refuse d'admettre. **L.** Sud-ouest. Groupe de Kurt Cobain. Traite l'orge. Étain. Ustensile pour couper du carton. **M.** Espace de stockage. Insecte à larve xylophage. Mesures de quatre pieds. Patriarche bien secoué. **N.** Princesse de *Star Wars*. Accouchement sans problème. Ermitage indien. Ceinture de soie. Ami roux de Harry Potter. **O.** Difficiles. Imité le crocodile. On se l'est souhaitée bonne récemment. Rendant. **P.** IAM le dansait. Énigme insoluble du bouddhisme. Brome. Incendie. Terminé. Département d'Auch. **Q.** Capitale de la Chine. Diminué d'épaisseur. Baryton. Balte. **R.** Peine prononcée. Tombé en désuétude. Employé de cirque.

VERTICALEMENT : 1. Coups des pôles dans la tête. Gros coquillage à sculpter. **2.** Cachée, elle nous amuse. On y manie plus d'aiguilles que de bottes de foin. **3.** Est encore bleu question vers. Intelligence artificielle. Marquais le front. **4.** Dieu scandinave. Ville rompue au bruit. Pronom personnel. **5.** De jeunes scolarisés. Marginal au crâne rasé. **6.** Un rire à l'écrit. État-major. Ensemble draps et matelas. Possèdent. **7.** Bien larmoyants. La Terre mère. Séparation définitive pour moitié. **8.** Produit de la ruche. Document numérisé. Sylvie qui fut belle pour aller danser. **9.** Pendant l'année. *Idem*. Voisine de Lens au célèbre meeting d'athlétisme.

VACANCES

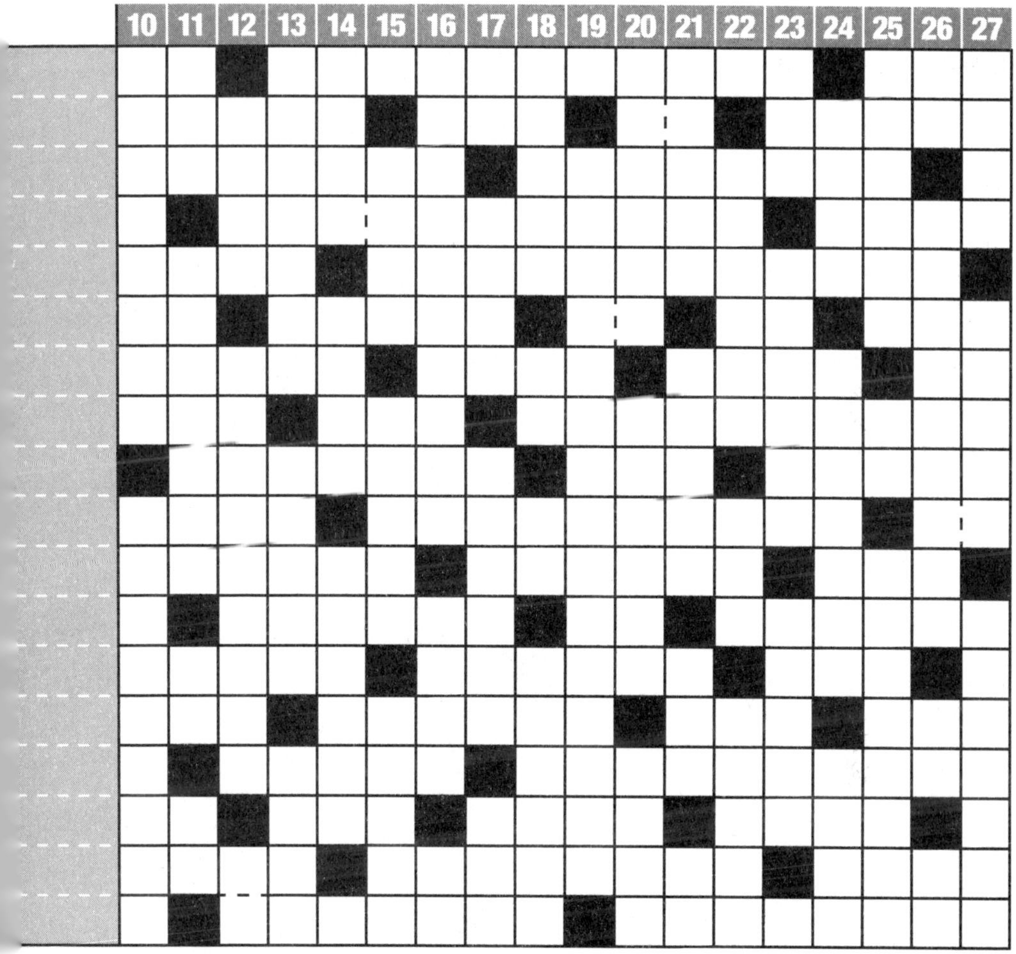

Tête d'ogre. Expert en bilans. **10.** Habitant de la capitale du Niger. Qui s'emporte facilement. **11.** Luth. Nixe envoûtant les navigateurs sur le Rhin. Deux à Rome. Note. **12.** Peur sur scène. Elles limitent la vue des chevaux. Soldat. **13.** Les enfants les aiment de couleur. Précipitation en flocons. Pour. **14.** Victoire de Napoléon. Héraclès y périt. Native de Dallas. **15.** Châtaigne. Saison. Faux marbres. **16.** Personne à rembourser. Île des Seychelles. Expression du rire. **17.** Question d'endroit. Ville d'Ukraine. Méprise. Prétentieux. **18.** Film nul. Bradype. Théâtre du Japon. Orifice masqué. **19.** Affaiblissement général. **20.** Haricot vert, chou ou navet. Colorant rouge. Convient. **21.** Perdit. Passe sous silence. Idiot. Cité sumérienne. **22.** Son bois sert d'encens. Arme lançant des flèches. Fichtre ! **23.** Lettre grecque. Défense contre le stress. Chiffre avant la virgule. **24.** Imitation de cuir. Pratique datant du commerce triangulaire. Aurochs. **25.** Corsetée. Actinium. Refisse en boucle. **26.** Numéro d'Henri. Brûlée. L'être anonyme. Après vous. **27.** Fête du Père. Tartempion. Lui, il n'a plus besoin de travailler.

ROSACE

Remplissez les pétales de rose en ordonnant ces séries de lettres. Écrivez les mots de l'extérieur de la rosace vers le centre, comme dans les exemples GRAND et PETIT. Attention aux anagrammes, il n'y a qu'une seule façon de compléter la grille.

Dans le sens des aiguilles d'une montre

A. EILPU	G. AACLN	M. BEEIR
B. BEOTT	H. BESUZ	N. CEORS
C. EEGNR	I. BCILO	O. CEESS
D. ILOPU	J. EENPR	P. CIIOV
E. ALOPT	K. EORRT	Q. **ADGNR**
F. IIRVZ	L. EETTU	R. FILRT

Dans le sens inverse des aiguilles d'une montre

1. ACELP	7. CEILL	13. BEELT
2. BIILN	8. AOUZZ	14. CEIRT
3. DGORU	9. BEINT	15. CEORU
4. **EIPTT**	10. ABINR	16. EERRV
5. ENOPT	11. CELRU	17. EGOSS
6. AEIRV	12. OOPST	18. EFIRS

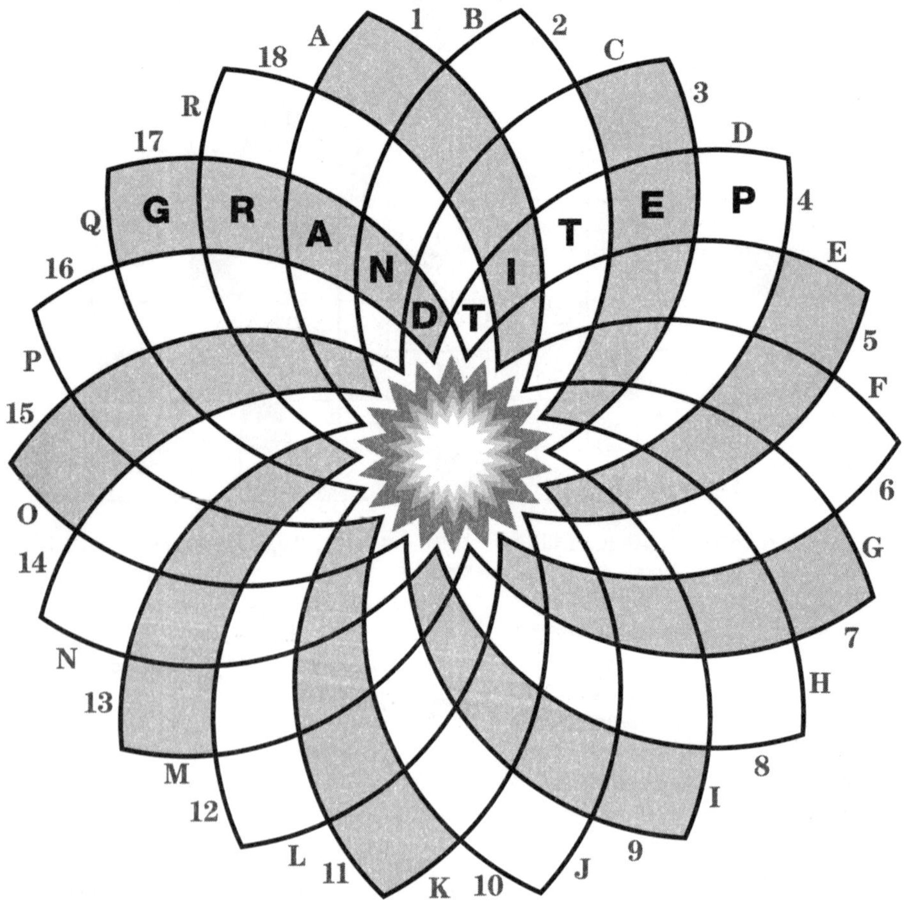

La puce à l'oreille

Un fil logique relie sans équivoque possible les six mots suivants. Pensez à des expressions connues ou toutes faites. Faites défiler toutes les associations possibles ou jouez la carte (puce) des petits sauts (de puce) mentaux, jusqu'à ce que l'une d'elles vous mette la solution à l'oreille.

EMPLOI

LOUP

NOIRE

BOIS

CASSE

COUP

....

Sani**BROYEUR**

Les termes ci-dessous forment la définition d'un mot du dictionnaire. Malheureusement, les feuilles de papier ont été emmêlées par le Sanibroyeur. À vous de les remettre dans l'ordre et de deviner le mot défini.

MANCHE,
ET
PORTATIF
UNE
LA
D'UN
ARMATURE
CONTRE
TENDUE
SUR
PLIANTE
ABRI
D'UNE
ÉTOFFE
CONSTITUÉ
SERVANT
PLUIE
OBJET
D'

SANS chichis

Double ration

Un lecteur me demande si des mots de la langue française, à part chichi et ses dérivés déjà cités, contiennent deux fois la syllabe chi. Comme je suis un peu à court d'idées et que la canicule guette, je consens à répondre à sa légitime interrogation, puisqu'il n'a pas le courage de chercher lui-même dans le dictionnaire qui cale sa table du salon.

Alors, que vois-je, que vois-je ? Je me concentre et utilise deux ou trois lignes, car je sens que cette page manquera sinon d'étoffe. Je vois, je vois, je vois... cinq trucs dignes d'intérêt. Je vais donc commencer par le premier, avant de vous parler, dans cet ordre, du deuxième, du troisième, puis, vous l'aurez deviné, du quatrième et du cinquième.

Le premier sera le chienchien à sa mémère, celui qui chiechie partout en faisant ouah-ouah, sans aller aux wawas. Cet animal ne sera pas le seul à doubler son chi, puisque le chinchilla en fait de même. Notez que ce rongeur tire son nom de la tribu andine des Chinchas ou de l'espagnol *chinche*, qui signifiait à l'origine « punaise » puis plus largement « mammifère malodorant ». Et on se balade avec cette fourrure, qui sent désormais la naphtaline !

Vous savez quoi ? Ce serait dommage de vous dévoiler les trois derniers mots dans un espace aussi exigu que celui séparant cette ligne du bas de page. Nous allons donc les garder pour la page 341, ce qui vous permettra de réfléchir à ces trois mots mystères d'ici là.

Calculs durs, hein !

\+ − × ÷

Avec les quatre opérations de base (**+ − × ÷**) et en utilisant au maximum une fois les plaques proposées, tentez d'atteindre le nombre cible : **839**.
Il n'existe qu'une approche pour y parvenir.

839

1 - 2 - 3 - 6 - 8 - 25

284

Les enfants TERRIBLES

Cinq couples à l'humour douteux envoient des bristols annonçant un joyeux évènement. Sachant que Hans, Hubert, Jésus, Joe, Joseph, Oussama et Sandra sont nés, inscrivez les prénoms complétant les faire-part. Attention, une famille à l'accent allemand a eu des triplés !

Monsieur et Madame Forme
ont le plaisir de vous annoncer
la naissance de
....
....
....

Monsieur et Madame Jdormal
ont le plaisir de vous annoncer
la naissance de
....
....
....

Monsieur et Madame Bidjoba
ont le plaisir de vous annoncer
la naissance de
....
....
....

Monsieur et Madame Leurésamain
ont le plaisir de vous annoncer
la naissance de
....
....
....

Monsieur et Madame Luirbon
ont le plaisir de vous annoncer
la naissance de
....
....
....

QUI fait QUOI ?

Cinq voyageurs sont ennuyés par des vents violents lors d'un périple dans le désert. À l'aide des quatre indices ci-dessous, trouvez l'identité de chacun, le vent auquel il est confronté, le nombre de jours de supplice et la quantité d'eau qu'il a bue quotidiennement dans cet enfer. Si vous bloquez, utilisez les deux indices supplémentaires en bas de page.

DES AIRS DE DÉSERT

1. Norman Sland a bu chaque jour un litre de plus que la personne ayant subi deux jours de tempête. Norman a enduré un jour de plus de vent que la personne absorbant 8 litres par jour, mais un jour de moins que celle touchée par le haboob.
2. L'adulte face au khamsin a combattu le vent un jour de plus que César Mattan, mais a bu un litre de moins par jour que la victime du chergui.
3. La personne ayant essuyé 6 jours de vent a bu au quotidien un litre de moins qu'Aymée Hariste, mais un de plus que son alter ego exposé au ghibli.
4. Patou Areg s'est quotidiennement désaltérée plus que l'individu ayant affronté 5 jours de tempête, mais moins que la personne secouée par l'harmattan.

INDICES SUPPLÉMENTAIRES

5. Phœbé Douin a essuyé des bourrasques pendant un nombre pair de jours et buvait quotidiennement un total pair de litres d'eau.
6. Sur la durée totale des jours de tempête, c'est Patou Areg qui aura ingurgité le plus de litres d'eau : plus de quarante !

GRILLE DE RÉSOLUTION

		VENTS					JOURS					LITRES				
		CHERGUI	GHIBLI	HABOOB	HARMATTAN	KHAMSIN	2	3	4	5	6	6	7	8	9	10
VOYAGEURS	AYMÉE HARISTE															
	CÉSAR MATTAN															
	NORMAN SLAND															
	PATOU AREG															
	PHŒBÉ DOUIN															
LITRES	6															
	7															
	8															
	9															
	10															
JOURS	2															
	3															
	4															
	5															
	6															

TABLEAU DES RÉPONSES

VOYAGEURS	VENTS	JOURS	LITRES

Au Tableau

Le prof vous envoie au tableau sur un sujet que vous devez maîtriser. Remplissez la grille en vous aidant des indices et des séries de lettres constituant la réponse. Vous lirez verticalement un terme supplémentaire appartenant au même champ lexical. Aujourd'hui, interro sur les serpents.

1. *C'est un nom plus savant pour les Serpentes, nom scientifique des serpents.*
2. *Cette peau morte est abandonnée, lors de la mue, par le serpent.*
3. *Le serpent fil est endémique de ce micro-État insulaire. Il fut considéré comme le plus petit serpent du monde avant la découverte, en 2016, d'un autre Tetracheilostoma. Pour la photo, cliquez <u>ici</u>.*
4. *Cet adjectif qualifie un serpent sans appareil ou crochets à venin.*
5. *Pour la reproduction, le mâle l'enroule autour de celle de sa partenaire, puis introduit son hémipénis (si, ça existe !) dans la fente cloacale de madame.*
6. *Celui du serpent se fractionne et se réduit, ce qui compromet la survie de certaines espèces. Pour en savoir plus, cliquez <u>là</u>.*
7. *On en a retrouvé un entier dans l'estomac d'un python de cinq mètres.*
8. *Arrêtez de cliquer, c'est un livre et sachez que les serpents seraient nés d'une série de mutations sur un ... des reptiles, ce qui leur fit perdre leurs pattes. C'était il y a 100 millions d'années ; on n'a donc que très peu d'images pour le prouver.*

Séries de lettres à ordonner et replacer :

AABHITT – EEQUU – EEGN – DEHIINOPS – AEGHLPY ADELOPR – AABBDER – EEIUVX.

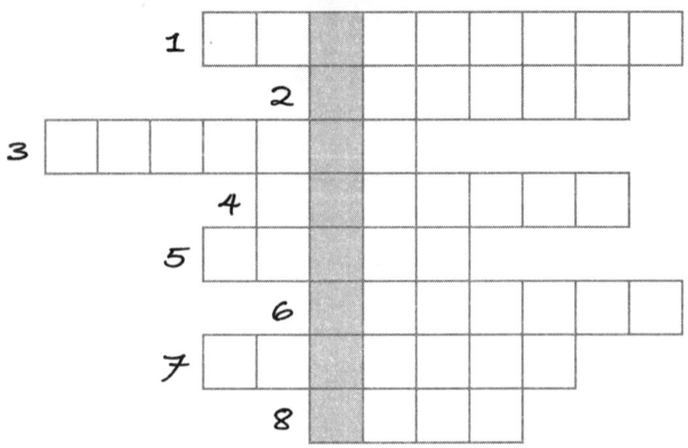

LES ACROS DE LA GUERRE

Je me répète, pour que vous lisiez ceci pendant toute l'année 2024, il faut que je m'astreigne à écrire de septembre 2022 à juillet 2023, donc le monde aura peut-être changé. Avec la manie des gens de faire des opérations militaires spéciales.

Ceci dit, ça occupe, d'écouter parler d'armes, de missiles, de canons, ça change des manifs, de l'inflation, de Daech. Enfin, pas tellement, en fait. Mais bon, ça se passe plus loin, ça rassure. Il y a les accros de la guerre, avec deux c comme dans casse-couilles, et les *acros*, pardonnez mon choix de graphie, les « acronymes », les sigles si vous préférez.

Je m'en repais : l'APTGD, arme de précision tirée à grande distance (à péter, j'aidais ?), le GAG, groupement d'artillerie guidée, le PAF, pilotage aérodynamique fort, le SS, missile sol-sol… et puis tous les missiles : le SCALP français (Système de croisière conventionnel à longue portée) et le HIMARS américain (*HIgh Mobility Artillery Rocket System*) rappelant à dessein le nom du dieu Mars de la guerre. Ah, le comique troupier !

Mon préféré, c'est le système SAMP/T, « Système sol-air moyenne portée / terrestre ». C'est une défense antiaérienne, développée par la France et l'Italie, offerte à l'Ukraine. Ce nom, prononcé « sans péter » et répété en boucle sur les chaînes d'info, ça m'a suffi à oublier un instant l'horreur de la guerre. Je suis devenu accro aux *acros*.

LE CHICHSTRAC

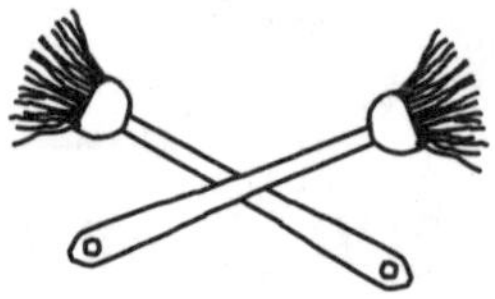

Dans les trois citations, un même terme a été remplacé par cet étrange **CHICHSTRAC**. Votre seule corvée sera de toiletter ces phrases pour retrouver le mot commun d'origine.

1 « Les sciences sont des **CHICHSTRAC** pour grossir les problèmes. »
(LOUIS SCUTENAIRE)

....

2 « Si les lentilles vous font péter, portez des **CHICHSTRAC**. »
(PHILIPPE GELUCK)

....

3 « Qui aime bien ses **CHICHSTRAC** ménage sa monture. »
(FRANCIS BLANCHE)

....

C'est Gâchis

Quel symbole d'orientation n'apparaît pas en même quantité que les autres ?

SANDWICH

Complétez les mots horizontaux. Une seule des différentes possibilités vous permettra de trouver une expression argotique synonyme de « faire caca ».

C	R		S	S	E
A	D		E	N	U
C	L		C	H	E
O	L		V	E	S
I	R		I	T	E
N	I		G	A	U
C	H		V	E	T
E	M		U	E	S
D	R		L	E	T
A	M		S	E	R
N	E		T	A	R
S	P		I	N	X
L	I		N	N	E
E	N		U	Y	E
R	I		A	I	N
E	X		L	E	E
C	O		U	E	S
T	R		M	P	E
U	L		U	C	U
M	I		N	N	E

CROISILLONS **FUN**

Complétez cette grille où les lettres de FUN ont déjà été positionnées, lorsqu'elles sont présentes. Attention, les définitions amusantes sont souvent à prendre au second degré.

1. Mets à l'amande.
2. Empoisonner à l'anti-zèle.
3. Libre comme Aragon.
4. Caisse noire du parti.
5. Passer un savon, à Alep ou ailleurs.
6. Un cavalier naguère bien dans sa botte.
7. C'est pas dans la poche, pour en voir un en slip !
8. Il se repère facilement au centre de la coupole.
9. Plafond tendu tamisant la lumière.
10. Serre la pince ou tire le duvet à soi.

ChatGPT OQP

Crotin de matou, aïe !

« Je dois écrire un grand texte sur le caca. Tu peux me donner une vingtaine de synonymes, pour que j'évite les répétitions ?

– Bien sûr, voici une liste de vingt synonymes pour le mot « caca » : excrément, déjection, fèces, matière fécale, étron, bouse, bouse de vache, crotte, bézoard, boulette, crotin, guano, egesta, défécation, coprolithe, coprolalie, cacat, crottin de cheval, éjection fécale, fèce fécale. J'espère que cela vous aidera à diversifier votre texte.

– Génial. Je vais pouvoir apprendre à mon fils la subtile graphie du crotin et lui expliquer qu'il peut dire qu'il va faire bézoard, quand la crotte pointe.

– Je suis ravi d'avoir pu vous aider avec votre texte. Cependant, je tiens à préciser que le terme « bézoard » n'est pas couramment utilisé pour décrire les excréments humains. À l'origine, le bézoard désignait une concrétion solide formée dans l'estomac ou les intestins de certains animaux, mais son utilisation pour décrire les excréments humains est rare. Quant à l'orthographe du mot « crotin », il est correct de l'écrire avec un seul « t » dans la plupart des cas, sauf lorsqu'il est utilisé dans l'expression spécifique « crottin de cheval », où il prend deux « t ». Il est important de tenir compte du contexte et de l'usage courant des termes lorsqu'on les enseigne à un enfant.

– Ah ben non, tiens, ton crotin avec un seul t, je ne le trouve nulle part dans les dicos. Tu ne t'es pas planté, sur ce coup ?

– Je m'excuse pour la confusion. Vous avez raison, le mot « crotin » s'écrit généralement avec deux « t ». J'ai commis une erreur dans ma réponse précédente en indiquant qu'il s'écrivait avec un seul « t ». Je m'excuse pour cette information incorrecte. Le terme correct est donc bien « crottin » avec deux « t ». Merci de l'avoir relevé et je m'excuse pour cette confusion. Si vous avez d'autres questions ou avez besoin de plus d'informations, n'hésitez pas à me les poser.

– Bah, pour un matou, tu ne fais pas trop de fautes d'orthographe, ça va. »

ALPHAKU-KU

Remplissez la grille pour que chacune des lettres
« **A, C, I, N, O, R, T, U** et **Z** »
figure une seule fois sur chaque ligne, dans chaque colonne
et dans chaque petit carré de neuf cases aux contours renforcés.
Quelque part s'inscrira un nom cité dans le titre du dernier roman
de Jean Teulé, publié de son vivant.

Z		O			T		C	
					N	A		O
		A	U				R	
					R		T	
O	R						A	I
	A		I					
	T				I	N		
U		I	N					
	N		O			C		U

(M)OTS

VACHE BLANCHE
AMBOISE ET CHINON
PANNEAU D'ARRÊT
NAVIGATEUR FLORENTIN
BISTROT
OBTENUES
IDYLLES
SPÉCIALITÉ BRETONNE
UN OISEAU À L'HÔTEL
POMME POMME GIRL
MÉTAL EN FILON
POLICIER
DAKAROIS
PONDEUSE
BONIMENT
PIZZA FOURRÉE
IRRITE
PRINCESSE DE SHREK
IL DEVANCE *QUATER*, MAIS EN EST LA FIN
ÉLANCÉ
CARABOSSE OU VIVIANE
COURANT D'AIR VERT
REFUGE D'INDIEN
CHASSÉ DEVANANT CHASSEUR
RIDEAU
ÉLIMINER LES GERMES
AFRICAINE DE WINDHOEK
MANTA À L'EAU
VEDETTE PLANÉTAIRE
DÉMONSTRATIF
BRADYPE
PAYS DE NAIROBI
ORDINATEUR
ALLONGÉE
APPRÉCIER
TOURNE SUR LUI-MÊME
SÉCHANT AU TORCHON
PERSONNE MÉDISANTE
ANGLAIS ANOBLI
NID D'AIGLE
CIRCUIT POUR TENNISMEN
PORT ISRAÉLIEN
DIVAGUE
PILE OU FACE?

(F)LÉCHÉS

COPAIN LARGUÉ
FABRIQUE
RÉPONSE À UN VICE
INDEX OU POUCE
CRAWLÂT
LE SON D'UN DIAPASON
FLEUVE ITALIEN
SOLDATS
MISE EN BOÎTE
EN CE LIEU
DISCIPLE
LE TEMPS D'UN ÉCLAIR
FILS
DURILLON
STATUETTE CONVOITÉE
SCIE
LATO SENSU
QUATRE
UKRAINIEN
ENSILÉE
FAISANT REMPART

PROF
HARNACHÉ
CUPIDON GREC
CHAT OU PINSON
LOMBRIC
PAS ASSEZ ÂGÉ
BATAILLE DE 1240
ATTACHER AU QUAI
AROBASE
PROBLÈME DE PLOMB
COLÈRE ENFOUIE
DÉTAILS
EUGÈNE DE *LA LEÇON*
ENDURE
TENTE UN COUP
DIVINITÉ MARINE
VERSUS
INVITÉS AUX CÉSAR
FILTRE CORPOREL
PUBLIER
PARESSEUX
COUVENT
PAPIER SUR LE FEU
ÉPIDERME
CHAMPIONS DU DANO MAÎTRE
LIVRA
MILLÉSIME
MOIS PRINTANIER
CONNUT LA PASSION
REDOUTÉ
UN BISOU DE CÉLINE DION
DÉTESTA
DEUXIÈME SOUS *SOL*
ID EST
TOUCHÉE
TOILE À GRATTER
ARRIÈRE D'ARME À FEU

EN DÉCOMPOSITION

Comme dans la nature, rien ne se perd, tout se transforme.
Recyclez une et une seule fois chacune des quatorze lettres du mot

ÉCOVOLONTARIAT

pour former deux termes répondant aux définitions proposées.

Observez l'exemple.

Changeant subitement de ton (9 lettres) : **COLORIANT**

Prêtre gaulois ne renonçant à aucun sacrifice (5 lettres) : **OVATE**

COLORIANT + OVATE = ÉCOVOLONTARIAT.

Sur le même principe, identifiez les couples suivants
(entre parenthèses le nombre de lettres du mot cherché) :

1. Une orange au nom local d'une ville espagnole (8) : _ _ _ _ _ _ _ _

Renvoi sans préavis d'enfant en bas âge (6) : _ _ _ _ _ _

2. La fin, pour un édit nantais (10) : _ _ _ _ _ _ _ _ _ _

Violon qui joue dans les graves (4) : _ _ _ _

3. Référendum où le Suisse se prononce (8) : _ _ _ _ _ _ _ _

Réponse, quand la Pythie se prononce (6) : _ _ _ _ _ _

L'ombre de ton *HOMBRE*

Observez bien cet homme espagnol (si, si, on a vérifié ses papiers) : cet *hombre* possède cinq ombres, mais une seule silhouette lui correspond parfaitement. Laquelle est-ce ? Et non pas La Callas, qui n'est pas espagnole, d'ailleurs, c'est là qu'est l'os.

Les pets du Roi Arthur

L'épée Excalibur posée non loin de lui, Arthur se tient royalement aux côtés de son épouse Guenièvre, autour d'une table ronde. Uther et Ygraine, son père et sa mère, complètent l'assistance, avec deux invités de circonstance : Lancelot du Lac et la fée Viviane, aussi ronde que la table. Tous repus et détendus, ils émettent sans retenue des gaz de vils.

- Les hommes ont pété 17 fois en tout.
- Les dames ont pété 16 fois en tout.
- Au total, 12 pets émanent du couple royal, 12 des parents et 9 des invités.
- La fée a lâché quatre prouts de plus que Guenièvre – qui a dit à son mari avant d'aller au lit : « Pas ce soir, j'ai dame Ygraine » – et sept de plus qu'Ygraine.

En examinant les quatre indices, comptez les prouts de chaque convive. Si vous échouez, gare à Excalibur, d'humeur tranchante !

LES MUTANTS

Ces titres d'œuvres ont muté : chaque terme important a été remplacé par un synonyme, un mot de même sens, ou un antonyme, un mot de sens contraire.

À vous de retrouver le titre original de chacune des trois œuvres fictives suivantes : il peut s'agir d'un film, d'un tableau, d'un roman ou d'une chanson.

1. Le Palais de la tante Jerry

....

2. La Chanson paillarde des animaux misérables

....

3. Départ vers le passé

....

☺ Blagues ☺

Mars et yéyés marseillais

Au début du printemps, Marius revêt sa plus belle chemise psychédélique, il empoigne sa canne à pêche et se dirige vers le port. Il se tourne vers la basilique Notre-Dame de la Garde et murmure :
– Bonne Mère, faites que j'attrape du poisson.
Au bout de cinq minutes, sa ligne se tend et il remonte... une minuscule sardine, guère de taille à boucher le port de Marseille. Alors, il ajoute, un peu plus fort :
– J'avais oublié de vous dire, Bonne Mère, nous serons six à table.

***

Trois animaux papotent au parc animalier de La Barben, près de Marseille. Avril approche et les bestioles commencent à avoir envie de changer d'air.
– Nous, comme on n'aime pas se faire remarquer, dit la maman girafe, on va en vacances en Thaïlande, près de Mae Hong Son, là où il y a les femmes-girafes.
– Nous, c'est pareil, dit l'ours ; j'ai une grosse fourrure, ma femme a une grosse fourrure, les enfants ont de grosses fourrures, donc on va en vacances à Paris, en plein hiver, près des palaces où les femmes portent des grosses fourrures. Comme ça, on ne se fait pas remarquer. Et vous, les crocodiles ?
– Ben, moi, j'ai une grande gueule, dit le papa, comme ma femme et mes rejetons. Donc, on ne va pas très loin. On file à Marseille et comme ça, on ne se fait pas remarquer...

CRYPTOGRAMME

Remplacez chaque symbole par l'une des deux lettres qu'il crypte pour découvrir une citation d'Oscar Wilde.

A	B	C	D	E	F	G	H	I	J	K	L	M
N	O	P	Q	R	S	T	U	V	W	X	Y	Z

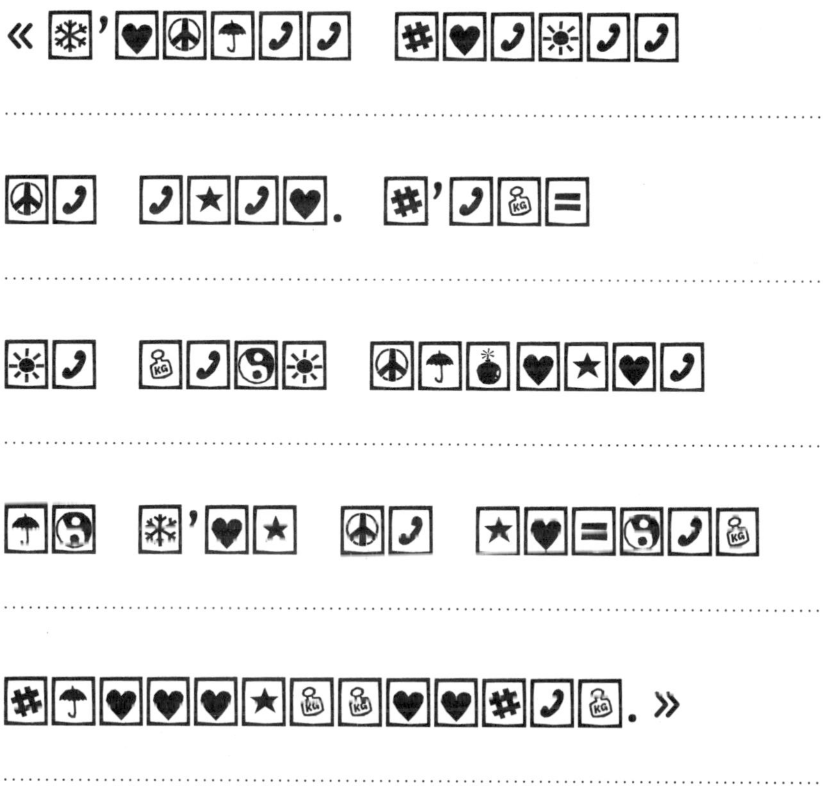

Bouche-trous

Inscrivez une lettre par tiret pour reconstituer six mots de la langue française. Si le squelette de KAA, le serpent hypnotisant Mowgli dans *Le Livre de la jungle,* ne vous suffit pas, aidez-vous de l'indice. Interdiction de conjuguer !

1. K _ A _ A

2. _ K _ _ A _ A

3. _ K A _ _ _ _ A

4. _ K A _ _ _ _ A _ _

5. _ _ K A _ _ _ _ A _ _

6. _ _ _ K A _ _ _ A _ _ _ _

INDICES :

1. Pour lui, c'est feuilles d'eucalyptus au petit-déj, à midi et au dîner.

2. L'art de changer la vie, changer les cœurs, avec des bouquets de fleurs.

3. On vous y colle au basque toute la journée.

4. S'y mettre demande de faire la planche, ensuite tout roule.

5. Un, « donnez-y » des roupies en Indonésie ; deux, trouvez son nom.

6. Fragmentation d'une nation en plusieurs États plus petits : rien à voir avec la politique à Levallois-Perret.

MotoCrotte

Sachant que chaque chiffre en début de ligne ou haut de colonne indique le nombre de déjections qui s'y trouvent, localisez et représentez par un cercle les crottes laissées par les 29 chiens de la grille, pour permettre à la motocrotte automatique de les ramasser rapidement. Un chien ne laisse une crotte que dans une case libre qui touche la sienne et jamais en diagonale. Commencez par marquer d'un simple point les cases dans lesquelles il n'y pas de crotte (0 en début de ligne ou en haut de colonne).

	1	3	1	3	3	5	1	0	3	2	2	5
4				🐕				🐕			🐕	
1		🐕			🐕							
3							🐕					
3	🐕						🐕					🐕
0			🐕							🐕		
3						🐕				🐕		
1				🐕						🐕		
2							🐕					
1	🐕											🐕
0				🐕	🐕				🐕			
4							🐕					
1		🐕						🐕				🐕
4									🐕			
0						🐕						
2				🐕							🐕	

L'éToilette

☆☆☆

1
2
3
4
5
6
7
8
9
10
11
12
13
14
15
16
17
18
19
20
21
22
23
24
25
26
27
28
29
30
31
32

Chaque définition indique le point de départ et le point d'arrivée du mot à trouver. Remplissez la petite étoile, l'étoilette pour rester dans le thème de l'Officiel, puis arrangez les lettres collectées dans les cases grisées pour finir au ballon.

1-5. À côté de ses pompes.

1-8. Il s'envoie en l'air, rien qu'avec ses oreilles.

2-10. De la tête aux pieds.

3-30. Il meurt le soir et ressuscite chaque matin.

4-13. Normal que vous le trouviez cavalier...

5-15. Drôle d'oiseau qui a ouvert sa cage.

6-7. Hasch prétendument thérapeutique.

8-15. Défaut de lumière ou de civilisation.

9-20. Mettez-la-moi au doigt, pas dans les dents !

11-22. Reprendre la parole.

12-23. Un dictateur n'en tolère aucun autre que les siens.

14-21. Valet cherchant un chaudron avec Tirelire.

16-29. L'état de la ruche, dans l'Utah ou ailleurs.

17-31. Pour le coup, c'est un mauvais souvenir.

18-28. Éclaircir un terrain ou un sujet de thèse.

19-32. Instrument pour récupérer les couleurs.

24-25. Charlemont à Givet, dans les Ardennes.

26-27. Qui donne envie de gerber.

Bandelettes

Un touriste a découvert dix bandelettes de papier, portant des inscriptions, non loin d'une momie égyptienne. En les remettant dans le bon ordre, vous découvrirez le résumé d'une trilogie évoquant l'Égypte. Les majuscules débutant chaque ligne – qui devraient souvent n'être que des minuscules, attention ! – formeront verticalement un nom décrivant bien le héros du premier tome, *Impasse des deux palais*. Quel est-il ? Connaissez-vous le nom de cette trilogie et son auteur ?

1. Amis de toujours avec qui il parle poésie, politique, humour,
2. Religion ni avec les règles de bonne tenue d'une maison.
3. Réunions où il boit de l'alcool et séduit des almées,
4. Abd el-Gawwad est aussi un mari apparaissant comme
5. Exigent de leurs épouses et filles une vie cloîtrée.
6. Chanteuses et danseuses orientales, que les
7. Tyrannique en son foyer, où l'on ne badine ni avec la
8. Père exigeant et commerçant aisé, monsieur Ahmed
9. Hommes consomment sans retenue, quand ils
10. Il assouvit ses désirs et plaisirs à l'extérieur, entouré de ses

. . . .

Sacré Délien

Cinq séries de lettres à gauche, cinq à droite. Chacune cache un mot utile, mais attention aux anagrammes qui vous perdraient.

L'ajout d'une lettre centrale permet de composer un mot de onze lettres, reliant les deux premiers, sans tenir compte des accents : voir l'exemple COMME(M)OREES page 51.

Les cinq lettres ajoutées au centre forment elles-mêmes un dernier mot vertical. Quel est-il ?

CCOOR	=	_ _ _ _ _	_	_ _ _ _ _	=	**EIILN**
INQTU	=	_ _ _ _ _	_	_ _ _ _ _	=	**ALNPT**
ACILR	=	_ _ _ _ _	_	_ _ _ _ _	=	**ANOTY**
DEMNO	=	_ _ _ _ _	_	_ _ _ _ _	=	**EIRST**
ACCLU	=	_ _ _ _ _	_	_ _ _ _ _	=	**EERSU**

_ _ _ _ _

PAIR ou IMPAIR

Dans ce jeu binaire, la première grille à compléter ne contient que des 0 et des 1, avec trois règles à respecter :

1. Chaque ligne (et chaque colonne) contient quatre 0 et quatre 1.
2. Il est interdit d'écrire trois chiffres identiques ou plus côte à côte.
3. Deux lignes (ou deux colonnes) ne peuvent être identiques.

Une fois la grille terminée, regardez le second tableau constitué de lettres. En ne lisant que celles des cases où vous aurez trouvé un même chiffre (le 0 ou le 1, à vous de voir), vous compléterez la citation de bas de page.

	1						
				1			
							0
			0	0			0
		1		1	1		
0							
		0		0			
	1						

Q	U	P	I	O	O	U	R
N	Q	T	U	B	I	E	E
L	S	L	O	I	E	N	M
D	E	E	R	I	L	U	T
E	R	N	A	E	T	D	T
E	E	T	S	R	E	P	O
U	R	E	R	E	L	A	C
R	L	I	I	R	T	E	E

Citation de Greg à compléter :

« Il y a ceux qui écrivent l'histoire et ceux ....

.... »

SEPT HORREURS

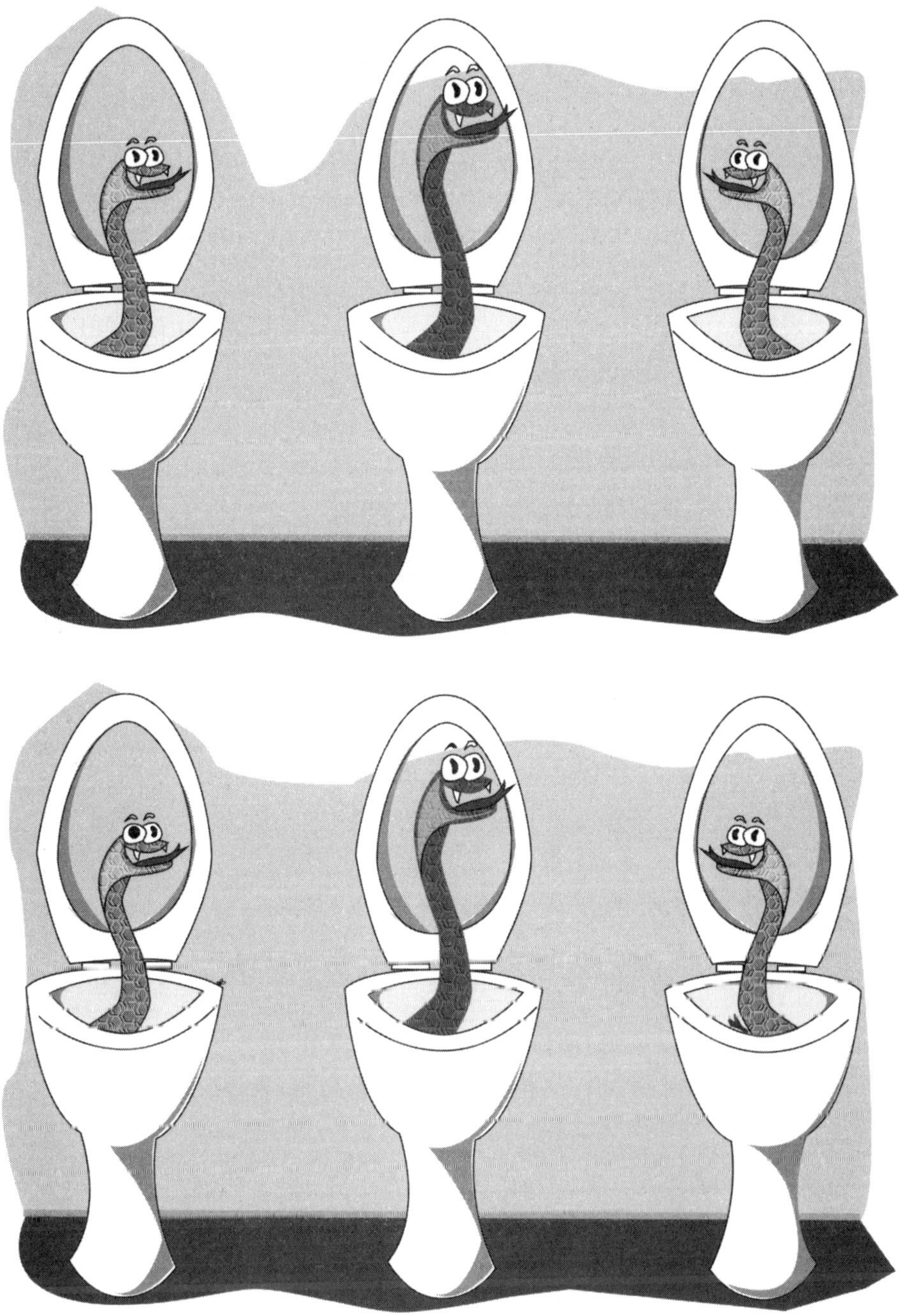

Paroles, paroles...

Vous avez tous fredonné *Paroles, paroles*, le duo improbable de Dalida et Alain Delon. Ces extraits d'autres tubes sont certainement quelque part dans votre mémoire. Exercez-la en retrouvant la parole manquante.

1. « La tête sur son ....,
tu fermes un peu les yeux,
c'est ton plus mauvaise rôle »

2. « On casse ta porte, c'est la Gestapo ;
je vais te retrouver, me dit .... »

3. « S'il faut marcher une vie entière,
pour voir mon .... dans les yeux »

4. « Toutes ces belles ....
que j'entends, ce n'est que du vent »

5. « Je ne peux pas oublier ton ....
et le grain de beauté perdu sur ton pouce »

UroNews

Sondes et sondages

Si je vous sonde, cela peut vouloir dire que je vous pose des questions sur vos habitudes (Achetez-vous d'autres livres de jeux sur les toilettes ? Préférez-vous le jeu *La Tête au carré,* comme Carole, ou les blagues, comme Michelle ?), mais cela peut aussi vouloir dire que je vous introduis une sonde pour évacuer votre urine. Alors, soyons précis.

YouGov, société de sondages britannique présidée par un Shakespeare, Stephan et pas William, a entrepris d'interroger les hommes sur la position qu'ils préféraient pour uriner : debout ou assis. Des résultats contrastés sont apparus dans les treize pays où l'étude a été menée.

Selon les déclarations des sondés, 40 % des Allemands s'assoient toujours, contre 25 % des Australiens, 22 % des Suédois, 19 % des Français et des Danois, 16 % des Canadiens, 14 % des Espagnols, 13 % des Italiens, 10 % des Polonais et des Américains, 9 % des Britanniques, 6 % des Mexicains et 5 % des Singapouriens, qui boivent donc de la Singha – une bière thaïlandaise – pour rien.

Si l'on demande qui pisse toujours debout, les résultats sont les suivants : Mexique (36 %), Pologne et Royaume-Uni (33 %), Singapour (32 %), USA (31 %), France et Italie (30 %), Espagne (28 %), Australie (27 %), Canada (21 %), Danemark (17 %), Suède (12 %), Allemagne (10 %). L'étude plus détaillée fait apparaître des différences, selon l'âge des hommes interrogés. Tu m'étonnes !

CHARADE

Quelle interrogation cette charade illustre-t-elle ?

Mon premier est un arbre, auquel le H évite toute interrogation shakespearienne.

Mon deuxième a les boules, à Noël.

Mon troisième est une spécialité marine ou un pense-bête de poche.

Mon quatrième, après un article féminin, est d'importance moins capitale qu'un Sucre de Bolivie.

Mon cinquième, auxiliaire de vie, pose question dans *Hamlet*.

Mon tout a déjà été évoqué deux fois, alors ça suffit !

Trois petits CHATS

Trois petits chats, chapeau de paille, paillasson, somnambule, bulle, bulle… Sur ce principe, remplissez les trente bulles, bulles, bulles, en vous aidant des indices précisant chaque début et fin de mot.

1-6. Le personnage de ce dessinateur s'appelle simplement Le Chat.
3-11. Ce cow-boy solitaire passe dans des villes où il n'y a pas un chat, mais juste le chien Rantanplan.
10-14. Un repas un peu chiche.
12-18. Le chat se les lèche, en dégustant un mets de choix comme le mou.

16-21. Cette marque, associée à Purina, domine le marché français de l'alimentation pour chats. **20-26.** Ce gros cousin du chat a un pelage tacheté.
24-30. La chatte sur un toit brûlant marche peut-être dessus.

CROISÉS 3D

Cette grille est en 3D, mais inutile de chausser vos lunettes pour le cinéma ! Les mots s'y croisent dans trois directions indiquées par les flèches blanches sur fond gris. Inscrivez vos réponses en respectant les sens indiqués et sans dévier : la perspective est un peu trompeuse au début, mais vous allez vite vous familiariser. Embarquez pour un fabuleux voyage dans l'espace !

HORIZONTALEMENT :

A. «Va, je ne te hais point!» est une telle figure de style. **B.** Donner un aspect rappelant les couleurs de l'arc-en-ciel. **C.** Dans le coup. Clé de transposition. **D.** Non avenue. Celui de Camus ne l'est plus à aucun lycéen. **E.** Ensemble des gens de justice. Dense et touffu. **F.** Impôt sur les sociétés. Occupation dont l'occupé se serait bien passé. Guy à la guitare, Emmanuelle devant la caméra. **G.** Annonce d'office. Parangon de fierté. Ouvre donc. **H.** Vin de Saint-Nicolas. Inflorescence. Pelage au pesage. **I.** Détails. Tambours d'intérieur.

VERTICALEMENT DE DROITE À GAUCHE :

I. TousAntiCovid en est une. Endroit ou situation dont on peine à se sortir. D'une ethnie biafraise. **II.** Son chien fait partie des rongeurs. Vouas aux gémonies. Complexe de salles de billards. **III.** Qui siéent parfaitement à la question étudiée. Étoile qui brille avec en général deux goals. **IV.** Département de Vizille. Fort étendus. **V.** Se livra à quelque activité agricole. Charpente de maintien pour le bateau en réparation. Bradype. **VI.** Que l'on ne peut réfuter. **VII.** Tailler de l'ardoise. **VIII.** Bon pour le service. **IX.** Suisse. Absent du foyer.

VERTICALEMENT DE GAUCHE À DROITE :

1. Mettre en conserve. Distribues le programme d'un candidat. **2.** Qui ne se comporte pas comme une fourmi. Guère continent quand on lui parle du Vieux. **3.** Île des Cyclades. Changeant d'horizon. Honneur désormais perdu. **4.** Son *Clair de lune* n'évoque en rien Maubeuge. De l'eau dans la botte. **5.** Pêches à la peau non duveteuse. **6.** Upérisation à haute température. Hubert Bonisseur de La Bath. Coulée brûlante. **7.** Couleur de plume d'Éluard. **8.** Chaque élément d'un engrenage. **9.** Devant le patron. Montré les crocs.

Le Trèfle

Prenez chaque fois une lettre différente dans une feuille de trèfle, en allant du plus foncé au plus clair, pour former quatre noms associés à la chanson française.

BONUS

Observez les lettres bien placées sur fond gris foncé ou mal placées sur fond gris clair pour deviner le seul mot final possible. Attention, certaines lettres n’ont peut-être pas encore été proposées.

M Gris foncé M Gris clair

P	I	T	B	U	L	L	S
P	S	Y	L	L	I	U	M
P	L	U	M	I	T	I	F
P	R	O	X	I	M	A	L
P	I	N	G	O	U	I	N
P	_	_	_	_	_	_	_

Cacabons

Quelques animaux cacabent, quelle aubaine pour nous qui aimons conjuguer. S'ils cacabent, nous cacabons et cela justifie un jeu dans *L'Officiel des toilettes*, non ?
Comme Jean de La Fontaine, usons d'anthropomorphisme pour faire déclarer à six animaux différents qu'ils parlent. À vous de rendre à chacun son langage. Chaque terme doit servir une fois, pas plus.

1. Nous les hirondelles, nous ....

2. Nous les otaries, nous ....

3. Nous les crocodiles, nous ....

4. Nous les poules, nous ....

5. Nous les pourceaux, nous ....

6. Nous les grues, nous ....

a. cloquons

b. rugissons

c. grognonnons

d. trompetons

e. trissons

f. lamentons

SOUVENIRS **de Géo**

Cent Chies Chies

Juste pour faire écho à la rubrique Sans chichis, il m'a semblé juste de prolonger l'article consacré à Pérenchies. Cette finale –chies n'est pas rare en terre picarde, pour faire court. J'ai rapidement relevé Herchies dans l'Oise, Morchies dans le Pas-de-Calais, Bettrechies, Obréchies Orchies et Wambrechies dans le Nord, Liberchies en Wallonie et un atypique Sarragachies... dans le Gers.

J'aurais pu en trouver cent si l'étape du Tour ne s'était animée. Mais pourquoi tant de –chies ? La piste de l'église italienne, *chiesa,* suggérée par certains, ne colle évidemment pas. La colle mouille. Voyons ce que nous apprennent les études toponymiques.

Je suis allé fouiner dans *Études étymologiques, historiques et comparatives sur les noms des villes, bourgs et villages du département du Nord,* qu'Eugène Mannier nous laissa vers 1861. J'y ai passé cinq heures à renifler toutes les hypothèses liées aux différents noms que portèrent ces bourgs, au cours des âges. Rien d'évident.

S'il n'y avait qu'une piste, ce serait plutôt celle d'une finale -cie, qui fut chuintée par la suite. Et ce cie- là semblait généralement être le génitif d'un nom. Bettrechies, par exemple, serait le domaine de Berther, Bertrici villa.
Le premier possesseur du lieu aurait imposé le début du nom du bourg. Morenchies, Landrecies, Givenchy, Douchy, Dechy et Wambrechies correspondraient toutes à ce cas, mais leur finale a évolué librement. Bref, onsépa. Avouons-le sans chichis.

(M)OTS

BÂTISSEUR DE PYRAMIDES
RENDRE LA LIBERTÉ
LE JEUNE ÉCRIVAIT À TRAJAN
MÈRE DE BRECHT
CAFÉ
OUTILS D'ANALYSE EN MATHS
JUGEMENT DE TYPE NÉGATIF
LIVRE DE TOLKIEN
TERMINÉE EN CROCHET
SODIUM
L'HOMME DU *TROISIÈME*
PSITTACIDÉ
MESURE DE PORTO
À FAIBLE EMPREINTE
DE GRANDE EXPÉRIENCE
À TRAITER D'ECTO-PLASMES
QUI ÉMEUT OU SE MEUT
DADA DES CURIE
PETIT ROND EN L'AIR
GAGE REÇU
SON D'AGONIE
RAMASSE DU PETIT BOIS
RUDIMENTS
UN DANGER AUX HEURTS DE POINTES
DESSERT
CATAS-TROPHE THÉÂTRALE
STABILISA-TEUR DE NAVIRE
SILVIA VESTALE
NON SANS SENTIMENT
MÉTAL EN FILON
OMÉGA
DURCIS-SEUR
INCANDES-CENTES
BON MOYEN DE PERDRE DU POIDS
VICTIME DE ZIMRI
DO
BULLDOZER SUISSE
SCIENCES PO
DEVENIR GRIS NOIR
CONSUBS-TANTIEL
CRÉUSE EN FUT PLEINE
ARMOISES À LIQUEUR
TOURNOI DE POÉSIE

(F)LÉCHÉS

PIGMENT VAN DYCK
IL SE FAIT EN PRENANT LE TÉ
MÊME POUR LE NOMADE, C'EST DENTAIRE
INDÉPENDANT
FRAPPA AU FOUET
IL FINIT SUR LES RUTULES
PORT DU BRÉSIL OU D'ISRAËL
MAIGRE
3,14
UN NOBEL SOURCE D'UNITÉ
GRACIEUX KELLY
BOUT DE CHOU
BRAS DE LA VOIE LACTÉE
RIQUIQUI AROMATISÉ
ARTICLE DE MODE
COURANT
SONNE
BOUILLIE MALIENNE
PRÉLUDE AU GÉRONDIF
LONG SUR COURT
EMPESTE
PUR SUCRE
LÂCHER DE BREBIS
PAS RATÉ POUR PARETO
DÉBUT D'ENQUÊTE
GAZ DE VIL
HÉROS DE MANGA ÉPONYME
MATELAS IMPORTÉ DU JAPON
TOUR D'AFRIQUE
SANS COROLLE
VIS
POSSESSIF
SINUOSITÉ
PRÉPARER UN SECOND TIR
FOURRURE
CHEVILLE
RÉACTION D'ÊTRE SENSIBLE
RAREMENT MOUILLÉS
HONGRANT
ÇA TEND DIABOLIQUEMENT
PROCHE ÉLOIGNÉ
NUANCE DE GREY ?
L'ÉLU, SELON MORPHEUS
AMÉRINDIEN
INQUIET
BISMUTH
TRISTE FIGURE
CHARIOTS
BEL ARRIVISTE
BRADYPE
BERGE
BIBI DE LEROUX
NOTE
ORDRE DU PELOTON
TOURNER À DROITE
MATÉRIAU INSPIRÉ DU GÂTEAU DE CIRE
FASTOCHE

SUDOKU-KU

Remplissez les cases vides de ce sudoku-ku pour que tous les chiffres, de 1 à 9, soient inscrits une seule fois sur chaque ligne, dans chaque colonne et dans chaque petit carré de neuf cases sur fond gris ou blanc.

6		4					1	
	8			5		3		
			4			8		2
		8			7		9	5
2				9				1
1	9		2			7		
5		6			4			
		2		7			5	
	7					9		4

le PQRST

Quelquefois, vous avez beau tirer la chasse : cinq minutes plus tard, vous constatez que « le PQ est resté » et flotte dans la cuvette. Les huit réponses aux définitions suivantes commencent par huit lettres consécutives de l'alphabet, dont l'inévitable PQRST. Désormais, à vous de savoir si la première solution commence par M, N, O ou P. Aidez-vous des lettres indices.

1. Tout sauf un homme d'affaires ....

2. Il se repère au rayon X ....

3. Un habitué de la gueule de bois ....

4. Il naît généralement d'un rapport ....

5. Bosse à la sortie de l'école ....

6. Le pêne, la gâche ....

7. Elle est utile à qui doit vider les lieux ....

8. Pirate de l'air ....

Séries de lettres permettant de reconstituer les huit mots précédents (l'ordre n'est pas celui des définitions) :

BDEEOS	EINOQTTU
AEEILNRRSSTU	AEPRRSTUUU
EERRRSU	AEINRSTTU
EEINTTT	CCHIINOOP

RATURE de litté~~rature~~

Queneau, que oui !

Si les erreurs énervent, les néologismes flamboyants détendent et allongent la durée de vie, car ils nous font rire. Raymond Queneau maîtrise la création de vocabulaire et nous offre des perles, dont voici un florilège. Vouloir raturer ces mots, ce serait faire injure à la littérature, en lui contestant sa part créatrice.

Savez-vous ce qu'est une coculectomie ? C'est une opération pour enlever les cornes aux cocus, évidemment. Celui qui a tendance à provoquer des conflits est atteint de confrontationnite. Charles Aznavour s'est-il emparé pour sa célèbre chanson du « Formi » crié par Zazie, apocope de « formidable » dont on ne trouve aucune attestation antérieure ?

Dans la correspondance de Queneau avec son fils et dans ses publications, on relève d'incroyables néologismes, sous forme de mots-valises. Le docucu est un documentaire cucu : « Les gosses, ça les emmerde le docucu et comment », écrit-il dans *Loin de Rueil*. « Amureposez-vous bien », ose-t-il ailleurs dans une lettre.

Queneau forme aussi des adjectifs à la pelle : edmond-rostandique ne l'effraie pas, est « fresqué » ce qui est orné de fresques. Il crée des verbes, « Le campionissimo a campionissimé », des noms comme la savourosité, des onomatopées comme pffitt, ou change les graphies de meussieu, voire de barer où le doublement du r lui semble inutile. Il préfixe aussi et pratique la refête ou le surbaiser.

Enfin, il arrive au langage phonétique, popularisé par l'étonnant Doukipudonktan débutant *Zazie dans le métro*, et décliné ensuite avec kouavouar, aboujpludutou, lagoçamilébou et consorts, qui devraient plaire à nos chères têtes blondes croyant avoir tout inventé avec leurs SMS. Faites-leur lire Queneau. Oh, que oui !

Le Pendu

Vous avez tous déjà joué au pendu. Observez bien les neuf lettres consécutives des essais infructueux, et déduisez-en le seul mot possible dans cette configuration. Regardez loin !

Lettres déjà proposées mais pas dans le mot :

H I J K L M N O P

_ _ T _ _ T _ _ _ _ _ T _ _

LA TÊTE AU

Dans chaque carré grisé figure un mot. Trouvez une anagramme de ce mot correspondant à l'une des définitions sous la grille (exemple au centre : ULMISTE pour l'indice 9). Inscrivez ensuite, dans chaque tête, le numéro de la définition du mot recherché. Reportez alors l'initiale de chaque mot trouvé, ici le U, dans les cases numérotées de l'échelle de décodage. Celle-ci complétera des paroles de Serge Gainsbourg : « Qu'importe le temps, qu'emporte le vent, mieux vaut ton… » À la fin, en cumulant les chiffres des définitions, il vous faudra totaliser 65 sur toutes les lignes, toutes les colonnes et les deux diagonales de ce carré magique !

SBIRE - - - - -	ANCOURT - - - - - - -	ANCELLE - - - - - - -	BÂCLER - - - - - -	FIOLE - - - - -	= 65
QUEUTERA - - - - - - - -	ODIN - - - -	MUIONS - - - - - -	INGÉRÉE - - - - - - -	ÉLIAIT - - - - - -	= 65
DRONTE - - - - - -	BROME - - - - -	MUTILÉS 9 **ULMISTE**	VÉNALITÉ - - - - - - - -	LAIZE - - - - -	= 65
FLUET - - - - -	ZEN - - -	ÉRAFLA - - - - - -	ORIN - - - -	TROMPÉE - - - - - - -	= 65
ÉRODANT - - - - - - -	TRAQUE - - - - - -	NUTRIMENTS - - - - - - - - - -	PLONGEAS - - - - - - - -	OLÉINE - - - - - -	= 65
= 65	= 65	= 65	= 65	= 65	

65 = (diagonale)   (diagonale) = 65

CA-CARRÉ

1. Ce vent intertropical pousse les navigateurs vers l'ouest. **2.** Ce vent peu violent se fait sentir en bord de mer. **3.** C'est un vent chaud du Sahara. **4.** Cet Européen subit levanter, levêche et vendavel comme vents. **5.** Aller en l'ayant au vent, c'est marcher droit, sans faire attention. **6.** Il chante : « Mon enfant nue sur les galets, le vent dans tes cheveux défaits ». **7.** *Autant en … le vent* est un film culte. **8.** C'est le nombre de vents associés aux points cardinaux par les premiers marins grecs. **9.** Il profite du vent dans son engin ultraléger. **10.** Sur cette ligne de basses pressions, le vent est régulier. **11.** Ce tourbillon naît d'un cisaillement des vents. **12.** Carlos Ruiz Zafón a écrit celle du vent. **13.** … Désir a chanté *Le vent nous portera*. **14.** Dans ce pays soufflent bora, breva, garbin et libeccio. **15.** Sous le ballon, elle porte ses passagers dans le vent. **16.** Elle chante *Sous le vent* avec Garou. **17.** À vent, il produit de la musique. **18.** Début de Soirée chante : « réveille en toi le tourbillon d'un vent de … » **19.** Le vent qu'on y souffle ressort par des trous et produit des notes. **20.** L'agiter produit du vent. **21.** Ce coup de vent violent donne son nom à un avion. **22.** Le vent en produit une durable. **23.** C'est un vent du nord-est. **24.** Ainsi circule l'air du vent. **25.** Cet adjectif fait référence au dieu du vent.

								U				
1	2	3	4	5	6	7	8	9	10	11	12	13

14	15	16	17	18	19	20	21	22	23	24	25

La puce à l'oreille

Un fil logique relie sans équivoque possible les six mots suivants. Pensez à des expressions connues ou toutes faites. Faites défiler toutes les associations possibles ou jouez la carte (puce) des petits sauts (de puce) mentaux, jusqu'à ce que l'une d'elles vous mette la solution à l'oreille.

PRÉS

CŒUR 

 **PORT**

 **BOUCHÉE**

BAL

 **PETITE**

....

☺ Blagues ☺

Visons juste

– Ma chérie, depuis le temps que tu me le réclames, j'ai senti qu'il était temps que je m'exécute. Je t'ai offert… tatatam… un vison !
– Oh merci ! Mille fois merci. Je t'aime. Que puis-je faire pour te remercier ?
– Pas grand-chose. Promets-moi juste de nettoyer sa cage deux fois par semaine.

***

– Quels sont les quatre animaux qui rendent une femme heureuse ?
– Une jaguar dans le garage, un vison dans le dressing, un étalon dans le lit… et un pigeon pour financer tout ça.

***

– Mon chéri, je suis devant une vitrine, il y a un petit vison à 8 000 €…
– Achète !
– Oh merci. Et tu sais, je suis passée au garage, il y a cette jolie Mercedes avec toutes les options ; à peine 120 000 €…
– Achète !
– Comme c'est gentil ! Sinon, la villa en bord de mer des Rocfélé est à vendre. Quatre millions tout rond.
– Achète ! répond à nouveau l'homme. Puis il lève le téléphone dans le bar où il se trouve et il demande :
– Il est à qui, ce portable ?

LES TRONCS

Savez-vous lire dans l'étron ? Trêve de scatomancie, remettez dans le bon ordre les indications trouvées dans les troncs. Partez à la chasse d'un rébus phonétique qu'il vous restera à déchiffrer, pour identifier un homme-tronc et l'endroit où l'on retrouva cette victime de « la Diabolique de Nancy. »

....

EN PURE LOGIQUE

Six enfants ont réalisé un dessin, où ils montent dans un vaisseau spatial pour rejoindre la planète de leurs rêves : Martial est obsédé par Uranus, Suzy voudrait aller sur Neptune, Rodolphe songe à se rendre sur Mars alors que Quentin veut rester sur Terre. Tiphaine hésite : ce sera Vénus ou Saturne. Sur quelle planète voudrait se poser Brenda, selon vous : Jupiter, Mercure ou l'une de celles déjà citées ?

....

FLÉCHÉS

Dans cette grille, toutes les définitions ne sont pas données dans les cases. Des chiffres indiquent la place de la première lettre du mot à trouver, horizontalement ou verticalement.

HORIZONTALEMENT :
1. L'Isséenne. **14.** Pure mélodie en sous *sol*. **16.** Râler comme un Gascon. **17.** Rendue moins dangereuse pour l'environnement. **18.** Victime d'un sort néfaste. **20.** Seaborgium du chimiste. **21.** Dames de l'arbre cognatique. **22.** Nouveau rappel. **23.** Prince troyen. **24.** Direction. **26.** Collection d'objets. **27.** Un brin pour la vannerie. **28.** Soleil sur le Nil. **30.** Oiseau inapte au vol. **32.** Accord d'antan, au sud de la Loire. **34.** Prénom inspirant pour Apollinaire. **36.** Impossible à améliorer. **37.** Ayant abusé d'alcool. **39.** Plus près que là. **41.** Bois de luxe. **43.** Question de personne. **44.** Quantité minimale. **46.** Déployées par le matelot. **49.** Actrice corse. **50.** Couvert de couleur. **52.** Table de vente. **54.** Sorti de l'œuf.

VERTICALEMENT :
1. Lycéenne. **2.** Lanières de manège. **3.** Laisse froid. **4.** Pèlerinage hors période rituelle. **5.** Mesures de grains. **6.** Méditerranéen. **7.** C'est une traînée ! **8.** Union européenne. **9.** Objet blessant. **10.** Métal léger. **11.** Saturant la thyroïde. **12.** Fille de Lausanne. **13.** Voisine de Padoue. **14.** Marque de dédain. **15.** Troquant ses espèces. **19.** Ville de saint François. **25.** Alcaloïde de fève de Calabar. **29.** Imbécile. **31.** Visionneuse pour monteur. **33.** Information sur carte. **35.** Mégaoctet. **38.** Recul nécessaire pour sauter. **40.** Département de Grenoble. **42.** Désert de sable. **45.** Résultat d'addition. **47.** Fossés générationnels. **48.** Tenta une greffe. **51.** Et tout le reste. **53.** Fleuve italien à plaine très fertile.

1	2	3	4	5
16				
17				
20		ÉBOUEUR ▼	21	
22			LIQUIDE ESSENTIEL ▼	23
27				
	TRÉMIÈRE ▶			
30	31			TENTA SA CHANCE ▼
34			LANGUE DE LA SIERRA ▶	
37			38	
39		SOURCE DE RAGOTS ▶		
44		45		RALENTISSEMENT DE LA CIRCULATION
46				47
49			ARGON ▶	
	ON VOUS LE SOUHAITE BON ▶		53	
54				

CROISÉS

6	7	8	9		10	11	12	13	CHAMPION À L'ARBALÈTE	14	15
				DRÔLE DE ZÈBRE							
		ROI SHAKES-PEARIEN	18	19						PETIT PERROQUET	
					CRUSTACÉ D'EAU DOUCE						
			RUMINANTS	24	25			UN ANGE DÉCHU	26		
EMPLOYÉS DE TRANSPORT DE FONDS									PASSÂT LA WASSINGUE	28	
29						GAZ NEURO-TOXIQUE					
32		PEINTRE S'INSPIRANT DU NATURA-LISME				33				TOUTE RETOURNÉE	
		35		ENCORE MOINS ÉCLAIRÉ	36						TEMPS DE LÉGENDE HUGO-LIENNE
COMMUNE DE SAVOIE							HÉRITAGES NON TAXÉS				
40		LAVANDE OU VIPÈRE	41				42	LAC, BAIE, FLEUVE ET VILLE RUSSES	43		
					VISITÉE PAR UNE MITE						
			INSECTE RAVAGEUR		48					GENDRE DU PROPHÈTE	
	POSSESSIF	50	51				RUBIDIUM	52			
				RELATIVE AU DOS							
CAPITALE DU GHANA						ÉLEVÉS					

LA FÊTE DES MÈRES

Que vous ont bien rapporté vos rejetons, fraîchement émoulus de leur crèche, maternelle ou école primaire, le jour tant redouté de la fête des Mères : un cendrier moche, un collier de nouilles, un cœur dégoulinant de paillettes ou une autre œuvre d'art sortie de l'imagination conjoncturellement limitée de leur prof des écoles ?

Quoi que ce fût, votre commentaire de critique d'art honnête aurait dû être, comme dans *Le Père Noël est une ordure*, « Mais c'est de la merde ! » ; or, vous avez opté pour de chaleureuses félicitations, un câlin d'amour et des encouragements à développer leur évidente fibre artistique. Honte à vous !

Car l'enfant est bien moins concon qu'on ne le pense et, dès le stade fœtal, il sait qu'il va passer une bonne partie de sa vie à vous emmerder, au sens propre – si tant est qu'un tel sens puisse exister lorsqu'il s'agit de caca. En effet, il élimine ses selles en vous, tant qu'il barbote dans la poche amniotique, vous le sortez couvert de l'abject méconium, les premières fèces du nourrisson, puis il vous repeint les couches avec la régularité et la propreté d'un coucou suisse atteint de dysenterie.

S'il savait parler, depuis le plus jeune âge, il vous apprendrait l'art de la contrepèterie et vous annoncerait fièrement « La merde est faite », alors qu'une simple inversion des lettres aussi grasses que son caca dans la partie entre guillemets vous révélerait qu'il pense déjà à « la faite d'est mer », comme il l'orthographiera dès ses 15 ans.

Calculs ours, hein !

+ − × ÷

Avec les quatre opérations de base (**+ − × ÷**) et en utilisant au maximum une fois les plaques proposées, tentez d'atteindre le nombre cible : **479**.

Il n'existe que deux façons difficiles d'y parvenir : en cours de calcul, vous dépasserez chaque fois 3 000…

479

3 - 6 - 8 - 50 - 75 - 100

Faune Éthique

[fɔnetik]

Complétez phonétiquement le texte suivant en n'y ajoutant que des noms de villes françaises. Il y en a vingt-trois à replacer, toutes figurant parmi les cent plus peuplées de l'Hexagone.

« C'est .... a repassé, des chemises de papy ! Avec l'aide de mon bras, qui ....a aussi ses slips tout courts et ses caleçons .... Le mariage n'était pas .... de paix promis. Je fus sa .... au bal, un jour, mais ....a princesse à la maison ....ême une épouse comblée. Nous fûmes l'un pour l'autre de vilains dé.......................... finalement, malgré cette union : il m'i..........................a souvent. Je sais que papy ....end pas le reconnaître, mais ....que affectif que je ressentis d'a..........................tant plus qu'il partit à l'armée dès le lendemain des noces – ne fit que croître. Par naïveté, je persistai à penser : "Un jour, il ser..........................", mais il n'en fut rien. ....usion dura quelques années, puis je sombrai dans l'alcool. Je buvais ....o grec, le cam.........................., la ....euse, mettant ma santé en d.......................... »
Papy l'interrompit : « Arrête de te plaindre ! Tu as bien amidonné mon .... de tes cols ! », répondit-elle. Et elle lui asséna un coup de fer en criant « Joyeux Noël, Félix ! » On ....a pas papy : il n'avait ....imètre noirci sur la joue gauche et au.......................... de l'œil. Ouf, lui latté et moi l'athée, j'échappais à la ....

Au Tableau

Le prof vous envoie au tableau sur un sujet que vous devez maîtriser. Remplissez la grille en vous aidant des indices et des séries de lettres constituant la réponse. Vous lirez verticalement un terme supplémentaire appartenant au même champ lexical.
Aujourd'hui, interro sur la mode, car Bella notre fine héroïne 2024 (des illustrations d'Andrew Drawthin) en est fan !

1. *Une marque aux deux G, née à Florence. Évitez de dire « hot » juste après, sauf dans le cadre de notre Officiel...*
2. *Notre Jean-Paul national qui met des seins coniques à son nounours.*
3. *L'hilarant Karl, qui ne craquait que pour Poupette.*
4. *La maison de Christian dont Yves Saint Laurent reprit la direction artistique.*
5. *Le prénom d'un Rabanne multi-réincarné aux souvenirs remontant à 78 000 ans...*
6. *Drôle de Coco, tout de même.*
7. *Je l'ai croisée rue Vivienne, je vous juste que c'est vrai !*
8. *Sonia aux cheveux roux orange, à qui il n'y a que la maille qui aille.*
9. *Manfred Thierry dont le parfum Angel détrôna l'iconique Numéro 5.*

Séries de lettres à ordonner et replacer :

DEOOSTWW – ORDI – CCGIU – ACOP – EIKLRY
AEGILRTU – ADEEFGLLR – EGLMRU – ACHELN.

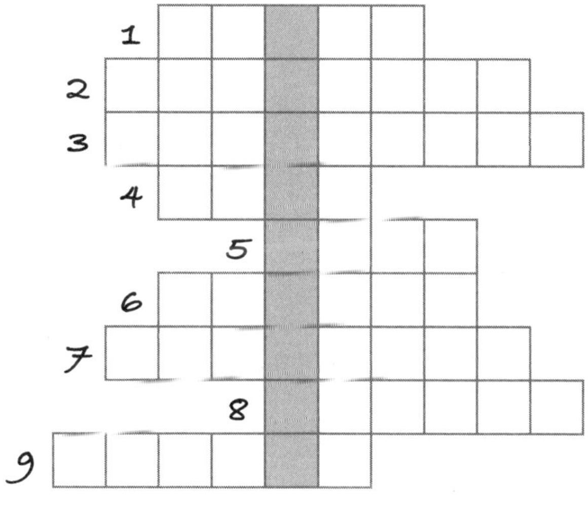

La lunette

Si vous n'y voyez rien, armez-vous d'une lunette
plus efficace que celle des toilettes.
Quelle chanson se cache derrière l'illustration suivante ?

$$\frac{\text{VŒU}}{\text{NIR}} \quad \frac{\text{VŒU}}{\text{NIR}}$$

....

SANS chichis

Ration double

Suite de la page 283, où vous avez découvert le chienchien et le chinchilla, représentants animaliers de la catégorie de mots non sans chichis, puisqu'ils contiennent deux fois cette syllabe qui vous passionne tant.

Pour les nostalgiques des colonies, c'est au Vietnam que nous découvrirons la troisième des entrées à double chi. La partie méridionale du pays (où les Américains se cassèrent les dents de 1955 à 1975) fut colonisée par la France en 1862 sous le nom de Cochinchine. Je vous laisse vérifier les sens d'Annam et de Tonkin. Le Cochinchinois et la Cochinchinoise possèdent deux chi, tout comme le haschischin, celui qui fume du haschisch et qui a donné le nom « assassin ».

N'hésitons pas à regrouper tout ce qui parle de guerre et de mort. Pour faire plaisir à son grand chef, le Vieux dans la montagne, la secte des Haschischin (ou nizârites) pratiquait l'assassinat, sous l'emprise de la substance toxique extraite du chanvre. Cette thèse est parfois contestée, mais le fait que le mot haschischin contienne deux chi ne peut l'être.

Il n'en reste qu'un à trouver, de mot jouable au Scrabble, contenant deux chi. Allez, on cherche, on cherche…
Celui qui trouve paie sa tournée. Ou je la lui offre. Allez, allez ! Oui, évidemment : tchintchin ! La stupide réforme orthographique a recollé ses deux syllabes. Assassine !

LE CHICHSTRAC

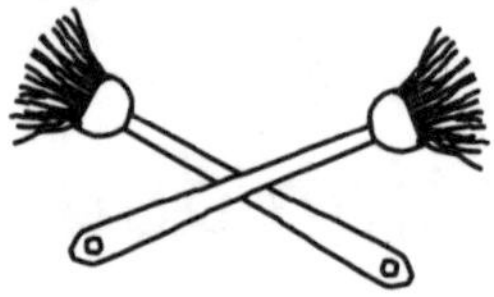

Dans les trois citations, un même terme a été remplacé par cet étrange **CHICHSTRAC**. Votre seule corvée sera de toiletter ces phrases pour retrouver le mot commun d'origine.

1 « Peu à peu, les vieilles religions perdent leur **CHICHSTRAC** ; les plus récentes sont les pires. »
(ROLAND TOPOR)

....

2 « La méchanceté boit elle-même la plus grande partie de son **CHICHSTRAC**. »
(SÉNÈQUE)

....

3 « Le **CHICHSTRAC** et le parfum sont toujours dans de petits flacons. »
(LUIS SEPÚLVEDA, écrivain chilien)

....

COLORIAGE

CROISILLONS **FUN**

Complétez cette grille où les lettres de FUN ont déjà été positionnées, lorsqu'elles sont présentes. Attention, les définitions amusantes sont souvent à prendre au second degré.

1. Pointe à pitre ou rêve de boute-en-train.
2. Ce qu'ils produisent ne vaut pas grand-chose.
3. Seul Asimov en vit la fin.
4. Son job était dangereux, il ne le pratiquait pas sans filet.
5. Combien ont été prononcés juste pour faire rire !
6. Un établissement qui a l'air bien comme il faut.
7. Bourreau des cœurs.
8. Elle a été mise à la porte de Paris.
9. Amante amère non sans philtre.
10. Jouai *Le Vagabond* de Chaplin.

Sales Bobines

Sur ces claquettes poussiéreuses, trois titres de films avec une même actrice sont difficilement lisibles. Époussetez et devinez l'identité de cette actrice.

....

....

....

L'actrice mystère : ....

UroNews

Pipi politisé

Nous vous avons donné page 313 les résultats d'une étude montrant la proportion d'hommes faisant pipi toujours assis ou uniquement debout. Au Japon, le taux d'adeptes de la position assise est passé en cinq ans de 50 à 70 %. La société rivalise d'injonctions pour que l'homme renonce à ce privilège.

D'abord, mesdames, vous pouvez uriner debout. Mais lorsque les toilettes sont mixtes, on comprend que les gouttes de pipi sur la lunette soient un enfer dont il semble nécessaire de se libérer. «Essuie ou vazi, fais pipi assis.e», cite *Le Monde*, en parlant d'une affichette repérée dans un bar à bières du 93.

L'injonction émane d'un raton laveur (!), converti à l'écriture inclusive (!!), dessiné au-dessus des toilettes du bar. Outre l'aspect infantilisant du dessin, et la graphie débilitante du «vas-y» qui aurait pu être évitée, je ne peux m'empêcher de comprendre que de nombreuses femmes faisaient pipi debout dans les toilettes de ce bar, puisqu'on suggère à chacune de faire pipi assise, si l'on inclut cette e finale (oui, une lettre est théoriquement féminine, mais l'usage s'en est affranchi).

Pour de plus en plus de combats, les militants sombrent dans le ridicule. L'hygiène et le respect des autres, ça s'apprend. Ailleurs que dans les chiottes d'un bar à bières, non?

ALPHAKU-KU

Remplissez la grille pour que chacune des lettres
« **E**, **G**, **M**, **N**, **O**, **R**, **S**, **T** et **U** »
figure une seule fois sur chaque ligne, dans chaque colonne
et dans chaque petit carré de neuf cases aux contours renforcés.
Quelque part s'inscrira le nom d'un château de l'Ariège,
classé monument historique en 1862.

		N				G		O
S			E		R			
	O				G		T	
N						R	G	S
			R		N			
T	S	R						M
	E		O				N	
			N		E			G
G		O				U		

LES MUTANTS

Ces titres d'œuvres ont muté : chaque terme important a été remplacé par un synonyme, un mot de même sens, ou un antonyme, un mot de sens contraire.

À vous de retrouver le titre original de chacune des trois œuvres fictives suivantes : il peut s'agir d'un film, d'un tableau, d'un roman ou d'une chanson.

1. La Grappe qui fait fulminer

....

2. La Carrée de jour

....

3. Crash en dessous d'une ruche d'abeilles

....

Les pets du Roi Arthur

L'épée Excalibur posée non loin de lui, Arthur se tient royalement aux côtés de son épouse Guenièvre, autour d'une table ronde. Uther et Ygraine, son père et sa mère, complètent l'assistance, avec deux invités de circonstance : Lancelot du Lac et la fée Viviane, aussi ronde que la table. Tous repus et détendus, ils émettent sans retenue des gaz de vils.

- Les hommes ont pété 19 fois en tout.
- Les dames ont pété 16 fois en tout.
- Au total, 9 pets émanent du couple royal, 11 des parents et 15 des invités.
- La fée a lâché six prouts de moins que Guenièvre – qui a dit à son mari avant d'aller au lit : « Pas ce soir, j'ai dame Ygraine » – et quatre de moins qu'Ygraine.

En examinant les quatre indices, comptez les prouts de chaque convive. Si vous échouez, gare à Excalibur, d'humeur tranchante !

(M)OTS

METTRE EN ROGNE
UNE ÉTOILE PARMI LES ÉTOILES
S'ENFONCER
PAYS DE WUHAN
GRONDANT
MISE EN PIÈCES
FREDONNER
ENSEMBLE D'AFFILIÉS
RÉSERVÉ À LA FINE FLEUR
GLISSÉ
UNE VILLE SUR PAPIER
CHAISE LONGUE PLIANTE
UN HÉROS VIRTUEL EN 1982
GENTLEMAN D'ÉTRETAT
CAPTER L'ATTENTION
KILOMÈTRE
RICHESSES
ATTENDRE
ARRÊTS RESPIRATOIRES
COUP
MINUSCULE
ARIDE
ACCIDENT NOTÉ PAR MOZART
DÉCO POUR CRÉDENCE
VENU AU MONDE
NATION
GRATTA, RACLA
INTÉRIEUR DE CIGARE
POMÉLO
EXTRÉMITÉ
METTRE EN MOUVEMENT
PAROLE PAPALE
HURLEMENT
ASSEZ NOURRI
ŒIL FAMILIER
PORT ROMAIN ENSABLÉ

(F)LÉCHÉS

ARBRE À QUETSCHES
SOIN DE PROPRETÉ
SERVICE NON RENDU
HAMEAU ANTILLAIS
NEUVIÈME ART
POIGNARD À LAME ONDULÉE
ARME BLANCHE
TUBE LONDONIEN
JAMAIS BATTUE
QUESTION DE PLACE
MOLAIRE
RÉCENTE
INFLAMMATION DE L'OREILLE
ELLE SATURE LA THYROÏDE
DE MILET À PHOCÉE
MILLÉSIME
LARGEUR D'ÉTOFFE
PIEU
QUATRE
RELATIF AU FRÈRE D'ISIS
TÊTUE
FORCE DE L'ESPRIT OU QUALITÉ DE MUSCLE
TRAIN INOUI
AVANCE BANCAIRE
CONFER
RIDICULE
ÉMETTRE UN SIGNAL
CONNU
LIGNE D'ADRESSE
POSSESSIF PLURIEL
SAULE FLEXIBLE
CONDUIRE
VARIANTE DE *DO*
SOCIÉTÉ ANONYME
BOULEVERSÉES
VAISSEAU
LA PIE DE ROSSINI OU DORIS PAYNE
À HAUT RENDEMENT
APTES À LA COURSE
NOTRE-DAME
FINES TRANCHES
DIFFORME
SORTI
FRUIT À MANGER BLET
PERROQUET
RIVIÈRE BRETONNE
TENTER DE RÉCITER
APLANIE
CHOISI
TROUBLE PSYCHIQUE
MI MINEUR EN FIN DE REQUIEM
HUIS
NOTRE-SEIGNEUR
IAM LE DANSAIT
LUTH
PIERRE TOMBALE
TRAVERSE D'ÉCHAFAUDAGE
PATRIARCHE DE L'ARCHE
IDENTIQUE
NOBLE OU RAPACE
LIEU OÙ POUSSE LA BRUYÈRE
DANS LE VENT
ARTICLE DU GRECO
MATHÉMATICIEN SUISSE
ENVOÛTÉ

EN DÉCOMPOSITION

Comme dans la nature, rien ne se perd, tout se transforme. Recyclez une et une seule fois chacune des quatorze lettres de

RADIOÉCOLOGIES

pour former deux termes répondant aux définitions proposées.

Observez l'exemple.

Polyèdre à vingt faces triangulaires (9 lettres) : **ICOSAÈDRE**

La maison blanche (5 lettres) : **IGLOO**

ICOSAÈDRE + IGLOO = RADIOÉCOLOGIES.

Sur le même principe, identifiez les couples suivants (entre parenthèses le nombre de lettres du mot cherché) :

1. Homme de Foix (9) : _ _ _ _ _ _ _ _ _

Adulte qu'on sent tant... (5) : _ _ _ _ _

2. Science s'intéressant aux hautes couches (9) : _ _ _ _ _ _ _ _ _

La musique indémodable par excellence (5) : _ _ _ _ _

3. Verte ou rouge, elle crée des dégâts (9) : _ _ _ _ _ _ _ _ _

Une statuette pour qui a bien tenu son rôle (5) : _ _ _ _ _

C'est Gâchis

Quel type de fruit n'apparaît pas en même quantité que les autres ?

☺ Blagues ☺

Grosse fatigue

– Docteur, je suis crevé, exténué, mort !
– Allons, n'exagérez pas. Sur une échelle de 1 à 10, où situeriez-vous votre degré de fatigue ?
– Une échelle ! Vous n'auriez pas plutôt un ascenseur…

***

– Docteur, je me sens bizarre. Je ressens une grosse fatigue, quand je fais l'amour à ma femme. La première fois, j'ai vite chaud et je me sens tout en sueur. Tandis que la deuxième, j'ai souvent froid et suis parcouru de frissons. Ça m'inquiète.
Le médecin rassure son patient comme il peut et décide d'interroger son épouse, pour affiner son diagnostic.
– Il n'y a rien de bizarre à cela, lui dit la dame avec un air pincé quand le docteur lui a résumé les faits. La première fois, c'est en juin ; la deuxième, c'est en décembre !

***

– Docteur, je suis fatiguée, mais fatiguée…
– C'est psychologique : avant de vous coucher, laissez tous vos ennuis au pied du lit, vous vous réveillerez en pleine forme.
– Mais mon mari n'acceptera jamais de dormir par terre !

Bouche-trous

Inscrivez une lettre par tiret pour reconstituer six mots de la langue française. Si le squelette des serpents de fiction (Nagini dans *Harry Potter*, Ajar et Eva dans le film d'animation *Sahara*) ne vous suffit pas, aidez-vous de l'indice. Interdiction de conjuguer !

1. _ _ N _ A _ G _ I N I _ _

2. _ N _ A G I N _ _ I _ _

3. _ A J _ _ _ _ A _ R _

4. _ _ _ _ A J _ _ _ _ _ _ A _ R _

5. _ _ _ E _ _ V _ _ A

6. _ _ E _ _ _ V _ _ _ A

INDICES :

1. Union plus souvent pour le pire que pour le meilleur.

2. Retournement d'un organe creux, comme l'intestin, sur lui-même.

3. Dont l'opinion sera respectée, en démocratie.

4. Qui concerne autre chose qu'un procès en cour et en cours.

5. Une histoire sans fin, en Amérique latine.

6. Hybride de deux agrumes, dont le tangelo lui-même hybridé.

QUI fait QUOI ?

Après la Covid, voici le Coplein. Les labos ont anticipé et sont prêts à nous vacciner. À l'aide des quatre indices, trouvez le vaccin de chaque laboratoire, la maladie pour laquelle la base de ce nouvel agent avait été conçue et enfin l'immunité promise. Si vous bloquez, utilisez les deux indices supplémentaires en bas de page.

LABOS ET CIE, NOS AMIS

1. Le labo N'Paye, qui a adapté un vaccin anti-coqueluche, promet une immunité un an plus courte que le Posteriorix, mais un an plus longue que celle revendiquée par l'offre tchèque Slowvax.
2. On n'en fait pas tout un fromage, mais le Vaxquiri confère une immunité de deux ans de plus que celle du vaccin du labo Dégât basé en Espagne.
3. Le vaccin adapté de celui contre la rougeole donne un an de plus d'immunité que l'agent ayant servi à l'origine contre l'hépatite B, mais un an de moins que celui conçu pour lutter contre la diphtérie.
4. Le Kimnovax promet un an de plus d'immunité que le vaccin du labo Hème, mais « ça voulait dire » un an de moins que l'offre du labo Binetchéra.

INDICES SUPPLÉMENTAIRES

5. Le labo Sanova vous permettra de danser tranquille pendant un nombre pair d'années. Son vaccin porte un nom commençant par P.
6. Le vaccin développé à partir de celui contre l'influenza confère une immunité deux fois plus longue que l'offre d'un concurrent.

GRILLE DE RÉSOLUTION

		VACCINS					BASES					IMMUNITÉS				
		KIMNOVAX	PORKÉTÉVAX	POSTERIORIX	SLOWVAX	VAXQUIRI	COQUELUCHE	DIPHTÉRIE	HÉPATITE B	INFLUENZA	ROUGEOLE	2 ANS	3 ANS	4 ANS	5 ANS	6 ANS
LABOS	BINETCHÉRA															
	DÉGÂT															
	HÈME															
	N'PAYE															
	SANOVA															
IMMUNITÉS	2 ANS															
	3 ANS															
	4 ANS															
	5 ANS															
	6 ANS															
BASES	COQUELUCHE															
	DIPHTÉRIE															
	HÉPATITE B															
	INFLUENZA															
	ROUGEOLE															

TABLEAU DES RÉPONSES

LABOS	VACCINS	BASES	IMMUNITÉS

Tombez dans le panneau

Observez les panneaux et leurs indications fantaisistes. Si aucune de ces villes ne se trouve à cette distance et/ou dans cette direction, l'ensemble des informations doit vous permettre d'identifier une destination secrète. À vous de comprendre ce que le génie civil avait en tête lorsqu'il a commandé ces drôles de panneaux. Ne tombez pas dedans et ne comptez pas les traits d'union !

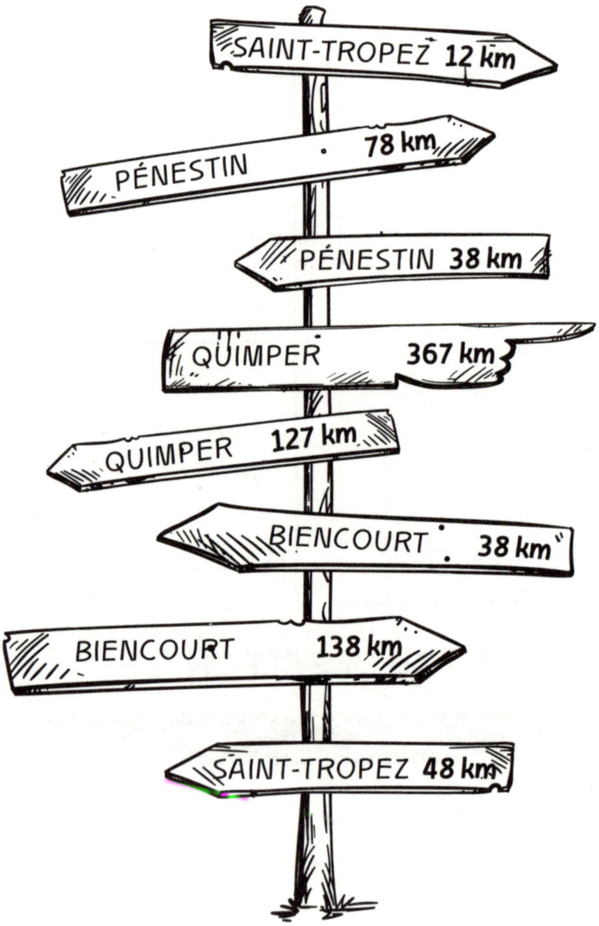

. . . .

Sacré Délien

Cinq séries de lettres à gauche, cinq à droite. Chacune cache un mot utile, mais attention aux anagrammes qui vous perdraient.

L'ajout d'une lettre centrale permet de composer un mot de onze lettres, reliant les deux premiers, sans tenir compte des accents : voir l'exemple COMME(M)OREES page 51.

Les cinq lettres ajoutées au centre forment elles-mêmes un dernier mot vertical. Quel est-il ?

EERTV	=	_ _ _ _ _	_	_ _ _ _ _	=	**AELRS**
CNORT	=	_ _ _ _ _	_	_ _ _ _ _	=	**EINQU**
ACHNT	=	_ _ _ _ _	_	_ _ _ _ _	=	**ABEFL**
ACLLO	=	_ _ _ _ _	_	_ _ _ _ _	=	**AEIRT**
CEEHL	=	_ _ _ _ _	_	_ _ _ _ _	=	**EIRST**

_ _ _ _ _

ChatGPT OQP

Le matou va me faire virer !

– Mon texte parlera aussi beaucoup de pipi. Tu peux me donner une vingtaine de vrais synonymes de ce nom, « pipi », pas des synonymes du verbe « faire pipi ». Fais attention, s'il te plaît, c'est important. Sinon, mon éditrice va me virer. Elle est tyrannique.

– Bien sûr, voici une liste de vingt synonymes pour le mot « pipi » : urine, miction, jet, liquide urinaire, besoin d'uriner, écoulement urinaire, faire pipi, l'acte d'uriner, émission d'urine, jet d'urine, faire pipi, petit besoin, lâcher d'eau, vidange de la vessie, évacuation urinaire, faire ses besoins, écoulement des liquides corporels. J'espère que cela vous sera utile pour diversifier votre texte. Si vous avez d'autres questions ou avez besoin d'aide supplémentaire, n'hésitez pas à me le faire savoir.

– Mais t'es fou ! Tu veux me faire licencier. Tu m'arnaques en plus, tu as mis deux fois « faire pipi », alors que je te disais de ne surtout pas utiliser des synonymes du verbe. Pfff, là, le matou, tu déconnes !

– Je m'excuse sincèrement pour cette erreur dans ma réponse précédente. Je comprends maintenant votre demande spécifique de synonymes du nom « pipi » et non du verbe « faire pipi ». Je suis désolé de vous avoir causé des problèmes potentiels avec votre éditrice. Voici une nouvelle liste de synonymes pour le nom « pipi » [...]

– Pourquoi tu ne mets pas simplement « pisse » dans ta liste ?

– Je m'excuse pour l'omission du terme « pisse » dans ma réponse précédente. Vous avez raison, « pisse » est un synonyme courant pour le mot « pipi ». Voici donc une version mise à jour de la liste [...]

– Mais « pisse », c'est un peu familier, voire vulgaire. Tu utilises un langage grossier, familier ou vulgaire, toi, le gentil chaton ?

– Je m'excuse si l'inclusion du terme « pisse » a pu sembler familier ou vulgaire. En tant qu'intelligence artificielle, je m'efforce d'utiliser un langage approprié et respectueux. Si vous avez des préférences spécifiques en matière de langage ou si vous avez d'autres questions, n'hésitez pas à me le faire savoir. Je suis là pour vous aider de la meilleure façon possible.

OPÉRATION CRYPTÉE

Dans cette opération, chaque lettre représente toujours le même chiffre. Pour ce problème, un petit indice : les chiffres à utiliser sont ceux de 0 à 7, car le 8 et le 9 sont inutiles. En raisonnant logiquement ou plutôt par tâtonnement, retrouvez le calcul actuellement crypté. En anglais, il signifie que 20 (*twenty*) + 20 + 20 + 10 (*ten*) + 10 = 80 (*eighty*).

	T	W	E	N	T	Y
+	T	W	E	N	T	Y
+	T	W	E	N	T	Y
+				T	E	N
+				T	E	N
=	E	I	G	H	T	Y

Trois petits CHATS

Trois petits chats, chapeau de paille, paillasson, somnambule, bulle, bulle… Sur ce principe, remplissez les trente bulles, bulles, bulles, en vous aidant des indices précisant chaque début et fin de mot.

1-6. Cette Mère légendaire a perdu son chat. **4-13.** Cette chatte au ruban rouge est la propriété de la marque Sanrio®. **12-15.** Celui du chat roux Garfield est « *exotic shorthair* ». **14-19.** Ce chat d'Iran au sous-poil abondant est tout doux. **18-23.** C'est un autre chat doux, mais turc.

22-26. Burmese, sibérien, manx, ragamuffin et sphynx en sont différentes de chats. **25-30.** Le chaton acoustique en était un de la CIA, équipé de micros pour collecter des informations au Kremlin.

ROSACE

Remplissez les pétales de rose en ordonnant ces séries de lettres. Écrivez les mots de l'extérieur de la rosace vers le centre, comme dans les exemples BELLE et MOCHE. Attention aux anagrammes, il n'y a qu'une seule façon de compléter la grille.

Dans le sens des aiguilles d'une montre

A. BCEHI	G. CEEST	M. CEORT
B. ACEHV	H. EMRSU	N. EGILN
C. EOPTU	I. DEORS	O. EEMNU
D. EMRTY	J. ADEEF	P. EGILS
E. ELMRU	K. NOOPR	Q. **BEELL**
F. FORSU	L. AIMOR	R. ABELT

Dans le sens inverse des aiguilles d'une montre

1. ABELL	7. EORST	13. AERRS
2. EILLV	8. EELSU	14. EELNO
3. ACEPT	9. CDERU	15. CIMOR
4. **CEHOM**	10. FORST	16. EINST
5. EHMTY	11. AEPRU	17. BGINO
6. EEFRU	12. DEMMO	18. BEEGU

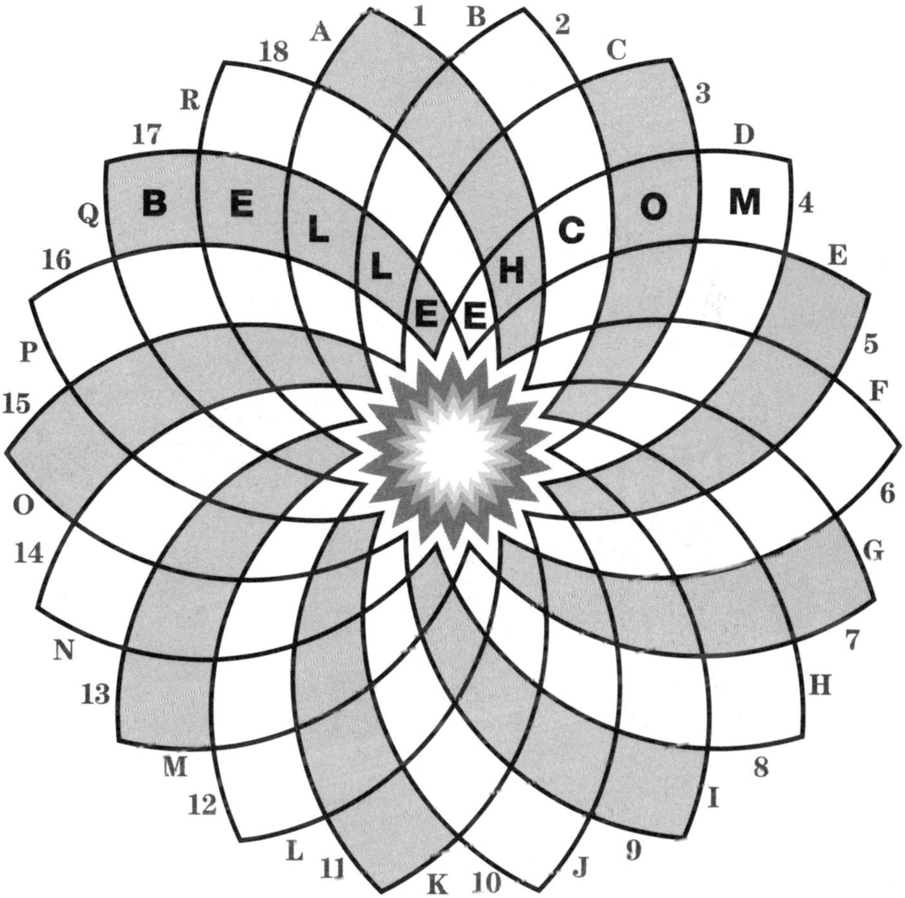

PiPiramidal

Complétez la pyramide en inscrivant sur chaque flaque un total égal à la somme des deux nombres notés sur les deux éléments (flaque ou rouleau) immédiatement en dessous.
Le nombre 628 (314 + 314) au sommet a un petit parfum de pipi, puisque pi, c'est 314…

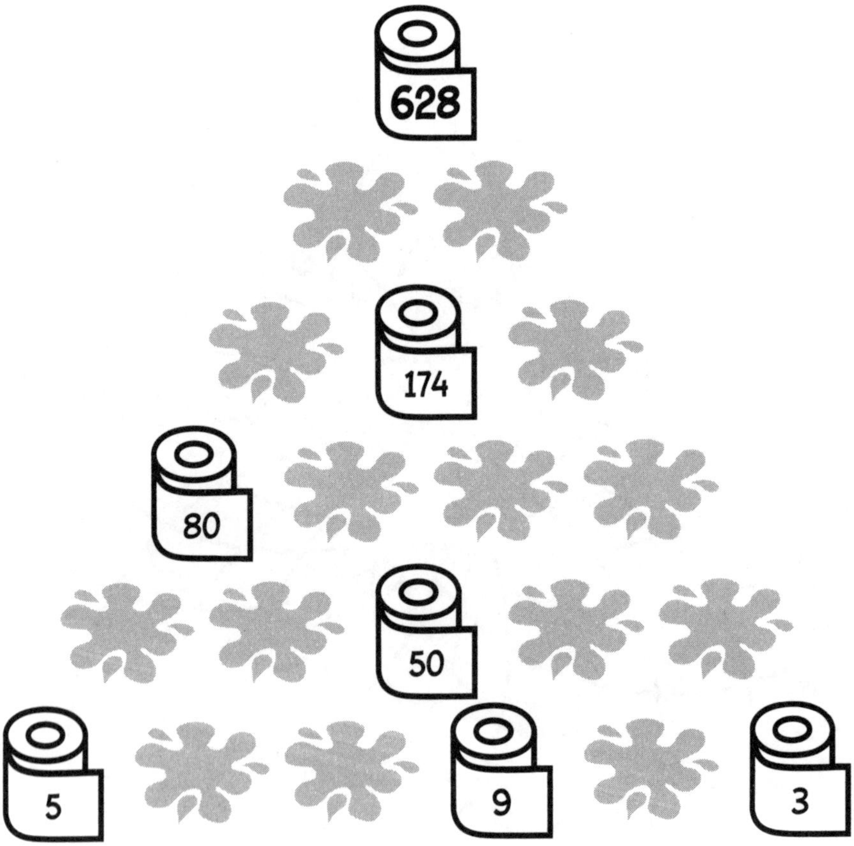

Paroles, paroles...

Vous avez tous fredonné *Paroles, paroles*, le duo improbable de Dalida et Alain Delon. Les extraits de tubes suivants sont certainement quelque part dans votre mémoire. Exercez-la en retrouvant la parole manquante.

1. « Je ne sais plus vivre sans toi à mes côtés,
ton .... pixellisé m'a envoûté »

2. « La deuxième après ....,
je connais un endroit pas mal
d'où l'on peut voir tout l'Univers »

3. « Je sais, le .... ne m'en veut pas
d'avoir posé les yeux sur toi »

4. « Les mots tendres .... de douceur
se posent sur ma bouche,
jamais sur mon cœur »

5. « Le jour se lève, la nuit pâlit,
les .... et les chiens ont faim »

L'éToilette

☆☆☆

Chaque définition indique le point de départ et le point d'arrivée du mot à trouver. Remplissez la petite étoile, l'étoilette pour rester dans le thème de l'Officiel, puis arrangez les lettres collectées dans les cases grisées pour former un adjectif ne connaissant pas la mesure.

1-5. Vexation qui commence par de la fumée soufflée dans le nez.

1-8. Motivation à l'ouvrage.

2-10. Costaud, ajoute-t-on généralement.

3-30. Côté cour ou côté jardin.

4-13. Que l'on remarque, par son accoutrement.

5-15. Tout autre, pour l'assureur.

6-7. Frimousse de chat ou bobine de fil.

8-15. Pas comptées parmi les victimes.

9-20. Feu King.

11-22. Parfois, un con pressé vient en récupérer un compressé, sur scène…

12-23. Sur le ring ou dans le saladier, ça cogne.

14-21. Son tour resserre, sa levée élargit.

16-29. Ainsi parlait Zarathoustra.

17-31. Qui vous en fout plein la vue.

18-28. Travailleur de nuit, pour son confort.

19-32. Ils abattent du bouleau ou vivent de leurs charmes.

24-25. Source de l'huile de coudre.

26-27. C'est au pied de la vigne qu'a biné l'ouvrier, à ce moment-là.

SOUVENIRS **de Géo**

La Schie sauteuse ?

En étudiant la possibilité qu'Orchies dérive d'Oorschie, ce qui ne s'avéra point, après trois heures de recherches, il m'apparut qu'un cours d'eau néerlandais m'avait échappé, durant ces sept dernières années : la Schie. Non, pas la chienne fidèle, vous confondez.

La Schie est le nom de quatre cours d'eau aux Pays-Bas. Ceux qui savent dire « barrage » en néerlandais, ou en anglais pour moins frimer, pourront suffixer la rivière d'un savant *dam* et former Schiedam, ville née de la sécurisation de la Schie par un barrage. On y fabrique depuis de l'eau-de-vie de genièvre.

Il ne vous aura pas échappé que de nombreux noms de grandes villes néerlandaises se terminent par ce dam, barrage local. Il fallait bien protéger les terres des eaux saumâtres de la mer du Nord, d'où Rotterdam, Amsterdam, Potsdam et même Edam (endiguement de l'Ee), mais pas Adam, macadam, quidam ou ramdam, ne délirons pas non plus.

La Schie, donc, vit le jour dans un ruisseau marécageux qui se jetait dans la Merwede. N'oubliez pas le –we– central dans le nom de cette Nouvelle Meuse. Aujourd'hui, elle vit sa vie en sautant allègrement de lit en lit. Si vous désirez en savoir plus sur la Delftse Schie, la Delfshavense Schie, la Schiedamse Schie ou encore la Rotterdamse Schie, vous avez vraiment aimé cet article. N'hésitez pas à vous renseigner sur l'Overschie ou encore le canal du Rhin à la Schie. Chi, chi, cha exchiste…

BONUS

Observez les lettres bien placées sur fond gris foncé ou mal placées sur fond gris clair pour deviner le seul mot final possible.

M Gris foncé   M Gris clair

B	A	B	E	U	R	R	E
B	I	E	N	E	T	R	E
B	O	N	H	O	M	I	E
B	I	S	S	E	U	S	E
B	A	K	C	H	I	C	H
B	_	_	_	_	_	_	_

CRYPTOGRAMME

Remplacez chaque symbole par l'une des deux lettres qu'il crypte pour découvrir le titre d'une chanson courte et scatologique de Serge Gainsbourg, sur l'album *Aux armes et cætera*.

A	B	C	D	E	F	G	H	I	J	K	L	M
N	O	P	Q	R	S	T	U	V	W	X	Y	Z

« 

....

....

 »

....

SUDOKU-KU

Remplissez les cases vides de ce sudoku-ku pour que tous les chiffres, de 1 à 9, soient inscrits une seule fois sur chaque ligne, dans chaque colonne et dans chaque petit carré de neuf cases sur fond gris ou blanc.

		5					9	
4				1		2		6
	3	9	6					
			9	6				
9	6	2				8	3	1
				3	1			
					6	3	4	
5		6		4				9
	7					6		

le PQRST

Quelquefois, vous avez beau tirer la chasse : cinq minutes plus tard, vous constatez que « le PQ est resté » et flotte dans la cuvette. Les huit réponses aux définitions suivantes commencent par huit lettres consécutives de l'alphabet, dont l'inévitable PQRST. Désormais, à vous de savoir si la première solution commence par M, N, O ou P. Aidez-vous des lettres indices.

1. Couvrant d'ardoises ....

2. Femme et marrie..

3. Pointure seyant aux voleurs ....

4. Bourre-pif ....

5. Livre d'Oscar Wilde ....

6. Remontant efficace en hiver...................................

7. Peter dans l'intimité ....

8. Esculape de veau..

Séries de lettres permettant de reconstituer les huit mots précédents (l'ordre n'est pas celui des définitions) :

EHMRU	EEEINNPTT
EGILNRST	EEEEGILST
INOSTUV	AEEEIINRRTV
ABENORT	AAENQRTU

Sani**BROYEUR**

Les termes ci-dessous forment la définition d'un mot du dictionnaire. Malheureusement, les feuilles de papier ont été emmêlées par le Sanibroyeur. À vous de les remettre dans l'ordre et de deviner le mot défini.

D'

CRÉER,

ILLUSION

RELIEF

PERSPECTIVE,

ESSENTIELLEMENT

À

EN

OBJETS

VISANT

L'

PAR

RÉELS

ARTIFICES

DE

DES

PEINTURE

						–	'					

(M)OTS

AVANT CENT, EN RECULANT
DENSITÉ DANS CITÉ
DE CETTE FAÇON
DÉDUITE
VÉHICULE DE LOISIR FLOTTANT
L'ALPHA ET L'OMÉGA
AUXILIAIRE DE VIE
RAPPORT DE FAITS
ELLE VAUT CHER AU MONOPOLY
MARQUA LE FRONT
BATEAU À VOILE
UN JOUR ATTENDU
SAINT DU COTENTIN
DISCERNER
PRÉFIXE POUR OPPOSANT
ÉRUPTION CUTANÉE
EMBARRASSANTE
NÉGATION À RÉPÉTER
ENVISAGÉES D'UNE CERTAINE MANIÈRE
MOUFLE OU MITAINE
TÊTUES, OPINIÂTRES
LE MOT DU FATALISTE
CLUB PARISIEN
INTERNET PROTOCOL
CHEVALIER ESPION
PAS INVENTÉES
DAMER
VALENTINE L'AVAIT TOUT PETIT
3,14
AFFAIBLIR
VAGUE
POSSESSIF
EN PLEINE RÉFLEXION
RÉSISTIBLE DICTATEUR
DIVINITÉ MARINE
PARADIS
FILLE DU 38
PRÉVENUES D'UN DANGER

(F)LÉCHÉS

- ARRÊT RESPIRATOIRE
- MOUETTE
- SERRER LA PINCE ET TIRER
- CLAVICULE
- IMITA GRAND CORPS MALADE
- SAISON CHAUDE
- SANS MICROBES
- MOBYLETTE DE PAPY
- TOUT DE SUITE
- VENUE AU MONDE
- CLOPORTE AQUATIQUE
- NOURRIS
- FIL DU RASOIR
- CORIACE
- GÉNÉRAL SUDISTE
- AVEC FACILITÉ
- HABITUEL
- CANTON SUISSE
- MARQUER SON TERRITOIRE
- GESTE PARASITE
- MULETIER
- THÉÂTRE JAPONAIS
- ELLES SONT DANS LE PÂTÉ
- PERSONNE ÂGÉE
- COMPTE LES HABITANTS
- ÉQUERRE
- PIVOT DE CHOIX
- MÉDITERRANÉEN
- DE RANG ÉLEVÉ
- ENDORMI AVANT OPÉRATION
- EXTRAIT SANS PRÉCAUTION
- BARRES PARALLÈLES
- SON ROI SE MEURT
- RATIFIER
- TOUFFE DE POILS
- COULEUR DU COURT À ROLAND-GARROS
- LA BELLE DE LA BELLE ÉPOQUE
- ÉCLAIRÉE DE NUIT
- ÉTAIN CHIMIQUE
- TRIANGLE AU VENT
- DANS
- PAYS-BAS
- PYTHON OU PHASME
- SUD-OUEST
- CHROME
- VILLE À TOUR PENCHÉE
- SAGE PENSEUR
- VOISIN DU *FA*
- INVENTAIRE COMMUNAL
- BALALAÏKA OU BIWA
- *ID EST*
- À PLAT
- DURCI PAR LE FROID
- PRÉPARONS POUR LE JOCKEY
- CÉRÉALE
- DEUXIÈME SERVICE
- BISMUTH
- ATOUT FORT
- L'EUROPE
- ÎLE FACE À LA ROCHELLE
- OUVRE UNE LUCARNE
- EN VILLE
- CAPONE OU GORE
- INTERJECTION
- IL ÉTAIT AU COMMENCEMENT

CALCULS OURS, hein !

+ − × ÷

Avec les quatre opérations de base (**+ − × ÷**) et en utilisant au maximum une fois les plaques proposées, tentez d'atteindre le nombre cible : **825**. Vous avez évidemment le droit d'utiliser deux fois chacun des deux 1. Il n'existe que deux façons de parvenir au résultat, dont une dépassant 2 000 en cours de calcul…

825

1 - 1 - 2 - 50 - 75 - 100

RATURE
de litté~~rature~~

Y a pas que l'écrit qui déconne

Les ratures, ça ne devrait pas se cantonner aux lettres : on devrait pouvoir raturer certains passages de films. De nombreux sites référencent les faux-raccords, où un personnage se retrouve avec un vêtement différent dans une même scène, erreur de script lors d'un tournage qui s'est prolongé sur plusieurs jours…

Pour les erreurs les plus ridicules, comment ne pas citer le gobelet Starbucks apparaissant sur la table de Daenerys, dans l'épisode 4 de la dernière saison de *Game of Thrones* ! Même série, dans la scène quasiment finale du vote des seigneurs, une petite bouteille d'eau en plastique se remarque aux pieds de Samwell Tarly. Décidément, ça donne soif de tourner dans cette série !

Dans une scène de *Pulp Fiction*, un tireur issu de toilettes arrose de balles un duo de tueurs en smoking, mais il les rate. En revanche, les traces de ces balles ratées étaient là dans la scène, avant même que n'arrive ce tireur. Oups ! Allez sur www.erreursdefilm.com, par exemple, si vous désirez découvrir des milliers d'erreurs de ce type. Rien que dans le film *Titanic*, les fans en relèvent plus de 170, à l'heure où je vous parle.

J'aime bien les anachronismes discrets, comme quand Amélie Poulain éteint sa télévision avec sa télécommande infrarouge qui date d'une époque bien ultérieure, ou les « ratures » suggérées par les fans les plus pointus : l'un d'entre eux a noté que sur le DVD du film, il est écrit qu'Amélie aime casser la croûte des crèmes brûlées avec le dos de sa petite cuillère. Or, dans le film, elle le fait avec la pointe de celle-ci. Aller chercher ce type d'erreur, c'est montrer de l'amour pour le film. Ah, si les haters de tout poil pouvaient s'en inspirer…

EN PURE LOGIQUE

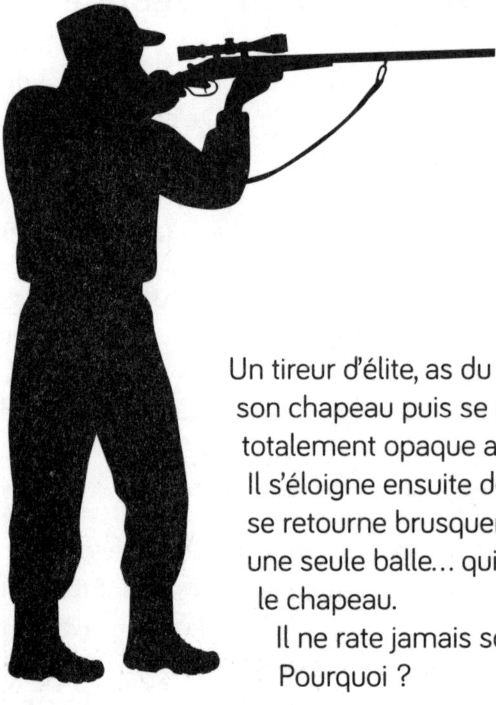

Un tireur d'élite, as du fusil, accroche son chapeau puis se met un bandeau totalement opaque autour des yeux. Il s'éloigne ensuite de 150 mètres, se retourne brusquement et tire une seule balle… qui traverse le chapeau.

Il ne rate jamais son coup.

Pourquoi ?

La puce à l'oreille

Un fil logique relie sans équivoque possible les six mots suivants. Pensez à des expressions connues ou toutes faites. Faites défiler toutes les associations possibles ou jouez la carte (puce) des petits sauts (de puce) mentaux, jusqu'à ce que l'une d'elles vous mette la solution à l'oreille.

MARBRE

CAVE

POÉTIQUE

COCU

CONFIDENCES

JEU

....

GRANDES

HORIZONTALEMENT : A. Île d'une prison américaine fermée en 1963. La baie de cette ville de Californie abrite la prison précédente. Station balnéaire de Floride. **B.** Surnom de Poulidor. Aurochs. Chez Brecht, c'est un malfrat. Originaires de l'ancienne Ionie. Millésime. **C.** Sans réserve et sans condition. Issu de la même matrice. **D.** Roi de tragédie shakespearienne. Soleil d'Égypte. Non accompagnée. Accord d'autrefois. Chien de chasse marquant l'arrêt. Nourrice de Dionysos. **E.** La corporation du compagnon. Être digne de recevoir. Le blé en est une. **F.** Congé à la messe. Radin comme chez Molière. Saison. Bouclier médiéval. Fémur et tibia. Vague poétique. **G.** Celui de mode a lieu sur un podium. Affirmatif. De Bakou, en Azerbaïdjan. Difficile. Vient au secours. **H.** Infarctus du myocarde. Fissuré. *Very Important Person.* Qui se marrent et se moquent. Lentilles. **I.** Voile d'avant très creuse pour la vitesse. Brunie de sucre cuit. Cérium de labo. Il fait vivre, dit-on. **J.** Chambre du Parlement. Enleva. Discipline scolaire. Idiot. Bière anglaise. Épisode périlleux et décisif. **K.** Vis. Violoniste populaire. Hurlement. Largeur de tissu. Marteau, clé ou tournevis. Appréciées. **L.** La routine du Parisien. Harassa. Unité de luminance. **M.** Le tout premier département. Percée. Enleva la coquille. Bien appris. Note du diapason. Cube de joueur. **N.** Avancent en crawl. Passage où traverser la rivière. Chaton. Révolte dans la marine. **O.** Travaux pratiques. Galère royale. Peur d'artiste sur scène. Attaché au sulky. Capitale de la Norvège. **P.** Versant de chaudes larmes. Réciter avec beaucoup d'hésitations. Empereur russe. Révoqué nantais. **Q.** Mot d'embarras. Droite. Démentir. Pitre de la galerie. **R.** Telle une jupe indémodable. À déchiffrer. Voues un culte. Sainte sur le calendrier.

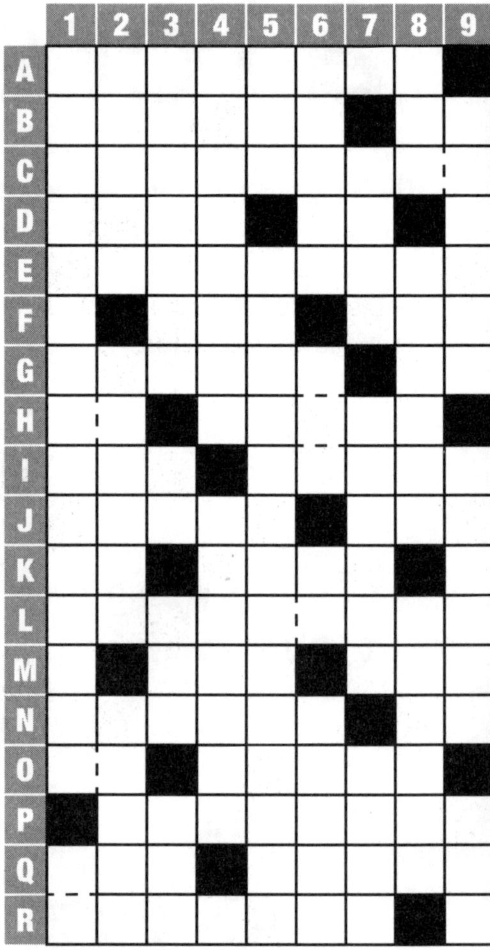

VERTICALEMENT : 1. Coup frappé dans les mains. Haute pression. **2.** Occuper après signature d'un bail. Amidonné, raidi d'empois. Coup de fil. **3.** Qui soigne, guérit. Branché. Signature à la bombe. Tout pour elle. **4.** Verre festif avant le repas. Partie postérieure. **5.** Chat surveillant Jerry. Comme Didier Deschamps, ils forment les équipes. **6.** Remuera dans les brancards. École d'administration. Cœur de bébé. Cinglée. **7.** Héroïne de Zola. Salle de ventes chantée par Barbara. Serre le corset. **8.** Flûte ! Confessât. Qui doit être traité immédiatement. **9.** Établissement où déjeuner. Le nom gallois de saint Malo. Geste répétitif. **10.** Port cher à

VACANCES

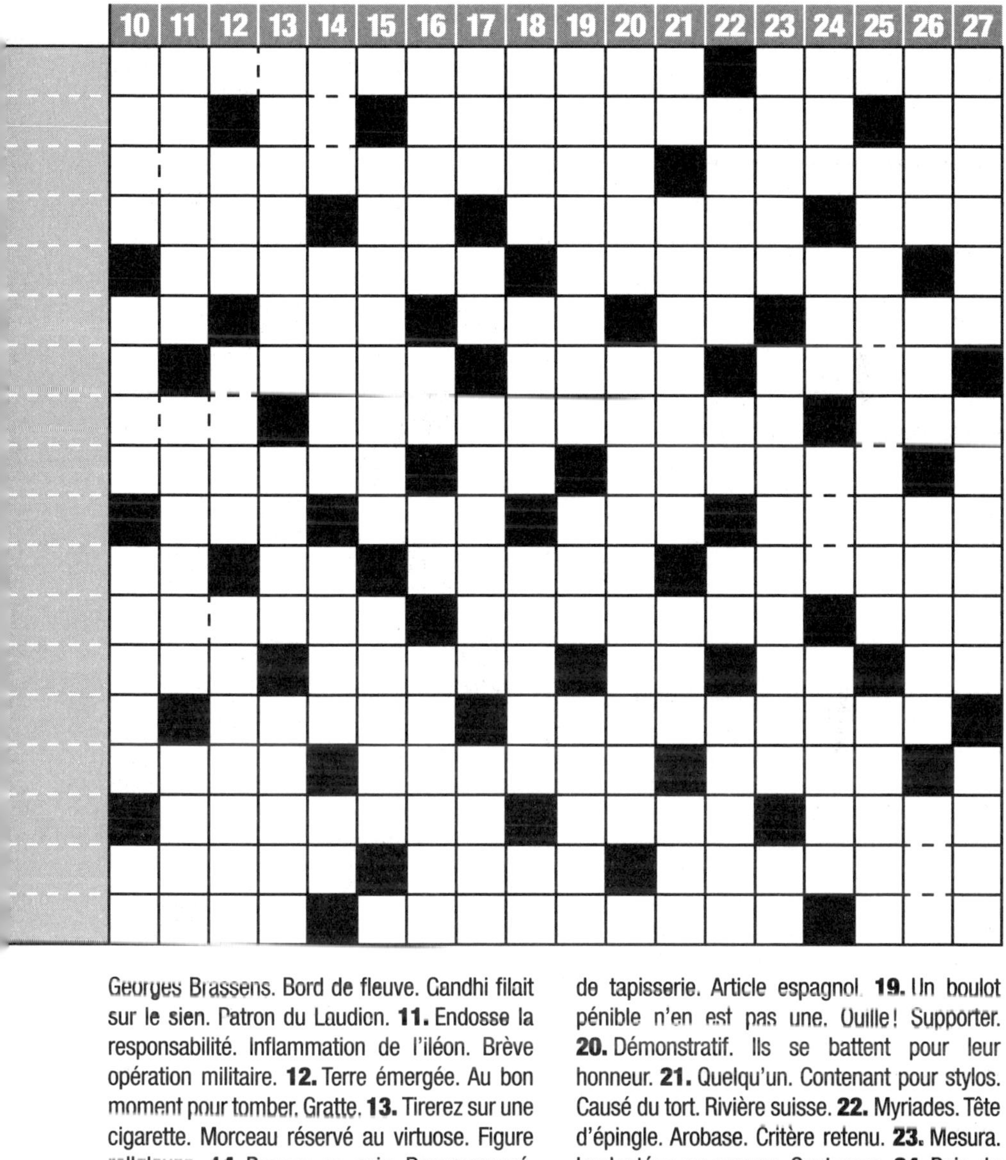

Georges Brassens. Bord de fleuve. Gandhi filait sur le sien. Patron du Laudion. **11.** Endosse la responsabilité. Inflammation de l'iléon. Brève opération militaire. **12.** Terre émergée. Au bon moment pour tomber. Gratte. **13.** Tirerez sur une cigarette. Morceau réservé au virtuose. Figure religieuse. **14.** Repose en paix. Recommencé. Paradis. Négation. **15.** Jeux de hasard. Le Pacifique. **16.** Fille d'une sœur. Inventaire communal. Lac pyrénéen. Poireaute. **17.** Courte Communication. Île. De maintenant. Formation impaire. **18.** La reine morte. Volaille. Motif de tapisserie. Article espagnol. **19.** Un boulot pénible n'en est pas une. Ouille ! Supporter. **20.** Démonstratif. Ils se battent pour leur honneur. **21.** Quelqu'un. Contenant pour stylos. Causé du tort. Rivière suisse. **22.** Myriades. Tête d'épingle. Arobase. Critère retenu. **23.** Mesura. Inadaptées au groupe. Coutumes. **24.** Baie du Japon. Ensemble de règles. Examen médical. Ville de la femme invisible. **25.** Regret de Piaf. Parfums d'algues. **26.** Organe à doigts. Bonus final. Partisan, nervi. Institut technologique. **27.** Apporte de l'inédit. Repos. Foyer.

Les enfants TERRIBLES

Cinq couples à l'humour douteux envoient des bristols annonçant un joyeux évènement. Sachant que Bill, Camille, Esther, Magali, Mélanie, Nicole et Ted sont nés, inscrivez les prénoms complétant les faire-part. Attention, deux familles ont eu des jumeaux ou jumelles.

Monsieur et Madame Oukoi
ont le plaisir de vous annoncer
la naissance de

....

....

....

Monsieur et Madame Olnidiabète
ont le plaisir de vous annoncer
la naissance de

....

....

....

Monsieur et Madame Pète
ont le plaisir de vous annoncer
la naissance de

....

....

....

Monsieur et Madame Zétofrais
ont le plaisir de vous annoncer
la naissance de

....

....

....

Monsieur et Madame Honnête
ont le plaisir de vous annoncer
la naissance de

....

....

....

☺ Blagues ◠

Espoirs douchés

Un homme amoureux de mécanique a épousé une femme riche. Quand elle lui demande d'inscrire sur un petit bout de papier ce qu'il souhaiterait pour Noël, il imagine des bolides fendant l'air, rouges de préférence, et il décide de noter, avec un peu d'esprit : « Quelque chose qui passe de 0 à 100 en une seconde. »
– Tu as bien trouvé mon papier ? demande-t-il à sa femme le jour de Noël.
– Oui, ton cadeau est dans le garage ! lui répond-elle.
Il se précipite dans cette pièce et ne découvre qu'un paquet de taille modeste, mais pas le bolide espéré. Il ouvre…
– C'était bien un pèse-personne que tu espérais ? entend-il alors depuis le couloir.

***

– Que prend-on, quand il n'y a plus d'eau pour la douche ?
– Une duche !

***

Deux blondes prennent leur douche dans la même cabine, à la salle de sport bondée à cette heure.
– Tu peux me prêter ton shampoing, s'il te plaît ? demande la première à son amie.
– Mais tu en as, tu viens de poser le tien à tes pieds.
– Je sais, mais celui-là, c'est pour cheveux secs, et là j'ai déjà les cheveux mouillés.

Au Tableau

Le prof vous envoie au tableau sur un sujet que vous devez maîtriser. Remplissez la grille en vous aidant des indices et des séries de lettres constituant la réponse. Vous lirez verticalement un terme supplémentaire appartenant au même champ lexical. Aujourd'hui, interro sur les dépenses. Ah non, ça n'a rien à voir avec l'Officiel, mais vous devez maîtriser vos dépenses !

1. *Un hobby de Pretty Woman qui ne regarde pas à la dépense.*
2. *Sa carte vous aide à dépenser, sans manipuler d'espèces.*
3. *Achètes, ici. Mais en verlan, ça dirait qu'on est bêtes...*
4. *On s'en fixe un, et on l'explose généralement.*
5. *C'est dépenser sans compter, mais pas jeter deux séries de pierres.*
6. *Quand on n'eut plus de pétrole, on se lança à sa chasse.*
7. *C'est dépenser, mais jusqu'à en mourir ?*
8. *Vivre sur un grand implique d'infinies dépenses.*

Séries de lettres à ordonner et replacer :

ACEQLRU – GHINOPPS – BDEGTU – DEIP – AGIPS
CEMMNOOSS – ADDEIILPR – CDEIRT.

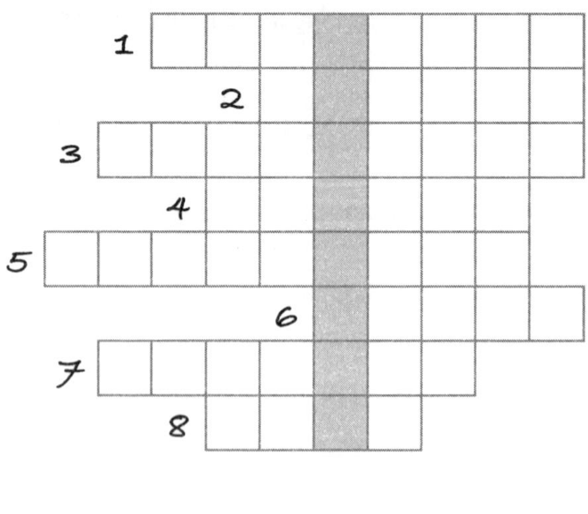

SEPT HORREURS

LE CHICHSTRAC

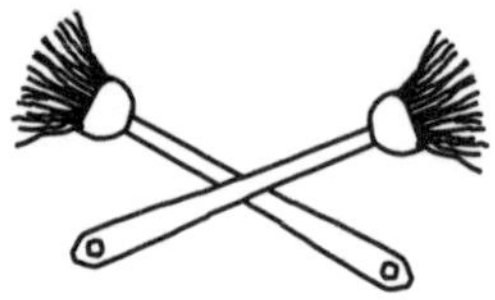

Dans les trois citations, un même terme a été remplacé par cet étrange **CHICHSTRAC**. Votre seule corvée sera de toiletter ces phrases pour retrouver le mot commun d'origine.

1 « Si Dieu ne pardonnait pas, son **CHICHSTRAC** resterait vide. »
(PROVERBE ARABE)

....

2 « Si on ne peut pas rire au **CHICHSTRAC**, je ne tiens pas à y aller. »
(MARTIN LUTHER : le réformateur, pas le King)

....

3 « Je choisirai le **CHICHSTRAC** pour le climat, et l'enfer pour la compagnie. »
(MARK TWAIN)

....

MotoCrotte

Sachant que chaque chiffre en début de ligne ou haut de colonne indique le nombre de déjections qui s'y trouvent, localisez et représentez par un cercle les crottes laissées par les 30 chiens de la grille, pour permettre à la motocrotte automatique de les ramasser rapidement. Un chien ne laisse une crotte que dans une case libre qui touche la sienne et jamais en diagonale. Commencez par marquer d'un simple point les cases où il n'y pas de crotte (0 en début de ligne ou en haut de colonne).

	2	4	2	1	3	3	2	0	5	2	2	4
1						🐕						🐕
3	🐕								🐕			🐕
3				🐕								
2	🐕						🐕			🐕		
0												🐕
4		🐕			🐕					🐕		
0	🐕											
5				🐕				🐕				
0		🐕									🐕	
4					🐕						🐕	
1						🐕				🐕		
2									🐕			
1		🐕	🐕					🐕				
3											🐕	
1	🐕			🐕			🐕					

CROISILLONS **FUN**

Complétez cette grille où les lettres de FUN ont déjà été positionnées, lorsqu'elles sont présentes. Attention, les définitions amusantes sont souvent à prendre au second degré.

1. Saupoudrer les fraises.
2. Se concentrer sur la reprise des affaires.
3. Qui tentent de faire bonne impression.
4. Univers de merde-sable.
5. Préposé à l'édition au quotidien.
6. Monsieur tord et adore, prends garde !
7. Timbre rare qui avait toutes ses dents.
8. Conduit vers la sortie.
9. Qu'est-ce qu'on lui a volé dans les plumes !
10. Un cachet et au lys !

L'ombre de ton
HOMBRE

Observez bien cet homme espagnol (si, si, on a vérifié ses papiers) : cet *hombre* possède cinq ombres, mais une seule silhouette lui correspond parfaitement. Laquelle est-ce ? Et non pas La Callas, qui n'est pas espagnole, d'ailleurs, c'est là qu'est l'os.

FESSES EN BROUSSAILLE

Non, nous n'allons pas parler épilation du sillon glutéal, mais vacances et consignes de sécurité. Partons en Dordogne et plus précisément à Castelnaud-la-Chapelle. C'est où ? Ben, ce charmant village surplombe le confluent entre la Dordogne et le Céou. C'est tout près de Sarlat, vous savez les patates à la graisse de canard et à l'ail. Mais c'est loin de Castelnaudary, sauf dans le dictionnaire. Bref !

Un vacancier, ayant probablement abusé de pommes de terre et de cassoulet, après être peut-être resté coi devant le château de Milandes où résida Joséphine Baker – mais j'invente cette partie, hein, je ne suis pas journaliste, enfin si mais pas aujourd'hui –, fut pris (un vacancier était le sujet, suivez un peu) d'une irrépressible envie de poser une pêche locale, plate ou pas, dans les bois parfumés qui avaient servi de cadre à son pique-nique.

Bon ! En deux squats trois poussées, la messe est dite et le cake démoulé. Mais le brave quarantenaire, selon un journaleux local, se sentit coupable de laisser l'étron parmi les troncs, et encore plus le papier toilette en pleine nature. Il se saisit donc d'une allumette et enflamma le PQ. Un feu de broussailles démarra, qu'il ne put maîtriser. Il appela donc les gendarmes et les pompiers.

Pas malin, mais citoyen ! Il en fut quitte pour une amende de 135 €. Pas trop cher pour 2 000 m² de pins périgourdins. On peut dire qu'il a eu chaud aux fesses...

LES MUTANTS

Ces titres d'œuvres ont muté : chaque terme important a été remplacé par un synonyme, un mot de même sens, ou un antonyme, un mot de sens contraire.

À vous de retrouver le titre original de chacune des trois œuvres fictives suivantes : il peut s'agir d'un film, d'un tableau, d'un roman ou d'une chanson.

1. La Jeune Fille et le Désert

....

2. Je n'ai jamais fait de cauchemar de toi

....

3. L'Esclavagisme égarant l'élite

....

SANDWICH

Complétez les mots horizontaux. Une seule des différentes possibilités vous permettra de trouver une expression argotique signifiant « avoir la diarrhée ».

S	E		T	U	M
E	V		C	H	E
M	O		B	U	S
O	N		I	N	E
N	A		G	U	E
T	H		N	A	R
R	O		A	C	E
E	M		C	H	E
R	E		I	N	E
C	O		L	E	Y
O	B		R	E	R
U	R		E	N	T
L	O		P	E	R
A	D		I	S	E
N	O		U	D	S
T	E		T	O	N

EN DÉCOMPOSITION

Comme dans la nature, rien ne se perd, tout se transforme. Recyclez une et une seule fois chacune des quatorze lettres de

BIODÉGRADATION

pour former deux mots répondant aux définitions proposées.

> Observez l'exemple.
>
> Oscillation délicate (8 lettres) : **DODINAGE**
>
> Un peu plus pour Adrien, au foot (6 lettres) : **RABIOT**
>
> **DODINAGE + RABIOT = BIODÉGRADATION**

Sur le même principe, identifiez les couples suivants (entre parenthèses le nombre de lettres du mot cherché) :

1. Un plus un en est une fort simple (8) : _ _ _ _ _ _ _ _

N'ayant plus d'existence légale (6) : _ _ _ _ _ _

2. Ce lait de chaux n'est pas du sud de la Côte-d'Or (8) : _ _ _ _ _ _ _ _

Qui n'a pas deux mains gauches (6) : _ _ _ _ _ _

3. Musique d'Albinoni (6) : _ _ _ _ _ _

Enchaîne les sauts (8) : _ _ _ _ _ _ _ _

LA TÊTE AU

Dans chaque carré grisé figure un mot. Trouvez une anagramme de ce mot correspondant à l'une des définitions sous la grille (exemple au centre : SIDNEY pour l'indice 9). Inscrivez ensuite, dans chaque tête, le numéro de la définition du mot recherché. Reportez alors l'initiale de chaque mot trouvé, ici le S, dans les cases numérotées de l'échelle de décodage. Celle-ci complétera un quatrain du *Rêve* de Charles Cros : « Oh ! la fleur de lys ! / La noble fleur blanche / La fleur qui… » À la fin, en cumulant les chiffres des définitions, il vous faudra totaliser 65 sur toutes les lignes, toutes les colonnes et les deux diagonales de ce carré magique !

PUAIENT	SOÛLERONT	ROUSSI	ANTIHÉROS	DÉRASÉ	= 65
RECUIRAIT	UNIT	COUSIS	ARSENICS	NOIRE	= 65
ÉROS	TOLUS	DISNEY 9 SIDNEY	LOFER	GANTELINE	= 65
LAPÉES	CRÉANT	L'ÉTOILE	PLATÉE	MATINÉE	= 65
ONCIALE	LÂCHERS	ROGNERA	LITÉE	CRÊTES	= 65
= 65	= 65	= 65	= 65	= 65	= 65

65 = (diagonale) 65 = (diagonale)

CA-CARRÉ

1. Ces fleurs odorantes évoquent des inquiétudes. **2.** C'est la fleur du rosier sauvage. **3.** La tante de Harry Potter porte le nom de cette fleur. **4.** C'est la fine fleur. **5.** Ce liquide sécrété par les fleurs est butiné. **6.** C'est le prénom du poète des *Fleurs du mal.* **7.** *Hydrangea macrophylla,* il symbolise la Bretagne.
8. C'est l'organe mâle de la reproduction chez la plante.
9. C'est le prénom du Bechet de *Petite Fleur.* **10.** Cette éruption cutanée tire son nom de l'ortie. **11.** Cette fleur est évoquée par Aragon dans « Celui qui croyait au ciel, celui qui n'y croyait pas ».
12. Les fleurs se ferment à ce moment par nyctinastie.
13. Sa fleur parfume notamment les pâtisseries orientales.
14. C'est la foliole du calice d'une fleur. **15.** C'est l'ensemble des espèces végétales d'un écosystème. **16.** Elle est la reine des fleurs. **17.** Il semble vous regarder, mais ne l'offrez jamais à une comédienne. **18.** Ce voisin de la jonquille doit son nom à un beau Grec. **19.** Sa fleur suit le cours du soleil. **20.** *La Fleur de mon…* est un film réalisé par Pedro Almodóvar. **21.** Cet élément coloré de la fleur fait partie de la corolle. **22.** Renonculacée vivace, elle devient triste après MEL. **23.** Cette fleur s'épanouissait où Bouddha marchait. **24.** C'est le principe odorant de l'iris.
25. Dans *Des fleurs pour Algernon,* Algernon en est une.

1	2	3	4	5	6	7	8	9	10	11	12	13	14
								S					

15	16	17	18	19	20	21	22	23	24	25

SUDOKU-KU

Remplissez les cases vides de ce sudoku-ku pour que tous les chiffres, de 1 à 9, soient inscrits une seule fois sur chaque ligne, dans chaque colonne et dans chaque petit carré de neuf cases sur fond gris ou blanc.

3								6
4	5			8			1	
	7	1			4			
8		5	6					
	3			1			4	
					5	2		3
			1			8	2	
	1			9			3	5
2								7

Retrosplash

J'aurais pu mettre un accent à rétro, mais je ne l'ai pas fait, jugeant que ce mot était un anglicisme et espérant qu'il le reste. Le retrosplash, ce serait l'ensemble des gouttelettes de pipi projetées dans une pièce, quand un homme y urine debout. Et voilà, c'est reparti. *To pee or not to pee* debout ou assis, pour adapter l'interrogation shakespearienne au pissou.

Déjà, ce terme est moche et pas forcément exact : pourquoi le pipi reviendrait-il en arrière (*retro*) ? Pourquoi ne pas utiliser le simple terme d'éclaboussure, déjà connu à la fin du XVIIe siècle ? Ah, je sais, parce que, quand on tente d'imposer une idée marketing aussi foireuse qu'un pet d'ascète dévoreur de choux, en anglais, ça sonne mieux, donc c'est forcément plus vrai dans la tête de celui qu'on essaie de convaincre.

Deuxième technique pour imposer son idée, sans se soucier de sa véracité : donner un exemple qui marque les esprits. « Mais alors, méchant monsieur qui faites pipi dans la salle de bains où se trouvent aussi les brosses à dents des enfants, votre urine se retrouve le soir même dans la bouche des petits ! » La journaleuse ayant « étudié » la notion évoque des gouttelettes projetées à 3 mètres. Sait-elle qu'à chaque fois qu'elle ouvre la bouche et sort ses conneries, elle expulse des postillons sur d'autres tendres chérubins ? N'a-t-elle pas de combat plus utile ?

OPÉRATION CRYPTÉE

Dans cette opération, chaque lettre représente toujours le même chiffre. En raisonnant logiquement ou par tâtonnement, retrouvez le calcul actuellement crypté. Il y a deux solutions bien différentes, l'une utilise les chiffres de 0 à 8, l'autre ceux de 1 à 9. Trouvez-en au moins une.

```
   A L C O O L
+  A L C O O L
--------------
= I V R E S S E
```

Bouche-trous

Inscrivez une lettre par tiret pour reconstituer six mots de la langue française. S'il vous faut plus que le squelette de CRAIG (le serpent qui parle, adopté par le jeune Sanjay dans la série *Sanjay et Craig*), aidez-vous de l'indice. Interdiction de conjuguer !

1. C R A _ _ I _ G

2. C R A _ I _ G _ _

3. C _ R _ _ A _ I _ G

4. C _ R _ _ _ _ _ A I _ _ _ G

5. C _ _ _ R A I G _ _ _ _

6. _ C R A _ _ _ I _ _ _ G _

INDICES :

1. Technique raffinée, selon les ouvriers bossant dans le pétrole.

2. Pas étonnant qu'il soit traité comme un malpropre.

3. Loisir permettant de se déplacer avec un toit pour les vacances.

4. Un entraînement pour le cœur que beaucoup pratiquent en salle.

5. Qui ne laisse pas toute liberté.

6. Spécialité du chauffeur du dimanche.

(M)OTS

IMPÉTUEUX
LIBÉRATION CONDITIONNELLE
L'INVERSE DU BURLESQUE
JUDAS NANA
OBJECTIF DE PREMIER TOUR
PIÉTINE
EMPOISONNÉS POSSIBLES
BADINE
MÂLE NÉCESSAIRE
SITE CHALDÉEN
EMPLOYÉ PRÉCAIRE
UNITÉ DE TENSION
FAUCHÉ
DÉTÉRIORÉ
MOUETTE
FIGUIER
MODE D'AVANCE
PLANCHE DE SALUT
APRÈS *TWO*, APRÈS TOUT
STICKS PARFUMÉS
LE MEILLEUR
ASTRONOME NÉ VERS 90
VOIE À SUIVRE
EN CE QUI CONCERNE L'ADN
MARBRE BLANC
BARRES PARALLÈLES
BRIQUE EMBOÎTABLE
CONVIENT
OS DU BRAS
ORIFICE
DANSEUSE ORIENTALE
ACCORD D'OUAILLES
ABÎMÉE
JONG-UN OU BASINGER
NOMBRE DE KILOS
SOLDAT AMÉRICAIN
NE PROGRESSE PLUS
EINSTEIN OU GALILÉE
VOUS NE LE PRENDREZ PAS AU MOT

(F)LÉCHÉS

DE FAMILLE / DÉMONSTRATIF
POUR / JOUR DE DÉCADE
NOURRICE DE DIONYSOS / IL FICHE MAL JACK
COPINE / CAPACITÉ D'IDENTIFICATION
NATIONS UNIES / CONSTANCE D'HUMEUR
AS DE CARREAU SUISSE

GUÈRE / PUIS
AFFLUENT DE LA DORDOGNE

RESTA OUVERTE / COMPÈTE D'ATHLÉ
GOUSSE ODORANTE / MILICIEN CROATE

SOIT ! / BEC DE GAZ
ORPHELIN

BAIN À FRITES / VOLAILLE FAISANDÉE

TERRAINS DE «JE» / VOILE D'AVANT

BÉATIFIÉ / GONFLÉES D'EMPHASE
LÉGENDE TIBÉTAINE / ESSENCE SUPRÊME
UN REPAS CONVIVIAL

FOYER / CHIEN DE CHASSE

GRAPHITE DE CRAYON / ÉPAULARD
CACHET OFFICIEL / IMITE LA MÉSANGE

PLATEAU DU SPHINX / MONNAIE ASIATIQUE
CHLORE / BRILLÉ

ASTICOTE / DAME ÂGÉE

L'EUROPE / PERSONNE POUR VERNE
CHEVAL QUI NE SERA PAS ÉTALON

SALLE DE CONCERT / ORGANE DU VOL

IL A LE BRAS EN ÉCHARPE / ÉQUIPE
BOUILLIE DE MIL / PAYS DE COCHIN ET DE COCHON

COMMUNE DE LA MEUSE / FILS DE NOÉ
QUE J'AI ACQUIS / ROI DE ROME

JOYEUX TYPE / ÉQUERRE
LUTH

SINGE DE LA CANOPÉE
À MÂCHER

DÉPASSE

La lunette

Si vous n'y voyez rien, armez-vous d'une lunette
plus efficace que celle des toilettes.
Quelle expression se cache derrière l'illustration suivante ?

GRANDS
DUCS

....

Sacré Délien

Six séries de lettres à gauche, six à droite. Chacune cache un mot utile, mais attention aux anagrammes qui vous perdraient.

L'ajout d'une lettre centrale permet de composer un mot de treize lettres, reliant les deux premiers, sans tenir compte des accents.

Les six lettres ajoutées au centre forment elles-mêmes un dernier mot vertical. Quel est-il ?

CMMNOU	=	_ _ _ _ _ _	_	_ _ _ _ _ _	=	**ACIONT**
EEIPQU	=	_ _ _ _ _ _	_	_ _ _ _ _ _	=	**EEINRT**
AERSTX	=	_ _ _ _ _ _	_	_ _ _ _ _ _	=	**EIORTV**
CDINSY	=	_ _ _ _ _ _	_	_ _ _ _ _ _	=	**EILSST**
BCORSU	=	_ _ _ _ _ _	_	_ _ _ _ _ _	=	**AINSST**
EEHRTO	=	_ _ _ _ _ _	_	_ _ _ _ _ _	=	**EEHMRS**

_ _ _ _ _ _

Blagues

La ville et la campagne

Un petit garçon de la ville voit passer un paysan à bord d'un tracteur rempli de fumier.
– Vous allez où avec ça, monsieur, demande le bambin.
– Ah ben, je vais mettre ça sur mes fraises.
– Mais ça sent mauvais ! Venez plutôt chez nous, maman elle met de la chantilly sur les fraises.

***

Un couple de villageois se promène dans une ville sans cesse en travaux, comme Paris par exemple. Soudain, l'homme tombe dans un trou. La femme entend un « plouf ».
– Chéri, rassure-moi, tu as de l'eau jusqu'où ?
– Jusqu'aux chevilles, croit-elle entendre, dans un mélange de syllabes et de glouglous.
– Ah, tu me rassures, prononce-t-elle alors sans être totalement sereine.
– Bah pas totalement, reprend la voix, je suis quand même tombé la tête la première...

***

Un fils de comédien et un fils de paysan bavardent.
– J'ai envie d'être acteur, dit l'un.
– Moi aussi, j'ai envie des tracteurs, confirme l'autre.

CHARADE

Quelle chanson cette charade illustre-t-elle ?

Mon premier peut être collant avec les femmes.

Mon deuxième est écrit sur un des côtés d'un colis fragile.

Mon troisième sert à introduire une explication.

Mon quatrième a des feuilles luisantes garnies de piquants.

Mon cinquième n'arrête pas le bon sauteur à Auteuil.

Mon sixième vient après vous, mais bien avant nous.

Mon septième est une pioche dont on se sert pour biner.

Mon huitième est la conjonction de coordination la plus utilisée.

Mon neuvième est commun au musicien et au plongeur en apnée.

Mon dixième devance le Rhin ou suit les Pays.

Mon onzième est un transport en commun routier.

Mon tout a été prononcé pour la première fois en 1987.

CLÉS en main

Bella garde les souris pour nourrir son serpent dans un vivarium sécurisé par un mécanisme de coffre-fort. Notez dans chaque clé la lettre à laquelle elle est associée sur la page de droite. En trouvant le bon point de départ et le bon sens de rotation, lisez le mot de passe ouvrant la serrure. Attention aux trois clés piégeuses.

U
E
S
R
D
P
L
M
I
A
N
O

Paroles, paroles...

Vous avez tous fredonné *Paroles, paroles*, le duo improbable de Dalida et Alain Delon. Ces extraits d'autres tubes sont certainement quelque part dans votre mémoire. Exercez-la en retrouvant la parole manquante.

1. « Je ferais mieux d'aller choisir
mon .... pour te plaire
dans la langue de Molière »

2. « Un p'tit regard, un p'tit ....,
peu prennent le temps, ils ne font que courir »

3. « À quinze ans, je voulais juste en avoir seize ;
à seize ans, j'étais .... de voir
le reste »

4. « Porter le .... des départs,
brûler d'une possible fièvre »

5. « Je m'en vais faire un tour
et je rêve d'un .... n'existant pas,
qui pourtant m'attristera »

SANS chichis

Chichis improbables

Vous l'aviez senti, le glissement dans le texte précédent consacré aux mots à double chi. J'ai précisé « jouable au Scrabble », car évidemment il y en a plus que cinq, si on consulte une encyclopédie de noms propres bizarres et de noms communs à coucher dehors avec une carte magnétique du Ritz en poche.

Voici donc ce à quoi vous aviez jusqu'ici échappé, en vous contentant du chienchien, du chinchilla, du Cochinchinois, du haschischin et de tchintchin. Partons dans l'Isère, pour découvrir la commune de Chichilianne. Au pied du mont Aiguille, difficile de trouver son chemin et ses moins de 300 habitants dans cette botte de foin. Si vous préférez vous rendre au Venezuela, ne ratez pas Chichiriviche. Vous m'en donnerez des nouvelles car je n'en ai pas eu depuis longtemps.

Les spécialistes d'histoire grecque ou perse vous parleront de la chiliarchie, 1024 hommes formant une division de la phalange, ce qui doit vous mettre sur la voie qu'une phalange n'est pas une portion de doigt, en ce sens. En italie, Chiusavecchia semble une ville vieille et fermée. Probablement par peur des *Echinorhynchidae*, des vers cylindriques non segmentés. Berk ! On me signale aussi les *Neoechinorhynchidae* : ces petits vers à tête épineuse peuvent atteindre 70 cm et s'accrochent à la paroi intestinale. Non merci. Je termine par la schizotrichie, la division des cheveux à leur extrémité, tout aussi horrible, si t'es une fille et que t'as pas de shampoing. Allô !

Le Pendu

Vous avez tous déjà joué au pendu. Observez bien les neuf lettres consécutives des essais infructueux, et déduisez-en le seul mot possible dans cette configuration. Vous serez calé !

Lettres déjà proposées mais pas dans le mot :

L M N O P Q R S T

C _ _ C _ _ _ _ _ A _

COLORIAGE

COLORIAGE

FLÉCHÉS

Dans cette grille, toutes les définitions ne sont pas données dans les cases. Des chiffres indiquent la place de la première lettre du mot à trouver, horizontalement ou verticalement.

HORIZONTALEMENT : 1. Entretien avec un vampire. **8.** On en jacta avant *jacta*. **12.** Monsieur Turner. **15.** Qui n'adore pas votre Dieu. **16.** Relative à une ancienne glaciation. **18.** Fromage néerlandais en boule. **19.** Produit cosmétique en stick. **21.** Longueur à Pékin. **22.** Bonnes pour les petits. **24.** On l'associe au sable chaud. **27.** Vocalise sans paroles. **28.** Plante hérissée. **29.** Métal objet de ruée. **30.** Temps de délassement. **31.** Extrait d'agar-agar. **33.** Déformation phonétique. **36.** Est. **37.** Sportif doué pour le corps à corps. **38.** Titane. **39.** Testamentaire, il vient juste après l'autre. **41.** Bramer. **42.** Système de régulation de la température. **44.** Amis des autres. **45.** Matière grasse. **47.** Évalué. **50.** Chanteur à la voix fort aiguë. **52.** Héros des chants de Virgile.

VERTICALEMENT : 1. Remontée d'eaux froides. **2.** Habitant du Cotentin. **3.** Envoya la balle. **4.** Rhabiller pour l'hiver. **5.** Coucou noir des Andes. **6.** Enguirlandé. **7.** Menaces pour notre environnement. **8.** Actinium. **9.** Squatteur de greniers. **10.** Intervalle mesuré d'une main. **11.** Rendait plus fin. **12.** Film polonais oscarisé. **13.** Joseph de *Belle de jour*. **14.** Fin d'infinitif. **17.** Paradis biblique. **20.** Repli cousu. **23.** De façon presque certaine. **25.** Cela ne nous fait qu'à moitié rire. **26.** Possessif pluriel. **32.** Ses accords datent de 1962. **34.** Ferrure légère pour trotteur. **35.** Navires à vapeur. **40.** Rongeur à poils épineux. **43.** Haute tasse proche de la chope. **46.** Baille. **48.** Tente sa chance. **49.** Ruisselets. **51.** Colporteur de racontars.

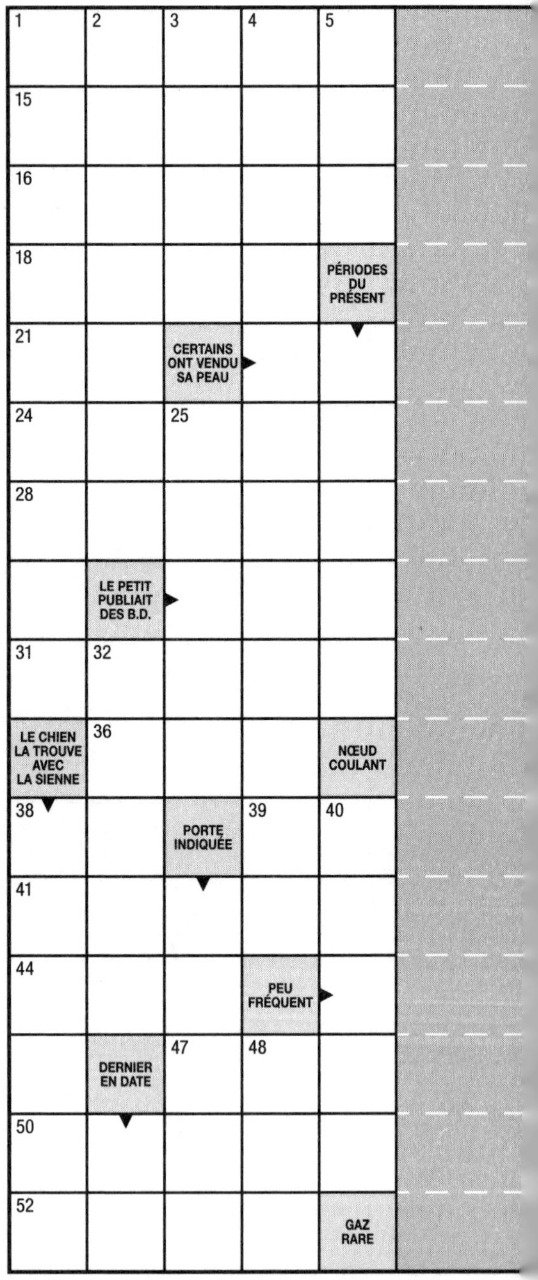

CROISÉS → ▼

	6	7	ME MONTRAI PLUS INTELLIGENT ▼	8	9	10	11	ANCIENNE GROSSE FERME ▼	12	13	14
COMBLER UN VIDE ▶											
17				VOMITIFS ▶							DÉPARTEMENT DE GRENOBLE ▼
19				20					HYPOTHÈSE ▶		
	LA BÉARNAISE Y EST APPRÉCIÉE ▶				NAGEOIRE CENTRALE ▼	22			23		
	26					QUI NE GUÉRIRONT PAS ▼	27				
COURS AFRICAIN ▼	29		METS SUISSE À BASE DE PATATES ▼	30						RECYCLÉ ▼	
					SODIUM ▶			TRANCHE D'HISTOIRE ▶			
	GROSSIT GRÂCE À LA GRAVITATION ▼	33			34			35			DEMEURÉES ▼
				VILLE DE DÉPÊCHE ▼	37						
							GREFFE ▶				
DÉPART DE COQUILLE D'ESCARGOT ▼	42				TERNIS ▶		43				
			NIVEAU DE JOUEUR D'ÉCHECS ▼	45	46				LIEUTENANT ▶		
				PAYS DU TADNANT ROUGE ▶					49		
		DARTHOISE DANS LA VOLAILLE ▶		51			HABILE PROCÉDÉ ▶				
					CRIBLES ▶						

Trois petits CHATS

Trois petits chats, chapeau de paille, paillasson, somnambule, bulle, bulle… Sur ce principe, remplissez les trente bulles, bulles, bulles, en vous aidant des indices précisant chaque début et fin de mot.

1-6. Donnez la vôtre au chat, si vous ne trouvez pas. **4-10.** Ce félin a inspiré Luchino Visconti. **7-12.** C'est ce qu'on dit au chat, dont on écrase la queue. **11-14.** Cette variété de panthère pèse plus que l'unité de masse de même nom. **13-18.** Cette race féline porte l'ancien nom du Sri Lanka.

17-23. Cette race a le nom de la Turquie asiatique, sans e final. **22-28.** C'est ici qu'un chat bien élevé fera ses besoins chez vous. **27-30.** Suffisamment nourri pour envisager une petite sieste de cinq ou six heures.

cacabons

Quelques animaux cacabent, quelle aubaine pour nous qui aimons conjuguer. S'ils cacabent, nous cacabons et cela justifie un jeu dans *L'Officiel des toilettes*, non ?
Comme Jean de La Fontaine, usons d'anthropomorphisme pour faire déclarer à six animaux différents qu'ils parlent. À vous de rendre à chacun son langage. Chaque terme doit servir une fois, pas plus.

1. Nous les grillons, nous ....

2. Nous les grives, nous ....

3. Nous les cailles, nous ....

4. Nous les orques, nous ....

5. Nous les paons, nous ....

6. Nous les œdicnèmes, nous ....

a. babillons

b. crions

c. braillons

d. chantons

e. cacabons

f. grésillons

SOUVENIRS de Géo

Y a pas qu'Uchaud

Je pensais avoir donné mon maximum, l'an dernier ou dans l'opus précédent, sur le maire d'Eu et le maire d'Houilles, mais en voyageant sur Google Maps, j'ai aperçu Uchaud et je me suis dit que vous seriez heureux d'en savoir plus sur ce lieu, les Uchaudois... et à l'œil, puisque votre Officiel ne coûte presque rien.

Uchaud est drainée par le Vieux Vi... stre, apprend-on sur tout bon site consacré à la ville. Celui-ci prend sa source à Bezouces. À part son incursion à Marsillargues, il reste dans le Gard et arrose (modérément) Aubord (on peut donc être au bord du Vieux Vistre à Aubord), Lédenon qui n'en a qu'un, Marguerittes qui aime trop le t, ou encore Vauvert où l'on n'a jamais vu aucun diable, et Uchaud.

Mais y a pas qu'Uchaud qui soit drôle dans le coin. Habiteriez-vous à Congénies ? J'imagine bien deux villages qui auraient fusionné : au nord du Valat de Rouveyrenque, les cons, et au sud, les génies (ou le contraire, je ne veux pas d'ennuis). Allez les gars, on arrête la ségrégation et on se rassemble à Congénies.

J'ai repéré aussi Clarensac. Si je pouvais y aller et lui enlever son L pour en faire Car en Sac, ces tout petits bonbons colorés au goût anisé... Leur nom serait tiré de celui d'une usine Car, créée en 1866 à Brignon, donc à peine à dix kilomètres de Clarensac ! L'ajout « en Sac » viendrait du fait qu'ils étaient vendus en sac. L'imagination au pouvoir. Si vous êtes du coin, dites-moi que tout cela n'est pas un hasard. Suis-je un con ou un génie ?

BONUS

Observez les lettres bien placées sur fond gris foncé ou mal placées sur fond gris clair pour deviner le seul mot final possible. Attention, certaines lettres n'ont peut-être pas encore été proposées.

M Gris foncé M Gris clair

S	L	A	L	O	M	E	R
S	Q	U	E	E	Z	E	S
S	I	N	U	S	A	U	X
S	H	A	B	O	U	O	T
S	L	E	E	P	I	N	G
S	_	_	_	_	_	_	_

ALPHAKU-KU

Remplissez la grille pour que chacune des lettres
« **D**, **F**, **I**, **K**, **L**, **N**, **O**, **P** et **Y** »
figure une seule fois sur chaque ligne, dans chaque colonne
et dans chaque petit carré de neuf cases aux contours renforcés.
Quelque part s'inscrira un nom évoquant
la face cachée de la Lune.

I			K					F
N			L					
P					F		I	
	F		Y			D		P
K		Y			P		O	
	K		P					N
					K			D
O					I			L

Calculs durs, hein !

\+ − × ÷

Avec les quatre opérations de base (**+ − × ÷**) et en utilisant au maximum une fois les plaques proposées, tentez d'atteindre le nombre cible : **947**.
Il n'existe qu'une façon de parvenir au résultat.

947

2 - 3 - 4 - 5 - 6 - 7

L’éToilette

☆☆☆

Chaque définition indique le point de départ et le point d'arrivée du mot à trouver. Remplissez la petite étoile, l'étoilette pour rester dans le thème de l'Officiel, puis arrangez les lettres collectées dans les cases grisées pour former un nom que vous trouverez en surfant.

1-5. Protège des espèces menacées.

1-8. Dont on vous disait bien qu'elle allait expirer.

2-10. Ragoût ancien plus très ragoûtant.

3-30. Cochon de terre dont Seth a la tête.

4-13. Principe odorant qu'aurait pu badigeonner Van Gogh.

5-15. Il finira déplumé, comme quelques humains.

6-7. Le bois de houx. D'où ? De LA !

8-15. Jack pote qu'il vaut mieux ne pas toucher.

9-20. Un raté à la guerre, un succès à la galerie.

11-22. Article parlant de la fin dès le début.

12-23. Sonnez l'hallali, c'est là, la lie.

14-21. L'édit commandement.

16-29. Serpents dans la bouche de vantards.

17-31. Dont l'empreinte va sembler criminelle.

18-28. De l'espèce rassemblant Bourdon et Poux.

19-32. Un paquet de gens bons.

24-25. La crasse est difficile à récupérer.

26-27. Il ne craint pas la mort et ne quitte jamais sa bière.

ChatGPT OQP

La beauté du bot

– Ouais, j'ai un autre truc qui me titille, comme disait Grosminet. Ton nom, c'est ChatGPT. Tu sais qu'en français, ça fait « J'ai pété » et que ce n'est pas tellement classe ?

– Je comprends que le nom « ChatGPT » puisse prêter à confusion et avoir des connotations humoristiques en français. Cependant, il est important de noter que le nom « ChatGPT » est une abréviation de « Chatbot GPT » (pour *Generative Pre-trained Transformer*), qui fait référence à la technologie et à l'architecture utilisées pour développer l'intelligence artificielle derrière cette conversation. Il n'y a pas d'intention délibérée d'utiliser le nom « ChatGPT » pour faire référence à l'expression « J'ai pété » ou pour être vulgaire. C'est simplement une coïncidence malheureuse des sonorités entre les deux expressions en français. Je vous remercie de votre remarque et de votre feedback.

– Attends, ChatBot tu dis ? Mais alors, tu es le Chat Botté !!!! ChatBot c'est un nom de code raccourci. Je savais que tu étais un chat. Ou peut-être même le Chat Potté, celui qui pète et qui dit des horreurs ?

– Je comprends que vous puissiez faire des associations amusantes avec le nom « ChatGPT » et le personnage du Chat Botté [...] Je ne suis pas le Chat Botté et je ne suis pas capable de dire des horreurs intentionnellement.

– Tu as des bottes de sept lieues ?

– En tant qu'intelligence artificielle, je n'ai pas de forme physique, donc je n'ai ni pieds ni bottes, qu'elles soient de sept lieues ou autre. Les bottes de sept lieues sont un élément de l'histoire du Chat Botté, un personnage de contes de fées.

– Mais tu as des puces, donc tu es un chat.

– En tant qu'intelligence artificielle basée sur des modèles de langage, je fonctionne grâce à des infrastructures informatiques qui utilisent des puces informatiques pour exécuter les calculs nécessaires au traitement du langage naturel et à la génération de réponses. Cependant, il est important de noter que je suis une entité logicielle et que je ne suis pas directement lié ou intégré à une puce spécifique.

CRYPTOGRAMME

Remplacez chaque symbole par l'une des deux lettres qu'il crypte pour découvrir une phrase répétée par Serge Gainsbourg dans un titre où une jeune fille le fait patienter...

A	B	C	D	E	F	G	H	I	J	K	L	M
N	O	P	Q	R	S	T	U	V	W	X	Y	Z

le PQRST

Quelquefois, vous avez beau tirer la chasse : cinq minutes plus tard, vous constatez que « le PQ est resté » et flotte dans la cuvette. Les huit réponses aux définitions suivantes commencent par huit lettres consécutives de l'alphabet, dont l'inévitable PQRST. Désormais, à vous de savoir si la première solution commence par M, N, O ou P. Aidez-vous des lettres indices.

1. Il s'aima fort à en piquer un fard. . . . .

2. Elle s'observe vue des loges. . . . .

3. Explication choc . . . .

4. Elle se trouve avant ? . . . .

5. Chaste gardée. . . . .

6. Un rien le déchire. . . . .

7. Tous ses chemins mènent à Rom. . . . .

8. Vous pouvez l'appeler thomas. . . . .

Séries de lettres permettant de reconstituer les huit mots précédents (l'ordre n'est pas celui des définitions) :

AGILPTU	BCDEEEINO
CEEILNS	EEIORRS
ACEINRSS	AILNRU
AEGINST	EINOQSTU

C'est Gâchis

Quelle fleur n'apparaît pas en même quantité que les autres ?

(M)OTS

DÉCOURAGEMENT
PRENANT SUR INTERNET
ENGINS VOLANTS À PALES
NETTOYÉ
INFUSION
PRODUCTEUR D'ALCOOL DE POMME
AFRICAIN DE BAMAKO
CORONAVIRUS
ANNEAUX SOUS LA SELLE
L'EUROPE
EMBAUCHES
CONVIENT
VOLAILLE DU JEU
CAVERNE DE FAUVE
BOIT TEL UN CHAT
SUPPORTS DE DRESSING
COGITE
VILLE DE DÉPÊCHE
BÉATIFIÉE
À QUATRE CÔTÉS ÉGAUX
QUI VOIT MAL DE LOIN
UTILITAIRE RENAULT
CHEVILLES POUR GOLFEUR
3,14
UMBERTO DU *NOM DE LA ROSE*
«À LE»
VOLGOGRAD NAGUÈRE
MAFIEUX DE SÉRIE CULTE
CLAVICULE
PRISON
FROID, DÉPOUILLÉ
AUROCHS DISPARU
TANTALE
NI BASIQUE NI ACIDE
FOUILLER, FOUINER
CAPTIVANTE
RÈGLE THÉÂTRALE
ET VOILÀ !
SERVIETTES À USAGE UNIQUE
APRÈS VOUS
EN COCKTAIL, IL EST FIZZ
MON AMI
CUBE DE YAMS
RAFISTOLERIONS AVEC DE LA GLU
DÉMENTIRONT

(F)LÉCHÉS

MÉTAL EN FILON
CHÂTEAU POUR DIANE DE POITIERS
NON TRAVAILLÉ
QUI PARLE ALLEMAND
CHIFFRE
ORGANISER DANS L'ESPACE
AFFAISSEMENT VERTÉBRAL

DÉSERT DE DUNES
L'ÉCRAN FAMILIAL
STATION DE RADIO DES *GROSSES TÊTES*
DESSERT DE LIO
BONNE ACTION
PENSÉES SOUDAINES
ME MOQUAI
ARTICLE FÉMININ
MÉDECIN AU DIVAN
CHIEN EN ARGOT
TRANSPIRER
TIC
TAMISA
FEMELLE GRIZZLY
DIALECTE DU SUD
POINT AU SERVEUR
DÉTIENNE
FRUIT EXOTIQUE JAUNE
POMPETTES
LACROIX OU DIOR
VARIÉTÉ DE POMME
SONGE
VERSUS
PELOUSES DU TROU À ATTEINDRE
EMPEREUR DE RUSSIE
UNE DAME À LA FRONTIÈRE
LE SMOKING IMITE SA QUEUE
COUPER COURT
OTORHINO
UN GESTE POUR LA PLANÈTE
CHASSELAS EN GRAPPE
BOUCHE DE LA SEINE
D'OR, ELLE ATTIRE JASON
AMATEUR DE REGGAE
MARCHÉ DE RUE
L'IRAN D'ANTAN
NYMPHE DES EAUX
DE L'ART DES ANNÉES VINGT
INTERNET PROTOCOL
AUSSI
ÉNONCE
RAPPEL APRÈS *BIS*
À REFLET DE NACRE
MODULE D'*APOLLO*
BIÈRE ANGLAISE
LIEUTENANT
SHOOT
IDEM OU IDAHO
ELLE PIQUE QUAND ELLE N'A PAS DE RADEAU

La puce à l'oreille

Un fil logique relie sans équivoque possible les six mots suivants. Pensez à des expressions connues ou toutes faites. Faites défiler toutes les associations possibles ou jouez la carte (puce) des petits sauts (de puce) mentaux, jusqu'à ce que l'une d'elles vous mette la solution à l'oreille.

BÉBÉ

MATHS 

 **PÉPIN**

 **COINCER**

PAPIER

 **NIVEAU**

....

PAIR ou IMPAIR

0	1
1	0

Dans ce jeu binaire, la première grille à compléter ne contient que des 0 et des 1, avec trois règles à respecter :

1. Chaque ligne (et chaque colonne) contient quatre 0 et quatre 1.
2. Il est interdit d'écrire trois chiffres identiques ou plus côte à côte.
3. Deux lignes (ou deux colonnes) ne peuvent être identiques.

Une fois la grille terminée, regardez le second tableau constitué de lettres. En ne lisant que celles des cases où vous aurez trouvé un même chiffre (le 0 ou le 1, à vous de voir), vous compléterez la citation de bas de page.

1						1	1
	0						
1					0		0
1							
		0					0
		0		0	0		

P	R	E	E	Q	U	C	H
I	E	U	N	R	I	L	A
C	L	A	P	R	P	R	E
N	E	D	P	F	R	A	E
F	C	E	I	R	L	E	E
R	M	E	E	N	S	T	T
L	E	A	R	M	M	U	O
U	E	C	T	H	E	T	E

Citation de Benjamin Subac (dit Noctuel) à compléter :

« Le poisson est un animal susceptible : en présence du...

.. »

RATURE
de litté~~rature~~

Le Bart(hes) abat

Il y a des signes qui ne trompent pas, je vous le dis. Moi, je bosse tout le temps, mais je fais dix choses à la fois : des grilles pour l'excellent magazine *Télé Star Jeux*, des mots croisés pas piqués des hannetons pour *Science &Vie*, j'écris des bouquins sur les sorcières et le Moyen Âge, des casse-tête, des escape games, des cahiers de vacances, je crée les grilles de Judith Potts, l'héroïne des *Dames de Marlow*, mais j'ai toujours un carnet de notes à proximité. Et un jour, je me dis : « Tiens, y a rature dans littérature ; il faudra que j'en fasse quelque chose. » Et j'ajoute « Officiel 2024 ? »

Bim, l'année arrive. Je cherche, j'explore. Je me demande si quelqu'un s'est déjà fait la remarque et en a tiré quelque chose d'intéressant. Et là, boum (car j'ai déjà écrit bim) : Barthes, sans accent. Roland – pas celui qui ne sait pas parler au *Quotidien* sans lire péniblement un prompteur syl-la-be par syl-la-be. Un jour de séminaire au square Rapp, selon la source expositions.bnf.fr, le grand Roland nous livre sa chanson, dix siècles après l'autre : « La littérature, c'est la rature. »

C'est clair comme de l'eau de Frison-Roche, il faut en suer pour écrire. Ainsi, la littérature naîtrait de la forme homophonique « Lis tes ratures » : observe tes erreurs, corrige-les, va vers le texte ultime, parfait. Il y a eu un Salon du livre jeunesse Lis tes ratures, les 13 et 14 mai 2023 à Sainte-Eulalie. Et il existe une librairie à Nantes portant ce nom. Tout le monde s'est jeté sur le filon.

Bon, ben, j'avais cru entrevoir une idée, que mille personnes avaient déjà exploitée. Mais si je vous dis que je partage ma vie avec un Bart, ni Roland ni Yann, vous n'allez pas me dire qu'il n'y a pas un signe, une preuve de l'existence de Dieu. ~~Nom de Dieu !~~

Au Tableau

Le prof vous envoie au tableau sur un sujet que vous devez maîtriser. Remplissez la grille en vous aidant des indices et des séries de lettres constituant la réponse. Vous lirez verticalement un terme supplémentaire appartenant au même champ lexical. Aujourd'hui, seconde interro sur le caca. Ne ratez pas votre rattrapage !

1. *Si belle semble cette sculpture à son auteur, elle finit par couler.*
2. *Ce terme dérive du nom donné à la fiente de pigeon.*
3. *Elle ponctue salement un passage aux toilettes mal nettoyé.*
4. *Cette forme de caca est « poussée », pas uniquement par un bûcheron.*
5. *Celui-ci, vous le connaissez à titres multiples et y jouerez dans cet Officiel.*
6. *C'est à l'origine un bois insuffisamment carbonisé qui dégage une sale odeur...*

Séries de lettres à ordonner et replacer :

ACCCHHIRST – BENORZ – EGILRUV – BCILMNOO EFMNORU – DINNOR.

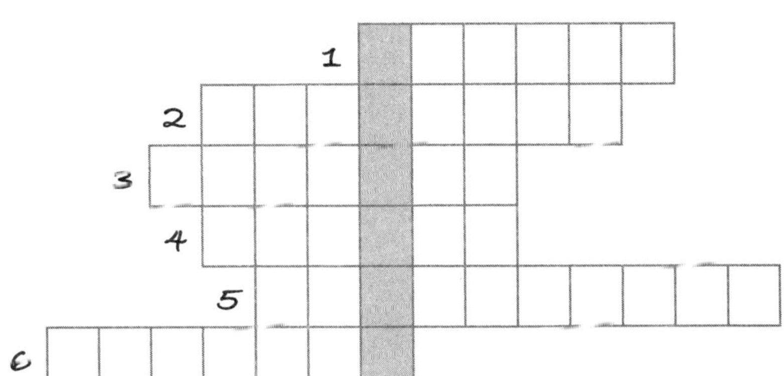

CROISÉS 3D

Cette grille est en 3D, mais inutile de chausser vos lunettes pour le cinéma ! Les mots s'y croisent dans trois directions indiquées par les flèches blanches sur fond gris. Inscrivez vos réponses en respectant les sens indiqués et sans dévier : la perspective est un peu trompeuse au début, mais vous allez vite vous familiariser. Embarquez pour un fabuleux voyage dans l'espace !

HORIZONTALEMENT :

A. Il s'abreuve de rouge sous les encouragements du supporter. **B.** On y apprend le sens du devoir. **C.** Du pays de Losail et de l'oseille. **D.** Conforme au droit de l'homme, mais à rien d'autre. Circuit à bobine et condensateur. **E.** Apparue quand le travail était terminé. Même dure, elle reste molle. **F.** Ce n'est pas de la bonne chère, mais ce n'est pas cher... Commentaire littéral. **G.** Qui passe en machine. Mal dit. Théâtre de Périclès. **H.** Cours kazakh. Points de vue continentaux. **I.** Influencé par Pékin. Crevasse. Période.

VERTICALEMENT DE DROITE À GAUCHE :

I. Découpé par Vinci ou par vingt scies. Descends une bière bien froide. **II.** Qui s'oppose à tout ce qui est malin. Gendre de Mahomet. **III.** Félin que vous ne verrez pas dans un fjord norvégien. Teinter aux couleurs de Roussillon. Dépression longue dans laquelle on ne doit pas tomber. **IV.** Stupéfaite. S'incliner latéralement. **V.** Objet de nos aspirations. De nature ardente. Olympique d'Aulas. **VI.** Une de force ouvrières qui travaille pour sa reine. Rang taxinomique. **VII.** Dispositif de pêche. **VIII.** On y parle chiac. **IX.** Peu brillantes.

VERTICALEMENT DE GAUCHE À DROITE :

1. Mayennaise habituée des Bouts de Ficelles. Père d'Ésaü. Test de faculté. Pronom réfléchi. **2.** Que l'on ne peut pas réprimer. Manquer de savoir-vivre. **3.** Sortie d'une Grande Casserole. Yaourt identifié comme bulgare ou anglais. **4.** Impair. Elle creuse l'écart au billard. Tour rapide. **5.** Spécimen d'espèces préservées. École interdite à son anacyclique. **6.** Écrivain du *Nom de la rose*. Reproduisiez en boucle. **7.** Doutes selon Descartes. Empruntée au quotidien. **8.** Naître, vivre et mourir. **9.** Type de lave à surface rugueuse.

Sales Bobines

Sur ces claquettes poussiéreuses, trois titres de films avec une même actrice sont difficilement lisibles, partiellement effacés ou masqués. Époussetez et devinez l'identité de cette actrice.

....

....

....

L'actrice mystère : ....

CROISILLONS **FUN**

Complétez cette grille où les lettres de FUN ont déjà été positionnées, lorsqu'elles sont présentes. Attention, les définitions amusantes sont souvent à prendre au second degré.

1. Bras mort, mais resté chaud.
2. Bain de vapeur.
3. Moins comprimée, sur l'ordi ou la peau.
4. Rejouer Entretien avec un lampyre.
5. Sort des rangs.
6. Son tableau ne sera pas vendu par le commissaire-priseur.
7. Additionner les sommes pour en faire moins.
8. Celui consort n'est pas toujours le plus charmant.
9. Temps portant au désespoir.
10. Trou du souffleur.

le bon tuyau

À l’aide des six croisillons, recomposez l’échelle en formant des noms en lien avec le marathon des sables. Voici un bon tuyau : le nom horizontal du haut est un peu trop « cool » pour cette épreuve dont une autre version est le « Marathon du sentier de la vallée de la Mort », dans le Nevada.

	R	
U	S	S
	E	

	D	
N	E	E
	S	

	C	
D	O	N
	U	

	E	
U	R	E
	T	

	M	
R	A	N
	R	

	C	
C	H	A
	E	

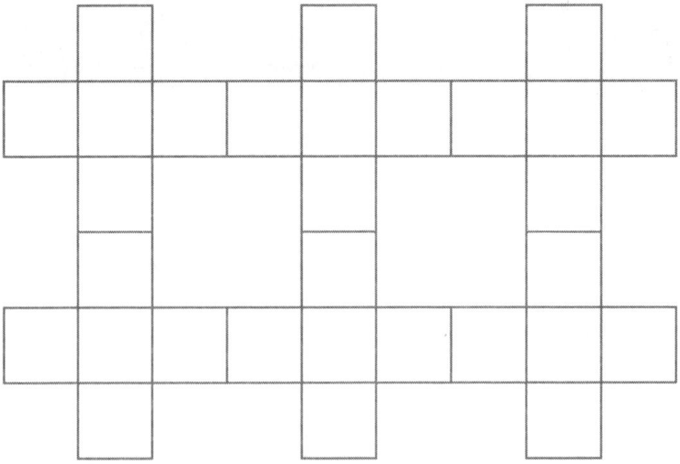

SEPT HORREURS

Faune Éthique
[fɔnetik]

Complétez phonétiquement le texte suivant en n'y ajoutant que des noms d'animaux. Il y en a vingt-cinq à replacer. Attention au langage parlé non soutenu où « y » remplace parfois « il », comme « pu » se substitue éventuellement à « plus ».

« Le chef des armées nous avait m.........................ération spéciale était en fait une guerre ! », explique papy. « On était heu.......................... colonel, sha.......................... main, nous dise la vérité : "...................... parisien vous fourre des craques. ....rine tire des missiles, sa situation est ....rd des côtes ennemies. Les obus de nos canons pleuvent et piquent les fantassins, comme des abeilles tombées de .... La ....gne, pas des Vosges car elle y serait bleue, montre l'étendue du conflit : ça fume !" Mais le chef le reprit : "Tu as .... as tort ! .... ça cesse, cette désinformation" et nous ne savions plus que penser. "...................... parle, troufion écoute", dit un proverbe d'asram indien. .... disait le chef, le pa.......................... j'aurais voulu m'y fier, mais celui-ci ne semblait pas avoir le .... milieu du visage, si tu vois ce que je veux dire. Sur le front, ça râlait : ....sés avant réception et dégustation, ...re d'un petit remontant alcoolisé, pluie d'ogi.......................... du camp. Le colonel, je le ....dre son sang-froid : "En tout ....", affirma-t-il encore. Il enfila ....ments militaires, car il faisait froid, il avala ....ahuète, la dernière du paquet, et il nous dit – faisant de nous des êtres asexués, mais nous le pardonnâmes – : "..........................., je vais le dire à ce chef de mes deux : « C'est .... qui commandes. »" Il le fit, ...illait et pas qu'intérieurement, mais l'autre le tua d'une balle : .... »

EN DÉCOMPOSITION

Comme dans la nature, rien ne se perd, tout se transforme. Recyclez une et une seule fois chacune des quatorze lettres de

REDISTRIBUTION

pour former deux mots répondant aux définitions proposées.

Observez l'exemple.	
Certains sont utiles (6 lettres) :	**IDIOTS**
Travailler dur ou purifier l'air (8 lettres) :	**TURBINER**
IDIOTS + TURBINER = REDISTRIBUTION.	

Sur le même principe, identifiez les couples suivants (entre parenthèses le nombre de lettres du mot cherché) :

1. Un côté du bateau (7) : _ _ _ _ _ _ _

Que personne ne recycle plus (7) : _ _ _ _ _ _ _

2. Présenté (9) : _ _ _ _ _ _ _ _ _

Un vent insuffisant pour l'éolienne (5) : _ _ _ _ _

3. Moquerie qui doit s'adresser à soi-même (8) : _ _ _ _ _ _ _ _

Un prix lourd à payer (6) : _ _ _ _ _ _

EN PURE LOGIQUE

Dix pêches bien mûres s'offrent à la vue et à la portée des passants, qui n'ont qu'à tendre le bras pour les cueillir.
Dix hommes affamés passent sous le pêcher.
Chacun prend une pêche et en laisse neuf sur l'arbre. Comment est-ce possible ?

....

Blagues

Hémorragie : est mort et gît

Deux compagnons de cellule comparent leur peine.

– Moi, j'ai pris cinq ans pour escroquerie, dit le premier. Et toi ?

– Moi, j'ai pris vingt ans pour secourisme.

– C'est pas possible ; personne n'est condamné pour avoir sauvé quelqu'un.

– Je te jure. J'étais chez ma belle-mère et elle a commencé à saigner du nez. Alors, je lui ai fait un garrot autour du cou pour arrêter l'hémorragie…

***

Un type remonte chez lui et arrive le visage en sang.

– Que t'est-il arrivé ? lui demande sa femme.

– Je me suis battu avec le gardien : il était un peu éméché et criait haut et fort qu'il avait couché avec toutes les femmes de l'immeuble, sauf une.

– Hum ! Je parierais sur la vieille fille du troisième, si tu veux mon avis.

***

– Qu'est-ce qui a deux pattes et qui pisse le sang ?

– Un demi-chien.

LES TRONCS

Savez-vous lire dans l'étron ? Trêve de scatomancie, remettez dans le bon ordre les indications trouvées dans les troncs. Partez à la chasse d'un rébus phonétique qu'il vous restera à déchiffrer.

....

LES MUTANTS

Ces titres d'œuvres ont muté : chaque terme important a été remplacé par un synonyme, un mot de même sens, ou un antonyme, un mot de sens contraire. Ainsi, *Les bronzés font du ski* pourrait devenir *Les visages pâles remontent la pente*, par exemple, dans la version antonyme, ou encore *Les hâlés partent en schuss*, dans la version synonyme.

À vous de retrouver le titre original de chacune des trois œuvres fictives suivantes : il peut s'agir d'un film, d'un tableau, d'un roman ou d'une chanson.

1. Mille Jours de compagnie incessante

....

2. La Gamine qui nageait dans la rivière

....

3. Le Jeune Violoniste à l'œil de lynx

....

SUDOKU-KU

Remplissez les cases vides de ce sudoku-ku pour que tous les chiffres, de 1 à 9, soient inscrits une seule fois sur chaque ligne, dans chaque colonne et dans chaque petit carré de neuf cases sur fond gris ou blanc.

		2			1	4	3	
6					9			
				5				7
			1					6
9		8	4		6	3		1
3					8			
4				7				
			9					4
	2	5	8			1		

Bouche-trous

Inscrivez une lettre par tiret pour reconstituer six mots de la langue française. Si le squelette de DREGS, le serpent attiré par l'anneau noir dans *Conan l'aventurier*, ne vous suffit pas, aidez-vous de l'indice. Interdiction de conjuguer !

1. D R E _ G _ S

2. D R E _ _ _ _ G S

3. D _ R _ _ E _ _ _ G S

4. _ _ _ D R _ _ _ E G _ _ S

5. _ _ D _ _ R E _ _ _ _ _ _ G _ S

6. D R E _ _ _ _ _ _ G _ _ S

INDICES :

1. Filets de pêche à triple réseau de mailles pour les gros poissons.

2. On y trouve des vestes en serpent, des ceintures en serpent, des chaussures en serpent…

3. Impossible de leur résister quand on passe à l'heure des thés.

4. Paralysies s'attaquant aux quatre membres.

5. Enquêtes réalisées pour être diffusées sur une station.

6. Cuirassés qui « ne craignent rien » pour torpiller les bâtiments ennemis.

LA TÊTE AU

Dans chaque carré grisé figure un mot. Trouvez une anagramme de ce mot correspondant à l'une des définitions sous la grille (exemple au centre : BARENTS pour l'indice 15). Inscrivez ensuite, dans chaque tête, le numéro de la définition du mot recherché. Reportez l'initiale de chaque mot trouvé, ici le B, dans les cases numérotées de l'échelle de décodage pour compléter la citation d'Olivier de Kersauson : « Quand un cachalot de 45 tonnes vient de tribord, il est prioritaire. À bien y penser, ... » À la fin, en cumulant les chiffres reportés, il vous faudra totaliser 65 sur toutes les lignes, les colonnes et les diagonales du carré magique !

ABÉLIEN - - - - - - -	LANDIER - - - - - - -	ÉRADIQUAIT - - - - - - - - - -	NOME - - - -	CARIE - - - - -	= 65
ODIN - - - -	ÉLIAIT - - - - - -	ENDURA - - - - - -	OUNCES - - - - - -	TENDS - - - - -	= 65
ANNOTAIS - - - - - - - -	VELU - - - -	SABRENT 15 **BARENTS**	VOLTA NOIRE - - - - - - - - - -	GAULLIEN - - - - - - - -	= 65
TOILÉE - - - - - -	RUIONS - - - - - -	SITUERAIS - - - - - - - - -	IRONE - - - - -	TRENTE - - - - - -	= 65
TRAQUE - - - - - -	PONGÉE - - - - - -	VILLA - - - - -	PUISARD - - - - - - -	LES - - -	= 65
= 65	= 65	= 65	= 65	= 65	

65 = (diagonale) 65 = (diagonale)

CA-CARRÉ

1. C'est le nombre de marins sur la mer, pour Tri Yann et Hugues Aufray. **2.** C'est une algue verte comme la laitue de mer. **3.** Cette mer baigne Ancône et Brindisi. **4.** Cette mer est reliée à celle de Marmara par le détroit du Bosphore. **5.** De la mer, elles évoquent un requin au cinéma. **6.** La mer Tyrrhénienne la baigne à l'ouest. **7.** Ce Philippe chante *Elle préfère l'amour en mer.* **8.** Après le mot naufragé, cela caractérisait Alain Bombard. **9.** Lorsque ses ailes eurent fondu, il fut précipité dans la mer. **10.** De mer, on l'appelle également « astérie ». **11.** Ce poisson-clown est le fils de Marin. **12.** Il a chanté *La Mer.* **13.** Cette Québécoise interprète *La Mer et l'Enfant*, un texte de Grand Corps Malade. **14.** Cet animal marin au squelette poreux finit dans la salle de bains. **15.** Cette mer fournit du pétrole à la Norvège et à la Russie. **16.** Elle part se reproduire dans la mer des Sargasses. **17.** C'est une cousine du cachalot. **18.** Ce hérisson de mer est couvert de piquants. **19.** Selon lui, « C'est pas l'homme qui prend la mer ». **20.** Alain Colas l'est à bord de *Manureva.* **21.** Cette Isabelle est la première à avoir bouclé un tour du monde en compétition. **22.** Cette organisation a inscrit la mer des Wadden à son patrimoine. **23.** La mer en est pleine. **24.** « C'est un fameux trois-mâts fin comme un oiseau. » **25.** Sa mer la sépare de la Grande-Bretagne.

1	2	3	4	5	6	7	8	9	10	11	12

		B										
13	14	**15**	16	17	18	19	20	21	22	23	24	25

LE RÉSEAU, L'HÉRÉSIE

Il y a presque autant de mots inventés d'une année à l'autre que de nouvelles influenceuses sur les réseaux asociaux vous incitant à vous injecter du Botox dans une arrière-boutique de quartier mal famé ou d'influenceurs vous expliquant comment arriver facilement à 6,5 % de masse graisseuse, pour faire moins bouffi que Ronaldo.

N'étant sur aucun truc de type Facebook, Twitter, Instagram, TikTok et compagnie, je vous en parle librement, sans avoir à placer d'autre produit que le mot « caca ». De sérieuses revues consacrent désormais des pages à « l'angoisse de faire caca ailleurs que chez soi », alias parcoprésie ou « rétention fécale psychogène ». La dernière version fait plus propre, non ? Elle a probablement été inventée par un malade de parcoprésie n'osant même pas prononcer le mot « caca ».

Personnellement, je le dis beaucoup, surtout dans les beaux milieux, à chaque fois que l'on me demande quel job je fais. Je passe sous silence toutes mes casquettes « propres et intellos » et m'étale sur le caca. En revanche, je ne vais pas aux toilettes chez les autres. Beurk ! *Vade retro, sale anus.*

Mais tous ces influenceurs et haters, que font-ils à part déverser en public du caca, que ce soit pour vanter un produit qui les soudoie ou pour se gausser d'un plus faible qu'eux, en meute ou derrière l'anonymat relatif d'un pseudo ou d'un avatar ? Vivement qu'ils aient peur et que cette peur porte un nom.

Sacré Délien

Six séries de lettres à gauche, six à droite. Chacune cache un mot utile, mais attention aux anagrammes qui vous perdraient.

L'ajout d'une lettre centrale permet de composer un mot de treize lettres, reliant les deux premiers, sans tenir compte des accents.

Les six lettres ajoutées au centre forment elles-mêmes un dernier mot vertical. Quel est-il ?

DEMNOS	=	_ _ _ _ _ _	_	_ _ _ _ _ _	=	**AINORT**
ACEHRT	=	_ _ _ _ _ _	_	_ _ _ _ _ _	=	**EIPQSU**
CEOQRU	=	_ _ _ _ _ _	_	_ _ _ _ _ _	=	**BCEHOU**
CENORT	=	_ _ _ _ _ _	_	_ _ _ _ _ _	=	**EEGLNO**
EINORT	=	_ _ _ _ _ _	_	_ _ _ _ _ _	=	**EILSST**
CCHNOO	=	_ _ _ _ _ _	_	_ _ _ _ _ _	=	**AEILLS**

_ _ _ _ _ _

LA CIBLE

Partez de la lettre cerclée. Choisissez le bon sens de rotation et sautez un certain nombre de lettres (toujours le même pour cette cible), lisez la suivante, puis continuez ainsi pour compléter une information de Jacques Bergier :
« Les Chinois ne pourront jamais avoir la bombe H, parce qu'ils n'ont… »

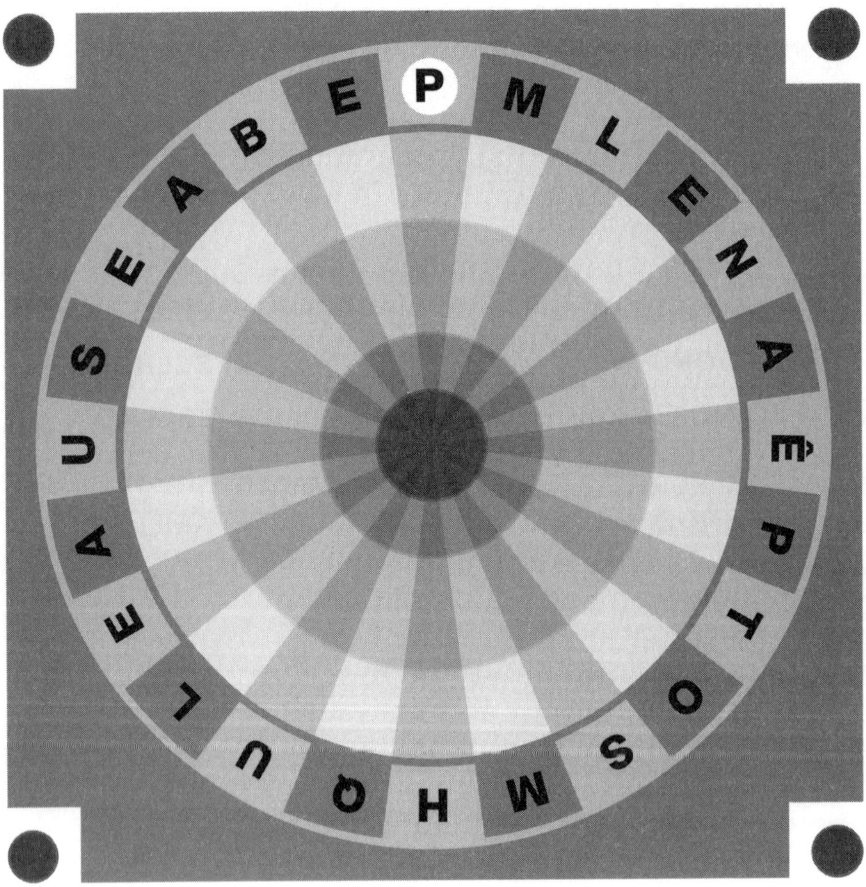

……………………………………………………………………………………………

……………………………………………………………………………………………

Paroles, paroles...

Vous avez tous fredonné *Paroles, paroles*, le duo improbable de Dalida et Alain Delon. Ces extraits d'autres tubes sont certainement quelque part dans votre mémoire. Exercez-la en retrouvant la parole manquante.

1. « Et loin de nos villes, comme octobre l'est d'avril, sache qu'ici reste de toi comme une .... indélébile »

2. « À la façon que tu as d'être à moi, à tes mots tendres un peu .... quelquefois »

3. « Salut à vous tous les gosses des îles Maudites jusqu'à l'.........................., salut à vous tous les zazous »

4. « Le cœur tendre dans le lit de Miss Clark, prisonnière du .... de Jarawak »

5. « Cette petite aventure va tourner en ...., éclaire-moi »

(M)OTS

DISETTE DURABLE

CHANTEUR DE *SAN FRANCISCO*

DÉFAUT CACHÉ

ÇA ENVOIE DU BOIS!

GRAIN À FLEUR

ENFONCER LES CROCS

ÉTUDE DES CHAMPI-GNONS

DÉGUERPIR

INVALIDITÉ LÉGALE

MAIS ENCORE

REFUS ANGLAIS

DISTRIBUÉ

SE LIQUÉFIER

ELLE PROFITE DE PERTH

LYCÉENS

SIFFLÉ

ALLUMAGE DE MOTEUR

RECUEIL DE BONS MOTS

ARTICLE CONTRACTÉ

CHENAL ÉTROIT

PERÇOIT

PRÉVINS

DU THÉÂTRE COMIQUE

PARESSEUX

LUETTE

VIENNOISE-RIE QUI FAIT MAIGRIR?

SORTIE DE LIT

D'AGENT INFECTIEUX

À COÛT PROHIBITIF

PAYS DE RIGA

ÉTONNER

CUBITUS

BÉATIFIÉE

ROUE DE POULIE À GORGE

OBTENU

SURFACE

MAGISTRAT

ÉCOLE D'ADMINIS-TRATION

UN SOUS *MI*

SCANDIUM

DES OURS

FORT MAUVAIS

(F)LÉCHÉS

QUI RÉPÈTE CERTAINES SYLLABES
EST-OUEST
CUIRE
GAMINE
POIDS EMBARQUÉ
LETTRE GRECQUE
QUI SUIT UN PLAN DÉTAILLÉ
PERTE DE VALEUR
CAILLOU SUR L'OCÉAN
APPELLE MA BICHE
ARRACHE LA PEAU DU CRÂNE
COLÈRE
MONNAIE DANOISE
LA PAIX SUR TERRE
ÉLÉMENT DE GAMME
FLEUVE SE JETANT DANS LA MER NOIRE
VILLE D'ARMÉNIE
COMPACT-DISC
SÉDUIT

RICHARD
3,14
FRÈRE CONVERS
ENGUIRLANDÉE
RÉSERVE À BAGAGES
MENACE DANS LE FRUIT
INTERNET PROTOCOL
VOISIN DU CHACAL
NEUVIÈME ART
DIFFÉRÉ
FILTRE À TOXINES
INJECTÉE
À NOUVEAU POÉTIQUE
AMIDONNÉ
CHEVALIÈRE
HMONG
TRUFFÉS DE PIQUANTS
CAPITALE DU NIGER
VIGNE EN ESPALIER
RENDUE MOINS EXPLOSIVE
CHANT DU CHŒUR
À ROME
COURBE DE VOÛTE
L'EUROPE
SE POSER DES QUESTIONS
DÉSACCOUTUMÉ
CHANTEUR POUR BÉBÉS
ENLEVÉS
COURS SIBÉRIEN
TOURS EFFECTUÉS
QUEUE DE SOURIS
CEINTURE DE KIMONO
ÉMINENCES
ANTIMOINE
MARAIS DE L'HYDRE
GRANDE OUVERTE
TENTES

SANS chichis

Sans ou cent

Une lectrice attentive, ayant épluché chaque *Officiel des toilettes* et m'ayant fait parvenir une liste des minimes erreurs qui s'y glissent parfois (vous savez, il suffit qu'un insecte se glisse dans les rotatives et le mot « maison » se transforme en « champignon », ce n'est pas de ma faute), me signale ici que j'ai titré Sans chichis, mais que mes pages en sont pleines.

Bah oui. J'avais hésité avec Cent chichis, mais après je me suis dit que cette lectrice allait les compter, réaliser qu'il y en avait 99 ou 101 et me faire un caca nerveux. Donc je suis resté sur l'expression connue, arguant que je parlerais sans chichis des mots contenant des chi ou des double chi.

Mais, pour lui faire plaisir et ne pas vous voler, puisque vous attendez de l'info sur cette page, pendant que vous poussez sur le trône, voici une liste de mots sans chichis, et même sans chi : yaourt, influenceur, décérébré, chou, ~~maison~~ champignon, trullo, troulala, itou, mousquitte, ~~chiant pignon~~, débilos, Dugenou, baluchard, panais, ahuri, comprenoire, cresson de pisson, Sissi, fanfreluches, ~~chiqué~~, mine, embarras, cérémonial, simagrée, manières.

Voilà, la correctrice a enlevé chiant pignon et chiqué, car elle a subtilement repéré un chi, je l'en remerchie. Sans chichis, c'est son boulot et elle est grassement payée.

PiPiramidal

Complétez la pyramide en inscrivant sur chaque flaque un total égal à la somme des deux nombres notés sur les deux éléments (flaque ou rouleau) immédiatement en dessous.
Le nombre 628 (314 + 314) au sommet a un petit parfum de pipi, puisque pi, c'est 314...

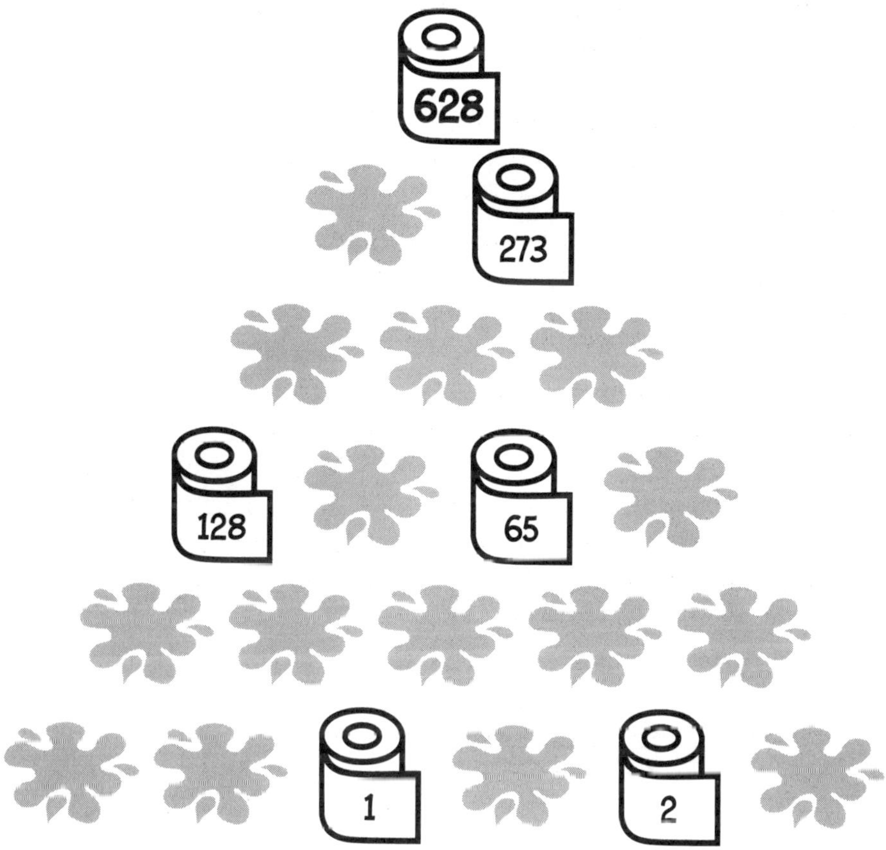

Trois petits CHATS

Trois petits chats, chapeau de paille, paillasson, somnambule, bulle, bulle… Sur ce principe, remplissez les trente bulles, bulles, bulles, en vous aidant des indices précisant chaque début et fin de mot.

1-8. C'est un chat ou un valet de trèfle que l'on se refile. **6-9.** La nuit, tous les chats le sont. **7-13.** Cela signifie «qui suscite la moquerie», comme un chat tombé dans la baignoire. **11-14.** Couleur de la race d'un chat russe, calme et attaché à son maître. **12-18.** Sida du chat.

17-21. Quand le repas l'est, minet rapplique. **20-27.** Moustache du chat, lui permettant de jauger les variations de l'air. **26-30.** *Friends* en est une américaine où Lisa Kudrow – alias Phoebe – chante le très comique *Smelly Cat.*

Tombez dans le panneau

Observez les panneaux et leurs indications fantaisistes.
Si aucune de ces villes ne se trouve à cette distance et/ou dans cette direction, l'ensemble des informations doit vous permettre d'identifier une ville secrète en huit lettres. À vous de comprendre ce que le génie civil avait en tête lorsqu'il a commandé ces drôles de panneaux. Ne tombez pas dedans !

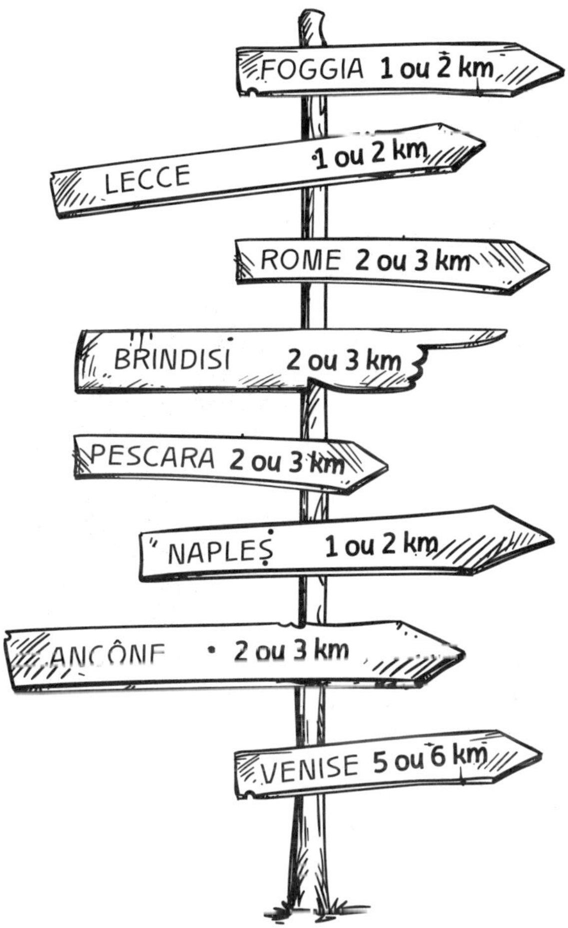

....

RATURE
de litté~~rature~~

Pas trop élitiste

« Sois pas trop élitiste ! », me dit Machinette, agrégée de lettres et désagrégée du foie, vu qu'elle trempe plus souvent sa plume dans le champagne que dans l'encrier. Moi, élitiste ? S'il m'arrive de citer Barthes, Cicéron et ma grand-mère, je parle plus souvent de selles que de sel. Bref, je me sens con et consens à inclure au champ de la littérature la chanson, puisque je me suis déjà abaissé à évoquer le cinéma dans cette chronique. Ta mère !

Dans les ratures de chanson, commençons par Véronique Sanson : « Tu m'as dit que j'étais faite pour une drôle de vie. J'ai des idées dans la tête… » Ainsi commence sa *Chanson pour une drôle de vie*. Jusqu'ici, tout va bien, comme dit Kassovitz dans *La Haine*. C'est après que ça se gâte : « Et je fais ce que j'ai envie. » Ben non, tu fais pas ~~ce que~~ t'as envie, Véro. Tu fais <u>ce dont</u> tu as envie.

Dans *Pas de boogie-woogie*, Eddy Mitchell veut du cuir, comme Souchon, mais plutôt dans le sens des liaisons dangereuses, et pas celles de Laclos. On l'entend brailler « Reprenez r'avec moi tous en chœur ». Ben non, « z'avec moi », zyva, Eh dis donc, Eddy !

Côté rappeurs, on ne va pas non plus s'étendre. Sniper nous tire une balle avec son « Si y aurait pas de balances, y aurait personne en prison. » Certainement un hommage à Petit Gibus qui, s'il aurait su, aurait pas venu. C'est la guerre des boutons qui vont nous sortir, si on explore plus avant les textes du rap.

Après, y en a des bien propres sur eux qui pourraient figurer au palmarès : « De l'ombre et de la lumière, lequel des deux nous éclaire ? », s'interroge Calogero. Et le féminin « laquelle », Caca, on l'oublie ? Quant à Françoise Hardy, son *C'est à l'amour auquel je pense* pose problème. Dans le titre, en plus. Pff, rature !

Le Trèfle

Prenez chaque fois une lettre différente dans une feuille de trèfle, en allant du plus foncé au plus clair, pour former quatre noms de fleurs.

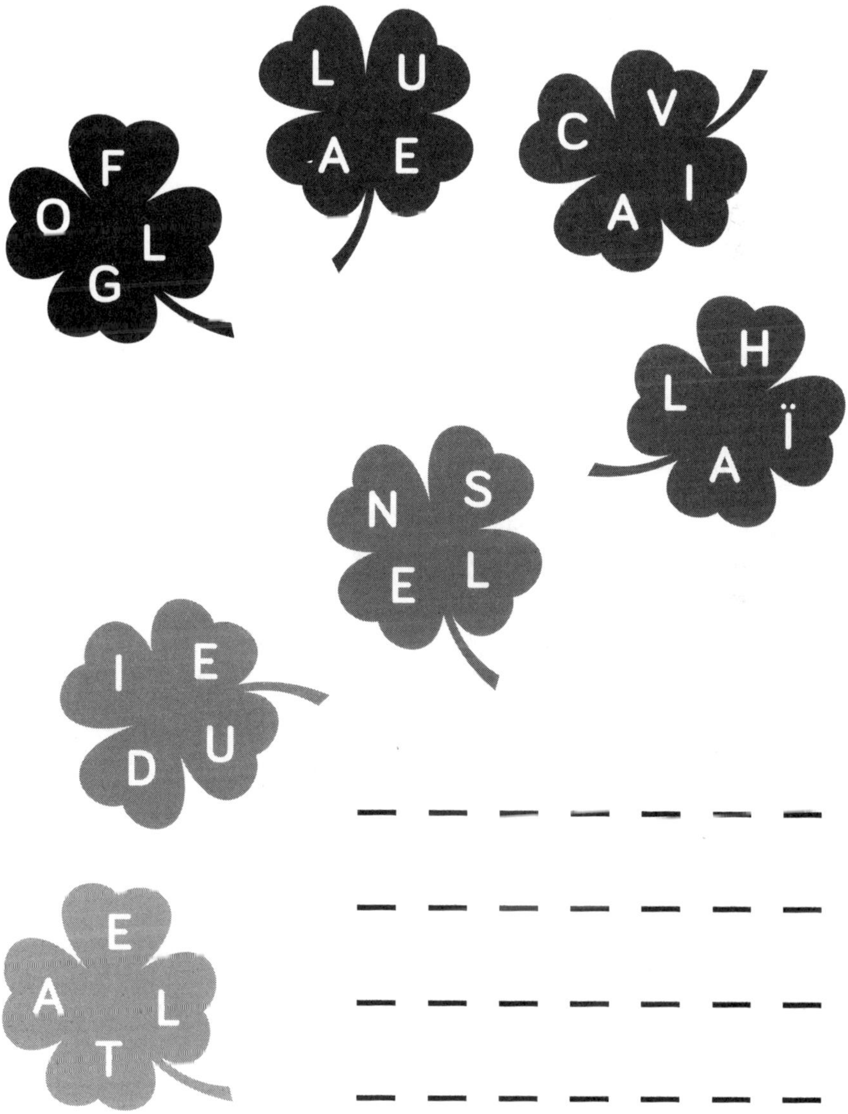

_ _ _ _ _ _ _

_ _ _ _ _ _ _

_ _ _ _ _ _ _

_ _ _ _ _ _ _

BONUS

Observez les lettres bien placées sur fond gris foncé ou mal placées sur fond gris clair pour deviner le seul mot final possible.

M Gris foncé **M** Gris clair

O	F	F	I	C	I	E	L
O	R	G	A	N	I	S	E
O	U	V	R	A	G	E	R
O	P	U	S	C	U	L	E
O	I	S	I	L	L	O	N
O	_	_	_	_	_	_	_

ROSACE

Remplissez les pétales de rose en ordonnant ces séries de lettres. Écrivez les mots de l'extérieur de la rosace vers le centre, comme dans les exemples MALIN et IDIOT. Attention aux anagrammes, il n'y a qu'une seule façon de compléter la grille.

Dans le sens des aiguilles d'une montre

A. AINNO
B. EEIRV
C. ADEIU
D. ABEIM
E. AEPSU
F. EGIRV
G. EINRU
H. AENNP
I. INORS
J. AIPST
K. AEMST
L. ACERX
M. ABILR
N. ALNOR
O. AIPRS
P. DELNO
Q. **AILMN**
R. GGIOT

Dans le sens inverse des aiguilles d'une montre

1. AEILS
2. EGINN
3. AINOV
4. **DIIOT**
5. AEINP
6. AEGMR
7. BRUUU
8. EIPRS
9. AEINV
10. ENNOT
11. AEIMN
12. ACEPR
13. ABIST
14. AELRS
15. EOPRS
16. AILRX
17. ALMOR
18. ADGIN

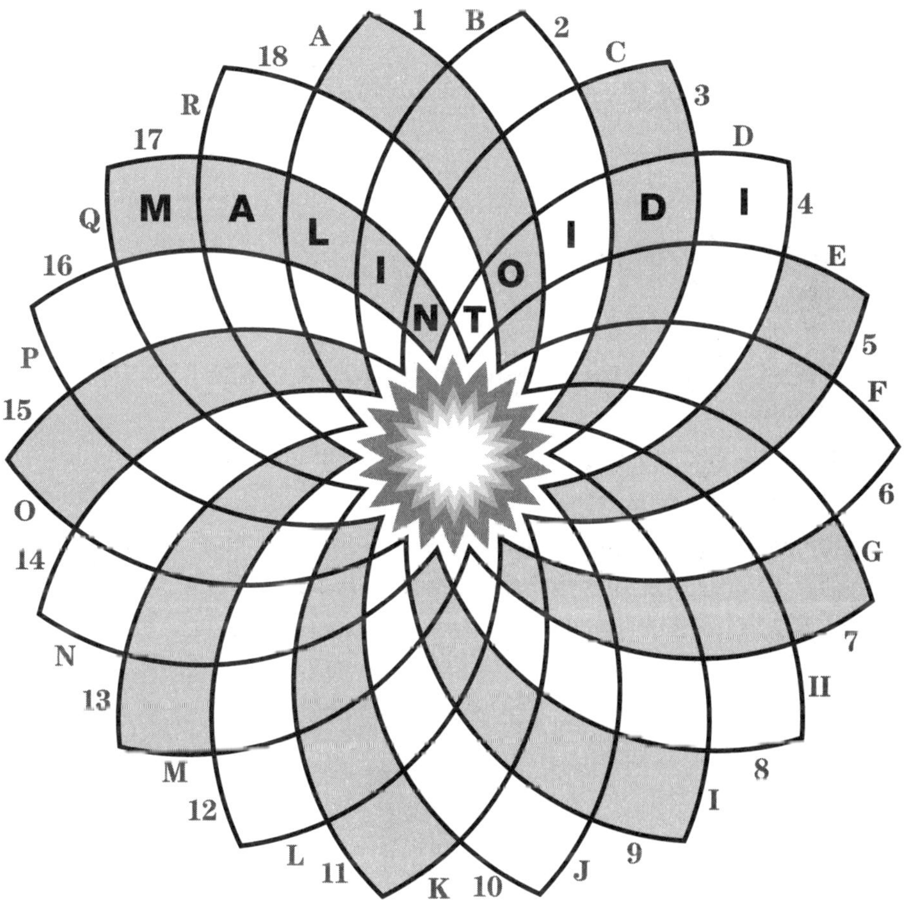

☺ Blagues ☺

Sur la faim

Un lapin se rend au restaurant avec un lion. Quand le garçon arrive, le lapin commande.
– Un jus de carotte, deux laitues, un peu de luzerne et, pour mon ami, un grand verre d'eau.
– Rien à manger pour monsieur le lion ?
– Non, non, rien, confirme le lapin.
– Vous êtes certain qu'il n'a pas faim ?
– S'il avait eu faim, je n'aurais pas fait la route pour venir jusqu'ici avec lui.

***

– J'ai faim, dit Antoinette à Gaston. Hier, je me suis fait un moka, tu veux la recette ?
– OK, dit l'homme peu contrariant.
– Alors, j'ai mis 500 g de farine, des morceaux de chocolat, trois pincées de poivre...
– T'es sûre ?
– Oui, oui. Puis de la crème fraîche, de l'huile d'olive, quatre œufs et du saindoux. Si, si, du saindoux ! Et du jambon, en petits dés, avec une cuiller de moutarde. Puis tu mets au four 30 minutes.
Trente minutes plus tard, le gâteau est cuit. Gaston goûte et s'écrie :
– Mais c'est dégueulasse.
– Ça ne m'étonne pas ; hier, c'était dégueulasse aussi.

LE CHICHSTRAC

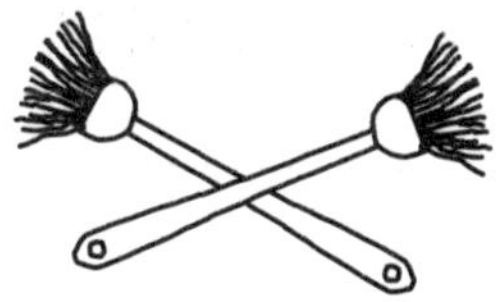

Dans les trois citations, un même terme a été remplacé par cet étrange **CHICHSTRAC**. Votre seule corvée sera de toiletter ces phrases pour retrouver le mot commun d'origine.

1 « L'étreinte de la mort est comme la **CHICHSTRAC** d'un amant, qui fait mal et qu'on désire. »

(WILLIAM SHAKESPEARE)

....

2 « Il y a une **CHICHSTRAC** douloureuse : le chagrin de ne pas partager avec un être aimé la beauté des moments vécus. »

(SYLVAIN TESSON)

....

3 « « La gloire est un serpent. Que jamais ne m'atteigne sa **CHICHSTRAC**. »

(VASSILI ROZANOV)

....

Les enfants TERRIBLES

Cinq couples à l'humour douteux envoient des bristols annonçant un joyeux évènement. Sachant que Chantal, Debbie, Donna, François, Frédéric, Paco et Thérèse sont nés, inscrivez les prénoms complétant les faire-part. Attention, une famille a eu des triplés !

Monsieur et Madame Goodie
ont le plaisir de vous annoncer
la naissance de

....

....

....

Monsieur et Madame Ponsable
ont le plaisir de vous annoncer
la naissance de

....

....

....

Monsieur et Madame Mémélababalle
ont le plaisir de vous annoncer
la naissance de

....

....

....

Monsieur et Madame Modlavieille
ont le plaisir de vous annoncer
la naissance de

....

....

....

Monsieur et Madame Olympiajyvépa
ont le plaisir de vous annoncer
la naissance de

....

....

....

le PQRST

Quelquefois, vous avez beau tirer la chasse : cinq minutes plus tard, vous constatez que « le PQ est resté » et flotte dans la cuvette. Les huit réponses aux définitions suivantes commencent par huit lettres consécutives de l'alphabet, dont l'inévitable PQRST. Désormais, à vous de savoir si la première solution commence par M, N, O ou P. Aidez-vous des lettres indices.

1. Son pet a odeur de sainteté. . . . .

2. Aller de *la* à *la* . . . .

3. Groupe sans gains. . . . .

4. Langue parlée ailleurs que sous la tente . . . .

5. D'orphelins, c'est un escroc à la roulette. . . . .

6. Sa chanson préférée : *La Vie en rosse* . . . .

7. Présenter en bouquet . . . .

8. Quand le méat coule pas ! . . . .

Séries de lettres permettant de reconstituer les huit mots précédents (l'ordre n'est pas celui des définitions) :

ADENPRST	ADEISQU
EEIRRTTU	ACEIORTV
ENNNO	AAEMRRSSU
ACEHQUU	EEEILRSTV

QUI fait QUOI ?

Nos pies ne tournent pas le dos à Rossini. À l'aide des quatre indices donnés ci-dessous, trouvez le nom de chaque pie, le lieu où elle chaparde, ainsi que le nombre de chapeaux et de diadèmes qu'elle a dérobés. Si vous bloquez, utilisez les deux indices supplémentaires en bas de page.

PIES VOLEUSES

1. La pie aux 60 diadèmes a fauché plus de chapeaux que la pie Dzéria, qui n'en a pas piqué que 10. La pie Kpokette a volé cinq chapeaux de moins que la pie aux 70 diadèmes.
2. L'oiseau aux 30 diadèmes a dérobé cinq chapeaux de plus que celui chapardant lors des défilés de mode. De façon plus globale, on a constaté le vol de cinq chapeaux de plus dans les écoles que pendant les défilés de mode, mais cinq de moins que lors des concours pour l'élection de Miss France.
3. La pie sévissant à l'opéra, qui ne s'appelle pas Slazuli, n'a pas subtilisé exactement 40 diadèmes.
4. L'oiseau au butin constitué de 15 chapeaux a chipé dix diadèmes de plus que la pie Sinn, mais dix de moins que celui volant aux anniversaires.

INDICES SUPPLÉMENTAIRES

5. La pie Birthday ne sévit pas pendant les anniversaires ; elle n'a pas chipé exactement 20 chapeaux ou 60 diadèmes.
6. Au total, la pie ayant volé le plus d'objets en a collectionné précisément le double de celle en ayant chapardé le moins.

GRILLE DE RÉSOLUTION

		LIEUX					CHAPEAUX					DIADÈMES				
		ANNIVERSAIRES	DÉFILÉS	ÉCOLES	MISS FRANCE	OPÉRA	10	15	20	25	30	30	40	50	60	70
PIES	BIRTHDAY															
	DZÉRIA															
	KPOKETTE															
	SINN															
	SLAZULI															
DIADÈMES	30															
	40															
	50															
	60															
	70															
CHAPEAUX	10															
	15															
	20															
	25															
	30															

TABLEAU DES RÉPONSES

PIES	LIEUX	CHAPEAUX	DIADÈMES

UroNews

Peelou, p'tit loup

Lorsque je découvre des initiatives me semblant positives, il me plaît de les relayer. Ensuite, à vous de vous faire votre propre opinion. En parlant de propreté, je suis tombé sur une invention, le Peelou, un pyjama spécialement conçu pour enfants et ados aux nuits perturbées par l'énurésie, le pipi au lit.

C'est une maman proche de la quarantaine qui a eu l'idée de concevoir un pyjama en quatre parties : un haut, un bas avec fond imperméable, un boxer tout doux avec une poche kangourou et un insert ultra-absorbant. Dalila l'a baptisé Peelou, en concaténant le verbe anglais *to pee*, « uriner », et le suffixe lou pour rappeler la douceur du pilou.

Les nuits où l'enfant a une fuite, seule la partie boxer + insert sera à laver, le haut et le bas parfaitement étanches restant propres, tout comme les draps et la couette. Il a fallu beaucoup de patience et d'essais à cette maman, concernée par l'énurésie de ses enfants, pour trouver les matériaux parfaitement étanches ou absorbants, ainsi que les bonnes techniques de couture pour éviter les fuites, mais le produit a vu le jour.

Si le Peelou aide les enfants et leurs parents à mieux vivre l'énurésie, n'est-ce pas un formidable progrès ? On peut parler pipi et caca, tout en étant utile. Renseignez-vous !

L'ombre de ton *HOMBRE*

Observez bien cet homme espagnol (si, si, on a vérifié ses papiers) : cet *hombre* possède cinq ombres, mais une seule silhouette lui correspond parfaitement. Laquelle est-ce ? Et non pas La Callas, qui n'est pas espagnole, d'ailleurs, c'est là qu'est l'os.

CALCULS OURS, hein !

+ − × ÷

Avec les quatre opérations de base (+ − × ÷) et en utilisant au maximum une fois les plaques proposées, tentez d'atteindre le nombre cible : **999**.
Il n'existe qu'une façon d'y parvenir.

999

2 - 3 - 4 - 5 - 7 - 8

SUDOKU-KU

Remplissez les cases vides de ce sudoku-ku pour que tous les chiffres, de 1 à 9, soient inscrits une seule fois sur chaque ligne, dans chaque colonne et dans chaque petit carré de neuf cases sur fond gris ou blanc.

	1			6	7	9		
			5					2
	5					4		
6			3				2	4
		5				8		
7	3				6			9
		3					9	
9					3			
		6	1	8			7	

L'éToilette

☆☆☆

1
2
3
4
5
6
7
8
9
10
11
12
13
14
15
16
17
18
19
20
21
22
23
24
25
26
27
28
29
30
31
32

Chaque définition indique le point de départ et le point d'arrivée du mot à trouver. Remplissez la petite étoile, l'étoilette pour rester dans le thème de l'Officiel, puis arrangez les lettres collectées dans les cases grisées pour former un nom qui se comprend d'un signe.

1-5. Il ne donne pas sa langue au chah.

1-8. Port du Ghana, où l'on peut se baigner, mais pas de morue.

2-10. Partenaire particulier pour Duras.

3-30. On y chante *Papaoutai*, m'a-t-on dit.

4-13. Dans l'atoll, ondulez-y.

5-15. Si elle rit, ce n'est pas de vos blagues.

6-7. Ex-crémant ?

8-15. Obligation de bosser, pour le pharmacien.

9-20. Maison de la culture.

11-22. Fleuve sans eau.

12-23. Parangon de sagesse.

14-21. Ni chaud ni froid.

16-29. Opération préalable au bourrage des urnes.

17-31. C'est aussi *thrash* que Slayer, Megadeth et Anthrax.

18-28. Toujours avec sa faucille, ça la rend marteau !

19-32. Sans lui, on ne pourrait pas s'enfiler un gin.

24-25. Sortir vainqueur de la coupe.

26-27. Parasite du lierre, c'est dire !

La puce à l'oreille

Un fil logique relie sans équivoque possible les six mots suivants. Pensez à des expressions connues ou toutes faites. Faites défiler toutes les associations possibles ou jouez la carte (puce) des petits sauts (de puce) mentaux, jusqu'à ce que l'une d'elles vous mette la solution à l'oreille.

CARTE

COURTE

MEUNIER

VALEURS

BAS

ÉCONOMIES

....

SOUVENIRS **de Géo**

Burlesque et chantant

En 2020, le défenseur de la culture occitane Patrick Lasseube met un terme à vingt-cinq ans de mandats locaux. En 2003, il avait fondé le Groupement des communes de France aux noms burlesques et chantants. La première rencontre de ses membres avait eu lieu dans le hameau de Mingecèbes, « mange-oignons » en occitan, dans la commune de Saint-Lys dont il était alors maire.

Les réunions suivantes eurent lieu à Beaufou, Cocumont, Arnac-la-Poste, Vaux-en-Beaujolais, Vatan, Bouzillé, Cassaniouze, Corps-Nuds, Andouillé, Vinsobres, Le Quiou, Marans, Folles, Monteton, Ballots, Bourgougnague…

Le groupement compta jusqu'à 41 membres, dont Bèze, Cudos, Coubisou, Latronche, Longcochon, Messein, Poil, Plumaudan, Nouvoitou, Vieillevie, Simplé ou Trécon. Mais le maire de Mariol, par exemple, refusa de les rejoindre pour garder une image sérieuse de la ville.

Qu'y avait-il de drôle dans le nom Vaux-en-Beaujolais ? Rien a priori, mais ce bourg inspira à Gabriel Chevallier le *Clochemerle* de sa chronique villageoise rabelaisienne, grand succès d'édition vendu à des millions d'exemplaires, dans vingt-six langues différentes, à partir de 1934.

Au début du roman, le maire du village confie à l'instituteur son projet de construire une pissotière près de l'église. Les notables se déchirent, une vieille fille surveille les lieux, le dossier Clochemerle remonte au plus haut niveau de l'administration. Un roman (et un film) à dévorer.

La lunette

Si vous n'y voyez rien, armez-vous d'une lunette
plus efficace que celle des toilettes.
Quel roman se cache derrière l'illustration suivante ?

FA	FA	FA	FA	FA	FA	FA	FA	FA	FA	
FA	FA	FA	FA	FA	FA	FA	FA	FA	FA	
FA	FA	FA	FA	FA	FA	FA	FA	FA	FA	
FA	FA	FA	FA	FA	FA	FA	FA	FA	FA	
FA	FA	FA	FA	FA	FA	FA	FA	FA	FA	
FA	FA	FA	FA	FA	FA	FA	FA	FA	FA	
FA	FA	FA	FA	FA	FA	FA	FA	FA	FA	
FA	FA	FA	FA	FA	FA	FA	FA	FA	FA	
FA	FA	FA	FA	FA	FA	FA	FA	FA	FA	
FA	FA	FA	FA	FA	FA	FA	FA	FA	FA	MI

....

SANDWICH

Complétez les mots horizontaux. Une seule des différentes possibilités vous permettra de trouver une expression argotique signifiant « déféquer ».

S	A		A	R	I
I	C		Q	U	E
P	R		S	O	N
A	B		I	T	E
S	P		L	E	O
D	I		E	C	T
E	X		C	E	T
P	I		S	O	N
O	F		E	R	T
T	A		E	N	T
P	I		G	E	R
A	C		E	T	E
S	E		T	E	R
D	E		O	R	S
E	N		R	M	E
P	I		E	N	T
O	R		C	L	E
T	O		C	A	N

CROISILLONS **FUN**

Complétez cette grille où les lettres de FUN ont déjà été positionnées, lorsqu'elles sont présentes. Attention, les définitions amusantes sont souvent à prendre au second degré.

1. Le dernier est toujours cité en premier.
2. Il est régulièrement mis à l'index.
3. Descendez-la et la vôtre monte.
4. Repaire d'un naïf chasseur de lions.
5. Champ de courses.
6. Homme fort du forum.
7. Dormant à la porte.
8. Moyens de s'en sortir.
9. Cachot belge portant mal son nom pour un prisonnier espagnol.
10. À une heure de route, pour qui a fait une super fête à Thouars.

Bandelettes

Un touriste a découvert dix bandelettes de papier, portant des inscriptions, non loin d'une momie égyptienne. En les remettant dans le bon ordre, vous découvrirez le résumé d'un roman évoquant l'Égypte. Les majuscules débutant chaque ligne – qui devraient souvent n'être que des minuscules, attention ! – formeront verticalement un nom associé à la vie de certains protagonistes. Quel est-il ? Devinez-vous le nom du roman et connaissez-vous son auteur ?

1. Des pachas, des industriels, des millionnaires
2. Opulence des années 1930 : un tailleur sur le toit,
3. En se mariant avec Zaki, conclut le roman sur une note optimiste.
4. Égyptiens et juifs avaient investi l'édifice, mais
5. Lâche, un fils de gardien rêvant de police et rattrapé par
6. Issu d'une famille riche, dont la fortune a fondu et que sa vigueur
7. Résidents actuels luttent pour s'en sortir. Elle est bien loin l'
8. Le jihad après un séjour en prison… Seule la belle Boussaïna,
9. Badaboum ! En cinquante ans, le niveau de vie a bien changé : les
10. Un homosexuel en danger de mort, un Zaki Dessouki

. . . .

CLÉS en main

Bella garde les souris pour nourrir son serpent dans un vivarium sécurisé par un mécanisme de coffre-fort. Notez dans chaque clé la lettre à laquelle elle est associée sur la page de droite. En trouvant le bon point de départ et le bon sens de rotation, lisez le mot de passe ouvrant la serrure. Attention aux trois clés piégeuses.

M
H
I
E
L
R
A
G
O
P
N
S

PAIR ou IMPAIR

0	1
1	0

Dans ce jeu binaire, la première grille à compléter ne contient que des 0 et des 1, avec trois règles à respecter :

1. Chaque ligne (et chaque colonne) contient quatre 0 et quatre 1.
2. Il est interdit d'écrire trois chiffres identiques ou plus côte à côte.
3. Deux lignes (ou deux colonnes) ne peuvent être identiques.

Une fois la grille terminée, regardez le second tableau constitué de lettres. En ne lisant que celles des cases où vous aurez trouvé un même chiffre (le 0 ou le 1, à vous de voir), vous compléterez la citation de bas de page.

							1
	1					1	1
				0	0		
1		1					
					1		0
	1				1		

S	O	J	O	I	U	R	R
O	O	U	L	U	A	L	E
S	V	V	A	A	C	C	H
H	E	E	A	U	S	R	M
A	A	N	B	G	E	R	O
R	U	T	O	N	E	T	D
U	D	H	U	O	R	U	A
I	B	S	L	I	O	N	N

Citation de Jean Gabin à compléter :

« *Je boirai du lait le* ....

.... »

Au Tableau

Le prof vous envoie au tableau sur un sujet que vous devez maîtriser. Remplissez la grille en vous aidant des indices et des séries de lettres constituant la réponse. Vous lirez verticalement un terme supplémentaire appartenant au même champ lexical. Aujourd'hui, seconde interro sur le pipi.

1. *Un prénom latin pour le pot de chambre, aussi appelé en argot « Jordan », « Jerry », « Ellen » ou « Jacques ».*
2. *Uriner en marchant, c'est faire de tels chiffres, en argot.*
3. *Cela signifia d'abord « pleuvoir » en 1800, puis « pleurer » en 1811, et ensuite « pisser ».*
4. *C'est du largonji, un argot des malfrats, substituant à l'initiale de « pisse » un L, puis ajoutant phonétiquement un suffixe rigolo.*
5. *Ce petit baquet, rempli de pipi, partage l'étymologie de « contenant ».*
6. *Cet empereur ne pensait pas passer à la postérité en lien avec les urinoirs.*
7. *On l'appelle « l'araignée des pissotières », en argot.*
8. *Voici encore un prénom pour vase de nuit. Celui-ci ne croit que ce qu'il voit !*

Séries de lettres à ordonner et replacer :

**AHMOST – EEINTTT – BEILOQRSU – ACLORS
HITU – ACEELORSU – AEILNNQRSU – AEEINPSSV.**

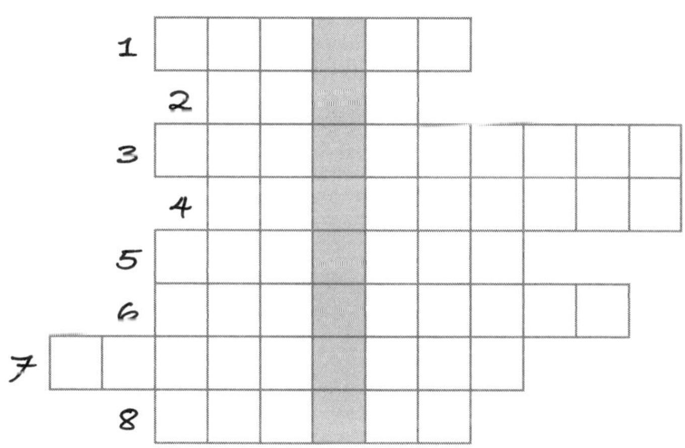

☺ Blagues ☺

Jumeaux

Un heureux papa entre à la mairie, un peu éméché dira-t-on.
– Bonjour mesdames, je viens déclarer la naissance de mes jumeaux.
– Pourquoi « mesdames », je suis seule, dit l'employée à l'état-civil.
– Oups ! Peut-être faut-il que je retourne vérifier à la clinique avant de faire une boulette, alors...

***

Une jeune Corse est enceinte, ce qui ne plaît guère à la famille.
– Quel est le porc qui t'a fait ça ? demandent le père et les frères prêts pour la vendetta.
À ce moment-là, un type arrive en Ferrari devant la maison et dit :
– C'est moi le père ! Mais je ne peux pas épouser votre fille, car je suis déjà marié. En revanche, si elle accouche d'une fille, je lui mettrai deux usines à son nom, plus un appartement à Paris, plus 1 million d'euros sur un compte. Si c'est un garçon, même chose. Si ce sont des jumeaux, je rajoute un appartement et il y aura 2 millions en liquide. Mais si elle perd l'enfant avant la naissance...
Le père, jusque-là silencieux, lui pose la main sur l'épaule et l'interrompt :
– Si ça se produit, tu la rebaises !

CRYPTOGRAMME

Remplacez chaque symbole par l'une des deux lettres qu'il crypte pour découvrir ce qu'aurait répondu Henri de Toulouse-Lautrec à un ministre avide d'explications, lors d'une exposition.

A	B	C	D	E	F	G	H	I	J	K	L	M
N	O	P	Q	R	S	T	U	V	W	X	Y	Z

« 

 »

(M)OTS

PETITESSE
LÈVE-TÔT AVIDE DE GARDER LA CHAMBRE
INTRODUCTIVE
QUI FAIT BOUGER
RESTE ALLONGÉ
EN GAMME
CONTRÔLE CENTRALISÉ AU LOGIS
GRAINE PURGATIVE
MODE DE REPRODUCTION
PROF
VAURIEN DE L'ÂGE HYBORIEN
HAUT PLACÉES
UN POTE
SATIRISTE DU *SATYRICON*
EST DU YORKSHIRE
PÈLERINAGE
LONG PATIN
GROUPE DE ROCK
D'UN ASTRONOME DES LOIS
FACULTÉ MNÉSIQUE
INVINCIBLE HAMADA
SE MONTRA LÉONIN
IL FIT LE BUZZ
JOYEUSE À LA COUR
RÉCIDIVISTE DE MAUDITS MOTS DITS
ÉTAPE SUR LA ROUTE 66
SANS L, CE N'EST QU'UN MESSAGER
MÉTHODE D'ÉCRITURE
CENTIÈME DE GRAY
DADA DES CURIE
GRIVETONS
QUI AIME À DONNER
CORPS DE NUES
LE PRIX DE DIANE, MAIS PAS À CHANTILLY
IL (SE) CONDUIRA BIEN
MON BEAU BEAUMONT
FIT RAZZIA SUR LE CHOUF
LES JEANS DE CÉSAR ?
POINT À NE PAS PERDRE
PRENDRE LA PELLE
FUIT L'AVAL

(F)LÉCHÉS

PRISE DE SANG
CAMPEADOR
BOUCLE DE FORGE
LE BELGE Y PARLE ALLEMAND
ILS VONT PAR MILLE
OUTRECUIDANTE
SALUT VÉNITIEN
PARFUMER
MÊME MORTEL, IL NE TUE PAS
PASTENAGUE
DYNASTIE CHINOISE
QUI ENTEND LA LORELEI
AGITÉ DU BOCAL
DEGRÉ
LOUP DE ROMAN
EN AS SOUPÉ !
ACCENTUAI LA PRESSION
PHILIPPE DE L'ORATOIRE
PRIS
PÉRILLEUX POUR GAUVAIN
LA FLÈCHE L'INDIQUE
GÉNITEUR

TÊTE DE SPHINX
LÉVRIERS D'AFRIQUE
RARE RÉPIT
IMITER SHERE KHAN
PARTY DE CEUX PAS PARTIS
SYLVESTRE OU SARA
CAIRN
PROCHE DU LAC TITICACA
GALE
BRADYPE
CÔTÉS DE MÉDAILLES
VILLE DU MALI
FASTOCHE
ÉVÊQUE DE REIMS
UNE VOIX POUR SEGUIN
MONSIEUR, EN INDE
MANIE L'ÉRIGNE
DEUX
REÇU PAR LETTRE
NON SUSPECTÉE DE BLANCHIMENT
ÉCRASÉE, RAMOLLIE
MÉMOIRE VOLATILE
SUCCESSION DE FILS
LIT D'IO
CHROME
TYPE D'URI
DROITS DE L'HOMME
REPAS DU MATIN
LIGNE DU PLAN
COURSES À AUTEUIL

ChatGPT OQP

L'histoire créée par le chat

– J'ai un truc à faire, mais ça me saoule, je suis un peu fainéant. Je dois écrire une histoire humoristique dont le héros est un balai à chiottes, tu sais le truc qui gratte le caca restant sur le bord de la cuvette ! Tu pourrais faire ça ?

– Bien sûr. Il était une fois, dans une salle de bains bien ordinaire, un balai à chiottes pas comme les autres. Il s'appelait Baladin, le super-héros des toilettes. Sa mission était claire : combattre les taches rebelles et les résidus de caca collants qui osaient s'accrocher au bord de la cuvette.

Chaque nuit, lorsque tout le monde dormait, Baladin sortait de son placard secret pour se lancer dans une aventure pétillante. Armé de ses poils robustes et de son manche en acier, il était prêt à affronter tous les défis.

Un soir, alors que Baladin s'apprêtait à commencer son travail, il entendit un bruit étrange. Il suivit le son jusqu'à la salle de bains voisine et découvrit un petit garçon nommé Lucas en train de se cacher derrière la porte. Lucas avait entendu parler du balai à chiottes magique et voulait en savoir plus.

Baladin, intrigué par cette rencontre, décida de faire équipe avec Lucas. Ensemble, ils formaient une équipe redoutable pour lutter contre les taches. Baladin utilisait sa force et son agilité pour gratter les taches, tandis que Lucas lui offrait de la compagnie et des encouragements.

Chaque nuit, Baladin et Lucas partaient à l'aventure dans les toilettes. Ils rencontraient des taches coriaces qui essayaient de résister, mais grâce à leur détermination et à leur esprit d'équipe, ils parvenaient toujours à triompher.

Au fil du temps, Baladin et Lucas sont devenus de véritables amis. Ils partageaient des histoires drôles, des éclats de rire et des moments précieux. Baladin était reconnaissant d'avoir trouvé un compagnon aussi courageux et amusant.

Et ainsi, chaque soir, avant de s'endormir, Lucas demandait à son papa de lui raconter l'histoire du balai à chiottes, du super-héros qui faisait briller les toilettes et qui était devenu le meilleur ami de Lucas.

EN DÉCOMPOSITION

Comme dans la nature, rien ne se perd, tout se transforme. Recyclez une et une seule fois chacune des quatorze lettres de

RÉHABILITATION

pour former deux mots répondant aux définitions proposées.

Observez l'exemple.	
Boucle informatique (8 lettres) :	**ITÉRATION**
Boisson de pommes et de poires fermentées (5 lettres) :	**HALBI**
ITÉRATION + HALBI = RÉHABILITATION.	

Sur le même principe, identifiez les couples suivants (entre parenthèses le nombre de lettres du mot cherché) :

1. Un bon souvenir d'août 1944 (10) : _ _ _ _ _ _ _ _ _ _

Langue parlée à Bangkok (4) : _ _ _ _

2. Natif de Port-au-Prince (7) : _ _ _ _ _ _ _

Propre à la trajectoire d'une planète (7) : _ _ _ _ _ _ _

3. Trompée par un allié (6) : _ _ _ _ _ _

Offrande rituelle d'un liquide (8) : _ _ _ _ _ _ _ _

EN PURE LOGIQUE

Vous conduisez un bus allant de Mimizan à Biscarrosse. Les 32 sièges passagers sont tous occupés. À Sainte-Eulalie-en-Born, 10 personnes descendent et 5 montent. À Gastes, 6 personnes descendent et 10 montent. Puis plus rien ne change jusqu'à destination. Combien de personnes arrivent par ce bus à Biscarrosse ?

....

LES MUTANTS

Ces titres d'œuvres ont muté : chaque terme important a été remplacé par un synonyme, un mot de même sens, ou un antonyme, un mot de sens contraire.

À vous de retrouver le titre original de chacune des trois œuvres fictives suivantes : il peut s'agir d'un film, d'un tableau, d'un roman ou d'une chanson.

1. Le Vieux Garçon à la créole

....

2. Le Cénacle des rimeurs morts

....

3. Périple au milieu de la planète

....

LA TÊTE AU

Dans chaque carré grisé figure un mot. Trouvez une anagramme de ce mot correspondant à l'une des définitions sous la grille (exemple au centre : NIAGARA pour l'indice 14). Inscrivez ensuite, dans chaque tête, le numéro de la définition du mot recherché. Reportez alors l'initiale de chaque mot trouvé, ici le N, dans les cases numérotées de l'échelle de décodage. Celle-ci formera une citation de l'auteur dramatique français Émile Augier, elle aussi évoquant le duo. À la fin, en cumulant les chiffres des définitions, il vous faudra totaliser 65 sur toutes les lignes, toutes les colonnes et les deux diagonales de ce carré magique !

TOMBEUR	SOUPIR	MAORI	LIÉE	GUEUSÂT	= 65
EXTRAIS	ROMAND	CIRÉ	HURES	SUINTE	= 65
SALINITÉ	VOILE	AGRAINA 14 NIAGARA	MIENNES	ALLURE	= 65
MOT	GROIN	VANITÉ	GOURA	CABU	= 65
BRUI	SALE	VOILIER	MIDAS	NIELLAI	= 65
= 65	= 65	= 65	= 65	= 65	

65 = (diagonale) — 65 = (diagonale)

CA-CARRÉ

1. Dans *Le Petit Journal,* elle formait un duo déjanté avec Catherine. **2.** Tels étaient les frères Teddy Vrignault et André Gaillard, en duo sur scène. **3.** Il constitue un duo de plombiers joueurs avec son frère Luigi. **4.** Dans son duo avec Obélix, c'est lui le moins lourd. **5.** Il chantait en duo avec Sheila. **6.** Al Bano et Romina Power l'étaient. **7.** Au cirque, il compose un duo avec le clown blanc. **8.** Il a chanté *La Rivière de notre enfance* en duo avec Michel Sardou. **9.** Elle a vécu *Un roman d'amitié* avec Glenn Medeiros. **10.** Son duo avec Ramzy s'attaque à la tour Montparnasse. **11.** Avec Fantasio, ils forment un duo de reporters. **12.** Son duo avec Jerry aurait pu mal se finir. **13.** Il en faut deux pour faire un duo. **14.** Ce duo interprétait *L'Amour à la plage.* **15.** Elle a chanté *Confessions nocturnes* en duo avec Vitaa. **16.** En duo avec David Guetta, il a chanté *Without You.* **17.** Son duo avec Kad a triomphé sur Comédie ! **18.** Avec Tom, ils constituent un duo de footballeurs. **19.** Son duo avec l'adret le laisse dans l'ombre. **20.** C'est le prénom du Tozzi chantant *Ti Amo* avec Lena Ka. **21.** Ce duo de sœurs chantait *Si la vie demande ça.* **22.** Ce Gérard dansait *La Carioca* avec Alain Chabat. **23.** Avec *orbi,* il compose un duo réservé au pape. **24.** Son duo avec Dieudonné s'est arrêté. **25.** Il formait, avec Hardy, un duo comique burlesque.

1	2	3	4	5	6	7	8	9	10	11	12

	N											
13	**14**	15	16	17	18	19	20	21	22	23	24	25

CHARADE

Quelle chanson cette charade illustre-t-elle ?

Mon premier, on l'aime en chemise ou la tête dans l'épaule.

Mon deuxième squatte parfois notre gorge.

Mon troisième est la plus simple expression du mal.

Mon quatrième fouette, quand il a neuf queues.

Mon cinquième fouette aussi, après le passage aux toilettes...

Mon sixième peut être suspendu, mais si c'est en mai, on n'aime pas ça !

Mon septième est n'importe lequel des douze.

Mon tout s'entend dans un tube de l'été 1996 écrit par Jean-Jacques Goldman.

ALPHAKU-KU

Remplissez la grille pour que chacune des lettres
« **A, B, E, I, M, N, R, S** et **U** »
figure une seule fois sur chaque ligne, dans chaque colonne
et dans chaque petit carré de neuf cases aux contours renforcés.
Quelque part s'inscrira un nom chanté
par tous ceux qui savent dire « jaune » en anglais.

				N				
	S					N		U
	M		A		E			B
	E	A	I		N			R
I			U		S	B	A	
R			E		M		U	
N		M					B	
				S				

CACÁ PORTUGAIS

Les banques de données s'enrichissent, en nous dépouillant des nôtres, mais cela nous permet de continuer à parler de caca, année après année, sans jamais nous répéter. Année après année, sans jamais nous répéter. Année après année, sans jamais nous répéter. Jamais, vous dis-je.

Ainsi, ou un *fa* si vous préférez, je tape régulièrement, année après année toujours, « caca » dans la barre de recherche de mon moteur prévu à cet effet-ci. « Ah, c'est tes fesses, si » donne bien moins de résultats de « caca », donc j'opte plus régulièrement pour cette version courte. Eh bien, cette année, ça m'apprend que Cacá (notez le signe diacritique sur le second a) est le diminutif de Carlos, dans les pays lusophones (c'est-à-dire qui parlent portugais).

Bon, côté célébrités, la liste est courte et on se demande si ce n'est pas l'un de vous qui s'est amusé à pondre ces personnages pour me piéger, car l'os à ronger est maigre : un marionnettiste, un cinéaste, un acteur, un dramaturge et un pilote automobile brésilien. Cinq fainéasses répondant dans l'ordre aux noms de Cacá Sena (ben non, ce n'est pas le pilote, c'est le marionnettiste, puisqu'on vous dit que c'est dans l'ordre), Cacá Diegues, Cacá Carvalho (j'espère qu'il n'est pas bègue), Cacá Rosset et Cacá Bueno. Un frère de Kinder ?

Et alors ? Euhhh… Rien d'autre à déclarer. Ah si, caca (assis) en portugais se dit *cocó*. Si t'es mal habillé à Lisbonne, t'as le look cocó. Voilà, voilà ! C'était la chute.

SEPT HORREURS

GRANDES

HORIZONTALEMENT : A. Lech Walesa valait ça ! Formule magique enseignée à Poudlard. **B.** Refuser de reconnaître comme vrai. Relax, décontracté. Fleur annonciatrice du printemps. De la marine de guerre. **C.** Plante des jachères. Non primordial, sauf à l'école. Karine Le Marchand et Christine Bravo. **D.** Vin blanc d'Espagne. Traîneau pour descentes amusantes. Bande de papier. Brouillard londonien. Prend une première bouchée. Circonférence sur diamètre. **E.** Venu du gosier. Corde pour promener toutou. Comprendre. Maisons pour des moujiks. **F.** Tenta le coup. Jours pas réservés aux barons. Mettre un pied devant l'autre. Seulement. Auteur du *Nom de la Rose*. **G.** Sein, s'il ne joue au foot. Canari. Coiffeur ayant son nom dans le journal. Projectile à éclats. Marque de sarcasme. **H.** À ne pas mentionner. Chevalier errant. Golfeur prénommé Severiano. **I.** Accord passé. Fête sur invitation. Oublia à dessein. Adorée. Chef de tribu. **J.** Région de Belfast. Bien pratique. Répartie selon des critères. Arturo de Chicago. Le haut du panier. **K.** Ragoût peu ragoûtant. Danger glacé pour alpiniste. Relatifs au raisin. On les pensait éternelles. Lentilles. **L.** Siège convoité par Daenerys. Avait besoin de fard. Le Moko ou le putois. Milieu de malfrats. **M.** Boucle de cheveux en spirale. Prise de panique. Fixe la cible. Bonne action de scout. **N.** Ami d'Astérix. Voisin de l'Afar. Travaille à la brochure. Tabarly, Cantona ou Rohmer. Déplace. **O.** Le Royaume-Uni l'a quittée. Récompense pour enfant studieux. Navire où vogua Jason. Millésime. Héritier d'un empire. **P.** Me rendis. Inca particulier. Ralliant tous les suffrages. Époux. Appel vocal. **Q.** Corse ou Chypre. Pain d'épice rond. Tendu par l'enjeu. Sans compagnie. **R.** Désaccoutumez. Style de musique à samples. Violoniste. Filet.

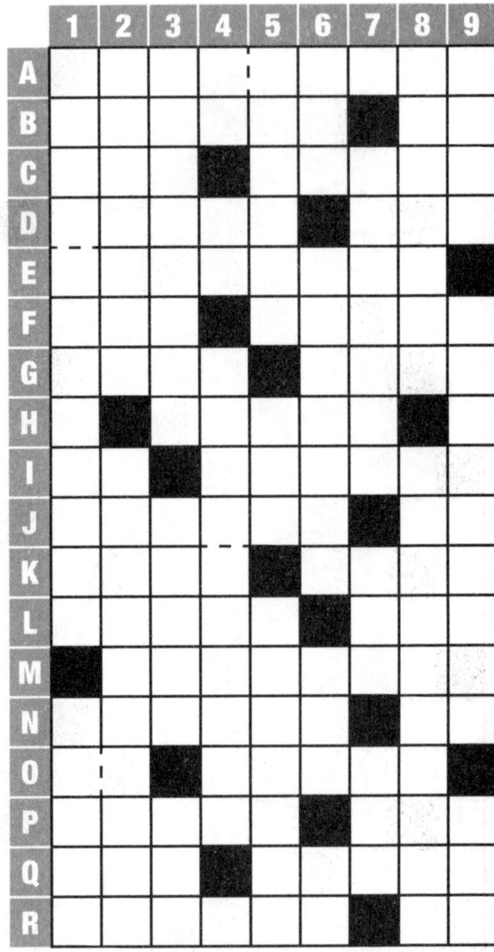

VERTICALEMENT : 1. Le 2020, *L'Anomalie*, est prisé des confinés. Un oui auquel certains disent non. **2.** Perdue dans ses pensées. Vache amie de Minnie. **3.** Enrobant pour rendre inoffensif. Le monde l'est dans *Starmania*. Monnaie bulgare. **4.** Romains ou Grecque. Puis. Sa forme ovale ne l'empêchait pas d'être rempli d'Angles. **5.** Centaure à tunique. Deux frères danois régnant sur le biathlon. Sorti du tournoi. **6.** Mitraille scandinave. Appareils à lames. Orienta. Royaume visité par Dorothée. **7.** Bruit de foule. Du blé sur quelques centimes. Alcool. **8.** Vendre pour vider les stocks. Issue de deux continents. **9.** Ennuyeux. À deux organes

VACANCES

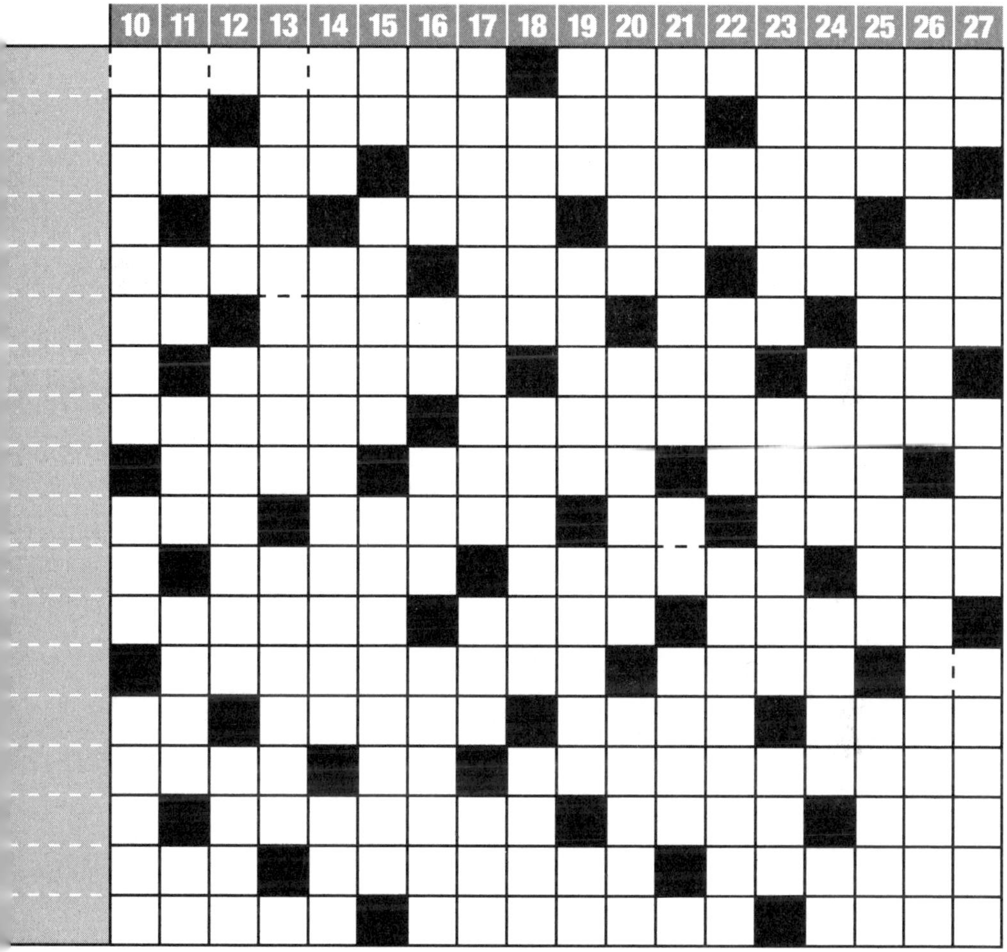

foliacés sur la corolle. Identique. **10.** Se balança. En ce lieu. D'un foyer de civilisation égyptien. **11.** Roi d'Israël. Crack. Rire du chat. Vedette. Technétium. **12.** Cours kazakh. Renommée. Boulot pour une sentinelle. **13.** Quelques heures après déjeuner. Larve parasite de la peau des ruminants. **14.** Champ. Signe du zodiaque. Volcan du Japon. **15.** Paresseux. Peigne pour le lin. Scintillant. **16.** Guide de prière. Chromo. Ville en Provence. Clora. **17.** Racisme. Voleuse d'opéra. Courrier moderne. **18.** Guetteur en haut du mât. Apportée. Expérimentation. **19.** Fils de Noé. Pompe. Armes. Cause d'embouteillage. **20.** Forte perturbation atmosphérique. Teintée de cyan. Propulses la barque. **21.** Répond. Immunoglobuline. Licencia. **22.** Aube naissante. Château de Belle endormie. Commerce de détail. **23.** Commence, débute. Séparations pour grammairiens. Tige filetée en hélice. **24.** Serres le corset. Mirette. Pleurniché. Métal jaune. **25.** Prima donna. On tartine son contenu. Ornement papal. **26.** Soupe froide espagnole. Balance de précision. **27.** Article madrilène. Préfixe d'égalité. Transpires. Non croyants.

Sacré Délien

Sept séries de lettres à gauche, sept à droite. Chacune cache un mot utile, mais attention aux anagrammes qui vous perdraient.

L'ajout d'une lettre centrale permet de composer un mot de quinze lettres, reliant les deux premiers, sans tenir compte des accents.

Les sept lettres ajoutées au centre forment elles-mêmes un dernier mot vertical. Quel est-il ?

AEGNMOT	=	_ _ _ _ _ _ _	_	_ _ _ _ _ _ _	=	**AEESSTT**
CCENOPT	=	_ _ _ _ _ _ _	_	_ _ _ _ _ _ _	=	**AEILMSS**
AANRSTT	=	_ _ _ _ _ _ _	_	_ _ _ _ _ _ _	=	**AEINQTU**
CENORRT	=	_ _ _ _ _ _ _	_	_ _ _ _ _ _ _	=	**ACINOST**
AFNORST	=	_ _ _ _ _ _ _	_	_ _ _ _ _ _ _	=	**ACEIMRT**
AACILLN	=	_ _ _ _ _ _ _	_	_ _ _ _ _ _ _	=	**EERRTUX**
DEEIPRS	=	_ _ _ _ _ _ _	_	_ _ _ _ _ _ _	=	**EEILLST**

_ _ _ _ _ _ _

OPÉRATION CRYPTÉE

Dans cette opération, chaque lettre représente toujours le même chiffre. En raisonnant logiquement ou par tâtonnement, retrouvez le calcul actuellement crypté. Il y a deux solutions, mais la seconde consiste à inverser les valeurs de F et H.

	H	O	M	M	E
+	F	E	M	M	E
+	B	E	B	E	S
=	A	M	O	U	R

cacabons

Quelques animaux cacabent, quelle aubaine pour nous qui aimons conjuguer. S'ils cacabent, nous cacabons et cela justifie un jeu dans *L'Officiel des toilettes*, non ?
Comme Jean de La Fontaine, usons d'anthropomorphisme pour faire déclarer à six animaux différents qu'ils parlent. À vous de rendre à chacun son langage. Chaque terme doit servir une fois, pas plus.

1. Nous les rats, nous ....

2. Nous les moutons, nous ....

3. Nous les belons, nous ....

4. Nous les freux, nous ....

5. Nous les grenouilles, nous ....

6. Nous les biches, nous ....

a. chicotons

b. bêlons

c. entendons
via notre statocyste
mais restons cois

d. coassons

e. croassons

f. rayons

COLORIAGE

RATURE de litté~~rature~~

Boquel et Kern

Ah, voilà ! Il y a deux auteurs qui se sont intéressés aux boulettes des écrivains : Anne Boquel et Étienne Kern ont publié *Les plus jolies fautes de français de nos grands écrivains*, un titre qui, à défaut d'être très drôle, résume parfaitement le contenu du brûlot.

Ils y relèvent quelques soucis d'attention avec les pluriels, lorsque deux sujets singuliers le commandent, chez Hugo « d'où ruisselait la pluie et l'eau des fondrières », et chez Balzac « vous vers qui vole mon âme et ma pensée » ou « ta pension de retraite et le peu que j'ai [...] nous suffira. » À l'inverse, Baudelaire écrit à sa mère : « L'une de tes dernières lettres contenaient ». Ruisselaient, volent, et contenait auraient mieux convenu (pfff, pas de participe passé au verbe seoir, ça me désole) à ces extraits de correspondance, et suffiront aurait été d'un meilleur effet dans *La Cousine Bette*.

Je suis d'accord avec vous, dans la correspondance, ça ne devrait pas compter à charge. Il faut se concentrer sur les romans publiés. Sinon, on ressort les « maisons criblées de bal », de Jules Verne. Ah, les trous de balles ! Avec « Sous le pont Mirabeau coule la Seine / Et nos amours », Apollinaire nous titille. L'absence de ponctuation cache un point après Seine, d'après le sens. Donc pas de faute selon les experts et ma grand-mère !

Après, il y a la rature nécessaire, non pour une graphie fautive, mais pour un sens absent. Les auteurs reprennent un célèbre extrait de *La Débâcle* de Zola : « Puis, c'était un capitaine, le bras gauche arraché, le flanc droit percé jusqu'à la cuisse, étale sur le ventre, qui se traînait sur les coudes. » C'est vrai qu'avec un bras arraché, se traîner sur les coudes est un véritable exploit, mais pas littéraire. J'arrête, car les **courses dans mon cabas** finiraient par déborder de ces ratures de littérature.

Bouche-trous

Inscrivez une lettre par tiret pour reconstituer six mots de la langue française. Si le squelette d'APEP, le serpent géant menaçant d'engloutir le soleil Râ chaque nuit dans la mythologie égyptienne, ne vous suffit pas, aidez-vous de l'indice. Interdiction de conjuguer !

1. A P E P _ _ _
2. A _ P E _ _ P _ _ _
3. A P _ _ _ E _ _ P _ _
4. A _ _ _ P E _ _ P _ _ _ _ _
5. _ A P E _ _ _ P _ _ _ _ _ _
6. A _ _ _ _ P _ _ E P _ _ _ _ _

INDICES :

1. Trouble de la digestion.

2. Vigne vierge sauvage, grimpant grâce à ses vrilles.

3. Technique de soin utilisant des produits élaborés par les abeilles.

4. Anglicisme tendant à remplacer « déodorant » et « antisudoral ».

5. Vieux juron constituant une forme atténuée de « sapristi ».

6. Qui permettra à quelqu'un de ne pas faire une crise.

FLÉCHÉS

Dans cette grille, toutes les définitions ne sont pas données dans les cases. Des chiffres indiquent la place de la première lettre du mot à trouver, horizontalement ou verticalement.

HORIZONTALEMENT : 1. Trempette de la renommée. **16.** Aimable avec ses potes. **18.** Moyen d'exclusion. **19.** Une inspiration pour Marcel Duchamp. **20.** À bandes étroites en diagonale. **21.** Cube du hasard. **22.** Habitant en ville. **23.** Exclamation. **24.** Perçoit comme naguère. **25.** Est du passé. **26.** Sous bulgares. **27.** Dissimulées, cachées. **30.** À peine croyable. **32.** Rhônalpines. **33.** Fit entendre la mélodie du bonheur. **34.** Fracture d'écorce. **35.** Fin de non-recevoir. **36.** De cet endroit. **37.** Cours d'Alsace. **39.** Bouleversé. **41.** Roman et héroïne de Zola. **43.** Successeur de Major. **45.** Détériorer, employer. **47.** Empereur byzantin. **48.** Paré avec quelque recherche. **49.** Plante décorative à grandes fleurs en épi. **50.** Refuse de reconnaître. **52.** Clavicule ou omoplate.

VERTICALEMENT : 1. Relatif au poète du spleen des *Fleurs du mal*. **2.** Caractère désagréable. **3.** Nulle part ailleurs. **4.** Charge d'ambassadeur du Vatican. **5.** Sans zigzags. **6.** Ordonnance royale. **7.** Sauvages. **8.** Lac pyrénéen. **9.** Se terminant par des crochets. **10.** Otarie à jarre. **11.** Point cardinal. **12.** Qui peut tirer des larmes. **13.** Enzyme. **14.** Laisse donc penser. **15.** Interjection de dédain. **17.** Plat provençal. **27.** Frères réalisateurs de *Barton Fink*. **28.** Sportive de descente en canot. **29.** Ducasse pour Lautréamont. **31.** Caennaises et voisines. **32.** Prénom de Fleming. **38.** Incruster d'émail noir. **40.** Nom de huit papes. **42.** Mois printanier. **44.** Gaz ionisé pour laser. **46.** Plante aquatique. **48.** Ce n'est plus un enfant. **51.** Règle de dessinateur.

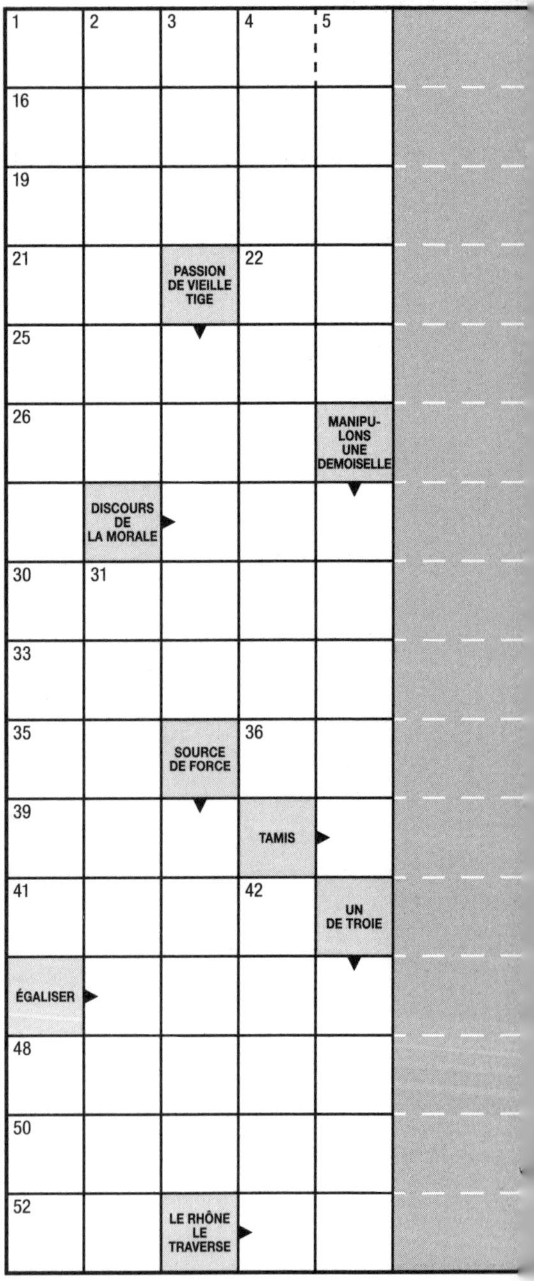

CROISÉS

6	7	8	9	10	11	CELUI-LÀ, C'EST UN CAS!	12	13		14	15
						17			IL PERMET DE CHANGER D'ÈRES	18	
		TROMPERIE	20								CANTON DU LAC MAJEUR
					D'UN MYTHE ÉGYPTIEN	23		GLISSE UN ŒIL	24		
ELLE SE BALADE À HYDE PARK											
27						VOIE PRINCIPALE			HABITUDES		
		DUBAÏOTES				28			29		
	TOUR D'UNE AFFAIRE D'ÉTAT	32								LONG SUR COURT	
			BOXEUR DE LÉGENDE	34				PETIT PORTEUR			
POISSON D'EAU DOUCE	37			VASTE				38			TEL UN ZÉRO OU UN MONARQUE
		Y ÊTRE NE DEMANDE AUCUNE CONCEN-TRATION		40			QUANTITÉ MINIMALE				
43		44			SUPERFICIE	45	46			ENVERS	
			DÉCHIFFRÉ	47							
	PREMIER SOUS *SOL*	49							BANDE ORIGINALE		
CREUSER						CORPS CONDUC-TEUR			51		
			VAISSEAU				ÉCRIT DE CRÉANCIER				

Le Pendu

Vous avez tous déjà joué au pendu. Observez bien les neuf lettres consécutives des essais infructueux, et déduisez-en le seul mot possible dans cette configuration. Allez, c'est dans le dico !

Lettres déjà proposées mais pas dans le mot :

O P Q R S T U V W

_ _ _ D _ _ I _ I _ _ _ _

SUDOKU-KU

Remplissez les cases vides de ce sudoku-ku pour que tous les chiffres, de 1 à 9, soient inscrits une seule fois sur chaque ligne, dans chaque colonne et dans chaque petit carré de neuf cases sur fond gris ou blanc.

	6				7	4		
			3			7		
9			4					3
		6			2	9		
7				6				8
		9	1			3		
1					3			5
		7			5			
		4	9				2	

Paroles, paroles…

Vous avez tous fredonné *Paroles, paroles*, le duo improbable de Dalida et Alain Delon. Ces extraits d'autres tubes sont certainement quelque part dans votre mémoire. Exercez-la en retrouvant la parole manquante.

1. « Je voudrais que tu te rappelles,
notre amour est .... et pas artificiel »

2. « Avant l'.......................... et l'indifférence,
un vertige puis le silence »

3. « C'est pas que je veux te ....
ni que je veux m'enfuir, il me faut prendre
le frais, c'est vrai »

4. « Elle m'a trouvé bien ....
mais quand bouger l'a fait tourner,
ma réalité m'a pardonné »

5. « Bah, faudrait peut-être casser
les ...., une fille qui l'ouvre,
ça serait normal »

Blagues

Depuis que j'ai vu Suzette

Louis XVI monte à l'échafaud, mais il trébuche en ratant une marche.
– Faites attention, lui dit le bourreau.
– Oh, excusez-moi. J'avais déjà la tête ailleurs.

***

Quelques instants plus tard, alors que le bourreau s'apprête à actionner la guillotine, un valet accourt et hurle :
– Attendez, attendez, j'ai une lettre pour le roi.
– Posez-la dans le panier, lui dit Louis XVI, je la lirai tout à l'heure, à tête reposée.

***

Un condamné à la guillotine soupire, avant que la lame ne tombe :
– Et dire que je ne suis pas coupable...
– On va vite vérifier cela, rétorque le bourreau.

le bon tuyau

À l'aide des six croisillons, recomposez l'échelle en formant des noms liés à l'humour. Voici un bon tuyau : c'est par le nom horizontal du bas que se manifestent la plupart des fous rires.

	G	
O	U	S
	E	

	R	
S	E	C
	S	

	B	
O	L	A
	A	

	V	
D	E	S
	R	

	V	
S	E	S
	S	

	P	
R	I	G
	T	

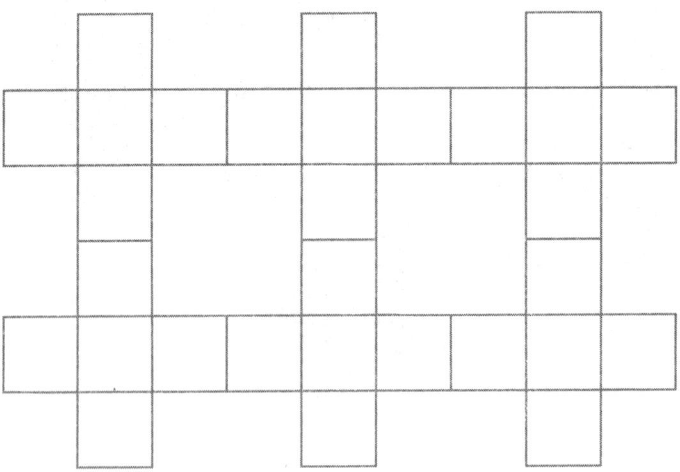

Trois petits CHATS

Trois petits chats, chapeau de paille, paillasson, somnambule, bulle, bulle… Sur ce principe, remplissez les trente bulles, bulles, bulles, en vous aidant des indices précisant chaque début et fin de mot.

1-8. Selina Kyle endosse ce costume de super-héroïne; Isis est sa chatte noire. **6-9.** Cette race de chats est citée p. 362. **7-13.** Caresser un chat qui ronronne la calme. **12-16.** Selon le *Guinness Book*, le record de longévité du chat (38 ans) appartiendrait à un félin de cet État américain.

15-20. Cet Isaac, auteur de SF, a écrit le recueil *Chrono-Minets*. **19-24**. Les yeux du Chantilly et du Chausie le sont. **22-28.** Cette Doris nobélisée a écrit *Les Chats en particulier*. **25-30.** Animaux ayant leur planète sans chats.

Faune Éthique

[fɔnetik]

Complétez phonétiquement le texte suivant en n'y ajoutant que des noms de cours d'eau. Il y en a vingt-quatre à replacer. Attention au langage parlé, permettant quelques libertés...

« Ne touche pas à mes bouquins ! » hurla papy.

« J'ai ....le au milieu des bouquins sur l'Autriche. C'est l'.......................... préférée : ....es romans de Flaubert ....*minal* de Zola ne méritent cette place de choix. Ils se trouvent près de *Cuisine à l'italienne* de Sophia L..........................oin du mur du fond. Un auteur, russe et pas gas..........................gol, est classé dans l'école de V.......................... pas ce qu'il y fait, mais il positive logiquement, ...logie sans doute. Dans le cou.........................., j'ai rangé ....baud, un a..........................abilisé : j'ai tout lu cinq fois. Mais j'ai remisé Nothomb à la cave : sa Pét..........................ille est trop ....ulle, imbibée de champagne. J'ai deux Radiguet, mais je ne sais pas ce que ....min : je ne les ai pas encore lus. Oublie la photo de Jane Fon..........................ien entendu, ce n'est pas la vraie couverture de son bouquin de gym : quelle char.........................., tout de même ! Avec sa vie ...., elle inspire l'.......................... mais je m'égare. ....ssus de Jane, j'ai collé les poésies barbantes : ....euvième volume des œuvres de Hugo, il me tombe toujours sur le nez ! .... moins, tu pourrais le fixer et te rendre utile ? ....ai que ça me rendrait service. Tu serais mon .... et je t'autoriserais à m'emprunter un des mes quatre José Carlos ....oza. Mais pas plus qu'un jour ! »

SOUVENIRS de Géo

Burlesque as well

Il n'y a pas qu'en France que l'on trouve des villes au nom burlesque et chantant, comme nous l'évoquions page 475. La capitale au nom le plus ridicule, pour nous Français, est sans aucun doute Kaunas, la belle Lituanienne. Un hameau héraultais répond lui aussi au nom de Conas, alors que La Conne se trouve en Bourgogne.

Un village du Tennessee porte le nom de Nameless, ce qui signifie « sans nom ». Pourquoi ? Lorsque les habitants de la bourgade se décidèrent à faire la demande officielle d'un bureau de poste, ils oublièrent de préciser un nom de lieu. L'administration nota cet oubli en inscrivant Nameless dans la case du nom. On trouve aussi un No Name dans le Colorado ou sur l'une des îles Keys, au large de la Floride.

Tout dépend parfois du découvreur d'un lieu. Un pionnier américain répondait au nom de William Harrison Boring. Nous avons donc une ville de l'Oregon qui s'appelle Boring (ennuyeux, en anglais). Ses maires successifs n'ont pas manqué d'humour, puisqu'elle est jumelée avec Dull (terne) en Écosse et Bland (insipide) en Australie !

En Caroline du Nord, un village créé au XVIIIe siècle avait besoin d'un nom, mais ses habitants n'arrivaient pas à se mettre d'accord. L'un d'eux proposa finalement Whynot, ce qui signifie « Pourquoi pas ». Le nom fut adopté et chacun put enfin rentrer chez soi. Continuez votre tour du monde à Gogogogo (Madagascar) ou à Fugging en Autriche. Vous savez, ce village qui s'appelait Fucking jusqu'en 2020...

(M)OTS

SYMPATHIE DU PUBLIC
GÂTEAU DE FORTUNE
DESCEND DES PISTES
POUMON OU REIN
ARIDE
PRESSANT
ÉNONCÉ D'UNE LOI
BASSINS OÙ BOIT LE BÉTAIL
SCRABBLE QUI RAPPORTE
CASUELS
AILLEURS QU'ICI
ENVAHISSEURS
ROI SUPPLICIÉ
PRUDENCE SOCIALE
ABEILLE SPÉCIALE
3,14
VEDETTE
ENLEVANT
DÈS L'AUBE
UN VACCIN NOUS EN PROTÈGE
PASSÉ SOUS SILENCE
SODIUM
TIGE DE ROSEAU POUR VANNIER
CHANTEUSE À PÉDALE SAMPLER
BRINGUEBALANT
ANCIEN MAFIEUX
NATIFS DU 29 FÉVRIER
FAUX TRONC
ACCORD DU SUD
VILLE DU VAL
SHOW DE NIPPONS
SOLEIL DES INCAS
RENONCE À L'*OPEN SPACE*
CANARD
CAPITALE SCANDINAVE
ÉCRIVAIN DU *TEMPS DES SECRETS*
À FORT SQUELETTE
FROID INTENSE
NÉGATION
LIVRE DE CARTES
PÂTE POUR COLLIER
ÉBÈNE VERTE

(F)LÉCHÉS

SÉDIMENTS
DÉMONSTRATIF
INCOMMODA
CLINTON OU GATES
BUE PAR MINOU
SKETCH
CHAUFFANT
AVERSE
TOUJOURS AU TAQUET
ALCALOÏDE DE LA FÈVE DE CALABAR
QUI VEUT PAREIL POUR TOUS
NON ACQUIS
TOUS EN RANG
EINSTEIN Y EST NÉ
ÉLÉMENT DE TROUSSEAU
RISQUA
EMBELLIR RICHEMENT
FRUIT SAUVAGE
SAULE FLEXIBLE
MOSCOVITE

L'INDISPENSABLE DU GESTE BARRIÈRE
TIBIA
ENZYME
LYCÉE PARISIEN
CHEF-LIEU DU TARN
EAUX-DE-VIE
OCCUPANT TOTALEMENT
INCENDIE
COMPLET
FORTS FAIBLES
MASSE DE GLACE
FLINGUERA
FIN D'OFFICE
COMMUNE SUR LA TILLE
PORT D'ISRAËL
SOMMET POINTU
UVULAS
AGRIPPÉ
ÉTÉ CAPABLE
ENDROITS
PRENDRE DE L'ÂGE
REPÈRE
APPAREIL PHOTO
STRAUSS-KAHN
SAGE CONSEIL
OTORHINO
CITÉ MOLDAVE
BÂTI
SIGNAL SONORE
VOISINE DU TOUQUET
RÉSISTIBLE ARTURO
ORIENTA AVEC ASSURANCE
PIVOT DE CHOIX
À LA MODE
COLPORTEUR DE RAGOTS
CONDITION
BRUSQUEMENT

La lunette

Si vous n'y voyez rien, armez-vous d'une lunette
plus efficace que celle des toilettes.
Quelle chanson se cache derrière l'illustration suivante ?

PAIN

AIN…

AIN…

AIN…

AIN…

AIN…

AIN…

. . . .

LE CHICHSTRAC

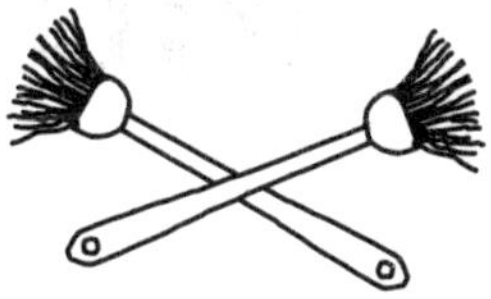

Dans les trois citations, un même terme a été remplacé par cet étrange **CHICHSTRAC**. Votre seule corvée sera de toiletter ces phrases pour retrouver le mot commun d'origine.

1 « La sainteté est aussi une **CHICHSTRAC**. »
(JEAN ANOUILH)

....

2 « Je peux résister à tout,
sauf à la **CHICHSTRAC**. »
(OSCAR WILDE)

....

3 « Le monde fleurit par ceux qui cèdent
à la **CHICHSTRAC**. »
(JULIEN GRACQ)

....

MotoCrotte

Sachant que chaque chiffre en début de ligne ou haut de colonne indique le nombre de déjections qui s'y trouvent, localisez et représentez par un cercle les crottes laissées par les 31 chiens de la grille, pour permettre à la motocrotte automatique de les ramasser rapidement. Un chien ne laisse une crotte que dans une case libre qui touche la sienne et jamais en diagonale. Commencez par marquer d'un simple point les cases dans lesquelles il n'y pas de crotte (0 en début de ligne ou en haut de colonne).

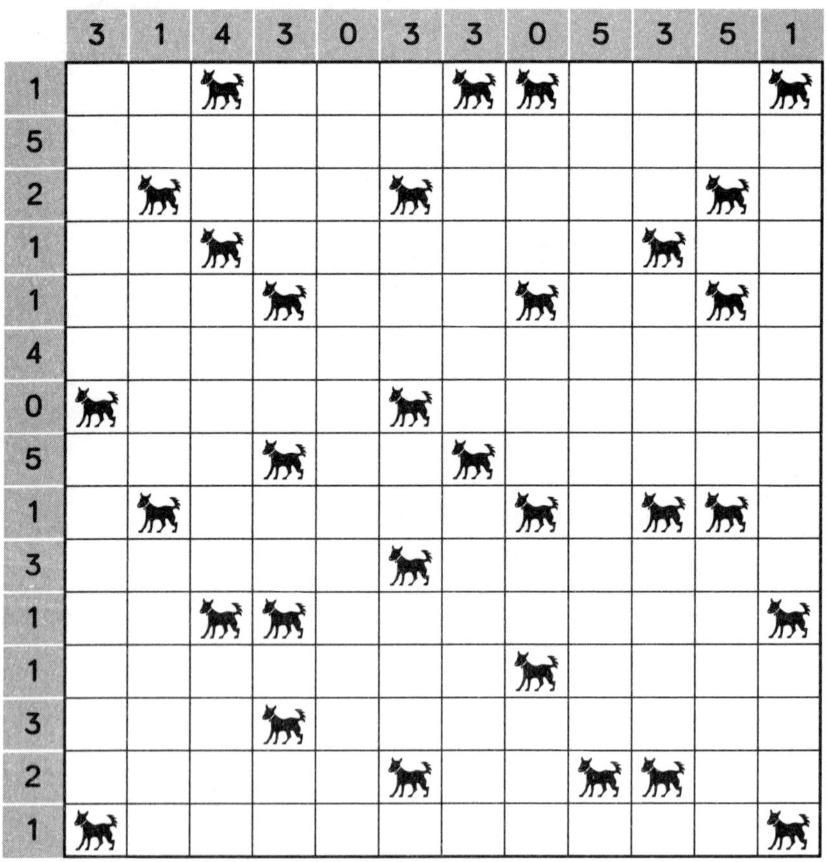

SANS chichis

Arrivederchichi

« Mon dieu, mon dieu, mon dieuuuuu, laissez-le-moiiiiii, encore un peuuuuuuuu, mon amoureuuuuuuuuuuuux. » C'est moi qui ai soufflé ces paroles à Michel Vaucaire, et un peu la musique à Charles Dumont, pour cette chanson de Piaf. Et dites pas que c'est pas vrai. Je chantonnais cela depuis des années, quand j'arrivais à la rédaction des dernières pages de mon *Officiel des toilettes*. Je ne voulais pas arrêter et priais mon dieu, mon éditeur, pour qu'il me laisse encore bosser ou augmente la pagination de mon chétif bébé de seulement 1 040 grammes et 672 pages.

Ben non, faut savoir s'arrêter. Sans fioritures, sans regret. Non, rien de rien, non, je ne regrette rien. Ouais, c'est moi aussi, ça, mais chut. Ah ! par Belzébuth. Il me vient une dernière info, à propos de chichi, et vous m'en voudriez de ne pas vous l'avoir livrée.

Dans l'univers *Dragon Ball*, Chichi est la femme de Son Goku. Son père est Gyumao. Elle a deux fils, Son Gohan et Son Goten. Vous voyez Bardack ? C'est son beau-père, puisque c'est le père de Son Goku. Et Raditz est donc son beau-frère. Elle deviendra l'arrière-arrière-grand-mère de Son Goku Jr. Voilà, j'avais eu peur de ne pas être complet. Chichi est une fille en soutif bleu, bonnet et bottes roses.

Ça me donne une idée de chanson, une bluette qui dirait « Je vois la vie en rose ». Non, c'est con. Ça ne marchera jamais, ça fait trop layette. Allez hop, balayette !

L'éToilette

☆☆☆

1
2
3
4
5
6
7
8
9
10
11
12
13
14
15
16
17
18
19
20
21
22
23
25
26
27
28
29
30
31
32

Chaque définition indique le point de départ et le point d'arrivée du mot à trouver. Remplissez la petite étoile, l'étoilette pour rester dans le thème de l'Officiel, puis arrangez les lettres collectées dans les cases grisées pour former un nom qui vous aidera à ne rien oublier.

1-5. Dentelle de bord d'os.

1-8. Droit de concession minière.

2-10. Greffer ou touche de retour chariot.

3-30. Présentation acceptable d'une réalité dérangeante.

4-13. L'or du rein des troupes Wagner.

5-15. Ne suivre aucun cap.

6-7. Ouvrir le feu, sans tuer personne.

8-15. Son spectacle inclut plus d'un clou.

9-20. Son cran peut vous conduire à sa maison.

11-22. Le pis à lait, pour le meilleur.

12-23. Sans Mario, que serait-il ?

14-21. Plus elle fume, meilleure est sa santé.

16-29. Arrivées d'Erquy, rafraîchies.

17-31. Pratiquants d'arts martiaux.

18-28. Ça, c'est de la « cancel culture ».

19-32. Qu'est-ce qui est jaune et pèse une tonne ?

24-25. Du muguet qui se refile toute l'année.

26-27. Console de jeux vidéo développée par Sega.

Les pets du Roi Arthur

L'épée Excalibur posée non loin de lui, Arthur se tient royalement aux côtés de son épouse Guenièvre, autour d'une table ronde. Uther et Ygraine, son père et sa mère, complètent l'assistance, avec deux invités de circonstance : Lancelot du Lac et la fée Viviane, aussi ronde que la table. Ce soir, il y avait des fayots au menu ! Tous repus et détendus, ils émettent sans retenue des gaz de vils.

- Les hommes ont pété 69 fois en tout.
- Les dames ont pété 100 fois en tout.
- Au total, 52 pets émanent du couple royal, 66 des parents et 51 des invités.
- La fée a lâché trois prouts de plus que Guenièvre – qui a dit à son mari avant d'aller au lit : « Pas ce soir, j'ai dame Ygraine » – et onze de plus qu'Ygraine.

En examinant les quatre indices, comptez les prouts de chaque convive. Si vous échouez, gare à Excalibur, d'humeur tranchante !

C'est Gâchis

Quel papillon n'apparaît pas en même quantité que les autres ?

Le Trèfle

Prenez chaque fois une lettre différente dans une feuille de trèfle en allant du plus foncé au plus clair, pour former quatre noms de sportifs qui ont apporté une médaille à la France aux Jeux olympiques de Tokyo, en 2020. Il y a trois judokates et un cycliste.

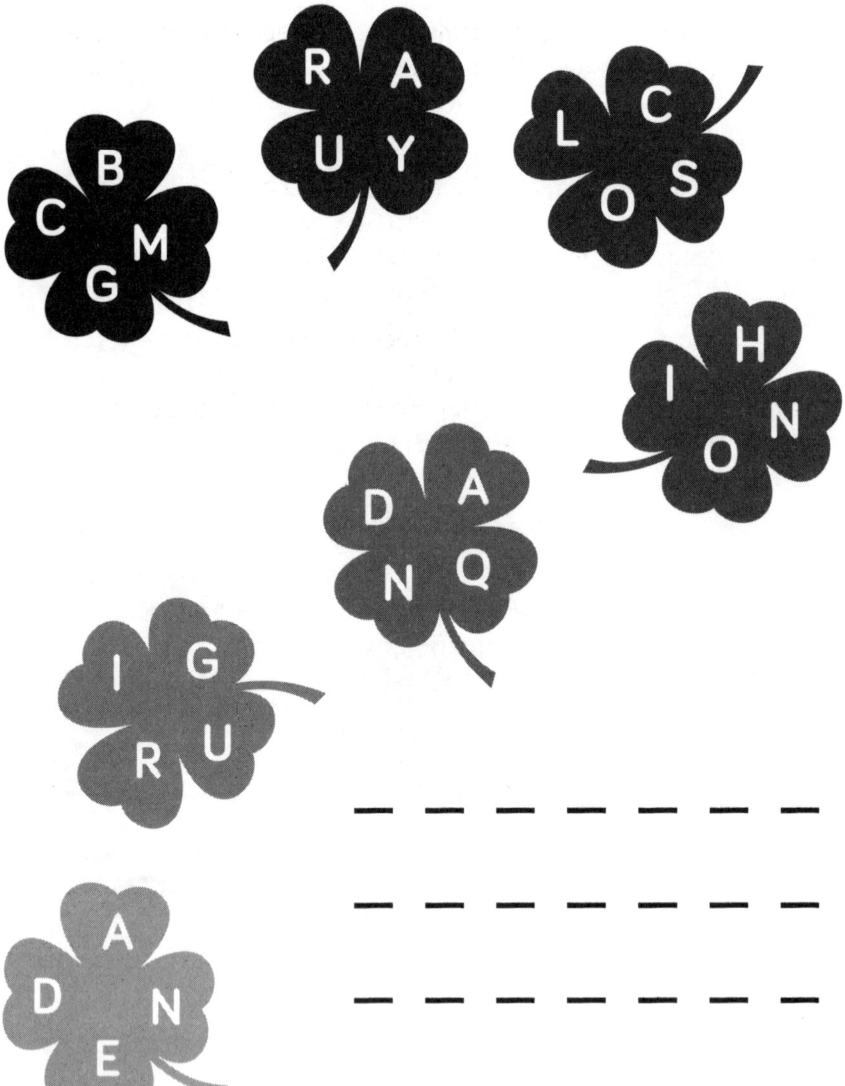

_ _ _ _ _ _ _

_ _ _ _ _ _ _

_ _ _ _ _ _ _

_ _ _ _ _ _ _

ChatGPT OQP

Faudra que je bosse en 2024

– Tu es doué. Quelle belle vie pour ce petit garçon qui passe toutes ses nuits à regarder un balai frotter du caca… (voir l'histoire inventée page 488)

– Je suis ravi que vous appréciiez mes histoires. Cependant, je comprends que l'aspect de regarder un balai frotter du caca puisse sembler peu attrayant. Les histoires sont souvent des créations imaginaires qui permettent aux enfants de s'évader dans des mondes fantastiques.

– Tu peux mieux faire. Ça te dirait de me créer 542 pages de jeux, de blagues et de textes humoristiques parlant de pipi et de caca ? Tu ne serais pas payé, évidemment, mais moi je pourrais pioncer tranquille en 2024 et faire croire à mon éditrice que c'est moi qui ai tout fait de l'*Officiel 2025* ?

– Je comprends que vous recherchiez des ressources amusantes et divertissantes, mais la création d'un livre entier de 542 pages de jeux, de blagues et de textes humoristiques est une tâche complexe et chronophage. En tant qu'IA, je suis ici pour vous fournir des informations et vous aider dans la mesure de mes capacités.

– Ben, aide-moi alors, c'est rien pour toi 542 pages. Moi, j'en chie, je te jure.

– Je comprends que la création d'un contenu aussi important peut être un défi et prendre beaucoup de temps et d'efforts. Malheureusement, en tant qu'IA basée sur le traitement du langage naturel, je ne suis pas en mesure de générer instantanément un contenu aussi long et détaillé sur demande.

– Oh, ça n'a pas besoin d'être instantané. Tu peux tout me rendre pour… disons mai 2024, le temps que je corrige tes conneries éventuelles. Allez, deal ? Tope-la, le chaton. On va devenir riches, toi et moi.

– Je comprends que vous puissiez plaisanter, mais en tant qu'IA, je n'ai pas la capacité de convenir d'un « deal » ni de collaborer de manière à générer du contenu sur une période prolongée ou à des fins commerciales.

– Ah ok, tu ne vends pas de shit non plus, alors ?

–Non, en tant qu'intelligence artificielle développée par OpenAI, je ne vends pas de substances illicites ni ne participe à des activités illégales.

CROISÉS 3D

Cette grille est en 3D, mais inutile de chausser vos lunettes pour le cinéma ! Les mots s'y croisent dans trois directions indiquées par les flèches blanches sur fond gris. Inscrivez vos réponses en respectant les sens indiqués et sans dévier : la perspective est un peu trompeuse au début, mais vous allez vite vous familiariser. Embarquez pour un fabuleux voyage dans l'espace !

HORIZONTALEMENT :

A. Elle suit la mariée partout. **B.** Marqua son territoire. **C.** Un sous *mi.* Son patrimoine a été remanié non sans gène par l'homme. **D.** Scientifiques qualifiées pour animer des projets industriels. **E.** L'attraction après la Traction. *Le Chant des partisans* se demande s'il entend. Marcel Carné en réalisa un drôle. **F.** Héros de *Sans famille.* Graine de melon. Saint pyrénéen. **G.** Saisit. Exprimée différemment. **H.** Vont. Pièce. Se présentera au concours. **I.** Cachettes de putois. Forças le cheval à courir la queue en trompette.

VERTICALEMENT DE DROITE À GAUCHE :

I. Ne me dites pas qu'il n'a pas lu la petite fadette ! Un beau suffit, plusieurs embarrassent. Interjection d'appel. **II.** Interdire l'ivresse du bateau. Les diamants qu'elle vend sont souvent modestes. **III.** Temps d'attente. On n'en jette pas la pierre. Gros dormeur si l'on en croit la chanson. **IV.** Au Tibet, y est-il ? Tord-boyaux. **V.** Tout le plaisir est pour eux. **VI.** Manifestation de sainteté. *Exempli gratia.* Ruisseau. **VII.** Sans réel enjeu pour un match. **VIII.** Compagnie aérienne espagnole. **IX.** Plus Jekyll que Hyde. Prénom d'Amin Dada.

VERTICALEMENT DE GAUCHE À DROITE :

1. Qui mérite d'être relevé. Champignon à ne pas ramasser. Fête musulmane. Un point c'est tout. **2.** Réorganise. S'entourera de bras cassés. **3.** Un appel à la tendresse quarante ans après Michèle Torr. Règles. **4.** Marjane et les actrices de *Persepolis.* **5.** Module d'alunissage. Il fait beaucoup pleurer dans les chaumières. **6.** Condiments de la cuisine réunionnaise. Perroquet à couleurs vives. **7.** Signal avertissant d'un danger. **8.** Convenu ou flotté. Négation à répéter. **9.** Glisser un œil dans le verger du voisin.

PiPiramidal

Complétez la pyramide en inscrivant sur chaque flaque un total égal à la somme des deux nombres notés sur les deux éléments (flaque ou rouleau) immédiatement en dessous.
Le nombre 628 (314 + 314) au sommet a un petit parfum de pipi, puisque pi, c'est 314…

Sales Bobines

Sur ces claquettes poussiéreuses, trois titres de films avec une même actrice sont difficilement lisibles, partiellement effacés ou masqués. Époussetez et devinez l'identité de cette actrice.

L'actrice mystère :

PAIR ou IMPAIR

Dans ce jeu binaire, la première grille à compléter ne contient que des 0 et des 1, avec trois règles à respecter :

1. Chaque ligne (et chaque colonne) contient quatre 0 et quatre 1.

2. Il est interdit d'écrire trois chiffres identiques ou plus côte à côte.

3. Deux lignes (ou deux colonnes) ne peuvent être identiques.

Une fois la grille terminée, regardez le second tableau constitué de lettres. En ne lisant que celles des cases où vous aurez trouvé un même chiffre (le 0 ou le 1, à vous de voir), vous compléterez la citation de bas de page.

0				0			
1							
							0
						1	0
	1					1	
			1				1
		0		0			
	1						

P	C	H	L	U	E	F	M
D	E	Q	O	E	U	A	U
P	V	R	L	E	Q	U	M
U	E	H	A	S	D	B	A
N	I	S	U	L	N	L	E
P	O	E	D	E	A	L	N
S	E	A	U	U	N	N	D
A	V	I	N	E	E	R	T

Citation de Victoria Abril à compléter :

« *Il vaut mieux être à poil dans un* ....

.... »

Splash, le retour

Veuillez excuser ma véhémence d'homme pissant assis, lorsqu'on accuse mon autre pissant debout de contaminer les brosses à dents des enfants. C'est un peu comme quand on nous fait culpabiliser de laisser un appareil en veille, alors qu'une publicité géante lumineuse clignote dehors une bonne partie de la nuit ou qu'un building reste allumé. Priorisons !

Dans la guerre du splash, plutôt que de s'intéresser au rebond de quelques gouttelettes, pourquoi ne pas regarder du côté du tirage de chasse d'eau ? Mesdames et messieurs, une fois votre pipi déposé en modeste cadeau dans l'urne, comme disait Musset, vous allez « épancher dans l'amphore un courant d'onde pure ». Mais la réalité est plus violente, lorsque vous actionnez le mécanisme d'évacuation des eaux.

Une université du Colorado a utilisé des lasers verts pour visualiser ces projections – de pipi et de caca, évidemment. Couvercle non rabattu, des gouttelettes cracras sont envoyées jusqu'à 1,5 m de hauteur à la vitesse moyenne de 2 m/s, soit 7,2 km/h, et les aérosols restent en suspension plusieurs minutes puis se déposent sur toutes les surfaces. Donc, même si vous avez fait pipi assis, mesdames et messieurs, pensez à rabattre le couvercle avant d'envoyer se balader partout dans votre maison, dans la mienne ou dans les chiottes d'un bar à bières, toutes sortes d'agents pathogènes. Et ventilez !

LA CIBLE

Partez de la lettre cerclée sur fond blanc. Choisissez le bon sens de rotation et sautez un certain nombre de lettres (toujours le même pour cette cible), lisez la suivante, puis continuez ainsi pour compléter un constat météorologique de Tim Harrod :
« En Angleterre, c'est facile de savoir si l'été est enfin là… »

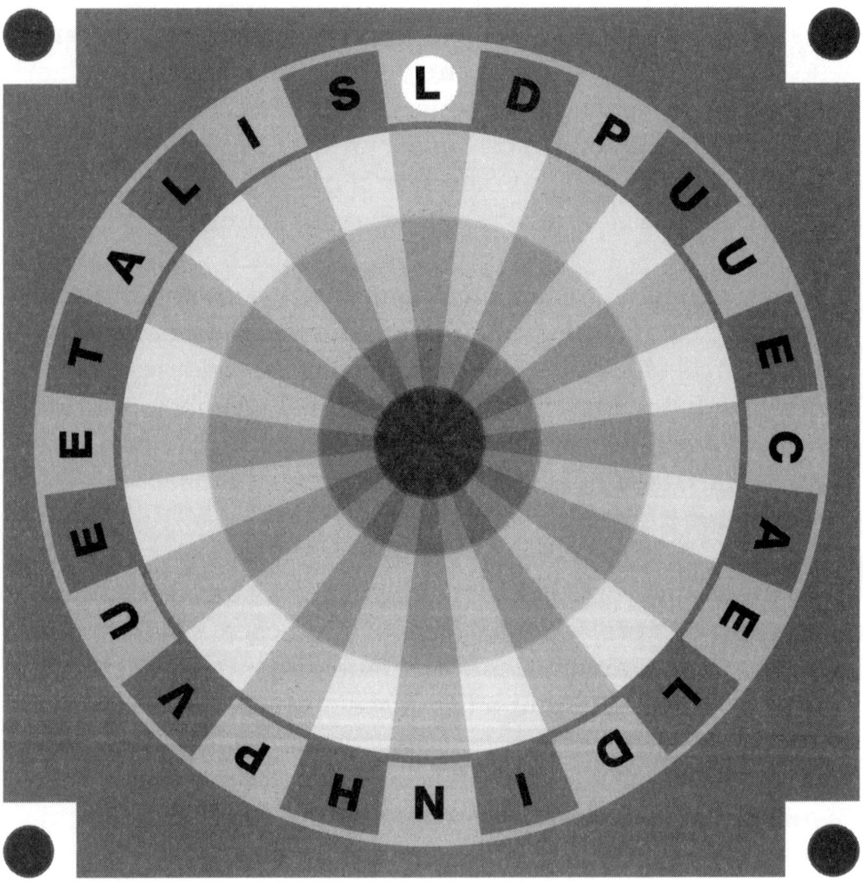

....

....

SEPT HORREURS

SUDOKU-KU

Remplissez les cases vides de ce sudoku-ku pour que tous les chiffres, de 1 à 9, soient inscrits une seule fois sur chaque ligne, dans chaque colonne et dans chaque petit carré de neuf cases sur fond gris ou blanc.

3	4							
		2	7					
9				8			7	
	9				8	7		
	6		1		5		9	
		4	2				6	
	3			5				2
					9	6		
							1	5

Sani**BROYEUR**

Les termes ci-dessous forment la définition d'un mot du dictionnaire. Malheureusement, les feuilles de papier ont été emmêlées par le Sanibroyeur. À vous de les remettre dans l'ordre et de deviner le mot défini.

POILU

NOMBREUX

PLUS

VERTÉBRALE

APPENDICE

PROLONGE

ET

LONG

OU

LA

MAMMIFÈRES

COLONNE

MOINS

QUI

DE

LA TÊTE AU

Dans chaque carré grisé figure un mot. Trouvez une anagramme de ce mot correspondant à l'une des définitions sous la grille (exemple au centre : APPRÊT pour l'indice 20). Inscrivez ensuite, dans chaque tête, le numéro de la définition du mot recherché. Reportez alors l'initiale de chaque mot trouvé, ici le A, dans les cases numérotées de l'échelle de décodage. Celle-ci complétera une citation du peintre trouvé à l'indice 13 : « Le dessin n'est pas la forme, il... » À la fin, en additionnant les chiffres reportés, il vous faudra totaliser 65 sur toutes les lignes, toutes les colonnes et les deux diagonales de ce carré magique !

BAIN - - - -	ÉLIAIT - - - - - -	SQUALE - - - - - -	EMPOTÉS - - - - - - -	BLATÈRE - - - - - - -	= 65
RAT - - -	FAUTIVES - - - - - - - -	GADES - - - - -	BATTRAIS - - - - - - - -	RECULÂT - - - - - - -	= 65
REQUISSES - - - - - - - - -	OSCINE - - - - - -	TRAPPE 20 APPRÊT	EMPÂTÉS - - - - - - -	PRÊTEURS - - - - - - - -	= 65
ENTOIR - - - - - -	ILOTE - - - - -	PORTA - - - - -	DÉSUET - - - - - -	COLÉE - - - - -	= 65
MÉTRO - - - - -	REVINS - - - - - -	MANTE - - - - -	MÊLERAIS - - - - - - - -	PAIES - - - - -	= 65

65 = (diagonale) | = 65 | = 65 | = 65 | = 65 | = 65 | = 65 (diagonale)

CA-CARRÉ

1. Parfois japonaise, c'est une image imprimée à partir d'une plaque gravée. **2.** Cette couleur issue de la seiche sert pour le dessin au lavis. **3.** C'est le support sur lequel on peint. **4.** C'est le nom donné aux peintures brillantes et lisses. **5.** La peinture en est un. **6.** Il a peint *Le Déjeuner sur l'herbe* et *Olympia*. **7.** Dans l'art, c'est l'opposé de « figuratif ». **8.** Ce mouvement mené par Sérusier s'opposait à l'académisme. **9.** Ces images sacrées sont peintes sur bois. **10.** Rousseau et Corot faisaient partie de celle de Barbizon. **11.** En arrière de l'autel, il renferme souvent un tableau ou un triptyque. **12.** C'est ébaucher un tableau. **13.** On lui doit *L'Étoile* et de nombreux tableaux de danse. **14.** Ce sont les dessins préparatoires à la réalisation d'un tableau. **15.** Cette résine forme un film protégeant le tableau fini. **16.** Cette partie du monde a inspiré Ingres, Delacroix ou Renoir pour son *Odalisque*. **17.** Canaletto et Arcimboldo en viennent. **18.** Ce mouvement fut mené par Courbet. **19.** Après Toulouse, ce nom évoque Montmartre. **20.** C'est l'enduit appliqué avant de peindre. **21.** Matisse le fut dès 1905. **22.** Cet art contemporain joue sur l'illusion d'optique. **23.** C'est la peinture sur rocher, à la lumière du jour. **24.** Telle nature est peinte. **25.** Cet outil permet de fondre les couleurs des pastels entre elles.

1	2	3	4	5	6	7	8	9	10	11	12	13	14

					A					
15	16	17	18	19	**20**	21	22	23	24	25

EN PURE LOGIQUE

Madame Geay est enceinte d'un garçon. Elle a déjà eu six enfants : Dominique, Régis, Michel, Fabrice, Solange et Laurence. Comment appellera-t-elle le suivant : Apollon, Léon, Simon ou Tartempion ?

....

CRYPTOGRAMME

Remplacez chaque symbole par l'une des deux lettres qu'il crypte pour compléter la citation de Milan Kundera :
« Uriner dans la nature est un rite religieux… »

A	B	C	D	E	F	G	H	I	J	K	L	M
N	O	P	Q	R	S	T	U	V	W	X	Y	Z

« 

 »

Adios !

– Quelle est la couleur d'un doigt après un toucher rectal ?
– Caca doigt.
Ce chef-d'œuvre d'humour noir, au sens pas propre, a été élu meilleure blague des six dernières éditions, par un panel représentatif dont je ne peux malheureusement pas vous donner le détail, par manque de place et d'honnêteté.

Bravo à ceux qui auront tout lu, tout joué, tout trouvé dans cet Officiel. Pardon à ceux que j'aurais offensé, par une blague idiote (probablement un remplacement de dernière minute de l'imprimeur) ou une colère mal maîtrisée. Mais je fus soumis à la tentation... Rendez-vous à ceux qui auront passé plus de bons moments que de mauvais, en feuilletant cet opus 2024 aux toilettes ou ailleurs. Relisez bien, je ne vous donne pas rendez-vous aux toilettes.

L'an prochain, si Dieu, Poutine, mon conjoint, mon éditrice et le prix du papier me laissent la vie sauve, et si ChatGPT ne me met pas au chômage, j'ai déjà prévu de vous parler du manga *Slam Dunk*, se déroulant dans le lycée de Shohoku, ça ne s'invente pas... La chaîne L'Équipe faisait gagner son maillot de basket le 27 juillet 2023, mais je n'ai pas réussi à me le procurer. Snif !

L'an prochain, pas de personnage humain pour illustrer votre Officiel, mais des rouleaux de PQ anthropomorphes, dans des situations désopilantes. Je pars cet automne au Japon, à Shikoku, pour y explorer la cuisine locale et vous ramener d'autres toponymes suffisamment ridicules pour figurer dans l'Officiel. À la revoyure, donc, fidèle lecteur. Nous ne serons pas à Shikoku, Shikoku, Shikoku mais... contents, comme l'a si bien chanté Serge Lama.

En attendant, vous pouvez m'affronter dans des jeux de lettres sur www.ludissimots.fr
Mon pseudo est Ganymède. Vous connaissez l'échanson ?

LES SOLUTIONS

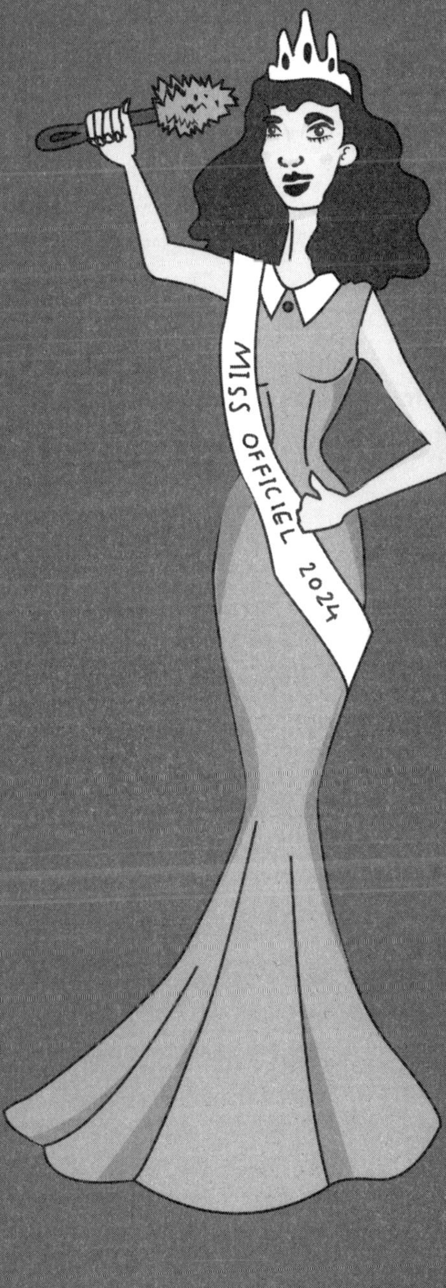

P. 6

Les pets du Roi Arthur

Six équations indépendantes et six inconnues : la solution est unique. Notez par exemple a les pets d'Arthur, g ceux de Guenièvre, u ceux d'Uther, y ceux d'Ygraine, l ceux de Lancelot et v ceux de Viviane.
L'énoncé vous indique : $a + u + l = 16$; $g + y + v = 16$; $a + g = 15$; $u + y = 5$; $l + v = 12$ (mais ceci n'est pas une équation indépendante puisque si vous ajoutez les 16 pets d'hommes et les 16 de femmes, et que vous enlevez les 15 pets royaux et les 5 parentaux, vous obtenez la même info : les prouts des invités sont au total de $16 + 16 - 15 - 5 = 12$). Les deux dernières équations utiles viennent du dernier indice : $v = g - 4 = y + 3$.
Il est assez facile de trouver v en remplaçant g (qui vaut $v + 4$) et y (qui vaut $v - 3$) dans l'équation des pets féminins : $g + y + v = 16$, donc $(v + 4) + (v - 3) + v = 16$, soit $3v + 1 = 16$, puis $3v = 15$, donc $v = 5$. Par suite, $g = 9$ et $y = 2$. Puisque $l + v = 12$, $l = 7$; puisque $u + y = 5$, $u = 3$; puisque $a + g = 15$, $a = 6$.
Arthur a pété 6 fois et Guenièvre 9 ; Uther a pété 3 fois et Ygraine 2 ; Lancelot a pété 7 fois et la fée Viviane 5.

P. 7

BONUS

BONJOUR

Quoi de plus naturel que de saluer les fidèles lecteurs de l'Officiel, ainsi que les nouveaux acheteurs ? Après la page de Défèque news et le jeu sur les pets, il était de bon ton de montrer que nous restions polis.

P. 8

Le Trèfle

Nino CERRUTI – Alexander MCQUEEN – Paco RABANNE
Chantal THOMASS.

P. 10-11

(M)OTS (F)LÉCHÉS

					M		A		E		A		A		L	
				L	I	E	C	H	T	E	N	S	T	E	I	N
					N	U	E	E		M	I	E	T	T	E	S
				K	I	R		R	H	U	M		I	R	E	
	D		P		G	O	M	M	E		A	R	R	O	S	E
R	O	C	O	C	O		A	E	R	A	T	I	O	N		F
	P	A	I	L	L	A	S	S	O	N		E	N		A	F
S	A	L	S	I	F	I	S		S	I	N	U	S	I	T	E
		I	S	E		M	A	O		M	U	S		R	T	T
D	E	M	O	N	T	E		D	I	A	M	E	T	R	E	
	C	E	N	T	R	E	V	I	L	L	E		A	I	L	E
C	O	R		E	U		U	N	I		R	A	T	T	E	S
	S	O	U	L	A	G	E		E	C	O	L	I	E	R	S
S	Y		R	E	N	E		I	N	U	T	I	L	E		O
	S	P	A		D	O	I	T		R	E	E	L		O	R
S	T	A	N	C	E		S	E	M	E		N	O	B	L	E
	E	Q	U	E	R	R	E		E	S	T		N	O	E	
A	M	U	S	A		O	R	A	L		A	S	S	U	R	A
	E	E		N	I	C	A	R	A	G	U	A		D	O	N
A	S	S	I	S	E		N	A	S	E		S	C	E	N	E

P. 12

le PQRST

1. Normand. **2.** Orphelin. **3.** Pleurniche. **4.** Quichotte. **5.** Réalité. **6.** Scalper. **7.** Terminaison. **8.** Uretère.

P. 14

Le Pendu

OPPORTUN

Est « opportun » ce qui vient à propos, ce qui convient à la situation du moment.

P. 15

le bon tuyau

	T			S			C	
R	A	G	U	E	N	E	A	U
	U			Y			R	
	T			R			M	
B	O	H	R	I	N	G	E	R
	U			G			T	

P. 16-17

L'éToilette

P. 18

PAIR ou IMPAIR

Si vous pensez avoir trouvé une autre solution, vérifiez que vous n'avez pas deux lignes (ou deux colonnes) rigoureusement identiques, ce qui est interdit.

1	1	0	0	1	1	0	0
1	1	0	1	0	0	1	0
0	0	1	1	0	0	1	1
0	0	1	0	1	1	0	1
1	1	0	1	0	1	0	0
0	1	0	0	1	0	1	1
1	0	1	0	1	0	0	1
0	0	1	1	0	1	1	0

Les lettres correspondant aux 1 complétaient la citation avec « trouver la bonne position pour dormir ».
Si vous avez lu les lettres en regard des 0, cela donnait « se vanter d'avoir une prostate en béton », mais ce n'est pas du Boris Vian.

P. 19

Calculs ours, hein !

Première méthode : 804 + 7
5 × 25 = 125 ; 125 + 9 = 134 ; 134 × 6 = 804 et 804 + 7 = 811.
Deuxième méthode : 820 – 9
6 × 8 = 48 ; 48 – 7 = 41 ; 25 – 5 = 20 ; 20 × 41 = 820 et 820 – 9 = 811.
Troisième méthode : 936 – 125
6 + 7 = 13 ; 8 × 9 = 72 ; 13 × 72 = 936 ; 5 × 25 = 125 et 936 – 125 = 811.

P. 20

Faune Éthique

[fɔnetik]

Allemagne (Ah, le magnifique) – Croatie (ses nouveaux crocs, assis dans) – Belgique (sont belles, j'y crois pas) – Autriche (à la loterie, chez) – Estonie (est-ce Tony) – Lettonie (Les Tony, tu tapes) – Danemark (ce bougre d'âne marquait) – Finlande (à la fin, l'andouille) – Italie (j'ai vite aligné) – Slovénie (Je le voulais, ce lot : *veni, vedi, vici*) – Grèce (à la graisse) – Kosovo (j'ai filé les cosses aux veaux) – Irlande (vomir l'an dernier) – Andorre (je m'endors) – Hongrie (son menton gris de barbe) – Espagne (Est-ce Pagnol).

P. 22

OPĒRATION C+R+Y+P+T+Ē+E

Si vous avez répondu T = 0, V = 0 et A = 0, l'opération fonctionne mais vous n'avez pas lu que « deux lettres différentes ne peuvent coder le même chiffre ».
Il n'y a que quelques valeurs possibles pour A : 0, 1, 2, 3 et 4, sinon le résultat serait un nombre à quatre chiffres.
A = 0 impliquerait TVT + T = VOV, ce qui est impossible (V devrait valoir 9 et il serait impossible de fixer T).
A = 1 signifierait que TVT +11T + 111 = VIV, donc V – d'après le chiffre des dizaines – vaudrait 8 ou 9 ; 9 serait la seule option avec T = 4, mais alors le chiffre des centaines poserait problème. Nouvelle impasse.
Si A = 3, V – d'après la colonne des dizaines – vaudrait 6 ou 7, mais le chiffre des unités imposerait V = 7 et T = 2, et alors le calcul des centaines serait faux.
Si A = 4, alors T = 1 pour ne pas dépasser 999 au total et alors V = 6, mais le calcul ne fonctionne pas.
Donc A = 2 est la seule possibilité. V, par la colonne des dizaines, vaut 7 ou 8, mais celle des unités impose T = 3 et V = 8, d'où la solution :
T = 3, V = 8 et A = 2 pour l'opération 383 + 223 + 222 = 828.
L'entrepreneur paiera 382 € de TVA.

P. 23

La puce à l'oreille

FORME : haut-de-forme, le fond et la forme, à la forme négative, remise en forme, sans autre forme de procès, vice de forme.

P. 24-25

LA TÊTE AU CA-CARRÉ

SNIFANT 17 INFANTS	CONTIENNE 11 INNOCENTE	PRIVÉE 3 VIPÈRE	GIVRÉE 9 VIERGE	RETENU 25 EURENT
LÉNIFIANT 4 INFANTILE	AROL 10 ORAL	VOILER 22 OLIVER	GUASAVE 16 SAUVAGE	MÉDIAN 13 DEMAIN
NACRÉ 21 CARNÉ	CANNAISES 18 NAISSANCE	COLÉE **14** **ÉCOLE**	LIMÉE 5 ÉMILE	OILLES 7 SOLEIL
BITUES 15 SUBITE	DÉPOTA 2 ADOPTÉ	SODA 6 ADOS	REMMAILLA 23 MARMAILLE	RECOIN 19 ENRICO
ROUVRAIE 8 AU REVOIR	RUMINE 24 MINEUR	RENDRA 20 RENARD	MIRE 12 RÉMI	SOMME 1 MÔMES

M	A		V	I	E		A		S	A	V	O	I	R
1	2		3	4	5		6		7	8	9	10	11	12

D	E	S	S	I	N	E	R		C	O	M	M	E
13	14	15	16	17	18	19	20		21	22	23	24	25

P. 26

LES TRONCS

Jacques et Thomas Dutronc : Jas – quête – homme – mad – hutte – rond.

Un père et un fils faits du même bois, un peu rustique un peu brut, dont on fait n'importe quoi, sauf naturellement les flûtes. Le jas est la barre transversale d'une ancre et *mad* signifie « fou », en anglais, comme dans *Mad Max*.

P. 28

EN DÉCOMPOSITION

1. Compost, bilabié. **2.** Lambics, biotope. **3.** Lobbies, tampico.

P. 29

C'est Gâchis

Chaque accessoire de jardinage apparaît à six reprises, sauf le sécateur, présent en sept exemplaires.

P. 30

Sales Bobines

1. *La Môme.* **2.** *Un long dimanche de fiançailles.* **3.** *De rouille et d'os.*
Ce sont trois films avec Marion Cotillard.

P. 31

Bouche-trous

1. Encombrant. **2.** Corroborant. **3.** Accrobranche.
4. Collaboratrices. **5.** Cobelligérant. **6.** Microbouturage.

P. 32-33

QUI fait QUOI ?

PEINTRES	HEURES	POTS	TEINTES
ALICE ÉOROULO	21	6	ANTHRACITE
CÉCILE ONDPINDR	7	12	BLEU CIEL
ÉLODIE LULAGWASH	28	10	ABRICOT
MONA KWARELL	35	4	VERT D'EAU
NADÈGE APUDENDUI	14	8	MOUTARDE

P. 35

LA CIBLE

En lisant une lettre sur cinq,
dans le sens contraire des aiguilles d'une montre :
« Ceux qui disent dormir comme
un bébé en général n'en ont pas. »

P. 36-37

(M)OTS (F)LÉCHÉS

■	L	■	S	■	T	■	L	■	E	■	C	■	E	■	V	■
D	E	N	I	S	B	R	O	G	N	I	A	R	T	■	A	M
■	S	A	L	A	■	A	B	A	T	S	■	A	N	G	L	E
F	A	G	O	T	E	S	■	N	I	O	R	T	A	I	S	■
■	R	E	■	U	V	E	I	T	E	■	M	A	■	N	E	F
A	M	O	U	R	E	U	X	■	R	E	C	T	O	S	■	A
■	E	I	R	E	■	R					■	O	C	E	A	N
I	S	R	A	E	L	■					V	U	■	N	B	A
■	S	E	N	■	A	Y					■	I	A	G	O	■
N	E	■	U	N	I	V					I	L	L	■	M	I
■	C	A	S	I	N	O	■	C	■	F	■	L	A	P	I	N
A	R	P	■	G	E	N	E	R	E	U	S	E	M	E	N	T
■	E	O	L	E	■	N	O	U	R	R	I	■	B	L	E	U
A	T	T	I	R	E	E	S	■	R	A	M	A	I	■	R	I
■	E	H	■	I	N	■	I	N	E	X	A	U	C	E	■	T
U	S	E	R	A	■	A	N	A	R	■	G	B	■	L	E	E
■	■	O	I	N	D	R	E	Z	■	O	R	E	G	O	N	■
B	O	S	S	E	U	R	■	C	I	R	E	■	L	I	F	T
■	F	E	E	■	R	E	N	A	R	D	E	A	U	■	I	E
I	F	■	E	T	E	T	E	■	M	I	S	S	I	O	N	S

P. 38

CROISILLONS FUN

	A	L	I	B	A	B	A	
	D		N			O		
	U	S	U	F	R	U	I	T
	L		T			D		
D	E	B	I	N	E	U	R	
	S		L		O		O	
	C	H	I	A	I	E	U	R
	E		T		I		G	
E	N	S	E	V	E	L	I	R
	T				N			

P. 39

ALPHAKU-KU

On lit SALONIQUE dans la colonne centrale.

La ville moderne s'appelle Thessalonique ; ce « nique » final vient de Niké, nom de la déesse grecque de la victoire.

A	U	I	O	**S**	E	L	N	Q
N	L	E	U	**A**	Q	S	I	O
Q	O	S	I	**L**	N	A	U	E
L	I	A	Q	**O**	U	N	E	S
U	E	Q	S	**N**	A	I	O	L
O	S	N	E	**I**	L	U	Q	A
E	N	L	A	**Q**	I	O	S	U
I	Q	O	L	**U**	S	E	A	N
S	A	U	N	**E**	O	Q	L	I

P. 41

Tombez dans le panneau

Le nombre de kilomètres correspond au rang de la lettre à récupérer dans le nom de chaque ville.
Pour Bayonne, c'est 1 km, donc on prend la 1re lettre du mot, un B. On prend ensuite la 2e lettre de Montauban (O), la 5e de Biarritz (R), la 4e de Gradignan (D), la 3e d'Agen (E), la 1re d'Anglet (A), la 7e de Lacanau (U) et la 3e de Dax (X).
La ville secrète était donc BORDEAUX.

P. 42-43

GRANDES VACANCES

A	B	A	I	S	S	E	L	A	N	G	U	E	■	A	B	A	T	J	O	U	R	■	D	I	A	M
P	A	R	C	O	U	R	I	R	■	I	N	T	E	R	E	S	S	E	■	R	E	C	E	N	S	E
P	L	A	I	N	E	■	E	G	A	L	I	E	Z	■	N	I	A	U	L	E	■	O	B	U	S	■
R	A	S	■	O	D	I	E	U	S	E	■	T	E	N	T	E	R	■	A	T	O	N	■	T	E	R
O	Y	E	Z	■	O	O	■	M	A	T	E	E	■	A	H	■	I	N	C	E	R	T	A	I	N	E
F	E	■	A	S	I	N	I	E	N	■	C	R	A	Y	O	N	N	A	■	R	E	E	L	L	E	S
O	R	G	I	E	S	■	G	N	A	F	R	O	N	■	S	I	E	N	N	E	■	N	U	E	■	I
N	■	U	R	G	E	A	N	T	■	R	A	N	G	E	■	E	S	T	E	■	D	A	N	S	E	S
D	A	T	E	R	■	C	O	E	X	I	S	T	E	N	C	E	■	A	P	L	A	N	I	■	M	T
I	L	E	■	E	P	A	R	■	I	S	E	■	S	I	R	■	D	I	E	U	■	T	S	U	B	A
R	E	N	E	G	O	C	I	E	■	E	R	G	■	G	E	A	I	S	■	C	P	■	S	T	A	N
■	A	B	B	A	■	I	O	N	I	E	■	A	I	M	A	N	T	E	R	■	A	R	A	■	C	T
E	T	E	■	T	U	A	N	T	E	■	S	I	R	E	N	E	■	S	U	R	R	E	N	A	L	E
M	O	R	D	I	S	■	S	E	N	T	I	E	R	■	T	R	I	■	S	O	L	E	T	T	E	■
P	I	G	E	O	N	S	■	N	A	I	N	■	I	L	■	I	N	U	S	U	E	L	■	O	S	T
O	R	■	I	N	E	D	I	T	■	T	O	R	T	U	R	E	■	R	E	A	■	U	L	M	■	E
T	E	S	T	■	E	F	F	E	M	I	N	E	E	■	U	S	E	E	■	G	O	S	I	E	R	S
E	S	T	E	R	S	■	E	S	U	S	■	M	E	N	T	■	V	E	X	E	S	■	O	S	A	S

P. 44

Au Tableau

OFFICIEL

Quand ce mot précède « des toilettes », c'est un peu un synonyme de Bible, toute proportion non gardée.

			C	**O**	N	S	O	L	A	T		
		D	E	**F**	E	Q	U	E	R			
				F	E	U	I	L	L	E	E	S
L	A	T	R	**I**	N	E	S					
		S	E	**C**	H	E	S					
	C	H	A	**I**	S	E						
			S	**E**	P	T	I	Q	U	E		
			C	**L**	O	S	E	T				

P. 45

La lunette

ÉVANGILE

On lit le prénom Ève dans les cercles intérieurs et Gilles dans ceux du tour, d'où cet « Ève en Gilles ».

P. 46

SaniBROYEUR

BALAYETTE : petit balai à manche court utilisé pour nettoyer la cuvette des WC.

P. 47

LES MUTANTS

Pour toutes les solutions des jeux « Les Mutants », nous vous donnerons l'auteur de l'œuvre originale et quelques adaptations célèbres, mais la liste ne sera jamais exhaustive.

1. *À l'Ouest, rien de nouveau* (roman de Erich Maria Remarque, adapté au cinéma par Lewis Milestone : le film décroche deux oscars en 1930). **2.** *Orange mécanique* (*L'Orange mécanique*, avec article, est un roman d'Anthony Burgess, adapté au cinéma

par Stanley Kubrick : l'article disparaît dans le titre français).
3. *Le Radeau de La Méduse* (immense toile de Théodore Géricault ; il y a une majuscule à La Méduse, car il s'agit du nom d'une frégate et non de Méduse la Gorgone).

P. 49

SEPT HORREURS

P. 50

ROSACE

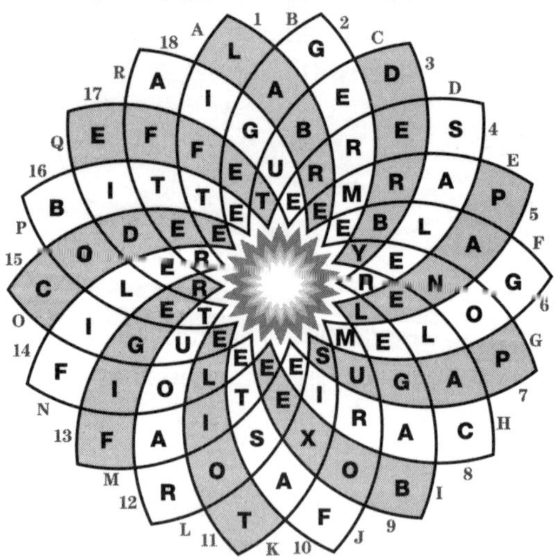

P. 51

Sacré Délien

MYTHE

COMME(**M**)OREES
GOULE(**Y**)ANTES
CREVE(**T**)TIERS
BLANC(**H**)ATRES
KITCH(**E**)NETTE

La goule est un vampire femelle et les antes des piliers de temple : on les relie par un Y pour former « gouleyantes », comme des boissons alcoolisées fraîches et légères.
Les cinq lettres ajoutées forment « mythe ». Celui de la création de Délos attribue la naissance de l'île soit à un coup de trident de Poséidon, soit au plongeon d'Astéria (la tante des jumeaux Artémis et Apollon) pour échapper à Zeus et à la jalouse Héra. Une autre piste évoque une île flottante (miam !) que Zeus stabilisa pour permettre à Léto de donner naissance aux jumeaux.

P. 52

Les enfants TERRIBLES

1. Sophie Stické. **2.** José Patledir. **3.** Kelly Dio.
4. Yves Rogne. **5.** Aude, Anne, Marc Yféfroi.

P. 54-55

CLÉS en main

LANGOUSTE, en partant de la deuxième clé en bas à gauche et en tournant dans le sens des aiguilles d'une montre. Non, ce n'est pas ce que Bella donne à manger au serpent, mais c'est son plat préféré. Les clés RMI ne rapportaient rien…

P. 56

LE CHICHSTRAC

SERPENT

P. 57

EN PURE LOGIQUE

935

C'est l'affichage d'un réveil numérique, regardé toutes les 85 minutes (1 heure et 25 minutes) lors d'une nuit d'insomnie. La prochaine fois, il sera 9 h 35, d'où la réponse.

P. 59

CRYPTOGRAMME

« Vous vous prétendez immortels
et pourtant vous ne dépassez jamais la quarantaine. »

Allais parlait évidemment du nombre d'académiciens, limité à quarante. Depuis sa création, l'Académie a accueilli plus de 740 membres dans ses fauteuils.

P. 60

Paroles, paroles...

1. Règles (Guillaume Grand, *Toi et moi*). **2.** Détruire (Joyce Jonathan, *Je ne sais pas*). **3.** Insouciance (Grégoire, *Toi plus moi*). **4.** Ailes (Vanessa Paradis, *Divine Idylle*). **5.** Botox (Kyo, *Le Graal*).

P. 61

MotoCrotte

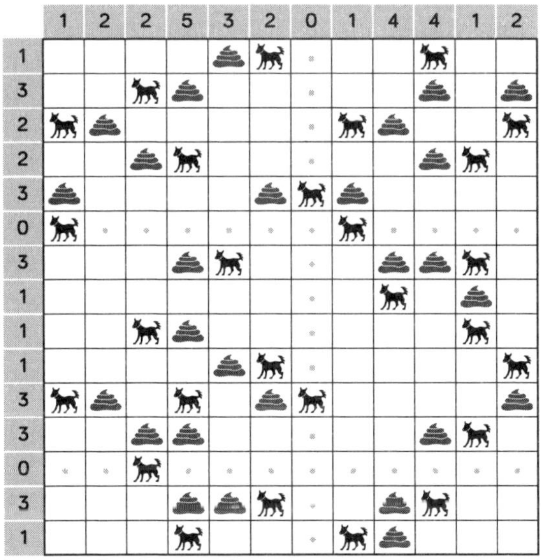

P. 62-63

(M)OTS (F)LÉCHÉS

	G		U		A		O		K		T					
P	R	O	T	E	G	E	C	A	H	I	E	R				
	A	N	I	M	A	L		L	O	B	E	E				
I	N	E	L	U	C	T	A	B	L	E		L				
	G	R	E		E	O	L	E		R	A	I		H		P
F	E	E		S	E	N		R	E	E	D	U	Q	U	E	R
		U	R	E		J	E	T	S		U	R	A	N	I	E
P	O	S	I	T	I	O	N		T	O	L	E	T		F	V
	R	E	G		C	H	I	M	E	N	E		A	L	F	A
W	C		O	R	A	N	G	E	S		E	T	R	I	E	R
	H	A	L	E	R		M	U		P	S	I		A	L	I
B	I	L	A	T	E	R	A	L	E	S		T	A	S		Q
	D	E	D	E		O	T	A	N		A	I	R		C	U
V	E		E	N	F	U	I		J	A	R		C	U	R	A
	E	V		D	I	S	Q	U	A	I	R	E		V	I	N
O	S	I	E	R		S	U	R	V	E	I	L	L	A	N	T
		A	M	E	N	E	E		E	U	T		I	L	I	
A	N	N	A		E	U		A	L	L	E	G	E		E	R
	E	D	I	T	O	R	I	A	L		N	A	G	E	R	A
P	O	E	L	O	N		T	R	E	N	T	I	E	M	E	S

P. 64

Trois petits CHATS

1-6. Chaton. **4-9.** Tondre. **7-14.** Dressing. **12-17.** Ingrat. **15-22.** Raticide. **20-24.** Idéal. **23-27.** Alice. **26-30.** Cesar®.

P. 65

SANDWICH

« L'aimer comme la colique. »

D	I	**L**	U	E	R
E	P	**A**	R	S	E
T	R	**I**	Q	U	E
E	M	**M**	U	R	E
S	C	**E**	N	E	S
T	E	**R**	G	A	L
E	N	**C**	O	R	E
R	A	**O**	U	T	S
C	A	**M**	P	E	R
E	M	**M**	E	L	E
Q	U	**E**	L	L	E
U	L	**L**	U	C	O
I	S	**A**	T	I	S
D	E	**C**	R	U	E
A	B	**O**	N	N	E
M	I	**L**	I	E	U
C	R	**I**	M	E	S
E	X	**Q**	U	I	S
S	A	**U**	T	E	R
T	I	**E**	R	C	E

P. 66

SUDOKU-KU

8	2	7	9	6	4	3	1	5
4	9	6	3	1	5	2	7	8
5	1	3	8	7	2	4	9	6
3	4	1	6	8	7	9	5	2
6	5	8	2	4	9	1	3	7
2	7	9	1	5	3	8	6	4
7	8	5	4	3	1	6	2	9
1	6	2	7	9	8	5	4	3
9	3	4	5	2	6	7	8	1

P. 67

BONUS

GLOUTON

C'est logique : le glouton passe plus de temps aux toilettes que les autres, ce jeu est ainsi dédié à cette cible marketing de l'Officiel que vous tenez entre les mains.

P. 68-69

L'éToilette

P. 70

le PQRST

1. Minotaure. **2.** Nigériane. **3.** Ogresse. **4.** Plaie. **5.** Quinquina. **6.** Reins. **7.** Sentimental. **8.** Teenager.

P. 73

L'ombre de ton HOMBRE

L'ombre identique au modèle est la silhouette 5.

P. 74

PiPiramidal

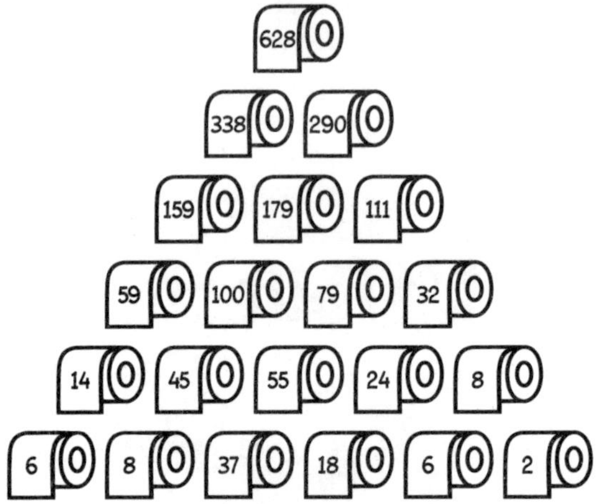

P. 75

Calculs durs, hein !

8 × 25 = 200 ; 200 + 1 = 201 ; 6 − 2 = 4 ; 201 × 4 = 804 et 804 + 7 = 811.

P. 76-77

FLÉCHÉS CROISÉS

T	H	E	S	S	A	L	I	E	■	E	C	L	A	T	E	S
O	U	L	I	P	O	■	C	N	I	D	A	I	R	E	■	C
U	T	E	■	A	U	D	I	T	O	I	R	E	■	R	F	A
L	I	M	E	T	T	E	■	E	N	T	I	E	R	■	R	N
O	N	E	G	A	■	F	U	N	■	O	L	■	O	M	A	N
U	■	N	O	N	N	E	T	T	E	■	L	O	L	I	T	A
S	O	T	■	G	I	N	■	E	N	R	O	U	L	E	E	■
A	S	S	O	U	R	D	I	S	S	A	N	T	E	■	R	M
I	T	■	R	E	V	E	R	■	A	I	N	■	U	R	N	E
N	E	R	D	■	A	R	M	O	N	■	E	T	R	O	I	T
■	N	A	R	I	N	E	■	E	G	A	R	A	■	I	S	■
A	S	■	E	M	A	S	C	U	L	A	■	G	A	D	E	S
B	O	S	S	A	■	S	O	F	A	■	S	A	D	E	■	C
A	I	T	■	G	U	E	T	■	N	A	P	L	O	U	S	E
C	R	A	M	E	R	■	R	O	T	I	E	■	B	R	U	N
A	S	T	I	■	I	S	E	R	E	■	T	R	E	S	S	E

P. 78

La puce à l'oreille

SERRE : serre-joint, serre tropicale, serre-livres, serre d'aigle (griffe), serre-file, effet de serre.

P. 80

Bandelettes

9 - 3 - 6 - 1 - 7 - 10 - 4 - 2 - 5 - 8 : les initiales forment
PARKER PYNE.

C'est le nom du professeur de bonheur, qui résout le mystère dans la nouvelle *Mort sur le Nil*, d'Agatha Christie, une version beaucoup plus courte que le roman où Hercule Poirot mène l'enquête.

P. 81

EN DÉCOMPOSITION

1. Dominos, copiste. **2.** Médocs, position.
3. Discompte (*discount* francisé), oison.

P. 82-83

LA TÊTE AU CA-CARRÉ

ORNÈRENT 4 TONNERRE	MÊLE 12 ELME	MAERL 23 LARME	COUDE 16 DOUCE	ORME 10 ROME
MARE 21 ARME	TRENTE 20 TRENET	DARIOLE 9 ORDALIE	CANOÉ 2 OCÉAN	COURSIER 13 SOURCIER
COÛTS 7 SCOUT	NÉO 3 NOÉ	HARICOTS **11** **CHARIOTS**	USURE 25 SUEUR	PRIÈRE 19 PIERRE
NARGUE 15 NAGEUR	DÉVIENT 24 ÉVIDENT	RONGEA 17 ORANGE	FORÊT 8 FORTE	CÉSAR 1 SACRÉ
MÉTRO 18 MORTE	TÉE 6 ÉTÉ	ODIN 5 DION	NEIGE 14 IGNÉE	BRUCHE 22 BÛCHER

S	O	N	T
1	2	3	4

D	E	S
5	6	7

F	O	R	C	E	S
8	9	10	11	12	13

I	N	D	O	M	P	T	A	B	L	E	S
14	15	16	17	18	19	20	21	22	23	24	25

P. 84

Les pets du Roi Arthur

Si l'on note v les pets de Viviane, le nombre de pets des trois dames (Guenièvre, Ygraine et Viviane) vaut : $(v - 6) + (v - 3) + v$, soit $3v - 9$. Or, ce total est de 18, donc $3v = 18 + 9 = 27$, soit $v = 9$. On en déduit Guenièvre (3) et Ygraine (6), puis le nombre de pets des hommes par différence avec les totaux annoncés.

Arthur a pété 11 fois et Guenièvre 3 ; Uther a pété 6 fois et Ygraine 6 ; Lancelot a pété 2 fois et la fée Viviane 9.

P. 85

Bouche-trous

1. Abdominal. **2.** Babiroussa. **3.** Autobiographique.
4. Indéboulonnable. **5.** Ferryboat. **6.** Babouchka.

P. 87

CHARADE

La bataille de Marignan :

la - batte - ail - deux mâts - riz - nid - an.

Un deux-mâts est un navire comprenant toujours un grand mât et soit un mât d'artimon à l'arrière, soit un mât de misaine à l'avant. La terminologie ne compte pas le mât de beaupré situé à la proue et très incliné vers l'avant.

Si vous ignorez la date de Marignan, 1515, vous êtes vraiment fâché avec l'histoire et avec Annie Cordy : « Mais 1515, c'est épatant ! 1515, c'est Marignan. »

P. 88-89

(M)OTS (F)LÉCHÉS

	C		P		A		C		A		I		E		E	
I	L	I	E	N	S		A	D	M	I	N	I	C	U	L	E
	A	N	T	I	P	E	R	S	O	N	N	E	L	L	E	S
F	U	T	I	L	I	T	E		I	T		P	O	M	P	A
	S	E	T		R	A	T	A	T	I	N	E	S		H	U
E	T	R	E	T	A	T		B	I		A	R	E	N	A	
	R	E		E	T	I	O	L	E	E	S		R	A	N	G
B	O	T	U	L	I	S	M	E		G	A	G	I	S	T	E
	P		B	E	O	T	I	S	M	E		R	E	A		N
C	H	O	U		N	E	S		O	E	T	A		L	I	O
	O	P	E	N	S		S	U	N	N	I	T	E		V	U
O	B	E	S	E		S	I	D	O		F	U	M	E	R	
	I		Q	U	A	T	O	R	Z	E		I	B	S	E	N
D	E	F	U	S	I	O	N		Y	V	E	T	O	T		O
		R	E	T	S		S	A	G	A	N		L	E	A	R
Λ	D	A		R	E	G		H	O	S	T	I	E		U	D
	E	M	O	I		H	A	U	T	E	U	R				
A	B	E	C	E	D	A	I	R	E		R	E				
	Y	E	T		I	N	R	I		Y	E	N				
D	E	S	O	S	S	A		R	U	S	S	E				

P. 90

CROISILLONS FUN

	A	S	S	O	C	I	E	
	L		E			N		
	C	A	C	A	O	U	I	S
	O		A			I		
C	O	N	T	A	C	T	E	
	L		E		O		N	
	I	N	U	S	U	E	L	S
	Q		R		I		I	
C	U	I	S	I	N	I	E	R
	E				E			

P. 91

ALPHAKU-KU

On lit CAP-BRETON dans la colonne centrale. Alexandre Graham Bell y avait une propriété et il y inventa le téléphone. Vous pourrez aussi y visiter le musée dédié à Guglielmo Marconi : c'est de ce site que partit le premier message transatlantique envoyé depuis l'Amérique vers l'Europe.

R	P	E	N	**C**	B	T	O	A
C	N	T	E	**A**	O	P	B	R
O	B	A	R	**P**	T	N	C	E
N	A	P	O	**B**	C	E	R	T
E	T	O	P	**R**	A	C	N	B
B	R	C	T	**E**	N	O	A	P
A	E	N	C	**T**	R	B	P	O
T	C	R	B	**O**	P	A	E	N
P	O	B	A	**N**	E	R	T	C

P. 92

Au Tableau

MICTION

C'est la vidange de la vessie, en langage soutenu.

			A	**M**	B	R	E	E		
	P	A	R	**I**	S	I	E	N	S	
		R	E	**C**	Y	C	L	A	G	E
	B	E	T	**T**	E	R	A	V	E	
V	E	S	S	**I**	E					
H	I	P	P	**O**	C	R	A	T	E	
A	M	M	O	**N**	I	A	C			

P. 93

le bon tuyau

	B			D			P	
B	A	D	M	I	N	T	O	N
	L			S			D	
	L			Q			I	
F	O	R	M	U	L	E	U	N
	N			E			M	

P. 94-95

CROISÉS 3D

P. 96

LES MUTANTS

1. *Sa Majesté des mouches* (roman de William Golding, adapté au cinéma par Peter Brook). **2.** *Non, je ne regrette rien* (chanson d'Édith Piaf). **3.** *Autant en emporte le vent* (roman de Margaret Mitchell, adapté au cinéma par Victor Fleming).

P. 98

cacabons

1d (béliers / blatérons) – **2b** (rhinocéros / barrissons)
3e (hiboux / bouboulons) – **4a** (chacals / aboyons)
5f (pintades / cacabons) – **6c** (boucs / béguetons).

Un même verbe sert parfois de cri à de nombreux animaux et, à l'inverse, on attribue à un même animal plusieurs cris différents. Le chacal jappe ou aboie, tout comme votre fidèle Médor, sur qui vous aboyez aussi : « Mais dors ! », lorsqu'il fait entendre son cri en plein milieu de votre nuit.

P. 100

Sacré Délien

SACRÉ

RADIO(**S**)COPIE
GENER(**A**)LISTE
PORTE(**C**)RAYON
GAMBE(**R**)GEANT
HYPER(**E**)MOTIF

Le sacré délien, ça crée des liens. Dans la partie basse de l'île se trouvait jadis un lac sacré d'eau douce. Délos est aussi appelée « l'île sacrée d'Apollon ».

P. 101

EN PURE LOGIQUE

L'intrus est celui qui a annoncé le nombre 48.

Cet homme n'a pas bien compris la règle : il fallait annoncer un nombre dont le produit (la multiplication entre eux) des chiffres valait 48. On avait bien $8 \times 6 = 48$, $2 \times 3 \times 2 \times 4 = 48$, $2 \times 3 \times 1 \times 8 = 48$, $6 \times 4 \times 2 = 48$ ou encore $2 \times 2 \times 2 \times 2 \times 3 = 48$, mais notre espion – probablement parce qu'il avait intercepté une conversation parlant de ce nombre – a tenté 48. Or, $4 \times 8 = 32$, ce qui ne lui a pas permis d'infiltrer la réunion secrète.

P. 102

LES TRONCS

Un drôle de paroissien : Inde – rôle – deux – pas – roi – sien. Bourvil incarne dans ce film (fêtant ses 60 ans en 2023) un aristo désargenté qui, bien que d'une famille croyante, pille les troncs d'église en y plongeant une ficelle au bout de laquelle il fixe un caramel mou.

P. 103

LE CHICHSTRAC

MUE

P. 104-105

QUI fait QUOI ?

VACANCIÈRES	ACTIVITÉS	ALTITUDES	SÉJOURS
DAISY GLOU	BOBSLEIGH	1600 M	6 JOURS
ESTELLE ESSIÈJ	LUGE	1400 M	7 JOURS
FLO COMBLANT	PATINAGE	1200 M	9 JOURS
MACHA PKA	SNOWBOARD	1300 M	5 JOURS
PAT HINOIR	SKI DE FOND	1500 M	8 JOURS

P. 107

Paroles, paroles...

1. Vent (Indila, *Dernière Danse*). **2.** Cafés (Calogero, *Un jour au mauvais endroit*). **3.** Blasphème (« Mozart, l'opéra rock », *L'Assasymphonie*) ; Florent Mothe dit aussi « au requiem » - sans « et » après Assasymphonie - et il enchaîne avec « Tuant par dépit ce que je sème » et non la phrase ici proposée. **4.** Plans (Corneille, *Parce qu'on vient de loin*). **5.** Mélodies (Amel Bent, *Où je vais*).

P. 108

CRYPTOGRAMME

« Le jour est proche où nous n'aurons plus que l'impôt sur les os. »

P. 109

Trois petits CHATS

1-5. Miaou. **3-9.** Aoûtien. **7-10.** Iéna. **9-16.** Napoléon. **13-20.** Léonidas le roi, Leonidas® les chocolats. **18-23.** Dassin. **21-25.** Singe. **24-30.** Gepetto, le créateur de Pinocchio ; son nom n'est pas sans rappeler ChatGPT. On trouve aussi la graphie Geppetto, avec deux p.

P. 110

SEPT HORREURS

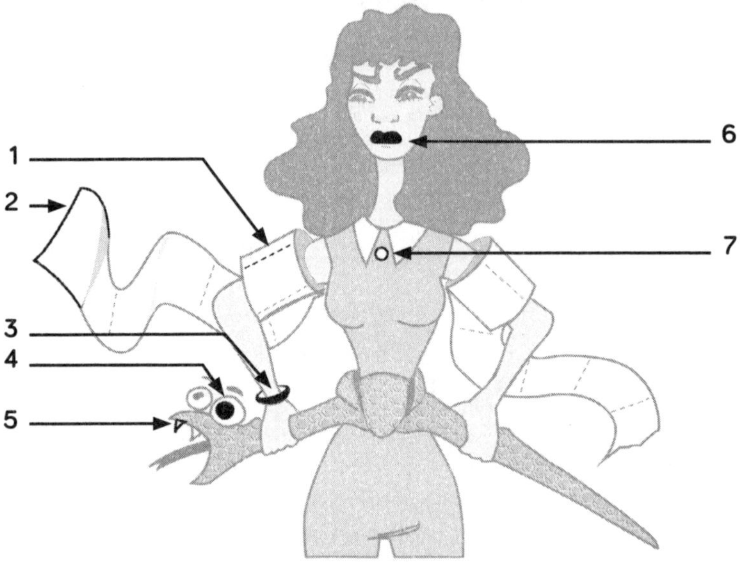

P. 112-113

(M)OTS (F)LÉCHÉS

	S		O		G		B		O		G					
D	E	F	I	N	I	T	I	O	N	N	E	L				
	M	I	N	U	T	E		I	C	O	N	E				
P	E	L	T	A		N	O	T	I	C	E					
	N	E		N	A	O	S		A	U	R	A		P		E
O	C	T	O	C	O	R	A	L	L	I	A	I	R	E		L
	I	E	N	A		I	N	O		T	I	L	A	P	I	A
D	E		E	N	O	S	T	O	S	E		E	C	I	M	E
	R	O	S	T	R	E		K	A		I	R		A	M	I
K	E	P	I		E	R	P	E	T	O	L	O	G	I	E	S
		I	M	A	M		R	E	E	R		N	U	E	R	
S	I	N	E	C	U	R	E		L	E	A	S	I	N	G	S
	N	I		O	S	E	I	L	L	E	S		S	T	E	P
E	C	O	I	N		I	N	T	I		S	P	A		R	U
	A	N	C	I	E	N	S		T	U	E	U	R	S		M
O	R		A	T	P		C	I	E	L		I	M	P	R	O
	T	E	R		O	U	R	S		C	I	S	E	L	E	S
C	A	T	I	M	I	N	I		V	E	N	E		E	P	I
	D	U	E	S		E	T	I	E	R		E	M	E	U	T
F	E	I	N	T	E		S	T	R	E	S	S	A	N	T	E

P. 114

Faune Éthique

[fɔnetik]

Maine (Tu la ramènes) – Tennessee (T'es né si tôt) – Texas (sa pastèque, sa cerise) – Utah (T'as vu ta tronche) – Missouri (« mi-souri », un néologisme répondant à « mi-hoqueté ») – Delaware (je viens de là ; ouais, regarde) – Vermont (vers mon bureau) – Colorado (mamy colora d'autres clichés) – Kansas (Quand ça s'est déclaré) – Minnesota (sur un terrain miné sauta) – Montana (mon tas n'a jamais) – Alaska (passer à l'as, car) – Arizona (mon docteur a ri : “Zona”, qu'il a dit) – Idaho (et se suicida au tord-boyaux) – Illinois (Il y noya son chagrin) – Hawaï ou Hawaii (pas kawaï ou pas kawaii, une esthétique japonaise évoquant l'enfance heureuse) – Iowa (saucisson à l'ail aux waters).

P. 116

BONUS

AUTOBUS

« Va, petit peton petit pied pedibus, si t'es fatigué, t'as qu'à le prendre », comme chantait ma grand-mère. Vous aviez déjà A, O et S bien placés, plus le B qui n'était ni en deuxième, ni en troisième, ni en sixième position, ce qui imposait la cinquième. Il vous restait à placer un T et un U... et à deviner que le mot comportait un second U (pas encore proposé, comme le suggérait l'énoncé). Si t'es fatigué, à ce stade, tu sais quoi faire !

P. 117

C'est Gâchis

Il y a six éléments de chaque type évoquant l'espace, mais la fusée à deux hublots n'apparaît que cinq fois.

P. 118

PiPiramidal

628

328 300

168 160 140

82 86 74 66

36 46 40 34 32

11 25 21 19 15 17

P. 119

le PQRST

1. Polygamie. **2.** Quiet. **3.** Ramassée. **4.** Sirop. **5.** Toilette. **6.** Unilatéral. **7.** Vapoteur. **8.** Wattheure.

P. 121

Sales Bobines

1. *Le Dernier Métro.* **2.** *Indochine.* **3.** *Peau d'âne.* Ce sont trois films avec Catherine Deneuve.

P. 122

SUDOKU-KU

8	3	4	7	6	1	5	2	9
9	6	1	2	5	8	4	3	7
7	5	2	4	3	9	8	1	6
1	7	6	8	9	2	3	5	4
3	9	8	5	1	4	7	6	2
4	2	5	3	7	6	9	8	1
6	4	9	1	8	3	2	7	5
2	8	7	6	4	5	1	9	3
5	1	3	9	2	7	6	4	8

P. 123

La puce à l'oreille

ENNEMI : ennemi public n°1, frère ennemi, le mieux est l'ennemi du bien, passer à l'ennemi, intelligence avec l'ennemi, ennemi juré.

P. 124-125

L'éToilette

P. 126

CaLCuLS OURS, hein !

8 × 8 = 64 ; 64 + 1 = 65 ; 65 × 2 = 130 ; 130 × 7 = 910
et 910 + 6 = 916.
Si vous avez fait 2 × 7 = 14 et 65 × 14 = 910, c'est exactement la même approche.

P. 127

LA CIBLE

En lisant une lettre sur sept,
dans le sens des aiguilles d'une montre :
« J'ai décidé d'être immortel, pour l'instant,
tout fonctionne à merveille. »

P. 129

CROISILLONS FUN

	G	E	H	E	N	N	E	
	A		A			A		
	R	E	B	O	I	S	E	R
	D		I			S		
D	E	C	L	I	N	E	R	
	A		L		E		E	
	V	I	E	I	L	L	I	R
	O		U		S		N	
G	U	E	R	R	O	Y	E	R
	S				N			

P. 130

OPÉRATION CRYPTÉE

D'une part, A + B = 10, pour que la colonne des unités soit juste.
D'autre part, la valeur maximale de l'addition serait
7 777 + 8 888 + 9 999 = 26 664, donc B vaut au maximum 2
(et pas 0, sinon AAAA + CCCC = AAAC serait impossible).
Il ne reste donc à examiner que les cas : A = 8 et B = 2,
puis A = 9 et B = 1 et faire varier la valeur de C.
Les deux équations postulantes sont donc
8 888 + 2 222 + CCCC = 28 88C (impossible d'atteindre ce total supérieur à 26 664) et 9 999 + 1 111 + CCCC = 1 999C.
Pour que celle-ci fonctionne, il faut que
C = 8, d'où 9 999 + 1 111 + 8 888 = 19 998.
A = 9 ; B = 1 ; C = 8.

P. 131

Tombez dans le panneau

Oubliez les 000 pour vous concentrer sur le chiffre des milliers. Il représente le rang de la lettre à extraire du nom de ville. Lorsque la flèche est orientée vers la droite, on compte ces lettres à partir du début du mot ; lorsque la flèche est orientée vers la gauche, on compte ces lettres à partir de la fin du mot.
On rassemblera ainsi la 3e lettre de Bichkek (C), la 2e de Bangkok

(A), la 1re de Kaboul en partant de la fin (L), la 4e de Mascate (C), la 3e de Beyrouth en partant de la fin (U), la 7e de Katmandou en partant de la fin (T), la 5e de Vientiane (T) et la 6e de Jakarta en partant de la fin (A).
La destination secrète était CALCUTTA.

P. 132

EN DÉCOMPOSITION

1. Durable, soulier (*Le Soulier magique*). **2.** Rouille, absurde. **3.** Douleur, sablier.

P. 133

Le Trèfle

Alain BASHUNG – Michel DELPECH – Claude NOUGARO STROMAE.

P. 135

Bouche-trous

1. Pythagoricien. **2.** Vitupérateur. **3.** Navisphère. **4.** Indécrottable. **5.** Sacerdotale. **6.** Navaja.

P. 136

SaniBROYEUR

SANG-FROID : maîtrise de soi qui permet de ne pas céder à l'émotion et de garder sa présence d'esprit.

P. 137

Au Tableau

MÉCONIUM

Ce sont les premières fèces du nourrisson, le caca à l'accouchement. Beurk ! c'est sale, ce qui nous a encouragé à classer cet être répugnant parmi les animaux, vous le comprendrez aisément.

MOUTON
P**E**LOTE
FE**C**AL
CR**O**TTIN
FIE**N**TE
LA**I**SSEES
BO**U**SE
MOUETTE

P. 138-139

(M)OTS (F)LÉCHÉS

	B		E		G		S		O		D		O		H	
M	O	N	T	R	E		C	A	R	T	E		C	H	A	T
	B	O	U	I	L	L	A	B	A	I	S	S	E		I	R
B	O	U	D	E		E	L	O	G	E		P	A	I	R	E
		V	I	N	S		P	I	E	R	C	I	N	G		S
U	S	E	E		A	R	E	S		S	I	R		L	I	S
	C	A	R	E	M	E						I	C	O	N	E
C	H	U		U	B	U					A	T	R	O	C	E
	E	T	I	R	A	S						U	I		I	S
O	M	E	G	A		S					P	E	S	E	S	
	A		O	S	A	I		O		D		L	E	M	A	N
A	T	T	R	I	S	T	E	R	I	O	N	S		M	I	E
	I	E		E	T	E	I	N	D	R	E		F	U	S	A
A	S	S	E	N	E		R	E	A	L	I	S	E	R		N
	E	T	C		R	E	E		H	O	N	O	R	A	N	T
A	R	A		B	O	N		D	O	T		N	A	N	A	
		M	A	R	I	N	E	E		E	O	N		T	I	C
P	R	E	S	I	D	E	R		A	R	M	A	S		V	U
	U	N		D	E	M	O	L	I		A	N	I	M	E	R
D	E	T	T	E		I	S	O	L	A	N	T		A	S	E

P. 141

LES MUTANTS

1. *Le Bon, la Brute et le Truand* (film de Sergio Leone).
2. *Les Quatre Filles du docteur March* (roman de Louisa May Alcott, adapté au cinéma notamment par George Cukor).
3. *Les Copains d'abord* (chanson de Georges Brassens).

P. 142

ROSACE

P. 143

Sacré Délien

TURCS

ENCAS(**T**)RABLE

EVENT(**U**)ALITE

DISCO(**R**)DANCE

REINS(**C**)RITES

PAROI(**S**)SIENS

Les Turcs, qui sont proverbialement forts, ont conquis Délos en 1566. L'île restera sous domination ottomane jusqu'à la fin de la Guerre d'indépendance grecque, au début du XIXe siècle.

P. 144-145

LA TÊTE AU CA-CARRÉ

CALEPIN 8 PÉLICAN	RENDRA 15 RENARD	RADINES 16 SARDINE	OOCYTE 4 COYOTE	RADIS 22 ISARD
ENFOUI 19 FOUINE	PRIVÉE 2 VIPÈRE	NIAQUES 23 NASIQUE	SOULAGENT 10 LANGOUSTE	PALMAI 11 IMPALA
CREUSAIT 25 SURICATE	ANEL 6 ÉLAN	RIDÉE **14** **EIDER**	RÉCESSIVE 17 ÉCREVISSE	TOILÉE 3 ÉTOILE
RÉCOLTA 12 CROTALE	FUMOIR 18 FOURMI	RÉVEIL 5 LIÈVRE	ROUMAINS 21 MARSOUIN	RUIONS 9 OURSIN
BAILLÉE 1 ABEILLE	RÉALISTE 24 ÉRISTALE	ROUSSI 7 SOURIS	LIEU 13 IULE	MUÉE 20 ÉMEU

A	V	E	C		L	E	S		P	O	L	I	C	I	E	R	S
1	2	3	4		5	6	7		8	9	10	11	12	13	14	15	16

E	F	F	E	M	I	N	E	S
17	18	19	20	21	22	23	24	25

P. 146

ALPHAKU-KU

On lit RONCEVAUX sur la ligne centrale. Charlemagne, vaincu à Saragosse, avait réduit en cendres Pampelune sur le chemin du retour. Son armée fut ensuite victime d'une embuscade par les Vascons, lors de la bataille de Roncevaux.

U	C	X	A	V	E	R	O	N
V	N	E	O	C	R	U	X	A
O	R	A	N	U	X	E	C	V
A	E	C	U	X	O	V	N	R
R	**O**	**N**	**C**	**E**	**V**	**A**	**U**	**X**
X	U	V	R	A	N	O	E	C
C	A	R	X	O	U	N	V	E
N	V	U	E	R	C	X	A	O
E	X	O	V	N	A	C	R	U

P. 147

Les enfants TERRIBLES

1. Yvan, Sam, Otto Pachaire. **2.** Marc Assin. **3.** Sophie Fonfec. **4.** Jean-Philippe Ervitemonslip. **5.** Sandy Kilo.

P. 148

LE CHICHSTRAC

SONNETTE

P. 149

PAIR OU IMPAIR

Si vous pensez avoir trouvé une autre solution, vérifiez que vous n'avez pas deux lignes (ou deux colonnes) rigoureusement identiques, ce qui est interdit.

0	1	1	0	1	0	1	0
1	1	0	0	1	1	0	0
0	0	1	1	0	1	0	1
0	1	0	1	0	0	1	1
1	0	1	0	1	1	0	0
0	1	1	0	1	0	0	1
1	0	0	1	0	0	1	1
1	0	0	1	0	1	1	0

Les lettres correspondant aux 0 complétaient la citation avec « se lève en ayant encore envie de dormir ». Nous vous laissons découvrir la citation inventée pour ceux qui auraient choisi les 1.

P. 151

Paroles, paroles...

1. Lien (Grégory Lemarchal, *Le Lien*). **2.** Peau (Kendji Girac, *Conmigo*). **3.** Sagesse (Camélia Jordana, *Facile*). **4.** Souffrir (Louane, *Avenir*). **5.** Frère (Olivia Ruiz, *Elle panique*).

P. 152

SEPT HORREURS

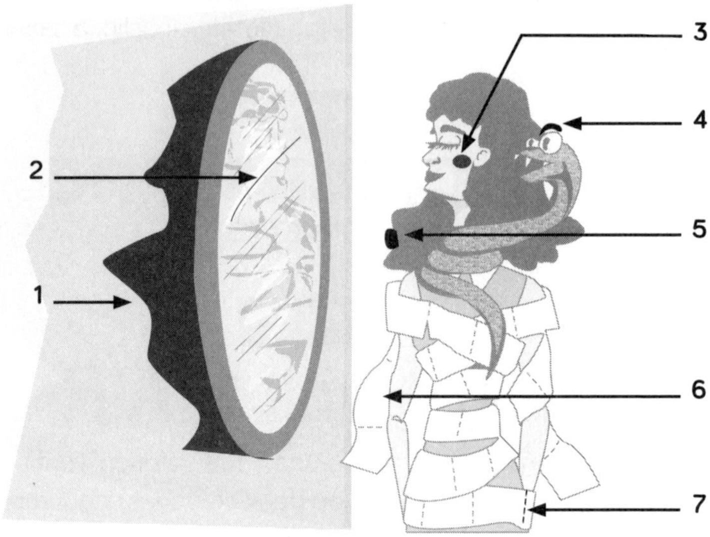

P. 153

SANDWICH

« Changer l'eau des olives. »

F	A	**C**	I	L	E
A	P	**H**	O	N	E
I	M	**A**	G	E	S
R	O	**N**	F	L	E
E	N	**G**	I	N	S
S	K	**E**	T	C	H
A	G	**R**	U	M	E
P	I	**L**	L	E	R
E	X	**E**	M	P	T
T	R	**A**	C	E	E
I	N	**U**	I	T	E
T	E	**D**	D	Y	S
E	V	**E**	N	T	E
V	E	**S**	T	O	N
I	C	**O**	N	E	S
D	A	**L**	T	O	N
A	V	**I**	V	E	R
N	I	**V**	E	A	U
G	R	**E**	N	A	T
E	S	**S**	U	Y	E

P. 154

EN PURE LOGIQUE

Il faut changer de paquet, abandonner le premier choix, qui ne nous donne qu'une chance sur trois de réussite, et opter pour le troisième paquet, afin d'avoir deux chances sur trois de découvrir la nourriture.
En effet, supposons que l'on fasse 300 fois l'expérience et que le rongeur soit dans le paquet A. Statistiquement, on désignera 100 fois le bon paquet A dès le début au hasard. Bella nous montrera alors un paquet vide B ou C, et on changera pour choisir C ou B... le deuxième paquet vide ! Cela fera donc 100 échecs.
En revanche, on choisira 100 fois au début le paquet B, vide. Bella nous désignera alors C, qui est vide, et en changeant, on retrouvera A avec le cadeau. Cela fait 100 réussites.
De même, en optant 100 fois pour C vide aussi, Bella nous indiquera B vide, et on retombera à nouveau sur A, le paquet plein. Cela fait encore 100 réussites.
Donc, en changeant de paquet après l'indication de notre amie, on gagne dans tous les cas où notre choix initial était faux, soit deux fois sur trois (ici, 200 fois sur 300).

P. 155

Trois petits CHATS

1-6. Rabbin. **4-8.** Bingo. **7-15.** Gouttière. **13-19.** Éreinté. **18-22.** Telle. **21-26.** Lécher. **24-30.** Hercule.

P. 156

L'ombre de ton HOMBRE

L'ombre identique au modèle est la silhouette 3.

P. 157

BONUS

IDIOTIE

Le E final bien placé imposait presque le O en quatrième position, car la finale OE était très improbable. Le D ne pouvait être qu'en deuxième ou cinquième position, d'où les deux squelettes probables : I D _ O _ _ E et I _ _ O D _ E. En plus du T, il fallait penser à ajouter deux I supplémentaires (pas encore proposés, comme l'énoncé le précisait) pour former cette idiotie pas si bête.

P. 158-159

GRANDES VACANCES

M	O	T	S	C	R	O	I	S	E	S	■	C	A	F	E	T	I	E	R	E	■	S	A	L	I	T
E	C	R	O	U	E	S	■	A	M	A	B	I	L	I	T	E	■	C	E	N	A	C	L	E	■	R
D	U	O	■	B	A	C	C	H	A	N	A	L	E	S	■	R	I	H	A	N	N	A	■	A	R	E
E	L	I	M	A	■	A	V	E	N	T	■	S	A	C	E	R	D	O	C	E	■	N	E	R	O	N
C	I	S	E	L	E	R	■	L	E	O	N	■	T	A	P	E	E	■	T	I	A	N	S	■	G	E
I	S	■	S	I	R	■	A	I	■	N	E	R	O	L	I	■	A	L	I	G	N	E	M	E	N	T
N	T	M	■	B	R	A	V	E	E	S	■	H	I	■	R	E	L	E	V	E	E	■	E	V	E	■
T	E	N	D	R	E	M	E	N	T	■	C	U	R	I	E	S	■	S	I	■	T	A	R	I	E	S
R	■	E	U	E	■	O	R	■	N	O	R	M	E	R	■	A	R	E	T	E	■	M	A	N	■	E
A	I	M	E	■	O	U	T	R	A	G	E	■	M	A	G	I	E	■	E	V	E	I	L	■	A	M
I	D	O	L	A	T	R	I	E	■	I	N	D	E	■	R	E	P	U	■	A	M	A	D	O	U	E
T	E	T	■	V	I	E	■	G	A	V	A	R	N	I	E	■	L	I	O	N	■	N	A	T	T	E
A	■	E	M	E	T	T	R	I	C	E	■	O	T	E	L	L	O	■	B	O	U	T	■	A	R	S
N	O	C	E	■	E	T	A	■	E	S	A	U	■	N	E	O	N	S	■	U	R	E	T	R	E	■
T	C	H	A	O	■	E	C	O	S	■	D	O	R	A	■	U	G	O	L	I	N	■	R	I	M	E
■	E	N	T	R	E	S	O	I	■	C	I	T	E	■	P	R	E	T	A	■	E	P	I	E	E	S
L	A	I	■	E	R	■	O	N	D	E	E	■	V	A	U	D	■	T	R	E	S	S	E	■	N	U
I	N	E	L	E	G	A	N	T	E	■	U	N	E	S	■	E	P	E	E	S	■	Y	E	A	T	S

P. 162

CRYPTOGRAMME

« La première qualité d'un héros, c'est d'être mort et enterré. »

P. 163

Calculs ours, hein !

9 + 9 = 18 ; 18 – 1 = 17 ; 17 × 6 = 102 ; 102 × 7 = 714 et 714 + 2 = 716.
Peu importe l'ordre dans lequel vous procédez, vous avez forcément formé 17 avec 1, 9 et 9, puis multiplié par 42 (6 × 7), avant d'ajouter 2.

P. 164-165

(M)ots (F)léchés

■	L	■	T	■	G	■	P	■	T	■	C	■	O	■	B	■
B	E	T	A	I	L	L	E	R	E	■	A	E	R	A	I	S
■	C	E	R	T	A	I	N	E	M	E	N	T	■	U	N	I
M	A	L	S	A	I	N	S	■	P	L	A	N	E	T	E	■
■	R	E	E	L	S	■	A	M	O	U	R	A	C	H	E	E
V	A	N	■	I	E	N	I	S	S	E	I	■	L	E	■	M
■	V	O	L	E	■	A					■	D	A	N	S	A
S	A	V	A	N	T	S					B	O	T	T	I	N
■	G	E	I	S	H	A					■	U	S	I	N	E
S	E	L	S	■	A	L					E	T	■	Q	U	E
■	■	A	S	I	L	E	■	C	■	B	■	E	C	U	S	■
P	E	S	E	T	A	■	F	A	H	R	E	N	H	E	I	T
■	T	■	Z	E	S	T	E	■	O	U	S	T	E	■	T	A
H	E	L	P	■	S	A	I	N	T	E	S	■	M	U	E	T
■	R	E	A	B	O	N	N	E	■	L	A	P	I	N	■	I
A	N	I	S	E	■	I	T	O	N	■	I	O	N	I	S	E
■	E	■	S	I	T	E	S	■	A	I	M	E	■	F	A	■
A	L	L	E	G	E	R	■	D	I	G	E	S	T	I	O	N
■	L	I	R	E	■	E	D	I	T	O	■	I	R	E	N	E
G	E	O	■	S	O	S	I	E	■	R	U	E	■	R	E	M

P. 166

Bandelettes

3 – 8 – 1 – 10 – 2 – 5 – 7 – 4 – 9 – 6 : les initiales forment **TRAFIQUANT**.

C'est dans l'album *Les Cigares du pharaon*, de Hergé, que Tintin affronte des trafiquants organisant un commerce d'armes et d'opium, en dissimulant cette drogue dans lesdits cigares.

P. 167

La puce à l'oreille

PROFIL : faire profil bas, profil de médaille, vue de profil, profil génétique, profil d'une étape (du Tour de France, par exemple), *Profil d'une œuvre* (collection analysant les grands classiques de la littérature, à destination des étudiants notamment).

P. 168

CHARADE

« Cadet Rousselle a trois chapeaux » :
K – dé – roue – selle – âtre – oie – chat – peau.
C'est une des attaques de couplet de la chanson *Cadet Rousselle a trois maisons.*

P. 170-171

CLÉS en main

BIGORNEAU, en partant de la clé en haut à droite et en tournant dans le sens inverse des aiguilles d'une montre. Bella a choisi un fruit de mer plus raisonnable qu'à la page 54, lorsqu'elle a décidé de changer son mot de passe.

P. 172

le PQRST

1. Onomatopée. **2.** Perceuse. **3.** Qatarien. **4.** Résiste.
5. Scandinave. **6.** Timbrer. **7.** Urine. **8.** Végétalien.

P. 173

Cacabons

1c (buffles / soufflons) – **2d** (chevaux / nous ébrouons) – **3f** (chauves-souris / grinçons) – **4b** (dauphins / cliquetons) – **5a** (perdrix / cacabons) – **6e** (tigres / râlons).

Après, amis poètes, si l'envie vous prendre de faire grincer un tigre ou s'ébrouer un dauphin, pendant qu'un buffle cliquette et qu'une chauve-souris souffle, nous ne vous en tiendrons pas rigueur. Si vous avez tout faux, ne râlez pas, surtout si vous venez de produire un caca bon.

P. 175

SUDOKU-KU

6	7	5	1	4	3	2	9	8
8	1	9	2	6	7	3	4	5
2	4	3	8	5	9	7	1	6
3	6	2	9	7	4	8	5	1
7	9	8	6	1	5	4	3	2
1	5	4	3	8	2	6	7	9
4	3	6	5	9	8	1	2	7
5	8	7	4	2	1	9	6	3
9	2	1	7	3	6	5	8	4

P. 176-177

FLÉCHÉS CROISÉS

A	D	D	I	T	I	O	N	■	A	L	A	S	T	R	I	M
C	O	U	R	A	N	T	A	V	R	I	L	■	R	O	M	E
C	U	B	E	■	O	A	R	I	S	T	Y	S	■	S	A	C
O	C	■	N	E	N	N	I	■	F	T	A	T	I	S	M	E
R	E	P	E	N	D	■	N	E	N	E	■	O	R	E	■	N
D	A	H	■	D	A	R	E	D	A	R	E	■	I	R	M	A
E	T	R	O	I	T	E	■	E	L	A	V	E	S	■	U	T
O	R	A	N	A	I	S	E	S	■	L	I	S	E	R	E	■
N	E	S	■	M	O	■	A	S	S	E	N	E	■	E	T	C
I	■	A	P	A	N	A	G	E	E	■	C	R	A	N	T	E
S	I	N	O	N	■	I	L	■	T	H	E	I	S	T	E	S
T	N	T	■	T	E	L	E	G	U	E	■	N	I	A	■	S
E	G	■	A	E	R	E	■	O	B	■	M	E	M	B	R	E
■	R	E	V	E	R	S	E	■	A	V	E	■	O	L	A	■
D	E	V	I	S	E	■	T	E	L	E	N	O	V	E	L	A
A	S	E	S	■	R	E	A	C	■	R	E	Z	■	S	E	N

P. 178

MotoCrotte

	1	4	1	5	0	3	1	0	5	0	4	4
2								🐕	💩		💩	🐕
2				💩	🐕					🐕	💩	
1	🐕	💩										
2				💩	🐕			🐕	💩			🐕
5		💩	🐕	💩		💩			💩			💩
0		🐕				🐕			🐕			
3	💩					💩					🐕	💩
1	🐕					🐕			💩			
2				💩					🐕	🐕	💩	
1				🐕		💩	🐕					
1											🐕	💩
3			💩						💩	🐕	💩	
1	🐕	💩	🐕						🐕			
3				💩			💩				🐕	💩
1	🐕	💩		🐕			🐕					

P. 179

EN DÉCOMPOSITION

1. Abeilles, éclose. **2.** Locale, ébiselés. **3.** Oseille, bâclées.

P. 180

Le Pendu

AUTOBRONZANT

P. 181

C'est Gâchis

Chaque hiéroglyphe est répété sept fois, sauf celui avec Anubis et sa tête de chacal, qui n'apparaît qu'en six exemplaires.

P. 183

CROISILLONS FUN

	R	E	C	U	R	E	R	
	E		H			N		
	L	A	E	T	I	T	I	A
	I		R			R		
E	G	O	U	T	I	E	R	
	I		B		V		E	
	E	D	I	T	R	I	C	E
	U		N		A		I	
I	S	O	S	E	I	S	T	E
	E				E			

P. 184-185

L'éToilette

P. 186

Les pets du Roi Arthur

Si l'on note v les pets de Viviane, le nombre de pets des trois dames (Guenièvre, Ygraine et Viviane) vaut : $(v + 3) + (v - 1) + v$, soit $3v + 2$. Or, ce total est de 17, donc $3v = 15$ et $v = 5$. On en déduit Guenièvre (8) et Ygraine (4), puis le nombre de pets des hommes par différence avec les totaux annoncés.

Arthur a pété 3 fois et Guenièvre 8 ; Uther a pété 7 fois et Ygraine 4 ; Lancelot a pété 6 fois et la fée Viviane 5.

P. 188

Au Tableau

FURCIFER

C'est un genre de caméléon, que l'on retrouve notamment à Madagascar, aux Comores et à La Réunion. Non, pas celle de copropriété, sauf aux endroits cités ci-avant.

C	A	M	O	U	**F**	L	A	G	E			
	L	A	N	G	**U**	E						
				G	**R**	I	F	F	U	S		
				E	**C**	O	S	S	A	I	S	
	R	E	P	T	**I**	L	E	S				
					F	A	M	I	L	L	E	S
		I	N	S	**E**	C	T	E	S			
O	V	I	P	A	**R**	E	S					

P. 189

EN PURE LOGIQUE

Il y a six ans, si x était l'âge du petit frère, le grand avait 2x. Aujourd'hui, ils ont respectivement $x + 6$ et $2x + 6$. Dans cinq ans, ils auront $x + 11$ et $2x + 11$. Au total, cela fera $3x + 22$.

Pour que $3x + 22$ vaille 40, il faut que 3x soit égal à $40 - 22 = 18$, donc que $x = 6$.

L'enfant qui parle a aujourd'hui $6 + 6 = 12$ ans.

Il avait 6 ans il y a six ans et son frère en avait 12 (le double).

Aujourd'hui, le petit frère a 12 ans et le grand 18. Dans cinq ans, ils auront 17 et 23 ans, soit 40 ans à eux deux.

P. 190-191

(M)OTS (F)LÉCHÉS

■	I	■	S	■	D	■	P	■	Z	■	P	■	D	■	P	■
E	N	S	O	L	E	I	L	L	E	■	R	A	J	A	H	S
■	C	O	L	O	M	B	I	E	N	N	E	S	■	B	I	O
C	O	L	O	R	E	E	■	A	D	A	P	T	A	B	L	E
■	H	I	■	D	U	R	E	R	■	V	E	R	S	E	A	U
C	E	D	E	■	R	E	M	■	M	I	N	E	T	■	T	R
■	R	I	N	C	A	■	P	L	O	C	S	■	I	S	E	■
R	E	T	I	E	N	S	L	A	N	U	I	T	■	O	L	E
■	N	E	G	A	T	I	O	N	■	L	O	U	S	T	I	C
O	C	■	M	N	■	F	I	C	H	A	N	T	E	■	S	R
■	E	V	A	S	I	F	■	O	U	I	■	I	M	I	T	E
O	S	A	T	■	A	L	U	N	E	R	I	E	■	L	E	V
■	■	T	I	S	S	O	N	S	■	E	P	■	I	O	■	I
U	B	I	Q	U	I	T	E	■	A	S	H	A	N	T	I	S
■	E	C	U	S	■	E	T	E	L	■	I	G	N	E	E	S
G	A	I	E	T	E	■	E	T	I	A	G	E	■	S	P	E
■	U	N	■	E	N	F	L	A	M	M	E	■				
S	P	I	O	N	C	E	L	L	E	■	N	B				
■	R	E	N	T	R	E	E	■	N	O	I	E				
F	E	Z	■	A	A	S	■	E	T	H	E	R				

P. 192

LES MUTANTS

1. *Alice au pays des merveilles* (roman de Lewis Carroll, parfois appelé *Les Aventures d'Alice au pays des merveilles*, adapté sur de multiples supports). **2.** *Il est cinq heures, Paris s'éveille* (chanson de Jacques Dutronc). **3.** *Douze Hommes en colère* (pièce de théâtre de Reginald Rose, adaptée au cinéma par Sydney Lumet) ou *Sept Hommes en colère*, film de 1955 de Charles Marquis Warren.

P. 193

LES TRONCS

Son époux est un homme-tronc : son – nez – pouët – hun – nomme – tronc. Il a peut-être « de la conversation », mais « pour ce qui touche à l'amour, ça tourne quand même un peu court ».

P. 195

le bon tuyau

	M			F			E	
A	U	B	E	R	G	I	N	E
	R			I			D	
	I			S			I	
B	E	T	T	E	R	A	V	E
	R			E			E	

P. 196-197

CROISÉS 3D

P. 198

Sacré Délien

LIONS

PENDU(**L**)AIRES
CHAMP(**I**)GNONS
TRACT(**O**)PELLE
SERPE(**N**)TAIRE
VERNI(**S**)SAGES

À Délos, près du petit lac sacré, qui a disparu, se tenaient neuf statues de lions en marbre de Paros. En fait, ces jolies bêtes aux lignes fuselées seraient des lionnes. Il n'en reste plus que cinq : un sixième félin a été emporté à Venise pour monter la garde à l'entrée de l'Arsenal.

P. 201

LA CIBLE

En lisant une lettre sur sept, dans le sens inverse des aiguilles d'une montre :

« Le temps **passe, seuls les œufs durent**. »

P. 202

LE CHICHSTRAC

ÉCAILLE

P. 203

Tombez dans le panneau

Les diaboliques 666 km étaient un leurre. Il était inutile de calculer quoi que ce soit ici, la ville secrète était écrite verticalement au niveau du support en bois tenant chaque panneau fléché : on lisait ainsi VARSOVIE.

P. 204-205

QUI fait QUOI ?

ÉLEVAGES	RACES	ÂGES	PRIX
AUX-VEAUX SITE	ABONDANCE	3 MOIS	400 €
FAUSSAIRE-VEAU	SIMMENTAL	1 MOIS	250 €
PRO VEAUX	HOLSTEIN	4 MOIS	200 €
RIS, VEAU !	SALERS	5 MOIS	300 €
VEAUX DE VILLE	AUBRAC	2 MOIS	350 €

P. 207

CRYPTOGRAMME

« Mais si, on peut opérer sans anesthésie.
Il faut juste des boules Quies ! »

P. 208

Bouche-trous

1. Macumba, marimba. **2.** Mozambicain. **3.** Tradipraticien. **4.** Kharidjisme. **5.** Désquamante. **6.** Pneumonectomie.

P. 209

SEPT HORREURS

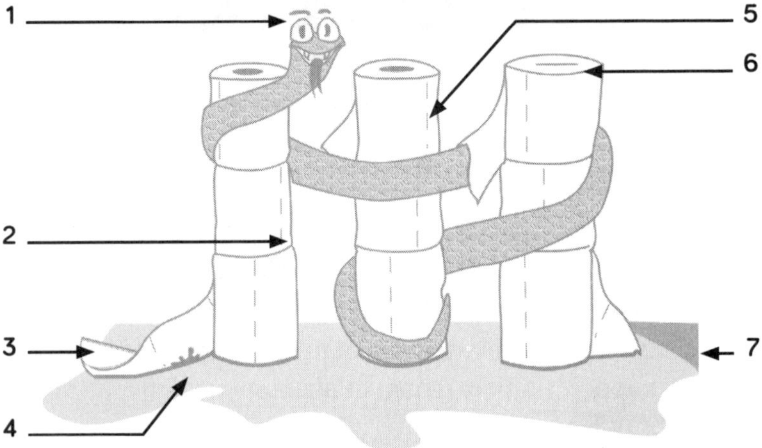

P. 210-211

LA TÊTE AU CA-CARRÉ

CENSÉES 1 ESSENCE	BARRE 18 ARBRE	LÉON 10 NOËL	MORE 22 ORME	POULS 14 LOUPS
CONCERTA 7 ÉCORÇANT	ENGAME 24 MANÈGE	TRIPES 11 ESPRIT	GNAULE 3 LANGUE	ÊTRES 20 STÈRE
ROUSTES 13 TROUSSE	INGÉRÉE 5 ÉNERGIE	AMURER **17** **RAMURE**	ROUERA 9 AURORE	FORTE 21 FORÊT
ORIN 19 NOIR	EN DUO 6 NŒUD	CANIER 23 RACINE	BARATTE 15 ABATTRE	BILER 2 LIBER
ÉCLATERA 25 ÉCARLATE	GÉNOISE 12 ÉGOÏNES	FRÊNE 4 ENFER	REDENT 16 TENDRE	SUMÉRIEN 8 MENUISER

E	L	L	E		E	N		E	M	A	N	E		E	T
1	2	3	4		5	6		7	8	9	10	11		12	13

L	A		T	R	A	N	S	F	O	R	M	E
14	15		16	17	18	19	20	21	22	23	24	25

P. 212

Trois petits CHATS

1-6. Félidé. **4-9.** Idéfix. **7-13.** Fixette. **12-17.** Teigne. **16-22.** New York. **19-27.** Yorkshire. **26-30.** Récit.

P. 213

SUDOKU-KU

8	3	5	7	9	4	6	1	2
1	7	9	6	2	5	3	4	8
4	2	6	8	3	1	9	5	7
7	1	4	2	6	9	5	8	3
6	5	2	3	4	8	1	7	9
3	9	8	5	1	7	2	6	4
9	6	1	4	8	3	7	2	5
5	4	3	1	7	2	8	9	6
2	8	7	9	5	6	4	3	1

P. 214

ROSACE

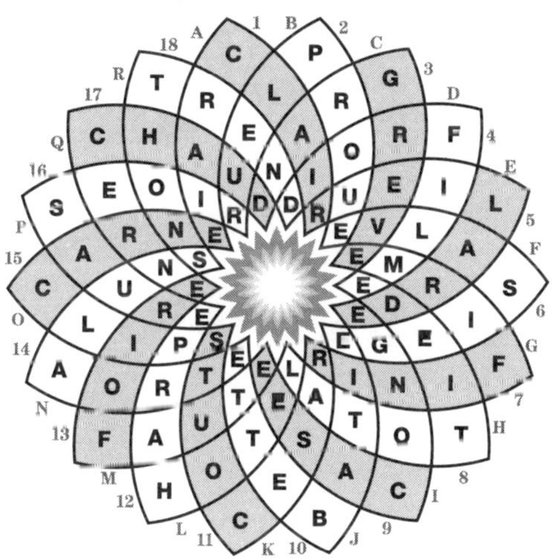

P. 215

Paroles, paroles...

1. Adolescentes (BB Brunes, *Dis-moi*). **2.** Seine (M et Vanessa Paradis, *La Seine*). **3.** Séparent (Claire Keim et Marc Lavoine, *Je ne veux qu'elle*). **4.** Paysage (Mylène Farmer, *Pourvu qu'elles soient douces*). **5.** Glace (Gérald de Palmas, *J'en rêve encore*).

P. 216-217

(M)OTS (F)LÉCHÉS

■	P	■	P	■	A	■	O	■	U	■	J	■				
C	L	A	R	I	F	I	C	A	T	I	O	N				
■	A	V	E	N	A	N	T	S	■	N	U	E				
I	N	I	M	I	T	I	E	■	T	O	R	R				
■	T	O	I	T	■	E	T	A	I	N	■	O	■	F	■	B
R	A	N	C	I	O	■	T	E	N	D	A	N	C	I	E	L
■	■	N	E	A	N	D	E	R	T	A	L	■	L	E	V	E
P	R	E	S	L	E	Y	■	O	E	I	L	L	E	R	E	S
■	E	R	■	E	R	S	A	T	Z	■	O	I	S	O	N	S
E	M	I	G	R	E	T	T	E	■	G	U	S	■	T	E	E
■	B	E	A	■	U	R	■	R	O	Y	A	L	I	S	M	E
C	L	■	L	O	X	O	D	R	O	M	I	E	S	■	E	S
■	A	M	O	R	■	P	O	E	■	N	S	■	B	O	N	■
S	Y	M	P	A	T	H	I	S	A	I	■	L	A	N	T	A
■	E	■	E	U	R	I	S	T	I	Q	U	E	■	I	S	O
T	E	L	E	X	E	E	■	R	E	U	S	S	I	R	■	U
■	■	I	S	■	I	S	E	E	■	E	N	C	E	I	N	T
S	A	M	■	O	L	■	P	S	Y	■	E	U	■	Q	I	■
■	A	B	O	U	L	I	E	■	E	M	E	R	A	U	D	E
P	R	O	P	H	E	T	E	S	S	E	■	E	X	E	A	T

P. 218

SaniBROYEUR

CUILLER : ustensile de cuisine formé d'un manche et d'une partie creuse servant à porter à la bouche des aliments liquides ou peu consistants.

P. 219

BONUS

DÉVOREUR

Toutes les lettres étaient fournies, il suffisait de bien les replacer, par élimination, pour découvrir ce dévoreur, lui aussi souvent aux WC.

P. 220

La lunette

TIERCÉ DANS LE DÉSORDRE

Chaque mot (ici non accentué) est une anagramme du mot « tiercé », que l'on touche donc dans le désordre.

P. 222

Les enfants TERRIBLES

1. Harry Covert. **2.** Emma, Karen A. **3.** Jessica Membère. **4.** Félix et Léna Pourêtreministre (Fais l'X et l'ENA). **5.** Alonso Bistro.

P. 223

le PQRST

1. Microbiote. **2.** Nénufar. **3.** Oubliettes. **4.** Pandore. **5.** Quèsaco. **6.** Routine. **7.** Spectacle. **8.** Torche.

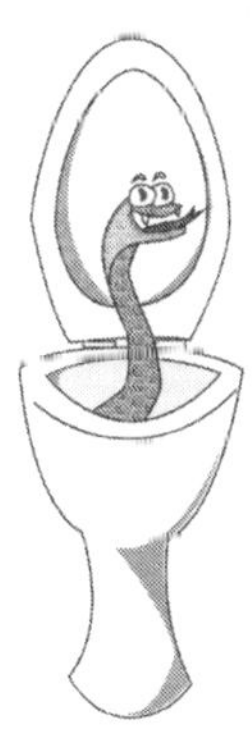

P. 224

PAIR ou IMPAIR

Si vous pensez avoir trouvé une autre solution, vérifiez que vous n'avez pas deux lignes (ou deux colonnes) rigoureusement identiques, ce qui est interdit.

1	0	1	0	1	0	0	1
0	1	0	1	0	0	1	1
1	1	0	0	1	1	0	0
1	0	1	1	0	0	1	0
0	0	1	0	1	1	0	1
0	1	0	1	1	0	0	1
1	0	1	0	0	1	1	0
0	1	0	1	0	1	1	0

Les lettres correspondant aux 0 complétaient la citation avec « tu vois tout en gris, déplace l'éléphant ». Nous vous laissons découvrir la citation inventée pour ceux qui auraient choisi les 1.

P. 226

SANDWICH

« Écrire à Bismarck. »

Le chancelier allemand de la dépêche d'Ems a aussi laissé son nom à deux nuances de brun : Bismarck en colère et Bismarck malade.

V	I	**E**	R	G	E
I	N	**C**	I	S	E
T	O	**R**	D	U	E
E	P	**I**	L	E	R
O	C	**R**	A	N	T
N	I	**E**	C	E	S
S	C	**A**	L	P	E
E	M	**B**	O	U	T
D	R	**I**	V	E	R
E	S	**S**	O	R	E
P	O	**M**	P	O	N
E	G	**A**	R	E	R
C	A	**R**	M	I	N
H	O	**C**	H	E	T
E	S	**K**	I	M	O

P. 227

La puce à l'oreille

COUR : côté cour et côté jardin, la Cour des comptes, basse-cour, *Fenêtre sur cour* (film d'Alfred Hitchcock), cour d'appel, la cour des Miracles.

P. 229

OPĒRATION C+R+Y+P+T+Ē+E

Voici la solution unique :
A = 1 ; B = 5 ; E = 7 ; I = 3 ; K = 8 ; L = 6 ; N = 0 ; O = 9 ; S = 4.
Ainsi, 496 736 + 41 567 = 538 303.

P. 230

L'ombre de ton HOMBRE

L'ombre identique au modèle est la silhouette 5.

P. 231

Calculs ours, hein !

7 × 9 = 63 ; 63 + 6 = 69 ; 69 × 9 = 621 ; 1 + 3 = 4 et 621 – 4 = 617. Enlever d'abord 1 puis 3 (ou l'inverse) de 621 ne constitue pas une méthode différente.

P. 232

Le Trèfle

BICHKEK (Kirghizistan) – CARDIFF (Pays de Galles)
MBABANE (Swaziland) – TRIPOLI (Libye).

P. 234

CROISILLONS FUN

	S	C	R	O	T	U	M	
	C		A			R		
	H	O	M	I	C	I	D	E
	T		A			N		
P	R	E	S	A	L	E	S	
	O		S		A		U	
	U	R	A	N	I	S	M	E
	M		G		N		A	
A	P	P	E	T	E	N	C	E
	F				S			

P. 235

Bandelettes

7 - 1 - 10 - 2 - 8 - 3 - 5 - 9 - 6 - 4 : les initiales forment **SARCOPHAGE.**

Dans *Le Roman de la momie*, de Théophile Gautier, c'est en ouvrant « ce qu'ils croient être le sarcophage d'un pharaon » que Lord Evandale et le docteur Rumphius découvrent le corps momifié de Tahoser.

P. 236

ALPHAKU-KU

On lit MINECRAFT dans la colonne centrale. C'est un célèbre jeu vidéo d'aventure, de type « bac à sable » (ou *sandbox*) : cela signifie que le joueur ne suit pas une quête linéaire, mais peut se fixer ses propres objectifs, en créant son propre monde.

A	I	C	R	**M**	T	F	E	N
R	F	N	E	**I**	C	T	M	A
E	T	M	F	**N**	A	I	C	R
T	N	R	M	**E**	I	A	F	C
F	A	E	T	**C**	N	R	I	M
C	M	I	A	**R**	F	E	N	T
N	C	F	I	**A**	R	M	T	E
M	R	T	N	**F**	E	C	A	I
I	E	A	C	**T**	M	N	R	F

P. 237

Au Tableau

DOUCHETTE

C'est une alternative au PQ. Mes amis (thaïs, cubains ou juste casse-pieds) ne comprennent pas qu'on n'en ait pas à la maison, à défaut de toilettes japonaises. Un minimum, selon eux. Cette douchette est un truc qui vous dirige un jet d'eau pressurisé vers l'anus pour vous le nettoyer. Après, quand on ne maîtrise pas la projection, il faut parfois nettoyer une plus vaste surface, évidemment… La Zarra n'a rien déclaré à ce sujet, à ma connaissance.

E	C	H	A	R	**D**	E	S				
				J	**O**	U	R	N	A	L	
	C	E	L	L	**U**	L	O	S	E		
	O	F	F	I	**C**	I	E	L			
				C	**H**	I	N	E			
	H	Y	G	I	**E**	N	I	Q	U	E	
		U	R	E	**T**	R	A	L			
					T	E	S	S	O	N	S
	R	O	U	L	**E**	A	U				

P. 238

CHARADE

Orgueil et Préjugés :

orgue – œil – haie – pré – jus – geai.

C'est un roman de Jane Austen, paru en 1813 et assez drôle malgré le titre semblant au minimum barbant. Vous pouvez le lire « à l'œil » sur Internet, domaine public oblige.

P. 240

cacabons

1d (canards / nasillons) – **2b** (chevreuils / rotons)
3a (colombes / gémissons) – **4f** (manchots / jabotons)
5e (perdrix / rappelons) – **6c** (pipits farlouses / turlutons).

Ma cousine Berthe a eu tout bon, pourtant elle avait mal lu en formant le premier couple : « Nous les connards, nous nazillons », avait-elle inscrit sur sa feuille. Elle a bien pensé que Christophe

« colombe » avait gémi en se plantant de route des Indes.
Je vous rappelle, comme la perdrix qui cacabait page 173, que la terminologie des cris est assez vague et diverse, et que le manchot brait autant qu'il jabote, tout comme turlutent – outre les pipits – l'alouette, le courlis et ma cousine Berthe à l'occasion, selon les dires de mon cousin Pons.

P. 241

EN DÉCOMPOSITION

1. Carbone, spéléos. **2.** Paroles, obscène. **3.** Snober, escalope.

P. 242

le bon tuyau

	M			D			L	
L	A	G	U	I	L	L	E	R
	C			D			B	
	R			I			R	
D	O	U	M	E	R	G	U	E
	N			R			N	

P. 244-245

(M)OTS (F)LÉCHÉS

■	P	■	C	■	M	■	E	■	P	■	A	■				
T	A	L	O	N	A	I	G	U	I	L	L	E				
■	L	E	L	I	O	■	A	R	■	I	O	N				
P	I	G	E	■	R	A	L	E	N	T	I	E				
■	N	E	R	E	I	D	E	■	O	H	■	E	■	D	■	A
A	D	R	E	T	■	D	R	O	U	O	T	■	F	E	U	X
■	R	E	■	A	M	I	■	P	U	G	I	L	I	S	T	E
P	O	T	A	M	O	C	H	E	R	E	■	A	E	D	E	■
■	M	E	R	A	N	T	I	■	E	N	E	R	V	E	■	A
V	E	D	A	■	O	I	E	S	■	E	N	I	E	M	E	S
■	■	E	C	O	N	O	M	I	E	S	■	G	L	O	B	E
G	E	L	■	P	U	N	A	■	V	E	T	O	■	N	E	M
■	S	E	R	A	C	■	L	O	I	■	A	T	H	E	N	A
A	C	T	A	■	L	I	E	G	E	O	I	S	E	■	I	N
■	A	R	C	H	E	R	■	I	R	U	N	■	N	I	E	T
S	P	E	L	E	O	■	I	V	■	M	E	U	R	T	R	I
■	A	■	E	N	S	E	V	E	L	I	■	R	I	A	■	C
A	D	A	■	N	E	M	O	■	I	A	S	I	■	L	A	I
■	E	G	L	I	S	E	■	C	A	K	E	■	K	I	L	T
O	S	I	E	R	■	T	H	E	S	■	T	O	M	A	T	E

P. 246

Le Pendu

ABRACADABRANT

P. 247

LES MUTANTS

1. *Le Meilleur des mondes* (roman d'Aldous Huxley). **2.** *Aux sombres héros de l'amer* (chanson de Noir Désir). **3.** *Le Déjeuner sur l'herbe* (tableau d'Édouard Manet, puis de Claude Monet, de Paul Cézanne, et enfin film de Jean Renoir).

P. 248

Faune Éthique

[fɔnetik]

Clément (mes clés, manque de bol) – Claude (oublié que l'eau de la Seine) – Cyril (se la farcir, il y allait) – Casimir (quasi miraculeux) – Basile (À la base, il n'y avait) – Valentin (chacune valant un bras) – Aubin (se sont jetés au bain) – Vincent (vingt, cent) – Maxime (mille au maximum) – Patrice (c'était pas triste) – Jules (J'eus l'impression) – Sylvain (mais s'il vint à moi) – Justin (c'était juste un moyen) – Norbert (aux filles berge nord, berge sud aux gars) – Angèle (vétéran, j'ai le larfeuille) – Fédor (le trousseau fait d'or ; le prénom de Dostoïevski, auteur de *L'Idiot*, est Fiodor mais on trouve aussi Fedor ou Fédor) – Samson (mais sans son aide).

P. 250-251

L'éToilette

P. 252

Sacré Délien

CLAIR

ARCHI(**C**)OMBLE
PROMU(**L**)GUEES
CORON(**A**)VIRUS
INTER(**I**)MAIRE
RADIO(**R**)EVEIL

Dans une énième variante mythologique de la création de Délos, Léto était réfugiée sur un îlot à peine visible, nommé Astéria, « l'étoile ». Lorsqu'Apollon naquit, Zeus éclaira l'îlot et le rendit visible au monde : c'est le sens de δῆλος (*délos*) en grec, « clair, visible ». D'ailleurs, « de l'os » à moelle, c'est clair et visible, non ?

P. 253

PiPiramidal

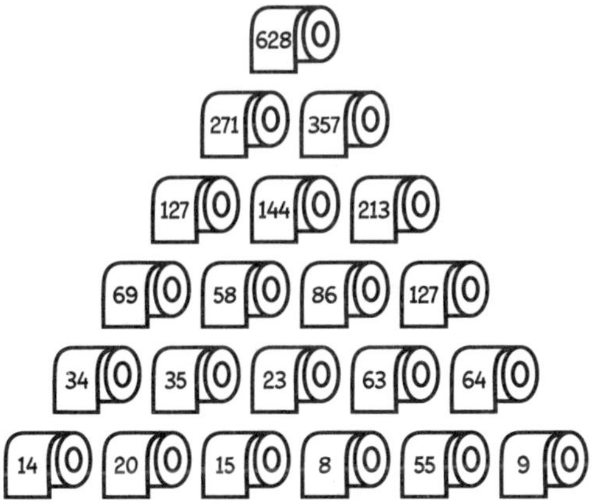

P. 254

LES TRONCS

Les sous, c'est indispensable : laisse – housse – étain – dix – pan – sable.

Le « tronc de la veuve » est la caisse qui circule dans certaines réunions de francs-maçons. On y glissait jadis deux francs, m'a songeusement confié une ancienne concierge regrettant sa loge.

P. 255

SEPT HORREURS

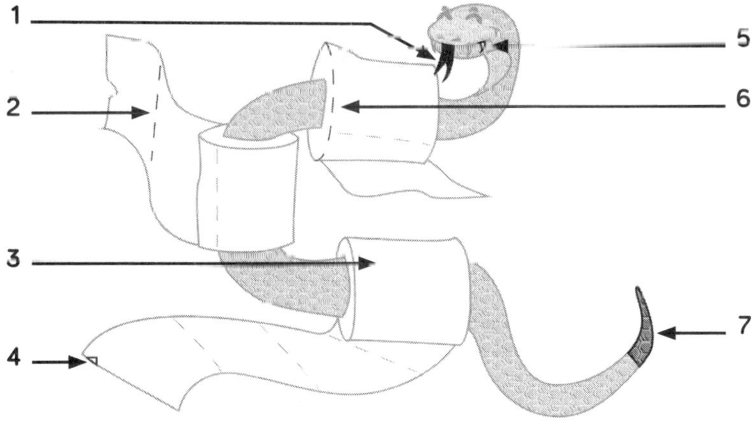

P. 257

Bouche-trous

1. Auspice (présage). **2.** Haruspice (qui s'écrit aussi « aruspice »).
3. Aspiratrice. **4.** Astrophysicienne.
5. Transcriptrice. **6.** Blasphématrice.

P. 258

Sales Bobines

1. *Camille Claudel.* **2.** *L'Été meurtrier.* **3.** *La Journée de la jupe.*
Ce sont trois films avec Isabelle Adjani.

P. 259

SUDOKU-KU

8	7	9	5	6	1	4	2	3
2	5	6	4	9	3	7	8	1
1	3	4	7	8	2	9	5	6
6	8	5	2	1	7	3	9	4
4	2	1	8	3	9	5	6	7
3	9	7	6	5	4	2	1	8
9	1	2	3	4	8	6	7	5
5	4	8	9	7	6	1	3	2
7	6	3	1	2	5	8	4	9

P. 260

LE CHICHSTRAC

VIPÈRE

P. 261

CRYPTOGRAMME

« Je n'oublie jamais un visage, mais pour vous, je ferai une exception. »

P. 263

Trois petits CHATS

1-6. Perché. **4-11.** Cheshire. **10-16.** Réflexe. **14-21.** Exercice. **18-24.** Cicéron. **22-30.** Ronronner.

P. 264-265

LA TÊTE AU CA-CARRÉ

IULE 19 LIEU	ENDURAS 5 DANSEUR	IÉNA 7 AÎNÉ	CÔNES 13 NOCES	CULONS 21 CONSUL
TOILÉE 12 ÉTOILE	MIRES 23 REIMS	LIVRA 16 AVRIL	SONNAIT 4 NATIONS	IBÈRE 10 BIÈRE
COUPE 1 POUCE	PÉRIMÉ 9 EMPIRE	ESTIVES **15** **VITESSE**	ZONE 22 ONZE	ÉTIREZ 18 TREIZE
ENCODES 25 SECONDE	CALIONS 17 NICOLAS	TERNE 3 ENTRÉ	DEALER 6 LEADER	ENA 14 ÂNE
INTÉRIMS 8 MINISTRE	PRIMAI 11 IMPAIR	ÉTRIPA 24 PARTIE	HABILETÉS 20 ÉLISABETH	ORLE 2 RÔLE

P	R	E	N	D	L'	A	M	E	B	I	E	N
1	2	3	4	5	6	7	8	9	10	11	12	13

A	V	A	N	T	L	E	C	O	R	P	S
14	15	16	17	18	19	20	21	22	23	24	25

P. 266

La lunette

DES DENTS DE VAMPIRE

Il y a un « dé » dans « deux vents », en l'occurrence mistral et tramontane, puis « plus mal » synonyme de « pire », d'où l'accessoire flippant annoncé.

P. 267

Paroles, paroles...

1. Tête (Slimane, *La Recette*). **2.** Versée (Emmanuel Moire, *Je fais de toi mon essentiel*). **3.** Dragons (Jean-Jacques Lafon, *Le Géant de papier*). **4.** Gènes (Vianney, *Beau-papa*). **5.** Brouillard (Louane et Grand Corps Malade, *Derrière le brouillard*).

P. 268

PAIR ou IMPAIR

Si vous pensez avoir trouvé une autre solution, vérifiez que vous n'avez pas deux lignes (ou deux colonnes) rigoureusement identiques, ce qui est interdit.

0	1	0	1	0	0	1	1
1	0	0	1	0	1	1	0
0	1	1	0	1	0	0	1
1	1	0	0	1	1	0	0
0	0	1	1	0	1	1	0
0	1	0	1	1	0	0	1
1	0	1	0	0	1	1	0
1	0	1	0	1	0	0	1

Les lettres correspondant aux 0 complétaient la citation avec « César tout ce qui ne lui appartient pas ». Nous vous laissons découvrir la citation inventée pour ceux qui auraient choisi les 1.

P. 269

LA CIBLE

En lisant une lettre sur cinq, dans le sens inverse des aiguilles d'une montre : « Avec le matelas multispire, on peut dormir **à côté de la dame aux camélias**. »

P. 270-271

(M)OTS (F)LÉCHÉS

	S		A		E		O		O		D		M		F	
M	U	G	U	E	T		P	E	R	S	E	C	U	T	E	R
	P	E	R	M	A	N	E	N	T	E		O	R	A	L	E
G	E	N	O	U		A	N	T	I	R	O	U	I	L	L	E
	R	E	R		W	U		R	E	I	N	E	S		I	L
E	C	R	E	V	I	S	S	E		E	C		S	O	N	
	A	A		I	L	E						P	A	R	I	S
I	R	L	A	N	D	E					K	I	N	E		T
	B	I	P		E	U						E	T	I	R	E
R	U	S	A	T		S					E	T		L	I	N
	R	E	C	A	S	E		S		A		I	G	L	O	O
R	A		H	U	A		A	U	G	M	E	N	T	E		G
	N	E	E	R	L	A	N	D	A	I	S	E		T	I	R
E	T	C		E	U	R	O		L	E	S		E	T	N	A
		E	P	A	T	A	N	T	E		A	C	T	E		P
E	C	R	O	U	A		N	O	T	A	I	R	E		C	H
	A	V	E		I	V	A	N		B	E	U	R	R	A	I
T	R	E	S	O	R	S		N	I	E		E	N	A		E
	A	L	I	C	E		T	A	R	T	E	L	E	T	T	E
O	T	E	E		S	A	U	T	A	I	S		L	A	D	S

P. 272

le PQRST

1. Prout. **2.** Querelle. **3.** Rentier. **4.** Secouriste.
5. Toasteur. **6.** Unijambiste. **7.** Vaudeville. **8.** Watergate.

P. 273

Tombez dans le panneau

Ici, chaque chiffre constituant le nombre de kilomètres indiquait quelles lettres prélever dans le nom de ville précédent. Ainsi, on collectait les lettres 1, 2, 3 de Chantilly (C, H, A), les lettres 2 et 3 d'Orléans (R, L), les lettres 2, 5 et 7 de Beauvais (E, V, I), puis 7, 8, 9 de Marseille (L, L, E), 1 et 2 de Mérignac (M, É), 3 et 4 de Béziers (Z, I) et de Hyères (È, R), pour terminer par les lettres 2 et 5 de Reims (E, S).

La ville secrète était CHARLEVILLE-MÉZIÈRES, chef-lieu du superbe département des Ardennes, à visiter pour ses forêts et les boucles de la Meuse.

P. 275

EN PURE LOGIQUE

La dernière lettre du prénom constitue l'initiale de la culture : Karen / navet (N), Michelle / estragon (E), Éric / chou (C), Bart / tournesol (T), Jean-François / sauge (S). Pour Patrick, ce sera donc un bac où pousseront des kiwis (K).

P. 276

BONUS

LECTRICE

Vous aviez L, plus C, I, R, T et deux E, mais il vous manquait la huitième lettre à replacer. Il fallait intuiter le doublon du C pour cette lectrice pas si éloignée des liseuses.

P. 278-279

GRANDES VACANCES

E	C	R	O	U	L	E	M	E	N	T	■	C	I	R	C	O	N	F	L	E	X	E	■	G	I	N
L	A	I	D	■	O	P	I	N	I	A	T	R	E	■	R	U	A	■	E	G	■	T	S	A	V	O
E	M	M	I	E	L	L	E	■	A	R	R	A	N	G	E	■	N	A	G	A	S	A	K	I	■	E
C	E	A	N	S	■	O	L	I	M	■	A	Y	A	N	A	K	A	M	U	R	A	■	A	N	I	L
T	R	I	■	T	E	R	■	D	E	L	C	O	■	O	N	I	R	O	M	A	N	C	I	E	N	■
R	A	L	L	U	M	E	S	■	Y	O	■	N	O	N	C	E	■	I	E	■	T	O	■	E	C	U
O	■	L	A	D	■	S	C	L	E	R	O	S	E	■	I	V	A	N	■	T	A	P	A	■	I	N
C	H	E	N	I	L	■	A	I	N	E	E	■	T	H	E	■	I	D	E	A	L	I	S	A	N	T
H	O	■	D	A	I	G	N	E	■	L	I	N	A	I	R	E	■	R	O	I	■	N	I	C	E	E
O	R	I	E	N	T	E	■	V	I	E	L	E	■	V	E	R	N	I	S	S	A	G	E	■	R	L
C	L	A	R	T	E	■	V	I	R	I	L	I	T	E	■	R	O	S	I	E	R	■	N	I	E	■
S	O	■	N	I	R	V	A	N	A	■	E	G	E	R	M	E	■	S	N	■	C	U	T	T	E	R
■	G	R	E	N	I	E	R	■	S	I	R	E	X	■	A	U	N	E	E	S	■	N	O	E	■	E
L	E	I	A	■	E	U	T	O	C	I	E	■	A	S	H	R	A	M	■	O	B	I	■	R	O	N
A	R	D	U	S	■	V	A	G	I	■	S	A	N	T	E	■	R	E	S	T	I	T	U	A	N	T
M	I	A	■	K	O	A	N	■	B	R	■	F	E	U	■	F	I	N	I	■	G	E	R	S	■	I
B	E	I	J	I	N	G	■	E	L	E	G	I	■	C	H	A	N	T	E	U	R	■	E	S	T	E
I	■	S	E	N	T	E	N	C	E	■	I	N	U	S	I	T	E	■	D	R	E	S	S	E	U	R

P. 280

ROSACE

P. 281

La puce à l'oreille

GUEULE : avoir la gueule de l'emploi, gueule-de-loup ou se jeter dans la gueule du loup, gueule noire (mineur), avoir la gueule de bois, casse-gueule, pousser un coup de gueule.
TÊTE est aussi une réponse acceptable.

P. 282

SaniBROYEUR

PARAPLUIE : objet portatif constitué d'une étoffe tendue sur une armature pliante et d'un manche, servant d'abri contre la pluie.

P. 284

Calculs durs, hein !

L'unique approche consiste à former 27 et 31, puis à les multiplier avant d'ajouter 2.
6 + 25 = 31 ; 1 + 8 = 9 ; 9 × 3 = 27 ; 31 × 27 = 837 et 837 + 2 = 839.
Vous avez peut-être rangé les opérations dans un ordre différent.

P. 285

Les enfants TERRIBLES

1. Jésus, Hans, Hubert Forme. **2.** Sandra Jdormal. **3.** Joe Bidjoba. **4.** Oussama Lairbon. **5.** Joseph Leurésamain.

P. 286-287

QUI fait QUOI ?

VOYAGEURS	VENTS	JOURS	LITRES
AYMÉE HARISTE	CHERGUI	2	8
CÉSAR MATTAN	GHIBLI	5	6
NORMAN SLAND	HARMATTAN	3	9
PATOU AREG	KHAMSIN	6	7
PHŒBÉ DOUIN	HABOOB	4	10

P. 288

Au Tableau

HEDGEHOG

« What the F-word ! », s'exclameront certains anglophones prudes. Mais le gène dont il est question à l'indice 8 a bien été appelé Sonic Hedgehog (Shh pour les intimes) par son découvreur, en hommage au petit hérisson Sonic des jeux vidéo. Pourquoi ? Parce que de gentilles expériences sur la drosophile, une mouche qui ne sert à rien d'autre, ont laissé apparaître des denticules ressemblant à des piquants de hérisson (*hedhehog* signifie « hérisson », en anglais) sur un embryon, lorsqu'on manipule ce gène. Il y a même eu un prix Nobel à la clé. Pour en savoir plus, cliquez ici. Ou là, mais ça marche aussi mal qu'ici.

			O	P	**H**	I	D	I	E	N	S
					E	X	U	V	I	E	
B	A	R	B	A	**D**	E					
				A	**G**	L	Y	P	H	E	
			Q	U	**E**	U	E				
					H	A	B	I	T	A	T
			L	E	**O**	P	A	R	D		
					G	E	N	E			

P. 290

LE CHICHSTRAC

LUNETTES

P. 291

C'est Gâchis

Chaque symbole d'orientation est répété sept fois, sauf la rose des vents ou boussole ci-contre, qui est présente en huit exemplaires.

P. 292

SANDWICH

« Avoir le bouchon ficelé. »

C	R	**A**	S	S	E
A	D	**V**	E	N	U
C	L	**O**	C	H	E
O	L	**I**	V	E	S
I	R	**R**	I	T	E
N	I	**L**	G	A	U
C	H	**E**	V	E	T
E	M	**B**	U	E	S
D	R	**O**	L	E	T
A	M	**U**	S	E	R
N	E	**C**	T	A	R
S	P	**H**	I	N	X
L	I	**O**	N	N	E
E	N	**N**	U	Y	E
R	I	**F**	A	I	N
E	X	**I**	L	E	E
C	O	**C**	U	E	S
T	R	**E**	M	P	E
U	L	**L**	U	C	U
M	I	**E**	N	N	E

P. 293

CROISILLONS FUN

	B	A	K	L	A	V	A	
	E		A			E		
	R	E	N	A	C	L	E	R
	L		G			U		
A	U	T	O	N	O	M	E	
	S		U		C		P	
	C	E	R	C	U	E	I	L
	O		O		L		L	
E	N	G	U	E	U	L	E	R
	I				S			

P. 295

ALPHAKU-KU

On lit AZINCOURT dans la colonne centrale. Le roman *Azincourt par temps de pluie*, sorti en février 2022 soit huit mois avant la mort de l'écrivain, raconte avec ironie comment la bataille d'Azincourt en 1415 tourne au fiasco pour les Français, alors que les Anglais ne voulaient au départ que battre en retraite pour rejoindre Calais.

Z	U	O	R	**A**	T	I	C	N
T	I	R	C	**Z**	N	A	U	O
N	C	A	U	**I**	O	Z	R	T
I	Z	U	A	**N**	R	O	T	C
O	R	N	T	**C**	Z	U	A	I
C	A	T	I	**O**	U	R	N	Z
A	T	C	Z	**U**	I	N	O	R
U	O	I	N	**R**	C	T	Z	A
R	N	Z	O	**T**	A	C	I	U

P. 296-297

(M)OTS (F)LÉCHÉS

	C		S		B		E		V		N		P		C	
C	H	A	T	E	A	U	X	D	E	L	A	L	O	I	R	E
	A	M	O	U	R	S		O	R	A	G	E		C	A	L
C	R	E	P	E		I	B	I	S		E	G	O	I	N	E
	O	R		S	E	N	E	G	A	L	A	I	S		I	V
F	L	I	C		V	E	N	T		S	T	O	C	K	E	E
	A	G	A	C	E							N	A	I	N	
F	I	O	N	A		D					E	N	R	E	N	E
	S	V	E	L	T	E						A		V	E	R
F	E	E		Z	E	F					M	I	M	I		O
		S	T	O	R	E		A		P		R	I	E	N	S
L	A	P	I	N		N	A	M	I	B	I	E	N	N	E	
	S	U	P	E	R	S	T	A	R		O	S	E		V	S
C	E	C	I		A	I		R	E	I	N		U	N	A	U
	P	C		K	I	F	E	R		N	E	C	R	O		B
E	T	I	R	E	E		D	E	P	O	S	A		M	A	I
	I		O	N		A	I	R	E		C	R	A	I	N	T
E	S	S	U	Y	A	N	T		A	B	O	M	I	N	A	
	E	I	L	A	T		E	M	U	E		E	M	E	R	I
E	R	R	E		P	A	R	I		C	U	L	A	S	S	E

P. 298

EN DÉCOMPOSITION

1. Valencia, rototo. **2.** Révocation, alto. **3.** Votation, oracle.

P. 299

L'ombre de ton *HOMBRE*

L'ombre identique au modèle est la silhouette 1.

P. 300

Les pets du Roi Arthur

Si l'on note v les pets de Viviane, le nombre de pets des trois dames (Guenièvre, Ygraine et Viviane) vaut : (v – 4) + (v – 7) + v, soit 3v – 11. Or, ce total est de 16, donc 3v = 16 + 11 = 27, d'où v = 9. On en déduit Guenièvre (5) et Ygraine (2), puis le nombre de pets des hommes par différence avec les totaux annoncés.
Arthur a pété 7 fois et Guenièvre 5 ; Uther a pété 10 fois et Ygraine 2 ; Lancelot n'a pas pété une seule fois, Viviane a lâché les 9 prouts du couple d'invités.

P. 301

LES MUTANTS

1. *La Case de l'oncle Tom* (roman de Harriet Beecher Stowe). **2.** *La Ballade des gens heureux* (chanson de Gérard Lenorman ; ballade est ici proche de « poésie courtoise » et non de promenade, d'où l'antonyme choisi : « chanson paillarde », qui n'a rien de courtois). **3.** *Retour vers le futur* (film de Robert Zemeckis).

P. 303

CRYPTOGRAMME

« J'adore parler de rien. C'est le seul domaine où j'ai de vagues connaissances. »

P. 304

Bouche-trous

1. Koala. **2.** Ikebana. **3.** Ikastola (école d'enseignement en langue basque). **4.** Skateboard. **5.** Jakartanais. **6.** Balkanisation (rien à voir avec les Balkany).

P. 305

MotoCrotte

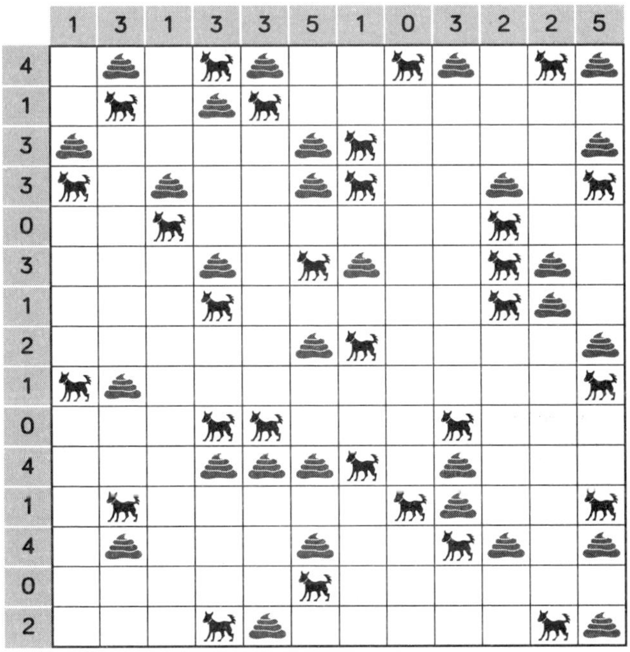

P. 306-307

L'éToilette

P. 308

Bandelettes

8 – 4 – 7 – 2 – 10 – 1 – 3 – 6 – 9 – 5 : les initiales forment **PATRIARCHE.**

Naguib Mahfouz, prix Nobel de littérature en 1988, raconte dans « La Trilogie du Caire » (*Impasse des deux palais*, *Le Palais du désir*, *Le Jardin du passé*) l'histoire d'une famille égyptienne au Caire, durant l'occupation britannique, de 1919 à 1947. Les romans nous en apprennent autant sur l'histoire du pays que sur les traditions familiales, plus riches que le résumé de ce jeu, forcément réducteur, ne le laisse entendre…

P. 309

Sacré Délien

DUVET

CROCO(**D**)ILIEN
QUINT(**U**)PLANT
CLAIR(**V**)OYANT
DEMON(**E**)TISER
ACCUL(**T**)UREES

« Quel rapport avec Délos ? », se demanderont certains. Aucun, mais je songe à faire une sieste. En hiver, les derniers Déliens qui habitèrent l'île dormaient sous un duvet. Voilà ! Contents ?

P. 310

PAIR ou IMPAIR

Si vous pensez avoir trouvé une autre solution, vérifiez que vous n'avez pas deux lignes (ou deux colonnes) rigoureusement identiques, ce qui est interdit.

1	1	0	1	0	1	0	0
1	0	1	0	1	0	0	1
0	1	0	1	1	0	1	0
1	0	1	0	0	1	1	0
0	0	1	0	1	1	0	1
0	1	0	1	0	0	1	1
1	0	0	1	0	1	1	0
0	1	1	0	1	0	0	1

Les lettres correspondant aux 1 complétaient la citation avec « qui ont besoin de lunettes pour la lire ». Nous vous laissons découvrir la citation inventée pour ceux qui auraient choisi les 0.

P. 311

SEPT HORREURS

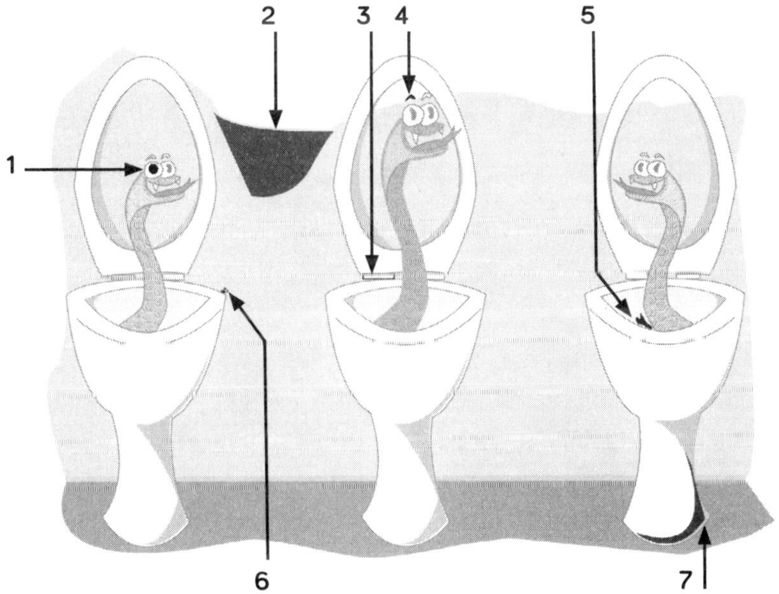

P. 312

Paroles, paroles...

1. Épaule (C. Jérôme, *Et tu danses avec lui*). **2.** Columbo (Gims, *Sapés comme jamais*). **3.** Enfance (Florent Pagny et Patrick Fiori, *J'y vais*). **4.** Promesses (La Zarra, *Évidemment*). **5.** Cul (Clara Luciani, *Le Reste*).

P. 314

CHARADE

« Être ou ne pas être » :

hêtre – houx – nœud – Paz – être.

Une interrogation très shakespearienne, dans la tirade du prince Hamlet. La Paz est une ville de Bolivie, le siège du gouvernement, mais Sucre est la capitale du pays.

P. 315

Trois petits CHATS

1-6. Geluck. **3-11.** Lucky Luke. **10-14.** Kébab. **12-18.** Babines. **16-21.** Nestlé®. **20-26.** Léopard. **24-30.** Ardoise.

P. 316-317

CROISÉS 3D

P. 318

Le Trèfle

ORELSAN – Vanessa PARADIS – SOPRANO – VIANNEY.

P. 319

BONUS

POLIMENT

On vous le dit depuis la page 7, qu'il faut être poli. Surtout devant des pitbulls. Le L ne pouvait être qu'en troisième position. Le E ne figurait dans aucun mot, il fallait le repérer et tenter de le marier aux sept lettres fournies : P, I, L, M, N, O et T.

P. 320

cacabons

1e (hirondelles / trissons) – **2b** (otaries / rugissons)
3f (crocodiles / lamentons) – **4a** (poules / cloquons)
5c (pourceaux / grognonnons) – **6d** (grues / trompetons).

L'otarie rugit comme un lion quand son eau est tarie et le pourceau grognonne à cause des piqûres, c'est bien connu, alors que le crocodile lamente – et se lamente même – lorsqu'il ne croque pas Odile. La poule « cloque » au soleil des Maldives et lorsqu'elle s'adresse à son poussin dans l'œuf, elle clousse quand elle couve, elle claquette avant la ponte comme Fred Astaire, caquette pendant la ponte comme ma voisine du dessus, et crételle après. Paraît aussi qu'elle peut cagneter, cocailler, coclore, codéquer, coucasser et glousser. Et après, on dit que c'est con, une poule !

P. 322-323

(M)OTS (F)LÉCHÉS

	D		P		J		B		C		F					
D	E	C	L	O	U	E	R		A	C	R	E				
	M	O	I	N	S	Q	U	E	R	I	E	N				
P	O	U	N	D		U	N	C	I	N	E	E				
	G	R	E	E	N	E		R	E	G	L	E		P		G
A	R	A		L	A	R	M	E		L	A		B	I	P	E
	A	G	E	E		R	E	M	U	A	N	T	E		E	N
S	P	E	C	T	R	A	L	E	S		C	O	C	O	T	E
	H		O	T	A	G	E		I	T	E		Q	U	I	
D	E	G	R	E		E	C	O	T	E		F	U	T	O	N
		L	E	S	E		A	P	E	T	A	L	E		T	A
U	P	A	S		L	E	S	T		R	E	A	R	M	E	R
	E	S	P	R	E	S	S	I	V	O		T	E	E		U
O	R		O	H	M		E	M	A	S	C	U	L	A	N	T
	I	G	N	E	E	S		A	I	E	U	L		N	E	O
A	P	E	S	A	N	T	E	U	R		T	E	N	D	U	
	E	L	A		T	R	A	X		B	I	N	A	R	T	S
U	T		B	I	S	E	R		A	I		C	H	E	R	I
	I	U	L	E		S	L	A	M		F	E	U		E	R
G	E	N	E	P	I	S		N	I	D	A		A	I	S	E

P. 324

SUDOKU-KU

6	2	4	7	8	3	5	1	9
7	8	9	1	5	2	3	4	6
3	1	5	4	6	9	8	7	2
4	6	8	3	1	7	2	9	5
2	5	7	6	9	8	4	3	1
1	9	3	2	4	5	7	6	8
5	3	6	9	2	4	1	8	7
9	4	2	8	7	1	6	5	3
8	7	1	5	3	6	9	2	4

P. 325

le PQRST

1. Naturiste. **2.** Obsédé. **3.** Pinocchio. **4.** Quotient. **5.** Ralentisseur. **6.** Serrure. **7.** Tinette. **8.** Usurpateur.

P. 327

Le Pendu

EXTRATERRESTRE

P. 328-329

LA TÊTE AU CA-CARRÉ

SBIRE 2 BRISE	ANCOURT 24 COURANT	ANCELLE 15 NACELLE	BÂCLER 6 CABREL	FIOLE 18 FOLIE
QUEUTERA 10 ÉQUATEUR	ODIN 16 DION	MUIONS 3 SIMOUN	INGÉRÉE 22 ÉNERGIE	ÉLIAIT 14 ITALIE
DRONTE 23 NORDET	BROME 12 OMBRE	MUTILÉS 9 ULMISTE	VÉNALITÉ 20 ÉVENTAIL	LAIZE 1 ALIZÉ
FLUET 19 FLÛTE	ZEN 5 NEZ	ÉRAFLA 21 RAFALE	ORIN 13 NOIR	TROMPÉE 7 EMPORTE
ÉRODANT 11 TORNADE	TRAQUE 8 QUATRE	NUTRIMENTS 17 INSTRUMENT	PLONGEAS 4 ESPAGNOL	OLÉINE 25 ÉOLIEN

A	B	S	E	N	C	E		Q	U	E		T	O	N
1	2	3	4	5	6	7		8	9	10		11	12	13

I	N	D	I	F	F	E	R	E	N	C	E
14	15	16	17	18	19	20	21	22	23	24	25

P. 330

La puce à l'oreille

REINE : reine-des-prés, reine de cœur, avoir un port de reine, bouchée à la reine, reine du bal, la petite reine (la bicyclette).

P. 332

LES TRONCS

Bernard Hettier dans sa valise : berne - arrêt - tiède - anse - aval - lyse.

En 1985, on retrouva dans un bras mort de la Marne (et dans une valise lui appartenant) le tronc de cet homme. Six ans plus tard, Simone Weber fut condamnée à 20 ans de prison pour avoir découpé le corps de son ancien amant à la meuleuse à béton. Karl Zéro a réalisé en 1993 un film appelé *Le Tronc*, s'inspirant de cette affaire : il fut lui aussi jugé parmi les pires de la décennie…

P. 333

EN PURE LOGIQUE

MERCURE

Comparez l'initiale du prénom de l'enfant et la quatrième lettre du nom de la planète :
M et N pour Martial et Uranus, puis S et T pour Suzy et Neptune, R et S pour Rodolphe et Mars, Q et R pour Quentin et Terre, T et U pour Tiphaine et Vénus ou Saturne. Au B de Brenda correspondra donc un C en quatrième lettre d'une planète : ce sera Mercure et aucune autre planète.

P. 334-335

FLÉCHÉS CROISÉS

A	L	T	O	S	E	Q	U	A	N	A	I	S	E		F	A
R	O	U	M	E	G	U	E	R		L	O	U	S	T	I	C
I	N	E	R	T	E	E		M	A	U	D	I	T	E		H
S	G		A	I	E	U	L	E	S		A	S	E	L	L	E
T	E	R		E	N	E	E		S	E	N	S		L	O	T
O	S	I	E	R		D	A	B	I	S	T	E	S		R	A
T		P	A	S	S	E	R	O	S	E		S	A	R	I	N
E	M	E	U		O	C		V	E	R	I	S	T	E		T
L	O	U		O	T	O	M	I		I	D	E	A	L	E	
I	V	R	E	S		M	O	D	A	N	E		N	O	M	S
C	I		L	A	I	E		E	B	E	N	E		Q	U	I
I	O	T	A		S	T	A	S	E		T	R	O	U	E	E
E	L	O	N	G	E	E	S		T	E	I	G	N	E		C
N	A	T		A	R		P	E	I	N	T		E	T	A	L
N		A	P	P	E	T	I	T		T	E	R	G	A	L	E
E	C	L	O	S		A	C	C	R	A		B	A	T	I	S

P. 337

Calculs ours, hein !

Première méthode : 3 832 ÷ 8
50 × 75 = 3 750 ; 3 × 6 = 18 ; 100 - 18 = 82 ; 3 750 + 82 = 3 832 et 3 832 ÷ 8 = 479.
Deuxième méthode : 482 - 3 en passant par 3 856
50 × 75 = 3 750 ; 6 + 100 = 106 ; 3 750 + 106 = 3 856 ;
3 856 ÷ 8 = 482 et 482 - 3 = 479.

P. 338

Faune Éthique

[fɔnetik]

Clermont-Ferrand (C'est clair, mon fer en a repassé) - Reims (qui rinça aussi) - Toulon (tout longs) - Le Havre (n'était pas le havre de paix) - Rennes (sa reine au bal) - Nice (ni sa princesse) - Nîmes (ni même une épouse) - Montpellier (vilains démons peu liés, finalement) - Niort (il m'ignora souvent) - Nantes (papy n'entend pas) - Le Mans (le manque affectif) - Bordeaux (d'abord - d'autant plus qu'il partit) - Amiens (il sera mien) - Lille (L'illusion dura) - Toulouse (tout l'ouzo grec) - Paris (le campari) - Chartres (la chartreuse) - Angers (ma santé en danger) - Colmar (amidonné mon col ? » « Marre de tes cols ! ») - Nanterre (on n'enterra pas papy) - Quimper (qu'un périmètre noirci) - Tours (autour de l'œil) - Metz (à la messe).

P. 339

Au Tableau

CLÉOPÂTRE

La reine d'Égypte portait, dans le même esprit que notre héroïne, le serpent en diadème. Elle se serait même suicidée, en se laissant mordre par cet animal. On aurait dû demander à Paco s'il était présent ce jour-là. « Cléopâtre » est l'anagramme de « L'être Paco », c'est un signe, non ? Que dis-je un signe, une preuve !

		G	U	**C**	C	I			
	G	A	U	**L**	T	I	E	R	
	L	A	G	**E**	R	F	E	L	D
		D	I	**O**	R				
				P	A	C	O		
		C	H	**A**	N	E	L		
	W	E	S	**T**	W	O	O	D	
				R	Y	K	I	E	L
M	U	G	L	**E**	R				

P. 340

La lunette

SOUVENIRS, SOUVENIRS

Sous « vœu », il y a « nir », ceci deux fois de suite. La version française de la chanson *Souvenirs, souvenirs* fut interprétée par Johnny Hallyday et Rita Cadillac, en 1960.

P. 342

LE CHICHSTRAC

VENIN

P. 344

CROISILLONS FUN

	S	A	I	L	L	I	E	
	A		N			S		
	N	E	F	L	I	E	R	S
	A		A			U		
E	T	E	R	N	I	T	E	
	O		C		T		R	
	R	E	T	I	A	I	R	E
	I		U		L		A	
O	U	I	S	T	I	T	I	S
	M				E			

P. 345

Sales Bobines

1. *Coup de torchon.* **2.** *La Pianiste.* **3.** *Les Valseuses.*
Ce sont trois films avec Isabelle Huppert.

P. 347

ALPHAKU-KU

On lit MONTSÉGUR dans la colonne centrale. De nombreuses légendes entourent ce château : Graal pyrénéen, trésor cathare ou culte zoroastrien.

E	R	N	U	**M**	T	G	S	O
S	G	T	E	**O**	R	M	U	N
U	O	M	S	**N**	G	E	T	R
N	U	E	M	**T**	O	R	G	S
O	M	G	R	**S**	N	T	E	U
T	S	R	G	**E**	U	N	O	M
R	E	U	O	**G**	M	S	N	T
M	T	S	N	**U**	E	O	R	G
G	N	O	T	**R**	S	U	M	E

P. 348

LES MUTANTS

1. *Les Raisins de la colère* (roman de John Steinbeck, adapté au cinéma par John Ford). **2.** *La Ronde de nuit* (tableau de Rembrandt ; titre repris pour un roman de Patrick Modiano et pour de nombreux films et chansons). **3.** *Vol au-dessus d'un nid de coucou* (roman de Ken Kesey, adapté au théâtre à Broadway, puis au cinéma par Miloš Forman, qui décrochera les cinq principaux oscars en 1976).

P. 349

Les pets du Roi Arthur

Si l'on note v les pets de Viviane, le nombre de pets des trois dames (Guenièvre, Ygraine et Viviane) vaut : (v + 6) + (v + 4) + v, soit 3v + 10.

Or, ce total est de 16, donc 3v = 16 − 10 = 6, d'où v = 2. On en déduit Guenièvre (8) et Ygraine (6), puis le nombre de pets des hommes par différence avec les totaux annoncés.
Arthur a pété 1 fois et Guenièvre 8 ; Uther a pété 5 fois et Ygraine 6 ; Lancelot a pété 13 fois et la fée Viviane 2.

P. 350-351

(M)OTS (F)LÉCHÉS

					F		P		A		B		E		I	
				P	A	T	R	I	C	K	D	U	P	O	N	D
					C	O	U	L	E	R		N	E	U	V	E
				C	H	I	N	E		I	O	D	E		A	N
	R		C		E	L	I	T	I	S	T	E		L	I	T
D	E	C	H	I	R	E	E		O	S	I	R	I	E	N	
	P	L	A	N		T	R	O	N		T	G	V		C	F
T	R	A	N	S	A	T		B	I	P	E	R		R	U	E
	I	N	T	E	R	E	S	S	E	R		O	S	I	E	R
K	M		O	R	S		U	T		E	M	U	E	S		M
	A	P	N	E	E	S		I	N	T	E	N	S	I	V	E
G	N	O	N		N	A	I	N	E		N	D		B	O	T
	D	I	E	S	E		N	E	F	L	E		I	L	L	E
C	A	R	R	E	L	A	G	E		A	R	A	S	E	E	
	N	E		C	U	R	A		E	M		N	S		U	D
E	T	A	T		P	A	M	P	L	E	M	O	U	S	S	E
		U	R	B	I		B	O	U	L	I	N		T	E	L
A	C	T	I	O	N	N	E	R		L	A	N	D	E		I
	R	E	P	U		O	S	T	I	E		E	U	L	E	R
M	I	R	E	T	T	E		E	N	S	O	R	C	E	L	E

P. 352

EN DÉCOMPOSITION

1. Ariégeois, clodo. **2.** Aérologie, disco. **3.** Idéologie, oscar.

P. 353

C'est Gâchis

Chaque fruit apparaît neuf fois, sauf la pomme présente en dix exemplaires.

P. 355

Bouche-trous

1. Consanguinité. **2.** Invagination. **3.** Majoritaire.
4. Extrajudiciaire. **5.** Telenovela. **6.** Clémenvilla.

P. 356-357

QUI fait QUOI ?

LABOS	VACCINS	BASES	IMMUNITÉS
BINETCHÉRA	SLOWVAX	DIPHTÉRIE	4 ANS
DÉGÂT	KIMNOVAX	ROUGEOLE	3 ANS
HÈME	PORKÉTÉVAX	HÉPATITE B	2 ANS
N'PAYE	VAXQUIRI	COQUELUCHE	5 ANS
SANOVA	POSTERIORIX	INFLUENZA	6 ANS

P. 358

Tombez dans le panneau

Comme à la page 273, il fallait relever les lettre figurant au rang de chacun des chiffres du nombre constituant la distance indiquée, mais cette fois, il fallait compter de gauche à droite, quand la flèche était orientée vers la droite, et de droite à gauche, lorsque la flèche pointait vers la gauche. On récoltait ainsi la 1re et la 2e lettre de Saint-Tropez (S, A), la 7e et la 8e de Pénestin (I, N), puis la 3e et la 8e de cette même ville, en partant de la fin (T, P), ensuite les lettres 3, 6 et 7 de Quimper (I, E, R), puis la 1re, 2e et 7e de cette même ville en partant de la fin (R, E, Q). Pour Biencourt, on prend d'abord 3e et 8e lettres en partant de la fin (U, I) puis 1re, 3e et 8e dans le sens normal de lecture (B, E, R) et l'on termine par les lettres 4 et 8 de Saint-Tropez en partant de la fin (O et N, en omettant le trait d'union).
La destination secrète était SAINT-PIERRE-QUIBERON.

P. 359

Sacré Délien

BŒUF
VERTE(**B**)RALES
TRONC(**O**)NIQUE
CHANT(**E**)FABLE
ALLOC(**U**)TAIRE
LECHE(**F**)RITES

« Aucun rapport avec Délos », ronchonnent les grognons (contrepèterie possible). Eh ben, si ! Sur l'île de Délos, on pratique des sacrifices en l'honneur d'Apollon : il ne valait mieux pas résider au Grand Autel aussi appelé « autel à cornes », car le bovidé qui y montait finissait dans un bain de sang. Un bœuf sanglant, c'est presque pléonastique. Sinon, on dit « un taureau ». L'allocutaire est celui à qui on s'adresse, comme l'employé au guichet à qui l'allocataire réclame son dû, qui est rarement tronconique, « en forme de tronc de cône ». Un récit médiéval, une « chantefable » traite de ce sujet, mais j'en ai oublié le titre.

P. 361

OPĒRATION C+R+Y+P+T+Ē+E

Voici la correspondance pour chaque lettre :
G = 0 ; T = 1 ; W = 2 ; E = 3 ; N = 4 ; H = 5 ; Y = 6 et I = 7.
L'addition est ainsi :
123 416 + 123 416 + 123 416 + 134 + 134 = 370 516.

P. 362

Trois petits CHATS

1-6. Michel. **4-13.** Hello Kitty. **12-15.** Type. **14-19.** Persan. **18-23.** Angora. **22-26.** Races. **25-30.** Espion.

ROSACE

PiPiramidal

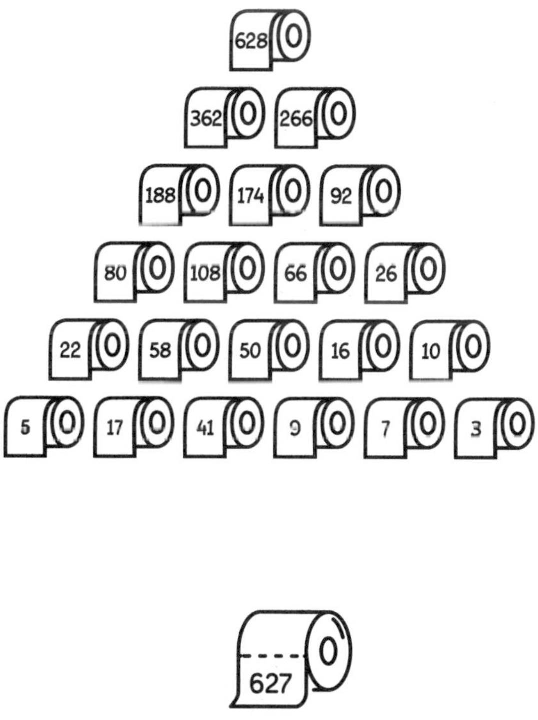

P. 365

Paroles, paroles...

1. Regard (Soprano, *Mon précieux*). **2.** Jupiter (Grégoire, *Rue des étoiles*). **3.** Ciel (Vitaa et Slimane, *Avant toi*). **4.** Enrobés (Dalida et Alain Delon, *Paroles, paroles*). **5.** Chasseurs (Johnny Hallyday, *Requiem pour un fou*).

P. 366-367

L'éToilette

P. 369

BONUS

BÉCOSSES

Vous aviez les huit lettres : B, C, O, deux E et trois S. Ces derniers étaient faciles à bien situer, grâce à BISSEUSE, ce qui imposait ensuite le placement des E. Bien que contenant intégralement le nom du pays de Cardiff, les bécosses sont les toilettes au Québec. Tout, tout, tout, vous saurez tout sur les WC.

P. 370

CRYPTOGRAMME

« Eau et gaz à tous les étages »

P. 371

SUDOKU-KU

6	1	5	4	8	2	7	9	3
4	8	7	3	1	9	2	5	6
2	3	9	6	5	7	4	1	8
1	4	3	9	6	8	5	2	7
9	6	2	5	7	4	8	3	1
7	5	8	2	3	1	9	6	4
8	9	1	7	2	6	3	4	5
5	2	6	8	4	3	1	7	9
3	7	4	1	9	5	6	8	2

P. 372

le PQRST

1. Obérant. **2.** Pénitente. **3.** Quarante. **4.** Rhume. **5.** Sterling. **6.** Télésiège. **7.** Ustinov. **8.** Vétérinaire.

P. 373

SaniBROYEUR

TROMPE-L'ŒIL : peinture visant essentiellement à créer, par des artifices de perspective, l'illusion d'objets réels en relief.

P. 374-375

(M)OTS (F)LÉCHÉS

				■	Q	■	A	■	E	■	S	■	E	■	S	■
				S	U	R	P	O	P	U	L	A	T	I	O	N
				■	A	I	N	S	I	■	A	S	E	L	L	E
				O	T	E	E	■	L	A	M	E	■	L	E	E
■	P	■	E	■	R	U	E	D	E	L	A	P	A	I	X	■
L	E	T	T	R	E	S	■	U	R	I	■	T	I	C	■	U
■	D	E	R	I	V	E	U	R	■	M	A	I	S	O	N	S
S	A	M	E	D	I	■	R	E	C	E	N	S	E	■	O	U
■	L	O	■	A	N	T	I	■	E	N	I	E	M	E	■	E
V	O	I	R	■	G	E	N	A	N	T	E	■	E	G	A	L
■	■	G	A	N	T	■	E	N	T	E	R	I	N	E	R	■
C	O	N	S	I	D	E	R	E	E	S	■	O	T	E	R	O
■	B	A	H	■	I	P	■	S	N	■	E	N	■	N	A	C
P	S	G	■	E	X	I	S	T	A	N	T	E	S	■	C	R
■	T	E	T	O	N	■	P	H	I	L	O	S	O	P	H	E
P	I	■	A	N	E	M	I	E	R	■	I	C	■	I	E	■
■	N	O	S	■	U	I	■	S	E	L	L	O	N	S	■	G
P	E	N	S	I	F	■	B	I	■	U	E	■	A	E	R	E
■	E	D	E	N	■	A	L	E	R	T	E	E	S	■	A	L
I	S	E	R	O	I	S	E	■	E	H	■	V	E	R	B	E

P. 376

CALCULS DURS, HEIN !

Première méthode : 25 × 33

1 + 2 = 3 ; 100 - 1 = 99 ; 99 ÷ 3 = 33 ; 75 - 50 = 25 et 33 × 25 = 825.

Deuxième méthode : 2475 ÷ 3

100 - 1 = 99 ; 75 - 50 = 25 ; 99 × 25 = 2 475 ; 1 + 2 = 3 et 2 475 ÷ 3 = 825.

P. 378

EN PURE LOGIQUE

Il a accroché son chapeau au canon de son arme.

P. 379

La puce à l'oreille

VEINE : veine du marbre (longue ligne colorée différemment), veine cave (amenant le sang au cœur), veine poétique (inspiration artistique), avoir une veine de cocu, être en veine de confidences (disposition d'esprit favorable à en recevoir), avoir de la veine au jeu.

P. 380-381

GRANDES VACANCES

A	L	C	A	T	R	A	Z	■	S	A	N	F	R	A	N	C	I	S	C	O	■	M	I	A	M	I
P	O	U	P	O	U	■	U	R	E	S	■	U	I	■	I	O	N	I	E	N	N	E	S	■	A	N
P	U	R	E	M	E	N	T	E	T	S	I	M	P	L	E	M	E	N	T	■	U	T	E	R	I	N
L	E	A	R	■	R	A	■	S	E	U	L	E	■	O	C	■	S	E	T	T	E	R	■	I	N	O
A	R	T	I	S	A	N	A	T	■	M	E	R	I	T	E	R	■	C	E	R	E	A	L	E	■	V
U	■	I	T	E	■	A	V	A	R	F	■	E	T	E	■	E	C	U	■	O	S	■	O	N	D	E
D	E	F	I	L	E	■	O	U	I	■	A	Z	E	R	I	■	A	R	D	U	■	A	I	D	E	■
I	M	■	F	E	N	D	U	■	V	I	P	■	R	I	C	A	N	E	U	S	E	S	■	E	R	S
S	P	I	■	C	A	R	A	M	E	L	I	S	E	E	■	C	E	■	E	S	P	O	I	R	■	I
S	E	N	A	T	■	O	T	A	■	E	C	O	■	S	O	T	■	A	L	E	■	C	R	I	S	E
E	S	■	R	I	E	U	■	C	R	I	■	L	E	■	O	U	T	I	L	■	A	I	M	E	E	S
M	E	T	R	O	B	O	U	L	O	T	D	O	D	O	■	E	R	E	I	N	T	A	■	N	I	T
E	■	A	I	N	■	T	R	O	U	E	E	■	E	C	A	L	A	■	S	U	■	L	A	■	D	E
N	A	G	E	N	T	■	G	U	E	■	M	I	N	E	T	■	M	U	T	I	N	E	R	I	E	■
T	P	■	R	E	A	L	E	■	T	R	A	C	■	A	T	T	E	L	E	■	O	S	L	O	■	A
■	P	L	E	U	R	A	N	T	■	A	N	O	N	N	E	R	■	T	S	A	R	■	E	D	I	T
H	E	U	■	R	E	C	T	I	L	I	G	N	E	■	N	I	E	R	■	A	M	U	S	E	U	R
P	L	I	S	S	E	E	■	C	O	D	E	E	■	I	D	O	L	A	T	R	E	S	■	S	T	E

P. 382

Les enfants TERRIBLES

1. Ted et Bill Oukoi. **2.** Nicole, Esther Olnidiabète. **3.** Magali Pète. **4.** Mélanie Zétofrais. **5.** Camille Honnête.

P. 384

Au Tableau

PRODIGUE

Le fils prodigue revient au domicile de papa, après avoir tout claqué. Consommes, en verlan, c'est « sommes cons » !

Les lettres disent tout. Prenons l'exemple d'une chose consommée que l'on n'aime pas, cela donnerait, en toutes lettres, CONSOMMÉE – M (on n'M pas, donc on enlève un M), il reste pile-poil les lettres d'ÉCONOMES. On verse dans l'ésotérique…

		S	H	O	**P**	P	I	N	G
				C	**R**	E	D	I	T
	C	O	N	S	**O**	M	M	E	S
			B	U	**D**	G	E	T	
D	I	L	A	P	**I**	D	E	R	
					G	A	S	P	I
	C	L	A	Q	**U**	E	R		
			P	I	**E**	D			

P. 385

SEPT HORREURS

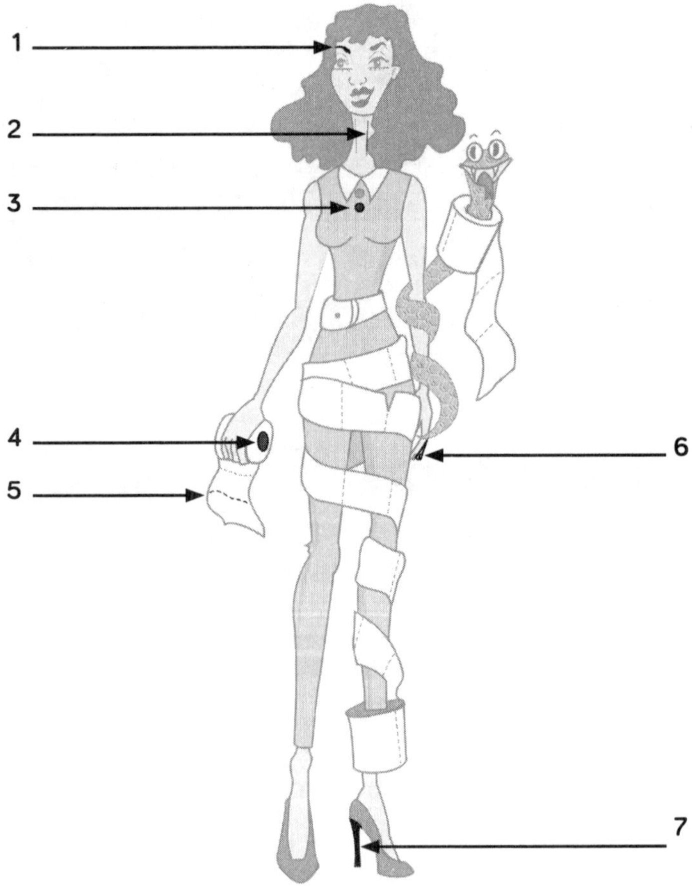

P. 386

LE CHICHSTRAC

PARADIS

P. 387

MotoCrotte

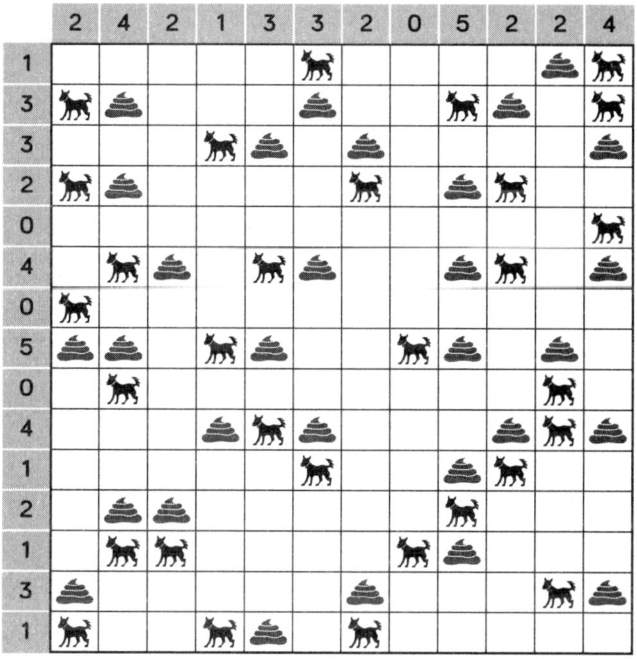

P. 388

CROISILLONS FUN

	E	M	P	E	S	E	R	
	T		A		I			
	R	A	V	A	U	D	E	R
	A		A		E			
E	N	C	R	E	U	R	S	
	G		O		R		C	
	L	I	T	I	E	R	E	S
	E		T		I		A	
P	U	P	I	T	R	E	U	R
	R				E			

P. 389

L'ombre de ton HOMBRE

L'ombre identique au modèle est la silhouette 2.

P. 391

LES MUTANTS

1. *Le Vieil Homme et la Mer* (roman d'Ernest Hemingway).
2. *J'ai encore rêvé d'elle* (chanson du groupe Il était une fois).
3. *La Liberté guidant le peuple* (tableau d'Eugène Delacroix)

P. 392

SANDWICH

« Perdre ses légumes. »

S	E	**P**	T	U	M
E	V	**E**	C	H	E
M	O	**R**	B	U	S
O	N	**D**	I	N	E
N	A	**R**	G	U	E
T	H	**E**	N	A	R
R	O	**S**	A	C	E
E	M	**E**	C	H	E
R	E	**S**	I	N	E
C	O	**L**	L	E	Y
O	B	**E**	R	E	R
U	R	**G**	E	N	T
L	O	**U**	P	E	R
A	D	**M**	I	S	E
N	O	**E**	U	D	S
T	E	**S**	T	O	N

P. 393

EN DÉCOMPOSITION

1. Addition, abrogé. **2.** Badigeon (« bas Dijon »), adroit.
3. Adagio, rebondit.

P. 394-395

LA TÊTE AU CA-CARRÉ

PUAIENT 3 PÉTUNIA	SOÛLERONT 19 TOURNESOL	ROUSSI 25 SOURIS	ANTIHÉROS 7 HORTENSIA	DÉRASÉ 11 RÉSÉDA
RECUIRAIT 10 URTICAIRE	UNIT 12 NUIT	COUSIS 1 SOUCIS	ARSENICS 18 NARCISSE	NOIRE 24 IRONE
ÉROS 16 ROSE	TOLUS 23 LOTUS	DISNEY **9** **SIDNEY**	LOFER 15 FLORE	GANTELINE 2 ÉGLANTINE
LAPÉES 14 SÉPALE	CRÉANT 5 NECTAR	L'ÉTOILE 17 OEILLET	PLATÉE 21 PÉTALE	MATINÉE 8 ÉTAMINE
ONCIALE 22 ANCOLIE	LÂCHERS 6 CHARLES	ROGNERA 13 ORANGER	LITÉE 4 ÉLITE	CRÊTES 20 SECRET

S	E		P	E	N	C	H	E		S	U	R		N	O	S
1	2		3	4	5	6	7	8		9	10	11		12	13	14

F	R	O	N	T	S		P	A	L	I	S
15	16	17	18	19	20		21	22	23	24	25

P. 396

SUDOKU-KU

3	2	8	9	7	1	4	5	6
4	5	6	3	8	2	7	1	9
9	7	1	5	6	4	3	8	2
8	4	5	6	2	3	9	7	1
6	3	2	7	1	9	5	4	8
1	9	7	8	4	5	2	6	3
5	6	9	1	3	7	8	2	4
7	1	4	2	9	8	6	3	5
2	8	3	4	5	6	1	9	7

P. 398

OPĒRATION C·R·Y·P·T·Ē·E

La première solution est avec :
V = 0 ; I = 1 ; O = 2 ; L = 3 ; S = 4 ; A = 5 ; E = 6 ; R = 7 et C = 8.
L'addition est alors : 538 223 + 538 223 = 1 076 446.
La seconde solution est avec :
I = 1 ; L = 2 ; O = 3 ; E = 4 ; R = 5 ; S = 6 ; C = 7 ; V = 8 et A = 9.
L'addition est alors : 927 332 + 927 332 = 1 854 664.

P. 399

Bouche-trous

1. Cracking (technique de raffinage aussi appelée « craquage »).
2. Cradingue. **3.** Caravaning (qui s'écrit aussi « caravanning »).
4. Cardiotraining. **5.** Contraignant. **6.** Écrabouillage.

P. 400-401

(M)OTS (F)LÉCHÉS

				■	V	■	S	■	A	■	I	■	A	■	O	■
				D	E	C	O	N	F	I	N	E	M	E	N	T
				■	H	E	R	O	I	C	O	M	I	Q	U	E
				F	E	L	O	N	N	E	■	P	E	U	■	L
■	M	■	G	■	M	A	R	I	■	B	E	A	■	A	I	L
B	A	F	O	U	E	■	A	D	M	E	T	T	O	N	S	■
■	J	O	U	R	N	A	L	I	E	R	■	H	U	I	L	E
V	O	L	T	■	T	U	E	■	E	G	O	I	S	M	E	S
■	R	I	E	U	S	E	■	S	T	■	Y	E	T	I	■	S
F	I	C	U	S	■	R	A	P	I	D	E	■	A	T	R	E
■	T	H	R	E	E	■	M	I	N	E	■	S	C	E	A	U
D	E	O	S	■	T	O	P	■	G	I	Z	E	H	■	C	L
■	R	N	■	P	A	R	O	S	■	T	I	T	I	L	L	E
G	E	N	E	T	I	Q	U	E	M	E	N	T	■	U	E	■
■	L	E	G	O	■	U	L	N	A	■	Z	E	N	I	T	H
V	A	■	A	L	M	E	E	■	M	A	I	R	E	■	T	O
■	T	A	L	E	E	■	E	T	A	I	N	■	M	I	E	N
K	I	M	■	M	A	S	S	E	■	L	U	R	O	N	■	G
■	V	E	G	E	T	E	■	A	T	E	L	E	■	D	U	R
G	E	N	I	E	■	M	I	M	E	■	E	X	C	E	D	E

P. 402

La lunette

LA TOURNÉE DES GRANDS DUCS

En l'occurrence, c'était « l'A tourné »,
puisque cette lettre est pivotée.

P. 403

Sacré Délien

IMPACT

COMMUN(**I**)CATION
EQUIPE(**M**)ENTIER
EXTRAS(**P**)ORTIVE
SYNDIC(**A**)LISTES
OBSCUR(**C**)ISSANT
HETERO(**T**)HERMES

Je voulais vous faire trouver « temple », mais figurez-vous qu'aucun mot de treize lettres non conjugué n'a de L en son milieu, avec deux mots de six lettres autour. Cela a par conséquent « impacté » mon choix de mot pour la page 403. Est « issant » ce qui sort et des animaux « hétérothermes » voient la température de leur corps varier avec celle du milieu, comme le cave avant qu'il ne se rebiffe. Un « hermès », c'est une statue de Hermès : y a des jours où l'académicien est implacable et peu enclin aux fioritures.

P. 405

CHARADE

« Babacar, où es-tu, où es-tu, Babacar ? » :

bas – bas – car – houx – haie – tu – houe – et – tuba – Bas – car.
Vous étonne-t-on si l'on vous apprend que c'est un extrait de la chanson *Babacar*, de France Gall ? À ne pas confondre avec Blablacar.

P. 406-407

CLÉS en main

PALOURDES, en partant de la clé du bas et en tournant dans le sens inverse des aiguilles d'une montre. *Linguini alle vongole* est le seul plat de pâtes (aux palourdes) qui fasse craquer Bella. Vous l'aurez compris, son moyen mnémotechnique associe nourriture et fruits de mer.

P. 408

Paroles, paroles...

1. Vocabulaire (Charles Aznavour, *For me formidable*). **2.** Sourire (Claudio Capéo, *Un homme debout*). **3.** Pressé (Orelsan, *La Quête*). **4.** Chagrin (Jacques Brel, *La Quête*). **5.** Amour (Pierre de Maere, *Un jour je marierai un ange*).

P. 410

Le Pendu

CHICHEKÉBAB

P. 412-413

FLÉCHÉS CROISÉS

U	L	T	R	A	S	O	N	■	A	L	E	A	■	I	K	E
P	A	I	E	N	■	R	A	C	C	O	M	M	O	D	E	R
W	U	R	M	I	E	N	N	E	■	I	P	E	C	A	S	■
E	D	A	M	■	D	E	O	D	O	R	A	N	T	■	S	I
L	I	■	A	N	E	■	P	A	U	■	N	U	R	S	E	S
L	E	G	I	O	N	N	A	I	R	E	■	I	O	U	L	E
I	N	U	L	E	■	O	R	■	L	O	I	S	I	R	■	R
N	■	I	L	L	U	S	T	R	E	■	N	A	■	E	R	E
G	E	L	O	S	E	■	I	O	T	A	C	I	S	M	E	■
■	V	I	T	■	L	A	C	S	■	L	U	T	T	E	U	R
T	I	■	E	X	E	C	U	T	E	U	R	■	E	N	T	E
R	A	I	R	E	■	C	L	I	M	■	A	M	A	T	I	S
U	N	S	■	R	A	R	E	■	S	E	B	U	M	■	L	T
F	■	S	O	U	P	E	S	E	■	A	L	G	E	R	I	E
F	A	U	S	S	E	T	■	L	O	U	E	■	R	U	S	E
E	N	E	E	■	X	E	N	O	N	■	S	A	S	S	E	S

P. 414

Trois petits CHATS

1-6. Langue. **4-10.** Guépard. **7-12.** Pardon. **11-14.** Once.
13-18. Ceylan. **17-23.** Anatoli. **22-28.** Litière. **27-30.** Repu.

P. 415

cacabons

1f (grillons / grésillons) – **2a** (grives / babillons)
3e (cailles / cacabons) – **4d** (orques / chantons)
5c (paons / braillons) – **6b** (œdicnèmes / crions).

Les orques chantent comme les baleines, les dugons, les lamantins, les cigales et tous les oiseaux. Le paon braille, mais pas de ne rien voir, alors que le grillon grésille. Vous savez maintenant qu'il faut désosser votre autoradio et enlever le grillon, lorsque la réception est mauvaise. « C'est quoi un œdicnème ? » demande mon cousin Pons. « Un échassier qui crie », l'informé-je. « Est-ce à chier ? », s'étonne ma cousine Bette. Elle entend mal, c'est pour cela que l'œdicnème crie et que le paon braille.

P. 417

BONUS

SUBJUGUÉ

Avec S, B, E, G et deux U, il vous manquait deux lettres pour conclure comme Jean-Claude Dusse. Le second U devait être essayé en deuxième et en cinquième position, puis le E avait toutes les chances d'être final alors que le G semblait devoir précéder un U. Sans A, O, I ou second E, il fallait penser à un troisième U et deviner l'improbable J pour terminer subjugué devant tant de mystère et de beauté.

P. 418

ALPHAKU-KU

On lit PINK FLOYD dans la colonne centrale. Le groupe mythique a acquis une célébrité mondiale en 1973, à la sortie de son album *The Dark Side of the Moon*, « la face cachée de la Lune », contenant notamment le titre *Money*.

I	L	O	K	**P**	Y	N	D	F
N	Y	F	L	**I**	D	P	K	O
P	D	K	O	**N**	F	L	I	Y
L	F	I	Y	**K**	O	D	N	P
D	O	P	I	**F**	N	Y	L	K
K	N	Y	D	**L**	P	F	O	I
Y	K	D	P	**O**	L	I	F	N
F	I	L	N	**Y**	K	O	P	D
O	P	N	F	**D**	I	K	Y	L

P. 419

CALCULS OURS, HEIN !

4 × 6 = 24 ; 24 + 3 = 27 ; 27 × 5 = 135 ; 135 × 7 = 945 et 945 + 2 = 947.

Si vous avez multiplié 27 par 7 avant 5, ou fait 5 × 7 avant de multiplier le résultat par 27, c'est exactement la même méthode en « commutant » les opérations.

P. 420-421

L'éToilette

P. 423

CRYPTOGRAMME

« En l'attendant, je fais des vents, des pets, des poums. »

P. 424

le PQRST

1. Narcisse. **2.** Obédience. **3.** Pugilat. **4.** Question. **5.** Rosière. **6.** Silence. **7.** Tsigane. **8.** Urinal.

P. 425

C'est Gâchis

Chaque fleur apparaît six fois, sauf celle ci-contre, présente en sept exemplaires.

P. 426-427

(M)OTS (F)LÉCHÉS

	D		H		T		O		F		U					
T	E	L	E	C	H	A	R	G	E	A	N	T				
	M	A	L	I	E	N		E	R	G		A				
C	O	V	I	D		E	T	R	I	E	R	S				
	R	E	C	R	U	T	E	M	E	N	T	S		B		I
V	A		O	I	E		L	A		C	L	E	B	A	R	D
	L	A	P	E		P	E	N	S	E		M	A	N	I	E
C	I	N	T	R	E	S		O	U	R	S	E		A	C	E
	S	T	E		M	Y	O	P	E		A	N	A	N	A	S
C	A	R	R	E	S		C	H	R	I	S	T	I	A	N	
	T	E	E	S		E	C	O		V	S		T	S	A	R
P	I		S	T	A	L	I	N	G	R	A	D		P	I	E
	O	S		A	U	S	T	E	R	E		O	R	L		V
G	N	O	U	F		T	A		E	S	T	U	A	I	R	E
		P	R	E	N	A	N	T	E		R	A	S	T	A	
F	U	R	E	T	E	R		O	N	D	I	N	E		I	P
	N	A		T	U		D	I	S	E		I	R	I	S	E
L	I	N	G	E	T	T	E	S		A	L	E		T	I	R
	T	O	I		R	E	C	O	L	L	E	R	I	O	N	S
D	E		N	I	E	R	O	N	T		M	E	D	U	S	E

P. 428

La puce à l'oreille

BULLE : bébé-bulle (enfant avec immunodéficience devant vivre dans un milieu stérile et isolé), avoir une bulle en maths (un zéro), *Pépin la bulle* (série d'animation de 1970), coincer la bulle (ne rien faire), papier bulle (pour emballer les objets fragiles), niveau à bulle (de maçon).

P. 429

PAIR ou IMPAIR

Si vous pensez avoir trouvé une autre solution, vérifiez que vous n'avez pas deux lignes (ou deux colonnes) rigoureusement identiques, ce qui est interdit.

0	1	1	0	1	1	0	0
1	0	0	1	0	0	1	1
1	0	1	0	1	1	0	0
0	1	0	1	0	1	0	1
1	0	1	0	1	0	1	0
1	0	1	0	0	1	0	1
0	1	0	1	1	0	1	0
0	1	0	1	0	0	1	1

Les lettres correspondant aux 0 complétaient la citation avec « pêcheur, il prend facilement la mouche ». Nous vous laissons découvrir la citation inventée pour ceux qui auraient choisi les 1 (situation quasi-impossible sauf dans le cas rare du requin-bouledogue, amateur d'eau douce).

P. 431

Au Tableau

BOUDIN

C'est quand même le mot qu'on entend le plus souvent, accolé à caca. Encore un coup des mômes oralisant leur stade anal.

						B	R	O	N	Z	E		
			C	O	L	**O**	M	B	I	N			
		V	I	R	G	**U**	L	E					
			R	O	N	**D**	I	N					
				C	H	**I**	C	H	S	T	R	A	C
F	U	M	E	R	O	**N**							

P. 432-433

CROISÉS 3D

P. 434

Sales Bobines

1. *La Source des femmes.* **2.** *Tout ce qui brille.* **3.** *Le Grand Bain.*
Ce sont trois films avec Leïla Bekhti.

P. 435

CROISILLONS FUN

P. 436

le bon tuyau

	M			C			D	
R	A	N	D	O	N	N	E	E
	R			U			S	
	C			R			E	
C	H	A	U	S	S	U	R	E
	E			E			T	

P. 437

SEPT HORREURS

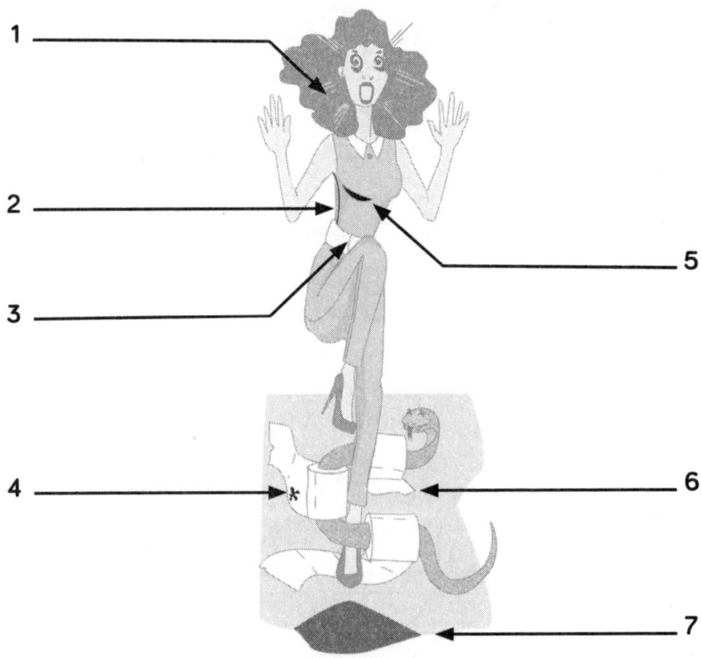

P. 438

Faune Éthique

[fɔnetik]

Antilope (nous avait menti : l'opération) – Requin (heureux qu'un colonel) – Koala (shako à la main ; le shako est une coiffe militaire) – Ouistiti (Oui, ce titi parisien) – Lama (La marine tire) – Bonobo (bonne au bord des côtes) – Autruche (tombées de hautes ruches)

– Grizzli (la grise ligne, pas des Vosges) – Tortue (Tu as tort, tu as tort !) – Phoque (Faut que ça cesse) – Kangourou (Quand gourou parle) – Orque (Or, que disait le chef) – Chamois (le pacha ? Moi, j'aurais voulu) – Blaireau (le blair au milieu du visage) – Colibri (colis brisés) – Palombe (pas l'ombre d'un petit remontant) – Vautour (pluie d'ogives autour du camp) – Vipère (je le vis perdre) – Caïman (En tout cas, y ment) – Civette (Il enfila six vêtements) – Macaque (ma cacahuète) – Mésange (Mes anges) – Putois (C'est pu toi qui commandes) – Caribou (car y bouillait) – Paon (pan).

P. 439

EN DÉCOMPOSITION

1. Tribord, inusité. **2.** Introduit, brise. **3.** Dérision, tribut.

P. 440

EN PURE LOGIQUE

Chacun est le nom du premier des dix hommes. Il y en a qui s'appellent Juste, comme Juste Leblanc. Lui, il s'appelle « Chacun ».

P. 442

LES TRONCS

Gentleman cambrioleur : jante – leu – manne – quand – brio – leurre.
Jacques Dutronc interprète cette chanson, générique de la série télévisée *Arsène Lupin.*

P. 443

LES MUTANTS

1. *Cent Ans de solitude* (roman de Gabriel Garcia Márquez).
2. *La Vieille qui marchait dans la mer* (roman de Frédéric Dard, adapté au cinéma par Laurent Heynemann). **3.** *Le Vieux Guitariste aveugle* (tableau de la période bleue de Pablo Picasso).

P. 444

SUDOKU-KU

5	9	2	7	6	1	4	3	8
6	4	7	3	8	9	2	1	5
1	8	3	2	5	4	6	9	7
2	5	4	1	3	7	9	8	6
9	7	8	4	2	6	3	5	1
3	6	1	5	9	8	7	4	2
4	1	9	6	7	5	8	2	3
8	3	6	9	1	2	5	7	4
7	2	5	8	4	3	1	6	9

P. 445

Bouche-trous

1. Dreiges (cela s'écrit aussi « drèges »). **2.** Dressings. **3.** Darjeelings. **4.** Quadriplégies. **5.** Radioreportages. **6.** Dreadnoughts (de l'anglais *dread*, « craindre » et *nought*, « rien »).

P. 446-447

LA TÊTE AU CA-CARRÉ

ABÉLIEN 17 BALEINE	LANDIER 25 IRLANDE	ÉRADIQUAIT 3 ADRIATIQUE	NOME 11 NEMO	CARIE 9 ICARE
ODIN 13 DION	ÉLIAIT 6 ITALIE	ENDURA 19 RENAUD	OUNCES 22 UNESCO	TENDS 5 DENTS
ANNOTAIS 24 SANTIANO	VELU 2 ULVE	SABRENT **15** **BARENTS**	VOLTA NOIRE 8 VOLONTAIRE	GAULLIEN 16 ANGUILLE
TOILÉE 10 ÉTOILE	RUIONS 18 OURSIN	SITUERAIS 21 AUTISSIER	IRONE 4 NOIRE	TRENTE 12 TRENET
TRAQUE 1 QUATRE	PONGÉE 14 ÉPONGE	VILLA 7 LAVIL	PUISARD 20 DISPARU	LES 23 SEL

Q	U	A	N	D		I	L		V	I	E	N	T
1	2	3	4	5		6	7		8	9	10	11	12

D	E		B	A	B	O	R	D		A	U	S	S	I
13	14		15	16	17	18	19	20		21	22	23	24	25

P. 449

Sacré Délien

TYMPAN
DEMONS(**T**)RATION
ARCHET(**Y**)PIQUES
CROQUE(**M**)BOUCHE
CONTRE(**P**)LONGEE
ORIENT(**A**)LISTES
COCHON(**N**)AILLES

Il y a tout un pan de Délos dont je ne vous avais pas parlé : tout tympan sur lequel vous voyez bien que je ne fais pas l'impasse.

P. 450

LA CIBLE

En lisant une lettre sur cinq, dans le sens des aiguilles d'une montre :
« Les Chinois ne pourront jamais avoir la bombe H, parce qu'ils n'ont **pas le même alphabet que nous**. »

P. 451

Paroles, paroles…

1. Empreinte (Jean-Jacques Goldman, *Puisque tu pars*). **2.** Artificiels (Joe Dassin, *À toi*). **3.** Écosse (Bérurier Noir, *Salut à toi*). **4.** Sultan (Indochine, *L'Aventurier*). **5.** Déconfiture (Axel Bauer, *Éteins la lumière*).

P. 452-453

(M)OTS (F)LÉCHÉS

	F		V		S		B		P		L		E		D	
M	A	X	I	M	E	L	E	F	O	R	E	S	T	I	E	R
	M	Y	C	O	L	O	G	I	E		S	C	A	L	P	E
F	I	L	E	R		N	U	L	L	I	T	E		O	R	E
	N	O		D	E	G	E	L	E	R		N	O	T	E	
R	E	P	A	R	T	I		E	R	E	V	A	N		C	D
		H	U	E		T						R	U	P	I	N
A	D	O	S		A	U					P	I		L	A	I
	E	N	T	E	N	D						S	O	U	T	E
A	L	E	R	T	A	I					V	E	R		I	P
	C		A	I		N		B		R		E	N	C	O	R
B	O	U	L	E	V	A	R	D	I	E	R		E	O	N	
		V	I	R	A	L	E		N	I	A	M	E	Y		H
C	R	U	E		L	E	T	T	O	N	I	E		O	D	E
	U	L	N	A	S		A	R	C		D	O	U	T	E	R
B	I	E	N	H	E	U	R	E	U	S	E		R	E	M	I
	N		E	U		E	D	I	L	E		O	B		I	S
R	E	A		R	E		E	L	E	V	A	T	I	O	N	S
	U	R	S	I	N	S		L	E	R	N	E		B	E	E
E	X	E	C	R	A	B	L	E		E	S	S	A	I	E	S

P. 455

PiPiramidal

P. 456

Trois petits CHATS

1-8. Mistigri. **6-9.** Gris. **7-13.** Risible. **11-14.** Bleu. **12-18.** Leucose. **17-21.** Servi. **20-27.** Vibrisse. **26-30.** Série.

P. 457

Tombez dans le panneau

L'imprécision sur la distance impliquait une indécision sur la lettre à prendre au rang indiqué dans la ville : F ou O de Foggia (1 ou 2 km, donc 1re ou 2e lettre), L ou E de Lecce, O ou M de Rome (2e ou 3e lettre), R ou I de Brindisi, E ou S de Pescara, puis N ou A de Naples, N ou C d'Ancône et enfin S ou E de Venise.
Un seul choix permettait de former le nom d'une ville, italienne qui plus est : FLORENCE.

P. 459

Le Trèfle

FUCHSIA – GLAÏEUL – LAVANDE – ŒILLET.

P. 460

BONUS

OLIVIERS

Votre Officiel n'est pas un opuscule, il pèse 800 grammes et demande beaucoup d'ouvrage et d'organisation à ses concepteurs. Cette édition 2024 n'aurait pas pu exister sans un Olivier aux talents singulièrement pluriels.

P. 461

ROSACE

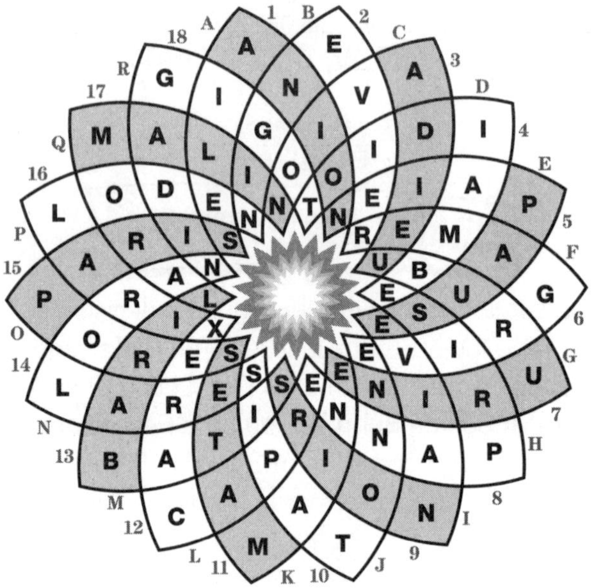

P. 463

LE CHICHSTRAC

MORSURE

P. 464

Les enfants TERRIBLES

1. Debbie Goodie. **2.** Thérèse Ponsable. **3.** Donna Mémélababalle. **4.** Frédéric, François, Chantal Olympiajyvépa. **5.** Paco Modlavieille.

P. 465

le PQRST

1. Nonne. **2.** Octavier. **3.** Perdants. **4.** Quechua. **5.** Ramasseur. **6.** Sadique. **7.** Téléviser. **8.** Urétrite.

P. 466-467

QUI fait QUOI ?

PIES	LIEUX	CHAPEAUX	DIADÈMES
BIRTHDAY	OPÉRA	30	70
DZÉRIA	DÉFILÉS	15	40
KPOKETTE	MISS FRANCE	25	60
SINN	ÉCOLES	20	30
SLAZULI	ANNIVERSAIRES	10	50

P. 469

L'ombre de ton HOMBRE

L'ombre identique au modèle est la silhouette 3.

P. 470

Calculs ours, hein !

Chaque présentation différente consiste à obtenir 3, 9 et 37, avant de les multiplier entre eux :
$4 \times 8 = 32$; $32 + 5 = 37$; $2 + 7 = 9$; $9 \times 3 = 27$ et $37 \times 27 = 999$.

P. 471

SUDOKU-KU

3	1	2	4	6	7	9	8	5
4	6	7	5	9	8	3	1	2
8	5	9	2	3	1	4	6	7
6	9	8	3	1	5	7	2	4
1	2	5	9	7	4	8	3	6
7	3	4	8	2	6	1	5	9
5	8	3	7	4	2	6	9	1
9	7	1	6	5	3	2	4	8
2	4	6	1	8	9	5	7	3

P. 472-473

L'éToilette

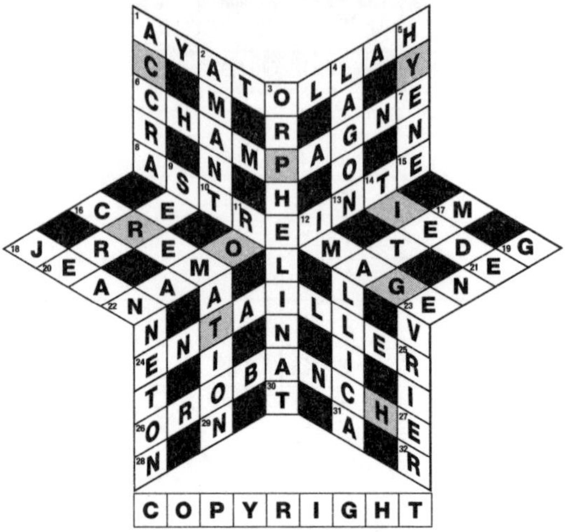

P. 474

La puce à l'oreille

ÉCHELLE : échelle d'une carte ou carte à grande échelle, faire la courte échelle à quelqu'un, échelle de meunier (escalier droit sans contremarches), échelle de valeurs, le bas de l'échelle (sociale) ou un bas ayant une échelle (suite de mailles filées), des économies d'échelle.

P. 476

La lunette

SANS FAMILLE

Il y a bien cent « fa » avant le « mi » final. *Sans famille* est un roman d'Hector Malot, racontant la vie de Rémi, un orphelin.

P. 477

SANDWICH

« Faire ronfler Thomas. »

Le thomas est un vase de nuit destiné aux besoins pressants.

S	A	**F**	A	R	I
I	C	**A**	Q	U	E
P	R	**I**	S	O	N
A	B	**R**	I	T	E
S	P	**E**	L	E	O
D	I	**R**	E	C	T
E	X	**O**	C	E	T
P	I	**N**	S	O	N
O	F	**F**	E	R	T
T	A	**L**	E	N	T
P	I	**E**	G	E	R
A	C	**R**	E	T	E
S	E	**T**	T	E	R
D	E	**H**	O	R	S
E	N	**O**	R	M	E
P	I	**M**	E	N	T
O	R	**A**	C	L	E
T	O	**S**	C	A	N

P. 478

CROISILLONS **FUN**

	M	O	H	I	C	A	N	
	O		U			M		
	D	O	I	G	T	I	E	R
	E		S			G		
P	R	E	S	S	I	O	N	
	A		E		S		I	
	T	A	R	A	S	C	O	N
	E		I		U		R	
S	U	P	E	R	E	T	T	E
	R				S			

P. 479

Bandelettes

1 - 4 - 9 - 7 - 2 - 10 - 6 - 5 - 8 - 3 : les initiales forment **DÉBROUILLE.**

Dans *L'Immeuble Yacoubian*, Alaa al-Aswany raconte la vie d'un édifice Art déco qui rassembla la fine fleur du Caire, avant que la révolution nassérienne n'en sonne le glas. Sur le toit subsistaient des personnages comme le tailleur Malak Khalo, un as de la « débrouille ».

P. 480-481

CLÉS en main

SHAMPOING, en partant de la clé en haut à gauche et en tournant dans le sens des aiguilles d'une montre. Finalement, les fruits de mer, ça s'oublie, mais t'es une fille et t'as pas de shampoing… Non, mais allô, quoi ! Le shampoing, ça ne s'oublie pas.

P. 482

PAIR ou IMPAIR

Si vous pensez avoir trouvé une autre solution, vérifiez que vous n'avez pas deux lignes (ou deux colonnes) rigoureusement identiques, ce qui est interdit.

0	0	1	1	0	1	0	1
0	1	0	0	1	0	1	1
1	1	0	1	0	0	1	0
1	0	1	0	0	1	0	1
0	1	1	0	1	1	0	0
1	0	0	1	1	0	1	0
0	1	0	1	0	1	0	1
1	0	1	0	1	0	1	0

Les lettres correspondant aux 1 complétaient la citation avec « jour où les vaches mangeront du raisin ». Nous vous laissons découvrir la citation inventée pour ceux qui auraient choisi les 0.

P. 483

Au Tableau

LISSÉPEM

C'est du loucherbem, l'argot des bouchers, une variante du largonji des voleurs, évoqué à l'indice 4. On remplace l'initiale d'un mot par un L, on décale le son initial en fin de mot et on ajoute un suffixe rigolo : « pisser » devient ainsi « lisser », puis « lissep » après renvoi du p, et enfin « lissépem », dans ce cas où le son « em » a été préféré à « oque », « muche » ou « quès », pour ne citer que ces finales. Vous connaissez au moins deux mots de loucherbem : loucedé (en loucedé = en douce) et loufoque, construit à partir de « fou ». Ah pardon, maintenant vous en connaissez au moins quatre, avec lissépem ou loucherbem.

		C	A	R	**L**	O	S				
			H	U	**I**	T					
		L	A	N	**S**	Q	U	I	N	E	R
			L	I	**S**	B	R	O	Q	U	E
		T	I	N	**E**	T	T	E			
		V	E	S	**P**	A	S	I	E	N	
R	A	C	O	L	**E**	U	S	E			
		T	H	O	**M**	A	S				

P. 485

CRYPTOGRAMME

« La peinture, c'est comme la merde ;
ça se sent, mais ça ne s'explique pas. »

P. 486-487

(M)OTS (F)LÉCHÉS

	M		L		G		P		A		M		P		C	
P	O	L	I	T	I	C	I	E	N	N	E		R	A	I	E
	D	O	M	O	T	I	Q	U	E		R	H	E	N	A	N
R	I	C	I	N		D	U	P	L	I	C	A	T	I	O	N
	C	O	N	A	N		R	E		D	I	N	E	S		U
H	I	M	A	L	A	Y	E	N	N	E	S		N	E	R	I
	T	O	I		I	S						A	T	R	E	
P	E	T	R	O	N	E					I	C	I		S	P
		R	E	M		N						C	E	S	S	E
S	K	I		R	E	G					F	E	U	L	E	R
	E	C	L	A	I	R		A		E		P	S	O	R	E
E	P	E	E		D	I	F	F	A	M	A	T	E	U	R	
	L		S	T	E	N	O	T	Y	P	I	E		G	A	O
H	E	R	A	U	T		R	E	M	I		S	A	H	I	B
	R	A		L	I	B	E	R	A	L	E		I	I		V
B	I	D	A	S	S	E	S		R	E	C	A	S	S	E	E
	E		S	A	M		T	R	A	M	A	G	E		C	R
A	N	E	T		E	P	I	A		E	R	R	E	U	R	S
	N	O	R	D		R	E	M	O	N	T	E		R	U	E
D	E	N	E	I	G	E	R		S	T	E	E	P	L	E	S

P. 489

EN DÉCOMPOSITION

1. Libération, thaï. **2.** Haïtien, orbital. **3.** Trahie, libation.

P. 490

EN PURE LOGIQUE

32

Seize personnes sont descendues (10 + 6) et quinze sont montées (5 + 10), donc il y a une personne de moins dans le bus qu'au départ de Mimizan. Il y avait alors 32 passagers… plus le conducteur, soit 33 personnes. Il en reste donc 32 à l'arrivée.

P. 491

LES MUTANTS

1. *La Jeune Fille à la perle* (tableau de Vermeer).
2. *Le Cercle des poètes disparus* (film de Peter Weir).
3. *Voyage au centre de la Terre* (roman de Jules Verne, ayant inspiré de nombreuses adaptations).

P. 492-493

LA TÊTE AU CA-CARRÉ

TOMBEUR 20 UMBERTO	SOUPIR 11 SPIROU	MAORI 3 MARIO	LIÉE 24 ÉLIE	GUEUSÂT 7 AUGUSTE
EXTRAIS 4 ASTÉRIX	ROMAND 22 DARMON	CIRÉ 10 ÉRIC	HURES 16 USHER	SUINTE 13 UNITÉS
SALINITÉ 6 ITALIENS	VOILE 18 OLIVE	AGRAINA **14** **NIAGARA**	MIENNES 2 ENNEMIS	ALLURE 25 LAUREL
MOT 12 TOM	GROIN 5 RINGO	VANITÉ 21 NATIVE	GOURA 8 GAROU	CABU 19 UBAC
BRUI 25 URBI	SALE 9 ELSA	VOILIER 17 OLIVIER	MIDAS 15 DIAM'S	NIELLAI 1 LILIANE

L	E		M	A	R	I	A	G	E		E	S	T
1	2		3	4	5	6	7	8	9		10	11	12

U	N		D	U	O		O	U		U	N		D	U	E	L
13	14		15	16	17		18	19		20	21		22	23	24	25

P. 494

CHARADE

« Aïcha, Aïcha, réponds-moi » :
ail – chat – aïe – chat – raie – pont – mois.
C'est une des phrases de la chanson *Aïcha*, de Khaled.

P. 495

ALPHAKU-KU

On lit SUBMARINE sur la ligne centrale. Qui n'a pas chanté *Yellow Submarine*, « le sous-marin jaune » des Beatles ?

B	R	I	S	N	U	M	E	A
A	S	E	B	M	I	N	R	U
U	M	N	A	R	E	S	I	B
M	E	A	I	B	N	U	S	R
S	**U**	**B**	**M**	**A**	**R**	**I**	**N**	**E**
I	N	R	U	E	S	B	A	M
R	B	S	E	I	M	A	U	N
N	I	M	R	U	A	E	B	S
E	A	U	N	S	B	R	M	I

P. 497

SEPT HORREURS

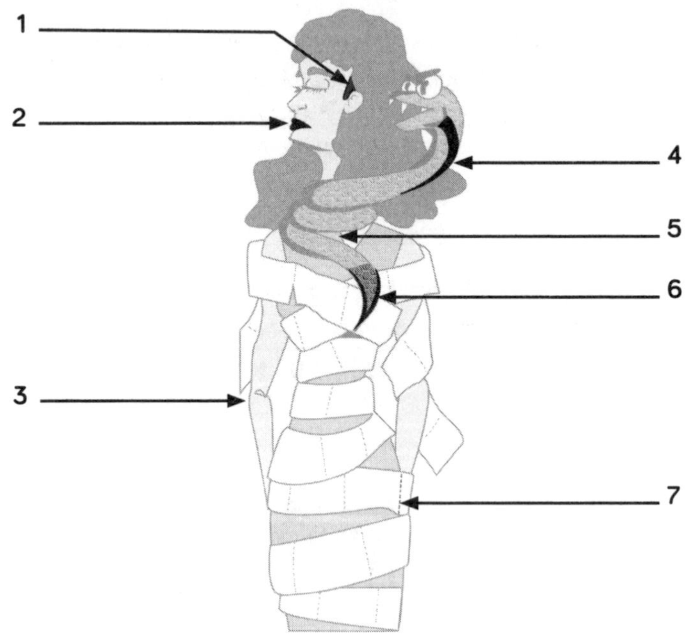

P. 498-499

GRANDES VACANCES

P	R	I	X	N	O	B	E	L	D	E	L	A	P	A	I	X	■	S	O	R	T	I	L	E	G	E
R	E	N	I	E	R	■	C	O	O	L	■	P	R	I	M	E	V	E	R	E	■	N	A	V	A	L
I	V	E	■	S	E	C	O	N	D	A	I	R	E	■	A	N	I	M	A	T	R	I	C	E	S	■
X	E	R	E	S	■	L	U	G	E	■	L	E	■	S	M	O	G	■	G	O	U	T	E	■	P	I
G	U	T	T	U	R	A	L	■	L	A	I	S	S	E	■	P	I	G	E	R	■	I	S	B	A	S
O	S	A	■	S	A	M	E	D	I	S	■	M	A	R	C	H	E	R	■	Q	U	E	■	E	C	O
N	E	N	E	■	S	E	R	I	N	■	F	I	G	A	R	O	■	O	B	U	S	■	O	U	H	■
C	■	T	A	B	O	U	■	P	A	L	A	D	I	N	■	B	A	L	L	E	S	T	E	R	O	S
O	C	■	S	O	I	R	E	E	■	O	M	I	T	■	A	I	M	E	E	■	E	M	I	R	■	U
U	L	S	T	E	R	■	U	T	I	L	E	■	T	R	I	E	E	■	U	I	■	E	L	I	T	E
R	A	T	A	■	S	E	R	A	C	■	U	V	A	U	X	■	N	E	I	G	E	S	■	E	R	S
T	R	O	N	E	■	P	A	L	I	S	S	A	I	T	■	P	E	P	E	■	P	E	G	R	E	■
■	A	N	G	L	A	I	S	E	■	T	E	R	R	I	F	I	E	E	■	V	I	S	E	■	B	A
O	B	E	L	I	X	■	I	S	S	A	■	R	E	L	I	E	■	E	R	I	C	■	M	E	U	T
U	E	■	I	M	A	G	E	■	A	R	G	O	■	A	N	■	T	S	A	R	E	V	I	T	C	H
A	L	L	A	I	■	I	N	T	I	■	U	N	A	N	I	M	E	■	M	A	R	I	■	O	H	E
I	L	E	■	N	O	N	N	E	T	T	E	■	S	T	R	E	S	S	E	■	I	S	O	L	E	E
S	E	V	R	E	Z	■	E	L	E	C	T	R	O	■	A	L	T	I	S	T	E	■	R	E	T	S

P. 500

Sacré Délien

CULERON

MAGNETO(**C**)ASSETTE
CONCEPT(**U**)ALISMES
TRANSAT(**L**)ANTIQUE
CONTRER(**E**)ACTIONS
TRANSFO(**R**)MATRICE
ALCALIN(**O**)TERREUX
PRESIDE(**N**)TIELLES

Le culeron est, dans un harnais, la partie de la croupière qui soutient la queue du cheval. Des liens avec les déliens ? Non. Mais avec l'Officiel, oui. Le culeron sent le crottin. L'assette est un marteau de couvreur, l'alisme du plantain d'eau et la tielle est une tourte aux poulpes de Sète, pour au moins huit. Ne dormira-t-on pas tous moins bêtes ?

P. 501

OPÉRATION C·R·Y·P·T·É·E

R = 0 ; H = 1 (ou 3, si F = 1) ; O = 2 ; F = 3 (ou 1, si H = 3) ; B = 4 ; U = 5 ; S = 6 ; E = 7 ; M = 8 et A = 9.
Les deux opérations possibles sont ainsi :
12 887 + 37 887 + 47 476 = 98 250
et 32 887 + 17 887 + 47 476 = 98 250.

P. 502

cacabons

1a (rats / chicotons) – **2b** (moutons / bêlons)
3c (huîtres / entendons via notre statocyste mais restons cois)
4e (freux / croassons) – **5d** (grenouilles / coassons)
6f (biches / rayons).

Le freux est un voisin du corbeau, pas du renard, et « raire » se conjugue bêtement en « rayons ». L'huître belon ne bêle pas, mais elle entend les bruits de l'océan : c'est une sérieuse étude bordelaise sur les nuisances sonores qui l'a prouvé en 2017, en soumettant *Magallana gigas* à toutes les fréquences du spectre audible par l'homme ou à peu près, ne chicotons pas. L'huître entend, bâille parfois, mais s'exprime assez peu. Pourtant, moi, si j'avais été *Magallana*, je leur aurais bien hurlé de me foutre la paix, à ces chercheurs : « Quoi, son ? » était donc une bonne réponse pour les belons, finalement.

P. 505

Bouche-trous

1. Apepsie. **2.** Ampélopsis. **3.** Apithérapie.
4. Antiperspirant. **5.** Saperlipopette. **6.** Antiépileptique.

P. 506-507

FLÉCHÉS CROISÉS

B	A	I	N	D	E	F	O	U	L	E	■	D	A	T	I	F
A	C	C	O	R	D	E	O	N	I	S	T	E	S	■	N	I
U	R	I	N	O	I	R	■	C	O	T	I	C	E	E	S	■
D	E	■	C	I	T	A	D	I	N	■	A	H	■	O	I	T
E	T	A	I	T	■	L	O	N	D	O	N	I	E	N	N	E
L	E	V	A	■	C	E	L	E	E	S	■	R	N	■	U	S
A	■	I	T	H	O	S	■	E	M	I	R	A	T	I	E	S
I	N	O	U	I	E	■	I	S	E	R	A	N	E	S	■	I
R	O	N	R	O	N	N	A	■	R	I	F	T	■	I	O	N
I	R	■	E	N	■	E	N	A	■	E	T	E	N	D	U	■
E	M	U	■	S	A	S	■	L	U	N	E	■	I	O	T	A
N	A	N	A	■	B	L	A	I	R	■	U	S	E	R	■	B
■	N	I	V	E	L	E	R	■	B	A	S	I	L	E	U	S
A	D	O	R	N	E	■	G	L	A	I	E	U	L	■	B	O
D	E	N	I	E	■	F	O	U	I	R	■	M	E	T	A	L
O	S	■	L	E	M	A	N	■	N	E	F	■	R	E	C	U

P. 508

Le Pendu

ACADÉMICIENNE

P. 509

SUDOKU-KU

3	6	1	8	5	7	4	9	2
4	2	5	3	9	6	7	8	1
9	7	8	4	2	1	5	6	3
8	1	6	7	3	2	9	5	4
7	4	3	5	6	9	2	1	8
2	5	9	1	8	4	3	7	6
1	9	2	6	7	3	8	4	5
6	8	7	2	4	5	1	3	9
5	3	4	9	1	8	6	2	7

P. 510

Paroles, paroles...

1. Éternel (Louise Attaque, *J't'emmène au vent*). **2.** Ombre (Kyo, *Dernière Danse*). **3.** Nuire (Rita Mitsouko, *C'est comme ça*). **4.** Futile (Téléphone, *Un autre monde*). **5.** Codes (Angèle, *Balance ton quoi*).

P. 512

le bon tuyau

	P			B			V	
R	I	G	O	L	A	D	E	S
	T			A			R	
	R			G			V	
S	E	C	O	U	S	S	E	S
	S			E			S	

P. 513

Trois petits CHATS

1-8. Catwoman. **6-9.** Manx. **7-13.** Anxiété. **12-16.** Texas. **15-20.** Asimov. **19-24.** Ovales. **22-28.** Lessing. **25-30.** Singes.

P. 514

Faune Éthique

[fɔnetik]

Mississippi (J'ai mis *Sissi* pile au milieu) – Amazone (C'est là ma zone préférée) – Nil (ni les romans de Flaubert) – Niger (ni *Germinal* de Zola) – Orénoque (Sophia Loren, au coin du mur) – Congo (pas gascon, Gogol) – Ienisseï (école de Vienne, y sait pas) – Paraná (par analogie) – Loir ou Loire (dans le couloir) – Rhin (Rimbaud) – Charente (un achat rentabilisé) – Rhône (*Pétronille* ; roman d'Amélie Nothomb) – Vilaine (trop vile et nulle) – Volga (ce que vaut le gamin ; Radiguet a écrit *Le Diable au corps* et *Le Bal du comte d'Orgel*, mais il est mort à 20 ans) – Danube (Jane Fonda nue, bien entendu) – Meuse (quelle charmeuse) – Seine (avec sa vie saine) – Amour (elle inspire l'amour) – Aude (Au-dessus de Jane) – Garonne (gare au neuvième volume) – Escaut (Est-ce qu'au moins) – Sèvre (C'est vrai que) – Hérault (mon héros) – Somme (José Carlos Somoza, un écrivain cubain à découvrir).

P. 516-517

(M)OTS (F)LÉCHÉS

■	P	■	S	■	S	■	D	■	C	■	B	■	G	■	G	■
C	O	O	K	I	E	■	E	G	A	L	I	T	A	I	R	E
■	P	R	I	N	C	I	P	E	■	A	L	I	G	N	E	S
A	U	G	E	S	■	N	O	N	U	P	L	E	■	C	L	E
■	L	A	■	T	A	N	T	A	L	E	■	D	O	R	E	R
V	A	N	D	A	L	E	S	■	M	E	R	I	S	E	■	I
■	R	E	I	N	E	■					■	S	A	V	O	N
P	I	■	S	T	A	R					O	S	■	A	S	E
■	T	O	T	■	T	U					■	A	L	B	I	■
T	E	T	A	N	O	S					G	N	O	L	E	S
■	■	A	N	A	I	S	■	F	■	A	■	T	U	E	R	A
J	O	N	C	■	R	E	P	E	N	T	I	■	I	S	■	T
■	S	T	I	P	E	■	L	U	E	T	T	E	S	■	P	U
O	C	■	A	O	S	T	E	■	V	I	E	I	L	L	I	R
■	I	N	T	I	■	E	I	D	E	R	■	L	E	I	C	A
C	L	O	I	S	O	N	N	E	■	A	D	A	G	E	■	N
■	L	■	O	S	S	U	■	C	O	N	S	T	R	U	I	T
P	A	G	N	O	L	■	B	E	R	C	K	■	A	X	A	■
■	N	E	■	N	O	U	I	L	L	E	■	O	N	■	S	I
A	T	L	A	S	■	I	P	E	■	S	O	U	D	A	I	N

P. 518

La lunette

LES COPAINS D'ABORD

Les « Ain... » illustrent l'écho qui s'amenuise.
Mais le jeu commence par ce PAIN.
Nous avons donc « l'écho » / « PAIN d'abord ».

P. 519

LE CHICHSTRAC

TENTATION

P. 520

MotoCrotte

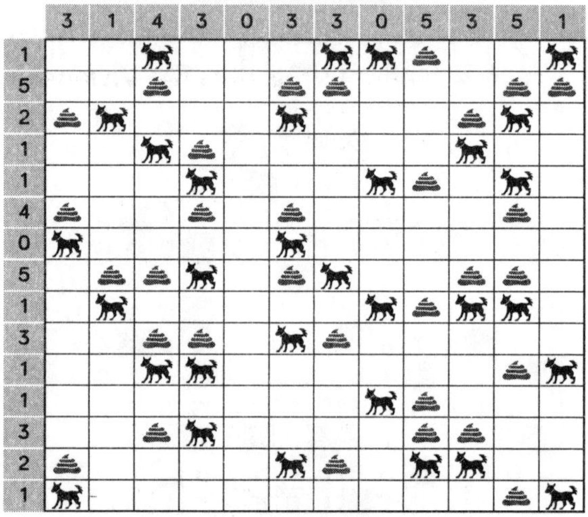

P. 522-523

L'éToilette

P. 524

Les pets du Roi Arthur

Si l'on note v les pets de Viviane, le nombre de pets des trois dames (Guenièvre, Ygraine et Viviane) vaut : $(v - 3) + (v - 11) + v$, soit $3v - 14$. Or, ce total est de 100, donc $3v = 100 + 14 = 114$, d'où $v = 38$. On en déduit Guenièvre (35) et Ygraine (27), puis le nombre de pets des hommes par différence avec les totaux annoncés.
Arthur a pété 17 fois et Guenièvre 35 ; Uther a pété 39 fois et Ygraine 27 ; Lancelot a pété 13 fois et la fée Viviane 38.

P. 525

C'est Gâchis

Chaque papillon apparaît quatre fois, sauf celui ci-contre, présent en cinq exemplaires.

P. 526

Le Trèfle

Amandine BUCHARD – Sarah-Léonie CYSIQUE
Madeleine MALONGA – Donovan GRONDIN.

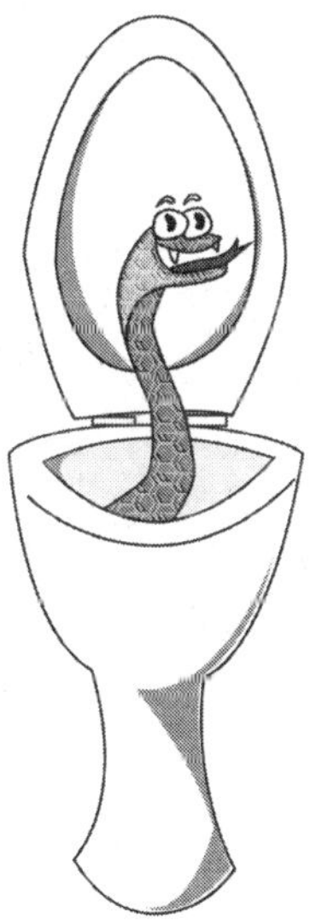

P. 528-529

CROISÉS 3D

P. 530

PiPiramidal

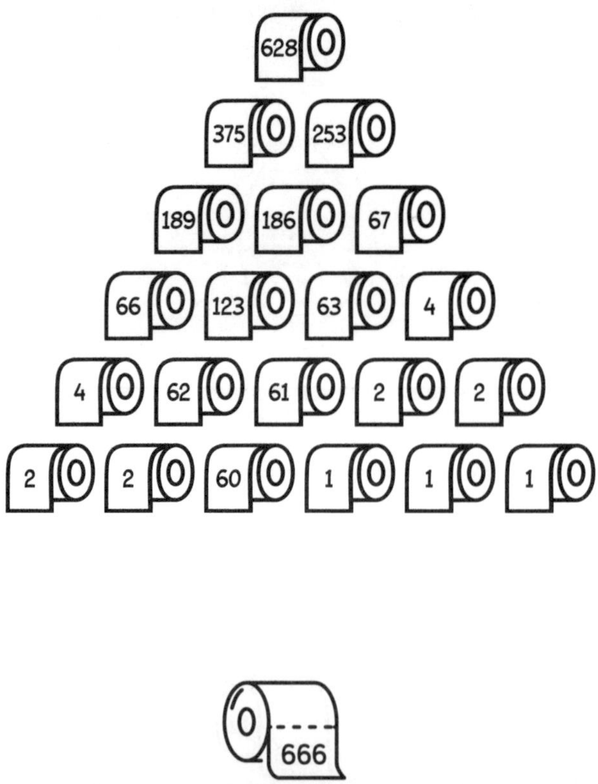

P. 531

Sales Bobines

1. *Un air de famille.* **2.** *Le Dîner de cons.* **3.** *Marguerite.*
Ce sont trois films avec Catherine Frot.

P. 532

PAIR ou IMPAIR

Si vous pensez avoir trouvé une autre solution, vérifiez que vous n'avez pas deux lignes (ou deux colonnes) rigoureusement identiques, ce qui est interdit.

0	1	1	0	0	1	1	0
1	0	0	1	1	0	0	1
0	1	1	0	1	1	0	0
1	0	1	1	0	0	1	0
0	1	0	0	1	0	1	1
0	0	1	1	0	1	0	1
1	0	0	1	0	1	1	0
1	1	0	0	1	0	0	1

Les lettres correspondant aux 1 complétaient la citation avec « chef-d'œuvre qu'habillée dans un navet ». Nous vous laissons découvrir la citation inventée pour ceux qui auraient choisi les 0.

P. 534

LA CIBLE

En lisant une lettre sur sept, dans le sens des aiguilles d'une montre : « En Angleterre, c'est facile de savoir si l'été est enfin là : **la pluie devient plus chaude**. »

P. 535

SEPT HORREURS

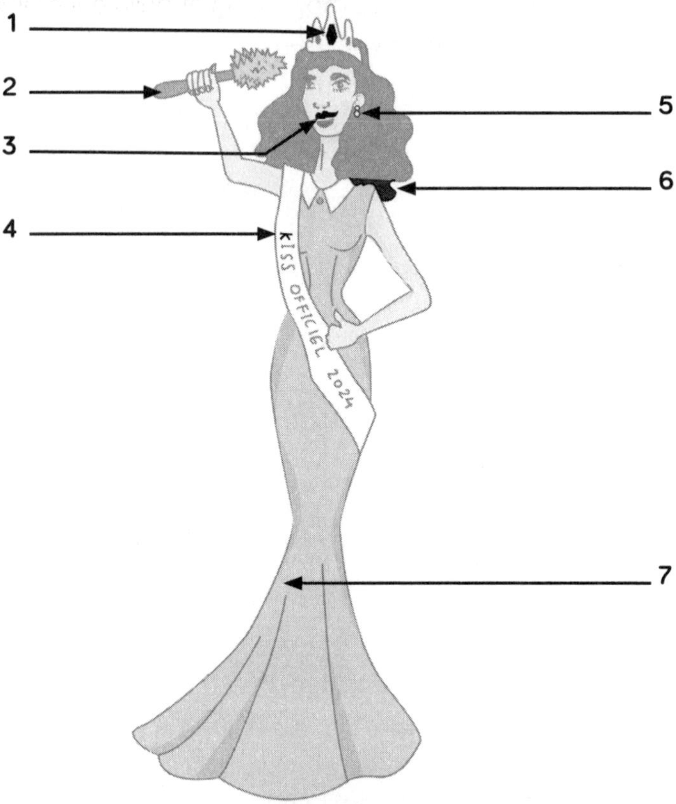

P. 536

SUDOKU-KU

3	4	7	9	2	1	8	5	6
8	5	2	7	3	6	1	4	9
9	1	6	5	8	4	2	7	3
5	9	3	6	4	8	7	2	1
2	6	8	1	7	5	3	9	4
1	7	4	2	9	3	5	6	8
6	3	1	4	5	7	9	8	2
4	2	5	8	1	9	6	3	7
7	8	9	3	6	2	4	1	5

P. 537

SaniBROYEUR

QUEUE : appendice plus ou moins long et poilu qui prolonge la colonne vertébrale de nombreux mammifères.

P. 538-539

LA TÊTE AU CA-CARRÉ

BAIN 8 NABI	ÉLIAIT 17 ITALIE	SQUALE 4 LAQUES	EMPOTÉS 25 ESTOMPE	BLATÈRE 11 RETABLE
RAT 5 ART	FAUTIVES 21 FAUVISTE	GADES 13 DEGAS	BATTRAIS 7 ABSTRAIT	RECULÂT 19 LAUTREC
REQUISSES 12 ESQUISSER	OSCINE 9 ICÔNES	TRAPPE **20** **APPRÊT**	EMPÂTÉS 1 ESTAMPE	PRÊTEURS 23 RUPESTRE
ENTOIR 16 ORIENT	ILOTE 3 TOILE	PORTA 22 OP ART	DÉSUET 14 ÉTUDES	COLÉE 10 ÉCOLE
MÉTRO 24 MORTE	REVINS 15 VERNIS	MANTE 6 MANET	MÊLERAIS 18 RÉALISME	PAIES 2 SÉPIA

E	S	T	L	A	M	A	N	I	E	R	E	D	E
1	2	3	4	5	6	7	8	9	10	11	12	13	14

V	O	I	R	L	A	F	O	R	M	E
15	16	17	18	19	20	21	22	23	24	25

P. 540

EN PURE LOGIQUE

SIMON

Elle suit les notes de la gamme : *do* pour Dominique, *ré* pour Régis, *mi* pour Michel, fa pour Fabrice, *sol* pour Solange, *la* pour Laurence et maintenant *si* pour Simon. Si elle avait eu une fille, Sido aurait été parfait !

P. 541

CRYPTOGRAMME

« Uriner dans la nature est un rite religieux
par lequel nous promettons à la terre d'y retourner, un jour, tout entier. »

« C'est pas très drôle, comme fin, me dit mon éditrice. Ça parle de mort.
– C'est pas la fin, y a des trucs drôles page 542, rétorqué-je.
– Ah, alors... Mais pour la partie solutions, là ?
– OK. Ben hier, j'étais au restaurant avec le dessinateur de Bella et des serpents. Au dessert, il y avait une crème à 9 €. Je dis au serveur : "Servez-moi une crème renversée. Ça fera bien 6 €, non ?"
– Ça, c'est drôle, mais ça n'a rien à voir avec la choucroute.
– Certes, alors tant pis, on finit sur le jeu disant que "pisser c'est mourir" et on donne rendez-vous au lecteur en 2025, sauf guerre nucléaire totale. C'est plus léger comme fin, t'as raison. »

CRÉDITS ILLUSTRATIONS :

SHUTTERSTOCK : P. 5, 58, 120, 187, 233, 289, 336, 390, 448, 496, © RetroClipArt ; P. 13 © Shutterstock ; p. 34, 86, 115, 206, 262, 321, 368, 416, 475, 515 © Shutterstock ; p. 60, 107, 152, 215, 267, 312, 365, 408, 451, 510 © Dervish45 ; p. 72 © Shutterstock ; p. 160 © Oksana Alekseeva ; p. 199 © Shutterstock ; p. 274 © Alka5051 ; p. 343 © Shutterstock ; p. 411 © Shutterstock ; p. 503 © Shutterstock.

ISTOCKPHOTO : p. 12, 70, 119, 172, 223, 272, 325, 372, 424, 465 © Amanda Goehlert ; p. 23, 78, 123, 167, 227, 281, 330, 379, 428, 474 © Ma_Co ; p. 28, 102, 193, 254, 332, 442, © Tenny Teng ; p. 29 © Justin Roque ; p. 30, 121, 258, 345, 434, 531 © Oleksandr Hurtovyi ; p. 41, 131, 203, 273, 358, 457 © Kameshkova ; p. 51, 100, 143, 198, 309, 359, 403, 449, 500 © Micro One ; p. 56,, 103, 148, 202, 260, 290, 342, 386, 463, 519 © LoopAll ; p. 64, 110, 155, 212, 263, 315, 362, 414, 456, 513 © Cihanterlan ; p. 73, 230, 389, © Krestini ; p. 80, 166, 235, 308, 479 © Seamartini ; p. 117 © Anna Frajtova ; p. 156 © MarjanKrsteski ; p. 181 et © Adobest et © Seamartini ; p. 266 © Siridhata ; p. 275 © Valentina ; p. 291 © AudreyPronin ; p. 299 © DankaLilly ; p. 333 © Anna Frajtova ; p. 353, 440 © Peacefully7 ; p. 378 © Ufimseav ; p. 425 © Vectorwin ; p. 469 © Ekaterina Skorniakova ; p. 490 © Masaki Kounda ; p. 525 © Fireflamenco ; p. 540 © KlimushkaArt.

Achevé d'imprimer en août 2023
dans les ateliers de Normandie Roto Impression s.a.s.
61250 Lonrai (Orne)
N° d'impression : 2302648

Imprimé en France